Y Pla

WILIAM OWEN ROBERTS

Argraffiad cyntaf 1987
Ail argraffiad 1992
Argraffiad newydd 2012

ISBN: 978 1 906396 59 6

Cyhoeddwyd gyda chymorth ariannol Cyngor Llyfrau Cymru

Cyhoeddwyd gan Gyhoeddiadau Barddas

Argraffwyd gan Y Lolfa, Tal-y-bont

i Mam a 'Nhad

CYFLWYNIAD

Anodd ydi coelio fod *Y Pla* yn dathlu ei phen-blwydd yn bump ar hugain eleni. Yn ystod y chwarter canrif a aeth heibio mae'r nofel wedi mynd â fi i laweroedd o wledydd Ewrop, a heb y teithiau a'r sgyrsiau hynny hefo myrdd o wahanol feirdd a llenorion ni fyddai'r nofelau a ddilynodd wedi eu sgrifennu yn y dull a'r modd y cawson nhw eu llunio. Mawr ydi fy nyled iddi.

Ers dyddiau ei sgrifennu, 'nol yn nechrau'r wythdegau, mae'r bydoedd roedd *Y Pla* yn ymhél â nhw yn llawer iawn mwy hollbresennol heddiw nag erioed o'r blaen. Ewrop y Rhyfel Oer oedd Ewrop yr adeg honno, ond gwareiddiad Islam ydi'r bwgan mawr i imperialaeth ein cyfnod ni. Pan gafodd *Y Pla* ei lansio gan fy niweddar gyfaill Iwan Llwyd yn ystod Eisteddfod Porthmadog fis Awst 1987, ychydig a feddyliais y byddai un elfen o'r plot yn troi'n realiti, flwyddyn yn ddiweddarach, i awdur arall.

Dyn oedd yn cael ei yrru ar daith i ddienyddio Brenin Ffrainc gan fod hwnnw wedi troseddu yn erbyn y byd Mwslemaidd oedd Salah Ibn al Khatib; wynebu ei ddienyddio oedd tynged Salman Rushdie, druan. Hollt ddofn iawn ydi'r un rhwng y Dwyrain a'r Gorllewin – clwy anodd iawn ei geulo, a hynny oherwydd dau fydolwg sydd ar un wedd yn tarddu o'r un gwreiddyn ond sydd wedi tyfu'n hollol ar wahân. Nid ar chwarae bach mae dŵad â rhyfel sydd wedi mynd rhagddo am dros fil o flynyddoedd i ben. Oherwydd grym milwrol a thechnolegol anferthol America a'r awch am oruwchafiaeth fyd eang, go brin y bydd heddwch na chymod yn bosib – os byth.

Wiliam Owen Roberts, Hydref 2012

Nofel hanes yw *Y Pla* sydd hefyd yn nofel gyfoes. Daw ei chyfoesedd yn amlwg wrth ymdrin â hi, ond priodol amlinellu'n fras ar y dechrau ei lle unigryw ymysg nofelau hanes Cymraeg ei chyfnod. Tyfodd poblogrwydd y nofelau hynny fel caws llyffant o'r chwedegau ymlaen, gan gyd-dyfu â chynnydd yn niddordeb y Cymry yn eu hanes eu hunain. Mae datblygiadau o'r fath yn rhai cyffredin ar adeg o adfywiad cenedlaetholaidd; agweddau ydynt ar yr ymdrech i adfeddiannu hanes a diwylliant y genedl. Gellir cysylltu'r symbyliad ôl-drefedigaethol hwnnw â'r awch ôl-fodernaidd am ysgwyd ymaith awdurdod yr hen naratifau imperialaidd, ac am fynd ati i ysgrifennu hanes grwpiau lleiafrifol neu ormesedig na chawsant erioed gyfle i adrodd eu stori. Nid rhyfedd i haneswyr Cymru, o'r wythdegau ymlaen, ymddiddori fwyfwy yn natblygiad cenhedloedd fel creadigaethau dynol, bwriadus. Ond glynu wrth yr hen ideolegau a wnaeth y mwyafrif llethol o'n nofelau hanes. A dilyn llwybrau cyfarwydd yr arwrol, y 'tywysogol', a'r uchelwrol a wnaeth y nofelau niferus a fabwysiadodd yr Oesoedd Canol fel cefndir.

Ni ellir gorbwysleisio bod *Y Pla*, gyda'i byd-olwg Marcsaidd, wedi'i hysgrifennu fel gwrthbwynt i'r nofelau 'canoloesol' eraill hyn. Hi yw'r unig un ohonynt i roi'r flaenoriaeth i berthynas economaidd a chymdeithasol pobl â'i gilydd, yn hytrach nag i hynt a helynt arweinwyr gwlad – heb sôn am ganolbwyntio ar gyflwr yr isradd. Yn wir, wrth ein hyrddio'n ddirybudd o le i le ac o wlad i wlad, mae ei naratif herciog fel petai'n ymgorffori'r ffawtliniau yn strwythur y gymdeithas ffiwdalaidd. Ar yr un pryd, mae'n darparu gofod pwrpasol ar gyfer yr ymryson ôl-drefedigaethol, ôl-fodernaidd rhwng lluosogrwydd amlddewis yr ymylon ac unrhywiaeth orfodol y canol. Dyna ran o arwyddocâd y ddwy ffrwd storïol gyfochrog lle cyflwynir Cymru yng nghyd-destun y berthynas rhwng Ewrop a'r Dwyrain. Rhan o swyddogaeth Ibn al Khatib, yntau, yw gweithredu fel sylwebydd Voltairaidd o'r tu allan.

Ateg i'r ehangu hwn ar y cyd-destun trefedigaethol yw'r cyfeiriadau at natur soffistigedig y diwylliant Arabaidd ac at seiliau moesol Islam. Caiff uwchraddoldeb anghyffwrdd y gwareiddiad Cristnogol Ewropeaidd ei ddiriaethu'n ddychanol fel nam corfforol – y man geni ar dalcen Dafydd Offeiriad ar ffurf y *mappamundi* sy'n gosod Caersalem 'fel llygad fawr' yng nghanol Ewrop. Gwahanol yw'r patrwm a drawsbrintir ar y map hwnnw yn ystod teithiau Ibn drwy gadarnwledydd cyfandirol y ffydd Gristnogol: nid rhaid ond nodi mai ei gri ar y ffordd i blas y Pab yw cri'r ffyddlon pan gyrhaeddant

Mecca. Efallai nad oes llawer i'w ddewis rhwng agwedd y Mwslim at 'inffidel' y 'cyfandir tywyll' ac argyhoeddiad trigolion Dolbenmaen mai'r 'Gŵr Tywyll' yw'r Anghrist sy'n rhagredegydd y pla. Ond mae yma bla ffigurol yn ogystal. Sef y gyfalafiaeth fodern, fecanyddol, filitaraidd sy'n gynnyrch erchyll o annisgwyl y gyfalafiaeth gynnar a gafodd gyfle i gropian yng nghanol chwalfa gymdeithasol y pla go iawn. Nid oes dwywaith nad oes i ymyrraeth anacronistaidd hofrenyddion a thanciau rhyfel yr Unol Daleithiau gyfoesedd arswydus yng nghyd-destun perthynas y Dwyrain a'r Gorllewin. Nid yw'n llai arswydus yng nghyd-destun perthynas yr Unol Daleithiau â gwledydd dibynnol y Dwyrain a'r Gorllewin fel ei gilydd.

Eto i gyd, nid yw hanes ond 'megis dechra' i daeogion Dolbenmaen. Mae'r croesdynnu a'r gwrthdaro sydd, yn *Y Pla*, yn rhwystro hanes rhag bod yn broses unol a chyson,[1] hefyd yn sicrhau na chaeir y 'crac yn wal hanes' a agorwyd gan y Farwolaeth Ddu – gweledigaeth o hanes sydd mewn gwrthgyferbyniad ffyrnig i'r hen hanes cylchol â'i hiraeth am adfer rhyw undod neu burdeb coll. Yr un yw gwraidd y gwrthryfel yn erbyn 'petha digyfnewid' y traddodiad llenyddol swyddogol, a hwnnw wedi'i amlygu yn fynych mewn parodi a *pastiche*. Wrth ddieithrio a diraddio cyd-destun y gweithiau gwreiddiol – y *Mabinogi* a *Gweledigaetheu y Bardd Cwsc* ymhlith llu o rai eraill – ansefydlogir y cysyniad o'r 'traddodiad dethol'[2] fel corff diwnïad, di-lwgr. At hynny, mae i amryw o'r benthyciadau a'r adleisiau bwrpas penodol. Un o swyddogaethau y storïau o *Decameron* Boccaccio, er enghraifft, yw adfer yr elfen lawen o faswedd a alltudiwyd, am gyfnod hir beth bynnag, o ganon llenyddol Cymru. Mae tarddiad y storïau yn y traddodiad llafar poblogaidd yn tanseilio math arall o burdeb.

Yn anad dim, ffolineb yn *Y Pla* yw ymddiried mewn traddodiad y mae'r hawl i'w ddiogelu wedi'i gipio gan elît cymdeithasol sydd ei hun yn dra amheus ei linach. Prawf yw llwyddiant yr ymhonnwr sy'n dychwelyd i Ddolbenmaen yn rhith arglwydd y faerdref nad llinach na rhagordeiniad dwyfol sy'n cynnal yr uchelwriaeth a'i diwylliant; cynnyrch grym a thrachwant yw'r hierarchaeth gymdeithasol. Ateb yr awdur yw defnyddio anghysur annihangol y byd canoloesol i ddwyn pawb i'r un gwastad, ac i ddangos mai'r un yw eu hanghenion materol sylfaenol. Oedir yn rheolaidd gyda rheidiau mwyaf diurddas y corff i brofi hynny: 'Ar ei chwrcwd oedd yr arglwyddes yn tuchan (fel ag y gwnâi pawb...)'.

Nid arglwydd Dolbenmaen yw'r unig un o gynheiliaid y drefn i ffugio'i linach. Ar ddiwedd araith hirfaith y Pab Clement V1 ar bwnc 'Gwrthryfel Ystrydebol yr Hereticiaid' (gyda'i hadleisiau o ddadleuon ambell geidwadwr llenyddol yn yr wythdegau cynnar), datgelir mai difyrrwr y llys fu yno yn dynwared y Pab. A'r dynwaredwr hwnnw newydd ein hargyhoeddi mai ffug-bab oedd yr un a fu'n ein cyfarch o'i flaen! Mawr yw hwyl Wiliam Owen Roberts wrth ddychanu gwendidau'r Eglwys Gatholig, ond y pechod sy'n taflu'r cysgod hwyaf yw ei rôl yn nhwf y pla ffigurol. Oherwydd yn rhwydwaith y ffosydd sbwriel a charthion dan ysblander a chyfoeth yr Eglwys, gwelwn y llygod mawr – cludwyr y pla cyfalafol, parasitig – a fu wrthi'n 'cenhedlu'n boeth' 'ers oes Adda'.

Ni chyfyngir y feirniadaeth i lygredigaeth sefydliadol yr Eglwys. Yn ffrwd gyfandirol y nofel cawn barodïau ar yr Atgyfodiad a'r Ailddyfodiad; yna, yn Nolbenmaen, cyfunir parodi arall ar yr Ailddyfodiad â pharodi ar y Geni gwyrthiol pan enir 'y baban Iesu, Gwaredwr y Byd' i'r arglwyddes. Yng ngwrtheiriad y newyddion fod yr Iesu 'wedi'i eni'n farw anedig', marwol hefyd yw'r ergyd a anelir at seiliau'r ffydd Gristnogol. Ar yr olwg hon, disgynneb barodïaidd yw'r diweddglo, gyda gwaredigaeth oruwchnaturiol y dyheadau diwethafol a gyffroir gan y Farwolaeth Ddu wedi'i disodli gan ymyrraeth grymoedd materol hanes. Yng nghyswllt ymateb annigonol ac anoleuedig yr Eglwys i'r Farwolaeth, a chan bentyrru enghreifftiau o anwybodaeth feddygol y dydd yn esgynfaen iddi, cyflwynir y ddadl sy'n syflaenol i fyd-olwg *Y Pla*: 'Mewn cymdeithas Dduw ganolog does ganddon ni mo'r ewyllys i ymladd ei Ewyllys O, felly, pa obaith sydd inni gael atebion a ninnau wedyn heb yr hyder i hyd yn oed ofyn y cwestiynau?'

Y cwestiwn i ni yw sut i gysoni'r cefnu hwn ar yr uwch-naratif Cristnogol â'r ymlyniad wrth naratif Marcsaidd sydd, gellid dadlau, yr un mor imperialaidd yn ei awdurdod cyffredinolaidd. Er nad ymrestrodd *Y Pla* yn ymgyrch genhadol y nofel gonfensiynol genedlaetholaidd, un o reddfau amddiffynnol yr ôl-drefedigaethol yw ceisio dilysnod rhyw 'awdurdod' neu 'wirionedd' uwch. Hawdd wedyn deall apêl Marcsiaeth fel awdurdod sy'n ymuniaethu â'r diawdurdod. Ystyriaeth arall yw i fateroliaeth ddiwylliannol Raymond Williams bontio'r bwlch rhwng Marcsiaeth glasurol ac ôl-foderniaeth drwy ychwanegu at rengoedd yr ymylol ystod eang o grwpiau yr oedd y naratif Marcsaidd wedi arfer eu hanwybyddu. Dylanwadodd hyn ar dwf ymwybyddiaeth nifer o grwpiau protest gan gynnwys lleiafrifoedd hiliol, yr hoyw, a'r mudiad ffeminyddol; dylanwadodd yn drwm hefyd ar genedlaetholdeb mwy cynhwysol Cymru'r wythdegau. Yn unol â hynny mae yng Nghymru *Y Pla* amrywiaeth o weinion ar wahân i'r taeog, megis y ferch rydd a ddarostyngir yn ddim gwell na 'gast i daeog', a'r gwahanglwyf a alltudir o'r gymdeithas fel darn o gig marw. Maent i gyd, fel y daeoges a brofodd orthrwm dwbl gŵr a Chwnstabl Seisnig, yn gymaint o ddioddefwyr dan y gyfundrefn frodorol ag ydynt dan law y gorchfygwr estron. Y dasg a ymddiriedir i Ibn al Khatib, y Mwslim du, amwys ei rywioldeb, yw eu llusgo gydag ef i ben llwyfan byd-eang.

Gweision da i gynnwys deallusol *Y Pla* yw afiaith ac egni ei dulliau. Yn ychwanegol at y parodi a'r *pastiche* y cyfeiriwyd atynt eisoes, y mae'r nofel yn un berw o ddyfeisgarwch geiriol, o gomedi du, a phob math o dynnu coes llenyddol. Mae'r cwbl fel sioe dân gwyllt – ond bod yma danio o ddifri yn erbyn safonau llenyddol disgwyliedig y nofel hanes Gymraeg. Ar y pen hwnnw, rhaid ychwanegu bod *Y Pla* yn ffrwyth ymchwil anhygoel o eang a manwl, ac amryw o'i chymeriadau rhyfeddaf a'i hepisodau mwyaf ffantastig â mesur o sail hanesyddol iddynt. Ond mae ynddi hefyd chwarae â ffeithiau ac ymhyfrydu mewn camleoli a chamamseru, a'r nodwedion hynny yn cyfuno â'i dyfeisiau llenyddol, nid i wyrdroi'r gorffennol, ond i ailbwyso ac ail-lunio ei ffurfiau a'i gynnwys.

Nid yn aml y mae galw am Ragarweiniad i nofel Gymraeg. Wrth i gyhoeddwr benderfynu bod angen ei ychwanegu, ymateb y mae i gymeradwyaeth y byd llenyddol, ac yn achos *Y Pla* mae'r byd hwnnw yn ymestyn yn anarferol o bell. Pleser gwirioneddol yw cael cyfle i longyfarch ei hawdur ar ei llwyddiant ar achlysur ei phen-blwydd yn bump ar hugain.

Enid Jones

Nodiadau
1. Wiliam Owen Roberts ac Iwan Llwyd Williams, 'Mae'n bwrw yn Toremolinos', *Y Faner*, 14 Rhagfyr 1984, 7.
2. Iwan Llwyd a Wiliam Owen Roberts, 'Myth y Traddodiad Dethol', *Llais Llyfrau* (Hydref 1982), 10-11.

Gweler hefyd:
Enid Jones, 'Olion Wiliam Owen Roberts', *Y Sêr yn eu Graddau: Golwg ar Ffurfafen y Nofel Gymraeg Ddiweddar*, gol. John Rowlands (Caerdydd, 2000), tt. 29-51.
Enid Jones, *FfugLen: Y Ddelwedd o Gymru yn y Nofel Gymraeg o Ddechrau'r Chwedegau hyd at 1990* (Caerdydd, 2008), tt. 78-106.

Prolog

Y PLANT fenga oedd y rhai cynta i weld Chwilen Bwm yn nesáu at yr eglwys a sach dros ei ysgwydd.

'Ydi hon da i rwbath?'

'Gobeithio fod 'na ddigon o fynd ynddi hi, myn diawl!'

Llusgodd gwahanglwyfyn ifanc o'r enw Einion Fychan ei hun draw, ond fe'i herlidiwyd gan ddwy daeoges â phicweirch pren. Ond roedd yn benderfynol o fod yn dyst i'r hwyl a'r miri ac felly, er mwyn cael gweld yn iawn, sodrodd ei hun ar ben carreg go fawr lle gallai weld yn weddol ddiymyrraeth. Taflodd un neu ddau o'r plant gonynnod afal ato a'i daro'n dwt ar ei war. Ceisiodd yntau wegilsythu a chythru'r conynnod, ond roedd arno ormod o ofn colli'i afael a thynnu mwy o sylw ato'i hun ac felly ymfodlonodd yn weddol anfodlon.

'Uffar o ddannoedd. Yn fy lladd i. Ers dyddia . . .'

Dododd Chwilen y sach i lawr a gwasgu'i ddannedd pydredig yn sownd dynn yn ei gilydd.

Ger mur yr eglwys y trefnwyd cystadleuaeth fwya llwyddiannus y faerdref. Adeiladwyd corlan o wiail a phren ac fe'i rhwymwyd yn amrwd. Yno'n llu daeth tyrfa nobl o bobol o bob oedran at yr hwyr. Bu'r rhan fwya o'r taeogion yn edrych ymlaen yn eiddgar at y gystadleuaeth arbennig yma ers amser. Yn wir, roedd si gre ar led fod y rhai mwya brwd a chydwybodol wedi bod yn ymarfer yn slei bach ar eu pen eu hunain. Darganfu merch taeog olion yn y wig ger ei hofeldy un noson wrth iddi hel yr ieir i mewn.

A nesaodd Hwch Ddu, merch ifanc o daeog ato, a chydymdeimlo —

'Fasa'n well gen i farw na diodda fel gwnes i llynadd,
Chwilan.'

Ymgroesodd pawb.

Camodd hen wreigan o'r enw Gwythwches ato a chydio'n
dynn yn ei arddwrn:

'D'o mi gweld hi!'

'Sdim brys! Sadiwch newch chi, ddynas!'

'Be ei di i lusgo rhyw hen lynghyran o beth i le fel hyn?'

'Ych â fi!' poerodd, 'mae 'na 'sglyfath o flas yn fy ngheg i. Fel
taswn i wedi llyfu tafod ci am dridia . . .'

'Mi ddaw â'i fendith rhag pob afiechyd.'

'Dyna maen nhw'n ddeud,' ymgroesodd un arall wrth ei
ymyl.

'Mae 'na lawar o wirionadd ym mhetha'r hen bobol,'
llefarodd gwragennus â darn o glust, a sglaffiwyd un noson
gan glamp o lygoden pan oedd yn faban yn ô pob sôn.
(Er i rywun ddweud unwaith ei fod yn ddyn gwyllt yn ei
ieuengoed ac iddo gwffio â thaeog arall yn y caeau ryw dro ac i
hwnnw fwyta'i glust.)

Pwysodd Chwilen yn erbyn mur yr eglwys a gwasgu'i
ddannedd hyd nes bod dagrau'n tasgu o'i lygaid. Roedd y
boen yn waeth nag unrhyw burdan. Llyfodd ei dafod hyd ei
ddannedd ac yna blasodd sudd ar flaen ei dafod, sudd sur mor
sur â bol neidr. Rhwbiodd flaen ei droed yn y ddaear gan
wthio'i fys mawr i'r pridd. Gwibiodd baedd heibio tan wichian
wrth i ddau neu dri o blant neidio ar ei gefn.

'Hei, ty'd 'laen!' gwichiodd rhywun.

Trodd.

Wynebau trwy lygaid dyfrllyd. Sychu ei lygaid. Roedd tua
deugain o bobol wedi ymgynnull erbyn hyn. Rhai ohonynt yn
deuluoedd cyfan. Pwysai rhai ar y gorlan wiail tra rhythai eraill
â diddordeb neilltuol ar y sach.

'Ty'd 'laen, Chwilan! Dangos be sgin ti!'

'Gobeithio fod hon yn well na'r un oedd gin ti llynadd . . .'

'Ti wedi hogi'i dannadd hi?'

'Cwrcath . . .'

'Astan uffar . . .'

Ciledrychodd Chwilen ar yr wynebau. Edrychodd yn araf o un i'r llall. Pobol lwglyd wyneblwyd. Yn llwgu am dwrw. Yn newynu am wefr. Cythrodd rhyw hogyn bach am y sach gan agor y cortyn yn gynddeiriog. Dododd ei law i mewn a chwilota'n eiddgar. Rhewodd. Gwenodd ac yna araf dynnu cath ddu gerfydd ei gwar ohoni. Daliodd hi uwch ei ben yn fuddugoliaethus. Wynebau yn magu edmygedd, ton ar ôl ton o sisial a mân siarad yn torri trwy'r dyrfa. A chamodd yr hogyn bach yn ofalus a thyner dros y gwiail ac i'r gorlan. Dododd y gath i lawr.

Tarodd hen, hen ŵr (na feiddiai neb ddyfalu'i oedran) ei bastwn ar y ddaear. Distewodd pawb a daliodd oddeutu ddeg i ddeuddeg gwelltyn yn ei ddwrn. Cerddodd deg o bobol heibio gan dyner gydio ym mhob gwelltyn gyda bys a bawd:

'Y chwe byrra aiff â hi!' ebe'r hen ŵr heb brin agor ei geg. Ag ymhen chwinciad roedd chwech yn sefyllian yn rhes o flaen y gorlan wiail. Safodd chwech arall y tu ôl iddyn nhw gan ddiwyd rwymo'u dwylo'n dynn:

'Mi wyddoch cystal â finna be 'di'r rheola,' llefarodd yr hen hen ŵr mewn llais main, undonog, 'dim brathu, dim cicio, a dim poeri. A dim ond trwy wneud defnydd o'r talcen mae'i lladd hi!'

Chwarddodd ambell un yn y dorf a chrechwenodd yr horwth barfog ar y pen pella (enillydd bum tro yn olynol). Gwichiodd dwy ferch daeog gan gau'u dyrnau a neidio i fyny ac i lawr wedi cynhyrfu'n llwyr. Doedd hi ddim yn anarferol i rai wneud yn eu dillad gan fod yr achlysur yn mynd yn drech na hwy'n aml. Eisteddodd yr hogyn bach ar ei gwrcwd yn y gorlan yn mwytho'r gath. Camodd y chwech dros yr ymyl ac i mewn i'r gorlan. Cydiodd rhywun yng ngwar yr hogyn bach a'i lusgo drosodd. Rhythodd y chwech ar y gath ac ysgydwodd honno'i chynffon. Aeth y dorf yn fud.

Atebwyd 'Barod?!' yr hen hen ŵr gan fonllef unfryd.

Ac yn egnïol ddisymwth, dechreuodd y drochfa fawr. Bwriodd y chwech iddi â'r fath arddeliad fel y gallai'r rhan fwya o'r dorf dystio na chlywyd erioed rymusach na llymach swn pennau'n clecian yn erbyn ei gilydd erioed yn hanes cwmwd Eifionydd. (Neu cyn cof yr hyna, o leia.) Tasgodd llwch a phridd yn ffyrnig i'r awyr. Ffroenodd rhai y ddaear yn un ag arogl traed chwyslyd! Stampio! Stompio! Troi! Ffagio! Tuchan! Gwichian! Gwthio! Erthychan! Pwnio! Ysgwyddo! Sgŵdio! Sgidio! Sgrialu! Chwalu! Tasgu! Rowlio! Cripian! Bloeddio! Gweiddi a gwaedu! Ac roedd y dorf yn lloerig!

'I mewn! I mewn!'

'Dos yn is! Is!'

'Amdani! Amdani!'

'Pen! Pen! Pen!'

Ond roedd y gath o'r golwg dan y coesau a'r traed. Prin y gallai neb ei gweld yng nghanol yr holl lwch a'r tuchan a'r troi chwil, pesychlyd, trwsgl.

A'r dorf yn lloerig.

Roedd trwyn un neu ddau'n rhedeg.

Brathodd rhywun ên y llabwst barfog gan hopian o gwmpas â llond ceg o farf. Sgrechodd y llabwst. Ond gan na allai gael ei ddwylo'n rhydd fe wyrodd ei ben ac fe darodd rywun arall ar ei gorun. Mwy o weiddi! Y gwahanglwyf yn hedfan! Y gath yn sgrechfewian!

Y dorf yn bwhwman!

Y llwch yn goch!

Y traed yn ddu!

Yr awyr yn las!

Y gweiddi'n uwch!

Llwch! Yn uwch!

Llwch! Yn uwch!

Llwch! Yn uwch!

A rhibyn o waed ar wenithfaen yr eglwys . . .

I

Pasteurella Pestis

YM mis Medi 1347 roedd Dirprwy Siryf, ysgrifennydd o'r enw Dafydd Offeiriad, gosgordd fechan o filwyr, minstrel lliwgar a thaeog ar eu ffordd i gwmwd Eifionydd. Hwn oedd y tro cynta, gyda llaw, i'r Dirprwy Siryf ymweld â maerdref Dolbenmaen, sy'n esbonio pam y gofynnodd,

'Fedri di ddeud wrtha i be i'w ddisgwyl?'

'Be 'dach chi isio wbod?'

'Mi wn i fod yr arglwydd, Rhys ap Dafydd ap Madog, i ffwrdd yn Picardi ers tair blynedd a rhagor; fod ei wraig o, Angharad ferch Madog, yn fyw o hyd, a bod y faerdref yn cael ei gweinyddu ar ran y frenhines Isabella gan Raglaw. Sut un ydi o?'

'Sut ddeuda i? Mi glywis ddeud un tro fod Rhaglaw maerdref Dolbenmaen, Ieuan Ddu, yn edrach yn debyg i rywun wedi'i nych-fagu ar fala surion a bod ganddo fo goesa mor fain â choesa Robin Goch!'

Dotiodd Dafydd Offeiriad at ei glyfrwch ei hun a chwarddodd y Dirprwy Siryf.

'Maerdref weddol dlawd ydi hi. Craig a chors a rhibyn o ddôl. Ond maen nhw'n deyrngar iawn i'r Goron. Does 'na fawr o ddyfn yn y pridd, ar wahân i'r dolydd. Ond mae mwy na dyfn coes cribyn yn y fawnog.'

'Be am yr arglwyddes? Oes rhwbath y dyliwn i wbod?'

'Dynes ydi dynes.'

Ateb un a fagwyd yn aerwy diweirdeb.

Gŵr nad oedd eto wedi llwyr gynefino â'i swydd oedd y Dirprwy Siryf. Fe'i dyrchafwyd iddi flwyddyn union ynghynt wedi Gŵyl Sant Joseff. Daeth iddi'n bennaf oherwydd ei gysylltiadau teuluol a'r ffyddlondeb a'r brwdfrydedd a ddangosodd i ymgyrchoedd y Tywysog Du. Bu'n gweithio fel un o swyddogion Adam Heyne o Gonwy pan oedd hwnnw'n rhaglaw yng nghantref Llŷn am flynyddoedd, ac er ei fod yn deall Cymraeg, roedd yn ganmil gwell ganddo siarad Ffrangeg. Wedi'r cwbwl, hi oedd iaith llywodraeth a diwylliant a gwareiddiad. Cyn belled ag yr oedd o'n y cwestiwn, hi oedd iaith y byd. Yn Ffrangeg y siaradai â Dafydd Offeiriad. Ac roedd wedi synhwyro fod yn well o lawer gan yr offeiriad sgwrsio yn yr iaith honno yn hytrach na'i famiaith, er nad oedd yn rhugl o bell ffordd. Ond rhoddai'r Ffrangeg statws iddo a phe llwyddai i esbonio rhywbeth astrus yn weddol rwydd a didrafferth, byddai'n gloywi drwyddo ac yn pesychu'n ddireswm. A phryd hynny, byddai'r Dirprwy Siryf yn gwybod yn iawn ei fod yn dotio at ei glyfrwch ei hun. Roedd hi mor hawdd gweld trwyddo. Roedd yn ŵr syml er ei fod yn synied yn llawer uwch amdano'i hun. Ond wedyn, nid pawb oedd yn gallu ysgrifennu mewn tair iaith. A gwnâi hyn i Dafydd Offeiriad ymfalchïo ynddo'i hun lawer iawn mwy nag y dylai. Balchder oedd un o'i bechodau mwya.

Ond Dafydd Offeiriad ei hun a'i darbwyllodd nad oedd angen rhagor na chwech o filwyr i fynd ar y cylch i Eifionydd. Roedd chwech yn hen ddigon. Dadleuodd y byddai cwyno mawr pe byddent yn gorfod lletya rhagor na hynny. Dadleuodd yntau nad oedd y wlad yn ddiogel fyth a bod pob math o anfadwaith yn cael ei gyflawni hwnt ac yma, hyd yn oed gan wŷr a ddylai wybod yn amgenach. Doedd neb gwaeth na'r Brodyr Gwynion am gorddi teimladau pobol.

Fyth ers i'r Brenin Edward III fynd i ryfel yn erbyn y Ffrancod, ddeng mlynedd ynghynt, roedd pawb wedi gorfod tynnu'r gwinedd o'r blew. Ddwy flynedd ynghynt ymosodwyd ar fwrdeistref Caernarfon a llofruddiwyd un o ddirprwyon amlyca mab y Brenin. Cofiodd yn dda am firi a hwyl yr arwisgo bedair blynedd cyn hynny pryd y'i gwnaethpwyd yn Dywysog Cymru gan ei dad. Ond flwyddyn yn ddiweddarach, ar Fai y cynta, 1344, llosgwyd Rhuddlan adeg ffair Llanelwy. Flwyddyn yn ddiweddarach eto (os cofiai'n iawn), rywdro'n y mis bach, llofruddiwyd Henry de Shaldeforde gan rywun o'r enw Tudur ap Goronwy a'i frawd (Brawd Du) o'r enw Hywel ap Goronwy. Fis yn ddiweddarach aeth si ar led fod Deon Llanelwy ac Abad Maenan yn cynllwynio yn erbyn y Goron, ac yn ddiweddar, roedd hyd yn oed Esgob Bangor (a ddaeth i'r swydd yn unig oherwydd ffafriaeth y Pab yn hytrach na'r Brenin), a ddaliai diroedd mewn chwe chwmwd ym Môn, yn hawlio nad oedd gan y Siryf hawl rhoi bawd troed ar ei dir, heb sôn am gynnal cylch. Hawliodd yr Esgob y gallai grogi drwgweithredwyr ar ei dir ei hun fel ag y dymunai. Roedd Abad Maenan eisoes wedi hawlio hyn ar ei diroedd ym Môn fyth er dyddiau'r hen drefn.

Ond cysurodd ei hun: doedd Dafydd Offeiriad byth yn gwneud caff gwag. Dyna beth a'i gwylltiai weithiau: roedd mor berffaith, mor gywir, mor gysact ym mhob peth a wnâi. A syllodd arno'n awr yn eistedd ar ei farch ac yn mwmian pader wrtho'i hun. Ac yna craffodd ar ei fan geni mawr. Ymledai ar draws ei dalcen. Roedd yr un ffunud â'r *mappamundi* a welodd unwaith, y map a ddangosai'r ffordd i Balesteina i'r pererinion. Roedd Caersalem yno fel llygad fawr yn ei ganol ac Ewrop gyfan yn grwn o'i gwmpas.

Y tu ôl iddo roedd y minstrel, Guirat de Bornelh, yn difyrru'r osgordd a'r taeog a warchodent drwy ganu'n soniarus,

'Le plus beau corps qui soit né d'une mère
Est dans mes bras et je ne m'émeus guère
Du jaloux ni de l'aube . . .'

Gwenodd y Dirprwy Siryf cyn sodli'i farch a throtian hyd y llwybr gan deimlo'r dail yn cosi'i wyneb wrth iddo wthio heibio. Ond gwasgodd ei ddannedd yn ei gilydd a bu'n rhaid iddo arafu'r ceffyl. Doedd ryfedd mai clwy'r marchogion y gelwid ei anhwylder arbennig. Da y gwyddai o brofiad am yr eiliad o boen a'i trywanodd.

*   *   *

Cynhelid offeren yn y bore ac Offeren Fawr a gwasanaeth Gosber yn y p'nawn, a'r pryd hynny ymgasglai'r gwŷr rhydd a'u hanifeiliaid yn hanner cylch o gwmpas porth yr eglwys. Cyfunid Gŵyl Sant Mihangel a Dydd Maddeuant Sant Hermon, nawddsant ac amddiffynnwr gwartheg a defaid, ac fe'u dygwyd yno'n llu hyd nes y byddent yn llenwi'r buarth a'r fynwent. Prin y gellid clywed yr offeren weithiau o achos yr holl frefu a'r twrw.

Cerddodd dyn o'r enw Iolyn Offeiriad o'r eglwys â dau fab taeog o'r tircyfri'n dal canhwyllau o bobtu iddo. Iolyn oedd yn gofalu am gyflwr eneidiau holl eiddo'r dref, yn anifail a thaeog yn ogystal â'r gwŷr rhydd yn y gafaelion. Dyn byr pryd tywyll oedd o, gydag ysgwyddau llydan a chlamp o ddwylo rhawiog. Roedd ei dafod o 'chydig yn rhy fawr i'w ben, a esboniai pam yr adroddai'r offeren fel pe bai ganddo dysan boeth yn ei geg.

Ond heddiw cerddai'n urddasol o anifail i anifail gan eu bendithio bob yn un. Yn ei law roedd *pax* a delw'r Forwyn Fendigaid arno (yr hon a gusanid fynycha gan y gwŷr rhydd eu hunain a'r taeogion). Wedi i Iolyn Offeiriad fendithio'r anifeiliaid fe'u rhwymwyd i byst a adeiladwyd yn bwrpasol ar gyfer yr Ŵyl, ac yna fe âi'r gwŷr rhydd i gyd i mewn i'r eglwys hefo'u hysgubau ŷd, eu sypynnau o rawn a'u coflaid o wair i'w dodi ger yr allor, yna penlinio a gweddïo ar y Forwyn.

Er mai eglwys hynod ddi-nod a syml ei gwneuthuriad oedd hi o ran pensaernïaeth – allor, pulpud, bedyddfaen gerllaw'r côr, claddgell fechan, clochdy, creiriau a chyffesgell – llwyddwyd i'w llenwi ag arogleuon yr haf. Fel arfer byddai'n sawru o arogleuon amrywiol y pridd a pha bynnag flodau a fyddai wrth law, ond heddiw tra eisteddai'r gwŷr rhydd ar y meinciau isel (a'r rhai hyna ar y pen a'u cefnau'n gorffwyso ar y mur) roedd arogl ŷd a gwair a blodau fil yn nofio yn ffroenau pawb. Disgleiriodd yr haul trwy'r ffenestri, ac yn llewyrch yr heulwen gellid gweld miloedd ar filoedd o ronynnau llwch a hadau yn ymdroelli'n chwrligwgan yn y llafnau goleuni.

Unwaith y cyflawnwyd y ddefod hon ac wedi i bawb dderbyn y bara a'r gwin ymadawyd â'r eglwys ac fe ddaeth y gwŷr rhydd allan trwy'r porth. Y tu allan roedd plant y dref a'r gafaelion yn chwarae yn yr heulwen a'u lleisiau'n llafarganu:

'Clefyd clefyd byth i mi
Na byth i 'nheulu chwaith.'

Poerodd hanner dwsin ar gelanedd gwylan fôr fesul un. Gweryrodd un ferlen ac fe drodd Iorwerth Gam, gŵr rhydd o'r gafaelion a chanddo ddau o feibion a merch o'r enw Nest, at ŵr rhydd arall o'r enw Mato ap Tudur Hen, a oedd wrth ei ymyl:

'Mae'r ceffyl 'na'r y pen yn diodda . . .'

'Ysgyfeinwst?'

'Does wbod . . .'

'Mi wellith wedi'i fendithio.'

'Trwy ras Sant Hermon a'r Fam Wen.'

'Ydi, mae o'n siŵr o neud.'

Wedi gwasanaeth y prynhawn, ac wedi i'r anifeiliaid a borai'r tircyfri gael eu bendithio oll ag un, gwasgarodd y gwŷr rhydd a'r taeogion ac eisteddodd y rhan fwya yn y cysgodion neu o dan y coed. Rhedodd rhai o'r plant i ffwrdd i adara. Roedd pawb yn mwynhau y tywydd cynnes ac yn dal eu hwynebau tua'r haul fel pe baent yn ei addoli.

Cerddodd Rhaglaw maerdref Dolbenmaen, gŵr o'r enw Ieuan Ddu, o'r eglwys a theimlo'r haul yn tasgu'n boeth ar ei wyneb. Caeodd ei lygaid a gwrando'n astud ar sŵn y plant yn chwarae, trydar yr adar yn y coed, bwhwman gwenyn ac yn y pellter tybiodd iddo glywed cri cornicyll.

Roedd pawb mewn hwyliau da.

Am ennyd, meddyliodd mor braf fyddai byw mewn gwlad lle byddai'n ha bach Mihangel di-dor gydol y flwyddyn. Ni fyddai gofidiau nac oerfel nac ofn y gaeaf ar neb wedyn. Byddai pawb yn hapus a dedwydd.

Cerddodd yn bwyllog tua'r neuadd lle'r oedd y siambr, ac wrth ochr honno roedd stabal a sgubor a beudy. Un adeilad hirsgwar, isel oedd o wedi'i doi â stribedi hir o bren a chlai. Edrychai'n hynod yn haul y prynhawn, ac roedd y buarth o'i flaen yn sych a llychlyd. Yn y gwanwyn byddai pawb at eu pengliniau'n tuthian slwjio trwy'r mwd.

*   *   *

Ond cyn bwrw iddi â hanes maerdref Dolbenmaen, mae'n well inni gymryd hoe am sbel, ac i minnau gael cyfle i'ch cyflwyno chi i un o brif gymeriadau'r nofel sef Ibn al Khatib, myfyriwr yn y Madrasa, Coleg y Sultan Hasan yn ninas Cairo, ers pan oedd o'n saith oed. Bellach, ag ynta heb brin orffen 'i addysg ac ar fin mentro ar ei Hajj cynta mi ddaeth newyddion go ddrwg iddo fo'n y coleg, mae arna i ofn . . .

Fyth er cwymp Baghdad tan rym lluoedd y Mongoliaid rhyw gan mlynedd ynghynt, Cairo a'i phoblogaeth o hanner miliwn oedd prifddinas y byd Mwslemaidd.

Doedd y coleg anferth heb ei orffen. Roedd y gwaith adeiladu yn dal i fynd rhagddo ond roedd eisoes yn orchest bensaernïol ac yn goleg anferth wedi ei amgylchynu â phedair *liwan*, un i bob un o'r pedwar *madhhab*. O edrych i fyny rhyfeddai pawb at y nenfwd uchel a ymestynnai hyd dragwyddoldeb bron gan greu rhyw ymdeimlad o fawredd a ias fod y fath orchestwaith yn bosib. Yma o dan y liwan y byddai'r *ulama* brwd yn ymgasglu wrth draed eu gwahanol athrawon i astudio'r Coran a'i draddodiadau gan ymdrechu i ddysgu ar gof a chadw reolau dyrys y *fiqh* cyn gwasgaru i genhadu i bob rhan o'r byd Mwslemaidd a thu hwnt.

Dywedid yn aml wrth Ibn al Khatib ei fod yr un ffunud â'i dad pan oedd hwnnw ym mlodau'i ddyddiau. Roedd yn balffyn o ŵr ifanc cyhyrog a chefnsyth ac roedd cyn gryfed â chamel teirblwydd. Talcen llydan ac amlwg, a'i drwyn bwaog rhwng dwy lygad fawr, rhai crynion du gyda mymryn o frown ynddynt. Trwch o wallt yn cyrlio ychydig yma a thraw. Roedd ei groen yn oleuach na'r rhelyw o'i gyfoedion ac fe welid gwythïen amlwg yn ei arlais a ymchwyddai'n ddireol gan neidio 'nôl a blaen fymryn pan fyddai wedi gwylltio neu'n ceisio ymdopi â rhyw broblem astrus. Ceg fechan oedd ganddo a gwên ddireidus wastad ar ei min (gwnâi hyn i amryw feddwl ei fod yn synied yn ysgafn pan fyddai yng ngŵydd gwŷr dysgedig o uchel barch) ond yn hytrach, gwên hollol naturiol oedd hi. Cerddai yn fân ac yn fuan (yn ôl hen arfer myfyrwyr y Madrasa) ond pe byddai rhywun yn galw arno ni fyddai fyth yn aros a throi ei ben, ond yn hytrach byddai'n troi ei holl gorff. Gŵr ifanc egnïol yn llawn bywyd oedd Ibn al Khatib, gŵr a oedd yn ysu i wneud neu fynd i rywle yn dragwyddol. Ei uchelgais oedd bod yn genhadwr neu'n llyfrgellydd. Ei lysenw oedd 'mellten'.

Treuliodd Ibn al Khatib y ddeng mlynedd ddiwethaf yn gwrando ac yn dysgu (ac yn amlach na pheidio yn dysgu ar gof) am gyfraith y Proffwyd fel ag y'i datguddiwyd iddo ac fel y'i cofnodwyd yn y Coran. Dysgodd am yr awydd i ddirnad y bydysawd yn rhesymol, byd a grewyd trwy ewyllys ddwyfol Allah, angen dyn i ddarganfod a chreu trefn gymdeithasol gyfiawn a fyddai'n byw mewn cytgord â dymuniad y Creawdwr, lle darostyngir anghenion blysiog dyn a'i orawydd am gyfoeth a braint. Dysgodd am allu rhyfeddol y Creawdwr, ei anfeidroldeb o'i gymharu â byrhoedledd dibwys y bywyd daearol.

Yn ninas Cairo ni allai Ibn al Khatib gofio adeg pan na chlywodd y *muqri* yn eistedd ac yn darllen ar goedd o'r Coran. Ymdrochodd yn ei wirioneddau er pan nad oedd yn ddim o beth. Roedd rhai o'r *muqri*, oherwydd ansawdd eu lleisiau a'u gallu i ddarllen yn ddwys a synhwyrgall, yn wŷr o uchel barch, goludog. Darllenodd Ibn y Coran o'i ddechrau i'w ddiwedd chwech o weithiau. 120,000 o eiriau, 114 *suras* a 6,000 *ayas*. Dysgu ar gof a chadw oedd un o gonglfeini addysg y Madrasa. Cymhathu brawddegau a phenodau cyfan trwy ailadrodd cyson hyd nes bo'r Llyfr Dwyfol yn rhan o hanfod pob unigolyn trwy'r gymdeithas i gyd, hyd nes byddai'n hidlo trwy'r byd gan nyddu tapestrïau helaeth o ddelweddau trwy wledydd cred, ym meddyliau dynion, yn eu hymwneud â'i gilydd, yn eu cartrefi, eu celfyddyd a'u pensaernïaeth. Ac yn naturiol ddigon fe wyddai rannau helaeth ohono ar ei gof ac fe allai adrodd yn ddifrycheulyd pe byddai galw arno. Roedd wrth ei fodd yn darllen, ysgrifennu a myfyrio. Deuai ei holl wybodaeth am ei gyd-ddyn a'i gymdeithas a'r byd o enau ei athrawon neu o dudalennau'r Coran. Ac am ddeng mlynedd o'i oes fer fe ddysgwyd Ibn al Khatib i holi'r cwestiynau o dragwyddol bwys yng ngoleuni'r Coran: beth yw dechreuad a thynged y ddynoliaeth? Beth yw natur y berthynas rhwng yr hil ddynol a'r ddaear? Beth yw perthynas y ddynolryw â'r Drefn Ddwyfol?

Doedd prin wedi aeddfedu digon mewn oed na phrofiad nag arfau deallusol i hyd yn oed ddechrau ymdopi â'r cwestiynau hyn pan ddaeth y genadwri i'r Madrasa un prynhawn:

'Yn wael iawn?'

'Difrifol wael.'

Amneidiodd ei ewythr, Ahmad al Khatib, a cherddodd y ddau allan o'r coleg trwy borth bychan iawn yn y pyrth anferth, ac allan i drybestod poeth dinas Cairo.

Beth amser yn ddiweddarach, a rhimyn hir o bererinion ar gamelod yn gadael yn llu ar eu *Hajj*, cerddodd Ibn oddi wrth y ffenest a chyrcydu wrth erchwyn gwely'i dad. Ni chydiodd yn ei law na'i gyffwrdd ac nid ynganwyd yr un gair am hydoedd. Ymhell bell y tu allan, rhywle yr ochr draw i'r sgwâr, roedd *muqri* yn bloesweiddi rhannau o'r Llyfr Dwyfol, a'i lais yn diasbedain dros y ddinas. Ceisiodd ei dad lefaru ond yr unig beth a ddeuai o'i enàu oedd rhyw sŵn crugboerus ingol. Nesaodd ewythr Ibn a dododd ei glust wrth enau'i frawd. Oedodd yno wrth i bawb ddal eu gwynt.

Ceisiodd lefaru drachefn. Dywedodd rywbeth gweddol ddealladwy y tro hwn, ond oherwydd i afr neu ddafad frefu islaw'r ffenest ni chlywodd Ibn eiriau ei dad.

A bu farw.

Tywysodd Ahmad al Khatib ei nai o'r ystafell beth amser yn ddiweddarach, ac oedodd y ddau y tu allan i'r drws. Roedd Ahmad wedi cynhyrfu trwyddo oherwydd wrth iddo gydio yng ngarddwrn Ibn sylweddolodd hwnnw'i fod yn crynu.

Roedd dan deimlad a rhywsut doedd Ibn ddim yn teimlo fawr o ddim byd. Cynefinodd â'r syniad o angau wedi iddo ymweld â'i dad ar ôl misoedd o gystudd. Roedd hyn i'w ddisgwyl rywsut. Yn naturiol, er yn drist. Ond prin yr oedd yn adnabod ei dad p'run bynnag ac yntau wedi treulio'r rhan helaethaf o'i fywyd oddi mewn i furiau'r Madrasa.

Chwythodd ei ewythr ei drwyn a chiledrychodd o'i amgylch. Roedd mymryn o atal dweud ar ei leferydd:

'Mae'n rhaid i ti ddod acw ar unwaith. Dwyt ti ddim i fynd yn d'ôl i'r Madrasa –'

'Ond . . .'

'Gwranda! Does dim amser i'w golli. Mi eglura i bob dim yn nes ymlaen. Hel dy betha at 'i gilydd!'

'Be? Dwi'n cael mynd ar yr *Hajj* wedi'r cwbwl?'

Edrychodd ei ewythr arno'n dosturiol:

'Ddim yn hollol.'

A rhwbiodd ei wyneb cyn dweud:

'*Hajj* o fath . . .'

A dododd Ibn ei ben ar ogwydd dro a syllu ar ei ewythr yn sychu dafnau chwys oddi ar ei wyneb. Dyma'r tro cynta erioed iddo'i weld yn chwysu. Chwysu fel mochyn mewn lladd-dy. Fel rheol roedd yn ŵr pwyllog a fyddai wastad yn pwyso a mesur pob dim yn ofalus cyn gwneud unrhyw benderfyniad. Ond heddiw roedd fel pe wedi colli arno'i hun am ryw reswm . . .

. . . A'r rheswm hwnnw (fel y canfu Ibn al Khatib yn ddiweddarach) oedd yr hyn a ddywedwyd wrtho gan ei frawd ar ei wely angau . . .

. . . sef bod ei fab i gychwyn ar daith yn union syth i grombil cyfandir tywyll, i grud yr Inffidel i ladd Brenin Ffrainc. Dyn o'r enw Philip o Valois i'w ffrindiau a'i berthnasau. Roedd o'n byw mewn dinas bell o'r enw Paris . . . Taid y dyn yma oedd yn gyfrifol am ladd taid Ibn al Khatib yn ystod un o ymgyrchoedd y croesgadau. Clodforwyd hyn mewn llyfr poblogaidd o'r enw *Gesta Dei Francos* (neu mewn Arabeg, Gwaith Duw a gyflawnwyd gan y Ffrancod) . . .

. . . a dyna, yn fyr, sut y cychwynnodd Ibn al Khatib am borthladd Alexandria yn Hydref 1347, pan oedd rhywbeth arall hefyd newydd adael y Môr Du am Ewrop . . .

*   *   *

Yng nglas y dydd, wedi i bawb fod yn yr offeren a phan oedd yr haul ifanc ar branc tua'i anterth hydrefol, dychwelodd y Dirprwy Siryf, y Rhaglaw Ieuan Ddu, y milwyr, Iocyn Fach, y gof a'r gwŷr rhydd – Mato ap Tudur Hen, Iorwerth Gam, Tegwared ap Rhys a Iorwerth Foel a'r gweddill i'r neuadd. Eisteddodd pawb i lawr ar y meinciau a gludasant gyda nhw o'r eglwys. Yn ôl y ddeddf gwaherddid merched, offeiriaid, taeogion a phlant o'r neuadd adeg ymweliad y Siryf. (Er y câi un taeog a gynrychiolai'r gweddill annerch wedi i'r gwŷr rhydd adrodd eu cwynion.)

Cododd y Rhaglaw ar ei draed ac annerch y gwŷr rhydd o'r gafaelion:

'Dyma'r tro cynta inni gyd-eistedd hefo'n gilydd â'r Dirprwy Siryf. Rydan ni i gyd yn nabod Dafydd Offeiriad. Mi fuo fo yma o'r blaen, adeg y Pasg. Ond yn ôl be dwi'n ddallt, mae gynnon ni drefn newydd y tro yma . . .'

Doedd y Rhaglaw ddim yn siaradwr cyhoeddus penigamp. A dweud y gwir, tipyn o fwnglerwr geiriau oedd o. Syllodd y Dirprwy Siryf ar ei wyneb barfog, main a'i goesau meinach. Ei goesau Robin Goch.

A daeth gwên i'w wyneb.

Eisteddodd y Rhaglaw a phesychodd nifer o'r gwŷr rhydd o'i flaen. Bu ychydig o gamddealltwriaeth oherwydd ni chododd Dafydd Offeiriad, ond yn hytrach tybiodd fod y Dirprwy Siryf am ddweud gair, hyd nes y sylweddolodd fod Ieuan Ddu yn gwneud stumiau arno.

Cododd ar ei draed.

'Cylchdaith Gŵyl Sant Mihangel, 1347 oed Crist, ym mhymthegfed blwydd teyrnasiad ein Tad Sancteiddiaf, Clement VI,' ac oedodd, 'oherwydd y rheidrwydd sy arnon ni i ymweld â phob un cwmwd yn y sir mae'n ofynnol ein bod yn cwtogi ar yr amser a dreulir ym mhob man . . .'

Syllodd rhai o'r gwŷr rhydd ar ei gilydd a gwgu.

'. . . felly y drefn o hyn ymlaen ym mhob man yn ddieithriad fydd cynnal cyfarfod y gannwyll . . .'

A chynheuodd un y tu ôl iddo.

'. . . fe ddiffoddir hi ar ddechrau'r offeren ganol bore ac yna fe'i hailoleuir ac fe'i diffoddir drachefn adeg offeren y prynhawn. Fe ddylem gwbwlhau ein trafod erbyn yr hwyr.'

Neidiodd Rhys ap Madyn ap Espyn ar ei draed yn syth.

'Chlywis i rioed am y ffasiwn beth! Pwy roddodd sêl bendith ar y rheol hurt yma?!'

Syllodd Dafydd Offeiriad arno cyn ateb yn bwyllog,

'Dyna fydd y drefn ym mhob man o hyn allan. Ac os nad ydi'r drefn newydd wrth fodd eich calonnau yna mae croeso ichi ddwyn eich cwynion gerbron y Llys Sirol yng Nghaernarfon ar y dydd olaf o bob mis.'

Gwyddai y byddai hyn yn tewi y mwya huawdl a chroch ei lais: doedd neb o'r gwŷr rhydd yn hoff o'r syniad o deithio yr holl ffordd i Gaernarfon a chlywed eu hachosion a'u cwynion yn cael eu cynnal mewn iaith ddieithr gerbron pobol nad oeddent yn eu nabod.

Eisteddodd Rhys ap Madyn ap Espyn yn anfoddog a sibrwd rhywbeth yng nghlust Mato ap Tudur Hen a eisteddai o'i flaen.

Dotiodd y Dirprwy Siryf at ei glyfrwch.

Fe ddywedodd ar hyd y bedlan fod ganddo rywbeth i fyny'i lawes ond roedd hwn yn dro annisgwyl a nodedig ddyfeisgar. Unwaith y byddai'r si yn mynd ar led, buan iawn y byddai siroedd eraill yn canlyn y ffasiwn.

A dechreuodd y Llys Cant, er fod rhai o'r gwŷr rhydd yn dal i rwgnach dan eu gwynt. Wedi'r cwbwl, doedd bosib fod y gannwyll yn mynd i ganiatáu i bawb gael dweud eu pwt. Byddai wedi hen losgi cyn hynny.

Dafydd Hir gododd ar ei draed yn gynta (fel ag y gwnâi yn ôl ei arfer) a siarad yn weddol:

'Ddirprwy Siryf, Dafydd Offeiriad. Isio atab ydw i. Dwi'n rhyw ama imi sôn wrthach chi adeg cylch y Pasg amdana i a nifer o denantiaid erill o'r gafaelion a oedd â hawlia pysgota yn Aberglaslyn ar y ffin â chwmwd Ardudwy. Rydan ni wedi bod yn rhwydo a physgota yno ers cyn cof. Ond yn ddiweddar mi gymrwyd yr afon yn enw'r Brenin gan . . .'

Ac oedodd.

'. . . gan rywun na alla i ddim cofio'i enw fo rwan hyn. Ond mi gymrodd yr afon heb hawl gyfreithiol. Dyna ydi asgwrn y gynnen achos, fel deudis i, rydan ni wedi pysgota ynddi ers oes yr arth a'r blaidd. Felly, yn fyr, rydw i a nifer o'ch tenantiaid rhydd yn erfyn arnoch chi i gywiro'r camwri yma achos mae gan bawb yr hawl i bysgota yn ôl y gyfraith. Yn y môr neu'r afon, fel fynnon nhw. Hyd yn oed y taeogion.'

Ac eisteddodd Dafydd Hir. Trodd y Dirprwy Siryf i edrych ar Dafydd Offeiriad a sibrydodd hwnnw,

'Roger de Mortimer o'r Waun, Ustus Gogledd Cymru, feddiannodd yr afon yn enw'r Goron.'

Roedd y Dirprwy Siryf wedi clywed am Roger ond doedd o erioed wedi ei gyfarfod. A ph'run bynnag, roedd bellach yn ymladd yn Picardi gyda'r Brenin Edward a'r Tywysog Du.

Cododd Dafydd Offeiriad ar ei draed.

'Mi ddanfonwyd gair at Gyngor y Brenin wedi i'r gŵyn yma gael ei lleisio adeg cylch y Pasg, ond dydan ni fyth wedi cael ateb . . .'

'Mi wnes i yr un gŵyn yn union adeg yma llynadd hefyd,' bloeddiodd Dafydd Hir heb godi oddi ar ei fainc.

Trodd Dafydd at y Dirpwy Siryf ac fe atebodd hwnnw a mymryn o gryndod yn ei lais:

'Rhaid ichi ymarfer pwyll ac amynedd; ddaeth dim daioni i neb erioed o ruthro i benderfyniad. Mae'r gŵr a gyhuddwch chi i ffwrdd yn ymladd ac felly all o ddim ateb drosto'i hun. Ond, gydag amser, fe ddaw'r mater i sylw'r Brenin ac fe fydd cyfiawnder.'

'Pwy sy nesa?' holodd Ieuan Ddu gan gadw un llygad ar y gannwyll.

Cododd Mato ap Tudur Hen ar ei draed. O'i weld yn araf godi, dododd Dafydd Offeiriad ei ysgrifbluen o'r neilltu:

'Yr un gŵyn sy gin i eto fyth. Yr un gŵyn wnes i'r Pasg a Gŵyl Sant Mihangel y llynedd a'r un cyn hynny a chyn i'r rhan fwya ohonoch chi gael eich geni hyd yn oed! Rydan ni'r tenantiaid rhydd yn dlawd! Fydda i'n ama weithia a ydi rhai o'r taeogion ar y tir cyfri'n well eu byd!'

A chwarddodd pawb.

'Ond mi rydan ni'n dlawd am y rheswm syml na allwn ni werthu'n tir fel ag y gallwch chi'n ôl cyfraith Lloegr. Pe na bai gan ddyn ond hanner erw o dir a phum mab, ar farwolaeth y tad mae'n rhaid rhannu yr hanner erw rhwng y pump, ond dydi hynny o ddim lles i neb yn y byd! Pwy all grafu bywoliaeth o ryw sinach felly? Pe bai modd inni werthu'n tiroedd mi fydda hynny'n rhwbath gwerth chweil! Mi fydda pawb wedyn yn prynu a gwerthu'n unol â chyfraith Lloegr, er lles y Brenin ac mi arbedai ofid a chaledi a thwrw rhwng teuluoedd a'i gilydd. Tir a gwartheg ydi achos y rhan fwya o gwffio a welwch chi'r ffordd yma.'

Eisteddodd a llyfu'i wefus:

'Yr un ydi'r ateb,' atebodd Dafydd Offeiriad, 'dydi'r Brenin ddim yn teimlo fel ymyrryd gormod â hen arferion y Cymry . . .'

'Dim ond pan mae o o fudd iddo fo,' sibrydodd Ieuan Chwerw dan ei wynt ond yn ddigon uchel i alluogi'r gwŷr rhydd o'i gwmpas glywed.

Ac ategodd y Dirprwy Siryf eiriau'r Offeiriad:

'*Est avis Conseil qu'il est afere que les francs tenants les facent il plest Roi.*'

Tegwared ap Rhys gododd ar ei draed nesaf:

'Mae hi wedi bod yn flwyddyn anodd. Rydan ni wedi gweddïo llawer ar y Forwyn Fendigaid a chyflawni sawl penyd i ymbil gras yr Hollalluog ond dydi petha heb fod yn hawdd o bell ffordd.'

Dyn hirwyntog oedd Tegwared.

'Yn anodd iawn. A deud y gwir yn onast wrthach chi dwi

ddim yn cofio tymor cyn salad ers tro byd. Er, wedi meddwl
hefyd, doedd llynadd ddim yn dda iawn chwaith o'i chymharu
â'r flwyddyn cynt. Mi chwythodd yn o arw trwy fis Mawrth ac
Ebrill, os dwi'n cofio'n iawn.'

'Be 'dach chi isio'i ddeud wrth y Dirpwy Siryf?' holodd
Dafydd yn gas.

'Be dwi isio ddeud wrtho fo? Hyn. Dyma be dwi isio ddeud
wrtho fo. Be dwi isio ddeud wrtho fo ydi hyn.'

Syllodd pawb yn araf ar Tegwared yn cochi hyd at fôn ei
glustiau cyn eistedd. Ac yna'n sydyn, rhuthrodd rhywun
i mewn o'r cefn a golwg wyllt arno. Cerddodd at y blaen:

'Gobeithio 'mod i ddim yn rhy hwyr,' siaradodd Eryl
Fychan yn gyflym. 'Wedi dwad yma ynglŷn â 'mrawd, Einion
Fychan, ydw i. Mi sonis i wrthoch chi adeg y Pasg. Fe all Iolyn
Offeiriad eilio fy stori i, fe gafodd o'r gwasanaeth a'r lludw ar
ei draed wedi'r cynhaeaf gwair. Mae o bellach yn byw ar y
cyrion.'

'Y gwahanglwyf,' sibrydodd Dafydd wrth y Dirprwy Siryf.

'Ond ers y Pasg, mae petha wedi newid. Fuo farw fy nhad
ychydig cyn gŵyl ein Mam Wen ac oherwydd cyflwr Einion,
yn ôl y gyfraith, y fi sydd i etifeddu'r tir.'

'Does dim brodyr eraill?'

'R'un. Nagoes.'

'Rydach chi'n dallt mai eich dyletswydd chi felly fydd gofalu
ar ôl eich brawd.'

Oedodd Eryl cyn ateb:

'Ydw.'

'Dyna mae'r gyfraith yn ei orchymyn.'

'Mae o'n sefyll y tu allan os carech chi . . .'

Ysgydwodd y Dirprwy Siryf ei ben:

'Mae'ch gair chi'n ddigon, Eryl Fychan.'

A cherddodd allan yn gyflym a gwên ar ei wyneb.

Roedd y gannwyll yn dal i losgi ac roedd mwy na'i hanner hi
wedi troi'n fwg erbyn gwasanaeth gosber y prynhawn.

*   *   *

Aeth deuddydd heibio, a'r môr glas mawr yn ei gynhaeaf. Cododd asgellwynt cynnes i roi hwyl ar adenydd pawb. Yr oedd Ibn al Khatib yn oedi ar fwrdd y llong yn tawel wylio'r goleuni yn siglymestyn ac yn disglair wreichioni'r llyfnder glas. Rhyfeddodd sawl gwaith at lesni pur y môr yn ei loywder yn ymestyn i'r pellter main. Rhythodd arno. Nid oedd wedi gweld ei debyg erioed o'r blaen. Weithiau fe ddeuai rhyw awydd drosto i gamu tros ochr y llong a cherdded arno fel pe bai'n drwch o wydr disglair. Doedd dim argoel o dir i'w weld yn unman. Dim byd ond cylchfor mawr, mud ac awyr a stribedi o haul yn llafnu rhwng y cymylau. Syllodd ar y llong yn sglefrio dros lyfnder yr eigion a gwenodd wrth ddwyn i gof yr Iddew bychan byr ei wynt a'i darbwyllodd i hwylio ar ei long a'i gyflwyno i'r capten, Giovanni di Marco Villannio o Genoa.

Wedi'r cwbwl, roedd hi wedi hwylio i Calais *via* Cadiz filoedd o weithiau dros dreigl y blynyddoedd. O, wel, cannoedd o weithiau 'ta. Wel, mi roedd hi'n ffaith ddiymwâd iddi fod rhai degau o weithiau waeth be ddywed neb. Rhoddodd ei air, yn wir, roedd yn fodlon tyngu llw i Ibn al Khatib y byddai'n cyrraedd Cadiz yn groeniach o fewn pedair wythnos fan bellaf, â thywydd teg yn caniatáu. Wedi'r cwbwl, roedd ei long wedi bod o amgylch y byd ddwywaith. Y byd fel ag yr oedd yn wybyddus i longwyr Genoa mae'n wir. Bu ei long cyn belled â gwlad lle trigai pobol â dau ben yn tyfu o'u boliau a rhanbarth arall, llawer is i'r de na moeldir Morocco, lle mae melyswynt tyner yn cariadus lyfu'r coedydd gydol y flwyddyn. Gwlad lle trig cewri anferth â llygaid yng nghanol eu talcen. Cewri sy'n bwyta dau gamel y dydd, a hynny i ginio'n unig! Fyth oddi ar i'r llong-gapten dewr, Taborik al Achita (ganed ei fam yn Compostella), fentro ymhellach a disgyn dros ymyl y byd aeth ias o ofn trwy holl borthladdoedd y gwledydd, ac erbyn hyn roedd pobol yn ddigon cyndyn i fentro ymhell iawn o'r glannau.

Ac felly, â'r haf wedi hen fynd heibio'i anterth, a phrysurdeb morgrugol porthladd Alexandria yn ddigon i dorri calon y dewraf o feibion Allah, ymlwybrodd Ibn al Khatib at long yr Iddew, y swadyn bach cydnerth, byr ei wynt. (Codai ei ysgyfaint i fyny ac i lawr fel megin trwy gydol yr amser y buont yn sgwrsio â'i gilydd.)

Sylwodd ar faner las a gwyn yn chwifio'n llipa ar y mast ac ymwthiodd Ibn hyd at ymyl y cei hyd nes y cyrhaeddodd at lond dwrn o gaethion yn llwytho sacheidiau a llwythi eraill trymion i'r llong dan felltithio'r gorchwyl mewn islais cras.

Bellach roedd y gwaetha y tu cefn iddo.

Gobeithio.

Y diwrnod cynta oedd y gwaetha un. Bu'n swp sâl a chwydodd o'i hochr hi. Chwydodd yn ddychrynllyd. Ceisiodd fwyta (ar gyngor y capten) ond roedd pob dim a âi i lawr yn mynnu dod 'nôl i fyny'n felyn neu'n wyrdd neu'n gymysgfa amheuthun o'r ddau liw, a sbotiau cochion gyda thalpiau o fanana neu bîn afal neu ddelysg yn nofio ar yr wyneb. Chwydodd dros ei ddillad, dros ei ddwylo, dros fwrdd y llong dros raffau, dros bob dim. Aeth ei bryd a'i wedd yn oleuach fyth ac yn llwydach, a thynnodd y capten ei goes gan ddweud pe byddai rhywfaint yn salach yna byddai mewn peryg gwirioneddol o droi'n ddyn gwyn ymhell cyn iddynt gyrraedd Cadiz.

Gwenodd Ibn gan ddodi'i law yn dyner ar ei fol. A ellid gwaeth cosb i un o feibion Coleg y Madrasa? Un a dreuliodd ddeng mlynedd yn dysgu'r Llyfr Dwyfol air am air ar ei gof?

Ond erbyn hyn fe deimlai ronyn yn well. O leia roedd yn gallu bwyta yn weddol ddidrafferth heb orfod hongian fel rhyw adyn llipa dros ymyl y llong yn porthi'r pysgod. Tynnodd fanana o'i boced a'i phlicio'n gelfydd. Ond roedd hi heb lawn aeddfedu ac yn dal yn gymharol galed. Brathodd ddarn a chnodd yn dawel. Ar y brathiad cynta blasodd fymryn o'r surni hwnnw ar ei dafod, ond buan y ciliodd ac fe'i llowciodd i gyd. Cerddodd y capten ato a sefyll wrth ei ochr. Bu distawrwydd rhyngddynt am beth amser ac yna llefarodd y capten,

'Biti fod y gwynt 'ma 'di gostegu, mi ychwanegith chwanag o ddyddia at ein taith ni . . .'

'Ond mi gyrhaeddwn Cadiz ddiwedd y mis?'

'Siŵr o fod.'

Gwaeddodd un o'r morwyr rywbeth annealladwy o ben yr hwylbren. Atebodd y capten mewn iaith na fedrodd Ibn wneud na phen na chynffon ohoni:

'Ddalltoch chi?'

'Naddo.'

'Siarad yn nhafodiaith lladron Siena oeddan ni. Dwi'n medru saith o ieithoedd. Ond mae gan y drygionus eu hiaith eu hunain, wrth reswm.'

A chraschwarddodd.

Bu tawelwch rhwng y ddau. Doedd Ibn ddim y hollol siŵr sut i ymateb ac felly penderfynodd mai tewi oedd gallaf.

'Deud oedd o fod 'na long heb fod ymhell . . . tydi o'n methu gweld pa faner mae hi'n ei chwifio . . . 'falla'i bod hi'n chwifio un . . . 'falla ddim . . . mae hi'n hen bryd i rywun ddyfeisio rhyw declyn i alluogi dyn i weld y pell yn agos . . .'

'Môr-ladron?'

Holodd Ibn yn swil, heb edrych ar y capten, a'i galon yn curo.

'Pwy a ŵyr?'

Atebodd y capten gan boeri i'r môr heb edrych ar y dyn ifanc o Islam.

*　　　*　　　*

Ond tra oedd meddwl Ibn al Khatib ar fôr-ladron y Môr Canoldir, yn ôl yn Eifionydd roedd dyn gwallt cringoch o'r enw Rhys ap Madyn ap Espyn yn bytheirio drwy'i bethau:

'Mi ddeudis i adag y Pasg! Ac mi ddeuda i o eto heddiw hefyd yng ngŵydd pawb sy yma! Rydw i wedi gweddïo ar y Fam Wen y caiff rhwbath 'i neud ynglŷn â'r peth ers hydoedd!

'Mi ddigwyddodd ddeuddydd wedi Gŵyl yr Holl Saint eleni ac mae o wedi digwydd sawl gwaith yn y gorffennol yma ac yn Ardudwy! Mi wn i o brofiad 'leni a dwi'n gandryll am y peth!

A waeth gin i be ddywad neb, ond os digwyddith o eto, yna dwi'n debygol o neud rhwbath y difara i o'i herwydd! Ond fydd gin i ddim dewis, dim os ydw i'n cael . . .'

Agorodd y Dirprwy Siryf ei geg yn llydan:

'Rhys ap Madyn ap Espyn?'

'Ia?'

'Da chi, peidiwch ag afradu mwy o wêr cannwyll . . .'

Syllodd Rhys ar Dafydd ac yna dywedodd:

'Mae'ch tenantiaid, y gwŷr rhydd yma heddiw yn taer weddïo na fydd eu hanifeiliaid a'u heiddo ddim yn cael eu cymryd yn erbyn eu hewyllys i gyflenwi angen y castell yng Nghricieth. Dydi hyn ddim yn iawn! Mae o'n hollol anghyfiawn! Pam na ddôn nhw i'r ffeiriau a phrynu fel pawb arall be bynnag y bydd arnyn nhw ei angan, a hynny am bris teg? Dydi o mo'r ots gin i werthu gwarthag, bustuch, heffrod, defaid, ceirch, ieir, wyau am bris teg a chyfiawn! Ond mae be ddigwyddodd yn 'y ngyrru i'n lloerig! Cwnstabl castell Cricieth yn dwad draw hefo'i filwyr ryw dro ar ôl Gŵyl y Wyryf yn y mis bach a chymryd, ia cymryd dwy fuwch odro a phedair hesbin a thair iâr a hynny am y nesa peth i ddim!'

A chytunodd y gwŷr rhydd gan stampio'u traed ar y llawr pren. Edrychodd Dafydd Offeiriad ar y Siryf: roedd yn rhaid cynnig ateb oherwydd fe wnaethpwyd y gŵyn hon sawl tro yn y gorffennol. Synhwyrodd y Dirprwy Siryf mai hon oedd y gŵyn fwya llosg dan grwyn y gwŷr rhydd. Ac wrth iddo feddwl am ffordd o ymdopi â'r cynnwrf sylwodd ar y gannwyll yn llosgi.

Cododd ar ei draed am y tro cynta a phesychu,

'Mae hwn yn fater difrifol.'

Ac oedodd gan wthio'i dafod i'w foch.

Rhythodd Rhys ap Madyn ap Espyn arno. Dyn byr iawn oedd o, gyda phen mawr a chorff bychan. Am eiliad, tybiodd amryw o'r gwŷr rhydd ei fod yn fawr ei gydymdeimlad â hwy a'i fod, yn y man, yn mynd i ochri â hwy ar y mater hwn a oedd yn gymaint o boen meddwl i bawb yn yr ystafell.

'Mi soniodd Cwnstabl castell Cricieth ei hun wrtha i yng

Nghaernarfon adeg Gŵyl Santes Martha pa mor anodd ydi
cael dau ben llinyn ynghyd yn y cwr yma o'r byd. Ond . . .'
Ac oedodd er mwyn godro'r tensiwn a chynnal yr effaith
dramatig mwya:
'. . . oherwydd eich bod chi, wŷr rhydd y gafaelion, tenantiaid
ffyddlon y Tywysog Du, yn ymatal rhag marchnadoedd a
ffeiria'r fwrdeistref ac yn cynnal eich marchnadoedd a'ch ffeiria
eich hunain (mewn dirmyg ac er colled i'r Tywysog a'r
fwrdeistref) a does ryfedd felly fod petha fel ag y maen nhw!
Meddyliwch am y peth! Rydach chi'n amddifadu'ch hunain o'r
cyfla i werthu, rydach chi'n amddifadu'r Tywysog o'i dollau
dyledus, ac all marchnadwyr ddim cynnal eu masnach a phrynu
nwyddau angenrheidiol er lles y fwrdeistref, ac felly does
ryfedd fod y Cwnstabl, gefn gaeaf, yn gorfod ffagio allan i nôl
ychydig o eiddo hollol angenrheidiol er mwyn cynnal y castell
a'r dref.'
Cododd Rhys ap Madyn ap Espyn ar ei draed yn syth.
Roedd wedi'i gynddeiriogi ac yn crynu drwyddo:
'Dydi hynna ddim yn wir! Mi fûm i yn ffair y fwrdeistref
adeg Gŵyl Sant Philip, ond dydyn nhw ddim yn cynnig prisia
o unrhyw fath.'
'Os caniatewch imi . . .'
'Dim prisia teg! Ac mi roeddan nhw'n pwyso a mesur mewn
ffordd oedd yn ddiarth iawn i mi!'
A chwarddodd rhai o'r gwŷr rhydd.
'Y *cocket seal*,' gwefusodd Dafydd Offeiriad i gyfeiriad y
Dirprwy Siryf ac amneidiodd hwnnw gan wefuso'n ôl:
'*Auxiben pour profit le roi comme pour commun profit du peuple
celes parties.*'
A gwenodd y ddau.
'. . . dydw i ddim yn deud nac yn gwadu nad oes oblygiada
a dyletswydda gynnon ni na allwn ni mo'u hanwybyddu.
Mi rydan ni o hyd yn cadw yr arfar o westfa yma. Y ddau sy'n
ddyledus i'r Tywysog, un yn yr ha' a'r llall yn y gaea'. Blawd,
ceirch, buwch neu fustach, hwch deirblwydd, llestr o fenyn,
slabia o gig moch, medd a bragod a chwrw neu dwbyn o fêl . . .'

'Rydan ni'n dallt yn . . .' dechreuodd Dafydd Offeiriad gan gadw llygad ar y gannwyll a oedd yn prysur ddifa'i hun.

'. . . ond rydwi'n gwbod hefyd fod y faerdref a'r taeogion yn cynnal oblygiad dawnbwyd i'r Tywysog ers dyddia'r hen drefn ac mae hwch ddwyflwydd, menyn, casgenad o fragod, ceirch a phum torth ar hugain yn mynd i Gricieth ar Ŵyl yr Holl Saint, ac yn yr ha' maen nhw'n cael hwch deirblwydd, menyn, chwe torth ar hugain a llefrith o bob un fuwch odro am un diwrnod i wneud caws . . . Ydw i'n iawn, Ieuan Ddu?'

Amneidiodd y Rhaglaw.

'Felly, fedran nhw ddim cwyno a fedra i ddim gweld fod ganddyn nhw hawl i ddwad allan fel fynnan nhw a chymryd be bynnag mae nhw isio heb hyd yn oed ofyn, ac wedyn yn cynnig ond y mymryn lleia am be bynnag fachan nhw!'

Erbyn iddo orffen ei anerchiad roedd dafnau o chwys yn ffosydd hyd ei dalcen.

Edrychodd y Dirprwy Siryf ar Ddafydd Offeiriad ac fe wyddai hwnnw mai ei waith o oedd mynd i'r afael â hyn:

'Mae'n ddrwg gin i orfod deud . . .'

A daeth pwl drwg o beswch drosto:

'. . . ond mae Cwnstabl castell Cricieth yn gweithredu o fewn llythyren y gyfraith. Feiddia fo ddim gwneud fel arall. Mae hen arferiad yn dal i fod, a dwi'n synnu nad ydi Rhys ap Madyn ap Espyn wedi clywed amdano fo. Pe bai'r Brenin neu'r Tywysog eisiau mynd ar daith gylch o gwmpas y cwmwd, tircyfri'r taeogion neu afaelion y gwŷr rhydd, yna mae hawl gan ei swyddogion o fewn pymtheng niwrnod cyn yr ymweliad i brynu unrhyw beth am bris teg . . .'

'Ond ddaeth neb ond chi ar gylch eleni!'

'Be wyddoch chi?'

'Welon ni mo neb!'

'Falle'i fod o wedi dwad i Gricieth ar long. Rhaid ichi fod yn ofalus wrth drefnu teitha i'r teulu brenhinol y dyddia 'ma. Mae 'na bob math o bobol fydda ond yn rhy barod i fanteisio ar y cyfla i ddangos eu hunain a gwneud rhyw ddryga gwirion. Ond da chi peidiwch â meddwl 'mod i'n ensynio fod neb yn y stafall yma'n debygol o neud petha felly. Mi wn i'n dda amdanoch chi.'

Eisteddodd.

Cododd Rhys ap Madyn ap Espyn yn syth:

'Pris teg? Ddeudsoch chi hynny?'

'Am bris teg, do.'

'A petaen ni'n gwrthod y "pris teg" 'ma?'

'Mi ellid eich dirwyo chi hyd at bymtheg swllt.'

'Be 'dach chi'n ei alw'n bris teg?'

Tensiwn yn yr awyr a golau'r gannwyll yn fflician. Trodd y Dirprwy Siryf i edrych ar Dafydd Offeiriad ac roedd hwnnw'n chwysu: gallai'n hawdd iawn roi'i droed ynddi a mynd dros ei ben a'i glustiau i helynt ffyrnig:

'Faint gynigiodd o am fustach? Dwi'n gofyn ichi? Faint?'

'Dim clem,' atebodd Dafydd.

'Tri swllt.'

'Wela i . . .'

'Faint dalodd o am fuwch? Y fuwch odro ora oedd gin i? Mm?'

'Deudwch chi wrtha i . . .'

'Un swllt a dwy geiniog. Rwan 'ta, ydach chi'n galw hynna'n bris teg?'

'Mae'r gannwyll yn prysur losgi,' cododd Dafydd Offeiriad ei lais, 'oes gan unrhyw un arall rywbeth i'w drafod?'

Ac er mawr ryddhad i'r ddau o Gaernarfon fe gododd Iorwerth Foel, gŵr rhydd a rhyw gloffni yn ei goes dde ar ei draed:

'Cais sy gin i, cais i'r Brenin. Dwi wedi bod yn was ufudd a ffyddlon iawn iddo fo ac mi ŵyr imi fod yn Ffrainc ar ddechrau'r rhyfel ddeng mlynedd yn ôl. Mi ŵyr yn dda amdana i. Ond dwi wedi mynd i ddylad, dylad go drom mae arna i ofn, o £32.'

Ac edrychodd pawb yn syfrdan ar ei gilydd.

'Felly, mi faswn i, tasa hynny'n bosib, yn hoffi cael amser i dalu'r dyledion yma fesul tipyn. Deudwch 'mod i'n talu deugain swllt ar Ŵyl Mihangel, neu mi fydda i wedi 'nifetha am byth! Achos wir yr ichi, yn enw'r Forwyn Wen a phob daioni, does gen i ddim byd ond fy ngwarthag i nghadw fi rhag y blaidd sy'n chwyrnu wrth y drws. Fedra i ddim tyfu ceirch neu mi faswn i'n gwneud yn syth, ond dydi'r tir ddim digon da! Ond fe fuodd farw mwy na hanner y gwarthag o ryw aflwydd cyn y Pasg . . .'

Eisteddodd ac fe nodwyd ei gŵyn mewn distawrwydd a'r unig beth a glywid am sbel oedd ysgrifbluen Dafydd yn cadw sŵn wrth iddo ddiwyd ysgrifennu. Roedd y gannwyll wedi llosgi'n isel iawn erbyn hyn ac ni fyddai amser ar gyfer rhagor o drafod. Sibrydodd Dafydd yng nghlust y Rhaglaw, Ieuan Ddu. Cododd hwnnw ar ei union a cherdded allan. Dychwelodd ymhen y rhawg a thaeog ar ei sawdl:

'Chwilen Bwm,' cyhoeddodd.

Safodd rhwng y meinciau a phawb yn llygadrythu arno. Aeth i'w gilydd i gyd. Roedd yn daeog yn ei oed a'i amser er na ellid ond dyfalu faint yn hollol oedd o ran blynyddoedd. Hagrwyd ei wyneb gan y tywydd ac roedd ychydig yn wargrwm.

'O dircyfri Dolbenmaen?'

Dafydd Offeiriad ofynnodd y cwestiwn ac Ieuan Ddu atebodd:

'Ia.'

'Bydd yn gryno a siarada'n glir. Dyma dy gyfle di i ddeud be bynnag fynni di gerbron y Brenin Edward III a'i Gyngor. Mawr yw dy fraint. Rwan. Deud dy bwt.'

Cododd Chwilen ei ben fymryn a dal ei law ar ei foch. Roedd wedi meddwl a meddwl am ddyddiau lawer am yr hyn roedd eisiau ei ddweud pan ddeuai'r cyfle. Ond wedi disgwyl a chicio sodlau y tu allan i'r neuadd roedd wedi drysu braidd. Bu'n ddiwrnod poeth ac roedd wedi codi'n ôl ei arfer a gwneud diwrnod o waith. A rhwng pawb a phopeth roedd pob dim wedi mynd yn angof a'i holl feddyliau wedi troi'n dwll du, gwag:

'Dal i ddisgwyl ydan ni . . . y . . .'

'Chwilen.'

'Chwilen.'

Oedodd Chwilen a rhedeg cribyn dros syniadau ond neidient a chwyrlïent fel dail yr hydref i bob man ac yntau fel gafr ifanc yn llamu ar eu holau. A phe methai, ni ddeuai cyfle fel hyn eto hyd nes y byddai'n Basg, ac roedd cawr o aeaf cefnllwm mawr rhyngddo a'r Brenin Edward III a'i Gyngor. Ac nid bob dydd y câi'r cyfle i annerch dyn felly. Mawr oedd ei fraint, fel deudodd yr Offeiriad. Ac roedd ar fin agor ei geg pan ddechreuodd pawb siarad ymysg ei gilydd a chodi a cherdded o gwmpas.

Canfu yn ddiweddarach fod rhyw gannwyll wedi diffodd.

Daeth pawb allan i haul melyn, meddal diwedd y prynhawn.

Cerddodd Tegwared ap Rhys at ei farch, merlen fynydd fechan, ac yno'r oedd ei fab, Hywel Lipa ap Rhys. Bu yntau ynghyd â nifer o blant taeogion yn gwylio â rhyfeddod rywbeth na welodd erioed o'r blaen sef Guirant de Bornelh, minstrel y Dirprwy Siryf, yn cyflawni triciau rhyfeddol. Un eiliad roedd ganddo wy rhwng ei fys a'i fawd. Daliodd ef yno yng ngŵydd pawb ac yna amneidiodd ar fachgennyn i ddod ato ac agorodd ei geg yn araf, led y pen. Rhythodd y bachgennyn i mewn i'w geg ac i lawr ei gorn gwddw. Cododd de Bornelh ei dafod fawr i fyny, ond doedd dim byd ond poer yn ei safn. Dychwelodd y bachgennyn at weddill y plant dan chwerthin a thynnu stumiau. Yna, yn araf bach, fe ddododd y minstrel yr ŵy y tu ôl i'w ben a chan wneud sŵn fel iâr yn gori, chwyddodd ei fochau ac fe ddaeth un, dau, tri, pedwar – naci – pump o wyau allan o'i geg, un ar ôl y llall.

'Be sy'n bod arnat ti?' holodd Tegwared wrth edrych ar ei fab yn syllu'n wag i'r pellter.

'Be?'

'Be sy?'

'Sbiwch ar hwn.'

'Be amdano fo?'

'Cadwch lygad barcud arno fo!'

Ac roedd de Bornelh yn dal sach ddu o flaen y plant. Roedd y sach yn wag. Ac fe'i daliodd bob sut a modd, ben

i waered, tu chwithig allan, rhoddodd hi dros ei ben ac yna fe
wahoddodd ferch fechan iawn i deimlo'r sach ac i roi ei llaw
i mewn ynddi. A dyna a wnaeth hi ac yna fe roddodd y
minstrel y sach mewn bocs pren, gwag wrth ei draed.
Eisteddodd ar y bocs a rhoi ei fraich ar ei benglin a'i ddwrn dan
ei ên a bu felly am amser maith a'i lygaid ynghau.

Ymhen hir a hwyr fe gododd ar ei draed a cherdded o gylch
y bocs hanner dwsin o weithiau cyn oedi a gwahodd un o'r
plant i agor y caead. Agorwyd y caead yn ofalus ac yna fe
gydiodd y minstrel yng ngwddw'r sach a'i chodi fry.
Ond roedd rhywbeth byw yn gwingo ynddi! Sgrialodd y plant
mewn ofn a chwarddodd y minstrel: ac yna pan ddychwelodd
y plant yn bryderus fe dynnodd sgwarnog gerfydd ei gwar o'r
sach a'i gollwng yn rhydd. Rhedodd y plant ar ei hôl a honno'n
dartio'n igam ogam glustsyth gefnsyth a'i choesau ôl yn clecian
y ddaear gan bawenu cymylau bychain o lwch i'r awyr.

'Swynwr.'

Ond roedd ei fab wedi'i gyfareddu gan allu digamsyniol y
minstrel.

'Dydw i byth wedi cael gair hefo'r Offeiriad,' siaradodd
Tegwared, 'ond mi ga' i yn y man – hei – wyt ti'n gwrando?'

'Ydw, ydw – '

'Deud o'n i nad ydw i byth wedi llwyddo i gael gair hefo fo.
Ond mi ga' i cyn bo hir.'

'Fydd pob dim yn iawn, bydd?'

'Bydd. Fydd pob dim yn iawn.'

Roedd yr arglwyddes Angharad Ferch Madog yn yr efail a'i
gwallt du fel y frân yn sgleinio yn yr haul addfwyn. Nesa ati
roedd y Rhaglaw, Ieuan Ddu, yn archwilio'r taeog y daeth y
Dirprwy Siryf ag o gydag ef o Gaernarfon:

'O ba dre?' holodd Ieuan Ddu gan agor ceg y taeog a syllu ar
ei ddannedd duon.

'Penrhoslligwy yn Nhwrcelyn.'

'Mhm.'

'Wedi dengid oedd o. Ond mi dalion ni'r penci ar y ffordd
yma. Ac fel gwelwch chi, dydi o fawr o beth.'

'Lle'n union dalioch chi o?'

'Fel roeddan ni'n croesi afon. Un o'r milwyr ddaliodd o wrth inni groesi'r rhyd. Mi gyfaddefodd yn syth. A deud pwy oedd o ac o ba dref roedd o wedi'i miglo hi. Mi wnaeth er 'i les 'i hun.'

'Sut yn y byd y llwyddodd o i fynd mor bell?'

'Does wbod. Mae'r taeogion 'ma'n gallu bod yn ddigon cyfrwys pan maen nhw isio. Mi wnân rwbath er 'u mwyn 'u hunain. Cnafon drwg ydyn nhw. Tasa 'na ddim trefn, mi fyddan yn fwy na bodlon mynd 'nôl i fyw yn y coed ac anghofio pob moes ac eglwys a chymdeithas.'

Roedd y dernyn haearn yn wynias erbyn hyn a chododd Iocyn Fach o o'r tân.

'Ond feiddith hwn ddim gadael 'i dre eto.'

Ac er i'r taeog wingo a chyrnewin a chicio a brathu, rhwng cydymdrech Iocyn Fach, Ieuan Ddu, dau filwr a'r Dirprwy Siryf fe lwyddwyd, mewn fawr o dro, i losgi ÆV ar ei groen . . . Ac wrth iddyn nhw wneud gallai Angharad Ferch Madog glywed y talcen a'r ddwy foch yn sio ac yn ffrio . . .

Ychydig yn ddiweddarach . . .

Y tu allan i'r neuadd roedd Chwilen Bwm yn cerdded yn ddiamcan hyd y buarth tuag at y llwybr a arweiniai at yr hofeldai lle trigai'r taeogion a weithiai dircyfri Dolbenmaen. Roedd llawer o'r gwŷr rhydd eisioes wedi dechrau ymadael ar gefn eu ceffylau, a'r rheini oedd yn byw'n agos, ar droed.

Sylwodd arnyn nhw'n gadael: Ieuan Chwerw, Mato ap Tudur Hen, Ieuan Llwyd Crudd, Gruffydd Madog ap Gloddaith. Yna'r ochr bella, dan y dderwen a dyfai ger y sgubor a'r rhiwal, sylwodd Chwilen ar Iorwerth Gam a oedd yn sgwrsio â Iorwerth Foel ac yna sylwodd fod Nest ferch Iorwerth Gam yno, yn sefyll rhwng y ceffylau: hi oedd yn dal y penffrwyni. Rhythodd Chwilen arni a rhythodd hithau arno yntau. Yna, yn araf bach, dechreuodd hi wthio'i bys i fyny'i thrwyn ac o'i gweld yn gwneud hyn fe wnaeth Chwilen yr un modd. A rhywsut, gwyddai fod rhyw gyfeillach wedi tyfu rhyngddynt er nad oeddynt wedi torri gair â'i gilydd.

Llwyddodd Tegwared ap Rhys i gael gafael ar Ddafydd Offeiriad a hwnnw newydd orffen ysgrifennu yn y neuadd, ac ni wyddai 'n hollol sut i holi'r gŵr a'r ysgrifbluen:

'Dyna mae o isio'i neud?'

'Ia.'

Atebodd Tegwared.

'Ymuno â'r urddau?'

'Ond 'i fod o isio addysg.'

'Ac mi rydach chi am i mi ofalu y cyrhaeddith o Goleg Oriel yn Rhydychen, yr hwn a adeiladwyd er mawl i'n Mam Fendigaid . . . ?'

'Tasach chi mor garedig.'

'Mi fydd hi'n fraint.'

Ysgydwodd y ddau ddwylo a chyfnewid arian yn slei.

A chyda chyn lleied o frawddegau â hynny yr aeth Hywel Lipa ap Rhys yn fyfyriwr i Goleg Oriel, Rhydychen, o dirgwely corsiog Eifionydd ar Ŵyl Sant Mihangel, yn y flwyddyn 1347.

*　　*　　*

Buont ar y môr am o leia wythnos neu ragor cyn i'r mordeithiwr cynta ei heglu hi. Masnachwr musgrell o le o'r enw Naples, ond dyn a gafodd ei eni a'i fagu wrth droed mynyddoedd o'r enw yr Apennines, fel y cafodd Ibn wybod yn ddiweddarach o wrando ar ddau forwr yn siarad â'i gilydd wrth drwsio rhwyd.

Ac felly ar doriad gwawr un bore teg, ar fôr llonydd a phelydrau'r haul yn distyllu trwy wybren ysgafn, cynhaliwyd offeren gyflym (o fath) ac fe'i gollyngwyd mewn amdo (o fath) i drugaredd y tonnau a'r heli dwfn.

Tybiai Ibn al Khatib yn ddiweddarach mai oherwydd y digwyddiad hwn yn anad dim arall y mynnodd un Inffidel sgwrsio ag o un noson ac yntau wedi oedi ar fwrdd y llong i syllu ar len bell, bell y ffurfafen fraith a'i myrdd sêr a'i hambell gwmwl mawr, golau oedd yn cuddio ac yn datguddio'r lloer bob yn ail.

'Trist gweld hen gyfaill yn ein gadael ni. Gobeithio'i fod o'n gorffwyso'n esmwyth heno.'

A thrôdd Ibn o'i amgylch yn gyflym.

O'i flaen roedd climach hir o ddyn a phob talp o gnawd ar ei gorff wedi'i naddu at yr asgwrn. Goleuodd y lloer ei wyneb ac roedd Ibn yn ei adnabod. O leia, roedd wedi sylwi arno o'r blaen. Treuliai ei ddyddiau'n chwarae gêm ar fwrdd sgwâr. Gêm dawel, ddwys a myfyrgar a weddai i'r dim i wyneb y gŵr hirfain hwn.

'Francisco Datini 'di'r enw . . .'

Amneidiodd Ibn a chochi ychydig:

'O Genoa.'

Oedodd y ddau yn eu hansicrwydd ac yna torrodd Ibn yr ias trwy'i gyflwyno'i hun.

'Wyt ti'n mynd ymhell, Ibn al Khatib o ddinas Cairo?'

Roedd yn gas ganddo bobol yn ei holi ac felly atebodd yn amwys cyn holi'r dyn hirfain i ble'r oedd o yn mynd.

'Cyn belled â Sluys. Mynd yno ar fusnes. Gair budur, dwi'n gwbod. Ond mae pawb bellach trwy'r byd i gyd yn gwneud busnes hefo'i gilydd. Dydi o ddim mo'r ots gin i wneud busnes ag unrhyw un. Mi welwch chi rai masnachwyr yn troi'u trwynau ar yr inffidel, ond mi brynwn i a gwerthu i rywun. Mwncïod o'r coed, tasa ganddyn nhw fodd i dalu. Yr hen begor aeth at 'i wobr bora 'ma . . .'

Ymgroesodd.

'. . . roedd o wedi cael caniatâd gan bedwar Pab, un ar ôl y llall, i wneud busnas â Syria a'r Aifft, trwy Sbaen ac i fyny hyd Ghent a Sluys. Fedrwn ni wneud dim heb ganiatâd y Tad, wyddoch chi hynny?'

Ysgydwodd Ibn ei ben.

'O, mae'n rhaid inni gyd gael trwydded i wneud busnes. Dydyn nhw ddim yn cymeradwyo yr hyn rydan ni'n neud. Ddim o gwbwl. Mae o'n hollol groes i ddysgeidiaeth y tadau. Fe ddeudodd Awstin Sant ei hun fod unrhyw un sy'n mocha hefo pres yn cyflawni drygioni o'r math gwaetha. Wel, bron y gwaetha. Rydan ni, wŷr busnas, yn giwad golledig. Wedi'n damnio. Ond eto . . .'

A llyfodd ei wefus. Edrychodd Ibn arno'n syn: am beth oedd y dyn yn rhefru? Beth bynnag oedd o, roedd y peth yn pwyso'n drwm arno mae'n amlwg.

'Mae'n ddrwg gen i. Maddeuwch imi. Fasach chi ddim yn dallt. Finna'n fa'ma'n eich mwydro chi. Berwi. Dyna 'nrwg i. Berwi a mwydro. Rwdlan. Cofio 'nhad pan o'n i fawr o beth. Dyn busnas oedd ynta. A'i dad ynta cyn hynny. Mi rhoddodd fi i ista ar ben y cwpwrdd uchal yma. A deud:

'Neidia, ac mi ddalia i chdi.'

Dyma finna'n edrych i lawr dros fy mhenglinia, cofio rwan fel tasa hi'n ddoe. A taswn i'n disgyn mi fasa hi'n dipyn o godwm. Diawl o godwm.

'Ty'd 'laen! Neidia! Paid â phoeni, mi ddalia i chdi.'

Ond fedrwn i ddim: be tasa fo'n methu â 'nal i? Finna'n disgyn a'm handwyo fy hun?

'Ty'd! Neidia! Neidia!'

A dyma fi'n neidio. Wyddost ti be ddigwyddodd?'

Ysgydwodd Ibn ei ben.

'Edrych arna i wnaeth o. Frifis fy mhenelin a 'mhenglin. Ac mi fues i'n crio a chrio am hydoedd. Wnaeth o ddim i'm helpu i. Dim ond syllu arna i'n disgyn fel cadach i'r llawr . . . A wyddost ti be ddeudodd o wedyn?'

Ysgydwodd Ibn ei ben.

'Dyna dy wers gynta di fel dyn busnas. Paid byth ag ymddiried yn neb. Neb.'

Teimlai Ibn yn hynod o annifyr, ac roedd rhai o'r morwyr yn eu llygadu. Roedd taran o lais gan y masnachwr main. Ceisiodd Ibn sleifio i ffwrdd yn araf ond dilynodd y masnachwr o.

'A fedrwn ni, fasnachwyr, ddim ennill. Yr unig ffordd o wneud hynny ydi rhoi'r gorau iddi hi ac ymuno ag urdd. *Homo merchant vix aut numquam potest Deo placere.* Sant Jerome. Dallt?'

Syllodd Ibn arno'n syn. Wedi dallt?

Ond aeth y masnachwr meingorff a'r llais mawr, dwfn rhagddo â'i udo:

'Ni all dyn sy'n fasnachwr blesio Duw. Ond eto mae ar
gymdeithas angen arian. Heb arian banciau'r Bardi all Brenin
Lloegr ddim cynnal ei ryfel yn erbyn Ffrainc. Mae'n rhaid wrth
gyfalaf, wrth fenthyciadau! Echal y gymdeithas! Cyfradda llog!
Ych â fi! Hen arian budur! Be? 10%? 12%? 15%? 20%?
Be 'dach chi'n feddwl, ŵr ifanc? Mae arian yn rhyngwladol ac
yn y pen draw yn siarad iaith canmil grymusach na'r . . .'

Ac oedodd ar untroed oediog a rhoi peltan iddo'i hun.
Swadan go iawn ar draws ei foch nes bod y glec yn sblatio
drwy lyfnder y nos. Dododd ei law ar ysgwydd Ibn a syllu
i fyw cannwyll ei lygaid. Ac am y tro cynta fe sylwodd fod
rhyw ogla rhyfedd iawn ar wynt y masnachwr ac aeth gam yn
ôl nes ei fod yn pwyso dros ochr y llong. Gwasgodd Francisco
Datini ei hun yn drwm yn ei erbyn a chrasfurmur:

'Ac eto, ddeudan nhw fyth 'na' wrtho fo. Dwi'n cynnal a
chadw ysbyty a chartra i blant amddifad yn Genoa. Mae Urdd
y Masnachwyr Gwlân yn tywallt arian i'w coffra nhw, yn
adeiladu ffyrdd ac eglwysi, camlesi . . . be arall maen nhw isio?
Ia, ia. Pechod. Un o bob mil sy'n cael mynediad i'r bywyd
tragwyddol a'r gweddill yn mynd i . . . Achubir ychydig,
collfernir llawer . . .

Roedd dagrau lleufer lond ei lygaid.

'Lle 'dach chi'n meddwl yr a' i? Mm? I lle?!'

Disgynnodd ar wastad ei gefn ar fwrdd y llong. Codwm
drom a griddfanodd wrth iddo droi drosodd a chodi ei hun ar
ei bedwar. Rhewodd a bu ar ei bedwar am hydoedd. Arhosodd
Ibn yn ei unfan: yn ansicr o'r hyn a ddylai ei wneud nesa.
Dechreuodd Francisco Datini chwyrnu'n isel. Chwyrnodd yn
fygythiol ac yna wedi chwyrnu dechreuodd gyfarth fel ci:

'Wff! Wff! Wff! Wff!'

Dyheodd fel ci ar des wedyn, a gwthio'i dafod allan:

'Bow wow! Bow wow wow! Wow! Wow!'

Rhuthrodd ar ei bedwar o amgylch bwrdd y llong yn erlid y
morwyr a cheisio brathu'u coesau. Rhuthrodd y rheini
rhagddo gan lamu o'r neilltu a Datini'n chwyrnu a choethi ar
eu holau:

'Rrrrr! Rrrrrrr! Bow wow wow! Bow wow wow!'

Syllodd Ibn arno'n gegrwth.

Doedd o erioed wedi gweld y fath beth yn ei fyw o'r blaen. Dyn a fu un eiliad yn siarad ag o'n synhwyrgall hollol, bellach ar ei bedwar yn rhuthro fel rhyw filgi milain o amgylch bwrdd y llong tan gyfarth. Cafodd rybudd ddigon cyn cychwyn fod ffyrdd a dulliau'r inffidel yn rhyfedd ac od i ddyn ifanc a oedd wedi'i fagu yng nghynteddau tawel y Madrasa, Coleg y Sultan Hasan yn ninas Cairo. Ond roedd hyn y tu hwnt i bob rheswm!

'Bow wow! Wow! Grrrr! Bow wow wow!'

*   *   *

Ni wyddai neb ble'n union oedd Iolyn Offeiriad y noson honno pan losgodd eglwys Dolbenmaen. Magai'i absenoldeb amheuon, magai'r amheuon ofn a'r ofn hwnnw'n ei dro'n troi'n hysteria. Taeog o'r faerdref oedd y cynta i weld y fflamau. Newydd fod yn tryweru pysgod oedd Chwilen Bwm, eogiaid yn benna, ond heb ddal dim ac ar ei ffordd adra yr oedd o, pan eisteddodd ar garreg i geisio ymgodymu â rhywbeth oedd wedi suddo i gnawd bawd ei droed dde. Newydd ddodi'i ên ar ei benglin ac yn mwmian canu 'Dyma fyd annynol, creulon' wrtho'i hun roedd o, pan dybiodd iddo glywed rhyw glecian yn y gwyll.

Ychydig yn ddiweddarach roedd y faerdref yn ferw gwyllt. Codwyd pawb yn ddieithriad o'u gwellt. Pwced i law o law i law, pwced gerllaw o law i law, pwced a ddaw o law i law, o law i law hyd nes y dechreuodd lawio. A thywalltodd. Drannoeth roedd bron pawb yn hollol gytûn mai dyma a arbedodd yr eglwys rhag ei difa'n llwyr.

Sefyllian yng ngwlithlaw y plygain roedd y Rhaglaw, Ieuan Ddu pan ddaeth yr arglwyddes, Angharad Ferch Madog, ato a gwarlen lwyd dros ei hysgwyddau. Syllodd y ddau ar yr eglwys yn mud losgi am amser maith. Ymhen hir a hwyr disgynnodd ar ei gliniau gan ymgroesi'n ffyrnig a mwmian:

'*In nomine Patris, et Filii, et Spiritus Sancti*' a mwmian y gweddill dan ei gwynt. Ni chlywodd y deugain o bengliniau y tu ôl iddi yn slwjian fel un i'r mwd hefyd. Ciledrychodd y Rhaglaw ar y pennau wedi'u moesymgrymu. Roedd yr Hollalluog a'r Fam Sanctaidd wedi ymyrryd unwaith eto i'w harbed trwy yrru'r glaw i nadu anfadwaith y Gŵr Drwg.

'Lle mae o?' holodd heb edrych ar y Rhaglaw.

'Wn i'm.'

'Lle mae o?'

'Sneb 'di weld o ers deuddydd.'

'Deuddydd?'

'Ŵyr neb lle mae o.'

Cododd arglwyddes y faerdref yn sydyn a stompio i ffwrdd trwy'r taeogion a'r mwd a gwlithlaw y plygain. Roedd hi hanner ffordd yn ôl i'r neuadd cyn y llwyddodd y Rhaglaw i'w dal. A chan geisio cael ei wynt ato dywedodd:

'Mi ddylach chi weld rhywun.'

Trodd ar ei sawdl.

'Be?'

'Taeog. Neithiwr.'

'Pwy?'

'Chwilan.'

'Chwilan Bwm?'

'Y fo oedd y cynta i godi twrw . . .'

'Medda fo.'

'Medda fo.'

Oedodd yr arglwyddes. Rhoddodd glec ar ei bys a'i bawd a cherdded ymaith yn frysiog.

Edrychodd Chwilen Bwm fel ynfytyn pan holodd yr arglwyddes o am yr eildro.

'Ateb yn gall,' prociodd y Rhaglaw o yn ei asennau.

'Fflama'n y coed . . . ' mwmiodd Chwilan.

'Fflama'n y coed?'

'Fflama'n codi trwy'r briga . . . '

'Welist di rywun?' holodd yr arglwyddes.

'Welist di rywun?' holodd y Rhaglaw.

'Welis i rywun?' holodd Chwilen yn ara.

Amneidiodd yr arglwyddes ac amneidiodd y Rhaglaw gan edrych ar Chwilen Bwm yn hollol ddifrifol.

Ysgydwodd Chwilen ei ben yn araf.

Ochneidiodd yr arglwyddes a'r Rhaglaw. Crychodd Chwilen ei drwyn a chrafu'i ben yn ffyrnig â'i fys bach. Yna, yn y tawelwch, dechreuodd bigo'i drwyn.

Hydoedd yn ddiweddarach trodd yr arglwyddes at y Rhaglaw a dweud:

'Be ti'n feddwl?'

Chwythodd y Rhaglaw chwa o anadl o'i fochau a brathu afal. Cnodd yn swnllyd cyn sychu'i weflau â chefn ei law.

'Rhywun o'r faerdref? O'r tir cyfri? O'r gafaelion? O'r corsydd? O'r creigiau? Dyn neu ellyll?'

Dechreuodd sgrechian.

'Lle mae o?!! Lle mae o?!! Mi ddyla fod yma!! Pam nad ydi o byth yma pan mae rhywun'i angen o?! 'Di hel 'i din tua priordy Beddgelert? Wedi mynd i Chwilog i fegera mêl 'ddar y Sistersiaid?! Petha melys, petha melys – mi gerddai i Henffordd ag yn ôl am lwmpyn o fêl! Mi gerddai i Glynnog i folera hefo nhw'n fan'no . . .'

'Sadia, nei di!' Cydiodd y Rhaglaw yn ei garddwn. 'Sadia, bendith tad iti! Sadia!'

Anadlodd yr arglwyddes: roedd hi'n crynu. Sylwodd ar y plyciadau ysbeidiol yng nghroen ei gwegil. Syllodd hithau arno a mynd i'w gilydd o sylweddoli ei fod yn syllu ar ei gwar. Dododd ei llaw ar ei gwddw a cherdded i ffwrdd cyn dweud:

'Be 'dan ni'n mynd i'w neud?'

Wrthi'n cerdded yn ôl am y caeau oedd Chwilen Bwm pan welodd Gwythwches yn dod i'w gwfwrdd â gwyntell ar ei phen. Oedodd Chwilen i syllu arni:

'Ar be ti'n rhythu, y llynghyryn?'

'Dydw'i ddim – ond mae o'n beth digon hyll.'

Roedd hi'n fyr ei gwynt a'i hesgyrn yn boenus. Cydiodd Chwilen mewn afal o'r wyntell fudr a brathu. Llowciodd yn awchus a sugno'r sudd yn swnllyd. Cerddodd Gwythwches ato a rhoi swadan egr iddo cyn cerdded yn ei blaen i fyny'r llwybr tuag at yr hofeldai.

'Mi fydd rhaid inni yrru rhywun i nôl yr esgob,' a thaflodd y Rhaglaw'r conyn i'r tân.

'Bydd.' Roedd yr arglwyddes yn sugno'i bawd.

Tawelwch.

'Does gynnon ni'm dewis . . . Be fydda'r hen fynach 'na o Chwilog yn arfar ddeud?'

'Mae 'na lwdwn piblyd ym mhob corlan?'

'Naci, naci . . . Gosber yw balm yr enaid.'

'Ddylan ni hel pawb at 'i gilydd a gweddïo?'

'Dydi hyn yn ddim ond arwydd arall.'

'Ti'n iawn.'

'Rhyw hanesyn glywis i ryw dro,' siaradodd yr arglwyddes yn araf, 'Brawd Gwyn soniodd wrth fy nhad. Fe fuodd o'n Rhufain ar bererindod, flynyddoedd maith yn ôl, pan oedd y Tad Boneffas ar yr orsedd sanctaidd, droad y ganrif . . .'

Ymgroesodd y ddau.

'. . . ac aeth hi'n ffradach rhyngddo fo a Brenin Ffrainc. Asgwrn y gynnen oedd arian. Mynnodd Philip gael arian gan y glerigiaeth heb ganiatâd y Pab. Cyhoeddodd y Tad ei Glericos Laicos yn syth bin gan orchymyn ei ddeiliaid i beidio â thalu dim i'r Brenin.'

'A wedyn?'

'Wedyn, mi heriodd Philip y Tad Sanctaidd a mynnu ei ddwyn gerbron y cyngor a'i gyhuddo fo o gamgoelion, cabledd, llofruddiaethau, ariangarwch, dewiniaeth ac o beidio ymprydio ar wyliau ympryd. Mi ddatgysylltodd y Tad y Brenin yn syth yn ei *Unam Sanctum* o achos ei haerllugrwydd. Ymhen dim wedyn fe gasglodd y Brenin fintai o filwyr a chipio'r Tad, a oedd yn chwech a deugain ar y pryd, o Anagni ar gyrion Rhufain a'i lusgo fo o flaen y Cyngor. Wedi tridia o gythrwfwl, pan gynddeiriogwyd dinasyddion Anagni, rhyddhawyd y Tad, ond roedd yr holl dwrw wedi bod yn ormod iddo ac yr oedd o'n gelain o fewn mis. A dyna pryd y symudodd y Babaeth o Rufain i Avignon ac etholwyd Clement V i'r Swydd Sanctaidd. Ac fel y gwyddom ni o'r gora, mae anufudd-dod dyn yn siŵr o gael ei gosbi'n hwyr neu'n hwyrach.'

'Ond nid ni oedd yn gyfrifol am hynny.' Roedd awgrym o ymbil yn llais y Rhaglaw.

'Paid â chymryd dy siomi.'

Wrthi'n cnoi tamaid o fwsog oddi ar hen feddrod ger y ffynnon oedd Chwilen pan dybiodd iddo glywed rhywun yn sefyll y tu ôl iddo.

'Camdreuliad?'

Parhaodd Chwilen i gnoi pan adnabu lais Hwch Ddu, merch daeog o'r tir cyfri.

'Paid â byta'r mwsog meddala . . . talp o'r hen fydd yn feddyginiaeth iti, neu dyna'r oedd Mam yn ei ddeud . . . '

Oedodd Chwilen i ystyried ei chyngor.

'Mae pawb wedi mynd i'w gilydd,' cyrcydodd y ferch, 'maen nhw i gyd yn meddwl fod y Gŵr Drwg wedi cipio'r offeiriad o'i wellt, wedi mynd â fo i fyny i goedwigoedd pella Ardudwy, wedi'i flingo fo, ei bolioni fo ac yna fod 'na haid o ellyllon wedi gwledda arno fo . . . '

Parhaodd Chwilen i ddethol ei fwsog yn ofalus a chnoi'n dawel.

'Fydd hi fawr o dro, meddan nhw, cyn y bydd y Gŵr Drwg yn cerdded o'r coed, fo a llu o rai tebyg iddo fo i'w ganlyn, a wedyn . . .' curodd ddwylo unwaith '. . . be fedrwn ni neud? Be all unrhyw un neud? Mae arglwydd y faerdref i ffwrdd yn lladd yn Ffrainc, tydi? Be all o neud i'n hamddiffyn ni? Be all unrhyw un neud? Be ydi holl nerth Saeson Castell Cricieth yn erbyn y Gŵr Drwg? Gwybed ar din bustach ydan ni i gyd yn cael ein chwipio dan gynffon y diafol. Neu dyna mae'r hen bobol yn ei ddeud beth bynnag.'

*   *   *

Yn hwyr y prynhawn, wedi i Ibn orffen gweddïo, daeth y capten ato a syllu arno'n syn. Teimlodd Ibn yn annifyr a chochodd cyn rhyw hanner troi i wynebu'r môr:

'Perthnasa yn Sbaen?'

Paham roedd pawb yn mynnu holi trwy'r amser? Holi hyn a'r llall. Ei fusnes o, a'i fusnes o'n unig oedd y fordaith hon, a busnes neb arall. Ac fel pe bai'r capten wedi synhwyro nad oedd yn awyddus i drafod hyn, newidiodd y pwnc:

'Dwi heb weld cystal tywydd ers sbel. Mae'n rhaid fod Sant Nicholas yn gwenu arnom ni.'

'Y?' edrychodd Ibn arno.

'Nawddsant y morwyr. Mi achubodd dri o blant o grafangau'r môr.'

'Sant Nicholas?'

'I Sant Christopher ddylat ti weddïo. Y fo ydi nawddsant y pererinion a'r teithwyr. Gweddïa di arno fo ac mi fyddi'n ddiogel. Mi wyddost am Sant Christopher debyg? Na? Cario'r baban Iesu ar ei ysgwydd . . . ? Na, wel, na, fasat ti heb glwad amdano fo berig . . . ond dyna ni, chdi sy ar dy gollad. Sant Sebastian ydi nawddsant y gwŷr bwa saeth, Sant Honoré sy'n cadw llygaid ar fara ym mhobtai'r pobyddion; Sant Martin ydi nawddsant mynachod a lleianod yr urddau sy'n gofalu am y tlodion, a dylai merched dibriod weddïo ar y santes hardda un, o bosib, Santes Catherine . . . 'Drycha . . . '

A thynnodd gadwyn fechan o amgylch ei wddw a gewin arni:

'. . . wyddost ti be di hwn? Na? Dyma iti ewin un o'r brodyr gydgerddodd efo Ffransis o Assisi i Gaersalem . . . mi ges i o gan fy nhaid pan o'n i fawr o beth . . . teimla fo . . . '

Cydiodd Ibn yn y gewin a'i ddal o flaen ei drwyn.

'Mi fydda i'n gweddïo ar y Fam Forwyn a Sant Nicholas bob bora ar doriad gwawr a phob nos cyn inni fynd i glwydo. A maen nhw wedi 'nghadw fi'n groeniach ar hyd yr holl flynyddoedd yma wel'di.'

Ac wrth iddo ddychwelyd y gadwyn a'r gewin i'r capten, trwy gil ei lygad gwelodd Francisco Datini'n noethlymun gerpyn yn golchi'i hun â dŵr o gasgen. Dododd ei ben yn y gasgen ddŵr a dal ei ben yno am amser maith cyn ei hyrddio ar amrantiad i'r awyr nes bod dafnau'n tasgu'n gawodydd tros bob man. Sychodd ei hun ac fe gerddodd at Ibn al Khatib.

'Pa hwyl?'

Cyfarchodd Ibn â gwên lydan ar draws ei wep.

'Francisco Datini 'di'r enw,'

Amneidiodd Ibn â'i wyneb fflamgoch.

'O Genoa.'

'Mi ddeudoch chi neithiwr.'

'Neithiwr?'

Syndod.

'O, neithiwr . . . ia . . . neithiwr . . . siaradais i efo chi neithiwr?'

'Do –'

A brathodd ei wefus cyn ebychu a rhyw hanner chwerthin:

'Ddeudis i ddim byd am ferch benfelen o'r enw . . . ?'

Ond cyn iddo ddirwyn y frawddeg i ben fe wyddai o edrych ar wyneb Ibn na soniodd air amdani ac ymlaciodd:

'Ro'n i 'di chopio'i 'n o ddrwg. Aeth petha'n flêr braidd. Dechrau slotian wnes i. Teimlo reit isal o feddwl am fy hen gyfaill o Naples. A phan ydw i'n dechra arni, does dim stop arni. Fedra i ddim stopio. Gwendid. Ond mi wna i benyd. O gwnaf. Unwaith y cyrhaeddwn ni Sluys. Be ddeudoch chi oedd eich enw chi hefyd?'

'Ibn al Khatib o ddinas Cairo.'

'Wel, Ibn al Khatib o ddinas Cairo, hoffech chi chwarae gêm efo fi?'

Wrth i'r ddau gerdded ar draws fwrdd y llong yn ddiweddarach, dechreuodd y ffurfafen dduo'n raddol yn y pellter. Gellid gweld llinell isel, ddu ar y gorwel. Heidiodd fflyd o wylanod tua'r llong dan grawcian yn swnllyd. Ffroenodd Francisco Datini yr awyr ac anadlu'n ddwfn, yna, heb ddweud gair o'i ben, dododd y bwrdd gwyddbwyll ger bron Ibn.

'Ti 'di chwarae o'r blaen?'

Ysgydwodd Ibn ei ben yn araf:

'Well imi esbonio felly 'ta'n dydi? Nod y gêm ydi gorchfygu dy elyn trwy ras hwn – y Brenin – ac i wneud hyn fe allwch chi mofyn help gan hon – y Frenhines – dyna be 'dan ni'n 'i galw

hi, a hwn – yr esgob – a hwn – y marchog a hwn – y castell –
iawn?'

'A be ydi'r rhain?'

'Rhain,' ebe Datini gan redeg ei fys hyd y rhes, 'ydi'r gweddill
ohonan ni sy'n byw ac yn gweithio ar y ddaear yma . . . galwa
nhw be fynni di . . . gwŷr rhydd, gofaint, eurofiaid, clarcod,
masnachwyr, phisegwyr, tafarnwyr, milwyr, swyddogion y
tollbyrth, beirdd, actorion, tlodion, gweithwyr Bruges, 39
llywodraethwr Ghent, Cant Rouen, terfysgwyr, herwyr,
hereticiaid, lladron, hwrod, gwahanglwyfion, yr urddau,
taeogion . . . a deud y gwir, er mwyn gwneud petha'n haws, y
taeogion fydda i'n 'u galw nhw. Mae o'n haws tydi? Dallt?'

'Dwi'n meddwl.'

'Adlewyrchiad o natur ein cymdeithas ni fel ag y mae hi
heddiw ydi'r gêm. Y Bellator, Orator a'r Laborator. Neu'r Tad
a'r Mab a'r Ysbryd Glân, os dymuni di. Heb y rhain . . . '

A chyfeiriodd at y rhes ôl.

'Fydda 'na ddim cymdeithas na bywyd na gwareiddiad na
diwylliant gwerth sôn amdano fo. Y rhain sy'n amddiffyn
buddiannau gweddill y gymdeithas. Y Brenin sy'n gofalu am
gyfiawnder yn ei deyrnas ac ynghyd â'r marchog mae'n
amddiffyn ei ddeiliaid. Y fo ydi'r tad. Yr esgob a'i eglwys sy'n
gofalu am fuddiannau ysbrydol ac eneidiau'r bobol, a'r castell
sy'n cynnal cytgord y drefn hon rhwng pobol a'i gilydd.
I rywun fel chi sy'n edrach arnon ni o'r tu allan fel petai,
mae hi'n anodd iawn ichi amgyffred pa mor gymhleth ydi
gwead ein cymdeithas ni mewn gwirionedd. Ond mae hi wedi
datblygu a sefydlogi trwy ras a bendith yr Hollalluog ac o
danseilio hon, rydach chi'n tanseilio y Drefn Ddwyfol,
oherwydd mai cytundeb o'r fath roddodd iddi fodolaeth yn y
lle cynta. Mae cadwyn gref yn rhedeg trwyddi fel asgwrn cefn.
Ond llai o siarad, beth am inni ddechrau?'

'Y rhain ydi'r darna pwysica felly?' holodd Ibn gan gyfeirio
at y rhes gefn.

['Wrth gwrs, wrth gwrs. Dydi'r taeogion yn golygu dim.
Petha i'w defnyddio ydyn nhw.'

Symudodd Francisco Datini daeog ac fe wnaeth Ibn yr un modd. Ac wedi iddynt ill dau symud gryn hanner dwsin o weithiau (ac i Ibn sylweddoli fod y marchog yn gallu symud mewn dull llawer mwy cyfrwys na'r esgob), magodd ddigon o blwc i ddweud:

'Ond nid dyna ddeudoch chi wrtha i neithiwr ... fe awgrymoch bryd hynny fod masnachwyr yn ei chael hi'n anodd yn y gymdeithas hon ...'

Symudodd Datini ei farchog a lladd taeog o eiddo Ibn.

'Siarad yn fy niod o'n i.'

Ond roedd yn amlwg fod Ibn wedi dweud rhywbeth a drawodd i'r byw oherwydd nid ynganodd y masnachwr rhyw lawer wedi hyn. Ac yn y man, llwyddodd Ibn i ladd dau daeog ac esgob o eiddo Francisco Datini.

Y tu allan roedd mellt hirion yn chwarae mig igam ogam rhwng y cymylau a tharanau enfawr yn trymruo'r awyr. Ac yn ei dwll, roedd y capten ar ei liniau a'r gewin budr rhwng ei ddannedd wedi'i wasgu'n dynn.

Bu'n storm ofnadwy. Torrodd tonnau anferth dros y llong gan sgwrio'r bwrdd yn lân o unrhyw beth nad oedd wedi'i rwymo'n dynn. Collodd tri morwr eu bywydau y noson honno. Swatiodd Ibn gyda'i dipyn eiddo yn gweddïo â'i holl enaid ar i Allah leddfu'r dymestl. Adegau fel hyn sy'n gwneud dyn yn ymwybodol o'i fychander a'i feidroldeb ag yntau yn gyfan gwbwl ar drugaredd yr elfennau. Ond nid atebwyd mo'i weddi, ac ni bu pall ar y gwynt a'r glaw hyd y bore.

Roedd y capten yn edrych fel drychiolaeth yn y bore. Syllodd ar y difrod. Yr oedd yn llong bum can tunnell yn cario gwlân a gwinoedd yn bennaf, ond hefyd bancwyr o dai y Peruzzi a'r Bardi a'r Acciaiuoli o Fflorens a Genoa i ymweld â'u canghennau yn Ghent a Fflandrys ac â masnachwyr gwin Gasconi. Roeddynt wedi eu hymlid allan i'r môr. Ymhell bell i'r môr, doedd dim dwywaith amdani. A doedd neb yn mentro'n bell iawn o olwg y glannau. Duw a ŵyr lle'r oeddynt.

Ymddangosodd Ibn digon llwydaidd ei bryd a'i wedd tua chanol dydd. I'w groesawu daeth Francisco Datini a oedd wedi cysgu'n sownd fel baban trwy'r cyfan, ac yr oedd ar ben ei geffyl gwyn:

'Gysgis di'n iawn wedyn?'

'Naddo,' atebodd Ibn gan deimlo'n bur simsan.

'Paid â deud dim wrth y capten heddiw os galli di beidio, dydi yntau ddim mewn hwylia da iawn chwaith . . . '

A hawdd y gallai Ibn ddeall o sylwi ar y difrod a wnaethpwyd i'r llong gan y ddrycin.

'Rhyw sôn 'i fod o wedi llyncu gewin!'

Chwarddodd Datini cyn cerdded i ffwrdd a gadael Ibn yn mwydo yn ei wewyr.

*   *   *

Ganol dydd y cliriodd y glaw. Cododd y cymylau a daeth y mynyddoedd i'r golwg unwaith eto. Sgwriodd y glaw y ceunentydd a'r ffosydd a chododd lli yr afon ryw ychydig, ond doedd fawr o awydd gweithio ar daeogion y tircyfri. Gwell oedd ganddynt gasglu yn hofeldai ei gilydd a gweddïo'n dawel.

Roedd yr arglwyddes yn swp sâl. Bu ar ei thraed gyhyd nes iddi ddechrau tuchan a glafoeri wrth weddïo a chyfri ei hafalau crog. Ymbiliodd ar y Fam Forwyn drugarog am nawdd a chymorth, ac addawodd wneud penyd ac ymwrthod â bwyd am bum niwrnod dim ond iddi sicrhau na fyddai'r Gŵr Drwg a'i lu'n eu difa a'u sugno i ryw annwfn dwfn yn y corsydd. Cofiodd iddi glywed hanesyn pan yn eneth am deulu o daeogion a ddychwelodd i'w hofeldy un noson, wedi diwrnod o waith mewn melin ddŵr. Drannoeth doedd dim golwg ohonynt; tad, mam, dau fab a merch. Galwodd y Rhaglaw ganol y bore. Roedd y peth yn ddirgelwch mawr. Awgrymwyd gan un eu bod wedi ei heglu hi i glasdir Clynnog neu i diroedd Abad Aberconwy yn Nantcyll. Ond roedd popeth wedi ei adael fel ag yr oedd. Mân ddilladach, y ci, llestri ac ambell groglath yma a thraw. Wythnos neu ddwy'n ddiweddarach, daethpwyd o hyd i ddarn o ddilledyn – cersi caled, llwydaidd –

ar lwybr a arweiniai trwy'r wig i Glynnog. Dim ond tri
esboniad oedd yn bosib: un ai fod rhyw anifail rheibus wedi eu
synhwyro a'u sglaffio, neu roeddent wedi mynd ar goll ac wedi
suddo dros eu pennau a'u clustiau i donnen ddofn ac wedi
boddi, neu roedd y Gŵr Drwg wedi dod ar eu traws ac wedi
gwneud ei waetha.

Cerddodd y Rhaglaw i mewn i'r neuadd yn wlyb at ei groen
a syllodd ar yr arglwyddes. Yna, ym mhen hir a hwyr,
dywedodd:

'Dwi 'di bod ym mhob man, wedi holi pawb . . .'

'A?'

'Ŵyr neb lle mae o. Dydi Iolyn Offeiriad ddim wedi'i weld o
yn unlla ers o leia tridia.'

Tawelwch llethol.

A dechreuodd yr arglwyddes feichio crio. Roedd heddiw
wedi bod yn ddiwrnod du iawn yn hanes cwmwd Eifionydd.
Du iawn, os nad y duaf er cyn co.

'Fasa'n well imi'i throi hi am Beddgelart fory, ac yna
i Fangor. Rhag ofn.' Murmurodd y Rhaglaw'n dawel.

Y tu allan, roedd hi'n nosi'n gyflym.

*   *   *

Daeth ar eu gwarthaf yn hollol ddiarwybod.

Arfordir Sisili oedd y rhimyn llwydwyn ar y gorwel ac roedd
yn bosib ei weld yn hollol glir â llygaid y pen ddechrau
Tachwedd. Roedd y capten eisoes wedi hysbysu pawb ei fod
yn bwriadu galw yn harbwr Messina i ddadlwytho a llwytho
cargo. Ac ni fyddent fawr o dro yn galw ac yna ymadael am
Cadiz.

Roedd hi'n ddiwrnod braf ac roedd Datini wrthi'n difyrru'i
hun trwy daflu mân arian (pur ddiwerth o wahanol wledydd)
i'r awyr ac yn mynnu bod caethwas ifanc iawn a weithiai ar y
llong yn neidio a'u dal yn ei geg. Bob tro y llwyddai câi eu
cadw, ond bob tro y methai (a oedd fynycha) caniateid i Datini
ei gicio. Ac oherwydd fod dwylo'r llanc wedi eu rhwymo y tu

ôl i'w gefn, roedd y dasg yn ganmil anoddach. O bell, gwyliodd Ibn y caethwas croendywyll yn neidio i fyny ac i lawr yn gwneud synau rhyfedd yn ei gorn gwddw.

'Hwb! Mwnci! Hwb!' gwaeddodd Datini, gan daflu dernyn arian i'r awyr. Neidiodd y caethwas a disgyn heb lwyddo i'w ddal. Yna ciciodd Datini o yn ei ben ôl nes bod y caethwas yn sgrialu ar draws y bwrdd.

'Eto!' gwaeddodd, a thaflu darn arall fry. Llamodd y caethwas a disgyn ar ei ysgwydd a brifo'i hun. Dechreuodd ei wefus waedu, ac roedd ei gorff eisoes yn gleisiau byw drosto. Ond mynnodd Datini ei fod yn dal ati.

'Hwb, mwnci!' gwaeddodd, a thaflu, ond y tro hwn methodd y caethwas â chodi mewn pryd a thinciodd yr arian ar fwrdd y llong cyn rowlio ar wasgar. Cerddòdd Datini ato'n gyflym a'i gicio'n galed.

'Côd, y mwnci, côd!'

Ond roedd y caethwas wedi hario ac yn gwingo mewn poen. Ond tra oedd y masnachwr o Genoa yn cicio'r dydd gwyn golau o ben ôl y caethwas, sylwodd Ibn fod rhywun o'r lan yn dod mewn cwch i gyfwrdd â'r llong. Sylwodd rhai o'r morwyr ar y cwch hefyd, a daeth rhai ohonynt i gael gwell cip arni trwy bwyso dros yr ochr.

Cerddodd y capten draw oddi wrth y llyw a chamu dros y caethwas ewynnog a oedd yn dygn geisio cael ei wynt ato wrth draed Datini. Sylwodd Datini fod rhyw olwg bryderus ar wyneb y capten:

'Be sy'n bod?'

Ond gwibiodd y capten hebio heb yngan gair. Agorodd Datini geg y caethwas led y pen a thywalltodd lond pwrs o fân arianach lawr ei gorn gwddw. Mygodd hwnnw gan duchan a gweiddi a chwythu ond roedd wedi llyncu peth wmbreth cyn i'r masnachwr adael llonydd iddo. Gorweddai yno, a'i ddwylo wedi eu rhwymo y tu ôl i'w gefn, yn chwydu arian o'i geubal:

'Mi fasan nhw'n dy neud di'n sant yn Fenis, gyfaill! Mi fyddet yn enwog dros nos! Gwyrth o'r gwyrthia, caethwas sy'n dodwy arian!'

Ac wrth i Datini gerdded at y gweddill gallai glywed:

'. . . dydach chi ddim i angori yn yr harbwr.'

Roedd swyddog byr wrthi'n gweiddi o'i gwch nid nepell o'r llong, a'i ddwylo'n gwpan o gylch ei weflau. Ond oherwydd y pellter a'r gwynt a fynnai chwythu ei eiriau allan i'r môr mawr, yr unig beth a glywodd y criw ar y llong oedd '. . . angori'n yr harbwr . . .'

'Be uffar ddeudodd o?' Trodd y capten at forwr wrth ei ochor.

'Duw a ŵyr.'

'Pam na ddaw y llo cors yn nes?'

Yna dechreuodd y swyddog chwifio'i freichiau'n uchel a ffyrnig. Gwaeddodd nerth esgyrn ei ben nes bod ei fochau'n fflamgoch:

'. . . cerwch yn ôl . . . 'dach chi ddim i ddŵad i Messina . . . gorchymyn tadau'r ddinas . . .'

'Pwy ydi'r pidlan sgwarnog 'ma?'

Rhuodd y capten yn y gobaith y byddai'r swyddog yn ei glywed:

'Swyddog yr harbwr, ac mae Michael o Tarnera efo fo, dwi'n meddwl . . . '

'Pwy 'di hwnnw pan mae o adra?'

'Brawd o urdd y Ffransisciaid.'

Sylwodd y criw ar y swyddog a Michael yn sgwrsio yn y cwch, â llawer o stumiau, chwifio breichiau a dadlau. Crafodd y capten ei gorun a cherddodd Datini draw a sodro'i hun wrth ochor Ibn, nad oedd yn medru gwneud na phen na chynffon o'r sefyllfa. Yna, wedi llawer o ddadlau, penderfynodd y ddau yn y cwch rwyfo'n agosach at y llong, ond roedd golwg betrus ar eu hwynebau, ac roedden nhw'n dyfal graffu ar y criw.

'Be sy'n digwydd?' holodd Ibn.

'Rhyw helynt,' atebodd Datini, 'dwi'n rhyw ama fod y llwdwn gaptan 'ma wedi trio'u twyllo nhw y tro d'wetha . . . wedi trio'i heglu hi o'ma heb dalu'r dreth ar y cargo neu rwbath. Duw a ŵyr. Ond sbia arno fo. Yli. Mae o'n chwysu fel mochyn. Yn y carchar fydd o dros 'i ben a'i glustia, cred di fi.

Ac mi fyddwn ninna wedi'n cadw yma, yn gori fel ieir yn yr harbwr am ddyddia. Mae wastio amser yn golygu llai o arian i mi. 'Sa dda gin i tasa hwn yn gneud rhwbath!'

Roedd y cwch rhwyfo o fewn tafliad carreg i'r llong:

'Dach chi ddim i ddŵad i harbwr Messina ar unrhyw gyfri oedd y peth cynta ddywedodd y swyddog wrth y capten. Dim ffurfioldeb, dim cyfarch, dim byd ond gorchymyn swta.

Edrychodd y criw yn hurt ar y naill a'r llall.

'Be 'dach chi'n feddwl?'

'Mi glywsoch. Rwan, heglwch hi.'

'Gwranda'r sgilffyn,' rhuodd y capten, gan deimlo fod y swyddog yn y cwch rhwyfo'n pladuro ei awdurdod yn hynod slic ac effeithiol yng ngŵydd pawb, 'mae gin i gargo i'w ddadlwytho, a bwyd a dŵr glân i'w lwytho. Sut uffar medra i fynd o'ma heb neud hynny gynta?'

'Dyna'r gorchymyn i bawb. Yn enwedig llonga Genoa o'r Môr Du a'r dwyrain.'

'Ond does 'na ddwsin ohonyn nhw'n yr harbwr 'na rwan hyn. Dwi'n 'u gweld nhw rwan, â'm llygad fy hun, er mwyn dyn!'

'Maen nhw'n gadael heddiw!'

'Gwranda, blewyn, be ddiawl 'di'r lol 'ma? Lle ma dy fòs di?'

'Am ennyd . . .'

A throdd y swyddog at Michael o Tarnera, a fu'n sibrwd dan ei wynt yn ystod y sgwrs â'r capten. Poerodd y capten i'r môr a bodio'r gadwyn o amgylch ei wddw. Ymhen amser trodd Michael at y criw a dweud mewn llais mwyn, melfedaidd. (Yr eironi oedd fod pawb yn ei glywed yn hollol glir er nad oedd ond yn sibrwd.)

'Gapten, foneddigion, maddeuwch ein hanfoesgarwch, ond allwn ni ddim caniatáu mynediad i chi i harbwr Messina heddiw . . .'

Dechreuodd rhai o'r morwyr weiddi a rhegi. Cododd Michael ei law yn araf a deisyf tawelwch er mwyn cwblhau ei bwt:

'. . . os caniatewch imi orffen, foneddigion, mae gennym

dda reswm dros gredu fod llongau Genoa yn cludo rhyw aflwydd i'n glannau ni . . . mae Prif Swyddog yr Harbwr eisoes wedi trengi . . . rhywbeth . . . rhyw . . .'

Trawodd ei freichiau ar ei ystlys mewn arwydd o rwystredigaeth ac anwybodaeth, ond fe'i harbedwyd rhag caff gwag a daeth y swyddog i'r adwy:

'. . . os dowch chi i'r harbwr, yna ni fydd gennym ni ddewis ond cipio'ch llong chi a'i llosgi yn y fan a'r lle . . . buddiannau Messina sy flaena ar restr ein hystyriaetha ni . . .'

'Pawb â'i fys lle bo'i ddolur, gyfaill,' murmurodd Datini dan ei wynt.

'Mae'n ddrwg gen i . . . '

Trodd y capten ei wyneb fflamgoch at y criw ac arthio. Gwthiodd heibio i Ibn a Datini gan felltithio wrtho'i hun, ac o fewn dim roedd y llong yn anelu am harbwr arall o'r enw Catania, 55 milltir i ffwrdd ar arfordir dwyreiniol yr ynys.

*   *   *

Llwybr digon troellog a gydredai â'r afon, a hwnnw wedi'i droedio'n gyson gan genedlaethau o wahanol ddefaid a myrdd o anifeiliaid eraill, ac ambell ddyn. Hon oedd y ffordd hwylusaf i Feddgelert. Cychwynnodd y Rhaglaw ar doriad gwawr. Uwchben roedd yr haul yn sbecian drwy'r coed, yn wincio'n wan rhwng y brigau uchaf a'r dail. Doedd neb erioed wedi mentro'n rhy bell oddi ar y llwybr. Doedd wybod beth a ddeuai wyneb yn wyneb â dyn pe gwneid hynny. Unig rinwedd coedwig oedd bod yn ffynhonnell deunydd adeiladu, erydr, coed tân ac ati. Y goedwig oedd yn arglwyddiaethu. Ceisiodd y Rhaglaw ddyfalu faint o arwynebedd y wlad oedd dan goed. Dipyn go lew. Y rhan helaetha ohoni. Byddai'r gwŷr rhydd o'r gafaelion yn hela llawer yn y goedwig: dyfrgwn, bleiddiaid, llwynogod, iwrchod, cwningod, a phob math o adar gwyllt. Cofiodd y Rhaglaw iddo fynd efo rhai o'r gwŷr rhydd i hela un tymor ryw ddwy flynedd yn ôl. O fis Chwefror hyd Gŵyl Ieuan hanner yr haf oedd y tymor cynta. Llwyddwyd i ladd chwech o fychod a thri charw. Ond uchafbwynt y tymor oedd y cynta o Ragfyr, pryd yr helid y baedd gwyllt.

Gwaith dyn oedd defnyddio'r goedwig ac ymladd yn ei herbyn, ei dofi a'i throi'n dir âr neu'n dir pori, ac felly'n fodd i atgyfnerthu bywyd yn hytrach na bodoli fel blanced dywyll o ofn a noddfa i bob math o ddrygioni ac aflendid. Ond doedd y Rhaglaw ddim yn mynd i ddechrau hel meddyliau drwg wrth iddo frasgamu ar hyd y llwybyr â phastwn yn ei law. Gwell gadael y goedwig i'w dirgelion, am y tro beth bynnag. Dylai fod wedi caniatáu i rywun ddod yn gwmni iddo, ond roedd angen pob un o'r taeogion ar gyfer holl waith y tircyfri. Dechreuodd redeg mymryn, rhedeg o'r twnel tywyll hwn o goed a brigau a brwgaij er mwyn dringo'r bwlch ym mhen pella'r cwm a chyrraedd priordy Beddgelert cyn iddi ddechrau nosi. Dechreuodd chwysu a gweddïo ar y Forwyn Fair Fwyn fod Iolyn Offeiriad ym Meddgelert, neu Duw a ŵyr be wnâi.

*　*　*

Methai'r capten â chredu ei glustiau wedi i'w long oedi yng ngheg harbwr Catania gyda'r hwyr. Yno, islaw, roedd swyddog ifanc wedi cwpanu ei ddwylo o gylch ei weflau ac yn gweiddi arno:

'Cerwch yn ôl . . . dydach chi ddim i ddwad i mewn i'r harbwr . . .!'

Roedd hyn yn ormod i'r capten.

Collodd ei limpyn yn lân a sgrechian nerth esgyrn ei ben:

'Aaaaaagggggghhhhhaaaaa!! Dos i newid dy glytia, y llipryn uffar! Pa hawl sgin rhyw damad o benbwl di-glem fel chdi i ddeud wrtha i, Giovanni di Marco Villani, gŵr yn 'i oed a'i amser, dyn sydd wedi gweld petha â llygad y cnawd na welith rhyw was neidar sgothlyd fel chdi mewn oes o fyw! Gwranda di, washi, mi rydan ni yn hwylio i Catania rwan hyn ac mi rydan ni'n mynd i angori, dadlwytho'n y bora a llwytho, talu'r dreth a hwylio o'ma am Cadiz! Dallt? Does 'na neb ond un masnachwr wedi marw o henaint a thri o'n llongwyr ni wedi boddi mewn storm. Rydan ni'n dwad i mewn rwan!'

'Giovanni di Marco Villani,' bloeddiodd y swyddog ifanc,
'gwna di hynny, gyfaill, ac mi dorrwn ni dy ddwy law di,
dy ddwy droed di a dy gŵd di a'u stwffio nhw i lawr dy gorn
gwddw di!'

A rhywsut, roedd rhywbeth yn dweud wrth bawb fod y
swyddog ifanc o ddifri. Yn hollol o ddifri.

Syched amgen na newyn a'u gorfododd i angori a chyrchu
tua'r lan yn y diwedd. Ond erbyn hyn roedd Sisili ddigroeso
ymhell y tu ôl iddynt. Penderfynodd y capten y byddai'n anelu
adre am Genoa – 'o leia mi ga' i groeso'n fanno' – i fyny'r
arfordir. Ac wedi hwylio am dridiau neu bedwar – ni allai Ibn
gofio'n iawn â'r criw i gyd yn dechrau anesmwytho ac
anniddigo oherwydd eu bod yn gorfod dognrannu'r dŵr yn
ofalus – fe benderfynwyd eu bod am angori llong nid nepell o'r
lan, lle gellid gweld tŵr eglwys uwch y coed.

Ac felly y bu. Gollyngwyd tri chwch bychan ac fe ddodwyd
casgenni ynddynt. Dringodd nifer o'r morwyr i lawr atynt ,
penderfynodd y capten ac Ibn eu bod hwythau hefyd ag awydd
rhoi troed ar dir sych wedi wythnosau ar fwrdd drewllyd y
llong a blas yr heli ar bob dim:

'Lle ydan ni?'

Ibn ofynnodd y cwestiwn wrth wylio'r lan yn nesáu:

'Tuscani,' atebodd un o'r morwyr cyn ychwanegu: 'Dwi'n
meddwl.'

Ond doedd Ibn ddim callach. Cyrhaeddwyd y lan yn hwylus
ac fe gludwyd y casgenni'n llafurus trwy'r wig hyd nes y daeth
pentref di-nod – rhyw lond dwrn o hofeldai ac eglwys – i'r
golwg. Oedodd pawb ar gwr y wig gan sbecian rhwng y dail
a'r brwgaij, ond doedd dim golwg o'r un enaid byw yn unman.
Cerddodd pawb yn bwyllog i ganol y pentref ac at y ffynnon
ond er mawr siom roedd hi wedi sychu'n grimp.

Roedd Giovanni di Marco Villani yn prysur gyrraedd pen ei
dennyn. Ar ôl ugain mlynedd o forwra doedd o erioed wedi
gweld y fath beth. Fe wyddai gystal â neb am wleidyddiaeth,
ac y byddai Genoa o bryd i'w gilydd yn cyflawni rhyw gamwri
yn y rhyfel masnach â Fenis, ac y byddai'r elynddinas honno yn

ei thro yn gwasgu ar ei chynghreiriaid er mwyn gwneud pethau'n anodd i'w ddinas enedigol yntau. Ac wedi'r cwbwl, roedd dylanwad Fenis ar Sisili yn drwm. Ond yn y gorffennol, buan yr adferid y cytgord rhyngddynt ac fe âi pawb ymlaen â'u masnachu fel cynt! Ond roedd hyn y tu hwnt i bob dim! Doedd bosib fod ellyllon neu wrachod yn llawiach â Fenis ac yn sychu'r ffynhonnau! Edifarhaodd iddo lyncu'r gewin am y milfed tro! Pam, o pam yn y byd mawr bu'n rhaid iddo'i lyncu? Ond hwn oedd yr unig esboniad posib! Anffawd ac anhawddfyd o'r math gwaetha, a doedd un dim wedi mynd o'u plaid er y noson honno.

'Welsoch chi ffos? Ceunant? Pwll? Cafn? Dŵr? Ar y ffordd yma? Rhyw ddiferyn?'

Ymateb nacaol ddaeth o du'r morwyr.

Disgynnodd Villani ar ei liniau i'r pridd sych a dododd ei dalcen ar ymyl y ffynnon. Arhosodd felly am amser maith.

Doedd y morwyr ddim yn or-hoff o gicio'u sodlau ar dir dieithr. Teimlent yn anghysurus ac felly dechreuodd dau ohonynt rowlio casgen tua'r wig. Ond ni symudodd y capten o'i fan.

Syllodd Ibn o'i amgylch ar y pentref. Doedd o fawr o le er fod lliwiau ei wrychoedd a'i goedydd yn rhai na welodd o'r blaen ac roedd amryw o gaeau bychain o gwmpas a chul-lwybrau dyfnion yn ymestyn i'r pellter. Roedd hi'n dechrau nosi ac efallai mai dyma'r rheswm paham fod y morwyr yn awyddus i ddychwelyd i'r llong. Ymhen hir a hwyr fe gododd y capten ar ei draed: bu'n gweddïo'n galed ac roedd ei lygaid yn goch.

'Dowch,' siarsiodd, 'pawb 'nôl i'r llong . . .'

Ac yn araf a digalon (yn ogystal â sychedig) ymlusgodd pawb tua'r traeth. Ni ddywedodd neb air o'i ben. Ni ddychwelwyd ar hyd yr un llwybr yn union â'r un a ddaeth â hwy i'r pentref yn y lle cynta, ond yn hytrach, canfyddwyd llwybr lletach lle'r oedd hi'n haws rowlio'r casgenni. Cyrhaeddwyd y traeth yn gynt felly, ac roedd y llwybr ar y goriwaered.

Safodd pawb ar y tywod.

Ond doedd dim golwg o'r cychod ar y traeth.

Roedd gwawn lwyd yn araf gripian trwy frig y nos a chyn bo hir byddai wedi llusgo'r du i'w ganlyn.

Syllodd Ibn allan i'r môr mawr ond doedd dim golwg o'r llong chwaith.

Ni feiddiai neb edrych ar y capten.

'Rydan ni wedi dwad i'r bae anghywir,' meddai'r capten, a hyder dyn a wyddai ei fod yn iawn fel mêl yn ei lais.

Trodd pawb ar eu sodlau a cherdded i fyny'r llwybr llydan gan rowlio'r casgenni. Erbyn hyn roedd breichiau pawb yn dechrau brifo ac roeddynt oll, o hir wthio, yn hynod sychedig. Camodd y capten yn sionc fel pe bai wedi cael rhyw adnewyddiad corfforol. Syllodd Ibn i'r goedwig ar y naill du a thybiodd iddo weld rhywun yn llechu yno ond ni allai fod yn hollol siŵr. Rhoddai unrhyw beth i unrhyw un yn awr am gael bod ar fwrdd y llong yn lladd taeogion ar fwrdd chwarae Datini.

Roedd y morwyr a rowliai'r casgenni'n anadlu fel ceffylau gwedd pan ddaeth y pentref a'r hofeldai gwyngalchog i'r golwg drachefn. Ond roedd cyn farwed y tro hwn ag ydoedd ar eu hymweliad diwethaf. Doedd dim hyd yn oed gi neu anifail yn crwydro'n ddiamcan rhwng y tai. Dim golau, dim sŵn, dim byd. Ond buan iawn y canfuwyd y llwybr gwreiddiol, ond roedd gwthio'r casgenni ar ei hyd yn llawer caletach gorchwyl nag oedd hi ar hyd y llwybr arall. Chwythodd a thuchanodd y morwyr, ac oherwydd ei bod hi'n graddol dywyllu roedd traed neu freichiau yn mynnu bachu bob gafael mewn gwreiddiau coed neu ganghennau, a disgynnodd sawl un ar ei hyd. Wedi ymdrech fawr, llwyddwyd, o'r diwedd, i gyrraedd y traeth a gwelai pawb y cychod. Ond oherwydd ei bod hi'n dywyll, bu'n rhaid craffu i weld golau'r llong ar y môr yn y pellter, ond tybiai sawl un ei bod yno.

Rhwyfwyd tuag ati.

Ond wrth nesáu at y fan lle dylai'r llong sefyll, gwelwyd nad oedd hi yno.

Gwaeddodd y capten a gwaeddodd rhai o'r morwyr. Ond ni ddaeth ateb o'r gwyll, a'r unig beth a glywid oedd y rhwyfau'n

dyner sblashio'r dŵr wrth iddynt godi a gostwng am yn ail.
'Yn ôl i'r lan! Yn ôl i'r lan!' gorchmynnodd y capten yn flin.
Cafwyd noson na ddymunai neb ei chofio ar y traeth y
noson honno. Roedd pawb yn llwglyd, yn sychedig ac yn flin.
Dadleuai rhai eu bod nhw wedi gweld y llong ac nad oedd
rhagor na thafliad carreg i ffwrdd. Ond doedd dim golau a
doedd neb wedi eu hateb. Bu'r capten yn dawel iawn.
Eisteddodd ar ei ben ei hun am hydoedd. Cyrcydiodd ar gwr
y lli.
　　Roeddynt wedi cam-amcanu'r pellter. Dyna a wnaethant.
Roedd y llong wedi'i hangori ymhellach o lawer i ffwrdd.
Felly y cysurodd pawb eu hunain. Pe byddai lloer fe allent
weld ac wedyn . . .
　　'Alla i gael gair?'
　　Cododd Ibn a cherdded gyda'r capten ar hyd y traeth.
　　'Rydan ni mewn helbul . . .'
　　Cododd ei glustiau'n syth.
　　'Wyddoch chi, y gŵr y buoch chi'n sgwrsio ag o ar y llong,
y masnachwr o Genoa . . .'
　　'Datini . . . ?'
　　'Mae o wedi sgwrsio hefo chi, tydi?'
　　'Rhyw air neu ddau. Yndi.'
　　'Mae'n siŵr y deudodd o'i stori wrthach chi?'
　　Edrychodd Ibn arno'n hurt:
　　'Stori pan oedd o'n fach, pan roddodd 'i dad o ar ben y
cwpwrdd? Na? Stori sy'n codi lwmpyn i'ch gwddw chi,
deigryn i'ch llygad chi? Neidia ac mi ddalia i chdi? Paid byth ag
ymddiried yn neb . . .'
　　Oedodd y capten a syllu i'r môr a'i ddüwch:
　　'Dyna un o'r petha cynta ddeudodd o wrtha i pan fuon ni'n
yfed rhyw noson . . . a stori arall am boen mawr ei enaid o . . .
argyhoeddi'n tydi? Ond nid dyn busnas ydi o . . .'
　　Edrychodd Ibn arno'n syn.
　　'Sbïwr ydi o. Sbïwr o Fenis sydd ar ei ffordd i Sluys.
I wneud be, Duw yn unig a ŵyr . . . dyn cyfrwys iawn,
gwyliwch o pan awn ni'n nôl . . .'

Ac ar y gair fe ddaeth y lloer i'r golwg a thaenu'i phelydrau dros y bae. Cododd pawb a cherdded at gwr y lli. Ni allai Ibn gredu'i lygaid, ond trwy ryw ryfedd wyrth roedd wedi cadw'i arian yn ddiogel.

Mae'n rhaid fod Datini wedi cipio'r llong. Arthiodd ei fod ar frys a chyda llai o griw byddai digon o ddŵr ar gael i fynd ymhellach. Roedd y capten yn llygad ei le.

Ond yn y bore pan gododd pawb, roedd y llong wedi diflannu.

Ychydig yn ddiweddarach, golchwyd corff Datini i'r lan. Roedd yn waed drosto a'i wddw wedi'i dorri â chyllell.

*　　*　　*

'Calon dyn ydi gwreiddyn pob drygioni. Calon yr unigolyn ydi'r ffynnon ddu o'r lle tardd pob pechod. Ohoni hi y daw pob camfuchedd a hwnnw wedyn yn magu nerth fel cynrhon yn gwingo'n dwmpath yn nrewdod hen garcas. Pan fo dynion yn ymgasglu at ei gilydd mae pechod yn anadlu. Dyna paham mai creadigaeth pechod a man geni heresi ydi pob tre.'

Ni allai Ieuan Ddu lai na dyfalu be oedd gan hyn i'w wneud â llosgi eglwys Dolbenmaen, ond roedd ei lygaid yn goch gan flinder a'i goesau'n gwanio oddi tano.

Oedodd Priodor Beddgelert a chrafu'n ffyrnig dan ei geseiliau, cyn crychu'i drwyn a chrach boeri. Cymhellodd y Rhaglaw i eistedd ar fainc a chracio dwy gneuen.

Gwnaeth y Priodor ei orau glas i guddio'i ofn tan haenen o ymresymu lleënog ynglŷn â natur pechod a'r modd y dewisodd Duw ei ddatguddio'i hun i'r ddynoliaeth. Ymgollodd yng ngheinder sawl sylw diwinyddol a'r syniadau diweddaraf a glywodd gan hwn a'r llall ac arall ar eu ffordd i Enlli.

Ond ofn oedd wrth wraidd y cwbwl.

Caeodd ei lygaid a dodi'i ddwylaw dan ei ên: chwyddodd gwythïen yn ei arlais a sylwodd y Rhaglaw ar y pentwr iach o gŵyr du yn ei glust chwith. Dyna esbonio paham na chlywodd pan waeddodd arno o gwr y wig ychydig ynghynt . . .

Gwelodd y Priodor a dau fynach yn atgyweirio cychod gwenyn, cychod eu hadar paradwys. Sylwodd y ddau fynach arno'n syth pan alwodd o arnyn nhw, ond bu'n rhaid i un gydio ym mhenelin y Priodor. Fe'i cyfarchodd wedyn trwy chwifio'i rwyd fân uwch ei ben.

Trodd y Priodor ato a gofyn:

'Fasach chi ddim yn gneud cymwynas â mi?'

'Baswn.'

'Yma ylwch . . . '

Cyffyrddodd â'i gorun. Ac wrth i'r Rhaglaw wasgu llau yng ngwallt y Priodor, meddyliodd am y pen cymhenbwll oedd ganddo dan ei fysedd. Roedd yn ddyn a chanddo dalp go lew o addysg y tu mewn iddo. (Er i adfynach chwerw a adawodd y gymdeithas rhyw flwyddyn ledaenu si ymysg mân fynachod Enlli fod y Priodor wedi'i erlid o Rydychen ar ôl cwta dau dymor dan amgylchiadau pur amheus a dweud y lleia.) Ond roedd hynny flynyddoedd maith yn ôl, p'run bynnag.

'Gawsoch chi hi?'

'Ddim eto . . . '

Honnai rhai mai dyma pam roedd y Priodor mor drwm ei lach ar drefi a byth a hefyd yn rhefru pregethu yn eu herbyn.

'Do, do, dwi'n meddwl 'mod i 'di cael un!'

Ac erbyn i'r ddau gerdded tua'r Priordy roedd y nos yn cau am Feddgelert . . .

* * *

Er gwaetha popeth, llwyddodd Ibn al Khatib i gyrraedd dinas o'r enw Fflorens ychydig ddyddia cyn y Pla . . . ond doedd o ddim i wybod hynny ar y pryd . . . Ac roedd hynny o arian a feddai wedi'u cadw'n ddiogel mewn cwdyn lledr, main a gyd-darai'n gyson â'i geilliau wrth iddo gamu trwy'r dorf gan wthio rhwng un ceffyl a'r llall. Anhrefn trefnus oedd i'r farchnad geffylau: dyn ac anifail blith draphlith. Gweryru a sisial, bargeinio a bloeddio a mân siarad yn llythrennol gymysg â llawer o falu awyr. Llygadodd nifer o werthwyr o'n hynod amheus . . .

Anodd oedd cael amser i oedi a phwyso a mesur rhinweddau y gwahanol geffylau. Edifarhaodd na fuasai wedi prynu'r ceffyl nychlyd y cafodd ei gynnig y noson cynt, ceffyl perchennog y tŷ yfed, y corrach cringoch hwnnw.

Ganol bore oedd hi o hyd, ond roedd y tyrfaoedd eisoes wedi meddiannu'r sgwâr a'r feidir lle cynhelid yr arwerthiant. Chwysai'n ddidrugaredd. Roedd ei geseiliau'n socian a'i lawes yn wlyb diferyd. Ymdroellai cylchoedd o arogleuon amhleserus o'i gylch.

O giledrych o'i ôl weithiau, amheuai fod rhywun ar ei drywydd. Ond doedd o ddim yn berffaith siŵr. Cydiodd rhyw blentyn bychan, budr iawn yr olwg yn ei arddwrn a syllu'n ymbilgar i'w lygaid.

Estynnodd ei law.

Syllodd Ibn arno ac ochneidio. Nid am y tro cynta fe'i synnwyd fod cymaint o fegera ar strydoedd dinas mor oludog â Fflorens.

Mwmiodd y plentyn rywbeth aneglur am beswch neu salwch neu ryw anfadwch ar rywun neu'i gilydd ger rhyw afon. Ond os oedd Ibn i weld tyrau eglwysi Paris bell doedd dim dewis ganddo o gwbwl ond gwrthod y plentyn a'i wthio o'r neilltu.

A dyna a wnaeth o – ag un sgŵd ddiamwys.

(Cysurodd ei hun wedyn: roedd digonedd o fynaich a lleianod yn y ddinas i ofalu am y tlawd a'r anghenus, a digon o gyfoethogion a boenai ynglŷn â thynged eu heneidiau, ac a oedd ond yn rhy barod i ymarfer elusengarwch. Pwy oedd i wybod na fyddai raid iddo yntau, Ibn al Khatib, gŵr a fagwyd yng ngoleuni yr unig Wirionedd, orfod darostwng ei hunan ryw ddydd i guro'n llwglyd ar ddrysau rhyw fynachlog Dominicaidd, os na ddeuai o hyd i geffyl neu ddau a chychwyn ar yr hirdaith i Baris.)

'Be am hwn?' holodd horwth o ddyn blewog a'i grys yn ddrabia ar ei gefn. (Roedd y dyn mor fawr fel y bu'n rhaid i Ibn gamu'n ôl i syllu arno.) Safai'r horwth â'i gefn at yr haul oedd uwch y toeau, a dododd Ibn ei law dros ei dalcen er mwyn ei weld. Gwnâi hyn i'r horwth ymddangos yn fwy fyth. Swatiai'r ceffyl rywle y tu ôl iddo.

'Clamp o geffyl dwyflwydd! Sbiwch! Cefn cymaint â'r bwrdd lleta yn nhŷ'r prelad cyfoethoca yn Fflorens! Welwch chi ddim cystal slab o gig byw ar bedair coes yn unlla arall, mi a' i ar fy llw!'

Ac yn gwbwl ddirybudd, cythrodd law Ibn. Gwasgodd. Gwasgodd hi'n dynn a llusgodd Ibn yn nes ato. O'i ffroeni'n dynnach, syllodd i fyw llygaid Ibn a dweud:

'Deg fflorin ar hugain ac mi neith geffyl di-fai ichi weddill eich dyddia, credwch chi fi! Ac os digwydd yr anffawd gwaetha, a digwydd iddo ddisgyn yn farw cyn Gŵyl Sant Arezzo, yna mi gewch chi 'mhrynu i, ac mi bowlia i chi ar fy nghefn o fan i fan weddill f'einioes . . .'

Gollyngodd yr horwth afael yn ei law a theimlodd Ibn ffrydlif sionc o waed yn cosi'i ewinedd. Camodd yr horwth o'r neilltu gan gymell yn llydan â'i fraich a chaniatáu gwell golwg ar y ceffyl. Rhedodd Ibn ei law trwy'i fwng a thros ei gefn (ac er na wyddai rhyw lawer am geffylau mewn gwirionedd, ymarweddai fel petai'r awdurdod penna fu erioed). Gwthiodd ei fysedd i geg y ceffyl a rhwbio'i ddannedd. Cododd ei goes a rhythu ar y carnau, ac yr oedd ar fin mynegi barn pan sylwodd ar ryw gornwydydd clafrllyd ar ei goes ôl bella: rhyw sbafen hyll. Craffodd arno, ond ni feiddiai grybwyll dim wrth y perchennog. Gallai fod yn ddigon amdano.

'Be amdani, gyfaill?' holodd y cawr wrth i Ibn godi'i ben. 'Dydi o ddim yn hen drychfil gwanllyd fel y gwelwch chi'n amal hyd y fan 'ma'n nac ydi?'

'Nac ydi wir, mae o'n geffyl gweddol.'

Ac fel petai Allah Hollalluog wedi sylweddoli fod Ibn mewn tipyn o bicil, ar yr union eiliad honno seiniodd nifer o glychau eglwys, un ar ôl y llall, gan foddi pob sgwrs. Distewodd y farchnad ac ymddangosodd gosgordd eglwysig yn y Porth Dwyreiniol.

Daeth croes hir o aur, a honno'n disgleirio yn yr haul, yn gynta. Wedyn daeth offeiriaid yn eu gynau gwynion a

gwragedd yn dwyn canhwyllau. Yna nifer o fechgyn yn cludo
baner fawr, baner yr esgobaeth. Ar y faner roedd darlun
rhuddloyw o'r Santes Anna yn dysgu'r Wyryf Fair i ddarllen
yr Ysgrythur. Baner Sant Arezzo oedd nesa, a llun brasfelyn
wedi ei gyfrodeddu'n frodwaith mawreddog arno, ynghyd â
gweddi fer.

Dilynid y rhain gan faneri nifer o seintiau eraill gan gynnwys
Sant Joseph, y Wyryf a Christ. Ond roedd baner newydd sbon
yn eu mysg hefyd, baner Urdd Masnachwyr Gwlân Fflorens,
yn dangos Crist â ffon fagl yn ei law'n bugeilio praidd o
ddefaid gwlanog. O gylch y rhain roedd clychau bychain yn
isel dincian yn ddwys. Delwau oedd gan y gorymdeithwyr
nesa, delwau o'r Santes Anna, o Fair, o Grist ac, ar ôl y delwau,
greiriau gwerthfawr yr eglwys mewn blychau costus ar elorau
aur. Yna ymddangosodd trol wedi'i gorchuddio â blodau
amryliw, ac yn gorwedd ymysg y blodau roedd arch ddu.

Trodd Ibn i edrych ar yr horwth, ond roedd hwnnw'n
prysur ymgroesi ac yn mwmian dan ei wynt.

Yn dilyn y dorf daeth llu o bobol o bob oed, y rhan fwya yn
cario canhwyllau yn eu dwylo. O dipyn i beth diflannodd yr
orymdaith yn araf i lawr y stryd, a dechreuodd arian gyfnewid
dwylo unwaith eto.

'Gweddol?'

Bytheiriodd yr horwth fel petai amser wedi rhewi yn ystafell
fusnes ei feddwl.

'Gweddol ddiddorol,' bwnglerodd Ibn, 'hynny ydi . . .'

'Hynny ydi, be? Siaradwch yn blaen, ddyn!'

'Mae o'n weddol ddiddorol . . .'

'Gwrandwch, ddyn! Ceffyl dwyflwydd a gafael ynddo ydi o,
ac nid rhyw bot piso 'di cracio o'r mil blynyddoedd!'

Roedd ei anadl yn ddychrynllyd, cynddrwg os nad gwaeth
na'r ceffyl, a bagiodd Ibn gam neu ddau a sathru ym maw'r
ceffyl. Teimlai ei sawdl yn suddo'n gynnes i'w ganol.

'Ydach chi am 'i brynu o 'ta ydach chi ddim? Sa'n dda gin i
tasach chi'n rhoi atab parod, plaen imi ar 'i ben rwan hyn!
Dwi'n ddyn prysur dalltwch chi!'

Ond cyn iddo fedru cydsynio â chais y gwerthwr ceffylau baglodd gwraig ganol oed i'w freichiau. Plethodd ei dwylo am ei wddw, ac roedd un benglin yn ei afl. Gwasgodd y cwdyn arian. Gwichiodd.

'O, mae'n ddrwg gen i,' ymddiheurodd.

'Na, wir. Fy mai i oedd o,' moesymgrymodd Ibn gan geisio rhwbio i sawdl yn erbyn coes y ceffyl heb dynnu sylw ato'i hun, ond mynnodd hwnnw symud.

'Ar ymweliad â'r ddinas? Yma i'r *palio*?' holodd y wraig.

'Y *palio*?' Edrychodd yn hurt arni.

'Y rasus ceffyla. Un o uchafbwyntia'r flwyddyn draw yn Siena. Dwi'n synnu nad ydach chi 'di clywad am y *palio*, a channoedd o bobol Fflorens yn tyrru yno bob tymor.'

'Ar fy ffordd i Baris ydw i . . . ac isio ceffyl . . .'

'Fasa llong ddim yn gynt?'

'Basa . . . ' Ond roedd ganddo gywilydd cyfaddef nad oedd digon o arian ganddo i dalu am y fordaith.

'Wel, rhyngoch chi a fi a chloch yr eglwys agosa – ' a siaradodd dan ei gwynt, gan giledrych ar yr horwth mawr (a oedd newydd gornelu rhyw ddarpar brynwr eiddil ac anffodus) ' – faswn i ddim yn prynu botwm gin hwn.'

Oedodd Ibn gan grychu'i dalcen. Roedd y sŵn yn dechrau mynd i'w ben.

'Nabod 'i linach o'n iawn . . . does 'na'm dwy flynadd er iddyn nhw ddwad yma o'r de . . .'

'Rhufain?'

'Naci, naci. O Sisili. Wel, o Messina a bod yn fanwl gywir, ond fod 'i deulu o wedi bod yn blingo pobol onest Calabria ers cantoedd.'

'O, dwi'n gweld,' atebodd Ibn yn bwyllog, cyn ychwanegu'n frysiog, 'diolch i chi am eich cyngor.'

'Pam na ddowch chi acw?'

'Acw?'

'Mae'r mab yng nghyfraith yn gwerthu ceffyla. Dwi'n siŵr y basa fo'n fodlon eich helpu chi. Lle 'dach chi'n aros yma?'

Enwodd Ibn y tŷ tafarn a'r stryd. Fe wyddai'r wraig ganol

oed amdano'n iawn. Dywedodd fod ei merch i ffwrdd trwy'r prynhawn yn ymweld â pherthynas glaf, ond y byddai hi'n addo anfon y gaethferch i'w gyrchu i'r tŷ gyda'r hwyr. Cytunodd Ibn yn llawen a ffarweliodd y ddau.

Syllodd Ibn arni'n mynd, hyd nes y diflannodd i'r dorf ac golli golwg arni'n gyfan gwbwl.

'Be 'di i fod felly?' anadlodd yr horwth yn boeth a drewllyd fel barn i'w wyneb, gan boeri ychydig, 'deg fflorin ar hugain ddeudis i 'te . . . ?'

'Ddim diolch . . . mae gen i long i'w dal i Ffrainc y pnawn 'ma . . .'

'Mentro hi felly, ia?'

'Ia.'

A cherddodd i ffwrdd yn frysiog. Ymwthiodd trwy'r dorf gan fynd igam ogam ar draws y sgwâr hyd nes y cyrhaeddodd risiau'r eglwys anferth ar yr ochr bellaf. Oedodd yno ennyd i gael ei wynt ato, yna'n sydyn torrodd yn chwys oer drosto a saethodd ias fain i lawr asgwrn ei gefn. Cythrodd yn ei afl â'i ddwy law. Dododd dwy eneth ifanc a oedd yn chwarae gerllaw eu dwylo dros eu cegau ond heb unrhyw lwc: rhuodd y ddwy nes bod poer yn tasgu rhwng eu bysedd. Cyrcydiodd Ibn fel gwraig yn esgor, a dodi'i law dan ei ben ôl. Trodd o'i amgylch deirgwaith a chododd ei ddillad yn frysiog. Ond er mawr ryddhad iddo roedd y cwdyn lledr yn hollol ddiogel ar ei ystlys dde. Ac yn rhyfedd iawn, fel petai wedi clywed y sgwrs hon ryw dro o'r blaen, clustfeiniodd ar ddwy ferch yn gweddïo dros enaid y gŵr marw yn yr arch ddu ar y drol a basiodd drwy'r sgwâr ychydig ynghynt.

'I'th ddwylo Di, O Arglwydd, y cymeradwyaf fy ysbryd. Arglwydd Iesu, derbyn fy enaid. Fair Sancteiddiaf, gweddïa drosof. Yr Archesgob Egano Anichino Arriguccio.'

Rhyw hanner cysgu oedd Ibn pan dybiodd iddo, rywbryd rhwng cwsg ac effro, glywed cnoc ar y drws. Cododd ar ei benelin a hanner troi i wynebu'r drws:

'Pwy sy 'na?'

'Fi.'

'Pwy?'

Ac ymddangosodd pen cringoch pan agorwyd y drws.

'Be 'dach chi isio?' Gorweddai Ibn ar wastad ei gefn.

'Rhywun i'ch gweld chi,' crechwenai'r tafarnwr fymryn, ac agorodd y drws led y pen. Cerddodd merch ifanc iawn i mewn i'r ystafell. Oedodd y tafarnwr cringoch ennyd gan syllu ar Ibn â llygaid direidus.

'Galwch os y byddwch chi isio rhwbath.'

A chaeodd y drws ar ei ôl. Rhoddodd Ibn ei law ar ei dalcen. Roedd helynt y bore a holl weiddi a thwrw'r farchnad wedi codi cur pen anesgorol. Cododd i agor y llenni a chael gwell golwg ar y ferch ifanc. Roedd hi heb symud dim.

'Be 'di'ch enw chi?'

Syllodd arno'n wag a digyffro.

'Eich meistres a'ch gyrrodd chi 'te?'

Amneidiodd â'i phen.

'Ydach chi am i mi'ch dilyn chi?'

Amneidiodd.

'Os ewch chi allan am ennyd mi ddo' i atoch chi wedyn.'

Daliodd i syllu arno'n wag a digyffro.

'Os nad ydi o'r ots gynnoch chi.'

Syllodd.

'Mae'n rhaid imi . . .'

Cerddodd Ibn at y drws isel ym mhen pella'r llofft a gwneud yr hyn roedd ei gorff yn ei orchymyn. Gorffennodd. A phan ddychwelodd i'r ystafell roedd y gaethferch yn dal yn yr un man yn syllu arno'n fud a digyffro. Ond yn hollol ddisymwth, cyn iddo gael cyfle i hel ei feddyliau at ei gilydd bron, roedd hi wedi troi ar ei sawdl ac yn disgwyl amdano wrth y drws. Cydiodd Ibn yn ei gwdyn lledr o dan y gobennydd a chydio yn ei ddagr hefyd. Cerddodd y ddau i lawr y grisiau ac wrth iddynt gyrraedd y gwaelod, rhuthrodd y cringoch o rywle a syllu arnynt yn cerdded allan i'r stryd. Y tu allan roedd hi'n dechrau tywyllu ac roedd ei gur pen fymryn yn waeth.

Sefyllian wrth y ffenestr ar y llawr ucha oedd y wraig ganol oed pan dybiodd iddi weld y gaethferch ac Ibn yn croesi pont

Sant Pedr ym mrig y nos. Stopiodd y ddau ar y bont am ennyd
a gwelodd y gaethferch yn cyfeirio at rywbeth neu rywle'n is
i lawr afon Arno. Gobeithio nad oedd yr Arab wedi bod yn y
rhan hon o'r ddinas o'r blaen yng ngolau dydd ac yn adnabod
pob twll a chornel fel cledr ei law. Fe wyddai gystal â neb am
chwantau'r Arabiaid a'u hymroddiad llwyr i bleserau'r cnawd.

Daeth merch ifanc ddeniadol ati (a oedd bellach yn edrych
yn llawer iawn mwy deniadol gan iddi dreulio'r rhan helaetha
o'r prynhawn yn ymolchi ac yn ymbincio'n hynod ar gyfer yr
achlysur).

'Mae o ar ei ffordd,' siaradodd y wraig ganol oed heb dynnu'i
llygaid oddi ar Ibn a'r gaethferch wrth iddynt nesáu at y tŷ.

'Gobeithio nad wy clwc arall fydd o.'

'Paid â chymryd dy siomi. Ma' gin hwn fwy rhwng 'i goesa
na dynion cyffredin. Mi teimlis i o bora 'ma. Aur neu arian
faswn i'n tybio.'

'Sut wyt ti mor siŵr?'

'Hen ogla felly oedd arno fo.'

'Dyna ddeudis di am y bancar 'na o Turin . . .'

'Be wyddwn i fod yn well ganddo fo ddynion?'

A chlywodd y ddwy y drws isod yn cael ei agor a sŵn traed
ar bren. Rhuthrodd y wraig ganol oed o'r golwg a cherddodd
y ferch ifanc ddeniadol i ben y grisia a gwên lydan ar ei
hwyneb. Camodd Ibn i fyny'r grisiau ar amnaid y gaethferch, a
hanner ffordd i fyny daeth wyneb yn wyneb â drycin o
brydferthwch. Safai storm o harddwch o'i flaen. Yn edrych
i lawr arno. Ei llaw wedi'i hymestyn a'i gwallt du wedi'i
frwsio'n ôl. (Methai Ibn â dygymod â'r ffasiwn Ewropeaidd
o blicio'r aeliau a gwneud y talcen mor fawr ag oedd bosib.)
Ond oherwydd hyn cyferbynnai'i llygaid du â'i chroen, a oedd
yn ffyrnig o wyn. Cydiodd yn ei llaw. Diflannodd ei gur pen
wrth i'w ddychymyg lyfu'r cefnfor hwn o brydferthwch a
ymchwyddai o'i flaen.

'Ibn al Khatib.'

'Beritola Emilia Caracciolo. Fe gwrddoch â fy mam bore
'ma'n y farchnad geffyla?'

'Do, diolch i'r drefn, neu Allah a ŵyr pwy fasa wedi 'nhwyllo i.'

'Rhai drwg ydyn nhw am dwyllo pobol. Yn enwedig estroniaid.'

Trodd y ddau a cherdded i fyny'r grisiau. Dilynodd Ibn un cam y tu ôl gan ymdrochi yn ei phersawr. Cerddodd y ddau i mewn i ystafell weddol fawr – yn wir, roedd hi'n anferth, meddyliodd Ibn wrth iddo syllu arno'i hun yn y nenfwd. Sylwodd ar y gwahanol flodau a ddidolwyd yn llu mewn gwahanol botiau yma a thraw. Arogleuai'r ystafell yn hynod. Rhosod yn bennaf. Rhai coch a gwyn a melyn. Mewn dwy ddesgl anferth ar fwrdd bychan roedd pob math o wahanol ffrwythau a gododd flys mawr ar Ibn wrth eu llygadu. Cododd y ferch ifanc eliffant a naddwyd o ifori a'i ddangos iddo. Esboniodd mai dyma'r ffasiwn diweddaraf i gyrraedd Fflorens o Ffrainc, ynghyd â doliau lliwgar. Dangosodd un i Ibn: roedd ganddi wallt euraid a dillad o sidan wedi'i addurno â dail coch a gwyrdd. Roedd gwely gweddol fawr wedi ei ddodi yn erbyn y mur yng nghornel bella'r ystafell ac roedd llu o wahanol ddilladach amryliw a choeth yn hongian oddi ar y waliau. (Soniodd y tafarnwr cringoch am yr arferiad hwn a oedd yn ffasiynol yn y ddinas ar hyn o bryd.) Yn wir, roedd cymaint o olud yn yr ystafell, fel y tybiodd ei fod wedi dod i dŷ masnachwr hynod gyfoethog. Roedd yn ŵr lwcus iawn.

'Mae fy mam yn ymddiheuro na alla hi ddim bod efo ni heno,' llefarodd Beritola wrth dywallt gwin iddo a'i annog i eistedd.

'Ydi'ch perthynas yn well?'

Soniodd hi wrthoch chi, do?'

'Rhyw gymaint,' a rhoddodd Beritola wydryn iddo.

'Diolch.'

Eisteddodd hithau gyferbyn ag o gan ddodi eirinen wlanog yn ei cheg a sugno'r sudd yn araf.

'Ddwedodd hi fod fy ngŵr i i ffwrdd?'

' 'Run gair. Naddo.'

'Mae o i ffwrdd ar fusnes . . .'

Yn y pellter, canodd clychau'r ddinas.

'Eich gŵr . . . '

Ailddechreuodd Ibn wedi i'r clychau dawelu; ac wedi iddo gael cyfla i sylwi nad oedd yr ystafell ddim mor fawr â hynny mewn gwirionedd ond fod drychau anferth wedi'u gosod ar bob mur.

'. . . ym mha fath o fusnes mae o?'

Tywalltodd Beritola fwy o win.

'Arfa.'

'Arfa?'

' 'U gwerthu nhw.'

'O.'

'Bora heddiw aeth o draw i Genoa. Mae o biau'i long 'i hun. Dydi hi fawr o beth. Rhyw dri chan tunnall ar y mwya. Ond mi roedd o'n mynd i gyfarfod rhywun o Avignon sy'n prynu arfa ganddo fo i'w gwerthu wedyn i Frenin Ffrainc i gynnal y rhyfel yn erbyn y Saeson.'

'Busnas llewyrchus, mae'n amlwg.'

Sylwodd Ibn, wrth i'w lygaid grwydro o ddodrefnyn i ddodrefnyn.

'O, ydi, gweddol – '

Atebodd hitha gan dywallt chwanag o win coch i'r ddau.

'Mae o'n gobeithio y parheith o am o leia can mlynadd!'

A chwarddodd y ddau.

'Ac mae ganddo fo geffyla i'w gwerthu?'

'Oes. Ond yn gynta, mwy o win o Roeg a chig bustych Romagna.'

Ac wrth iddi mofyn y cig cofiodd Ibn am y gwewyr meddwl a ddaeth i'w ran y noson cynt pan gynigiodd y corrach yn y tŷ yfed wirod iddo. Trodd yntau ar ei union at Lyfr y Gwirionedd a throi'r dalennau yn ei feddwl ond canfod ei fod yn croesddweud ei hun: Dywed Sura 16:67 'A chaniateir maeth o ffrwyth ffigys a'r winwydden: lle canfyddir diodydd meddwol yn ogystal â maethfwyd . . .' Ond yna dywed Sura 2:219 'Pe ymholant am ddiodydd meddwol a hapchwarae dywed: "Ynddynt ill dau y mae drygioni a pheth defnyddioldeb i ddynion. Ond mae'r pechod ynddynt yn fwy o lawer na'r defnyddioldeb".'

Cerddodd y gaethferch fud i mewn gan gludo chwaneg o win.

'Be'n hollol ydi'ch hanes chi?' holodd Beritola wedi i'r gaethferch adael.

'Ar fy ffordd i Paris ydw i,' atebodd, gan geisio blaendafodi darn o gneuen a oedd wedi mynd yn sownd yn ei ddant.

'Mynd yn bell . . .'

'Busnes.'

'Ga' i feiddio gofyn pa fath o fusnes?'

'Cyfrinachol.'

A gallai synhwyro ei fod wedi ei siomi. Doedd arno ddim eisiau bod yn anfoesgar neu'n anniolchgar o'i groeso ac felly atebodd:

'Busnes meddygol.'

Sylwodd Beritola ei bod yn hollol dywyll y tu allan ac felly cynheuodd ragor o ganhwyllau i oleuo'r ystafell. Canodd clychau'r eglwysi unwaith eto, un ar ôl y llall, weithiau blith draphlith, nodau caled, crwn yn bowndian yn bendramwnwgl trwy'r tywyllwch.

'Mae'n amser inni fynd drwodd i gael pryd o fwyd,' a cherddodd y ddau allan o'r ystafell. Dychrynodd Ibn. Ni welodd erioed y fath wledd a bwytaodd yn helaeth ac yfed o'i hochr hi. (Gorchwyl anodd oedd gwrthod p'run bynnag, a Beritola'n ail-lenwi ei wydryn fel yr oedd yn gwagio.) Aeth y sgwrsio rhagddo'n hynod rwydd a didrafferth. Siaradodd Ibn amdano'i hun yn bennaf, ei deulu, Cairo, ei fordaith, ei helyntion, ac o dipyn i beth distewodd Beritola a chaniatáu iddo ef draethu'n huawdl. Yn wir, pan oedodd beth amser yn ddiweddarach i gael ei wynt ato, sylweddolodd nad oedd ond y fo yn siarad.

Dychwelodd y ddau i'r ystafell ymhen hir a hwyr, ond erbyn hynny roedd Ibn braidd yn sigledig. (Ac wedi'r cwbwl, gyda phob parch i bawb, bu'n ddiwrnod hir a llafurus rhwng popeth.) Penderfynodd mai gwell fyddai iddo fynd i'w wely a dychwelyd yn y bore i weld y ceffylau. Ond wrth dywallt rhagor o win iddo fe'i darbwyllwyd i aros yn y diwedd. Erbyn hyn doedd ganddo mo'r egni i wrthsefyll cynnig caredig Beritola, ac felly y bu. (A ph'run bynnag, doedd mentro allan i gerdded hyd strydoedd dinas ddieithr berfeddion nos ddim mo'r peth callaf i'w wneud, yn enwedig ac yntau yn ei gyflwr presennol.)

Galwodd Beritola ar y gaethferch fud a gorchymyn iddi dywys Ibn i'w lofft. Amneidiodd hithau (roedd hi'n edrych yn hynod flinedig, ac roedd cylchoedd dyfnion duon o amgylch ei llygaid). Diolchodd Ibn i Beritola am noson hyfryd a phryd o fwyd bendigedig. Roedd ei charedigrwydd a'i haelioni hi wedi unioni unrhyw gam a gafodd (neu a oedd yn debyg o'i gael) tra'n aros yn Fflorens. Wfftiodd Beritola hyn a dymuno noson dda o gwsg iddo.

Dilynodd Ibn y gaethferch fud a gludai'r gannwyll i ystafell fechan yr ochr bella i'r tŷ. Taenai'r gannwyll gysgodion rhyfedd ar y muriau wrth i'r ddau gerdded yn weddol dawel i'r llofft. Canolbwyntiodd llygaid meddw Ibn ar bloryn coch ar war y gaethferch. Ceisiodd wasgu'i godiad â chledr ei law, ei lyfnu'n wastad ar ei fol. Roedd yn teimlo'n gynnes ac yn ysgafn. Ei ben yn nofio yn rhywle a'i geubal yn llawn bwyd. (Yn wir, roedd ei fol ychydig yn rhy llawn o fwyd a diod. Mawr hyderai na fyddai'n gorfod talu'r pris am ymddwyn fel mochyn.)

Agorodd y gaethferch fud y drws a dododd y gannwyll ar fwrdd isel ger y gwely. Ystafell gyffredin oedd hi (ond gweddol gysurus) â llaweroedd o ddilladach trymion yn hongian ar y waliau (fel petaent yn ceisio cuddio rhywbeth) ac roedd drws bychan yn y pen pella (yn union fel y drws yn ei lofft yn y dafarn). Syllodd y gaethferch fud arno'n wag a digyffro (a meddyliodd am ennyd ei bod hi'n ceisio dweud rhywbeth wrtho, ond nad oedd modd i'r ddau ddeall ei gilydd byth). Syllodd arni'n ymgroesi, yn mwmian rhywbeth annealladwy cyn cerdded at y drws a'i gau ar ei ôl. Diosgodd Ibn ei ddillad i gyd. Taflodd hwy ar y gwely'n bentwr anniben a chydiodd yn y cwdyn lledr, cynnes. Daliodd ef ar ei foch a chau'i lygaid. Yna'i daflu i fyny unwaith neu ddwy, cyn ei ddodi dan y gobennydd. Go brin y gallai neb ei ddwyn o'r fan honno ac yntau'n gorwedd arno.

Ond cyn mynd i glwydo penderfynodd fod yn rhaid iddo ufuddhau i gyfraith natur a chan edrych ar ei lofft gysurus unwaith yn rhagor, agorodd y drws yn y mur a chamu trwyddo a disgyn din-ben-dros-ben . . .

Sblwj!

Am ennyd neu ddwy, gorweddodd ar ei gefn yn syllu'n ddedwydd ar y sêr yn dawnsio uwch ei ben. Gwenodd wrtho'i hun. Roedd wedi mynd i'w wely, cysgu, breuddwydio'n esmwyth ac unrhyw funud byddai'n deffro a chodi a mynd i weld nifer o geffylau 'tebol yn stablau Beritola Emilia Caracciolo. Cododd ar ei eistedd gan deimlo'i ddwylo'n suddo i rhyw lysnafedd. Yna sylweddolodd ei fod yn eistedd ynddo. Yn wir, roedd wedi'i orchuddio ynddo. Roedd drosto i gyd. Rhoddodd ei fysedd yn ei glustiau i'w carthu. A gwawriodd y gwirionedd. Roedd wedi disgyn i'r geudy. Dyn fel fo, yn ei oed a'i amser, yn llithro, colli gafael ac yn disgyn dros ei ben a'i glustiau i ganol y . . .

Cododd ar ei draed a gweiddi'n isel rhag deffro pawb yn y cyffiniau:

'Hei! Psst! Psst!'

Ond roedd y tŷ mor dawel â'r bedd. Sut ar wyneb y ddaear oedd o'n mynd i esbonio beth a ddigwyddodd i ddynes mor groesawgar ac addfwyn â Beritola?

'Hei! Gaethferch! Hei! Psst!'

Ond ni ddaeth ateb o'r tŷ. Rhaid fod y gaethferch yn hollol fyddar yn ogystal â bod yn hollol fud. Gwthiodd ei freichiau'n erbyn y muriau llaith. A sylweddolodd nad oedd mewn twll ond yn hytrach roedd mewn math o heol fechan, gul. Gallai weld ei phen isa ac o wrando tybiai y gallai glywed sŵn yr afon yn llifo heibio. Doedd dim amdani. Rhaid oedd mynd at y drws ym mhen blaen y tŷ a churo yn y gobaith y byddai'r gaethferch fud yn ei glywed cyn y byddai'n rhaid codi Beritola ei hun o'i gwely. Slwjiodd i lawr yr heol gul a drewllyd (erchyll o ddrewllyd) gan ddal ei drwyn â'i fys a'i fawd a chamodd yn ofalus ofnus rownd y gornel. Ond drwy drugaredd Allah Hollalluog doedd neb i'w weld yn unman. Diolch i'r drefn ei bod hi'n dywyll.

Curodd yn daer ar y drws.

Roedd o'n drewi'n ofnadwy.

Teimlodd yr oerni am y tro cynta yn treiddio trwy'i groen hyd yr esgyrn.

A dechreuodd ei ddannedd rincian.

Curodd eilwaith gan bigo rhyw dalpiau o betheuach o'i wallt a'u fflicio tua'r afon.

Cyfarthodd ci yn y pellter.

Ond doedd dim golau yn y tŷ.

Dechreuodd hisian dan ei wynt a churo fymryn yn ffyrnicach.

Tybiodd iddo weld rhywun yn croesi'r bont ac yn cerdded tuag ato.

Curodd Ibn yn ffyrnig iawn y tro hwn a dechreuodd gicio'r drws (gan niweidio'i fysedd wrth wneud). Doedd dim ots ganddo fod Beritola ei hun na'i chaethferch fud na'i mam o ran hynny'n ei weld y tro hwn. Ond ni ddaeth ateb o'r tŷ. Yn hytrach agorodd ffenest ar lawr ucha tŷ dri drws i ffwrdd:

'Hei, be 'di'r holl dwrw 'ma?'

Curodd Ibn yn ffyrnig iawn y tro hwn. Ciciodd hyd nes bod ei fodiau'n gignoeth:

'Hei! Llai o sŵn!'

Agorodd ffenestr uwch ei ben a gwelodd y gaethferch fud yn pwyso allan mewn gŵn nos wen a dywedodd:

'Pwy sy 'na?'

'Y fi,' atebodd mewn cryn syndod.

'Pwy?'

'Ibn.'

'Ibn?'

'Wyddwn i ddim eich bod chi'n medru siarad. Feddylis i mai . . . '

'Pam na ewch chi i'ch gwlâu a·gadal i bobol gysgu?' bloeddiodd rhywun o'r tŷ dri drws i ffwrdd.

'Dwi wedi cael damwain . . .'

'Damwain,' adleisiodd y gaethferch.

'Ddisgynnis i . . .'

'Mae rhai ohonan ni'n gorfod codi'n y bora!'

'Tasach chi'n deud wrth Beritola 'mod i . . . '

'Pwy?'

'Beritola Emilia Caracciolo!'

'Does 'na neb o'r enw yna'n byw yma,' atebodd y gaethferch yn dawel gan gau un ffenest.

'Paid â chau'r ffenast!' bloeddiodd Ibn.

'Dos adra'r meddwyn diawl!'

'Mae'n rhaid ichi 'ngadael i mewn!'

Erbyn hyn roedd y dyn yn y ffenest dri thŷ i ffwrdd yn graddol gynddeiriogi:

'Hegla hi i dy wely'r cwdyn uffar i gadw twrw fel hyn berfeddion nos! Sgin ti'm byd gwell i'w wneud d'wad?'

'Ond 'dach chi'm yn dallt, mae'n holl ddillad a'n holl . . .' ac yn sydyn iawn fe ddisgynnodd y nos yn deilchion o'i gwmpas, pytiau o'r düwch yn waldio'i ben, ac fe sylweddolodd be oedd wedi digwydd iddo a mylliodd yn gandryll gan sgrechian a rhegi a bytheirio nerth esgyrn ei ben mewn Arabeg Canol.

'Ffycin hel, dyna ni, reit! Dwi'n mynd i ffycin sortio'r cont yna allan ne' chysga i ddim winc heno, myn uffar i!' harthiodd y dyn o'r tŷ dri drws i ffwrdd wrth ei wraig a oedd yn dyfal wneud popeth o fewn ei gallu i'w lusgo'n ôl i'r gwely. (Doedd hon ddim yn orchwyl hawdd, oherwydd nid ar chwarae bach yr enillodd yr enw Tarw Cynddeiriog wrth bwyo â hwn a'r llall ac arall dros dreigl y blynyddoedd.)

'Os bydd rhaid i mi fynd lawr, fydd bywyd y ffwcgwd yna ddim gwerth 'i fyw!'

Caeodd y gaethferch fud y ffenest yn gyfan gwbwl a'i bolltio ac yna fe ddiffoddwyd y gannwyll. Cydiodd Ibn mewn carreg a'i hyrddio trwyddi. Crash! Ac fel un gŵr, fe gododd holl gŵn

y greadigaeth tan goethi, holl gymdogion y gymdogaeth gan
dagu, goleuni canhwyllau mewn myrdd o ffenestri, gweiddi,
bloeddio (a chwibanu) ac ambell i beswch. Gallai Ibn glywed
drws y tŷ dri drws i ffwrdd yn cael ei ddatgloi a phenderfynodd
yn y fan a'r lle (er ei les ei hun!) fod yn rhaid cymryd y goes.
Rhedodd i fyny'r stryd yn hollol noeth, heblaw am fodrwy ar
ei fys, ac yn hynod ddrewllyd gan adael hwrli bwrli mawr y tu
cefn iddo.

Oriau'n ddiweddarach ac yntau wedi rhedeg â'i wynt yn ei
ddwrn nes fod ei goesau'n gwanio a'i ysgyfaint yn llosgi,
oedodd Ibn i gael ei wynt ato. Melltithiodd ei hun am nad
oedd wedi manteisio ar y cyfle i olchi'i hun yn dawel yn yr
Arno pan gafodd gyfle. Lloerigodd. Mylliodd. Wylodd. Gallai
gicio ei hun (yn wir fe wnaeth!) am beidio â gweld trwy'r twyll
ynghynt. Sut y bu mor ddall? Beth oedd yn bod arno? Ac fel pe
na bai hynny ddim yn ddigon o helbul am un noson, roedd
ganddo andros o gur pen. Ond yn waeth na dim, ni wyddai ble
ar wyneb y ddaear yr oedd o ar hyn o bryd. Crynodd drosto.
Roedd ei ddannedd yn rhincian. Cerddodd yn ei flaen a
gwelodd rhyw arwydd ar fur ychydig uwch ei ben. Syllodd
arno a darllen: Ruga Cesena. Ond doedd fawr callach.
Ac wrth iddo gerdded yn ei flaen tan grynu'n benisel, tybiodd
iddo weld rhywun yn dod i'w gwfwrdd yn y pellter. Craffodd
i'r gwyll. Roedd dau ohonynt ac un o'r ddau'n cario lantern a
daflai gysgodion cwafrog fry i'r nos. Meddyliodd Ibn yn
gyflym: gallent fod un ai'n swyddogion cadw heddwch neu'n
lladron tai peryglus. Ond boed y naill neu'r llall byddai'n
anodd esbonio sut y daeth unrhyw un yn ei lawn bwyll i'r
cyflwr enbydus hwn ac felly heglodd hi o'r golwg a chuddio
mewn cwt pren cyfagos. Roedd y cwt yn dywyll bitsh a
theimlodd ei ffordd i'r pen pella a phenderfynu swatio y tu ôl
i hanner dwsin o blanciau hyd nes byddai'r perygl wedi mynd
heibio. Cwrcydodd yn y gwyll a chlustfeinio'n astud. O dipyn i
beth gallai glywed lleisiau isel (dau ddyn!) yn nesàu. Methodd
â gwneud na phen na chynffon o'r hyn a ddywedai'r ddau wrth

ei gilydd – ac fe agorodd y drws! Cerddodd y ddau i mewn a
gosod y lantern ar y llawr.

Ceisiodd Ibn sbecian arnynt o'i guddfan ond methodd â
gweld rhyw lawer. Clywodd hwy'n agor cwlwm ar wddw sach
ac yna'n tynnu dau forthwyl, cynion, gordd a darnau o haearn
allan a'u didoli'n ddestlus ar y llawr. Daliodd un o'r dynion
gŷn o flaen ei drwyn a'i hogi â chalen yng ngolau'r lantern isel.
Yna'n sydyn, cododd un ei ben a dweud:

'Uffarn dân! Bw! Ti 'di dechra'i gwllwng nhw'r sglyfath?'

'Gwllwng be?'

'Gwllwng be o ddiawl?'

'Cynta glyw!'

'Ail a gego!'

'Bw!'

'Cer allan y mochyn!'

'Cer allan dy hun y llwdwn!'

'Fair Forwyn am ogla anghynnas!'

'Ych â fi!'

Sniffiodd y ddau am ychydig tan rwgnach ac edliw y naill a'r
llall. Erbyn hyn, roedd Ibn yn gweddïo'n daer ac yn dyfynnu'n
helaeth o Lyfr y Gwirionedd, yn enwedig o Lyfr Edifeirwch
(9:4) 'Fel y dywedodd un cyfaill wrth y llall mewn ogof: Nac
ofna canys y mae Allah hefo ni. Ac Allah a berodd i lonyddwch
mawr i dywallt arno ac a gyrchodd filwyr anweledig, fel y gallo
ddifa'r anghredinwyr a'r rhai na chredant yng ngair Allah.
Gwych a doeth yw Allah.'

'Berig fod 'na uffar o ll'godan fawr ddrewllyd 'di heglu hi'n
fa'ma'n rhwla!'

'Ogleuo felly, tydi? Ba!'

'Ti'n deud 'tha i!'

A chododd y mwya o'r ddau y lantern yn uchel uwch ei
gorun a rhythodd i'r conglau. Gwichiodd y lleia pan dybiodd
am ennyd (cododd blewiach ei wegil!) iddo weld llygaid
erchyll drychiolaeth yn syllu'n fawr arno. Rhuthrodd y Mawr
yn ddall bost yn ei flaen a 'nelu am Ibn. Sgrechiodd yntau
arwrgerddi'r bardd Arabaidd enwog Abd-al-Qahir-al-Jurjani

(m.1078) nerth esgyrn ei ben ond o fewn dim roedd y Mawr wedi cydio'n ei gorn gwddw ac yn prysur wasgu'r anadl ola o'i gorff.

Beth amser yn ddiweddarach, wedi iddo adrodd ei hanes rhyfeddol am y pedwerydd tro a chroes ddweud ei hun a mynd i fwy o dwll na phe bai wedi dewis dweud y stori'n syml a difefl yn y lle cynta, penderfynodd y Mawr ei bod hi'n saff iddo godi oddi ar frest Ibn a chododd yntau hefyd.

'Diolcha i Sant Arezzo nad est ti'n dy ôl i'r tŷ, gyfaill, neu mi alla fod wedi bod yn ddigon amdanat ti!'

' 'Dach chi rioed yn –'

'Wrth gwrs bo fi.' A thynnodd ei fys ar draws ei wddf.

'O Allah, Arglwydd Nefoedd a Daear! O Greawdwr Hollalluog!'

'Yn dy wely – gchchch – ac mi fyddat ti'n frecwast digon derbyniol i bysgod y Tyrrhenian cyn y wawr!'

'Felly, cha' i ddim o'r aur yn ôl?'

Cadarnhaodd tawelwch y ddau ei ofnau gwaetha a dododd ei ben yn ei ddwylo. Edrychodd y Mawr ar y Bach (gwnaeth arwydd â'i fys bach) ac aeth y ddau allan o'r cwt. Clustfeiniodd Ibn ar y ddau yn siarad dan eu gwynt. Gallai ddweud bod rhywbeth mawr ar droed pan edrychodd ar wynebau'r ddau ychydig yn ddiweddarach:

'Gwranda,' ebe'r Mawr, 'ddrwg calon gynnon ni glwad am dy anffawd di efo'r hwrod . . . chditha'n ddyn diarth a ballu hefo dipyn o ffordd i fynd eto . . .'

Tra oedd y Mawr yn ymgomio ag Ibn roedd y Bach yn codi'r morthwylion a'r cynion a'r drosol oddi ar y llawr ac yn eu rhwymo'n ofalus mewn cadachau.

'A 'dan ni'n dau – mêt a finna – 'di bod yn meddwl a 'dan ni newydd fod yn trafod y peth jyst rwan a sdim rhaid iti dderbyn, cofia, dim ond cynnig ydan ni, ond os licia chdi feddwl am y peth, paid â meddwl bo' ni'n pwyso arna chdi ond os wyt ti isio dwad hefo ni, be fyddwn ni'n neud fydd rhannu'n deg ac yn gyfartal, felly os wyt ti isio dwad, 'dan ni'm yn pwyso, fyny i chdi, os fyddi di'm isio 'da ni'n dallt yn iawn, dyna ni, diolch iti am gynnig, ond mi gei di dy siâr yn deg . . .'

Esboniodd y Mawr beth oedd y bwriad. Oedodd Ibn. Ond roedd yn teimlo mor isel ei ysbryd, ac felly ar eiliad wan iawn yn ei hanes fe gytunodd. Gwenodd y Bach a chododd y bag dros ei ysgwydd. Cydiodd y Mawr yn y lantern a throi at y drws:

'Un peth, Ibn . . .'

'Ia?'

'Ffendia ni ddillad i chdi, os nei di addo un peth . . .'

'Be?'

'Molchi ar y cynnig cynta?'

Wrth gerdded yn gyflym (trosol dros ei ysgwydd ac yn hollol noeth heblaw am sach rownd ei ganol) i lawr strydoedd cefn Fflorens yr esboniodd y Mawr pwy'n union oedd yr Archesgob Egano Anichino Arriguccio wrth Ibn. Bu farw ddeuddydd yn ôl ac fe'i claddwyd ychydig oriau ynghynt. (Fe wyddai Ibn wrth gwrs ond ni ddwedodd hynny.) Fe gafodd angladd fawreddog ac fe'i claddwyd mewn dillad drudfawr a chafodd wasanaeth gwerth chweil. (Dywedodd y Bach fod ei fam wedi cynnau cannwyll ac yn gweddïo dros enaid yr Archesgob ar hyn o bryd. Dywedodd ei fod wedi cael magwraeth grefyddol dros ben ac roedd yn falch o hynny. Rhoddai sylfaen dda i rywun. Neu dyna a ddywedai pawb wrtho. A gwenodd.) Ond y fodrwy ruddem oedd yn mynd â bryd y ddau yn fwy na dim. Roedd hi werth 600 fflorin, yr hyn a amcangyfrifid gan briswyr ceidwadol. Ond ar y farchnad ddu roedd yn nes at 900.

Fel y nesaodd y tri at sgwâr yr Eglwys Gadeiriol roedd Ibn yn crynu fel deilen. Torrodd yr adeilad yn ddu, yn drwm ac yn uchel yn erbyn y nos. Roedd y bawiach ar ei gorff wedi dechrau caledu'n gacen drosto. Mynnodd y Mawr a'r Bach ei fod yn cerdded tri cham y tu ôl iddynt ond yn anffodus fe drodd y gwynt, ac erbyn iddynt gyrraedd roedd Ibn yn cerdded dri cham ar y blaen. Esboniodd y Mawr fod ei dad wedi gweithio sawl blwyddyn fel labrwr pan ddechreuwyd ar y gwaith o adeiladu'r eglwys bresennol gan fod yr hen Santa Repatra yn rhy fach i ddinas a oedd yn prysur wneud pres fel gro. Sylwodd Ibn fod llawer o ysgolion ar y muriau o hyd: doedd y gwaith adeiladu heb ei orffen o bell ffordd. Esboniodd y Bach mai Urdd y Masnachwyr Gwlân oedd yn gyfrifol am y gwaith. A thra oedd y ddau'n traethu roedd Ibn wedi cael cyfle i dywallt pedair pwcedaid o ddŵr o'r ffynnon drosto'i hun.

'Well inni'i throi'i hi,' siarsiodd y Mawr ymhen hir a hwyr, 'neu mi fydd y plygain ar ein gwartha ni cyn inni droi rownd.'

Cerddodd y tri draw at yr eglwys gadeiriol a cherdded i mewn drwy ddrws ochr ar flaenau'u traed. Cododd y nenfwd uchel ofn mawr ar Ibn a theimlodd ei groen yn oeri drwyddo. Unwaith yr oeddynt wedi cyrraedd y beddrod anferth a wnaethpwyd yn gyfan gwbwl o farmor agorodd y Bach y sach a dododd Ibn y drosol i lawr. Waldiodd y Mawr dri chŷn dan y caead er mwyn ceisio gwneud lle i stwffio'r drosol. Wedi peth wmbreth o fystachu a thuchan a straffig a phoeri a rhegi fe lwyddwyd i wthio blaen y drosol dan y caead. Ceisiodd y Mawr a'r Bach rhyngddynt godi'r caead efo'r drosol â hynny o nerth bôn braich ag a feddai'r ddau er mwyn galluogi Ibn i wthio darnau o bren i'w ddal ar agor. Ond roedd yn orchwyl llafurus ac roedd amser yn prysur fynd yn drech na hwy.

'Uffarn dân!' bytheiriodd y Mawr ymhen hir a hwyr (ei farf yn boer a'i lygaid yn fflachio'n lloerig) 'dowch inni o'n tri drio hefo'n gilydd yn neno'r tad!'

Roedd Ibn yn lafar o chwys ac am y tro cynta ers amser teimlodd yn gynnes wedi cydymdrechu cyhyd. Ac mewn rhyw ffordd ryfedd iawn (nad oedd yn ei ddeall yn hollol) roedd wedi dechrau cynhyrfu. Wedi'r cwbwl, doedd ymyrryd â bedd inffidel ddim hanner cynddrwg ag ymyrryd ag un a oedd wedi'i eni a'i fagu yn y Gwirionedd a oedd i'w ganfod yn Islam a thrwy'r Coran. Hydoedd yn ddiweddarach (wedi i'r caead ddisgyn yn ddamweiniol a gwasgu tri o fysedd y Bach gan beri iddo floeddio a chablu dros bob man) llwyddwyd i godi'r caead yn ddigon uchel fel bod digon o le i un dyn stwffio i mewn i'r beddrod yn weddol ddidrafferth.

Roedd y tri'n anadlu fel ceffylau pan ofynnodd y Mawr:

'Wel, pwy sy am 'i mentro hi?'

Syllodd i'r twll du.

Sychodd Ibn y chwys oddi ar ei dalcen tra sugnodd y Bach dri o fysedd ei law chwith. Roedd hi'n dal yn dywyll y tu allan. Gwyddai Ibn yn weddol beth oedd bwriad y ddau erbyn hyn: ond roedd ganddo syniad a allai weithio.

'Mi a' i,' ebe Ibn gan ddiosg y sach.

'Brysia 'ta,' ebe'r Mawr.

Gwthiodd Ibn rhwng y ddau bwtyn pren a ddaliai'r caead trwm ar agor ac fe ddiflannodd ei draed i'r beddrod. Doedd y drewdod ddim hanner cynddrwg ag y disgwyliai. Yn ffodus, rhoddwyd digonedd o flodau i'r archesgob i fynd gydag o ar ei daith ac roedd eu harogleuon persawrus wedi glynu ym mhob man. (Fe'i hatgoffwyd am eiliad am yr arogl yn ystafell Beritola ychydig ynghynt.) Crafangodd dros gorff yr archesgob. Rhoddodd ei benelin yn ddamweiniol ar ei fol a chlywodd rhyw erthwch o wynt yn codi o'i gyfansoddiad yn rhywle. Oedodd. Roedd y Mawr a'r Bach y tu allan wedi distewi a mynd yn fud. Ymbalfalodd Ibn am law chwith yr archesgob. Roedd hi'n oer.

'Wyt ti wedi cael gafal arni hi?' harthiodd y Mawr o'r tu ôl iddo.

'Ssssssht!'

Ceisiodd Ibn dynnu'r fodrwy oddi ar y bys ond roedd yn dipyn anoddach gorchwyl nag y tybiodd y byddai. Poerodd ar fys yr archesgob yn y gobaith y byddai'n fodd i lacio'r fodrwy. Cleciodd asgwrn y bys ymhen ychydig, ond er iddo dynnu a thynnu roedd y fodrwy yn sownd dynn am ei fys. Oedodd am ennyd a meddyliodd am y geiriau hynny o Lyfr y Groegiaid (30:15): 'Yn Nydd y Farn ar yr awr benodol tewir a gwangalonnir y camfucheddwyr.' Ac felly y teimlodd yntau. Doedd dim amdani ond dodi y bys yn ei geg. Buan y cynhesodd a rhwbiodd ei dafod drosto cyn dechrau sugno o ddifri.

'Wyt ti'n dal yna?'

Ond roedd Ibn â gormod yn ei geg i fedru cynnig ateb i'r Mawr. Ond er iddo sugno a sugno, digon cyndyn i lithro'n rhydd oddi ar y bys oedd y fodrwy. Poerodd yn hir a sur. (Falle fod bysedd y meirw'n chwyddo, pwy a ŵyr?) Neu falle fod rhywbeth arall, rhyw ysbryd drwg yn atal y tri ohonynt rhag cyflawni'u hanfadwaith.

'Wyt ti isio lli fechan?' holodd y Mawr gan gydio'n ei ffêr.

'Ddaw hi ddim i ffwrdd,' atebodd Ibn a blas rhyfedd yn llond ei geg. Wedi i'r ddau y tu allan hen gyrraedd pen eu tennyn ac yn awyddus i'w heglu hi (ac wedi i Ibn gael y fodrwy werthfawr yn rhydd) penderfynodd ei bod hi'n bryd manteisio ar y syniad a gafodd. Os nad oedd yn gryf iawn, roedd yn gallu bod yn gyfrwys ac felly gwaeddodd:

'Do, dwi 'di chael hi.'

'Mae hi gin ti?!'

'Ydi.'

'Hastia allan 'ta!'

'Dwad rwan.'

Trodd o'i amgylch yn y beddrod hyd nes roedd ei draed dan ên yr archesgob ac ymddangosodd ei ben rhwng y ddau brenyn. Meddyliodd y Bach pa mor debyg yr edrychai i fabi'n dod o'r groth.

'Lle mae hi 'ta?'

Crafangodd Ibn allan a sefyll o flaen y Mawr.

'Dangos hi!'

A rhoddodd Ibn y fodrwy iddo. Cythrodd y Mawr amdani a rhythu arni hi. Roedd ei lygaid mawr yn pefrio. Ogleuodd hi ac yna'i dal yn agos i'w glust.

'D'o mi gweld hi, d'o mi gweld hi, d'o mi – !'

'Sadia!'

Yna'n gwbwl gwbwl gwbwl ddirybudd

– ac anifeilaidd

– sodrodd y Mawr ddwrn

– yn wyneb Ibn nes ei fod

– yn llamu

– tasgu

- i'r
- gwyll
- ar
- wastad
- ei
- gefn
- a
- gadael
- pob
- dim
- ymhell
- bell
- bell
- bell
- bell
- bell
- y
- tu
- ôl
- iddo.

* * *

Y gloch a'r düwch. O'r twllwch mud, o safn y distawrwydd trwm o gell fechan isel yng nghrombil llonydd priordy Beddgelert ym mherfeddion duaf y nos – fe ddeffrowyd y Rhaglaw. Cloch fechan yn canu. Yn ysgafn ysbeidiol ond yn ddigon clir i gymell y brodyr i godi a gweddïo. Amser i'r wylnos gynta a dododd ei fodiau dan bocedi gorlawn o lygaid a'u rhwbio. Cododd ar ei draed. Yn araf, cynefinodd ei lygaid â'r gwyll. Ymestynnodd ei fraich o'i flaen a cherdded yn drwsgwl i mewn i'r mur cyn iddo gael hyd i'r porth a chamu allan i'r rhodfa o amgylch y garth. Cerddodd yn ei flaen heibio i'r clwysgordy gan droi i fyny'r llwybr a arweiniai i'r fynwent ac yna i'r chwith gan anelu am ddrws y sacristi ac wrth iddo nesáu gallai weld mân oleuadau'r canhwyllau'n fflician yn erbyn y düwch.

Clywai'r brodyr yn cerdded yn dawel i lawr y grisiau o'r ochr bella i'r dortur fechan uwchben ac i mewn i'r eglwys. Pwll o ddüwch oedd yr adeilad mewn gwirionedd, gan ei bod hi wedi troi ganol nos. Ymdrechion unig a digon tila oedd y canhwyllau yma a thraw i darfu ar undonedd y düwch.

Yr unig beth a welai'r Rhaglaw o ben y grisiau ger y sacristi oedd amlinell y ffurfiau duon yn siffrwd yn gefngrwm i fannau cynefin i benlinio yn y côr. Ac o dipyn i beth fe sylwodd y Rhaglaw mai'r abad oedd yn eistedd bella oddi wrth yr allor.

Peidiodd y gloch â chanu.

Wedi cyfnod o dawelwch llethol clywodd y rhaglaw yn dechrau llafarganu'n ddistaw:

Priodor: *Mater salutaris*
Brodyr: *Vere nuncuparis*
Potente
Repente
Priodor: *Luto gratulante*
Brodyr: *Illaque favente*
Fervore
Dolore

A dechreuodd rhywun besychu'n sych a chyson trwy gydol gweddill y gwasanaeth:

Priodor: *Omnia fecisti*
Sicut Voluisti
Constanter
Fraudanter.
Brodyr: *Digno tu scandente*
Victore triumphante
Nec dare
Tam gnare

Yna sylweddolodd fod rhywun –
Vere Consolatrix
Cunctis reparatix
Precantis
Infantis!

– yn cerdded o fynach i fynach –
> *Tutix orphanorum*
> *Solamen miscorum*
> *Volente*
> *Poscente*

– gan ddal cannwyll o fewn ychydig –
> *Velud maris stella*
> *Parens et puella*
> *Tam pia*
> *Maria!*

– fodfeddi o wynebau y gweddïwyr –
> *Felix fecundata*
> *Mater honorata*
> *In cruce*
> *In luce*

– ac yna fe sylweddolodd –
> *Eva peccatrice*
> *De te genetrice*
> *Salutis*
> *Virtutis*

– pwy oedd mewn gwirionedd –
> *Rosa sine spina*
> *Gratia divina*
> *Electra*
> *Effecta*

– neb llai –
> *Ventre quem poertasti*
> *Parvum quem lactasi*
> *Superni*
> *Inferni*

– na'r Priodor ei hun yn sicrhau nad oedd neb wedi mynd i gysgu . . .

Rhedodd un brawd glingam heibio i'r Rhaglaw tan besychu'n ofnadwy a rhuthro i rywle . . .

A phan orffennodd y llafarganu bu ennyd o dawelwch. Cododd y gwynt a hisian trwy'r adeilad . . .

Yna, o rywle heb fod ymhell i ffwrdd, clywyd yr udo mwya
dychrynllyd a glywodd y Rhaglaw yn ei fyw erioed.

Llyncodd boer a theimlo ias yn cripian i fyny'i gefn rhwng ei
gig a'i groen gan beri i'w ysgwyddau arswydgrynu. Edrychodd
i gyfeiriad y côr, a oedd erbyn hyn yn graddol wacáu gan fod
pawb yn cerdded i'w gyfwrdd.

Udo eto!

Ond trodd yn wylofain y tro yma. Wylofain anobeithiol.
Doedd o ddim hanner cynddrwg yr eildro. Be oedd o? Ci?
Blaidd? Rhyw anifail gwyllt wedi'i glwyfo? Ond cerdded
heibio yn benisel a digyffro wnaeth y myneich.

Y Priodor oedd yr olaf i adael yr eglwys.

Pan gyrhaeddodd y porth lle safai'r Rhaglaw amneidiodd yn
bwyllog a cherddodd y ddau i ffwrdd yn dawel . . . roedd nos
hir o'u blaenau cyn y codid pawb drachefn â'r gloch ar doriad
gwawr i fynd i'r matins . . .

Ei ddwylo oedd y pethau olaf i deimlo effaith y gwres yn yr
ystafell dwymo. Er iddo'u dal o flaen tanllwyth o dân am
hydoedd roedd ei fochau'n tincian ymhell cyn iddo deimlo'r
goglais hwnnw dan ei ewinedd. Syllodd y Priodor ar y
Rhaglaw wrth ei ochor. Roedd yr ystafell yn gwacáu erbyn
hyn. Meddyliodd am ennyd y byddai'n well esbonio wrtho be
oedd achos yr udo. Doedd bosib nad oedd wedi ei glywed.
Rhyfeddai nad oedd wedi holi. Ond ar y llaw arall, pe byddai'n
dweud, mae'n bur debyg na chysgai'r Rhaglaw o gwbwl,
ac felly penderfynodd y byddai'n rhoi gwybod iddo yn y bore.

Teimlodd y Rhaglaw y gwres yn ara fwyta'r oerni o'i ddwylo
a syllodd ar y Priodor trwy gornel ei lygaid. Brathodd ei wefus
isa. A feiddiai ofyn be oedd achos yr udo? Rhyfeddai nad oedd
wedi dweud rhywbeth wrtho. Doedd bosib ei fod dan lw o
dawelwch. Roedd rhai o'r myneich wedi sibrwd â'i gilydd
ynghynt. Ond penderfynodd y byddai'n cael gwybod yn y bore.

Ni chysgodd y Rhaglaw ryw lawer.

Wedi troi a throsi a chodi a cherdded o gwmpas y gell
deirgwaith llwyddodd i gysgu o'r diwedd, ond roedd

rhywbeth o'i le. Âi ei feddwl yn ôl tros ddigwyddiadau'r
deuddydd dwetha. Bron nad oedd yr holl beth fel rhyw hunlle
ofnadwy. Falle nad oedd yr eglwys wedi'i llosgi o gwbwl ond
ei fod wedi ei ddychmygu . . . Cofiodd ei hun yn chwysu
rhedeg trwy'r goedwig . . . Bu'n breuddwydio am hynny . . .
rhedeg a rhedeg a'r goedwig yn mynd yn ei blaen ac yn ei blaen
am byth . . . Rhith oedd y cyfan . . . Rhith . . .
Teimlodd ei fod eisiau piso fel cwningen bob munud.

Ac wedi noson hir ac annifyr iawn canwyd y gloch fawr
wrth i'r cymylau llwydlas godi, a'r ennyd nesa roedd y ffurfafen
yn llwydwyn. Roedd hi wedi gwawrio. Gwawr o fath.

A chan deimlo'n sbruddach braidd, cerddodd y Rhaglaw o'i
gell. Y tro yma aeth i'r garth a cherdded heibio'r ffreutur
fechan. Cerddodd at y ffynnon. Roedd yr adar yn canu ynghyd
â dau neu dri o geiliogod. Yfodd ddŵr y ffynnon.

O'r eglwys y tro hwn deuai canu uchel, llawen. Cenid am y
seren fore'n codi. Dathlu fod yr haul wedi codi a'i fod yn
tywynnu unwaith eto. Canwyd salm o fawl i'r Iôr a'r Forwyn
a Nawddsant yr Urdd.

Ond roedd y Rhaglaw'n teimlo'n swp sâl.

*   *   *

Boreau, nosweithiau, prynhawniau, dyddiau'n ddiweddarach
a dim. Dim smic. Dim byd. Roedd wedi trio'i orau glas, wedi
trio a thrio hyd nes y llifodd dagrau lawer gwaith. Roedd hi'n
oer iawn hefyd, yn ddychrynllyd o oer, ac felly gwisgodd
ddillad yr archesgob. Teimlodd ychydig yn well o'i ddilladu ei
hun, a phan beidiodd ei ffroenwaedu.

Ond roedd hi wedi canu arno.

Doedd dim dwywaith am hynny. Roedd hi wedi canu arno.

Cysgodd am hydoedd. Yn wir, ar un adeg, pan ddechreuodd
nychu o eisiau bwyd a diod, dechreuodd fwydro a berwi a
sgwrsio hefo'r archesgob. Synnodd braidd pan y'i clywodd o'n
siarad. Dywedodd ychydig frawddegau Lladin *Gratia Domini*
nostri Jesu Christ et caritas Dei, et communicatio Sancti Spiritus sit
cum omnibus vobis . . . Adroddodd yr archesgob hanes ei fywyd

wrtho, ac adroddodd yntau hanes ei fywyd wrth yr archesgob, hanes ei dad, y llong, Francisco Datini, y daith i Fflorens, yn wir, fe ddeudodd bob un dim wrtho. Roedd pob cyfrinach wedi'i chyffesu.

A phan oedd wedi ildio i bob anobaith
– fe ddigwyddodd
– y wyrth!
– o'r gwyrthiau!
Roedd Allah Hollalluog yn ei warchod o hyd!

Pan oedd wedi curo a churo ar y marmor gwyn hyd nes bod ei ddwylo'n waed, pan oedd wedi gweiddi hyd nes bod ei wddw'n grug, pan oedd wedi chwysu hyd nes roedd syched ar fin ei drechu . . .

Clywodd sŵn curo egwan . . .
. . . ust! Gwranda! Ust!
Roedd o'n breuddwydio eto . . .
Curo egwan . . . ?
Clic clic clic pell pell pell

(Efallai mai'r Mawr a'r Bach oedd yno! Y ddau wedi canfod y twyll!) Ond roedd Ibn yn barod amdanyn nhw! Roedd o'n benderfynol o ddianc o'u crafangau nhw, doed a ddelo! Gobeithio nad oedd o wedi gwanychu gormod i allu lambastio'r ddau a'u stido nhw'n ddarna!

Roedd y curo fymryn yn uwch. Clip clip clip. Ac o dipyn i beth fe sylwodd ar y llewyrch meinaf o oleuni a welodd yn ei fyw erioed yn treiddio trwy dwll bach yng ngwaelod y beddrod. Craffodd. Cododd y caead fymryn. Clywod leisiau isel yn murmur yn dawel yn y pellter. Gwthiwyd darn o bren neu garreg ac fe godwyd y caead fymryn yn uwch. Lledodd y llewyrch golau. Roedd Ibn fel cath. Gwasgodd ei hun i safle lle gallai fanteisio ar y cyfle i neidio ar y sawl oedd yno. Y nhw'u dau oedd yno. Y Mawr a'r Bach. Y ddau'n meddwl ei fod cyn farwed â'r archesgob, o bosib, ac yn meddwl y caent rwydd hynt i gyrchu'r fodrwy ruddem heb orfod mynd i'r afael ag o.

Codwyd y caead ddigon i'w alluogi ddianc.

Ond doedd dim math o sŵn.

Dim sisial.

Tawelwch llethol.

Dwyster mawr yn drwm dros bob man.

Ac yna dan sgrechian nerth esgyrn ei ben a dyfynnu'n gymysglyd braidd o arwrgerddi'r bardd Arabaidd enwog Ibn al–Rumi (m.896), yn enwedig ei linellau dwysaf, hyrddiodd Ibn ei hun o'r beddrod yng ngwisg oludog yr archesgob Egano Anichino Arriguccio. Disgynnodd din-ben-dros-ben ar lawr yr eglwys gadeiriol a'i Arabeg clasurol yn diasbedain saethau bwaog hyd y nenfwd uchel. Neidiodd ar ei draed tan sgrechian yn wyllt gynddeiriog fel gwallgofddyn.

Doedd o ddim yn gallu gweld yn iawn, ac o'r herwydd trodd yn chwrligwgan mewn cylchoedd disynnwyr.

Ond yna synhwyrodd y tawelwch llethol.

Hyd nes y disgynnodd morthwyl o law i'r llawr.

O'i amgylch.

Wedi'u fferru a'u glynu i'r fan roedd hanner dwsin o fynachod o'r Urdd Ddominicaidd yn gegrwth a phob un a morthwyl neu gyn neu drosol neu bren neu garreg yn llipa'n eu dwylo.

Llewygodd dau.

Sgrechiodd y gweddill a rhedodd un ar ei ben i golofn oer hyd nes y clywyd ei dalcen yn clecian.

Rhwygodd un ei ddillad a phenlinio ger bron y Forwyn a gweddïo a chrio am yn ail. Rhedodd dau arall am y porth ym mhen pella'r eglwys tan sgrechian rhywbeth:

'. . . *simulabit se antichristus mortuum, et . . .*'

Simsanodd Ibn ar ei draed.

Cusanodd un mynach ei law a dechrau llyfu'i draed ac udo:

'. . . *scilicet Antichristum, tanquam occisum in mortem, et plaga mortis . . .*'

Ond ymlwybrodd Ibn igam ogam tua'r drws ochr a'r fodrwy ruddem werthfawr yn ei law a'r mynach wedi lapio'n dynn am ei goes dde. Cydiodd Ibn yn ei ben â'i ddwy law a'i wthio ymaith cyn rhythu'n lloerig i'w lygaid.

Sgrechiodd hwnnw gan wthio'i ddau ddwrn i'w geg a gweiddi:

'O Sabille de parfont sens garnie
Et Joachim homme plain de savoir,
Methode, Daniel, Ezechie
Bien nous faites no misere savoir . . .'

Cilwgodd Ibn arno.

Camodd tua'r porth ac yna (o ran diawledigrwydd llwyr) oedodd, codi'i fraich yn araf a phwyntio ei fys at y mynach a oedd yn dal ar ei benliniau a'i ddau ddwrn yn gorchuddio'i weflau.

Agorodd ei geg led y pen a gwefusodd frawddeg neu ddwy heb gynhyrchu sŵn.

Gwichiodd y mynach (ac roedd pwll gwlyb o gwmpas ei benliniau).

Roedd yr awyr iach fel talp o baradwys.

Tybiodd ei bod hi ar fin gwawrio.

Wedi byw ag arogleuon amhleserus yr archesgob a'i rai ei hun yn cydgymysgu, anadlodd yn ddwfn ac yn hir. Yna trodd o glywed sŵn pistyll bychan gerllaw. Roedd rhywun yno'n y gwyll, yng nghysgod yr eglwys ger pentwr o friciau.

'Ahoi,' gwaeddodd Ibn.

'Ahoi,' daeth yr ateb o'r tywyllwch.

Camodd tuag at y llais. Oedodd.

Craffodd.

Yna cerddodd gŵr tua deg ar hugain oed tuag ato. Penliniodd yn syth pan welodd Ibn yng ngwisg yr archesgob a chusanu'i fodrwy.

'Maddeuwch imi, eich sancteiddiaf,' ebe'r gŵr a'i ben wedi'i ymgrymu, 'ond mae 'na ferched ifanc efo fi. Rydan ni ar ffo fel pawb arall'

'Ar ffo? Rhag be?'

'Da chi, peidiwch â thynnu coes . . .'

'Ar ffo rhag be?'

' 'Dach chi 'di bod i ffwrdd yn rhwla?'

'Do, rywsut . . .'

'Mae'r ddinas wedi lloerigo.'
'Pam?'
'Y pestilens. Mae hi'n rhemp.'
Ceisiodd y gŵr godi'i ben ond gwasgodd Ibn ei gorun.
'Yma'n Fflorens?'
'Lle 'dach chi 'di bod ers tridia?'
'Mae pethau'n ddrwg?'
'Erchyll.'
Aeth ias i lawr cefn Ibn.
'Ac mi rydach chi a'r merched ifanc ar ffo rhagddo fo?'
'Ydan . . . dowch efo ni os 'dach chi isio.'
Meddyliodd Ibn am eiliad.
Roedd yn rhaid iddo adael Fflorens yn syth. Yna clywodd
leisiau merched ifainc yn yr eglwys y tu ôl iddo. Gwell cychwyn.
'Be ydi'ch enw chi?'
'Giovanni, eich sancteiddiaf.'
'Giovanni be?'
'Giovanni Boccaccio.'
'Swnio'n enw cyfarwydd . . .'
Mentrodd Ibn, gan geisio arbed ei hun rhag mynd i waeth
caeth gyfle.
'Falla'ch bod chi'n nabod fy nhad, eich sancteiddiaf. Mae o'n
ddyn gweddol enwog. Roedd o'n gweithio i'r Campagnia dei
Bardi. Rheolwr y banc ers 1327. Ond mae'n well gen i
sgwennu. Er mai llafur digon diddiolch ydi o'n amal. Ond
wedyn mae'n rhaid i rywun yn rhywla sgwennu toes? 'Tai o
ond er mwyn pobol y dyfodol, iddyn nhw sylweddoli cymaint
o ffyliad gwirion oeddan ni.'
'Be fyddwch chi'n sgwennu?'
'Straeon digri hefo rhyw fymryn o ddychan. Dwi'n gredwr
mawr mewn plesio 'narllenwyr. Peidio â'u digio nhw hefo
rhyw hen faswedd afiach a diangan.'
'Yn hollol . . .'
Atebodd Ibn er mwyn cael mwy o amser i feddwl.
'. . . sgwennu be mae pobol isio. Deunydd darllen ysgafn,
doniol. Dim o'r hen betha trwm, sych 'ma sneb ond rhyw griw

bychan yn 'u dallt. Os ydi sgwennwr isio pregethu negas neu syniada yna mae'n well iddo fo ddewis gwneud rhwbath arall. Ddyla llenyddiaeth ddim trio ymhonni bod yn rym er newid y byd.'

'Fedrwn i mo'i roi o'n well fy hun, eich sancteiddiaf,' ebe Giovanni Boccaccio wedi cynhyrfu.

'Dwi'n falch eich bod chi'n meddwl yn union yr un fath. Dwi inna chwaith ddim yn gweld diban sgwennu dim byd ymhonnus nad ydi neb yn 'i ddallt. Straeon syml, doniol am fywyd bob dydd bia hi bob tro. Adloniant. Ddyla fod 'na lyfr i annog pob sgwennwr gwerth 'i halan i sgwennu felly.'

'Giovanni, mae'n amlwg i bawb y byddwch chi'n sgwennwr poblogaidd iawn ryw ddydd.'

'Diolch yn fawr.'

A throdd Giovanni i ffwrdd a cherdded tua'r eglwys at y merched ifainc. Tra oedd Ibn yn syllu ar yr haul yn codi, meddyliodd a oedd yr awdur ifanc yn ddigon treiddgar i ama fod tinc eironig yng ngoslef ei lais?

Ond pe gwyddai, roedd gwên slei ar wyneb Giovanni Boccaccio hefyd wrth gyfarch y merched ifainc wrth yr allor.

*   *   *

Ymadawodd y myneich â'r ystafell llawr pridd â'r tyllau yn y to, a mynd at eu gorchwylion â braw enbyd yn eu calonnau. Roedd y Priodor newydd draethu am yr Anghrist (. . . sssshhh! Am fwy o fanylion gweler Atodiad I ar ddiwedd y nofel . . .). Ond er gwaetha pob dim, ni allai'r Rhaglaw adael heb gael sgwrs bellach hefo'r Priodor. Ac felly, brasgamodd ar ei ôl ar draws y garth:

'Be 'dach chi'n feddwl y dyliwn i neud?'

Trodd y Priodor ato a syllodd y ddau ar ei gilydd:

'Be 'dach chi'n feddwl?'

'Be wna i?'

Cerddodd y Priodor yn ei flaen ac aeth y ddau i mewn i'r eglwys a phenlinio a chynnau cannwyll yr un. Yna, mewn llais isel, tawel, dywedodd y Priodor:

'Dwi wedi gweld hyn yn dod ers blynyddoedd. Dwi wedi'i weld o mewn breuddwydion, ar lun gweledigaethau rhyfedd. Mae'n hamser ni yn y byd bach 'ma wedi'i rifo. Does dim llawer o amser ar ôl. Eglwys Dolbenmaen ydi'r gynta, y gynta o nifer fydd yn llosgi pan ddaw'r amser. Fe ddaw'r Gŵr Tywyll o'r coed, y fo fydd y cynta, un o filoedd, ac fe ddifodir pob dim. Mae'r arwyddion o'n cwmpas ni. Faint o wartheg fu farw yn nhir cyfri Dolbenmaen o ryw afiechydon anesboniadwy llynadd? Pam y bu eleni yn dymor mor wlyb? Oni welodd mwy nag un seren newydd yn gwibio yn ffurfafen y nos? A golau glas yn fflachio yn y corsydd? Sŵn rhyfedd yn y creigiau? Sawl teulu farwodd o newyn dros y ddegawd ddwetha 'ma, ac o fyrdd salwch arall gwahanol? 'Dach chi ddim yn gweld? Mae'r arwyddion yn frith, arwyddion yr amserau'n dangos un peth yn hollol glir: mae awr ei ddyfod yn nesáu!

'Ond . . . ond be ddeuda i wrth arglwyddes y dre?'

'Yr arglwydd 'dach chi'n feddwl? . . . All merched ddeall dim. Llestri gweigion ansylweddol ydi pob merch.'

'Ond mae o i ffwrdd ym Mhicardi.'

'Ers pryd?'

'Dwy flynedd a rhagor bellach. Mi aeth hefo gwŷr bwa saeth Caer.'

'A does neb i'ch amddiffyn chi?'

'Nagoes.'

'Anfona i air at yr esgob yn syth,' cododd y Priodor ar ei draed, 'ewch chitha'n ôl yn syth. Yn union syth. Yn syth bin. Rwan hyn.'

Ac am y tro cynta erioed dechreuodd y Priodor chwysu. roedd rhyw olwg llwglyd wyllt arno, fel pe bai rhywbeth wedi rhoi braw iddo o'r newydd. Cerddodd yn frysiog tua'r porth.

'Pam na fasach chi wedi deud ynghynt?'

'Wnes i'm meddwl . . .'

'Maen nhw'n amddifad . . . mae ei holl blant O ym maerdref Dolbenmaen yn amddifad? Yn noethion, heb eu harglwydd i'w hymgeleddu nhw. Gwrandwch . . .'

Roedd rhyw atal dweud yn dechrau ei flino.

'. . . ewch chi'n ôl rwan hyn, ar eich union. Does dim amser i'w golli. Rhaid ichi fynd yn ôl. Ydach chi'n dallt? Rhaid i minna anfon gair at esgob Bangor. Rhaid ailadeiladu'r eglwys yn syth, cysegru'r tir a'r fynwent o'r newydd. Rhaid ichi ailadeiladu'n syth! O, Dduw Mawr!'

A dechreuodd y Priodor redeg.

'Does dim amser i'w golli. A does wybod be sy wedi digwydd tra'ch bod chi wedi bod yma. Pryd adawoch chi? O Fair Fendigaid! Does wybod pa lanast newydd sy wedi'i gyflawni, pa droseddau erchyll, pa anfadwaith haerllug yn erbyn ei enw da O!'

'Ond be am Iolyn, be am Iolyn Offeiriad?'

'Sonia i wrth yr esgob am Iolyn,' atebodd y Priodor gan redeg i'r ffreutur, a rhedodd y Rhaglaw ar ei ôl. 'Y peth pwysica ydi eich bod chi yn dychwelyd rwan hyn.'

Cydiodd mewn powlen bren a darnau o gig amrwd arni a darn o fara ceirch wedi duo braidd.

'Ond be ddeuda i wrthyn nhw?'

Croesodd y Priodor y garth gyda'r bowlen bren a'r Rhaglaw yn canlyn yn dynn ar ei sawdl. Chwysai'r Priodor fel mochyn ac roedd yn mwmian wrtho'i hun dan ei wynt. Cyflymodd ei gamre.

'Be ddeuda i wrthyn nhw?'

Cyrhaeddodd y Priodor gwt pren wrth ymyl y twlc moch. Roedd agoriad uchel yn y drws lle gellid taflu bwyd i mewn i'r cŵn. Taflodd y Priodor ddarnau o gig trwy'r twll ac roedd ei dalcen yn wlyb diferu a'i lygaid yn goch. Holodd y Rhaglaw o am y trydydd tro:

'Be ddeuda i wrthyn nhw?'

Ond parhau i luchio cig a bara trwy'r twll i'r cŵn yn y cwt a wnâi'r Priodor. Gallai glywed eu 'glyg glyg glyg' llwglyd o'r tu mewn wrth iddynt lowcio'n awchus. Pwysodd y Rhaglaw ei ysgwydd ar y cwt pren ac ochneidio:

'Be 'dach chi'n ddeud ydi y dyliwn i gau 'ngheg? Ia? Na ddyliwn i rybuddio pawb fod y . . .'

A methodd fagu digon o blwc i ddweud y gair.
'. . . ar ei ffordd?'
Ni ddywedodd y Priodor air o'i ben.
'Ond maen nhw'n siŵr o ama, yn siŵr o ddwad i glywed gan rywun. Mater o amser fydd o.'
'Mater o amser fydd o p'run bynnag,' atebodd y Priodor gan daflu gweddillion y briwsion oddi ar y fowlen trwy'r agoriad i'r cwt. Ond roedd yn dal i chwysu ac roedd yr atal dweud mwya difrifol arno erbyn hyn.

Symudodd y Rhaglaw ychydig a safodd o'i flaen gan edrych i fyw cannwyll ei lygaid. Ceisiodd dreiddio i fywyn bodolaeth gonestaf y Priodor, rywle tu hwnt i'w lygaid oer, a gofynnodd yn fwriadol dawel a chadarn:

'Deudwch wrtha i be ddyliwn i neud . . .'

Llyncodd y Priodor ei boer ac roedd ar fin ateb y Rhaglaw pan neidiodd hwnnw o'i groen wrth i ddwy fraich saethu o'r agoriad a chydio dan ei ên ac yn ei wallt yn ffyrnig. Sgrechiodd. Ond roedd y dwylo duon, budron wedi mynd i'w geg ac yn ei dynnu'n ôl tuag at yr agoriad. Disgynnodd ar ei gefn ac fe deimlodd geg yn brathu i'w ben a dannedd yn tynnu talpiau o'i wallt i ffwrdd. Llosgodd y gwreiddiau wrth i'r anifail rathellu ei wallt a rhasgu tameidiau o groen ei ben. Agorodd y bysedd duon ei geg i'r eitha hyd nes y'i gorfodwyd i gau'i lygaid yn sownd ac roedd llaw arall yn gwasgu ei gorn gwddw. Roedd wedi'i ddal ac ni allai symud. Stranciodd a chiciodd y drws ond roedd y geg yn dal i lowcio a darnflingo ei wallt a chroen ei ben. Teimlodd waed yn araf dreiglo i lawr ei war ac yna i lawr ei gefn.

Ymdaflodd y Priodor â'i holl nerth i geisio rhyddhau y Rhaglaw o afael y crafangau hyn. Ni allai'r Rhaglaw sgrechian (er ei fod mewn poen dirdynnol) a dechreuodd y Priodor frathu y llaw a oedd yn dal corn gwddw'r Rhaglaw. Brathodd y Priodor mor ddwfn fel y daeth darn o gnawd i ffwrdd yn ei geg. Poeroddo ymaith a disgynnodd yn dalpyn gwyn ar y glaswellt llaith.

Ond parhau i fwyta i mewn i'w ben a wnâi'r geg a theimlodd y Rhaglaw ddannedd yn sgrafellu'n chwim i lawr asgwrn ei ben.

Sgrechiodd y Rhaglaw yn fain ac annelwig. Gwichian pigfain poenus.

Dechreuodd y Priodor weiddi nerth esgyrn ei ben am help. Gollyngodd mynach ddau fwcedaid o lefrith a oedd wedi eu ieuo ar ei ysgwyddau a rhedeg fel fflamia am y cwt. Rhedodd mynach arall a chryman yn ei law. Ceisiodd y Priodor dynnu'r Rhaglaw yn rhydd, ond ofer fu pob ymgais o'i eiddo.

Ymdrechodd pawb gydymdrech galed.

Ond wedyn dechreuodd y Rhaglaw wneud synau crug rhyfedd yn ei gorn gwddw. Roedd yn mygu. Roedd y llaw ar y corn gwddw'n ei lindagu. Ond wedi hir ymdrech llwyddodd y Priodor ynghyd â phum mynach i'w gael yn rhydd o afael y crafangau yn y cwt.

Disgynnodd ar ei wyneb i'r pridd meddal. Roedd talpiau o'i wallt wedi'u tynnu ymaith ac roedd briwiau ac olion dannedd yn stribedi o fân dyllau ar hyd croen ei ben. Daeth sŵn udo a choethi tanbaid o'r cwt. Roedd y peth fel pe bai'n hyrddio'i hun yn erbyn y waliau a'r drws. Bwrw ei gorff â'i holl nerth er mwyn torri twll a thorri'n rhydd a dianc a rhuthro i'r goedwig dywyll. Anadlodd y Priodor yn llafurus. Roedd fel petai wedi mygu ac yn ceisio cael ei wynt ato.

Codwyd y Rhaglaw ar ei draed gan y myneich. Ond roedd y peth wedi bod yn ormod iddo.

*   *   *

Yr oedd Ibn al Khatib wedi oedi ar gyrion muriau dinas o'r enw Lucca (ychydig i'r gogledd o Fflorens) er mwyn cael ei wynt ato.

Bu'n gweddïo llawer.

Chwant dyn oedd ei gwymp.

A cheffylau.

Pe bai wedi chwilio'n fwriadol . . . o wel, deud yr hanes . . . Dododd gyfrwy am ei ben tra ceisiodd y ceffyl ei frathu ac wedi peth wmbreth o straffig bwclodd gengl dan ei fol. Llusgodd y ceffyl allan a neidio'n handi ar ei gefn . . .

Ni chafodd gyfle hyd yn oed i sythu'i gefn yn iawn cyn bod yr anifail wedi cymryd y goes … Dychrynodd Ibn … Carlamodd fel gwallgofbeth ynfyd i lawr y strydoedd culion … Neidiodd dros blant, ieir, moch, tomennydd tail, etc … Carlamodd trwy dorf o bobol o bob oed a oedd yn ddiwyd ysbeilio siop ddillad a siop grydd …

Bu sgrechian a bloeddio a 'sgyrnygu dannedd ond daliodd y ceffyl i garlamu'n ffroenwyllt yn ei hylldod ac Ibn yn taer weddïo na fyddai'n lladd neb! Ond doedd ganddo ddim math o reolaeth dros yr anifail … Falle mai ysbryd drwg yr archesgob oedd wedi'i feddiannu ac a oedd yn dial arno am ddwyn ei ddillad!

Carlamodd y ceffyl yn ei flaen!

Ac er i Ibn drio gwneud pob dim o fewn ei allu – gweiddi! gwasgu! sodli! curo! sgrechian! – yn ei flaen ar ras wyllias yr aeth y ceffyl!

Ond fel yr oedd (trwy ryw drugaredd!) ar fin nogio ac yn lafar o chwys, ac Ibn yn diolch i Allah Hollalluog ei fod wedi ei arbed rhag mynd ar ei ben i ryw drybini erchyll – yn sydyn, ymddangosodd cenfaint o gŵn o bob lliw a llun yn gynffonnau ac yn goesau ac yn goethi ac yn gwasgu'i gilydd wrth ruthro i erlid y ceffyl a chael llond ceg o gynffon!

Dychrynodd yr anifail a bolltio yn ei flaen yn gynddeiriog!

Aeth heibio i gornel yn sydyn a bu ond y dim i Ibn ac yntau ymwahanu. Fe'i hanner hyrddiwyd ar ei ochr. Cythrodd fel gelen â'i ddwylo ym mwng y ceffyl. Sgrialodd y ceffyl heibio i ddwy leian a oedd yn araf ieuo claf rhyngddynt – (yn wir, o edrych dros ei ysgwydd sylwodd fod un lleian wedi'i bwrw i'r llawr a bod y claf wedi disgyn ar wastad ei gefn wrth i'r lleian arall benlinio wrth ochor ei chwaer).

Rhuthrodd y ceffyl yn ei flaen a'r cŵn yn dal i fyllio un ar ôl y llall yn lloerig ar ei ôl. Carlamodd yntau a'i ffroenau'n swnllyd a'i gefn yn chwys – ac o'i flaen, heb fod mor ofnadwy o bell o'i flaen â hynny chwaith, roedd porth enfawr a hwnnw ynghau! I'r dde, i'r chwith roedd muriau talsyth y ddinas ac o'i flaen roedd y porth ynghau! Y tu ôl iddo roedd y gwallgofgwn yn rhuthro. Ac o'i flaen – yn boenus o agos – o'i flaen – caeodd ei lygaid – roedd y porth ynghau! Coethi! Carlamu! Coethi! Carlamu! Coethi! Carlamu! Ac yn sydyn, powliodd Ibn yn bendramwnwgl i'r awyr.

Deffrôdd ymhen amser, rhywbeth gwlyb ar ei wyneb. Agorodd ei lygaid. Tybiodd iddo weld blobyn du a dau dwll a thalpyn o rywbeth pincwyn ac oglau amhleserus i ryfeddu ato.

'Hei, hegla hi!'

'Braidd gyffyrddodd cynffon y ci â'i dalcen wrth iddo symud i ffwrdd a gwelodd Ibn wyneb – wyneb o dan helmed a dwrn ar waywffon. Cododd, ond roedd gwayw yn ei goes chwith, fymryn yn is na'i benglin.

Dwy fraich dan ei geseiliau ac roedd ar ei draed ac yn destun siarad i bedwar o filwyr. Ceisiodd gamu'n ei flaen ond roedd yn herciog iawn.

'Be ddigwyddodd?'

Cyfeiriodd un o'r milwyr. Gorweddai y ceffyl nid nepell i ffwrdd a phum saeth ynddo. Roedd y cŵn wedi dechrau'i fwyta a pherfedd a gwaed ym mhob man. Syllodd Ibn arno: y peiriant hwn oedd mor llawn bywyd ac egni beth amser yn ôl yn gorwedd yn gorff a'i dafod allan.

'Be ddigwyddodd?'

'Y cŵn,' atebodd Ibn ac yn ei fyw ni allai lai na theimlo'n ddiolchgar i'r ceffyl am ei gludo o'r ddinas ac felly ychwanegodd, 'roedd o'n geffyl da, braidd yn wyllt ella, ond mi roedd o'n geffyl da.'

A cherddodd i ffwrdd yn gloff. Cerddodd trwy'r porth (a oedd wedi'i agor led y pen erbyn hyn). Cerddodd yn lletgam a phoenus. Pam fod popeth, popeth a wnâi, yn mynnu mynd o chwith trwy'r amser? Fyth ers iddo gyrraedd y cyfandir yma roedd rhyw anghaffael wedi digwydd iddo ym mhle bynnag yr âi, beth bynnag a wnâi. O gaeth gyfla i gaeth gyfla, doedd bwnglera fel hyn yn gwneud dim lles i'w iechyd corfforol na meddyliol. Hwn oedd y cyfnod mwya anffodus yn ei fywyd.

Ac felly, wedi oedi ar gyrion muriau dinas Lucca, yr oedd Ibn al Khatib, i gael ei wynt ato, pan welodd rhywun o yn syllu ar y briwiau dan ei benglin. Efallai mai'r gwres oedd ar fai, ni wyddai, ond fe gerddodd yn ei flaen gan gadw golwg fanwl ar Ibn a oedd wedi penlinio erbyn hyn ac yn rhwbio'i friw â'i fys.

Cerddodd y gŵr yn ei flaen yn bwyllog gan lyfu'i wefus isaf ac yna symudodd yn sionc a chamu y tu ôl i Ibn ar flaenau'i draed. Roedd hwnnw ar un benglin yn dal i rwbio'i friw â'i fys ac yn melltithio'r ceffyl pan glywodd lais y tu cefn iddo'n ebychu:

'Bw!'

A llamodd Ibn ar ei draed gan fagio ar un goes – hop, hop, hop – i ffwrdd oddi wrth y 'bw!' Cododd ei ddyrnau ac roedd wedi llwyddo i gael ei ddagr yn rhydd (fe'i dwynodd ddeuddydd ynghynt).

A syllodd y ddau ar ei gilydd fel dau geiliog.

Gŵr carpiog â phastwn yn ei law: un llygad oedd ganddo ac roedd cwdyn lledr treuliedig iawn wedi ei rwymo â chortyn dros ei ysgwydd. Roedd ei wallt yn wyn ac yn hir.

'Orvieto?' holodd y gŵr a'r pastwn.

'Be?'

'Orvieto?'

'Y . . . naci . . .'

' 'Dach chi'n siŵr?'

'Ibn . . . Ibn al Khatib o . . .'

'Naci, naci! Orvieto. Piazza del Popolo?'

'Piazza del Popolo?' holodd Ibn yn bwyllog gan gredu ei fod wedi cael yr anffawd fwyaf un o bosib: gorfod dal pen rheswm â gwallgofddyn.

'Piazza del Popolo, Orvieto . . . pedwar, pum niwrnod yn ôl, cofio rwan?'

'Dwi'n meddwl eich bod chi wedi . . .'

A rhuthrodd y gŵr yn ei flaen gan geisio waldio Ibn â'r pastwn ar draws ei ben. Roedd y gŵr ag un llygad yn crynu drwyddo. Bagiodd Ibn drachefn – hop, hop, hop, hop, hop brysiog iawn er mwyn arbed ei gorun. Cythrodd y gŵr yn ei flaen, ac erbyn hyn roedd yn sychu dagrau'n ei lygad â chefn

ei law. Daliodd Ibn y ddagr hyd eitha braich a dechreuodd y
gŵr ei gylchynu'n araf.

Trodd Ibn i rythu arno. Ond doedd y sawl a gerddai
heibio'n malio'r un botwm corn.

'Yr ofn mawr . . . dyna'r unig beth a glywech chi yno yntê?'

'Orvieto . . .?' holodd Ibn mewn llais uchel, nerfus . . .
'i'r de, yntê?'

'I'r de o uffar! Mi wyddost cystal â finna! Wyth deg o
filltiroedd dwi 'di gerddad mewn pedwar diwrnod trwy
weddillion caeau . . . tai gwag . . . anifeiliaid yn crwydro fel
mynno nhw!'

'Be am inni . . .?'

A llamodd y gŵr yn ei flaen gan fethu â tharo ysgwydd Ibn o
drwch blewyn.

'Yr ofn mawr! Mae pawb yno wedi heidio i'r eglwysi ac
mae'r cyngor newydd orchymyn fod y gwaith i ddechrau rwan
hyn ac y bydd yr eglwys gadeiriol fwya a'r hardda i'w
hadeiladu yn Orvieto er mawl i'w Enw da Fo!!'

'Be ydi'ch . . .'

'A phaid ti â meddwl na welis i ddim! Ro'n i yno! 'Drycha
arnat ti! Ar liw croen dy wynab di! Yn y Piazza del Popolo ro'n
i'n bargeinio hefo blingwr ŵy am groen newydd . . .'
(a chydiodd yn ei gôt) '. . . ag adag hynny y gwelis i chdi!
Â'm llygad fy hun! Felly paid â meiddio gwadu!'

Syllodd Ibn o'i ôl.

'Yn sgwâr y Piazza del Popolo yn Orvieto bedwar, bum
niwrnod yn ôl . . .'

Roedd Ibn yn dechrau laru braidd ar yr ailadrodd syrffedus
yma.

'Roeddat ti yno! Chdi a'r Iddewon – y rheini sy'n benthyca
arian ac yn pechu'n ei erbyn O a'r holl Saint. 'Dach chi ddim
yn sylweddoli be 'dach chi 'di neud?'

'Dwi'n meddwl bo' chi wedi camddallt . . .'

'Paid ag atab 'nôl!'

'Wn i ddim byd am eich . . .'

A thrawodd o â'r pastwn yn ei fol – reit ym mhwll ei

'stumog – a dechreuodd Ibn duchan a cheisio cael ei wynt ato. Ond daeth y pastwn i lawr ar draws ei gefn. 'Paid â deud anwiredd! Mi welis i chdi! Roeddat ti yno! Y chdi a'r Iddewon wenwynodd y ffynnon ddŵr yn y Piazza del Popolo! Heblaw amdana chdi mi faswn i wedi cyrraedd Perugia ac mi faswn i yn Rhufain o fewn dim wedyn!!'

'Mae'n ddrwg gen i . . .' Roedd Ibn yn ymladd am ei anadl ac roedd poen yn ei fol, ei gefn ac yn is na'i benglin erbyn hyn, diolch i'r lob penwyn dwl yma.

'Ti'n dallt?' sgrechodd y dyn yn ei wyneb nes fod gwlithlaw o boer yn glanio'n wawn dyner dros ei wyneb, 'Dwi 'di bod ar bererindod ers dros flwyddyn a hanner rwan, wedi cerdded o bellafoedd daear. Dwi wedi bod o fewn trwch blewyn trwyn gafr i angau fwy nag unwaith. Nid ar chwarae bach mae rhywun yn penderfynu mynd ar bererindod y dyddia yma, wyddost ti. Mae'r byd wedi mynd yn lle peryg iawn i hen ddyn ar ei ben ei hun! I feddwl 'mod i wedi cysgu trwy haul a hindda, gwres mawr a chenllysg fel ceillia tarw, wedi dwad o le na chlywis di amdano, nag wyt ti'n debygol o glwad amdano fo fyth – lle o'r enw Eifionydd. Ac nid taeog mohona i dallta. Paid ti â meddwl mai rhwbath rhwbath ydw i, dwi'n uchelwr, mi fydd gin i fy arfbais fy hun pan a' i adra. Mae gin i dir.'

Roedd wedi tawelu erbyn hyn ac yn wylo.

'A phan ydw i o fewn tafliad carrag i ben y daith ac wedi prynu croen newydd ac yn gorfod troi'n f'ôl o achos rhyw aflwydd na ŵyr neb be ydi o ond fod pobol yn deud mai ti a rhai tebyg iti a'r Iddewon sy ar fai am ichi wenwyno'r . . .'

Ond roedd wedi llwyr ymlâdd ac roedd y dagrau'n llifo i lawr ei fochau. Cododd Ibn ar ei draed. Wylodd y pererin penwyn yn hidl. Dododd Ibn ei law yn dyner ar ysgwydd y gŵr o bellafoedd byd, y lle nad oedd wedi clywed amdano a'r lle nad oedd (drwy drugaredd!) yn mynd i'w weld fyth. Ond gwthiodd y pererin ei law ymaith.

'Paid ti â chyffwrdd bys yna i, y 'sglyfath – does wybod lle ti 'di bod! . . . Gad lonydd imi . . . Mi welis i chdi . . . fydd rhaid iti atab am dy bechoda yn Nydd Brawd, cred di fi! O bydd!

Fydd rhaid i bob un ohonon ni . . .'

Ac ymlwybrodd y pererin ymaith i gyfeiriad y ddinas. Ni feiddiai Ibn ddweud wrtho y byddai'n rhaid iddo ffoi ohoni yr un mor gyflym ag y bu'n rhaid iddo gefnu ar Orvieto. Yna darllenodd y geiriau ar gefn côt y pererin: 'Dw i wedi bod yn Orvieto.' Cerddodd y pererin yn benisel a gwargrwm tua phorth y ddinas.

' 'Dach chi' iawn?'

Llais y tu ôl iddo a throdd yntau'n siarp ar ei sawdl i wynebu'r sawl a ofynnodd y cwestiwn.

Abad Ifanc.

Roedd yn syllu arno. Abad Ifanc a thri o fynachod o'r Urdd Sistersaidd fe dybiai, yn edrych yn wynephir a phryderus arno. Y tu cefn i'r pedwar roedd gosgordd fechan – deg o geffylau a dwy drol fechan wedi'u llwytho a'u rhwymo'n dynn.

Methodd Ibn â chanfod ei lais am ennyd.

' 'Dach chi'n iawn? holodd yr Abad eilwaith.

'Y . . .' atebodd Ibn gan syllu'n rhyfedd ar y tri.

Penliniodd un mynach a syllu ar y briwiau dan ei benglin. Roedd gwaed yn llifo'n ddibaid o'r clwy. Syllodd Ibn ar yr Abad ac yna teimlodd wres mawr yn codi rywle yng nghefn ei ben, yn cripian dros ei gorun. Gwaniodd ei goesau, caeodd ei lygaid, ac o'r herwydd ni theimlodd pa mor galed oedd y ddaear dan draed pan ddisgynnodd arni.

Ni ddychwelodd Iolyn Offeiriad.

Yn y cyfamser dechreuwyd ar y gwaith o aildoi'r eglwys yn syth. Bu'n rhaid i'r taeogion roi heibio llawer iawn o ddyletswyddau'r gaeaf a cheisio cael pethau'n barod ar gyfer yr Adfent a Gŵyl y Geni. Gohiriwyd dros dro ddyletswyddau'r Faerdref i'r weinyddiaeth yng Nghaernarfon, sef sicrhau fod un taeog a cheffyl a throl wastad ar gael i gludo defnyddiau o'r naill le i'r llall. Roedd Castell Cricieth byth a hefyd yn dod ar alw'r gwasanaeth yma ac yn mynnu eu bod yn cario coed neu fwydydd o'r fan i'r fan.

Roedd yn waith llawn amser.

Oherwydd fod yn rhaid codi'r to yn weddol sydyn i arbed yr

eglwys rhag ychwaneg o ddifrod, hepgorwyd y dyletswydd yma hyd Ŵyl Ystwyll yn nhymor yr aredig ddechrau'r flwyddyn.

Y mis du oedd un o fisoedd gwaetha'r flwyddyn i'r taeogion. Byddai fan fynycha yn wlyb, yn oer, ac yn ddiflas. Gwnâi'r mis hwn i'r hofeldai edrych yn llwydach a mwy diobaith eu gwedd nag arfer. Sgwriwyd y wlad yn lân o bob harddwch ac roedd y lliwiau wedi troi'n undonog las a llwyd a gwyn a du a doedd y gaea ond wedi megis dechrau.

Doedd dim saer fel y cyfryw ym Maerdref Dolbenmaen, dim ond gof o'r enw Iocyn Fach a arferai wneud peth gwaith saer. Ond roedd o'n ddyn â gallu. Ganwyd ei dad yn daeog caeth ond rhyddhawyd y mab oherwydd ei grefft. Ac ar gais un o'r gwŷr rhydd a fu'n ymweld â beddrod Iago Sant yn Compostella un flwyddyn fe'i darbwyllwyd i adeiladu pulpud amgenach na'r hen un. (Er nad oedd Iolyn Offeiriad yn haeddu un mewn gwirionedd. Digon dwl a di-glem oedd Iolyn, ond wedyn, roedd ei damaid gwybodaeth – a'i ddoethineb, a ellid mentro deud? – ronyn yn fwy nag eiddo'i braidd.)

Ac felly fe ddechreuodd gof y faerdref ar orchestwaith mwya'i fywyd yng nghanol y mis du, sef cerfio rhannau o'r ysgrythurau ar y pulpud a nifer o sgrinoedd gogyfer ag ymweliad Esgob Bangor i fendithio'r eglwys ac ailgysegru'r fynwent. Ceisiodd un o'r gwŷr rhydd, Ieuan Llwyd Crudd, yr un a fu yng Nghompostella, ei ddarbwyllo i lunio Calfaria.

'Be 'di hwnnw?'

'Delwau. Nifer o ddelwau. Maen nhw'n fendigedig. Yn gorfforol, yn weledol – i atgoffa pob gwir Gristion yn ddyddiol o'r Aberth Fawr.'

'Fedrwn i ddim,' atebodd Iocyn Fach, 'mi hoffwn i droi fy llaw at beth felly ond sgin i mo'r amsar rhwng pob dim . . .'

A dechreuodd Iocyn Fach gerfio digwyddiadau o'r Ysgrythurau: dechreuodd yn araf a phwyllog gyda chyfarchiad Mair Forwyn ac ymweliad yr angel Gabriel â hi. Wedi hyn, bwriadai geisio gorffen genedigaeth Crist erbyn Gŵyl y Geni, a'r bugeiliaid yn dod i'w addoli Ef, a'r doethion o'r dwyrain yn plygu glin ger ei fron.

Pe llwyddai Iocyn i gwblhau y cerfluniau hyn erbyn y
Nadolig byddai'n teimlo iddo gyflawni rhywbeth buddiol a
fyddai o bosib yn fodd arbed llawer o boen a gofid i bawb yn y
faerdref a'r gafaelion.

Ac wedi hyn, ar ôl Gŵyl Ystwyll, ar ddechrau'r tymor
aredig, byddai'n rhaid rhoi'r gorau iddi dros dro tra byddai'r
tyndir yn cael ei drin. Ond unwaith y caed hoe o'r erydr
bwriadai ddarlunio Ei ymweliad â'r Deml, y bedydd gan Ioan
Fedyddiwr, y daith fuddugoliaethus i Gaersalem (yr un a oedd
yn debygol o beri y cur pen mwya iddo gan ei fod eisiau rhagor
o le na'r gweddill), yna byddai golchi traed y disgyblion a
gweddi ac ing yr ardd yn weddol hawdd i'w ddarlunio wedi
hyn. Yna roedd brad Suddas, Pedr yn torri clust Malachus ac
yna fflangellu yr Arglwydd Iesu Grist, Ei goroni â'r goron
ddrain, Ei wawdio a'i watwar, Ei gondemnio i farw gan Beilat,
Ei groeshoelio, Ei dynnu i lawr a'i osod yn y bedd a'i
atgyfodiad . . .

'. . . a dyna dwi'n feddwl.'

'A'r Farn Fawr,' ychwanegodd Ieuan Llwyd Crudd.

'Mm.'

'Os na wnei di ddarlunio'r Farn Fawr fydd bywyd y gwir
Gristion ddim yn gyflawn.'

Edrychodd Iocyn Fach o'i gwmpas.

'Ond fydd 'na le iddi?'

'Rhaid gwneud lle iddi. Rhaid cael sgrîn arall.'

'Mi fedrwn i sodro'r Farn ar y côr,' meddyliodd Iocyn.

'Chaet ti ddim gwell lle iddi hi.'

'Y côr amdani. Ia. Ti'n iawn.'

'I ddangos i'r gwŷr rhydd a'r taeogion mai mân bryfetach
ydan ni ac nad ydi uchder gwybrol y mynyddoedd yn ddim tan
rym ei gledr O. Mi alla'u gwasgu nhw'n wastad fel crempog
'tai o'n dymuno hynny.'

Ac aeth ias trwy gorff Iocyn Fach: fe ddylai fod wedi gwisgo
rhagor amdano. Roedd y gwynt iasoer yn brathu trwy'r
brethyn.

'Da boch, Iocyn, a dibechod.'

A cherddodd Ieuan Llwyd Crudd i ffwrdd â rhaw ar ei ysgwydd. Roedd arno eisiau agor ffos newydd ar ei dir cyn i'r glaw trwm oferu dros ei gaeau a chreu llanast.

Wedi bod yn lladd rhai o'r gwartheg ar y tircyfri oedd y taeogion, ac roeddent oll yn waed drostynt. Edrychent fel ellyllon o ryw isfyd wrth bowlio llond berfa ar ôl berfa o berfedd poeth. Dyma un o'r dyletswyddau roedd yn rhaid ei chyflawni hyd yn oed cyn aildoi'r to. Pe na gwneid, efallai na welent y Nadolig, Gŵyl Ystwyll, Gŵyl y Fair Forwyn, Gŵyl yr Holl Saint, Dydd Mawrth Ynyd, Dydd Mercher Lludw na'r Pasg, na Gŵyl y Dyrchafael nac ymweliad nesa Dafydd Offeiriad a'r Siryf.

Roedd yn rhaid lladd y gwartheg (ac roedd y bustych wedi hen besgi erbyn hyn), eu blingo, eu diberfeddu, halltu'r cig a'i gadw'n ddiogel hyd nes y byddent yn chwannog o'i fwyta gefn gaeaf.

Bu'n rhaid i'r gof roi'r gorau i'w gerflunio a'i waith yn yr eglwys er mwyn hogi'r cyllyll. Hogi a hogi hyd nes y byddent yn awchlym er mwyn rhwygfflingo'r croen oddi ar y carcas. Fe'u sychid wedyn a'u defnyddio i wneud pob math o ddilladach a gwregysau a chareiau ac unrhyw beth arall y gellid meddwl amdano.

Ond nid oedd y Rhaglaw, Ieuan Ddu, fyth wedi dychwelyd o briordy Awstinaidd Beddgelert ac fe berai hyn ofid i lawer o'r taeogion. Er y gwyddent yn union beth i'w wneud ar y faerdref, Ieuan Ddu oedd yr un a ddywedai pryd a phwy a wnâi y gwahanol ddyletswyddau yr oedd yn rhaid eu cyflawni. Ei blant ef oeddynt. Ac eiddo'r faerdref! Ond fe ddywedodd cyn ymadael ychydig ddyddiau 'nghynt eu bod i fanteisio ar unrhyw dywydd sych a lladd y bustych a rhai gwartheg. A dyna a wnaethant.

Ni ddaeth yr arglwyddes, Angharad Ferch Madog, ar eu cyfyl ac felly aethpwyd ati â'r gwaith. Ac wedi deuddydd caled o ymlafnio a lladd fe gwblhawyd pob dim, Yfodd llawer ohonynt y gwaed, gormodedd o waed nes fod eu boliau'n swigod mawr chwyddedig. Amheuai rhai i un taeog fynd yn ddifrifol wael oherwydd iddo fwyta iau bustach. Ond eto, roedd mor llwglyd fel y gallai fwyta caws llyffant weithiau.

'Llyngyr sy arno fo. Gewch chi weld mi fydd yn byta glaswellt hefo'r cŵn toc, fel 'tai 'na ddim yfory!'

'Taw â rhyfygu!'

A'r noson honno roedd ogla gwaed yn miniogi awel yr hwyrnos: awel siarp a blas rhew a barrug arni, yn pigo'r blew yn nhrwynau pawb.

Yna'n hollol ddirybudd, pan oedd pawb wedi codi y bore wedyn i fynd o gwmpas eu pethau, wedi i'r gwartheg gael eu godro, cerddodd Iolyn Offeiriad a'i gi o'r coed. Oedodd pawb a syllu arno, ond fo oedd o. Rywsut, disgwyliai pawb iddo edrych fymryn yn wahanol. Ond doedd o heb newid blewyn.

'Be sy?' holodd, gan syllu ar y taeogion. Fe'i harweiniwyd yn dawel at yr eglwys a oedd yr ochr bella i'r bryncyn bychan ger y neuadd, a synnodd Iolyn o weld y to newydd sbon.

'Syniad pwy oedd hyn? Ieuan Ddu mwn? Be oedd o'i le ar yr hen un? Roedd hwnnw'n ddigon da, heb fynd i gosta codi un arall yn neno'r tad!'

'Aeth o â'i ben iddo,' mentrodd un taeog.

'Y?'

'Tân.'

'Tân?' Roedd arlliw o ofn yn ei lais.

'Ŵyr neb sut cychwynnodd o.'

*   *   *

Roedd hi'n oer iawn. Deffrôdd gyda bloedd arswydus a berodd i fynach sgrechian. Hunlle oedd hi. Dychmygodd ei fod 'nôl gyda'r archesgob yn y beddrod marmor, a bod hwnnw wedi codi o farw'n fyw ac yn ceisio'i gusanu. Roedd ei dafod mawr piws a'i fysedd gwyrdd dros ei gorff i gyd a than ei ddillad. Roedd yr archesgob yn gorwedd ar ei ben ac yn ei fygu. Methai Ibn â symud. Aeth hyn ymlaen am hydoedd. Roedd trwyn yr archesgob yn rhedeg ond ni faliai fod ganddo annwyd ac roedd ei lygaid yn goch. Ceisiodd wthio'i godiad anferth a chael Ibn i chwarae ag o. Ond mynnai Ibn gadw'i ddwylo ymhell o afael yr archesgob. Llyfodd hwnnw Ibn gan fynnu gwthio'i dafod i'w glust a sibrwd pethau anllad. A phan oedd wedi'i lwyr orchfygu ac yn meddwl y byddai'n rhaid iddo ildio i chwant yr archesgob – deffrôdd dan floeddio.

Roedd hi'n dywyll. Roedd yn symud. A sylweddolodd ei fod mewn trol.

Edrychodd o'i amgylch a gweld y mynach hwnnw a sylwodd ar ei friwiau wedi swatio'n y gornel yn crynu gan ofn. Yna ymddangosodd mwy o wynebau a sylweddolodd fod yr Abad Ifanc yn eu plith. Dringodd yr Abad ar y drol a syllu i'w lygaid:

'Ydach chi'n iawn?'

Amneidiodd Ibn.

'Ydach chi'n dallt be dwi'n ddeud?' a chwifiodd yr Abad law yn araf o flaen ei lygaid.

Amneidiodd Ibn eilwaith.

'Peidiwch â phoeni, rydach chi'n hollol saff . . . well ichi fynd i gysgu . . . eglura i bob dim ichi'n y bora.'

Pan wawriodd yr haul gan lithro'r bore o lawes y nos, cododd Ibn gan deimlo'n hynod anystwyth a blinedig, ond yn waeth na dim cafodd andros o sioc pan ddywedodd yr Abad Ifanc wrtho i ble'r oeddan nhw'n mynd.

'Lle?!!'

'Does 'na ddim rheswm cynhyrfu,' llefarodd yr Abad yn dawel. 'Sadiwch. Rwan da chi, peidiwch â cholli'ch limpyn neu mi gewch chi ffitia eto . . . a chithau'n bwhwman ac yn gweiddi'n eich cwsg . . .'

'O'n i . . .?'

'Petha dychrynllyd yr hoffech chi neud efo'r meirw mewn beddroda . . . doedd o ddim yn beth pleserus iawn yn gwrando arnoch chi'n rhefru ac yn rhuo . . . fe godoch chi'r ofn mwya dychrynllyd ar y brodyr iau . . .'

'Mae'n ddrwg gen i.'

'Roeddan nhw'n unfryd o blaid eich sodro chi ar ochor y llwybr neithiwr, berfeddion nos hyd nes imi'u darbwyllo nhw.'

'Be ddigwyddodd?'

Cymerodd yr Abad Ifanc ei wynt ato.

'Ffoi rhagddo fo ydan ni.'

Syllodd Ibn ar wyneb y dyn ifanc cyn mentro:

'Y Pla?'

'Mae o'n rhuthro trwy bob man fel corwynt.'

'O lle daeth o?'

'Nifer o erchylltera yn y Dwyrain achosodd o. Dilyw mawr ac afonydd yn bwrw'u glanna. Newyn dychrynllyd wedyn. Ac wedi hyn disgynnodd mynyddoedd mawrion gan beri daeargrynfeydd eraill llawer erchyllach a bu farw rhagor. Mi barodd hyn wedyn i heidia o locustiaid barus reibio'r trueiniaid oedd yn dal ar ôl. Ond doedd hyn ond megis dechra. Ac am dridia fe fwrodd frogaod, madfeill, scorpiona ac amryw o drychfilod gwenwynllyd eraill.'

Oedodd yr Abad Ifanc ac roedd Ibn ar fin dweud rhywbeth . . . ond:

'Ar yr ail ddiwrnod mi glywyd taranau ac fe felltodd a disgynnodd llenni o dân ar y ddaear, ynghyd â chenllysg a oedd yn gymaint â phenna ceffyla. Tywalltodd y tân o Cathay i Persia, fforest o dân yn llosgi bob dim o'i flaen, yn fynyddoedd, yn ddinasoedd, yn bobloedd, yn ddynion, yn ferched, yn blant. Nid arbedwyd neb. Yn hen nac yn ifanc. Ni allodd neb fyw rhagor na diwrnod ar y mwya yng nghanol y fath alanast . . .'

Oedodd yr Abad Ifanc ac roedd Ibn ar fin dweud rhywbeth . . . ond:

'Ar y trydydd diwrnod cododd mwg drewllyd o'r ddaear. Llygrodd yr awyr. Llygrodd y môr. Llygrodd y tir. A'r unig beth a welid wedyn (er nad oedd llygaid i weld) oedd niwl neu fwg du yn hongian yn yr awyr gan nadu gwres neu oleuni'r haul rhag cyrraedd y ddaear. Ac mi fuo yno am amser maith, y mwg dudew yma. Yn hongian. Yn llonydd. Yn fygythiol. Yn ddu. Yn hongian. Hyd nes i wyntoedd cryfion o'r de a'r dwyrain ei chwythu tuag atom ni . . .'

Oedodd yr Abad Ifanc, ac roedd Ibn ar fin dweud rhywbeth . . . ond roedd o wedi anghofio be oedd o.

Ddiwedd y pnawn, wedi cyfarfod gweddi a elwid yn Osber,
llwyddodd Ibn i gael cyfle i ofyn cwestiwn i'r mynach ifanc
a fu'n gofalu mor ddyfal amdano.

'Pa mor bell ydi'r Genoa 'ma?'

Syllodd y mynach ifanc arno'n syn.

Dyma'r tro cynta i Ibn agor ei geg a gofyn rhywbeth
synhwyrol. Gollyngodd ei gadach a llamu oddi ar y drol
a rhedeg i weld yr Abad Ifanc a oedd yn marchogaeth ar flaen
yr osgordd.

Trodd Ibn ei ben i'w ganfod yn siarad â'r Abad tan chwifio'i
freichiau yn yr awyr a chydredeg â'r ceffyl. Trodd yr Abad
Ifanc i syllu ar Ibn a syllodd Ibn yn ôl arno'n herfeiddiol.

Pan oedd hi wedi tywyllu'n llwyr, roedd yr osgordd, deg
ceffyl a dwy drol, wedi cyrraedd mynachlog ger rhyw stribyn o
bentref gwledig.

Y tu allan i furiau'r fynachlog roedd elusendy lle gallai
pererinion, teithwyr a masnachwyr orffwyso a bwrw ymaith
lwch a blinder y daith. (Roedd cwt bychan nid nepell i ffwrdd
wedi'i neilltuo'n gyfan gwbwl ar gyfer y gwahangleifion, ond
roedd rheol bendant na chaent ond aros yno am un noson yn
unig, ac wedi hynny roedd yn rhaid iddynt fynd yn eu blaenau.)

Dadlwythwyd y troliau a phorthwyd y ceffylau. Roedd un
yn edrych yn ddigon ciami, fel petai'n gloff yn un o'i goesau ôl
– roedd yr Abad wedi sylwi ar hyn ac yn benderfynol o gael
gair hefo'r abad yn y fynachlog. Efallai y byddai modd prynu
ceffyl arall ganddo.

Ystafell syml iawn a baratowyd ar gyfer y pererinion,
y teithwyr a'r masnachwyr, i'w galluogi i orffwyso a bwrw
ymaith beth o lwch a blinder eu taith, yn dwyn i gof eiriau y
mynach a'u croesawodd ynghynt, meddyliodd Ibn wrth syllu
ar yr ystafell hirsgwar â thociau o wellt melynddu yma a thraw.
Goleuid yr ystafell â thair cannwyll – ond roedd yn rhaid
craffu. Gwthiodd dau fynach heibio iddo a dodi nifer o fwcedi
ar y llawr. Rhedodd un mynach ifanc a oedd yn rhan o'r
osgordd draw, a tharo'i draed – un ym mhob pwced. Caeodd
ei lygaid ac agor ei geg mewn perlesmair.

'Ydi pechod yn beth melys, gyfaill?' holodd llais o'r tywyllwch. Ac ar y gair neidiodd y mynach ifanc o'r pwcedi, ond bachodd sawdl ei sandal yn un ohonynt, a thywalltodd y dŵr dros bob man, a thrwy'r gwellt melynddu a fwriedid yn wely i bawb weddill y nos.

Doedd gan Ibn ddim awydd cysgu mewn ystafell ar wahân, ond os oedd hynny'n debygol o blesio'r Abad Ifanc, yna cydsyniai â'r cais. Gwnaeth yr Abad Ifanc rhyw fân esgusion tila nad oedd yn beth dymunol iddo gysgu ar wellt gwlyb ac yntau heb wella'n llwyr wedi'r helynt gyda'r pererin lloerig y tu allan i furiau Lucca. Ond gwyddai Ibn yn amgenach. Gwyddai fod y mynachod yn ei ofni am ryw reswm neu'i gilydd. A phan awgrymodd hyn wrth yr Abad, ysgydwodd hwnnw'i ben a chwythu trwy'i weflau:

'Twt, twt . . . be wnaeth ichi feddwl hynny?'

'Peidiwch â chwarae'r gêm hurt 'ma efo fi . . . deudwch be sy wrth wraidd y cwbwl.'

'Chi sy'n dychmygu petha, Ibn . . .'

'Ydw i?'

'. . . Ac mi fydd hi'n brafiach cael ystafell i chi'ch hun, fydd hi ddim? Mae rhai o'r brodyr yn gallu chwyrnu fel dwn i'm be . . . a does dim byd gwaeth pan mae rhywun wedi blino, nagoes?'

'Nagoes . . .'

'Nos da. A bendith Duw arnoch chi.'

Ymgroesodd yr Abad a chau'r drws. Trodd Ibn ar ei ochr a theimlo lleuen yn dringo i fyny'i goes. Slap sydyn. Diwedd ar y peth. Roedd wedi gwylltio: fyddai llau ddim yn ei boeni fel rheol. Wedi'r cwbwl, mae pawb isio byw. Lleuen druan. Ond cyn pen dim, roedd yn cysgu'n sownd ac yn chwyrnu'n swnllyd dros bob man, gan gadw'r mynachod yn yr ystafell nesa ar ddihun tan berfeddion, hyd nes y mentrodd y mynach ifanc stwffio cadach i'w geg. A chafodd pawb heddwch i gysgu wedyn.

*   *   *

Bu Iolyn Offeiriad gyda'r arglwyddes yn y neuadd. Ond nid y hi adroddodd yr hanes wrtho. Cydiodd yn ei hafalau crog trwy gydol yr amser, ac roedd hi'n dal i fyw ar ddŵr a bara ceirch er mwyn cyflawni penyd ar ran pawb yn y cwmwd.

'Feddylis i mai deud anwiredd roedden nhw.'

'Pam fasan nhw isio gwneud y fath beth?'

'Pryd aeth Ieuan Ddu i Feddgelart?'

'Pedwar, pum diwrnod yn ôl. Dwi ddim yn cofio'n union.'

'Aeth rhywun hefo fo? Rhai o'r gwŷr rhydd?'

Gwylltiodd Angharad yn gandryll. Roedd hi wedi cyrraedd pen ei thenyn efo Iolyn. Ac oherwydd nad oedd yn bwyta fel ag y dyliai, methai â chysgu, ac roedd ganddi gur pen anesgorol yn waldio yn erbyn asgwrn ei phenglog ddydd a nos. Ond gellid goddef y boen os y deuai â bendith y Fam Forwyn i dywynnu ar y faerdref. Ond roedd Iolyn yn mynd dan ei chroen, ac oherwydd ei fod mor ddihitio a dwl gwnâi bethau'n waeth. Doedd o ddim hyd yn oed wedi ymddiheuro am achosi cymaint o helbul. Roedd hi wedi disgwyl, wedi disgwyl iddo ddweud rhywbeth a fyddai'n dangos ei bod hi'n ddrwg ganddo fynd i ffwrdd heb ddweud wrth yr un enaid byw i ble'r oedd yn mynd. A doedd hi ddim yn gwybod paham nad oedd Ieuan Ddu heb ddychwelyd chwaith. Gallai unrhyw beth fod wedi digwydd iddo, yn enwedig â hithau'n nosi mor gynnar y dyddiau hyn. Am a wyddai hi, gallai fod wedi torri'i goes neu rywbeth, a rhynnu i farwolaeth ar y ffordd i Feddgelert.

A bai Iolyn Offeiriad a neb arall fyddai hynny.

'Ym Mangor fues i.'

Cyfaddefodd ymhen hir a hwyr.

'Bangor?'

'Roedd yr esgob wedi mynnu fod pawb i ymgynnull yno.'

'Sonis di'r un gair cyn hyn.'

'Do.'

'Be oedd o isio?'

A dechreuodd Iolyn siarad.

Ac fe ddarbwyllwyd Angharad wedi iddo orffen. Yn wir, ni allai gofio iddo siarad mor gall erioed. Roedd rhywbeth o'i blaid wedi'r cwbwl, er ei fod o'n ddwl fel postyn. Efallai fod ganddo gof da. Roedd hynny'n gallu bod yn rhinwedd o fath.

'Rydw i wedi gwadd Brawd Gwyn i bregethu'r Sul nesa wedi'r offeren, i bwysleisio glân fuchedd, gweddi, penyd a chyffes. Rhaid inni ddychwelyd eto at y petha sylfaenol, gwaelodol a herio y tri gelyn marwol: y cnawd, y diafol a'r byd . . .

Geiriau esgob Bangor bob un, wrth gwrs.

Ond yn bwysicach na hyn ar un cyfri: fe benderfynodd Angharad dydd hwnnw hyd Gŵyl Sant Mihangel, 1348, na ddeuai gair dros ei genau oni bai am eiriau defosiwn yr Offeren Sanctaidd. Penderfynodd wneud hyn fel penyd lem am holl bechodau bach a mawr yr holl eneidiau a drigai ac a weithiai'r tir cyfri, y gafaelion a holl gwmwd Eifionydd.

Dychwelodd Chwilen Bwm i'w hofeldy y noson honno (fel pob noson arall o ran hynny) wedi llwyr ymlâdd. O leia roedd hi'n tywyllu 'nghynt. Trigai yn y dref efo pawb arall, ac oherwydd mai gwaed taeog oedd yn ei wythiennau roedd yn hollol gaeth i dircyfri Dolbenmaen. Ni châi weithio i neb arall. Roedd yn eiddo i'r dref ac roedd dyletswydd ar y dref i'w amddiffyn.

Trigai efo'i fam a'i ferch mewn hofeldy isel, un ystafell, a wnaethpwyd o garreg, coed a mwd, ac roedd tân mawn yn llosgi yn ei ganol, ac fe âi'r mwg allan drwy dwll yn y to. Bu farw ei wraig ddiwrnod cyn Gŵyl Sant Mathew ychydig flynyddoedd ynghynt, a bedyddiwyd eu merch ar ei harch. Yn llythrennol. Gwnaeth i Iolyn Offeiriad oedi y diwrnod hwnnw gan ei fod eisoes wedi dechrau dathlu'r ŵyl ychydig yn gynnar, a bu ond y dim iddo ddisgyn ar ei hyd i'r bedd. Yn ffodus, disgynnodd y ffordd arall, ar wastad ei gefn.

Wedi hyn, meddwodd Chwilen a gweddill y taeogion yn dwll. Roedd pawb yn chwil ulw am dridiau.

Roedd ei fam yn ddall ers blynyddoedd, ond hi a fagai'r ferch. Fe wyddai'n reddfol lle'r oedd pob dim yn yr hofeldy.

Ond edrychodd Chwilen arni'n awr yn cropian o gwmpas ar ei phedwar yn chwilio'n ddyfal am rywbeth.

'Be 'dach chi isio?'

'Y?'

'Am be 'dach chi'n chwilio?'

'Nodwydd.'

'Ffeindiwch chi mohoni bellach. Fydd hi wedi mynd o'r golwg i'r pridd, siŵr Dduw!'

A bwytaodd y tri ohonynt mewn distawrwydd tra'n gwrando ar y gwynt yn rhuo y tu allan. Gorweddodd y tri wedyn ar y gwellt hefo'i gilydd.

'Deud stori wrtha fi.'

Ei ferch siaradodd.

Meddyliodd Chwilen am ennyd ac yna adroddodd:

'Unwaith, amser maith maith yn ôl mi roedd 'na daeog yn byw mewn maerdref corsiog. Roedd ei wraig o wedi marw ac mi roedd o'n byw ar ei ben ei hun mewn lle tebyg i hwn. Ond roedd arno flys mawr i gael gafael ar wraig arall. Mi fuo'n llygadu llawer iawn o ferchaid eraill ac roedd y taeogion eraill fyth a hefyd yn tynnu'i goes o ac yn sôn am hon a'r llall. Ond doedd 'na'r un o'r merchaid ar y tircyfri'n ddigon da iddo fo.

'P'run bynnag, un bora mi gododd yn ôl 'i arfar ar doriad gwawr ac aeth i mofyn y gwarthaig godro i'r beudy. Ac ar y ffordd mi welodd y ferch 'ma'n cerddad yn droednoeth o'i flaen o'n y gwlith. Roedd hi'n cario pecyn ar ei chefn. A chyn pen dim, mi roedd o'n cyd-gerddad hefo hi a chafodd sbec go iawn arni hi. A heb os nac oni bai, hi oedd y ferch brydfertha a welodd o'n ei fyw erioed. Roedd 'i hwyneb hi'n llyfn a'i chroen hi'n lân a gruddgoch, a'i gwefusau hi fel mefus. Hogan ifanc lyfennol, hardd oedd hi, nad oedd o erioed wedi taro llygad arni hi erioed o'r blaen. Ac mi fagodd ddigon o blwc i fentro torri gair efo hi:

'Bora da . . .'

'Bora da . . .'

'Bora braf . . .'

'Bora braf, ydi . . .'

'Ddim pawb sy wedi codi mor gynnar . . .'

'Naci . . .'

'Sgwn i be mae rhywun yn 'i neud allan ar fora mor braf?'

Ac mi stopiodd hi'n stond a rhythu'n gas a brathu'n swta:

'Dwi'm yn dy nabod di, ydw i?'

'Na – ond y . . .'

'Pam ddyliwn i ddeud wrtha chdi be dwi'n neud neu i lle dwi'n mynd? Felly paid â holi. Gad lonydd imi! Dydi o mo dy fusnas di!'

Ac mi roedd 'na ddagrau yn 'i llygaid hi.

'Be sy'n dy gnoi di?'

'Dim byd.'

'Na, na – deud wrtha fi . . .'

'Gad lonydd imi . . .'

Cydiodd y taeog yn ei harddyrnau hi.

'Os deudi di wrtha i, falla y medra i dy helpu di . . .'

Syllodd ar y gwartheg godro am ennyd ac yna dyma hi'n deud yn drist:

'Hogan o'r gafaelion ydw i. Ac mae 'nhad am i mi briodi efo un o'r gwŷr rhydd. Mae o am dalu amobyr i'r brenin ac mae fy narpar ŵr yn edrych ymlaen at dalu agweddi imi unwaith y byddwn wedi cydorwedd.'

'Cytundeb priodas hollol deg,' atebodd y taeog, 'Mae pob merch yn ufuddhau i'w theulu a'r gyfraith.'

'Mae'n ddigon hawdd i ti siarad fel'na. Dwyt ti ddim yn dallt.'

Roedd yr hogan ifanc, hardd yn crio.

'Dydw i ddim isio priodi'r gŵr rhydd. Tasat ti'n 'i weld o: mae ganddo wynab fel clagwydd a chorff fel gafr, ac mae o'n greulon iawn.'

'O, be nei di 'ta?'

'Wn i ddim be i'w neud na lle i fynd. Dwi'n cerddad yn ddiamcan. Dwi ar goll yn lân!'

'Dydi 'nghartre i ddim yn bell i ffwrdd,' ebe'r taeog, 'Pam na ei di yno i orffwyso ac mi ddo i ata chdi unwaith y bydda i wedi gorffan godro'r gwarthag?'

Am y tro cynta y bore hwnnw, lledodd gwên fawr, braf ar draws wyneb y ferch.

'Ti'n siŵr?'

'Berffaith siŵr.'

'Fydd 'na neb arall yno, na fydd?'

'Neb, na. Dw i'n byw ar fy mhen fy hun.'

Ac fe aeth y ferch tua'r hofeldy ar ysgafndroed tra cerddodd y taeog yn sionc ar ôl ei yrr i lawr tua'r buarth. A'r bore hwnnw'n y beudy fe chwibanodd yn llawen wrth deimlo'r llaeth cynnes yn sblashio i'r bwced wrth ei stôl deircoes.

Ond wrth iddo gario'r pwcedi tua'r neuadd fe ddaeth y Brawd Gwyn i'w gwfwrdd. Roedd o'n dal i ganu'n braf. Oedodd y Brawd Gwyn a holi a oedd hi'n iawn iddo fo gael yfed peth o'r llefrith. A rhoddodd y taeog beth iddo.

'Braf gweld rhywun yn hapus yn y faerdref yma,' ebe'r Brawd Gwyn, 'cwyno fydd pawb bob gafael.'

'Mae hi'n fora braf,' atebodd y taeog.

'Diolch yn fawr ichi,' ebe'r Brawd Gwyn gan sychu'i weflau wedi iddo gael ei wala o lefrith, 'deudwch i mi, 'dach chi'm 'di digwydd dwad ar draws rhywun diarth yn y caea'n ddiweddar?'

Ysgydwodd y taeog ei ben a dweud nad oedd wedi gweld neb diarth ers peth amser.

'Dyna beth rhyfadd,' ebe'r Brawd Gwyn gan edrych arno â'i ben ar ogwydd dro, 'rydach chi'n ymddwyn fel tasach chi wedi'ch taro'n syfrdan gan rwbath.'

Ond dal i wadu wnaeth y taeog.

'Byd rhyfedd ydi hwn,' ebe'r Brawd Gwyn, 'mi fasa'n rheitiach gan amryw bobol gael eu taro'n gelain yn hytrach na deud y gwir.'

Ac mi gerddodd i ffwrdd yn ling di long gan ddymuno dydd da a dibechod i'r taeog.

Ar ei ffordd yn ôl i'w hofeldy mi ddechreuodd y taeog hel meddylia. A oedd y Brawd Gwyn yn cyfeirio at y ferch ifanc tybed? A oedd hi wedi ei swyno? Ond eto, roedd hi mor brydferth. Ac fe wyddai ynta gystal â neb am y Brodyr Gwynion. Pwy a ŵyr efallai ei fod o'i hun yn chwantu ar ei hôl.

Yr hen fochyn uffar iddo. Ac roedd hi'n edifar ganddo iddo roi llefrith iddo o gwbwl. Maen nhw'n eich darbwyllo chi â'u siarad y medran nhw eich helpu chi trwy bob sut a modd, allan o bob math o drybini ac wedyn mi'ch blingan chi gora gallan nhw am wneud y gymwynas.

Ond pan ddaeth at ei hofeldy roedd pob man cyn ddistawed â'r bedd, a cherddodd ar ddistaw droed at y drws.

Ond roedd wedi ei gloi.

Ac yna cofiodd fod y ferch ifanc ar ffo rhag ei thad a'i theulu a phe canfyddid hi yn llochesu mewn hofeldy taeog byddai pethau'n ddrwg arni hi, ac arno yntau o ran hynny. Doedd ryfedd yn y byd felly ei bod hi wedi cloi'r drws.

Ond er hyn, roedd geiriau'r Brawd Gwyn yn dal i dyfu fel dail poethion yng ngardd ei gariad tuag at y ferch ifanc ac felly, er mwyn bod yn hollol saff o'i bethau, fe gerddodd i gefn yr hofeldy a syllu trwy'r twll fel y gallai weld i'r ystafell lle byddai'n cysgu bob nos.

Bu'n rhaid iddo godi'i hun ar flaena'i draed a sbecian.

Bu ond y dim iddo sgrechian!

Edrychodd eto: ac ni allai gredu'i lygaid!

Roedd ei galon yn curo fel calon dryw bach.

Rhuthrodd i nôl darn o goedyn a'i ddodi wrth wal ei hofeldy a chamu arno'n ddistaw a'r hyn a welodd, yn sefyll ar ei wellt, lle cysgai bob nos yn breuddwydio am wraig, haf a gaeaf, oedd ellyll â wyneb gwyrdd!

Roedd ei ben yn foel fel swigen mochyn. Hen horwth boliog, blewog, hyll a dau ddant miniog yn gwthio dros ei wefusau isa! Roeddynt yn felyn ond mor finiog â phladur wedi'i hogi i ladd gwair.

Hunlle!

Roedd fel hunlle!

Edrychodd eto: ac roedd yn ei dŷ yn peintio'n ddiwyd ar lawr. Craffodd, a sylweddoli mai croen y ferch ifanc a welsai ynghynt oedd yn dal ei sylw. Roedd wrthi'n ddygn yn peintio'r gwefusau'n gochion. Unwaith y gorffennodd beintio fe ddaliodd y croen o'i flaen a chamodd i mewn iddo. Ac roedd yr ellyll gwyrdd wedi troi yn ferch ifanc, lyfennol, brydferth o flaen ei lygaid unwaith yn rhagor.

Buan iawn y cyrhaeddodd y taeog neuadd y faerdref a thŷ'r Rhaglaw. Rhuthrodd o gwmpas y buarth yn trio cael gafael ar y Brawd Gwyn a welsai ychydig ynghynt. Fe gafodd hyd iddo o'r diwedd a'i ben yn y bwced llefrith. A chollodd beth dros ei abid pan welodd y taeog yn rhedeg yn wyllt amdano.

Adroddodd yn ffrothdafotlyd wrth y Brawd Gwyn yr hyn a welsai a gwrandawodd hwnnw'n astud (er iddo dorri gwynt unwaith).

'Peidiwch â phoeni, trwy ras ein Mam Wen a nerth y Saint a'r Hollalluog mi fydd pob dim yn iawn. Cymerwch y crair yma . . .'

A rhoddodd y Brawd Gwyn garreg fechan yn llaw'r taeog:

'. . . dyma ichi dalp o'r myrr yr aeth un o'r doethion gydag ef i'r Baban Iesu yn y preseb ym Methlehem. Mi ges i afael arno yn eglwys Llwydlo 'chydig flynyddoedd yn ôl (roedd ganddyn nhw chwanag ar ôl p'run bynnag). Cymer o a dos yn d'ôl i'r hofeldy, ac unwaith y gwêl yr ellyll o mi heglith hi'n gynt nag ogla rhech dafad ar ddrycin!'

Diolchodd y taeog i'r mynach a dychwelodd adref ar ei union.

Roedd y drws ar agor y tro hwn ac mi aeth i mewn yn bryderus. Roedd arogl hyfryd fel blodau Mihangel a merllys yn gymysg yn dod o'r ystafell lle cysgai bob nos. Magodd ddigon o blwc, a cherdded i mewn. Roedd y ferch ifanc yn gorwedd ar ei hyd yn y gwellt a'i gwisg wedi'i thynnu i fyny'n uchel dros ei chluniau ac roedd yr hafn rhwng ei bronnau i'w weld yn syth.

Aeth y taeog yn wan.

'Fuost di'n hir iawn yn godro,' murmurodd y ferch gan lyfu'i gwefus isa.

Traffarth hefo'r tethi,' atebodd a chochi.

A dechreuodd daflu'r myrr yn ddiarwybod o un llaw i'r llall.

'Be sgin ti'n fa'na? Rhwbath bach i mi, ia? D'o mi weld. Dwi wrth fy modd hefo anrhegion bach.'

A chyn iddo gael cyfle i ddweud na bw na be, dyma hi'n
neidio ato fo a chythru'r myrr ac edrach arno fo a throi'i chefn
ar y taeog.

'Be dwi fod 'i neud hefo hwn?'

Mentrodd y taeog trwy ddweud:

' 'I sugno fo.'

Hanner trodd hi ei wyneb ac roedd gwên ddrygionus ar ei
min.

' 'I sugno fo, ia?'

'Ia.'

Prin y medrodd y taeog siarad. Roedd wedi'i fferu i'w
unfan. Dododd hithau y myrr rhwng ei ddannedd a'i gnoi yn ei
cheg. Cododd mwg mawr, gwyn o'i cheg hi gan ymgasglu'n
gymylau dan y to. Roedd y ferch yn dal i sefyll a'i chefn tuag
ato. Ceisiodd y taeog symud a phan wnaeth fe drodd hi i'w
wynebu ac yn sydyn, roedd ganddi wyneb gwyrdd a phen
moel fel swigen mochyn ac roedd yn hen horwth boliog,
blewog hyll a dau ddant miniog yn gwthio dros ei wefus isaf.

Disgynnodd y taeog ar ei liniau a gweddïo.

'Chwi sydd Fam i Iesu
A mam Cristnogion,
Noddfa drugarog
Yr holl bechaduriaid.'

A chwarddodd y diafol gwyrdd.

'Be uffar ti'n drio'i neud, snichyn? 'Ngwenwyno i efo'r
sglyfath yma? Does ryfadd nad oes gin ti wraig, cono, os mai
dyma sut wyt ti'n mynd o'i chwmpas hi!'

A rhuthrodd y diafol amdano a'i ffroenau'n mygu. Ond
rhuthrodd y taeog allan a rhedeg â'i wynt yn ei ddwrn am
fuarth y faerdref.

Pan gafodd afael ar y Brawd Gwyn yn gorffen yfed y
diferion olaf o'r bwced llefrith cythrodd ynddo a'i wthio yn
erbyn y mur:

'Fuo ond y dim iti'n lladd i! Wyt ti'n dallt!? Fuo bron iti'n
lladd i! Yr uffar!'

'Am ennyd, gyfaill . . .'

'Weithiodd dy beth di ddim! Mae eglwys Llwydlo wedi dy neud di, was!'

'Hei, sadia rwan!'

'Sadio?! A rhyw hyllbeth gwyrdd yn mygu'n fy nhŷ i!'

'Mygu?'

'Ia, mygu yn y modd mwya diawledig!'

'Wrth gwrs hynny! Dyna be ydi o!'

'Be wna i?'

'Cer am adra ac mi fydd y peth wedi hen fynd erbyn iti gyrraedd. Mi fydd yn swp sâl ar ôl bwyta'r peth, cred ti fi!'

'Ar dy lw?'

'Ar fy llw.'

Dychwelodd y taeog adra ac yn wir, roedd y diafol wedi mynd ond roedd ogla drewllyd yn yr hofeldy ac at y gyda'r nos mi ddaeth cath wen, fechan i mewn i'r hofeldy.

Fisoedd yn ddiweddarach, adeg Gŵyl Sant Philip a Sant Iago, priododd y taeog â merch daeog arall, yr hylla yn y faerdref, a oedd yn rhyw how berthyn o hyd braich iddo fo. Ac roedd pawb o'r bron wedi synnu gan nad oedd y ferch yma yn gwneud dim byd trwy'r amser ond rhoi mwythau i'r gath a phigo'i thrwyn a thorri gwinadd 'i thraed . . .

Pan oedd pawb wedi meddwi ar noson y briodas, rhwng yr holl dwrw a'r holl rialtwch fe gadwyd y tân ynghyn trwy'r nos, ond erbyn y bora roedd o wedi diffodd. Eto roedd llond yr hofeldy o fwg.

Ac er iddyn nhw chwilio a chwalu'r dref drwyddi roedd y gath wedi mynd ar goll, a ddaeth hi fyth i'r fei ar ôl hynny. Er i gath arall debyg iawn ddod i'r faerdref ryw dridiau wedyn a mynnu ista'n y beudy adag godro ac yfad y llefrith fel ych . . .

A hyd y dydd heddiw welodd neb y diafol gwyrdd fyth eto. Ac nid ymwelodd y Brawd Gwyn â'r faerdref wedi hynny chwaith.

Roedd ei fam a'i ferch yn chwyrnu cysgu'n y gwellt ac roedd y storm y tu allan yn dal i ruo. Yna, yn ara bach, dechreuodd halio a llwyddo maes o law i dasgu'i had i'r gwellt. Cysgodd wedyn.

Cysgu, a Nest ferch Iorwerth Gam o'r gafaelion yn llond ei ben.

*   *   *

Un ar ddeg ceffyl a dwy drol gychwynnodd ar y daith o'r mynachdy Sistersaidd i Genoa rai dyddia'n ddiweddarach . . .

A phan oedd Ibn gleisiog yn eistedd yn y drol cafodd gyfle i bwyso a mesur y dyn a eisteddai nid nepell oddi wrtho. Roedd ei draed a'i ddwylo wedi'u rhwymo'n dynn â rhaffau. Yn wir, roedd bysedd ei ddwylo'n glaerwyn gan ddiffyg gwaed. Roedd llygaid y gŵr ynghau, ac felly cafodd Ibn rwydd hynt i syllu a syllu . . .

Ond aeth ei feddwl yn ôl dros ddigwyddiadau'r bore, pryd y clywodd ac y gwelodd y carcharor am y tro cynta . . .

Plentyn bychan, wyneplwyd a'i deffrôdd.

Ac yn hollol fwriadol y gwnaeth hynny, ac yntau wedi cyrcydu ac yn rhythu ar ei groen, croen nad oedd wedi gweld ei debyg erioed o'r blaen. Ni chredai fod y fath beth yn bosib. Eto, roedd ganddo drwyn a dwy lygad a dwy glust a gwefusau a barf, ac o dipyn i beth hoeliwyd sylw'r plentyn bach ar flewyn main, hir a ddeuai allan o ffroen dde'r gŵr . . .

A chan ei fod yn cysgu, a chan nad oedd yn ddyn tebyg i ddynion go iawn eraill, mentrodd y plentyn bach gydio'n dyner yn y blewyn hefo blaen ewin caled ei fys a blaen ewin caletach ei fawd. Pan deimlodd ei fod wedi cael gafael gweddol ar y blewyn main, hir –

– plwc sydyn!

– y blewyn yn rhydd!

Deffrôdd Ibn gan chwythu'i drwyn.

Sgrialodd y bachgen bach ar wib o'r ystafell. Syllodd Ibn ar rywbeth yn diflannu mynd . . .

Cododd a cherdded . . . yn herciog braidd . . . allan i'r awyr iach. Roedd bron â marw o newyn. Gallai lowcio rhwbath.

Y tu allan roedd y brodyr oll wedi dechrau llwytho troliau a pharatoi'r ceffylau. Cerddodd Ibn draw at borth y fynachlog ei hun dan rwbio'i drwyn.

O syllu trwy fariau haearn y porth gallodd sbecian ar y lle yng ngolau dydd. Ond o syllu doedd fawr o ddim i'w ryfeddu ato.

Yna, gwelodd yr Abad Ifanc wrth ddrws yr ochr bella'n trio dal pen rheswm (mewn llais isel iawn) â rhywun arall: gŵr oedrannus, ychydig yn wargam. Dododd ei glust ar y bariau haearn i geisio clustfeinio ar eu sgwrs, ond dim ond tameidiau yn unig a glywodd:

'Fedrwn ni ddim! Does gennym ni mo'r amser.'

'Nid ein heiddo ni na neb arall ydi amser, fe ddylach chi wbod hynny.'

'Ond does gennym ni mo'r gallu.'

'Mae'r gallu gennych chi trwy ffydd a gweddi.'

Oedodd yr Abad Ifanc gan syllu ar ei ddwylo. Cododd ei ben fry a chaeodd ei lygaid yn dynn . . .

Ond wrth eistedd yn y drol rwan hyn, methai Ibn â chredu'r hyn a ddywedodd yr Abad Ifanc wrtho am y carcharor. Doedd bosib ei fod wedi cyflawni yr holl bethau aflan a drygionus a restrodd yn rhibidires . . .

Wedi'r cwbwl, dyn ifanc oedd o . . . cnawd, gwaed, gwallt, breichiau, esgyrn a dwy lygad ynghau . . .

Craffodd arno . . . ac yna dwyn i gof sgwrs ryfeddol rhwng dau o'r Brodyr ychydig ddyddiau ynghynt, stori anhygoel a wnaeth gryn argraff ar Ibn . . .

Dywedodd un Brawd wrth y llall am lywodraethwr o Perugia (lle mae fan'no, Allah yn unig a ŵyr), a fynnodd brofi ei bod hi'n bosib gweld yr enaid yn gadael y corff ac felly fod modd lleoli'r da a'r drwg mewn dynion . . . Mynnodd fod holl glerigiaeth y gymdogaeth, yn esgobion, yn fyneich, yn offeiriaid, (yn faddeuebwyr ac eithrio'r lleianod) yn ymgynnull ar amser penodol mewn ystafell enfawr yn ei gastell.

A dyna a wnaeth pawb yn ddiwahân. Croesawodd y llywodraethwr hwy gan ddweud ei fod, unwaith ac am byth, trwy arbrawf wyddonol, am brofi bod modd gweld yr enaid yn gadael y corff. Ac felly, ar amrantiad, cludwyd casgen win weddol fawr i ganol yr ystafell. Camodd esgob tew yn ei flaen a bendithio'r gasgen a chysegru'r gwin. Yna, llusgwyd carcharor i ganol y llawr ac fe gydweddïodd pawb drosto ac ymgroesi. Fe'i codwyd yn uchel i'r awyr gan bedwar o filwyr ac fe'i dodwyd i sefyll yn y gasgen. Roedd y gwin yn cyrraedd at ei wddw ac ofn yn cyrraedd ei lygaid. Camodd dau saer o ystafell arall i mewn i'r neuadd. Tynnodd y ddau eu hesgidiau a cherdded yn nhraed eu sanau at y gasgen. Daliodd dau o filwyr ben y carcharor i lawr tra hoeliodd y ddau saer gaead ar y gasgen. Wedi hyn mynnodd y llywodraethwr fod yr offeiriaid yn camu o amgylch y gasgen gan ddal dwylo a gweddïo. Ac fe gynhaliwyd offeren fendigedig a dwys. Gwasgodd pawb o gylch y gasgen – pawb yn glòs yn ei gilydd. Holodd y llywodraethwr: 'Wyt ti'n dal yna?' 'Ydw,' daeth yr ateb o'r gasgen.

Ac yna, gyda'r gofal mwya a welodd neb yn ei fyw erioed, yng nghanol y distawrwydd mwyaf llethol, tywalltodd y llywodraethwr lond piser o win yn araf iawn trwy dwll yng nghaead y gasgen. Roedd yr offeiriad yn gweddïo'n dawel. Unwaith y stopiodd y curo dan y caead ac yr ymddangosodd y gwin yn lyn bychan goferus ar wyneb y caead – cydiodd y llywodraethwr mewn cadach a'i sychu'n daclus cyn rhoi corcyn yn y twll a'i daro'n dyner â morthwyl bychan.

Camodd y llywodraethwr yn ôl o'r gasgen a gostwng ei ben.

Parhaodd yr offeiriadaeth i weddïo'n dynn.

Ac o dipyn i beth fe ddechreuodd un mynach weiddi a phoeri a rhincian dannedd. Cydiodd y lleill yn dynnach yn y naill a'r llall.

Roedd y mynach bellach yn orffwyll ac yn sgrechian ar y Forwyn Fair a'r Arglwydd Iesu a chwe nawddsant Perugia i'w ryddhau o'i drueni, i'w arbed rhag cymryd arno bechodau'r carcharor yn y gasgen. Gallai deimlo grym enaid y carcharor yn ymchwyddo ac yn ei feddiannu. Roedd ymladdfa fawr ynddo. Y da a'r drwg benben â'i gilydd.

Brathodd ei dafod a dechreuodd ceunant o waed lifo o'i enau a thros ei abid.

Dechreuodd daro'i ben ar y llawr a rowlio mewn poen dirdynnol.

Roedd y neuadd yn drydan byw drwyddi.

Dechreuodd pawb wylofain a sgrechian a bytheirio.

Roedd enaid y carcharor yn dechrau meddiannu pawb.

Ac er mwyn profi y tu hwnt i unrhyw amheuaeth fod enaid y carcharor wedi gadael ei gorff, agorwyd y caead. Ac er mawr ryfeddod i bawb roedd y gwin wedi mynd yn is na'i ysgwyddau gan brofi unwaith ac am byth felly i bawb a arddelai'r wir ffydd, fod y gwin wedi llenwi'r gwacter a adawodd yr enaid pan ymadawodd â chorff y carcharor.

'Roedd ganddo fo dipyn o enaid,' sylwodd un saer wrth y llall wedi i bawb ymadael yn osgordd hapus i'r eglwys i weddïo a'u gadael hwy i baratoi'r arch.

'Oedd . . . enaid mawr iawn faswn i'n ddeud.'

'Ti'n meddwl mai dyna ydi maint enaid pawb?'

'Wn i'm.'

' 'Ta ydyn nhw'n amrywio?'

'Dibynnu faswn i'n ddeud.'

'Dibynnu ar be?'

'A wyt ti wedi byw'n ddaionus ai peidio.'

'Os hynny 'ta, fasa 'na ddim gwin ar ôl yn y gasgan o gwbwl taen nhw wedi rhoi'r esgob tew 'na hefo'r trwyn coch ynddi hi . . . '

'Ti yn llygad dy le . . . mae o'n ddyn sanctaidd iawn.'

A pharhaodd y ddau i wneud yr arch tan chwibanu a thrafod y tywydd a hel clecs.

Cymerodd hydoedd i drwsio olwyn y drol pan ddaeth yn rhydd ac roedd pawb yn flin iawn efo'i gilydd. Ac yn waeth na dim fe ddechreuodd lawio. Rhyw gawod hegar o nunlla, nes bod pawb yn wlyb at eu crwyn. Wedi llawer o fustachu a thuchan fe lwyddwyd i'w chael i weithio unwaith yn rhagor ond roedd crac yn yr echel.

'Fydd 'na fyth siâp ar ddim byd os na chawn ni ffyrdd gwell yn lle'r llwybrau diffaith 'ma,' bytheiriodd yr Abad Ifanc.

Gwenodd y carcharor yn y drol yn slei.

Edifarhaodd Ibn na fyddai wedi ceisio dal llong i Avignon ac yna mynd ar draws gwlad i Baris y gorau gallai o fan'no. Ond doedd dim amdani bellach, rhaid oedd dilyn ei drwyn gan nad oedd arian ganddo. Roedd hi'n hollol amhosib cyflawni unrhyw beth yn y bywyd yma heb arian. (Ond petai'n hollol onest ag o'i hun: roedd arno ofn mentro'r môr eto wedi iddo gael y fath brofiad alaethus ar ei fordaith gynta.)

Roedd y çarcharor yn dal i wenu'n slei.

Ebychodd yn sydyn a theimlodd Ibn dosturi drosto. Yn wir, teimlodd pe rhwymid ei ddwylo'n unig y byddai hynny'n ddigon o gosb i unrhyw un gan fod corff dyn yn gleisiau byw ar ôl bod mewn trol trwy'r dydd. Profiad digon arteithiol oedd teithio.

Beth amser yn ddiweddarach . . .

Awgrymwyd yn garedig wrth yr Abad Ifanc . . .

'Wyt ti'n gall?'

'Dim ond rhyw awgrymu . . .'

'Wyt ti'n gall?'

'Rhyw feddwl o'n i tasa . . .'

'Wyt ti'n . . .?'

A gwthiodd yr Abad ei sodlau i ystlys y ceffyl: carlamodd i ffwrdd. Doedd ganddo mo'r amynedd i ddal pen rheswm ag o mae'n amlwg. Ond beth fyddai'n digwydd i'r carcharor unwaith y'i rhoid i'r nwylo'r awdurdodau yn Genoa?

Roedd y syched mwya ofnadwy ar Ibn a disgwyliodd i'r drol ei basio cyn y cydiodd mewn cwdyn a llowcio llond cegaid o ddŵr (neu dyna feddyliodd oedd o hyd nes y blasodd farneiswin melys ar ei dafod!) Yn sydyn, cofiodd am yr arbrawf wyddonol a bu ond y dim iddo chwydu. Ni fu ganddo erioed ryw lawer i'w ddweud wrth wyddoniaeth neu wyddonwyr, er iddo fras ddarllen dehongliadau Maimonides o Cordoba o weithiau beiolegol Aristotl ryw dro. Ond diolch i'r drefn nad oedd dyfodol pawb yn nwylo'r gwyddonwyr, neu Allah yn unig a ŵyr beth fyddai eu tynged wedyn.

Ond ar waetha'r Abad Ifanc, y myneich ofnus a'r carcharor

slei roedd Ibn yn edrych ymlaen i weld sut le oedd Genoa a
beth oedd gan le felly i'w gynnig iddo.

*   *   *

Ddyddiau'n ddiweddarach . . .
   Yn hwyr un prynhawn dychwelodd Ieuan Ddu, y Rhaglaw,
â dau fynach o'r priordy ym Meddgelert yn cyd-gerdded ag o.
Einion Fychan y gwahanglwyf oedd y cynta i'w weld yn nesáu
trwy'r winllan at y buarth a rhuthrodd draw am y caeau lle'r
oedd nifer o'r taeogion yn agor ffos a'r lleill yn ailgodi cloddiau
a oedd wedi'u bylchu.
   'Mae o'n 'i ôl! Mae o'n 'i ôl!' gwaeddodd wrth nesáu o bell.
   'Be sy'n bod ar hwn heddiw? Fel mul y felin fydd o gan amla,
yn cerdded yn ara deg yn din clawdd.'
   Wrthi'n cerdded o'r eglwys tua'i weithdy ger y sgubor oedd
Iocyn Fach pan ddaeth wyneb yn wyneb â Ieuan Ddu a'r ddau
fynach. Roedd ei ben wedi'i rwymo mewn cadachau ac
edrychai'n bur welw. Edrychodd y ddau ar ei gilydd am ennyd.
   'Sut mae'r eglwys?' holodd Ieuan Ddu cyn iddynt hyd yn
oed gyfarch ei gilydd.
   'Mae'r gwaith yn mynd rhagddo.'
   'Ddois i ddim o hyd i Iolyn.'
   'Ddoth o'n 'i ôl . . . wedi bod i weld yr esgob ym Mangor.'
   'Mae o'n 'i ôl?'
   'Ydi.'
   'Ers pryd?'
   'Echdoe . . . dwi ddim yn cofio.'
   A thrwy gydol eu sgwrsio roedd Iocyn Fach yn ei chael hi'n
anodd i beidio â syllu ar y cadachau rhwymedig am ben y
Rhaglaw.
   'Rhyw anghaffael ym Meddgelert?'
   'Ia.'
   A cherddodd Ieuan Ddu a'r ddau fynach tua'r neuadd.
   Trodd Iocyn Fach a cherdded tua'i weithdy ond pan oedd ar
fin cyrraedd y drws clywodd rywrai'n rhedeg fel 'tai'r diafol yn

eu herlid. Wyneb Chwilen Bwm a rhaw yn ei law oedd y cynta iddo sylwi arno ac yna'r gweddill o'r taeogion y tu cefn iddo. Safodd ciwed ohonynt o'i flaen fel bustych wedi cyffroi ac yn rhedeg yn ddisynnwyr mewn tes. Roeddynt yn ffroeni ac yn tuthian am yn ail.

'Ia?' holodd Iocyn yn swta.

Doedd o ddim yn or-hoff o gymysgu hefo'r taeogion.

'Ieuan . . . Ieuan Ddu? Yn 'i ôl?'

Chwilen holodd, gan geisio cael ei wynt ato.

'Pwy ddeudodd?'

'Y lepr.'

Oedodd Iocyn ac yna cerdded i'w weithdy. Edrychodd y taeogion yn syn ar ei gilydd ac yna caeodd y gof y drws o'r tu mewn a'u gadael allan ar y buarth i fwydo yn eu chwilfrydedd a'u hanwybodaeth.

Curodd Chwilen ar y drws a gweiddi.

'Ydi o'n 'i ôl? Ydi o? Ydi o wedi cyrraedd?'

Ond roedd y gof yn taro rhywbeth ar yr engan â'i forthwyl ac yn boddi llais y taeog.

Syllodd Angharad Ferch Madog ar glwyfau Ieuan Ddu wedi iddo gyrraedd y neuadd ac eistedd wrth fwrdd:

'Mi faswn i adra ynghynt 'tai hyn heb ddigwydd. Taeog lloerig o dircyfri Nantgwynant. Fedra neb neud dim efo fo ac felly fe'i rhoddwyd yng ngofal yr urdd. Fedre nhwytha wneud dim efo fo chwaith. Mi drion bob dim, ond doedd dim amdani'n y diwedd ond ei roi o dan glo a'i gadw fo o'r neilltu. Er 'i les 'i hun a phawb arall. Mi fu felly trwy'r Grawys hyd nes iddo fo gymryd arno ei fod o'n gi ac mi fynnodd gael ei gadw hefo'r cŵn. Roedd o'n mynnu cael byw a bwyta a chysgu efo nhw. Ac felly fe'i rhoddwyd o yn y cwt a'i fwydo fo fel ci. Ond doedd fiw ichi fynd yn rhy agos . . . dyna 'nghamgymeriad i mae arna i ofn. Ond mi gafodd 'i chwipio. Fel ci.'

'Mae'r drwg wedi'i garthu o'r briwia,' siaradodd un mynach â llond ei geg o fwyd, 'mi ddyla wella mewn fawr o dro.'

A chododd yr arglwyddes y cadachau a syllu ar gefn pen Ieuan Ddu. Roedd talpiau o wallt wedi'u rhwygo ymaith ac roedd briwiau niferus ar y croen ym mhob man. Ond roedd y crachod eisoes wedi dechrau gwneud eu gwaith a byddent wedi llwyr wella mewn fawr o dro.

'Ydi'r taeogion wedi lladd a halltu?'

'Do.'

'A be am yr eglwys?'

'Mae Iolyn wedi dechra gweinyddu'r sacramentau.'

Ond Gwythwches siaradodd.

Didolid dyddiau pawb yn Sul, gŵyl a gwaith ac roedd yn rhaid i bawb, yn daeog neu'n ŵr rhydd, ymgymryd â sacramentau'r Eglwys. Cynhelid tri gwasanaeth gorfodol ar y Sul, Y Matins, Yr Uchel Offeren a'r Gosber.

A'r Sul canlynol yn yr Offeren Fawr cafodd mynach ifanc a oedd ar ei ffordd i Enlli y cyfle i adrodd yr offeren dan do newydd yr eglwys o flaen pawb. Ni fyddai neb, yn daeogion nac yn wŷr rhydd, yn meiddio peidio ag ymbresenoli yn yr offeren. Rhaid oedd cadw at hyn doed a ddelo. Gweinyddwyd y sacramentau ac fe'u derbyniwyd gan bawb.

Yn y pen blaen eisteddai'r gwŷr rhydd o'r gafaelion a'u teuluoedd tra eisteddai'r taeogion ar y meinciau yn y cefn. Eisteddai Angharad Ferch Madog yn y pen blaen o dan y pulpud, a'r cerfluniau ar eu hanner, ac roedd gan y Rhaglaw ei le arbennig hefyd. Roedd yn rhaid i'r lepr sefyll y tu allan, ni châi hyd yn oed glustfeinio ger y porth. Ond pan fyddai hi'n tywallt y glaw neu'n oer iawn neu pan fyddai'r taeogion yn y cefn wedi mynd i gysgu o achos y gwres llethol yn yr haf byddai'n sleifio at y porth a chlustfeinio yno. Ac yna pan fyddai'r gwasanaeth ar ben fe ruthrai oddi yno nerth ei beglau. Rhedai yn ddigon pell i ffwrdd i wylio'r gynulleidfa'n llifo allan o'r eglwys ac yna fe wyliai bawb yn graddol fynd i benlinio wrth feddau eu hanwyliaid yn y fynwent. Byddai rhai o'r plant ieuenga'n rhedeg ar ôl ei gilydd ac fe âi rhai o'r gwŷr

rhydd draw i weithdy'r gof neu i dŷ y Rhaglaw lle gellid cael
medd neu fragod neu gwrw. Ac yno y treulient eu hamser hyd
gwasanaeth y prynhawn.

Ond heddiw fe nesaodd at y drws i glywed Iolyn Offeiriad
yn mynd trwy'i bethau:

'. . . mawr hyderwn y gwnaiff yr Arglwydd Iesu tragwyddol
rodd i Ti, ein Tad Nefol, a chaniatáu inni rannu etifeddiaeth dy
Saint; gyda Mair Wyryf, Mam Duw a'r Apostolion a'r
Merthyron a Santes Martha – sydd â'i dyddgwyl heddiw – a'th
lu Saint y rhain y taer erfyniwn yn gyson am eu cymorth i
ymyrryd drosom . . .'

'Amen,' cydfurmurodd pawb.

'Amen,' sibrydodd Einion Fychan, y lepr.

A dechreuodd y mynach gwadd ar ei bregeth:

'Mae llawer o bethau wedi digwydd yn ddiweddar a ddylai
beri gofid inni, a bod yn fodd inni ystyried ein hunain a'n
cyflwr truenus yn y byd bach. Mi wyddoch am be dwi'n sôn.
Fe losgwyd to yr eglwys yma ac fe aeth â'i ben iddo. Ŵyr neb
am y fath beth yn digwydd o'r blaen. Felly mae hi'n bwysig
inni feddwl beth yn union achosodd hyn, pam y digwyddodd,
a beth all pob un ohonom ni ei wneud i arbed yr un peth rhag
digwydd eto.

'Mae'r diafol yn gyfrwys. A'i ddau gyfaill penna ydi'r cnawd
a'r byd.

'Y pechod mwya y gall pob un ohonom ni ei wneud ydi
mynd i feddwl gormod am y petha yma a mynd dros ein pen
a'n clustiau i betha'r byd bach. Does dim adwyth enbydach,
credwch chi fi, na rhoi eich bryd yn gyfan gwbwl ar y byd
bach. Rhith ydi'r bywyd yma.

'Does dim rhaid inni edrych ymhell i weld paham mae'r
cynhaeaf yn pydru, y gwartheg a'r plant yn marw, sêr rhyfedd
yn wybren y nos.

'Arwyddion ydyn nhw. Rhybudd ein bod yn dal i
ymdrybaeddu mewn pechod. Ac fe gosbir pechod dyn.
Cofiwch hanes Moses a'r Israeliaid yn yr Aifft. Fe bechodd y
Pharo yn enbyd yn erbyn yr Arglwydd ac fe ddifodwyd ei holl

anifeiliaid. Daeth haint ar feirch, ar asynnod, ar gamelod, ar y gwartheg ac ar y defaid.'

Gwingodd Iorwerth Foel ar ei fainc o gofio'i wartheg. 'Ond fe wahaniaethodd rhwng anifeiliaid Israel ac anifeiliaid yr Eifftiaid. Ond caledu a wnaeth calon y Pharo ac ni ollyngodd meibion Israel o'u caethglud. Moses wedyn ar orchymyn yr Arglwydd a daenodd ludw y ffwrn tua'r nefoedd . . .'

Ac yn hollol ddirybudd fe luchiodd lond dwrn o ludw dros ymyl y pulpud. Cymerodd pawb eu gwynt atynt.

'. . . ac aeth y lludw'n gornwydydd llinorog ar ddyn ac anifail. Ond caledu a wnaeth calon Pharo. Ac oherwydd ei fod yn mynnu anufuddhau i ewyllys yr Hollalluog anfonwyd y plâu, sef haint y nodau, ar y Pharo a'i bobol. Ac wedi hyn fe lawiodd cenllysg trwm, fel na fu ei fath erioed yn yr Aifft, a phe disgynnai'r cenllysg a thân a tharanau ar ddyn neu anifail byddent oll farw. Ond pan ddaeth y cenllysg fe gurodd holl lysiau'r maes a dryllio holl goed y maes, ond doedd dim un genllysgen yng ngwlad Gosen, lle'r oedd meibion Israel. Profodd hyn i'r Pharo pengaled mai'r Arglwydd Dduw oedd pia'r ddaear a phob peth oedd arni a neb arall. Ond fe bechodd eto, a'i galon a galedodd.

'Bu'n rhaid i bla o locustiaid reibio'r Aifft ac ysu holl lysiau'r ddaear a holl ffrwythau'r coed (yr hyn a oedd weddill wedi i'r cenllysg wneud ei waetha). Ond yn y diwedd ni adawyd dim o wyrddlesni'r coed na'r llysiau o fewn holl wlad yr Aifft.

'Ond wedyn fe ddisgynnodd y Pharo ar ei fai ac fe alwodd Moses ac Aaron ato ar frys ac edifarhau o'u blaen. Iddo bechu! Pechu! Pechu! Pechu! Pechu! yn erbyn Arglwydd ein Duw a'i ewyllys. Anufuddhau i ewyllys yr Iôr. Ac am hyn bu dial chwerw.

'Gofynnodd i'r ddau weddïo ar ei ran. Ac fe wnaeth y ddau, a'r Arglwydd yn ei ddaioni a gyfeiriodd wynt y gorllewin cryf iawn i sgubo y pla locustiaid i'r Môr Coch a'u boddi. Ond er mwyn gwneud yn hollol siŵr fod y Pharo wedi llawn ddirnad nerth yr Arglwydd Dduw a'i allu diderfyn bu tywyllwch dudew

trwy holl wlad yr Aifft am dri niwrnod. Ac fe ymadawodd
Moses a'i bobol â'r wlad ac ni welodd wyneb Pharo byth mwy.

'Pechod ydi anufuddhau i Ewyllys a Chyfraith yr
Hollalluog. Mae Duw yn gyfiawn, ond lle bydd pechod bydd
dial a chosb.

'Cwpan dro ydi'r byd. Mae'n anwadal, yn ansafadwy,
yn ansefydlog a di-ddal yn erbyn rhuthr digofaint Duw.
A phan ddaw Dydd Brawd mi fydd hi'n rhy hwyr. Yr unig
beth y medrwn ni obeithio'i wneud fydd codi esgyrn y meirw
i guro ar borth edifeirwch yn y gobaith y caniateir inni
fynediad i'r cynteddau llydan lle tywynna maddeuant yr Iôr.

Mae'r byd bach yn tywyllu a maes o law mi fydd cyn ddued â
bara haidd y diafol.'

Ond er i Chwilen Bwm rhyw led wrando ag un glust ac i'r
mynach godi ofn arno fo unwaith neu ddwy, yn enwedig pan
hyrddiodd y lludw dros bob man, roedd yn gallu gweld
gwddw a phen Nest Ferch Iorwerth Gam yn eistedd ar fainc o'i
flaen rhyw bedair rhes i ffwrdd.

Roedd yn siŵr ei bod hi'n synhwyro fod ei lygaid arni ac y
byddai'n sgwrsio ag o unwaith y caent gyfle. Wedi'r cwbwl,
er ei bod hi'n ferch rydd, doedd hynny ddim yn rheswm pam
na ddylai sgwrsio â thaeog caeth o'r tircyfri.

Achos fe wyddai i sicrwydd nad oedd hi wedi'i rhoi i'w
phriodi eto, a hithau fawr hŷn na naw neu ddeg oed.

II

Annus terribilis

WRTHI'N bwchio ei afr ar bnawn diffaith ryw dro yn Rhagfyr, 1347, oedd Einion Fychan, y gwahanglwyf. Pan stopiodd yn stond.

Oedd rhywun yn sbecian arno?

Rhewodd!

Ac o oedi o'i wthio a'i duchan a'i chwysu (a chael yr afr i aros yn llonydd yn ddigon hir) sylweddolodd pa mor oer oedd hi mewn gwirionedd. Dyna pam y mynnodd fynd ar gefn yr afr yn ei gwt yn hytrach nag yn yr awyr agored. Roedd yn casáu'r afr yn y gaea oherwydd ei bod mor dena: gwell o lawer oedd ganddo'i phwnio pan fyddai wedi pori'n dda yn yr ha a chael ychydig mwy o gig o gwmpas yr esgyrn.

Cnodd yr afr ei chil yn ddedwydd cyn fflicio'i chlustiau yn ôl a blaen unwaith neu ddwy.

Trodd Einion Fychan ei ben yn ara deg tua'r twll isel a orchuddiwyd â sach. Braidd symudodd hwnnw yn y mymryn gwynt a chwythai y pnawn hwnnw. Ac fe glywodd rhyw siffrwd!

Roedd rhywun (rhywrai?) yno!

Ac yn ei ing (rywle rhwng ofn a chywilydd) gwibiodd darlun trwy'i feddwl: bore braf o haf a'r offeren yn cael ei hadrodd, offeren y meirw. Ei frawd, Eryl, yn ei dywys o gefn yr eglwys at yr allor lle y'i bendithwyd (o hyd braich) gan Iolyn Offeiriad. Roedd pawb arall y tu allan i furiau'r eglwys gan na feiddiai neb ddwad i mewn.

Fel ag yr adroddai'r Offeiriad y *requiem* angladdol dododd

ei frawd bridd ar ei draed: arwydd o'i farwolaeth a'i alltudiaeth
o gymdeithas ac eglwys.

Ni châi gyffesu rhagor.

Ni châi'r sacramentau.

Ni châi fynychu'r Offeren.

Ni châi roi troed yn yr eglwys.

A theimlodd ofn a chywilydd a ffieidd-dra a chasineb a
hunangasineb yn mwydo trwyddo . . .

Ceisiodd wthio'r afr i ffwrdd yn dawel i ochr bella'r cwt.
A gwrando eto . . .

Ond doedd dim byd i'w glywed y tu allan.

Dim siw – na míw –

Yn y man, fe symudodd y sach fymryn ac –

fe ymddangosodd –

llaw –

bysedd –

bychain –

a phen –

Brefodd yr afr.

[Rhythodd Einion Fychan ar wyneb ger y sach ac fe'i adnabu
fel un o blant y faerdref – merch y taeog, Chwilen Bwm?

Syllodd y ferch fach arno –

a syllodd ynta arni hitha –

a brefodd yr afr unwaith eto –

'Be ti'n neud yma?' holodd, gan hanner troi i ffwrdd
oherwydd bod ei friwiau i'w gweld.

Syllodd y ferch ar ei gwt –

a phigo'i thrwyn –

'Well iti 'i heglu hi o'ma'n o handi neu mi ddaw'r Gŵr
Tywyll ar d'ôl di a dy gythru di i'w ogof yn y goedwig a dy
lowcio di!'

Agorodd ei llygaid yn fawr –

ac o fewn dim o amser roedd hi wedi sgrialu i ffwrdd fel
wiwer yn ôl tua'r faerdref –

gwenodd Einion –

a cherdded draw at yr afr –

ei mwytho –

a thylino ei fysedd hyd esgyrn ei hasennau –

rhoddodd ei fys yn ei geg a rhwbio'i thalcen ac yna ei lithro hyd ei thrwyn cyn ei wthio i mewn i'w cheg . . .

*   *   *

Roedd cynnwrf mawr yng nghwfaint Sant Angelo di Contorta ar gyrion dinas Genoa. Bu cryn ddyfalu a thrin a thrafod ers rhai dyddiau, a bu llawer iawn mwy o fynd a dod nag a welwyd ers blynyddoedd. Yn wir, ni welwyd y fath eiddgarwch o fewn muriau'r wyryfdy ers cyn cof. Fyth er i'r si fynd ar led ychydig wythnosau ynghynt ei bod yn bendant fod y llong a'i cludai ar ei ffordd i Genoa, doedd dim pall wedi bod ar y siarad a'r holi a'r dyfalu ynglŷn â phwy a gâi ei weld. Nid cwfaint Sant Angelo di Contorta oedd yr unig gwfaint i gynhyrfu'n bot wrth ddisgwyl ei ddyfodiad. Sonnid fod cwfaint Sistersaidd Santes Maria Celestia eisoes wedi mynnu eu bod yn cael ei weld cyn gynted ag y byddai wedi glanio. Ond y gwir amdani oedd fod y ddinas gyfan yn edrych ymlaen at gael ei weld yn ei holl ogoniant.

Dyna oedd testun siarad pawb yn y ffeiriau, y marchnadoedd, yr offeren, yr iard adeiladu llongau, y banciau, y plastai, y puteindai, yr hofeldai, y cytiau, y siopau, ar y camlesi, yn bobol mewn oed ac yn blant mân iawn. Doedd 'na'r un copa gwalltog yn y ddinas nad oedd wedi clywed rhyw sôn ryw dro neu'i gilydd fod diwrnod ei ddyfod yn nesáu. Ac roedd cynnwrf mawr.

Croesodd dwy leian ardd y gwfaint gan frasgamu (gan geisio peidio ag ymddangos fel pe baent yn brysio) a chyrraedd y rhodfa a arweiniai tuag at yr eglwys. Daeth yr abades i'w cwfwrdd, a phan welodd y ddwy hi'n dod, arafodd eu camre a gostyngodd y ddwy eu pennau'n reddfol. Ac wrth i'r tair fynd heibio i'w gilydd braidd gyffyrddodd llawes yr abades yng ngwisg y lleian agosaf. Unwaith roedd y ddwy wedi mynd o'r golwg rownd y gornel, rhedodd y ddwy eto ond y tro yma â'u

gwynt yn eu dwrn, i mewn i'r adeilad. Crafodd yr hen arddwr
Albano Capello ei gorun cyn poeri a gwthio'i ferfa yn ei blaen.
Doedd hen lwynog craff fel fo byth yn colli dim byd. Fe
wyddai gyfrinach pawb. Hyd yn oed pan gysgai yn ei gwt
y tu allan i furiau'r cwfaint roedd rhyw bum synnwyr
goruwchnaturiol a dwy lygad o'i eiddo yn dal i gadw golwg ar
bawb a phopeth, hyd yn oed bryd hynny. Ei lysenw yn y
cwfaint oedd 'Y Gannwyll' oherwydd nad oedd byth yn cael
hoe mewn gwirionedd, ond daliai i weithio a byw a llosgi ei
hun ym mhethau dibwys y byd bach.

Pan gyrhaeddodd y ddwy leian ben pella'r adeilad lle'r oedd
nifer o gelloedd (un i bob un o'r pymtheg lleian ar hugain a
drigai yn y cwfaint) roedd tua hanner dwsin ohonynt wedi
gwasgu i borth un gell ac yn ceisio sbecian am y gorau dros
ysgwydd y naill a'r llall. Gwnaeth y ddwy leian hwythau yr un
peth gan neidio i fyny ac i lawr ar flaenau'i traed. Ond er yr
ymdrech lew hon doedden nhw ddim yn gweld dim byd mewn
gwirionedd. Hyd nes y cafodd y fyrraf o'r ddwy syniad ac yn
hytrach na neidio i fyny ac i lawr fe aeth ar ei phedwar a gwthio
rhwng coesau y chwiorydd eraill, ac o'r diwedd llwyddodd
i weld gwrthrych yr holl sylw.

Roedd y chwaer Clara Sanuto ar ei gwely caled yn troi a
throsi. Roedd ei hwyneb yn laddar o chwys a'i phen moel yn
sgleinio yn llewyrch yr haul a dywynnai'n wanllyd braidd trwy
ffenestr fechan, uchel. Glafoerai'n ddireol ac roedd ei chorff
brau yn grynedig a nychlyd. Pesychai'n ysbeidiol, a phryd
hynny byddai ei llygaid yn agor led y pen. Roedd y chwaer
Camilia Morosini, ei chyfeilles benna, ar ei gliniau yn gweddïo
wrth erchwyn y gwely:

'O Dduw Hollalluog, trugarha wrthym ni. Tydi a anfonodd
Dy annwyl unig Fab Iesu Grist i ddioddef drosom ar y groes ac
a ddioddefodd ac a brynodd ein pechodau. Yr Hwn trwy
ddangos faint ei ddioddefaint a'n prynodd. Gollyngodd ohono
waed o'i dalcen, newidiodd lliw a gwedd ei wynebpryd,
gwaedodd o glwyfau'i gorff, ei draed a'i ddwylo ar y Groes,
dangosodd inni ddyfnder enbyd ei angau. Derbyniwn Dy

Ewyllys di, O Dduw, ac ymhyfrydwn yn ein hachubiaeth trwyddo Ef dy Annwyl Fab Iesu Grist.'

Y tu allan, wrth borth y gell, er fod y chwiorydd eraill yn rhythu ar y chwaer Clara â rhyw ofn enbyd, roedd y newyddion ei fod ef yn dod yn llonni eu calonnau. Rhoddai ganolbwynt i'w bywyd beunyddiol. Rhywbeth cynhyrfus i edrych ymlaen ato. Y gwir amdani oedd fod yr abades ei hun yn ddistaw bach, er na fyddai fyth yn cyfadde wrth undyn byw, yn mawr ddeisyfu ei ddyfodiad. Ac wedi'r cwbwl, roedd tadau'r ddinas wedi rhoi eu gair ac wedi addo y byddent yn trefnu iddo ymweld â holl dai eglwysig y gymdogaeth cyn gynted ag y byddai'n rhoi ei draed ar dir sanctaidd dinas Genoa. (Diolch i'r drefn mai i Genoa y daethai gyntaf ac nid i Fenis!)

' 'Dach chi wedi clywad rhagor?'

'Mae o ar 'i ffordd . . .'

'Yn bendant?

'Wir ichi . . .'

'Pwy ddeudodd?'

'Y Gannwyll glywodd . . .'

'Pryd glywodd o?'

'Brân wen arall?'

'Mi fasa fo'n clywad cyn pawb arall, yn basa?'

'Fydd o yma heddiw falla —'

'Heddiw?'

'Prynhawn 'ma hyd yn oed!'

'Heno glywis i, ar y llanw mawr . . .'

'Heddiw!'

'Ti'n siwr?'

'Heddiw!'

'Fydd o ddim wedi blino . . . ?'

'Heddiw?'

'Isio bwyd . . .'

'Heddiw!'

Ond dechreuodd y chwaer Clara riddfan yn ddolurus yng nghanol eu murmuron isel, cynhyrfus. Hyderai ei ffrind Camilia y byddai'n ddigon iach ac wedi dod ati ei hun yn weddol ac yn ddigon da i godi o leia (os nad i gerdded) pan fyddai'n cyrraedd y cwfaint. Roedd hi'n fraint ac yn fendith bod lleianod cwfaint Sant Angelo di Contorta yn cael ei weld â'u llygaid eu hunain cyn gweddill y boblogaeth.

'Ar y chweched mis yr anfonwyd Gabriel oddi wrth Dduw i le yng Ngalilea o'r enw Nasareth. Lle'r oedd morwyn wedi ei dyweddïo i ddyn o'r enw Joseff o dŷ Ddafydd. Enw y forwyn oedd Mair. Dywedodd yr angel wrthi, "Henffych well, yr hon a gafodd ras; y mae'r Arglwydd gyda thi, a bendigaid wyt ymhlith gwragedd." A hithau, pan ei gwelodd, a gythryblwyd wrth ei ymadrodd ef a meddwl a wnaeth pa fath o gyfarchiad oedd hwn. A dywedodd yr angel wrthi, "Nac ofna, Mair: canys ti a gei feichiogi yn dy groth, ac a esgori ar fab, ac a elwir ef yn Iesu. Hwn fydd mawr ac fe'i gelwir yn Fab y Goruchaf ac iddo ef y rhydd yr Arglwydd Dduw orseddfa ei dad Dafydd. Ac fe deyrnasa ar dŷ Jacob yn dragywydd ac ar ei frenhiniaeth ni bydd diwedd." A Mair a ddywedodd wrth yr angel, "Pa fodd y bydd hyn, gan na adwaen i ŵr?" A'r angel a atebodd ac a ddywedodd wrthi, "Yr Ysbryd Glân a ddaw atat ti a nerth y Goruchaf a'th gysgoda di: am hynny hefyd y peth sanctaidd a aner ohonot ti a elwir yn Fab Duw. Ac wele, Elisabeth dy gares, y mae hithau wedi beichiogi ar fab yn ei henaint: a hwn yw'r chweched mis iddi hi, yr hon a elwid yn amhlantadwy. Canys gyda Duw ni bydd dim yn amhosibl". A dywedodd Mair, "Wele wasanaethyddes yr Arglwydd; bydded i mi yn ôl dy air di". A'r angel a aeth ymaith oddi wrthi hi.'

Yr oedd Iocyn wrthi'n ddiwyd yn naddu braich un o'r tri gŵr doeth pan sleifiodd Ieuan Ddu i'r eglwys a sefyll y tu cefn iddo. Ni sylwodd Iocyn ei fod yno ac felly'r oedd yn parhau â'i ganu a'i chwibanu am yn ail wrtho'i hun. Ac yna, rywsut (cynneddf yn fwy na dim arall), fe sylweddolodd fod rhywun yn edrych arno'n gweithio. Peidiodd â chwibanu.

'Mae 'mysadd i bron â fferru!'

A chododd Iocyn Fach a dodi ei gŷn a'i forthwyl o'r neilltu dros dro. Rhwbiodd ei ddwylo yn ei gilydd a chwythu arnynt

ac yna neidiodd i fyny ac i lawr ar y llawr pridd gan stampio'i
draed yn galed.

'Mi fydd yn edrach yn fendigedig unwaith y byddi di wedi
gorffan, Iocyn.'

A chynheuodd y Rhaglaw gannwyll.

'Gobeithio wir, er mai un digon garw ydw i hefo cŷn a
morthwyl. Iawn i gafnio i'r gwŷr rhydd o'r faerdref, ond fawr
o werth i ddim byd arall, mae gin i ofn.'

Fe wyddai Ieuan Ddu o'i hir adnabod mai eisiau i rywun ei
ganmol am ei waith oedd Iocyn: roedd yn union yr un fath pan
fyddai'n trwsio erydr. A phryd hynny byddai'n rhaid dweud
gair o ganmoliaeth er mwyn ei brysuro â'r gwaith.

'Wyt ti wedi gweld Iolyn?'

Camodd Iocyn gam neu ddau yn ôl a chraffu ar ei waith
cyn ateb:

'Roedd o yma gynna. Ond mi aeth i ffwrdd i rwla wedyn, a'r
hen gi heglog 'na sy gynno fo yn dynn ar 'i sawdl o.'

'Ddeudodd o ddim i lle'r oedd o'n mynd?'

'Soniodd o'r un gair. Naddo.'

A cherddodd Ieuan Ddu allan o'r eglwys gan adael Iocyn
Fach yn naddu'n ddiwyd ar y sgrin bren.

*   *   *

O'i hystafell ar lawr cynta'r lleiandy gallai'r abades Liseta de
Buora weld y Gannwyll yn bwyllog wthio'i ferfa bren ar draws
yr ardd tuag at gwt bychan o olwg pawb y tu cefn i'r tŷ.

Sylwodd arno'n araf a musgrell yn ceisio gwthio'i ferfa
a chwythu'i drwyn.

Stopiodd.

Chwythodd.

Dododd un bys ar un ffroen. A chwythu.

Bu wrthi am beth amser. Yn chwythu. Un llaw ar ei benglin
a'r llaw arall ar ei foch a'i fys ar ei ffroen. Yn chwythu.
A chwythu. Yna'n hollol ddirybudd . . .

(oherwydd bagiodd pan ddigwyddodd!)

– llifodd.

Aeth dros ei farf hyd ei frest.

Dechreuodd ei bigo o'i farf ond roedd wedi suddo iddi ac roedd wedi dechrau glynu'n wlyb i'w ddillad. Yn y diwedd, bu'n rhaid i'r Gannwyll ei rwbio'n derfynol i'w ddilladach â chefn ei law a bodloni ar hynny cyn powlio'r ferfa i ffwrdd tan chwibanu.

Bu'r deuddydd diwetha 'ma'n rhai anodd i'r Abades.

Doedd dim modd cadw trefn a phawb ar bigau'r drain. Pawb wedi myllio a chynhyrfu'n llwyr.

Ond roedd gwaeth pethau ar droed.

Syllodd ar y llythyr a dderbyniodd gan Gyngor y Ddinas. Fe'i darllenodd drosodd a throsodd a throsodd hyd nes yr oedd hi'n ei wybod air am air. Deallai'n iawn nad oedd eisiau i bobol gael gwybod y gwir, rhag eu dychryn yn ormodol. Ond ei phroblem hi oedd pryd i dorri'r newyddion drwg i'r tŷ a pha gynlluniau oedd i'w gwneud ar gyfer y dyfodol. Roedd wedi osgoi gwneud unrhyw benderfyniad cyn hyn: ond fe fyddai'n rhaid iddi cyn bo hir.

Penliniodd gerbron delw'r Forwyn Fair a gweddïo am nerth i wynebu'r dyfodol.

*   *   *

Cafodd y plant lleia dipyn o fraw o'r diwedd pan gamodd Herod o'r tywyllwch at y porth. Oedodd, yn disgwyl ei dro, gan fod y Tri Gŵr Doeth yn sefyllian ac yn rhynnu o'i flaen. Ac wedi'r cwbwl, y nhw oedd i gael mynd i mewn yn gynta – ynte fo? – roedd wedi drysu braidd. Y tu mewn i'r eglwys roedd nifer o'r taeogion yn rowlio chwerthin ac yn gweiddi. A'r rheswm oedd fod tafarnwr a oedd yn berchen ar stabal ym Methlehem yn gwrthod mynediad i Joseff a Mair, ac roedd hithau mewn tipyn o gaeth gyfla rhwng pob dim.

'Mae o'n deud yn y rheola! Dim plant, gyfaill!'

'Ond dydach chi ddim yn . . . !'

'Dim plant a dyna ddiwadd arni hi!'

A bloeddiodd Mair (a chwareid gan daeog barfog mawr

a oedd ddwywaith maint Joseff) uchelfloedd annaearol:
'O, Iesu, Joseff . . . !'

A chwarddodd y taeogion nes y disgynnodd amryw oddi ar
eu meinciau wysg eu cefnau. Roedd arogl medd a chwrw a
chanhwyllau yn llosgi lond yr eglwys yn ogystal â sawr y pridd
dan draed a chwys cyrff.

Pistylliodd un taeog lond ceg o fedd am ben y tafarnwr:
'Gad iddyn nhw fynd i'r stabal y bwbach!'

Neidiodd y tafarnwr dros yr allor gan hyrddio'i hun i ganol
y taeogion a chythru yn yr un a gyflawnodd y camwri yn ei
erbyn. Cydiodd ynddo a rhoi swadan hegar iddo ar draws ei
ben. Disgynnodd hwnnw yn feddw hollol ar ei ochr ar ben
mam Chwilen Bwm a chythrodd honno yn ei bidlen.

Methodd Herod a'r Tri Gŵr Doeth â loetran rhagor yn yr
oerni, ac fe ddaethant i mewn i weld Mair wrthi'n pledu'r
baban Iesu newyddanedig at daeog meddw a oedd wedi mynd
ar ben ei wraig (neu'i ferch) ac yn blysio am ei chedor.
Ceisiodd rhywun gadw trefn, ond roedd hi wedi mynd yn
ffradach yn yr eglwys ac roedd rhywun wedi lluchio'r crud
i ganol y côr. Tynnodd Chwilen ei goron oddi ar ei ben ac
eistedd ar ymyl y fainc agosa. Cynigiodd rhywun lymad o fedd
iddo. A dechreuodd slotian o'i hochr hi. Edifarhaodd wedyn
am na chwaraeodd y rhan y cafodd ei gynnig yn y lle cynta.
Achos Mair oedd yn dueddol o fynd dros ben llestri bob
blwyddyn. Y hi oedd yn gyfrifol am yrru pawb benben â'i
gilydd.

Roedd un bachgen taeog yn y pulpud yn dynwared yr
offeiriad gwadd ac yn gweiddi nerth esgyrn ei ben:

'. . . ond wedyn fe ddisgynnodd y Pharo ar ei fai ac fe
alwodd Moses ac Aaron ato ar frys ac mi gyfaddefodd iddo
bechu. Iddo bechu, pechu, pechu, pechu, pechu yn erbyn
Arglwydd ein Duw. Anufuddhau i Ewyllys yr Iôr! Ac am hyn
bydd dialedd chwerw!'

*   *   *

Y noson honno ni ddaeth cwsg i'r chwaer Clara ac ni ddaeth cwsg i neb arall chwaith. Gorweddai pawb yn eu gwlâu caled yn hollol effro yn gwrando ar y griddfannau'n cwafro trwy'r gwyll gan araf lenwi'r gwagle. Cadwyd canhwyllau ynghyn yn ei chell ac roedd dwy leian yno'n gweddïo trosti.

Gorweddai un chwaer ar wastad ei chefn yn ceisio dychmygu sut y byddai'n edrych pan ddeuai i Genoa. A fyddai wedi ei wisgo mewn dillad goludog? Beth fyddai ar ei ben? Yn wir, pa liw fyddai croen ei wyneb? Dododd ei dwrn yn ei cheg a cheisiodd ddyfalu yn ôl y tameidiau a glywodd amdano gan hwn a'r llall, beth yn hollol fyddai'i lun a'i wedd . . . Ond er iddi hi ddychmygu ac i'w dychymyg grwydro ymhell dros dapestrïau o wahanol wynebau a delweddau, methu yn lân â chael darlun cyflawn a wnaeth hi yn y diwedd. Yna daeth ias o ofn drosti, beth pe byddai'r fordaith wedi bod yn ormod iddo? Beth pe byddai môr ladron wedi ysbeilio'i long a gorfodi pawb i gerdded y planc? Beth pe byddai, y funud hon, yn gorwedd yn dwmpath du ar wely'r môr? Ffei, ffei – dos i gysgu . . . ond er iddi geisio'i gorau glas, methu a wnaeth.

A methu hefyd a wnaeth y chwaer Clara, nid oherwydd ei bod wedi cynhyrfu yn disgwyl ei ddyfodiad ond oherwydd ei bod hi'n dân byw drwyddi. Roedd ei chorn gwddw a'i thafod a'i cheg yn sych grimp o angen dŵr i dorri'r syched. Syllodd ar y Gwaredwr yn syllu arni yng ngolau'r gannwyll oddi ar groes ar y mur gwyn uwchben ei gwely. Gwingodd.

Dim ond newydd droi ei deunaw oedd hi pan ddanfonodd Duw rhyw anhwylder a'i lloriodd am dri niwrnod a thair noson. Ar y bedwaredd noson (a oedd yn ymddangos fel pe bai fisoedd yn ôl bellach) derbyniodd sacramentau olaf yr Eglwys Sanctaidd gan nad oedd neb yn tybio y byddai'n gweld y bore. Ond wedi iddi lusgo byw am ddau ddiwrnod a dwy noson arall roedd yn argyhoeddiedig y byddai trwy ras a gweddi yn byw. Ond oherwydd ei bod hi mor ieuanc doedd hi ddim isio marw, er nad oedd dim ar y ddaear iddi fyw er ei fwyn. Roedd ei ffydd yn Nuw yn ddiysgog. Ond pe byddai iddi fyw bywyd daearol, gwyddai y deuai i garu Duw fwyfwy bob dydd. Ond ochr yn ochr â gwynfyd y bywyd tragwyddol edrychai ei bywyd daearol yn bitw ac amherthnasol. Ac felly, meddyliodd: 'O Dduw, gad imi fyw yn dy dangnefedd'. Ond dywedai poen a rheswm ill dau wrthi ei bod yn mynd i farw, ac felly ildiodd â'i holl galon i ewyllys Duw.

Y noson honno pallodd ei golwg a thywyllodd ei hystafell, heblaw am y groes uwchben ei gwely, a oleuai drwyddi'n raddol, gan droi'n goch disglair ac yn biws llachar. Roedd hyn y tu hwnt i ddirnadaeth. Heblaw am y groes a dywynnai'n ddisglair yng nghanol ei nosweithiau o ddüwch a thrallod roedd yr ystafell wedi'i llenwi ag ellyllon o bob lliw a llun. Dechreuodd ei chorff edwino a nychodd yn druenus. Byrhaodd ei hanadl a gwyddai i sicrwydd, wrth i ewinedd a llygaid y llu trychiolaethau ei llarpio, ei bod yn ymadael â'r fuchedd ddibwys hon.

Ac o fewn dim, roedd hi yno, roedd hi yno! Daliodd ei fantell ysgarlad a chododd hi at ei grudd. Wrth ei hochr roedd Mair Magdalen ynghyd â'r rhai eraill a'i carodd. Gwelodd â'i llygaid ei hun, gwelodd Ef yno ar y groes a gwelodd faint ei ddioddefaint! Cydiodd yn y finegr a oedd yn gymysg â'r bustl ac fe'i hyfodd! Llifodd yn araf i lawr ei chorn gwddw a thros ei gên a'i gwisg!

Camodd at waelod y groes a phenliniodd. Syllodd fry ar Ei wyneb ac ar y goron ddrain ar Ei ben, a'r arwydd oddi fry, 'Hwn yw Iesu, brenin yr Iddewon'. Ond llifodd gwaed yn boeth ac yn ffres ac yn helaeth o'i dalcen! Llanwodd y Drindod hi â llawenydd dirdynnol ac anesboniadwy! Ond roedd y profiad yn ormod: sut y gallai un mor sanctaidd, mor anfeidrol gyfeillachu a charnbechadures gnawdol fel hi?

Ac fel pe bai'n symud mewn breuddwyd gwelodd ein Mam Fendigaid yn camu tuag ati a'i thraed yn braidd gyffwrdd yn ysbeidiol dyner â'r ddaear. Teimlodd fel ag y nesaodd tuag ati, ei doethineb ysbrydol, ei gonestrwydd, ei dealltwriaeth enfawr o'n cyflwr truenus. Ond yna disgynnodd defnynnau tyner o waed oddi uchod ar ei hwyneb a sylweddolodd, o droi i edrych unwaith yn rhagor, fod y corff ar y groes yn gwaedu

o achos ei fflangellu a'i ysgrafino. Y croen tyner wedi ei
stribedu a'i wrymu'n ddwfn gan chwip. Ond roedd cymaint o
waed poeth yn llifo o'i gorff fel nad oedd modd gweld ei
glwyfau'n iawn. Gwaed ein Harglwydd Iesu Grist yn hidl a
drudfawr! Gwelwch! Syllwch! Edrychwch! Ei waed drudfawr,
toreithiog yn llifo'n helaeth i lawr i'r pridd, trwy'r pridd, yn
ddyfn trwy'r pridd gan fwydo ynddo cyn llifo drwodd i uffern!
A darnio cadwynau a rhyddhau'r carcharorion a ddylai fod yn
y Nefol Lys! Mae ei waed drudfawr, toreithiog yn gorlifo fel
dilyw dros wyneb y ddaear ac ar gael i olchi pob creadur (pe
baent yn ewyllysio hynny!) o'u pechodau, ddoe, heddiw ac
yfory! Mae gwaed drudfawr, toreithiog ein Hanwylaf
Arglwydd Iesu Grist yn tasgu fry i'r nefoedd! Ac yno y'i ceir!
Yr Hwn sydd gyda'r Tad! Oherwydd fe lifa'n gyforiog trwy'r
nefoedd gan ddathlu achubiaeth y ddynoliaeth, y rhai sydd
eisoes yno a'r rhai sydd i ddilyn gan ychwanegu at rif y saint!

Gwyrodd ei phen a theimlodd ben yr hoelen yn oer ar ei
gwefus. Cusanodd ei draed. A phan ddododd Mair ei llaw ar ei
hysgwydd roedd ei waed yn boeth ar ei gwefusau.

*   *   *

Roedd cydwybod Ieuan Ddu yn dal i'w gorddi fyth oddi ar iddo
ymweld â phriordy Beddgelert yn hwyr yn yr hydref. Ac er fod
ei friwiau wedi gwella'n llwyr erbyn hyn (ond fod talpiau o
groen ei ben i'w gweld yn glir lle rhwygwyd ei wallt yn rhydd)
roedd yr hyn a glywodd yn dal i beri arswyd iddo. Weithiau, yn
nhrymder nos, deffroai'n sydyn, yn laddar o chwys, gan deimlo
fel pe bai rhywun yn cerdded dros ei fedd. Traed trymion yn araf
oedi ar ei frest ac yntau'n methu ag anadlu . . .

Bu'n meddwl a meddwl am yr hyn a ddywedodd y Priodor.
Ac fe wnaeth hynny o'n fwy effro nag erioed o'r blaen, yn llawer
mwy effro i bethau o'i gwmpas.

Pethau bob dydd.

Y manion dibwys.

Ar un wedd, roedd fel pe wedi'i aileni ac roedd ei synhwyrau wedi'u miniogi yr un mor llym â chyllyll blingo'r taeogion.

Pa beth oedd rhawd y faerdref, ni wyddai.

Ni allai ond dyfalu'r gwaetha.

Doedd Angharad ferch Madog, yr arglwyddes, heb dorri gair â neb ers Tymor yr Adfent. Fe âi allan o'r neuadd a gweddïo'n ddyddiol yn yr eglwys. Bu Iolyn Offeiriad yn siarad yn gyson â hi. Ond ni fyddai hi byth yn ateb. Dim ond cyfri ei hafalau crog yn fud, a syllu ar ddelw'r Forwyn neu gusanu'r *pax* yn angerddol. Yr un mor angerddol ag y bydd taeogion ifainc yn cusanu ei gilydd yn y goedwig o olwg pawb. Ond roedd o wedi dechrau sylwi'n ddiweddar . . .

Y manion dibwys, ond eto . . .

Tybiodd i ddechrau mai golau'r gannwyll a daenodd rhyw lewyrch rhyfedd a chraffodd. Ond roedd blewyn ar ôl blewyn gwyn yn britho trwy'i gwallt du du.

Meddwodd un noson.

A thrannoeth roedd wedi codi ofn ar y taeogion: bu'n berwi ac yn glafoeri am y gelyn o'r goedwig . . .

A doedd wybod beth oedd yn llechu yno efo'r bleiddiaid a'r llwynogod a'r tylwyth teg.

Pan safodd ar y sinach un bore, yng nghae y bustach du fel y'i gelwid, fe'i teimlodd ar ei wegil. Fel diferyn o haearn poeth yn bwyta i'w groen ac yn llosgi'i nerfau.

Roedd hi'n fore niwlog ac wrth iddo sylwi ar y taeogion a'r bustach a'r llo tarw a'r ceffyl yn aredig daeth rhyw gryndod drosto.

A chraffodd i'r niwl.

Craffodd tua'r corsydd: pwll anobaith lle dygid gynt y meirw a feddiennid mewn byr o dro gan gythreuliaid ac a weddnewidid yn gŵn annwn efo llygaid tân, lle y'u teflid i'w tynged tanddaearol. Unigeddau ar unigeddau, ehangder anial o unigedd diobaith. Ac am y gwêl y llygaid ar y bore niwlog hwn, cyrion y fawnog gorslyd a'i thonnau'n siglo'n iasol. Lle yn llawn drygargoel. Dim ond cwta hwb-cam-naid ac mae dyn at ei ganol yng ngafael rhyw donnen ddofn yn strancio am ei einioes ac yn lygio ar dociau brwyn nes bod ei figyrnau'n glaerwyn.

Caeodd ei lygaid yn dynn.

Rywle yn y coed, yn uchel ar y creigiau, roedd rhywun yn gwylio, yn sylwi ac yn disgwyl ei gyfle.

Roedd hyd yn oed oglau'r pridd yn wahanol.

Roedd surarogleuon Satan yn codi ohono'n ddu ac yn ddwys. Doedd dim modd eu hosgoi. Llanwent ffroenau dyn yn don ar ôl ton wrth i'r swch droi cŵys ar ôl cŵys yn y caeau.

Ond beth a wnâi?

Beth pe bai bywyd, fel ag yr oedd pawb, yn ŵr rhydd neu'n daeog yn ei garu a'i adnabod, yn cael ei ddifa fel'na?!

Chwap!

Un bore!

Un nos!

Yn hwyr yn y nos!

Yn nyfnder duaf y nos!

Yntau'n codi yn y bora a phawb wedi diflannu!

Be ddeuai o'r taeogion?

Ac yna fe sylwodd ar bry genwair wrth ei droed yn troi a throsi'n drwsgwl, heb wybod yn union i ble'r oedd yn mynd . . .

*   *   *

Ychydig ddyddiau'n ddiweddarach . . .

Sŵn llifio oedd y peth cynta a glywodd. Cododd Cannwyll o'i wellt a'i gadachau a'i lau moch a gwthio'r cwrcath oddi ar ei frest. Cododd gan duchan a cherdded allan o'i gwt. Dallwyd ef gan yr haul.

Ond gyferbyn â'i gwt roedd dau o filwyr y Doge a gŵr a golwg bwysig iawn arno. Syllodd y Gannwyll ar y ddau filwr a oedd wedi torchi'u llewys ac wrthi'n ddygn yn llifio'r goeden dderw hynafol a ymestynnai fry i'r nen. Roedd ci bychan, pŵdl claerwyn, wrth sawdl y dyn pwysig a wisgai ddillad glas, goludog. Gwisgai'r ci wasgod binc fechan.

Cerddodd y Gannwyll yn lincyn loncyn gan geisio ymddangos yn ddihitio wrth nesáu at y tri.

Chwysai'r ddau filwr fel dau geffyl wrth lifio'n ddistop.

Roedd y dyn pwysig yn cnoi da-da ac yn chwysu'n ddidrugaredd ei hun dim ond o edrych ar y ddau filwr yn llafurio wrth eu gorchwyl.

O dipyn i beth llwyddodd y Gannwyll i gerdded yn ddigon agos at y tri, yn ddigon agos i roi mwythau i'r pwdl, cyn i'r pwysigyn sylweddoli ei fod yno. Ond unwaith y gwelodd y Gannwyll, tarodd hancas borffor am ei drwyn cyn gwichian trwyddi:

'Bora da.'

Parhaodd y ddau filwr i lifio heb nemor gymryd unrhyw sylw o'r Gannwyll. Teimlai yntau braidd yn anghysurus. Gwyddai, serch hynny, ei fod wedi gweld y dyn hwn yn rhywle o'r blaen. Roedd yn ddyn gweddol bwysig. (Ond eto, os oedd mor bwysig â hynny, be aflwydd oedd o'n ei wneud allan mor fore yn llifio coed? Doedd bosib ei fod yn brin o briciau?) Methai Cannwyll â dwyn i gof ble'n union roedd wedi'i weld: ond roedd yr arogl arno'n awgrymu ei fod yn byw'n weddol ddiddos ei fyd.

'Bora braf,' mentrodd Cannwyll ymhen hir a hwyr, wedi iddo hen dindroi'n ddiamcan.

'Dowch draw i'r ochor yma, ylwch,' gorchmynnodd y ddau gan gerdded heibio i Cannwyll, dydan ni ddim isio iddi ddisgyn yn lletgam, nagoes?'

Cerddodd y ddau filwr ychydig i'r dde cyn ailosod y llif ac ailddechrau ar eu gorchwyl. Yna, heb reswm yn y byd, trodd y dyn pwysig ar Cannwyll a gofyn mewn meinlais blin.

' 'Dach chi'n disgwyl am rywun neu be?'

Cododd ofn ar y Gannwyll a chamodd yn ei ôl gan sathru'n (anfwriadol) ar bawen y pŵdl. Coethodd hwnnw. Bagiodd y garddwr ymhellach pan stopiodd y ddau filwr a rhythu arno hefyd. Sychodd un ei dalcen.

Brasgamodd Cannwyll yn gyflym yn ôl i'w gwt a'i gynffon rhwng ei goesau.

Yn ddiweddarach yn y bore:
Y Gannwyll, fel arfer, oedd y cynta i ledaenu'r si ei fod wedi

cyrraedd. Aeth y sôn ar led trwy'r cwfaint fel tân gwyllt a chyn pen dim roedd pawb wedi cael rhyw gegiad o'r stori.

A'r stori hyd yn hyn (yn ôl y Gannwyll beth bynnag) oedd fod llong wedi hwylio i mewn i'r harbwr dwyreiniol ar doriad gwawr, a bod negesydd wedi'i anfon yn syth i hysbysu'r Doge (a oedd ar y ffordd i'r offeren ar y pryd ynghyd â'i deulu a'i weision a theuluoedd ei weision ac ambell un arall). Sibrydodd y negesydd y newyddion ac fe wyddai pawb yn syth beth oedd y genadwri.

Rhuthrodd pawb i'r eglwys ac fe ruthrodd yr offeiriad trwy'r gwasanaeth gan ruthro'r gynulleidfa i ruthro drwy'r defosiwn ac i ruthro pawb allan trwy'r pyrth ac i ruthro i lawr tua'r harbwr. Ond erbyn i'r Doge a'i deulu a'i weision a theuluoedd ei weision ac ambell un arall gyrraedd, roedd torf enfawr wedi ymgynnull p'run bynnag. A mawr oedd y disgwyl eiddgar a rhyw deimlad iasfrwd yn esgyrn pawb yn awel y bore.

'A wedyn?' holodd lleian gan frathu'i thafod.

Oedodd y Gannwyll. Gwyddai i'r dim fod ganddo reolaeth berffaith dros y chwiorydd, y merched hyn a arferai ei drin fel baw (oni bai eu bod angen rhywbeth). Pwy oedd o ond hen ddyn cefngrwm a musgrell yn powlio ei hun yn araf tua'r bedd. Ac felly gadawodd iddynt wingo a hongian ar ei awgrym olaf. Hongian a gwingo a hongian. Gallai o fynd a dod fel ag y mynnai ond roedd y rhain yn gaeth. Bywyd o furiau cyfyng a nenfydau isel oedd bywyd yn yr urddau. Ac roedd ei wybodaeth yn rym drostynt. A doedd o ddim yn mynd i foddhau eu blys. Ac felly cerddodd ymaith a rhedodd y chwiorydd ar ei ôl gan lamsachu o gwmpas y ferfa fel geifr:

'Deud wrtha ni, Cannwyll!'

'Deud!'

'Deud!'

'Oes pobol wedi'i weld o?'

'Ydi o'n saff?'

'Ydi o yma?'

'Ddaw o yma?'

'Sut un ydi o?'

Ond o dipyn i beth, llaciodd y cylch, fesul un, fesul un yn araf bach sylweddolodd y chwiorydd pwy'n union oedd yn sefyll yn syllu arnynt nid nepell i ffwrdd. Tawodd yr hwrli bwrli ac fe wyrodd pob un ei phen a cherdded i ffwrdd yn fud. Camodd yr abades at Cannwyll a syllu arno:

Roedd hi bron â marw isio gofyn iddo ond feiddiai hi ddim, feiddiai hi ddim, paid, paid, paid, paid – O, Dduw Mawr – na, paid, paid, paid, deud wrtha fi, deud wrtha fi, deud wrtha fi – wyt ti wedi'i weld o, Cannwyll?

Rhythodd Cannwyll arni a syllodd hithau arno yntau. Cydiodd yn ei farf ac fe dynnodd hithau hances gyffredin o'i llawes a'i chynnig i Cannwyll. Derbyniodd yntau yr hances yn llipa a diddiolch. Crychodd ei dalcen wrth i'r abades gerdded tua'r eglwys.

Roedd hi fymryn yn well. Roedd ei gweddi wedi'i hateb. Ac am y tro cynta ers dyddiau lawer fe agorodd y chwaer Clara ei llygaid, ond er hyn roedd hi'n dal yn wan iawn a gwres afiach lond ei chorff. Roedd y planedau wedi symud eu safleoedd unwaith eto, nid oedd dwywaith amdani. Symudent yn ddyddiol. A hithau, er yn dymuno'r bywyd nesa, yn gorfod ymgodymu ag anhwylderau humorau corfforol y byd hwn. Roedd y corff yn aflan ac yn gymhleth. Ond fe sugnai gysur o'r ffaith ddiymwad fod yr Hollalluog yn ymwybodol o ddylanwad y planedau. Fe wyddai'n union beth oedd ei thynged hi a phob unigolyn arall.

Cynhaliwyd offeren fechan yn ei chell y bore hwnnw, ac am y tro cynta roedd ei gwefusau'n cydsymud â sŵn y geiriau. Daeth ei chyfeilles, Camilia, i mewn. Roedd hi newydd fod yng nghwmni'r Gannwyll a'r chwiorydd eraill: ni wyddai ble i ddechrau. Wedi iddi gael ei gwynt ati adroddodd yr hanesyn (yr un a adroddodd y Gannwyll, ac er mwyn ennyn diddordeb Clara, ychwanegodd fymryn at y stori) ond roedd y chwaer Clara'n rhy llegach i allu llawenhau yn ei ddyfodiad hir-ddisgwyliedig. Byddai'n rhwym o ymweld â'r tŷ o fewn diwrnod neu ddau os nad ynghynt, ychwanegodd Camilia gelwydd golau bychan.

'Ydi hi'n bwrw?' holodd y chwaer Clara mewn llais bychan, crug.

'Nag ydi.'

A gorweddodd ar ei chefn drachefn a chau'i llygaid a chysgu'n sownd. Roedd hi wedi llwyr ymlâdd.

*   *   *

'Sut mae hi?' holodd yr abades pan oedd y chwaer Camilia yn sefyll o'i blaen yn ei hystafell beth amser yn ddiweddarach.

'Yn well, dwi'n meddwl.'

'Ydi hi'n siarad o gwbwl?'

'Mi holodd os oedd hi'n bwrw bora 'ma.'

Ac oedodd yr abades ar untroed cyn syllu trwy'r ffenest a sylwi ar Cannwyll yn tocio canghennau coed yn y winllan yr ochr bella i'r ardd.

'Mi wyddoch na fedra i ddim mynd i'w gweld hi. Mi wyddoch nad yw hi'n awyddus iawn i lawer iawn mwy o chwiorydd nag sy'n rhaid ei gweld hi. Fedra i ddim mynd ar ofyn apothecari. Fedra i ddim caniatáu iddi hi fynd allan i'r byd. Dyna pam rydw i'n falch o glywed ei bod hi'n dechra gwella. Mae'n rhaid inni wneud pob dim o fewn ein gallu drosti hi yma. Dwi'n siŵr eich bod chi'n dallt yn iawn. Dinas fechan wedi ei hadeiladu i Dduw ydi'r tŷ. Y tu mewn mae sancteiddrwydd, y tu allan aflendid y byd. Rhaid ymdrechu i gadw'r ddau ar wahân hyd eitha ein gallu.'

Amneidiodd y chwaer Camilia'n swil.

'Dyna ni . . . 'na'r oll. Well ichi fynd at eich dyletswyddau, dwi'n meddwl.'

A cherddodd y lleian allan yn dawel gan adael yr abades i fyfyrio ar ei phen ei hun. Cafodd air â Swyddog y Cyngor, y dyn mewn lifrai glas a'r pŵdl claerwyn wrth ei sawdl ac fe ddywedodd yn blwmp ac yn blaen fod yn rhaid iddi hysbysu'r tŷ. roedd amgylchiadau yn prysur fynd yn drech na hi a phawb arall.

Ar ôl gwasanaeth y gosber, ryw dro ganol pnawn neu ychydig yn hwyrach, ymddangosodd rhagor o filwyr. Roedd y goeden dderw wedi ei hen lorio erbyn hyn ac yn gorwedd ar draws y ffordd. Bu'r ddau filwr wrthi'n ddyfal trwy'r bore'n llifio'r canghennau a hel y brigau a'r dail at ei gilydd yn dociau taclus i'w llosgi. Diflannodd y pwysigddyn a'r pŵdl ryw dro at ddiwedd y bore. Ond erbyn hyn roedd y lleiandy cyfan wedi synhwyro fod rhywbeth mawr ar droed. Ac wrth gwrs, aethant yn syth at lygad y ffynnon a holi'r un a fyddai'n debygol o wybod y cyfan:

'Waeth ichi holi wal ddim,' atebodd Cannwyll ar ei ben wrth iddo wthio llond berfa o dail stemllyd o feudy nid nepell o'r lleiandy.

'Be maen nhw'n neud?'

'Adeiladu.'

'Be?'

'Be wn i?'

'Ti'n gwbod bob dim fel arfar . . .'

Ond dechreuodd Cannwyll deilo dros ddarn o'r ardd lle y bwriadai blannu llu o lysiau maes o law.

'Adeiladu be, Cannwyll?'

Ond parhaodd i deilo'n fud a'i gefn fel cryman:

'Cannwyll! Pam maen nhw wedi llifio'r goedan dderw? Pam mae'r milwyr yna tu allan? Atab ni!'

Yn ddiweddarach yn y prynhawn y dychwelodd y Swyddog gyda'r pŵdl claerwyn yn ei gôl. Erbyn hyn roedd y milwyr wedi adeiladu mur gweddol uchel, dros wyth troedfedd, wedi ei wneud allan o goed a phorth amrwd eitha llydan i ganiatáu rhyw gymaint o fynd a dod. Archwiliodd y Swyddog yr amddiffynfa a llongyfarchodd y milwyr ar eu gwaith trylwyr ac effeithiol. Go brin y gallai dyn nac anifail fynd heibio a chyrraedd y ddinas ar hyd y ffordd hon yn awr. Bellach roedd rhaid iddo gael gair â'r abades i weld a oedd popeth yn mynd rhagddo'n iawn.

'Ond mi esboniais i bob dim yn fy llythyr,' maentumiodd mewn meinlais wylofus.

'Do . . . dwi'n gwbod . . . a dwi'n ddiolchgar iawn ichi am hynny . . .'

'Ond mae 'na ddyletswydd, dyletswydd foesol arnoch chi i esbonio wrth y chwiorydd be'n union sy'n digwydd. Rhaid gochel panic ac mae panic yn deillio'n uniongyrchol o anwybodaeth a chamddealltwriaeth o'r sefyllfa . . . A does bosib nad ydyn nhw wedi sylwi . . . y milwyr a'r llifio . . . mi wyddoch pa mor fusneslyd ydi pobol ar y gora . . . doeddan ni brin wedi dechra arni bora 'ma nad oedd rhyw grwydryn, rhyw gardotyn drewllyd dan draed yn trwyna yn ein petha ni . . .'

'Dwi'n gwerthfawrogi be 'dach chi'n neud . . . a'ch gofal amlwg dros chwiorydd y tŷ . . .'

'Nid dim ond y tŷ ond y ddinas, y ddinas gyfan. Dyna faes fy ngofal i a gweddill y cyngor. Rydan ni ar biga'r drain am baratoi . . . Dydach chi, maddeuwch imi ddeud, ddim fel pe baech chi'n cymryd y peth o ddifri . . .'

'Ond, mi rydw i. Credwch chi fi. Mi rydw i.'

'Ond mae 'na hanesion erchyll . . . morwyr Genoa wedi bod yn y dwyrain . . . ac mae'r hanesion yn ein cyrraedd ni o'r de . . . ffoaduriaid o Fflorens, Siena, Rhufain ei hun . . . cannoedd ohonyn nhw . . . '

'Does bosib fod petha mor ddrwg â hynny?'

'Mae petha'n ddifrifol iawn.'

Ac am y tro cynta yn ei dwy flynedd a deugain ar y ddaear fe sylweddolodd yr abades ei bod yn gwrando ar lais. Roedd ganddo lais rhyfeddol. Rhyw wylofain, rhyw gwyno deud ei frawddegau, a pho fwya difrifol yr oedd o, mwya oedd y gwich- seiniau a ddeuai o'i enau. Sylwodd ar ei geg ac ar y mymryn lleia o boer yn ei chonglau. Ffrothiadau bychan. Rhyw ewyn yn graddol fagu trwy'r mân boer wrth iddo fynd trwy'i bethau. A daeth rhyw awydd angerddol drosti i fynd ato a sychu'i weflau â'i llawes. Cydiodd rhywbeth ynddi, rhyw ddiawled- igrwydd plentynaidd. Ond ymbwyllodd ac yn raddol adnabu yr ystyr amgen na'r sŵn pigfain unwaith yn rhagor:

'Ydach chi'n fy nghoelio fi? Mae 'na ryw si fod hyd yn oed yr arch elyn Fenis wedi stopio masnachu. Mae'n rhaid fod petha'n o ddrwg os yw hynny'n wir . . .'

Oedodd a choethodd y pŵdl.

'Ond lle mae'r cannoedd yma? Y miloedd? Dydan ni ddim 'di gweld neb ers dyddia . . .'

'Mi ddôn, o, mi ddôn . . . credwch chi fi, mi ddôn.'

Gwichymbil pwyllgorddyn a oedd wedi hen arfer ennill dadl a chael pobol i ochri ag o.

Ond ar yr eiliad honno aeth y peth yn drech na'r abades. Methodd ag ymatal rhagor.

Roedd y peth yn ormod iddi ac roedd yn chwannog o wybod y gwir ac felly edrychodd i fyw ei lygaid a gofyn yn blwmp ac yn blaen:

'Ydi o wedi cyrraedd?'

Oedodd y Swyddog a chrychu'i drwyn fel cwningen.

'Ydan ni'n dau ar yr un trywydd?' holodd ei hun gan gymryd ei wynt ato.

'Dwi'n meddwl ein bod ni,' atebodd hithau wrthi'i hun.

'Mi fedrwch chi ddeall natur petha,' cododd ei lais, 'y ddinas yn wynebu un o'i hargyfyngau mwya, os nad y mwya'n ei hanes a Duw a ŵyr 'dan ni wedi mynd trwy hen ddigon fel mae hi. Y gwir amdani ydi na fedrodd yr awdurdodau erioed ymdopi â thrychineb gwirioneddol fawr. Erioed. Yn hanes y byd. Wel, yn hanes Genoa o leia. Does gynnon ni mo'r gallu, yr adnodda nac yn y pen draw yr ewyllys. Prin y medrwn ni gael dau ben llinyn ynghyd ar ôl y daeargryn 'na ym mis Ionawr. Faint sy'n marw o newyn bob blwyddyn? Gofalu am ein crwyn ein hunan wnawn ni'n y pen draw. Fydd cyfraith a threfn yn ddim byd ond llestri gweigion wedi iddo fo gyrraedd, pethau mirain, cain i'w malu'n deilchion dan draed y dorf. Mi wyddoch pa mor anghyfrifol a barus ydi'r gweithwyr ar y gora. Does gynnoch chi ddim syniad. Fydd petha'n hollol rhemp. Hollol rhemp. Gŵr yn gadael gwraig, gwraig yn gadael plant, pobol yn byw fel cŵn. Fydd dim parch at ddim byd. Fydd dim parch at yr Eglwys, y Doge, Tadau'r Ddinas,

meistr. Dwyn o siopa, lladd, goryfed, ymblesera. Trïwch weld
ein hochor ni. Be fedrwn ni wneud? Deud wrth ein dinasyddion
am aros yn eu cartrefi? Disgwyl iddo fo gyrraedd. Storio bwyd a
chuddio dan y bwrdd. Teuluoedd cyfan. Ond be wedyn? Fydd
rhaid iddyn nhw ddwad allan yn hwyr neu'n hwyrach. Pobol
wedi llwgu, cyfraith y corff i'w ufuddhau, babanod angen llaeth,
hen bobol isio awyr iach, plant ifanc isio ystwytho'u cyrff – a be
wedyn? All Genoa ddim byw heb ei llongau, y llongau sy'n
bwydo'r ddinas. Ond y gwir amdani ydy y bydd pob dim wedi'i
chwalu'n yfflon . . .'

Oedodd a chymryd ei wynt ato. Anadliad dwfn iawn cyn
dweud:

'Ydi. Mae o wedi cyrraedd.'

A gollyngodd yr abades anadl o'i hysgyfaint. Roedd y
rhyddhad yn fendigedig. Teimlodd yn benysgafn a chwil.
Cydiodd yn y bwrdd a bu'n rhaid iddi eistedd i'w sadio'i hun
cyn mentro holi'n bryderus:

'Fydd hi'n bosib inni'i weld o?'

Roedd gan y Swyddog Iechyd lwyth o heyrn yn y tân.
Doedd o ddim wedi cysgu ers dwy noson. Gweithiodd yn
ddi-stop ers pan ddaeth y gorchymyn i baratoi ar gyfer y
gwaetha. Roedd y bygythiad o'r dwyrain bellach ar ei ffordd.
Gwylltiodd ei wraig yn gandryll pan ddywedodd fod yn rhaid
iddo bellach fyw a gweithio yn adeiladau'r cyngor. Lloerigodd
a gwylltiodd, a'i gyhuddo o fod yn hunanol a dideimlad.

Ond wedyn, beth oedd un deisyfiad bach, un ymysg y
miloedd yr oedd pobol yn debygol o ofyn iddo yn ystod y
misoedd nesa, ac felly cytunodd:

'Heddiw?'

'Os 'dach chi isio.'

'Ydi o ymhell i ffwrdd?'

'Yn lleiandy y Santes Maria Carocile mae o pnawn 'ma . . .'

A dododd yr abades ei llaw ar ei cheg. Roedd hi eisiau
gweiddi mewn gorfoledd. Roedd hi eisiau neidio i fyny
ac i lawr. Doedd ots beth ddeuai o'r dwyrain na'r de na'r
gogledd nag o'r gorllewin cyn belled ag y byddai'n bosib ei

weld. Ac felly, cyn i'r Swyddog Iechyd a'i bŵdl ymadael fe addawodd y byddai'n anfon milwyr draw i'r lleiandy i ofyn a fyddai modd iddo ymweld â hwy. Ond pwysleisiodd nad oedd y gylchdaith dan ofal ei adran o a ph'run bynnag, efallai y byddai wedi blino ac eisiau gorffwyso. Doedd wybod. Ond fe wnâi ei orau. A ffarweliodd.

*   *   *

Y tu allan i'r neuadd roedd y taeogion wrthi'n lladd y moch a besgwyd ar afalau a mes a chnau ffawydd yn y winllan ers Gŵyl Ieuan y Moch ddiwedd yr haf.

Gwichiodd y perchyll ac roedd ogla gwaed ar yr awel fain. Llusgid y moch o'u cytiau a wedyn rhoddid rhaffau yn eu cegau hefo cwlwm rhedeg y tu ôl i'r ddau ddant a ymwthiai allan. Wedi hyn, codai dau daeog y mochyn efo rhaff a'i hongian ar ddarn o bren. Yn y cyfamser, roedd y merched taeog a'r plant yn cludo dŵr berwedig allan o'r neuadd. Gwthid cyllell i wddw'r mochyn. A'i waedu. Yna ar ôl ei olchi ac eillio'i flewiach i ffwrdd, fe'i diberfeddid.

'Dim ond un peth sy'n mynd yn wastraff ar fochyn marw – a wyddoch chi be ydi hwnnw?'

'Na – be?'

' 'I wich o!'

Chwarddodd rhai o'r plant ieuenga na chlywodd hyn o'r blaen.

Cerddodd y Rhaglaw i'r neuadd a daeth wyneb yn wyneb â Gwythwches a oedd newydd fod yn porthi'r tân. Ar hwnnw, ychydig ynghynt, bu'n cynhesu gwin ysgaw dugoch a thywalltodd beth i Ieuan Ddu. Cydiodd yntau yn y ffiol fechan: bu ond y dim iddo'i gollwng gan ei bod hi mor boeth.

'Lladd moch yn waith da i gadw rhywun yn gynnas ar y tywydd oer 'ma,' meddai Gwythwches gan wylio'r taeogion wrth 'u gwaith.

Yfodd Ieuan Ddu y gwin er nad oedd yn orhoff o win ysgaw. Gwell oedd ganddo yfed bragod neu gwrw. Ond o leia roedd yn boeth. A dyna oedd bwysica. Gallai'i deimlo'n llifo i lawr trwy'i gorff gan ledu allan rywle o dan ei asennau, gan achosi pigyn poenus yng ngwaelod ei gefn.

'Lle mae'r arglwyddes?'

'Aeth hi allan.'

'Pryd?'

'Hydoedd yn ôl.'

'Does 'na'm sôn am Iolyn Offeiriad.'

'Nagoes?' .

'Dwi newydd fod draw i'r eglwys rwan hyn.'

'Fan'no fasa'r lle dwetha basa rhywun yn disgwyl 'i weld o.'

A gwrandawodd y ddau ar fochyn yn gwichian a thewi.

'Mae hi wedi bod yn gweddïo a chyfri'i hafala crog. Mae'r coed pîn yn dal i losgi'n 'i hystafall hi ac mae hi wedi rhwymo'r dilledyn glas 'na ddoth y Brawd Gwyn i'w thad hi o Gaersalem rownd 'i gwddw.'

Waldiodd y Rhaglaw y bwrdd â'i ddwrn.

'Fues i lawr i'r ffynnon wrth Gegin y Forwyn. Efo dŵr y ffynnon y berwis i'r gwin ysgaw rwan hyn. Mae hi newydd gael llymad ohono fo cyn mynd allan. Ac eto . . .'

Pam nad ydi Iolyn yma pan mae ar rywun fwya'i angan o?'

'Ddim poen a gwayw sy'n 'i phlagio hi. Pan fydd gwayw a phoen yn dechra symud, adag hynny y bydda i'n 'i gweld hi'n ddrwg ar rywun. Dyna sut y marwodd pump o'r plant acw. Does wybod be all ddigwydd os ydi'r gwayw'n symud o fan i fan fel fynno fo. Pan mae rhywun yn aros mewn un lle mi wyddoch yn dda be mae o'n neud. Ond pan mae rhywun yn dechra mynd i grwydro, adag hynny mae hi'n ddrwg. Fel'na gwelwch chi hi. Ymhell o adra bydd llwynog yn lladd 'te?'

A chyn bo hir byddai wedi nosi a doedd wybod lle'r oedd Angharad Ferch Madog wedi mynd . . .

*   *   *

Roedd hi ar fin gwawrio. Rhwng y llwydolau a'r tywyllwch, rywle yng nglas y bore bach â Channwyll newydd godi o'r llau

ac yn dechrau galw 'soch soch' ar y moch ac yn dechrau mynd
o gwmpas 'i bethau.

Gadawyd pedwar o filwyr i wylio'r porth ger y lleiandy.
Roeddan nhw wedi cynnau tân â'r llu brigau a dorrwyd.

Gwrandawodd Cannwyll arnyn nhw o hirbell yn chwerthin
a thynnu coes y naill a'r llall tra'n dweud straeon budron wrth
ei gilydd . . .

'. . . tair lleian yn cerddad ar draws Sgwâr Sant Giachetto
dydd o'r blaen a'r gynta'n disgrifio efo'i dwylo yr afala cochion
mwya roedd hi wedi eu gweld yn ei byw . . . A dyma'r ail
wedyn yn disgrifio banana anferth roedd hi wedi'i deimlo efo'i
dwylo . . . A dyma'r drydedd chwaer a oedd 'chydig bach yn
fyddar yn troi at y ddwy a gofyn: "Y Tad pwy ddeudsoch
chi?" '

Chwarddodd y pedwar yn groch a swnllyd.

'. . . Hogyn bach yn ista ar ochor yr afon yn beichio crio
a rhyw hen ddyn digon ciami yr olwg yn cerddad draw ato fo.
"Be sy'n bod, 'y ngwas gwyn i? Pam wyt ti'n crio?" A dyma'r
hogyn bach yn deud trwy'i ddagra: "Cha' i ddim gneud be
mae'r hogia mawr i gyd yn 'i neud." A dyma'r hen ddyn yn ista
i lawr a chrio hefyd!'

Cywilyddiodd Cannwyll wrth y fath fochyndra. Doedd
ryfedd fod y byd yn mynd â'i ben iddo. Doedd ryfedd fod
cymaint o streicio a chodi twrw yn Genoa a hogia o'r wlad yn
tyrru'n heidia i'r ddinas i chwilio am waith a chrefft ac yn
anghofio pob cwlwm teuluol a phob gwyleidd-dra. Myrdd
ohonyn nhw yn trampio allan wedi'r hwyr wedi meddwi ac yn
gweiddi pob math o anweddustra. Pe câi o ei ffordd fe anogai
dadau'r ddinas i'w gorfodi i ymuno â'r llynges a gwneud
rhywbeth gwerth chweil â'u hamser.

Ac fel yr oedd yn gogordroi yn ei feddyliau ei hun ger yr
agoriad i'w gwt, tybiodd iddo glywed rhywbeth.

Trodd a syllu tua'r gorwel.

Ac yn y pellter, yn dod trwy'r bwlch, roedd nifer o
farchogion ac un – naci – dwy drol i'w canlyn. Roeddan nhw'n
nesáu ar dipyn o frys.

Yn sydyn, sbardunodd y gŵr ifanc a oedd yn marchogaeth ar y blaen i'r gweddill ei geffyl a nesáu at y lleiandy. Clywodd y milwyr sŵn y ceffyl a chythru am eu harfau'n syth.

Unwaith roedd y ceffyl o fewn tafliad carreg, sylweddolodd Cannwyll mai Abad Ifanc oedd yn marchogaeth yr anifail. Roedd golwg arswydus a blinedig arno. Yn union fel pe'n cael ei erlid gan gŵn annwn a llu o ellyllon.

Neidiodd oddi ar y march a disgyn ar ei liniau.

Rhedodd y milwyr tuag ato . . . a rhedodd Cannwyll hefyd . . .

*　　　　*　　　　*

. . . Mae'n well egluro mai'r gafaelion agosa i dircyfri Dolbenmaen oedd rhai'r Gest. Mae'n bwysig cofio hyn. Oherwydd yno'r oedd teuluoedd Iorwerth Gam a Tegwared ap Rhys wedi bwrw hawl priodolder ar y gwely ers pedair cenhedlaeth a mwy. A bellach gallen nhw hawlio'r tiroedd yma yn unol â'r gyfraith yn erbyn newydd ddyfodiaid. Ond roedd eu tiroedd hwy hefyd yn terfynu â thir Mato ap Tudur hen ym Mhennant, un a fu yno ers ymron i chwe chenhedlaeth a mwy. Roedd o wedi hen hawlio a ffinio'i diroedd. Er hyn, ni allai neb hawlio coedwigoedd, coed derw, chwareli na hyd yn oed ddefnydd o gorlennydd pe bydden nhw'n agos i'r ffriddoedd lle porid y defaid yn yr haf. Roedd teulu Eryl Fychan hefyd yn berchen hawl priodolder ar dir ym Mhennant. Ac oherwydd i'w dad farw bu'n rhaid iddo ef dalu ebediw i'r goron am y fraint o esgyn i'w statws. Ei frawd, Einion Fychan y lepr, oedd â'r hawl cynta gan mai y fo oedd yr ieuenga, ond oherwydd ei gyflwr fe'i gwaherddid dan y gyfraith.

Ac er fod llawer o'r gwŷr rhydd wedi bod yn llafurio yn eu caeau yn union fel ag y bu'r taeogion yn aredig y tir cyfri, roedd pawb erbyn hyn yn paratoi at un o wyliau dwysaf y flwyddyn, sef gwasanaeth dydd Mercher Lludw. Y noson gynt, ar ddydd Mawrth Ynyd, arferid cynnal gwasanaeth arall pryd y byddai'r gwŷr rhydd a'r taeogion oll yn gorymdeithio o amgylch yr eglwys yn y tywyllwch a'r oerni â chanhwyllau wedi'u goleuo er cof am Seimon yn y Deml ac er anrhydedd i'r Fam Forwyn a'r Arglwydd Iesu, sef goleuni'r byd.

Ar gychwyn am eglwys Dolbenmaen ar ddydd Mawrth Ynyd oedd Iorwerth Gam a'i ddau fab a'i ferch, Nest ferch Iorwerth Gam, ond roedd niwl wedi cau dros y wlad er iddi wawrio. Bu'n rhyw bigo bwrw hefyd ar un adeg. Doedd dim gwynt, ac roedd yn rhyfeddol o dawel, ar wahân i'r smwclaw tyner. Ond erbyn iddyn nhw feddwl am ei chychwyn hi, roedd y niwl wedi gwasgu'n isel dros y caeau a'r corsydd a doedd dim i'w weld. Ond roedd yn rhaid cychwyn yr un fath.

Ond roedd gan Iorwerth Gam un cysur arall heno o leia, sef y byddai'n cael cyfle i drafod priodas ei ferch ag un o feibion Mato ap Tudur Hen, yn y gobaith y deuent i ddealltwriaeth â'i gilydd erbyn diwedd yr Ŵyl nos yfory. Roedd hefyd yn awyddus i ymgyfranogi o'r offeren lle y gallai olchi ei enaid yn lân o'i bechodau. Roedd llawer o bethau wedi bod yn pwyso arno'n ddiweddar. Wedi'r cwbwl, roedd yn mynd i oed. Dyfalai y byddai rhywle rhwng pymtheg ar hugain a deugain wedi'r Pasg. Ac wrth fynd i oed fe âi i feddwl fwyfwy am gyflwr ei enaid, a deuai geiriau ei dad i'w boeni pan gofiai na fyddai'n cyffesu cyn amled ag y dylai: 'Po amlaf y bydd dynion yn cyffesu, gorau oll fydd eu bywyd. Dyna'u hanadl einioes. Fel y mae angen bwyd ar y corff y mae angen yr offeren ar yr enaid wedi ei sgwrio'n lân â sacrament y penyd.'

Ac wrth iddynt gerdded yn dawedog ar hyd y llwybr trwy'r corsydd fe sylwodd Iorwerth Gam fod un o'i feibion wedi dod â'r cŵn hefo fo:

'I be wyt ti isio llusgo'r rheina efo chdi? Ân nhw ond i godi helynt a chwffio hefo'r cŵn erill. Gyrra nhw'n 'u hola!'

Hisiodd Iorwerth y cŵn a thaflu cerrig atynt. Sgrialodd un ci â blewyn main â'i gynffon rhwng ei goesau. Ond wedi iddo synhwyro fod y perygl ar ben fe gamodd o a'i gyfaill yn ofalus ar ôl y pedwar a chyn pen dim roeddynt yn gwthio'u trwynau gwlyb i law mab ieuenga Iorwerth Gam unwaith eto.

Wedi cerdded fymryn ymhellach â'r niwl yn is nag y bu o'r

blaen, sylweddolodd Iorwerth Gam fod tail gwartheg ar y llwybr. Parodd hyn gryn benbleth iddo. Wedi'r cwbwl roedd eu gwartheg hwy yn pori yr ochr bella i'r tŷ ar y weirglodd isa, nesa at y corsydd pella, gan eu bod yn aredig o gwmpas y beudai a'r ysgubor a'r caeau y tu cefn iddynt. Cyfeiriodd at yr olion a holodd ei fab hyna, ond fe dyngodd hwnnw ar ei lw fod y gwartheg oll wedi'u cyfri y bore hwnnw cyn iddynt adael a'u bod yno i gyd.

'Rhyfadd iawn,' a chrafodd Iorwerth Gam ei gorun gan wasgu lleuen, 'rhyfadd iawn . . .'

A phe na bai'n rhaid iddynt gyrraedd yr eglwys heddiw fe fyddai wedi troi ar ei sawdl yn y fan a'r lle a'i chychwyn hi am adra i gyfri ei wartheg drosto'i hun. Ond roedd y mab hyna'n ddigon dibynadwy, er gwaetha'r ffaith fod ganddo'r atal dweud mwya annifyr a glywodd yn ei fyw erioed. Fel ag y mae i'r gafl ei ewyllys ei hun, felly dafod ei fab hyna.

'Wyt ti'n berffaith siŵr 'u bod nhw i gyd yno?'

Amneidiodd hwnnw â'i ben yn ffyrnig. (Bu'n hwsmona gwartheg er pan oedd yn ddim o beth, ac roedd yn nabod pob buwch tan ei ofal. Byddai'n byw ac yn bod yn eu canol bob dydd o'r flwyddyn, ar wahân i'r Suliau a'r Gwyliau, pryd y byddai'n mynychu'r eglwys.)

Ond oherwydd iddynt ddisgwyl yn ofer i'r niwl aflwydd 'ma godi, roeddynt eisoes ar 'i hôl hi, a phenderfynodd Iorwerth Gam mai 'i bwrw hi'n eu blaenau oedd y peth calla i'w wneud, ond gweddïodd ar y Forwyn ac Anna fod ei wartheg yn ddiogel ac nad oedd yr un ysbryd drwg wedi'u swyno neu beri fod rhyw anfadwch wedi eu taro'n wael. A daeth darlun byw iawn iddo o Iorwerth Foel yn codi'n gloff yng nghyfarfod Cylch Gŵyl Sant Mihangel a dweud ar goedd: 'Ond dwi wedi mynd i ddylad, dylad go drom mae arna i ofn o £32 . . .'

Cofiodd iddo dynnu'i wynt ato. £32? £32? Os cwympai i ddyled o'r fath ni allai godi ei ben yn unman, byddai'r cywilydd wedi ei larpio. Byddai'n rhaid iddo werthu'i blant yn daeogion neu rywbeth er mwyn ei had-dalu, a gwingodd o feddwl am y peth . . .

Wrth iddynt gyrraedd terfyn ei dirgwely lle'r oedd yn rhaid iddynt gerdded ar draws sarnau er mwyn croesi'r afon, safodd Iorwerth Gam yn stond. Safodd ei ddau fab a'i ferch a'r cŵn yn stond hefyd.

'Be weli di ar y dorlan acw wrth y llwyni drain 'na?' holodd y tad.

Dechreuodd y mab hyna ateb ond bu'n rhaid i'r 'fenga dorri ar ei draws:

'Duw a ŵyr.'

'Ar ein tir ni maen nhw . . .'

'Gwartheg Tegwared ap Rhys mae'n rhaid . . .'

' 'U holion nhw welson ni gynna mae'n rhaid . . .'

'Mae'n rhaid . . .'

'Dwi 'di sôn wrtho fo o'r blaen am warchod 'i wartheg ond dydi o'n gwrando dim. Dwn i'm os mai dwl 'ta byddar ydi o.'

'Yrra i'r cŵn i'w rhusio nhw?'

'Dos di.'

A chydiodd ym mraich ei fab hyna, a oedd ronyn yn gallach na'r 'fenga.

'Rhag ofn i rwbath ddigwydd. Prin y medra i weld fy llaw o flaen fy ngwep yn y niwl aflwydd 'ma!'

'Gyrra nhw dros yr afon a 'chydig ym mhellach i'w dir o,' torrodd y 'fenga ar draws.

'Awn ni'n ein blaena. Cym' ofal.'

Chwibanodd y mab hynaf ar y ddau gi ac fe aethant i fyny'r dorlan gan wyro bob hyn a hyn er mwyn osgoi brigau noethion y coed. Tair o fuchod sgraglyd oedd yno ynghyd â dau lo. Roeddent cyn deneued â phladur. Gyrrodd y mab un o'r cŵn yr ochr bella rhag ofn i'r gwartheg redeg i'r corsydd ac ar eu pennau i donnen ddofn. Aeth y ci igam ogam rhwng y brwyn ac wedi iddo fynd beth pellter i'r niwl, diflannodd.

Syllodd y gwartheg ar y mab, ond gwelodd un y cŵn a rhuthrodd am y corsydd. Ac o weld y fuwch yn rhuthro tan frefu, rhuthrodd y ddwy arall ar ei hôl a rhuthrodd y lloi hefyd. Rhedodd y mab ond cafodd y fuwch flaen arno. Bachodd ei droed mewn tocyn brwyn a baglodd ar ei ddannedd, ond buan y neidiodd ar ei draed a cheisio cael blaen ar y fuwch. Coethodd y cŵn oherwydd eu bod wedi cynhyrfu ac roedd y ddau ohonynt benben â'r fuwch a honno yn ei hisel gynnig hi iddyn nhw â'i phen gan ffroeni a myllio. Llwyddodd y mab i gyrraedd ac fe ruthrodd y gwartheg eraill a'u lloi yn gylch o gwmpas. Roeddynt wedi cynhyrfu a chwibanodd ar y cŵn. Rhuthrodd y fuwch ac yna fe gafodd hyd i'w llo yn gorwedd yn dawedog yn y brwyn gerllaw.

Penderfynodd y mab mai gwell fyddai gadael llonydd iddynt am ennyd hyd nes y byddent wedi sadio ac ymbwyllo. Chwibanodd ar y cŵn ond yna o rywle, allan o'r niwl, ymddangosodd tri chi dieithr. Rhuthrodd y tri am y llo a oedd yn sefyll hefo'i fam. Brefodd honno, ac o weld y cŵn eraill ymunodd dau gi Iorwerth Gam yn y sgarmes. Gogordrôdd y fuwch yn ei hunfan wrth i'r cŵn ei chylch-chwyrnu gan goethi a brathu a chythru yn ei chynffon. Gwibiodd y llo i ffwrdd i'r niwl a rhuthrodd y fuwch ar ei ôl a'i phwrs yn siglo o'r naill ochr i'r llall.

Gwaeddodd y mab nerth esgyrn ei ben.

Oedodd Iorwerth Gam a'i fab 'fenga a'i ferch ar y llwybr yr ochr bella i'r afon a gwrando ar y brefu a'r coethi a'r gweiddi yn y pellter, rywle yn y niwl.

'Be aflwydd mae o'n 'i neud?'

Ond ar lwybr arall, y tu hwnt i'r goedwig o'r lle safai Iorwerth Gam a'i fab a'i ferch, roedd Tegwared ap Rhys a'i wraig a'i fab yn cerdded. Roeddynt ar y terfyn â thir Iorwerth Gam ac o fewn tafliad carreg i'r corsydd a oedd yn rhan o faerdref ġaeth Dolbenmaen.

O glywed y gweiddi a'r brefu a'r coethi fe oedodd y tri ohonynt i wrando:

'Be yn y byd mawr sy'n digwydd?'

Roedd y cŵn yn cael hwyl garw, ac roedd y tri chi dieithr rhyngddynt wedi llwyddo i ffroenwaedu un o wartheg Tegwared ap Rhys. Chwibanodd a gwaeddodd y mab fel un wedi colli'i bwyll, ond daliodd y cŵn ati i biwsio a brathu'r gwartheg.

Craffodd Iorwerth Gam i'r niwl trwchus gan geisio didoli'r sŵn yn rhyw lun o synnwyr. Fe wyddai o wrando'n astud nad eu cŵn hwy oedd yn coethi'n awr.

Rhedodd Tegwared ap Rhys a'i wraig a'i fab tuag at y sŵn ac fel ag y daethant tuag at yr afon fe welsant lo yn neidio oddi ar y dorlan ar ei ben i'r lli. Fe'i dilynwyd gan fuwch â'i thrwyn yn gwaedu. Sblashiodd y fuwch a'r llo trwy'r lli ac oedi'n besychlyd yng nghanol yr afon. Adnabu Tegwared ei fuwch yn syth. Ond roedd y coethi a'r gweiddi i'w glywed trwy'r niwl yr ochr bella i'r afon o hyd.

'Ty'd!'

A llamodd y tad a'r mab a'r wraig i mewn i'r afon. Roedd y dŵr yn ddychrynllyd o oer a bu ond y dim i'r mab lithro a disgyn dros ei ben i'r lli. Erbyn iddynt gyrraedd y dorlan bella fe ddaeth buwch arall o'u heiddo o'r niwl yn croch frefu, a chi yn dal yn sownd yn ei chynffon.

'Hegla hi! Hegla hi!'

Gwaeddodd Tegwared gan ei chynnig hi i'r ci. Ci Iorwerth Gam. Llamodd llo o'r niwl a buwch arall a buwch arall a buwch arall ar ôl honno. Roeddynt oll yn ffroenwyllt ac yn anadlu'n flinderus a llafurus a stribedi o lafoer yn llifo dros eu genau.

Ac yna daeth y mab â chi o'r niwl.

'Be uffar wyt ti'n feddwl ti'n neud?'

Cododd ei ben a chyn iddo fedru agor ei geg, roedd Tegwared ap Rhys wedi cythru ynddo a'i lusgo. Rhoddodd Tegwared swadan iddo â'i ddwrn ar draws ei foch a'i dalcen hyd nes y'i hyrddiwyd gryn ddwy lath i ffwrdd. Gorweddodd y mab yno yn syfrdan ac yn fyr o wynt ac yna rhuthrodd mab Tegwared a gweiddi:

'Mae un llo ar goll! Un llo ar goll!'

Brasgamodd Tegwared ap Rhys at fab Iorwerth Gam a cheisiodd hwnnw (yn ei ofn a'i arswyd!) gropian i ffwrdd. Ond daeth ffon i lawr, pastwn o boen o'i ysgwydd hyd fôn ei gefn a disgynnodd ar ei hyd. Ciciodd y mab o ym mhwll ei stumog a phoeri:

'Lladda'r ci 'na! Lladda'r ci 'na!'

Roedd gwraig Tegwared yn sgrechian yn orffwyll.

Rhuthrodd y mab ar ôl ci Iorwerth Gam ond fe wyddai'r ci'n amgenach ac fe'i miglodd hi i'r niwl.

Tuchanodd mab Iorwerth Gam ar lawr gan besychu ac anadlu'n boenus trwy'i geg.

Roedd Tegwared fel dyn o'i go.

'Be uffar mae o'n feddwl mae o'n 'i neud? Y? Lladd 'y ngwartheg i!'

O'r niwl ymddangosodd tri ffurf llwyd a chraffodd Tegwared â'i ddwylo ar ei ystlys. Yn y man, roedd Iorwerth Gam, ei fab ieuenga a Nest, ei ferch, yn rhythu'n hurt:

'Be sy'n digwydd . . . ?'

Roedd Iorwerth ar fin holi pan welodd ei fab yn gorwedd ar wastad ei gefn yn y brwyn. Rhuthrodd tuag ato a phenlinio.

' 'Ngwartheg i . . . gwartheg gora sgin i . . .'

'Be ddigwyddodd?'

'Fy ngwartheg i!'

'Be ti 'di neud iddo fo?'

Cododd Iorwerth a wynebu Tegwared.

'Darn ladd y gwartheg oedd o!'

Mab Tegwared waeddodd.

'Roeddan nhw ar ein tir ni!'

Mab Iorwerth Gam waeddodd.

'Dydi hynny ddim yn rheswm dros yrru'r cŵn arnyn nhw fel cythreuliaid!'

'Wnaeth o mo hynny!'

'Mi gwelis i nhw!'

'Cŵn diarth oeddan nhw!'

'Pwy bia hwnna 'ta?'

A throdd pawb i edrych ar un o gŵn Iorwerth Gam a orweddai gerllaw'n llyfu'i bawenau. A gwyddai Iorwerth mai camgymeriad oedd rhusio gwartheg a lloi hefo cŵn dros afon. Yn enwedig a hithau'n dywydd fel ag yr oedd hi.

'Ond mi roedd 'na goethi! Cŵn erill!' ebe Iorwerth Gam.

Cododd ei fab o'r brwyn gan ddal ei law ar ei foch a cherdded yn simsan at ei dad.

'Be ddigwyddodd? Oedd 'na gŵn diarth?' holodd ei dad.

'Paid â trio dwad allan ohoni!' bloeddiodd Tegwared, 'eich cŵn chi sy ar fai!'

'Ond mi roedd dy wartheg di ar fy nhir i, deud be fynni di!'

'A mae un llo ar goll o hyd!'

'Rhaid iti gadw llygad arnyn nhw!'

'A chditha ar dy gŵn, Iorwerth!'

Roedd y ddau yng ngyddfau'i gilydd, yn rhythu'n hyll a bygythiol iawn.

'Fydd rhaid iti dalu'n ddrud am hyn, Iorwerth Gam!'

'A chditha, Tegwared ap Rhys!'

*　　*　　*

Yn ei chell y tu mewn i'r lleiandy (ac arogl chwys a salwch yn nofio yn awyr y bore bach) gorweddai y chwaer Clara. Ceisiodd fwyta ychydig o fwyd yn gynharach ond methodd â'i lyncu. Roedd ei stumog fel pe bai wedi ei glymu'n belen gnotiog, cnodwe ei chorff wedi asio'n dynn i'w gilydd. Bu'n gweddïo rhwng cwsg ac effro ac yn ei hunllefau diweddaraf daeth gweledigaethau arswydus iddi. Methai, er pob ymdrech, a'u halltudio i ynysoedd pell a diarffordd ei hisymwybod. Roeddynt yn mynnu taranu'n nerthol ar draws ei phen. Carnau o luniau aflan yn waldio ar draws taith ei breuddwydion. Yn ei meddwl gwelai longau dieithr, llongau o ddinasoedd a gwledydd pell wedi angori allan yn y bae nid nepell o Genoa. Roeddynt i angori yno am ddeugain niwrnod a deugain nos (yr un amser ag a ddioddefodd ein Hannwyl Fab Iesu Grist yn yr anialwch pan y'i temtiwyd gan y diafol). Distewodd clychau'r ddinas. Roedd y camlesi'n wag. Roedd yr harbwr yn wag. Roedd cymylau anferth yn nesáu o bell. Cymylau duon mawr yn cael eu chwythu dros y môr. Ond roedd y ddinas gyfan yn hollol fud. Roedd hyd yn oed y cathod a'r cŵn wedi diflannu o'r golwg, moch, geifr, ieir, cwningod,

gwartheg, defaid, lloi a hyd yn oed y pryfaid genwair wedi
suddo'n isel i'r pridd, yn ddyfn iawn ac ymhell bell o'r golwg.
Distewodd cogar yr adar ac fe ddiflannodd y gwylanod. Roedd
mân drychfilod a phryfetach a ieir bach yr haf a phob dim byw
wedi diflannu o'r golwg. Ond daeth y llygod allan. Daethant
allan o'r selerydd ac allan o'r gwterydd ac allan o bob cuddfan.

Roedd pob peth byw wedi ymadael â Genoa gan adael y
bobol ar ôl.

Ac roedd cymylau duon yn nesáu pob awr.

Syrffedodd rhai o'r morwyr ar y llongau. Roeddan nhw wedi
aros yno'n ddigon hir ac yn hen ddyheu am weld eu gwragedd
a'u plant a'u teuluoedd. Ac felly, un noson penderfynodd
tri ohonynt ddadwisgo yng ngolau'r lloer a nofio am y lan.
Cyrhaeddodd dau yn ddiogel. Nogiodd y trydydd. Rhewodd
cyhyrau ei goesau ac er gwaetha holl ymdrechion y ddau arall
i'w helpu a'i arbed, boddodd. Does dim gwaeth sŵn yn y byd na
sŵn dyn yn boddi. Araf glywir y dŵr hallt yn llenwi'r geg a'r
trwyn a'r ysgyfaint, a'r poeri a'r ffroeni a'r strancio a'r sblashio
cyn i'r pen ddiflannu dan y tonnau, a gadael dim ond cylchoedd
yn feddargraff ar wyneb y lli.

Roedd y ddau forwr arall yn falch o gyrraedd y lan ac yn
falchach fyth o weld eu teuluoedd.

Ond roedd y cymylau duon yn nesáu bob awr.

Ychydig ddyddiau wedi i'r ddau forwr lanio, ar fwrdd y
llong, ar gorff un morwr ymddangosodd pen caled fel dafad
fawr yn y gesail i dechrau. Doedd neb wedi gweld dim byd
tebyg erioed o'r blaen. Ac yna ymddangosodd yn y gafl nesa at
y cwd a'r ceilliau. O'i gyffwrdd fe deimlai fel pen nionyn
cynnar ond ei fod yn sgleinio fel darn arian. 'Pelen arian'
y'i galwyd gan y morwyr. Dechreuodd y morwr deimlo'n
chwyslyd a phenysgafn ac o dipyn i beth methai ag aros ar ei
draed. Pan drawyd y morwr cynta â'r anfadwch hwn doedd
neb yn dangos fawr o ddiddordeb. Wedi'r cwbwl, pwy nad
oedd ar ryw adeg neu'i gilydd, ar ryw fordaith neu'i gilydd
wedi dioddef rhyw fath o anhwylder? Roedd afiechydon ar
longwyr mor niferus â gwybed yr haf. Ac felly aeth bywyd ar

fwrdd y llong yn ei flaen yn ddihid fel o'r blaen.

Hyd nes bu farw pawb.

Bu farw'r ddau forwr a nofiodd i'r lan yn ddiweddarach yn yr un modd yn union. Bu farw eu gwragedd, bu farw eu plant a bu farw eu perthnasau, pawb a oedd yn cysgu yn yr un stafell â'i gilydd bob nos, haf neu aeaf. Bu farw'r cymdogion a bu farw llawer yn y gymdogaeth nesa. Bu farw llond tŷ ar ôl tŷ o bobol. Bu farw strydoedd di-ri ac yn y diwedd bu farw ardaloedd cyfan. Roedd cyrff y meirw ym mhob man.

*　　*　　*

Wrthi'n curo ar yr engan oedd Iocyn Fach y gof, ac roedd Chwilen Bwm yn porthi'r tân. Roedd swch un o'r erydr angen ei ailosod ac roedd y gadwyn a rwymai'r bustych, y llo tarw a'r un ceffyl mynydd a'i tynai wedi torri. Ac er fod y niwl wedi codi mymryn ni ellid gweld rhyw lawer.

Llifai dafnau chwys oddi ar dalcen y gof wrth iddo guro a churo â'r morthwyl. Roedd rhywbeth byth a hefyd yn mynd o'i le yn nhymor yr aredig. Bu farw dau o'r bustych y tymor blaenorol. Dyna paham yr ailenwyd y lleiniau yn llain y bustach du bach a llain y bustach du â'r talcen llydan. Chwysai Chwilen ac fe geisiodd dorri gair â'r gof:

'Sut mae'r gwaith cerfio yn yr eglwys yn dwad yn ei flaen?'

'Iawn.'

Oedd ateb unsill, swta'r gof wrth iddo sychu'i dalcen â chefn ei law cyn ailgydio yn y curo.

A phan oedd Chwilen Bwm ar fin gofyn rhywbeth arall iddo cerddodd Ieuan Ddu y Rhaglaw i'r efail tan grynu a nesu at y tân:

'Sut mae petha'n dwad yn 'u blaena, Iocyn?'

'Fydda i fawr o dro . . . '

'Ydi'r bustych yn iawn, Chwilan?'

'Ydyn.'

Ac oedodd, cyn ychwanegu:

'A'r taeogion?'

A bu ond y dim i galon y Rhaglaw neidio o'i frest. Bagiodd a chythru am ei gyllell o weld gŵr bychan, byrbwyll a diolwg yn edrych arno; yn wir, roedd ei bryd a'i wedd yn mynd yn fwy gwrthun a hagr bob dydd. A meddyliodd peth mor arswydus a thruenus oedd cael corff sy'n graddol rydu fel pladur.

'Ers pa faint wyt ti wedi bod yn sefyllian yn y drws 'na?'

'Ddim llawar,' atebodd Einion Fychan y lepr.

'Bagia!' gorchmynnodd y Rhaglaw a dal ei gyllell o'i flaen.

'Meddwl y basat ti'n lecio gwbod –'

'Gwbod be?'

'Maen nhw ar 'u ffordd –'

'Pwy?'

A theimlodd ryw ias yn cripian i fyny trwy'i gorff. Sleifiodd y lepr ymaith. Cerddodd Ieuan Ddu yn ofalus ar ei ôl ond roedd wedi diflannu i'r niwl yr ochr draw i'r beudai. Crychodd y Rhaglaw ei dalcen a theimlo lleuen yn cosi y tu ôl i'w glust. Crafodd yn ffyrnig. Ond y tu mewn, yn yr efail, roedd y gof yn dal i waldio â'i forthwyl.

'Be oedd hwnna isio?' holodd y gof Ieuan Ddu unwaith y cafodd gefn Chwilen Bwm, wedi i hwnnw ddychwelyd trwy'r niwl tua'r caeau yr oeddynt ar hanner eu haredig a'u llyfnu â'r llwyni drain.

'Dydi'i frawd o'n gwneud dim i'w gynnal a'i gadw fo . . .'

'Yma yn hel 'i fol fydd o ryw ben bob dydd . . .'

'Ti 'di gweld 'i gwt o?'

'Faswn i ddim yn mentro.'

'Ar y terfyn â'r faerdref yn nhir Eryl Fychan. Duw a ŵyr sut mae o'n byw. Yr unig beth sy ganddo fo ydi'r un hen afr 'na'n blewynna tipyn o gwmpas y lle. Mae o cyn gystad â bod heb deulu, heb ach, heb yr eglwys, heb yr offeren, heb y sacramentau. Cig marw ydi o.'

*   *   *

Ceisiodd y Gannwyll a'r milwyr ddal pen rheswm â'r Abad Ifanc y tu allan i furiau'r lleiandy. Arhosodd dau filwr ger y glwyd tra cerddodd y ddau arall draw i weld beth oedd yn peri'r fath garlamu gwyllt. Methodd yr Abad Ifanc â chael ei wynt ato am sbel. Dechreuodd y Gannwyll guro ei gefn yn galed ond gwnaeth hyn iddo besychu'n ffyrnig. Gwthiodd un o'r milwyr y Gannwyll o'r neilltu'n ddigon diseremoni:

'Be sy'n bod?' holodd mewn llais cras.

Chwifiodd yr Abad ei freichiau a chrachboeri a phesychu.

'Wedi teithio o Lucca . . .'

'O Lucca?'

'. . . ydan ni . . . ag mae gynnon ni ddyn efo ni . . . carcharor o Genoa gafodd ei ddal a'i gadw ym Mynachlog Sant Ughetto . . .'

'Pwy ydi o?' holodd un o'r milwyr.

'Guidotto da Cremona,' atebodd yr Abad, 'roedd o i fod i ymddangos o flaen y llys, llys y deugain yn ôl be dwi'n ddallt . . .'

'Dyn perig iawn iawn,' atebodd y milwr hefo'r llais cras, 'roeddan ni wedi bod ar 'i ôl o am wythnosa . . . Ond diolch i'r Fam Forwyn fod o gynnoch chi . . .'

Ond dal i wyro'i ben a phesychu a phoeri wnaeth yr Abad Ifanc. Yna'n raddol, wrth i'r osgordd nesáu, cerddodd un o'r milwyr draw.

Sylwodd Ibn arno'n cerdded i'w gyfwrdd.

Cododd yr Abad Ifanc ei ben a syllu i gyfeiriad y mur amrwd a wnaethpwyd o goed gan y milwyr ac yna i gyfeiriad y lleiandy. Camodd y milwyr i fyny at y drol a syllu ar Ibn. Roedd golwg ofnadwy arno.

Yna gwelsant gyrff y ddau fynach yn gorwedd yn eu gwaed yn y drol a'u cegau ar agor.

Bagiodd y ddau yn syth bin a chwibanu.

Rhuthrodd milwr arall atyn nhw. Syllodd pawb ar y ddau fynach ac yna ar Ibn. Ond roedd o'n rhy flinedig i allu symud gewyn.

'Stopiwch!' gorchmynnodd y milwr.

Ac fe stopiodd yr osgordd yn stond yn y fan a'r lle. Camodd yr Abad Ifanc yn herciog at y drol a dweud yn dawel:

'Fel gwelwch chi . . . dydi'r carcharor ddim yn ein dwylo ni . . .'

'Lle mae o 'ta?' bytheiriodd y milwr â'r llais cras.

Roedd y ddau fynach yn y drol yn gelain gegoer ac mor farw â'r pren roedden nhw'n gorwedd arno. Ac fel roedd y milwyr ar fin holi'r Abad Ifanc fe gododd twrw mawr o gyfeiriad y porth pren. Trodd pawb i edrych.

Cerddodd y Swyddog Iechyd â'r pŵdl yn ei gôl o'r llwydrew a'r tu cefn iddo roedd pump neu chwech o filwyr yn dal rhaffau a glymai rywbeth na welodd neb mo'i debyg erioed yn eu byw o'r blaen.

*　　*　　*

Buasent wedi cyrraedd maerdref Dolbenmaen yn y bore oni bai am y niwl a orchuddiai Eifionydd fel gwarlen lwyd. Doedd Cwnstabl Castell Cricieth ddim isio cychwyn allan o gwbwl y bore hwnnw. Roedd ganddo annwyd trwm ac roedd ei drwyn yn rhedeg fel afon Dwyfor i'r môr. Roedd ei esgyrn yn brifo ac o dan ei wisg o haearn a lledr fe deimlai ei gorff yn poethi ac yn oeri am yn ail. Pam, o pam y bu'n rhaid iddo gael ei yrru i bydru mewn castell ar graig yn nhwll tin byd y greadigaeth?

Roedd Caernarfon neu Harlech neu Biwmares yn ddigon o benyd ond roedd Cricieth yn burdan. Nagoedd, nagoedd, doedd Cricieth ddim yn burdan. Roedd Cricieth bum cam yn nes at uffern.

Gweld y byd o ddiawl. O, ia, roedd 'na andros o lot o bethau i'w gweld yng Nghricieth, doedd? Craig, eithin, coed, niwl, gwynt, glaw a môr. O, oedd, difyr iawn. Difyr ar y diawl. Be gaech chi well? Doedd dim neuadd o unrhyw werth yn y castell hyd yn oed. Sut oedd hi'n bosib gwneud argraff ar neb heb neuadd a gafael ynddi hi? Dyna pam roedd wrth ei fodd yn mynd i Gaernarfon. Yno'r oedd neuadd fendigedig, un a gafael arni (100′ x 44′) gydag uwchlawr yn y pen gorllewinol a'r gegin yn gyfleus ar draws y Beili yn ochr tŵr y Ffynnon. Ac yno hefyd, yn hynod fanteisiol i rywun fel fo, roedd bragdy pe dymunai dyn godi yn oriau mân y bora a syched arno . . .

Ond erbyn hyn doedd dim mwy na phump o filwyr yng Nghricieth ac fe dalai'r Tywysog Du gyflog o 4 ceiniog y dydd o'i boced ei hun iddynt. Roedd y Cwnstabl wedi amau a oedd unrhyw werth iddynt bellach ac y buasai'n rheitiach iddynt oll gael eu symud i Gaernarfon yn lle cicio'u sodlau ar y graig a dal annwyd a mynd allan gefn gaea fel hyn hefo trwynau gwlyb i aflonyddu ar ddynion a oedd drwodd a thro yn hollol ufudd i'r goron ac yn fwy na pharod i fynd i ymladd y Ffrancod. Doedd y Cwnstabl ddim yn ddyn creulon: byddai'n rhaid iddo ymdrechu'n galed i ymddangos yn awdurdodol. (Efallai mai dyna paham y pydrai ar graig yn nhwll tin byd y greadigaeth.)

Ac wedi'r cwbwl, oherwydd y drafferth a achosai'r teithiau hyn, onid gwell fyddai cludo bwyd o Gaernarfon? Ond, na, doedd dim llongau ar gael gan fod y rhyfel bellach ar fin cael ei hennill. Hon oedd yr ymgyrch fawr olaf yn Ffrainc eleni. Fe glywodd hyn o le saff. Achos roedd pawb wedi hen laru ar ôl deng mlynedd. Ac erbyn hyn pe holech unrhyw un ni allai neb gofio'n union paham yr aeth y Brenin i ryfel yn y lle cynta. Onid oedd yn rhywbeth i wneud â phwy oedd bia Calais? Oedd o? Neu Gasconi? Neu hawl y Brenin ar rywle arall hefo enw na fedra'r rhan fwyaf o wŷr rhydd Eifionydd mo'i ynganu?

A thishiodd. Dros ei ddwylo. A thros fwng y ceffyl.

Oherwydd ei fod yn mynd allan i'r cwmwd heddiw gwisgodd ei lurig a oedd wedi ei wau at ei gilydd â chadwyni haearn a lledr. Roedd ei helmed am ei ben a thros ei lurig roedd surcot laes nad oedd yn nadu dim o'r gwlybaniaeth rhag treiddio at ei groen. Aeth â'i darian gydag o a'i gleddyf a phedwar o'r pum milwr yn y castell oherwydd roedd y llall mor hen ac mor sâl fel na allai wisgo amdano'i hun heb sôn am farchogaeth trwy'r goedwig yn y niwl.

Bagad go anystywallt oedd y milwyr oedd ganddo dan ei ofal, y rhai nad oeddent yn ddigon da i fynd i Ffrainc. Cerddodd pob un y tu ôl iddo gan gario cleddyf, gwaywffon felen a bwa ynghyd ag oddeutu dwsin o saethau mewn cawell. Roedd tarian o liw asur gan un. Roedd y gweddill wedi eu colli yn rhywle ryw dro. Roeddynt oll, fel y rhelyw o wŷr

rhydd a phob taeog yn ddieithriad, yn hollol droednoeth.
Doedd y Tywysog Du ddim yn fodlon fforchio am sgidiau i'w
filwyr.

O, roedd yr annwyd 'sglyfaethus 'ma bron â'i lorio. Byddai'n
rhaid iddo gael gwared ohono. Allai petha ddim mynd ymlaen
fel hyn . . . a chraffodd drwy'r niwl ac yn y pellter, rhwng y coed,
dros yr afon, tybiodd ei fod yn gweld amlinell lwyd eglwys neu
neuadd, ni allai fod yn hollol siŵr, ond roeddan nhw wedi
cyrraedd . . .

'Dowch yn eich blaena!' harthiodd trwy'i drwyn yn Ffrangeg
cyn tishian.

Ac yn eu blaenau yr aethant gan geisio canfod rhyd neu ddŵr
bas lle gellid croesi'r afon heb oedi gormod yn y dŵr rhewllyd.

Roedd yr heldrin fwya ofnadwy ar fuarth y faerdref.
Ceisiodd Iocyn Fach a Ieuan Ddu wahanu Tegwared ap Rhys
a'i fab a'i wraig o yddfau Iorwerth Gam a'i ddau fab a'i ferch
ond doedd dim byd yn tycio. Rhedai cŵn Iorwerth a chŵn
y faerdref mewn cylchoedd o amgylch cylch y pwnio a'r colbio.
Gwaeddai pawb ar draws ei gilydd:

'Mi driodd ddarnladd fy ngwartheg i!'

'Roeddan nhw ar fy nhir i!'

'Gyrru'r cŵn i'w hymlid nhw!'

'N-n-n-iii-d e-e-e-ii-n c-c-c-c-www- '

'A mae un llo ar goll o hyd!'

'-ww-n n-iii o-o-o-dd- '

A chynigiodd mab Tegwared ddwrn i Iorwerth ond
glaniodd ar ysgwydd Iocyn Fach, y gof:

'Newch chi roi'r gora iddi hi?!'

Bloeddiodd Ieuan Ddu.

A thrwy ryw ryfedd wyrth sadiodd pawb am eiliad:
aeth pawb mor llonydd â defaid. Ond unwaith y gwelodd
pawb eu cyfle fe ailddechreuodd y sgarmes yr un eiliad bron.
Roedd y cwffio yn ffyrnicach y tro hwn.

Waldiwyd Iorwerth Gam i'r llawr hyd nes ei fod yn rowlio
ar ei hyd yn y mwd a'r baw a mab Tegwared ar ei ben.
Ciciodd gwraig Tegwared fab hyna Iorwerth yn ei geilliau

a disgynnodd hwnnw i'r llawr gan lusgo'r gof i'w ganlyn. Ymdaflodd pawb i'r gwffas hyd nes yr oeddynt oll yn blith draphlith, yn dwmpath o goesau a breichiau a gwichian gan ddyrnu a brathu a chicio a sgrechian a gweiddi.

Tishian.

Tishian eto.

Ac o edrych i fyny fe sylweddolodd Ieuan Ddu pwy oedd yn edrych arnynt, ond brathodd gwraig Tegwared ei ffêr.

Bloeddiodd.

Roedd y Cwnstabl wrthi'n chwythu'i drwyn yn ffyrnig cyn y sylweddolodd pawb arall pwy'n union oedd yno'n eu gwylio yn rowlio fel moch, ar eu cefnau ac ar eu boliau yn y mwd a'r baw.

O dipyn i beth fe gododd pawb ar eu traed yn gleisiau ac yn greithiau ac yn fudr iawn.

'Ydi'r Rhaglaw o gwmpas?' holodd y Cwnstabl trwy'i drwyn yn araf gan feddwl ei fod wedi amharu ar hwyl nifer o daeogion meddw.

A throdd pawb o'u hamgylch i weld Angharad Ferch Madog, yn wyneplwyd gyda chylchoedd dyfnion du o dan ei llygaid, yn sefyll yn nrws y neuadd yn edrych fel pe bai'r diafol wedi sugno pob maeth o'i chorff.

Tishiodd y Cwnstabl yn afreolus.

Tawelodd pawb gan gynnwys y cŵn ac wedi ennyd o ddistawrwydd fe drodd yr arglwyddes ar ei sawdl a cherdded i mewn i'r neuadd fel un yn cerdded yn ei chwsg. Sobreiddiodd pawb o'i gweld. Cododd arswyd ar y gwŷr rhydd a'u teuluoedd, rhai nad oeddent wedi ei gweld ers hydoedd.

'Ydi'r Rhaglaw o gwmpas?' holodd y Cwnstabl am yr eildro, a'i geg yn agor o ysbaid i ysbaid cyn torri yn gawod o dishian.

'Ydi.'

A chamodd Ieuan Ddu, a oedd yn fwd drosto ac yn edrych fel cardotyn, at ymyl y Cwnstabl. Rhythodd y gwŷr rhydd a'r milwyr ar ei gilydd yn ddrwgdybus.

'Mi wyddoch pwy ydw i,' ceisiodd y Cwnstabl fagu awdurdod yn ei lais er ei fod yn siarad trwy'i drwyn.

'Fedri di ddeud wrtha i lle ca' i afael arno fo, daeog?'

'Medra,' atebodd y Rhaglaw.

'Wel, ty'd yn dy flaen 'ta. Sgin i ddim trwy'r dydd wyddost ti.' A thishiodd.

'Lle mae o? Ydi o yma?'

'Ti newydd dishian ar 'i ben o!'

Wedi ennyd annifyr lle tybiai y Cwnstabl ei fod am dishian eto fe dorrodd ar y tyndra rhwng pawb â'i gilydd trwy ddeud:

'Cwnstabl Castell Cricieth ydw i ac mi rydw i'n siarad hefo . . .?'

'Ieuan Ddu, Rhaglaw y Frenhines Isabella ym maerdref Dolbenmaen.'

'Da was, da a ffyddlon. Dwi'n siŵr y medri di ein helpu ni. Fyddwn ni ddim yn hir a wastraffwn ni bron ddim o d'amser di na'r taeogion. Mi wyddost be dwi isio . . .'

'Gin i eitha syniad.'

'Be am inni ddechra yn y pantri?'

Syn o beth oedd gweld y dieithriaid hyn a drigai yn y fwrdeisdref a'r castell yng Nghricieth. Roedd yn union fel gweld dynion o'r lleuad yn cerdded trwy'r niwl un bore. Craffodd pawb o'r gwŷr rhydd yn fanwl ar wisgoedd a phryd a gwedd y milwyr. Ac fe aeth helbulon y bore yn angof, dros dro beth bynnag, hyd nes y dywedai rhywun rywbeth byrbwyll wrth rywun arall ac fe fyddai'r pwyo'n ailddechrau.

Wrthi'n bodio moch wedi'u hongian ar fachynnau yn y larder oedd y Cwnstabl tan sniffian a chrachboeri a fflemio ar y llawr pridd. Cododd beth wmbreth o lysnafedd gwyrdd o'i gorn gwddw. Oedodd y Rhaglaw a phwyso'i ysgwydd ar y drws tra safai'r milwr ifanc nid nepell i ffwrdd tan gadw llygad arno.

'Faint o foch laddoch chi?'

'Pedwar ar hugain.'

'Eiddo'r dref?'

'Pob un.'

Bodiodd fochyn gan redeg ei fysedd i lawr ei gefn a thros ei dalcen hyd eitha'i drwyn. Mochyn celain, oer.

'Wedi pesgi'n dda.'

Pwysodd y Rhaglaw ar y droed chwith. Cerddodd y Cwnstabl yn bwyllog gan adael i'w lygaid ymlacio'n hamddenol ar bob dim yn yr ystafell. Sylwodd ar y twb halltu, tair stên o wêr, gogor, dau dwb pobi, dau flwch halen, gogor flawd, casgen gwrw wag, a thair casgen lawn, crochan haearn a'i llond hi o flawd pys. Cerddodd yn ôl a blaen a'i gorff yn dal i boethi ac oeri am yn ail.

'Be sy'n y gegin?'

Cerddodd y tri drwodd. Ond doedd yno fawr o ddim byd heblaw am ddau grochan haearn. Roedd un yn weddol fawr ac yn debygol o ddal oddeutu pymtheg galwyn. Un bychan oedd y llall. Roedd Gwythwches wrthi'n blingo cwningod. Ond pan welodd y Cwnstabl stopiodd yn syth a syllu arno ac yna ar y Rhaglaw ac yna ar y Cwnstabl drachefn.

Roedd yn dal ei drwyn ar ogwydd dro, yn cau'i lygaid, yna agorodd ei geg yn llydan a thishian dros y bwrdd a'r cwningod.

Yn sydyn, roedd fel dyn gwyllt.

Fel pe bai wedi cael rhyw adnewyddiad. Rhuthrodd draw at y lle tân a syllu.

Edrychodd Ieuan Ddu ar Gwythwches ac edrychodd y milwr ifanc ar y ddau ohonyn nhw.

'Faint o bris rowch chi ar beth diwerth fel hyn?'

Camodd Ieuan Ddu tuag ato.

'Dydi hwnna ddim ar werth.'

'Ddim dyna ofynnis i.'

Cododd Gwythwches ei chyllell a dechrau blingo. Teimlodd y Cwnstabl rym y gwres yn codi o'r tân. Gallai deimlo'r chwys yn oer ym môn ei gefn a'i ddillad wedi'u glynu i'w gilydd. Roedd ei geg yn sych grimp ac am ennyd fe welodd ddau raglaw yn syllu'n hyll arno o flaen y tân.

'Be dwi'n drio'i ddeud?' holodd y Cwnstabl ei hun gan gyffwrdd ei dalcen â'i fys bach.

Cododd Gwythwches ei phen o'r blingo a deud:

'Codwm geith o.'

'Faint ydi gwerth peth fel hyn?'

Tishiodd.

A suodd y tân wrth i wawn o boer mân o'i drwyn ddisgyn ar y cochni.

'Faint ydi gwerth peth fel hyn?'

Ac fe'i ciciodd.

'Dwi isio hwn!'

Gwaeddodd trwy'i drwyn.

'Mae'n rhaid imi'i gael o!'

A neidiodd i fyny ag i lawr. Tishian. A chwerthin mymryn. Tishian. Poeri. O'r gora. Doedd neb am symud. Doedd ganddo fo ddim dewis. Awdurdod. Grym. Ac felly cerddodd at y gwannaf a'r mwya diamddiffyn.

'Be maen nhw'n galw hen fuwch hesb fel chdi?'

Cododd Gwythwches ei phen yn ara a syllu i fyw cannwyll ei lygaid. Roeddan nhw'n gochlyd a'i drwyn yn rhedeg fel pistyll. Daliodd ei chyllell o flaen ei thrwyn: daeth hwrdd o deimlad drosti, tarw o ddicter yn taranu i fyny o rywle yn ei choluddion a daeth i gof yr holl hanesion am y taeogion a laddodd y Saeson trwy'u gorfodi i weithio ym mhob tywydd ar y castell a hitha mor oer nes byddai piso dyn wedi rhewi'n ffon rhwng blaen ei gwd a'r ddaear. A daeth rhywbeth drosti, rhyw awydd dychrynllyd i unioni cam yr holl daeogion a laddwyd gan y Saeson yng Nghhricieth a phob man arall o ran hynny.

Cododd y gyllell ac anelu'r llafn . . .

Ond waldiodd y Cwnstabl hi â'i helmed yng nghanol ei hwyneb, nes bod ei thrwyn yn clecian a phlannodd y milwr ei droed yn ei chefn.

Rhuthrodd Ieuan Ddu draw a chydio yn y Cwnstabl:

'Paid! Paid! Paid ag andwyo eiddo'r dre!'

Gwaeddodd a pheidiodd y milwr â'i dyrnu.

Trodd y Rhaglaw ar Gwythwches a dechrau'i chicio ar lawr.

'Yr ast uffar! Be ddiawl ti'n feddwl wyt ti'n neud? Be ddoth drosta chdi, yr huran wirion? Côd! Ar dy draed! Cod! Ac ymddiheura i'r Cwnstabl! Rwan!'

Llusgodd Gwythwches ei hun ar ei thraed: roedd ei thrwyn yn gwaedu. Ac am ennyd, gwelodd wyneb ei gŵr dan yr

helmed: taeog creulon o'r enw Pry Gweryd a oedd wedi hen
bydru yn y pridd. Dyn nad oedd hi wedi cynnau yr un lwmpyn
o wêr ar ei ran.

'Be ofynnis i?'

Llyfodd y Cwnstabl ei law fel ci.

'Faint ydi pris hwnna?'

Y Rhaglaw atebodd:

'A faint ydi o?'

'Dim. Dydi o werth dim. Mi all Iocyn wneud un arall.
Yn ddigon hawdd.'

'Dyna o'n i isio'i glywad.'

Atebodd y Cwnstabl tan sniffian:

'Filwr!'

Erbyn hyn roedd y rhelyw o daeogion y faerdref a rhai gwŷr
rhydd wedi ymgynnull yn fud yn y buarth. Roedd rhai ohonyn
nhw â phastynau yn eu dwylo. Ac roedd bwa a saeth yn barod
gan y milwyr hefyd.

Neidiodd y Cwnstabl ar gefn ei geffyl . . .

. . . Ac wrth iddo ddychwelyd trwy'r corsydd a'r coed yn ôl i
Gricieth roedd y niwl wedi dechra clirio. Ni allai fod yn hollol
siŵr pam roedd yn crynu bellach. Doedd o ddim yn ddyn
creulon wrth natur ond wedyn . . .

. . . 'Ta waeth, byddai ei wraig (a oedd yn llawer hŷn nag
o ac wedi hen laru ar Gricieth) yn gwerthfawrogi twb golchi
yn anrheg . . .

*   *   *

Agorwyd porth y lleiandy a cherddodd y Swyddog Iechyd
a'r milwyr i mewn. Neidiodd y myneich ac Ibn i lawr oddi ar
eu ceffylau a'r drol a rhedodd pawb am y cwfaint.

Roedd y chwiorydd oll wedi ymgasglu yn yr ardd a phan
ddaeth y Swyddog Iechyd a'r milwyr i mewn roedd pawb yn
gegrwth. Yno, yn cael ei dywys y tu ôl iddyn nhw roedd
y rhyfeddod y bu ei enw ar wefusau pawb. Roedd coron aur

ar ei ben a thros ei gefn liain gwyn ag ymylon coch. Cnodd ei gil yn dawel a syllu ar bawb.

Rhythodd yr abades a'r lleianod arno mewn syndod a sibrwd yn dawel wrth ei gilydd.

Cydiodd un neu ddwy yn ei gilydd i atal eu hunain rhag llewygu.

Roedd o yma!

O'r diwedd!

Wedi hir ddyheu!

A disgwyl!

A dyfalu!

Ac aros!

A chwysu!

A holi!

Oedd hi'n bosib ei gyffwrdd tybed?

Syllodd yr Abad Ifanc â llygaid blinedig ar y wyrth ryfeddol yma o'u blaenau ac am ennyd aeth holl drafferthion dyrys y daith yn angof.

Y tu mewn i'r lleiandy, ar ei phen ei hun, yn ei chell, rhoddodd y chwaer Clara floedd annaearol!

Plwciodd y rhaffau a llusgwyd y milwyr ychydig hyd nes iddyn nhw sodli'r ddaear a dal gafael yn dynnach a gweiddi 'we wo!'

Daeth sŵn babi'n crïo o'r wyryfdy.

Trodd yr Abad Ifanc at Ibn a chydio'n dynn yn ei fraich a deud:

'Welsoch chi rwbath tebyg erioed o'r blaen?'

Cododd Ibn ei ben a syllu ar yr anifail.

'Be 'di enw fo?'

'Jiraff.'

'Jiraff?'

Adleisiodd yr Abad Ifanc mewn llais pell, pell.

Anifail a gwddw hir hir efo cyrn bychan caled ar ei gorun a choesau hirion a phwt o gynffon.

Ond cyn i neb allu deud dim, yn y pellter roedd holl glychau eglwysi Genoa wedi dechrau datseinio'n gôr aflafar. Trodd Ibn i edrych ar yr Abad Ifanc.

Neidiodd y pwdl claerwyn o freichiau'r Swyddog Iechyd.
Ond er i'r milwyr chwibanu a chwibanu yn y caeau o gwmpas
y lleiandy ni ddaethpwyd o hyd i'r pŵdl.

Ond erbyn iddi wawrio go iawn roedd Ibn al Khatib wedi
hen anghofio am Genoa a'r jiraff . . .

*   *   *

Pan gafodd Iorwerth Gam gyfle i gael sgwrs â Mato ap Tudur
Hen ddiwedd y prynhawn, roedd ganddo homar o lygad ddu
ac ôl gwaed ar ei wefus.

'Cŵn diarth oedd yn gyfrifol ddeudsoch chi?'

'Heb os nag oni bai. A taswn i'n cael fy macha arnyn nhw,
mi crogwn ni nhw am achosi'r fath helynt!'

'Un gwyllt ydi Tegwared. Fel arth yn 'i gwrw. Roedd ei dad
a'i daid o'n union yr un fath.'

Ac yfodd fedd gan lyfu'i wefusau. Roedd hi wedi dechrau
nosi'n barod a'r gwyll wedi dechrau cau am y faerdref a thros
gwmwd Eifionydd.

'Noson oer.'

A phoerodd Mato ap Tudur Hen.

'Oer iawn i orymdeithio rhyw lawar. Ond mae'n well inni.
Yn hytrach na mentro ennyn 'i lid O.'

A sylwodd y ddau ar Einion Fychan y gwahanglwyf yn
mynd ar draws y buarth i rywle â'i wynt yn ei ddwrn.
[Mudsyllodd y ddau arno'n llusgo ei afr ar gortyn y tu ôl iddo.

'Isio trafod y ferch o'n i,' ebe Iorwerth ymhen hir a hwyr.
'Fydd pob dim yn iawn?'

Oedodd Mato ac yna holi:

'Pa un o'r ddau fab sy gin ti mewn golwg?'

'Penderfyna di, Mato.'

'Feddylia i am y peth ac mi sgwrsiwn ni 'fory.'

A dyma'r ddau'n ysgwyd llaw.

*   *   *

Am hanner nos, yn y düwch enbyd, y dechreuodd gwasanaeth
Dydd Mercher Lludw 1348 fel pob blwyddyn arall er cyn cof.
Goleuwyd yr eglwys, a gwych oedd gloywder teg y canhwyllau
o amgylch yr allor a'r cadwyni lluniaidd yn hongian o'r
trawstiau. Roedd hyd yn oed nifer o ganhwyllau canwelw
hirion wedi eu sodro arnynt gan y byddai'n noson hir hyd
doriad gwawr. Bu llawer o'r taeogion a'r gwŷr rhydd a'u
teuluoedd yn cerdded er peth amser o ddelw i ddelw, o Fair
i Grist, ac yn edmygu gwaith Iocyn Fach a oedd yn dal ar ei
hanner. (Bu rhai o'r taeogion yn ymladd ceiliogod â rhai
o ddofednod y gwŷr rhydd.)

Bu llawer o bobol nad oeddynt yn teimlo'n dda yn gweddïo
(yn rhyfedd iawn, dechreuodd amryw o bobol dishian a
phesychu y noson honno) ac yn adrodd:

'Y claf a gais iechyd, y corff ei gerdded,
Y tlawd damaid bara a'r dall i gael gweled.'

– drosodd a throsodd nes y torrai'n lafarganu ysbeidiol.
Ond wedi'r cwbwl, pe na ellid canfod cysur a iachâd yn
Llys y Gwyrthiau neu ar Aelwyd y Saint fel ag y cyfeirid yn
fynych at yr eglwys, pa obaith oedd i'r llu anffodusion
a chleifion o bob lliw a llun a oedd yn y byd? A doedd dim
eisiau mynd mor bell â hynny o'r porth i weld pobol wrthun
a dychrynllyd eu pryd a'u gwedd, yn dioddef yn eu gwae a'u
gofid. Roedd cysur mawr i'w ganfod yng nghysgod y Wyryf
Fendigaid, dyna paham y'i cusenid mor amal.

Am hanner nos fe ganwyd y gloch: ac roedd deugain
diwrnod hyd y Pasg. Dechreuodd tymor y Grawys ac fe
ddygwyd delw o'r Wyryf allan o'r eglwys er mwyn Iddi gael
pob gwrogaeth o law'r ffyddloniaid. Ymdroellodd rhes hir
o bobol allan o'r eglwys wedi hanner nos nes bod y gynffon
saraffaidd yn ymddangosiadol ddiderfyn. Roedd Iolyn
Offeiriad ar y blaen yn ei wenwisg (nad oedd mor wyn
â hynny) ac Angharad Ferch Madog y tu ôl iddo. Wedyn fel
ddilynai pawb arall. Roedd delw'r Wyryf Fair ar elor bren yn
cael ei chludo'n araf ac urddasol. Yna, yn nesa ati ysgriniau
Iocyn Fach (a gwblhawyd erbyn hyn), a chreiriau sanctaidd yr

eglwys. Dygai'r bobol ganhwyllau brwyn a tyrs, ac roedd rhyw angerdd a dwyster tawel yn hidlo trwy'r cyfan.

Canent emynau prudd, weithiau'n fawreddog, weithiau'n dyner ac weithiau'n deimladwy:

'Ynoch ein holl ffydd
Gydol ein buchedd,
Ynoch ein gobaith
Wedi marw hefyd.'

Dygwyd hi trwy'r faerdref at fan lle'r adeiladwyd coelcerth ac yno y safodd yr orymdaith am y tro. Cynheuwyd y tân a llafarganwyd:

'O gwrandewch ar lais Iesu
Ei gyfraith a'i air gwerthfawr,
Can's hwy yw geiriau'r fuchedd
Newyddion mad yr iachawdwriaeth.'

Llusgodd y nos rhagddi'n araf. Byddai wedi bod yn oer, diflas a diddigwydd iawn oni bai am ymddangosiad seren ryfedd iawn yn y wybren. Seren nad oedd neb wedi gweld ei thebyg erioed o'r blaen. Roedd pawb â'u llygaid wedi'u hoelio fry i'r wybren. Rhedodd pawb i'r eglwys a gweddïo.

Ac am bump o'r gloch y bore roedd tân y goelcerth yn dal i fudlosgi'n isel. Ailgychwynnodd y gwasanaethau wrth i'r wawr lwyd-dorri dros Eifionydd hyd yr Offeren Fawr ganol y bore:

'Y daith a'n dwg ni yma ar ein ffordd i Baradwys
Llawn yw o bererinion, liw dydd, liw nos,
Yn myned dan ganu moliant i'r Wyryf,
Moliant i Fam Iesu, gogoniant, i Fair.'

Ond wrth i'r gynulleidfa wrando ar Iolyn Offeiriad yn gweinyddu'r sacramentau'n flinedig fe grwydrodd meddwl mab hynaf Iorwerth Gam yn ôl i oriau mân y bore.

Yn fuan wedi iddynt weld y seren ryfedd yn yr wybren ac wrth i bawb, yn eu hofn a'u harswyd, ruthro trwy'r mwd ar draws y buarth ac yn ôl i gysgod yr eglwys – fe'i gwelodd! Meddyliodd i ddechrau mai ei lygaid oedd yn ei dwyllo. Ond – na! Y fo oedd o! Ac fe gerddodd draw tuag ato.

Bagiodd yntau, â'i lygaid wedi'u hoelio arno! Gwyddai fod
y ddau yn nabod ei gilydd. Doedd o byth yn anghofio anifail.
Gallai ei ogleuo'n awr. A'r ci yma oedd un o'r tri a gythrodd
wartheg Tegwared ap Rhys y diwrnod cynt. Aeth ato gan
sibrwd yn dawel a'i fwytho. Cydiodd yn ei war. Yn dynn.
Fel gelan.

Lladdodd y ci a'i luchio i'r afon.

Dial o'r diwedd. A cherddodd yn gyflym tua'r eglwys trwy'r
llwydrew cynnar.

Wedi i bob aelod o'r gynulleidfa dderbyn lludw o'r
goelcerth (a gludwyd i lawr i'r eglwys gan rai o blant
y taeogion) ymadawodd pawb â'r eglwys i gael pryd gan fod
pawb wedi ymprydio ers deuddydd, 'I'ch atgoffa o halogiad
eich pechod ac mai lludw y'm ac i'r lludw y dychwelwn. Lludw
fyddwn ryw ddydd. Does dim sydd sicrach.'

Ond roedd pawb yn dawel iawn wedi cerdded allan o
wasanaeth dwysaf y flwyddyn. (Roedd llawer yn dal i feddwl
am y seren a welwyd ynghynt. Ac erbyn hyn roedd rhai o'r
taeogion yn rhyw amau eu bod wedi gweld golau glas yn
gwibio ar draws y corsydd, yr ochr bella i'r pyllau mawn.
Wyddai neb be oedd yn digwydd i sicrwydd ond ni allai neb
fagu digon o blwc i fentro allan i geisio'r hyn oedd yn llechu
rhwng y brwyn a'r hesg . . .

Cadarnhaodd y seren ofnau gwaetha Ieuan Ddu.
Drygargoel oedd hi. Doedd dim sicrach. Byddai rhywbeth yn
siŵr o ddigwydd maes o law . . . a rhwbiodd y lludw dros ei
wyneb a'i dalcen. Rhwbio a rhwbio hyd nes yr edrychai fel
ellyll. Chwarddodd rhai o blant y taeogion o'i weld . . .

'Mii- ccc-e-es -ii-i -o- . . .'

'Be?'

A throdd Iorwerth Gam i wynebu'i fab hyna a oedd wedi
cynhyrfu ac yn gwenu fel cath.

'Y c-c-c-c-iii- '

'Ci? Pa gi?'

Ond roedd meddwl am ddweud y frawddeg a fyddai'n ateb cwestiwn ei dad yn ormod o orchwyl ac felly gwnaeth arwyddion a brefu a chyfarth:

'Ti'n siŵr?'

Amneidiodd y mab.

'Hollol siŵr?'

Amneidiodd eto, yn ffyrnicach y tro hwn.

'Be nest di hefo fo?'

A gwnaeth arwydd.

'I'r afon?'

Gwenodd y mab.

Ac yna fe gerddodd Mato ap Tudur Hen draw atynt. Roedd mewn hwyliau da ac yn cerdded yn sionc. Sodrodd ei hun i eistedd yn ymyl y ddau. Cymerodd ei wynt ato ac edrych ar Nest Ferch Iorwerth Gam yn chwarae cnapan gerllaw efo rhai o'r plant eraill.

'Sut mae'r lygad heddiw, Iorwerth?'

Fe'i cyffyrddodd yn dyner â'i law.

'Gwella.'

'Tegwared a'i wraig a'i fab wedi gadael, dwi'n gweld . . .'

'Ydyn . . .'

'Be oedd yn bod ar y ffŵl gwirion?'

'Colli arno'i hun. Myllio.'

Bu tawelwch am ennyd.

'Dwi 'di meddwl yn hir iawn neithiwr ynglŷn â be drafodwyd ddoe . . .'

'Da iawn.'

Ac yfodd Iorwerth Gam ei fedd yn swnllyd.

'Y mab 'fenga os ydi hynna'n iawn . . .'

Oedodd Iorwerth Gam gan bwyso a mesur yr hyn a ddywedodd Mato. Edrychodd ar ei ferch.

'Iawn.'

A chynigiodd fedd i'r gŵr rhydd a gwenodd y ddau. Roedd y fargen wedi'i selio.

'Llawer o betha wedi'u setlo heddiw,' ebe Iorwerth Gam, 'hen gam wedi'i unioni a gŵr i'r ferch.'

'Cam? Pa gam?'

A throdd Iorwerth a dodi ei law ar ysgwydd ei fab hyna a'i hysgwyd:

'Un o'r cythreuliaid achosodd gymaint o helbul ddoe wedi mynd i'w olaf daith, mae'n dda gin i ddeud . . .'

'Y?' ebychodd Mato ap Tudur Hen.

'Un o'r cŵn ddoe. Mi lladdwyd o neithiwr.'

'O.'

Parhaodd pawb i fwyta a llond eu cegau o fara.

'Ifanc? Hen?'

'Be?'

'Y ci.'

'I-iii-f-f-f-'

'Ifanc. Efo rhimyn gwyn ar 'i drwyn o?'

'H-h-h-eee-f-o r-r-r-hhh-ii-m-'

'Cynffon wen fer?'

'C-c-c-c-y-y-y-nnnn-ff-ff-'

A mylliodd Mato gan neidio ar ei draed a phoeri.

'Ti 'di lladd y ci gora sgin i, y llwdwn diawl! Yr uffar dwl, digywilydd! Fuo fo ddim ar gyfyl y gwartheg! Finna'n methu'n lân â'i weld o'n unlla! Meddwl 'i fod o wedi'i droi hi am adra ohono'i hun!'

A chynigiodd Mato hirad i fab Iorwerth Gam â'i ffon. Dododd y tad ei ben yn ei ddwylo. Doedd o ddim yn coelio fod hyn yn digwydd! Doedd o ddim yn clywed hyn! Doedd hyn ddim yn digwydd! Roedd o'n breuddwydio, dychmygu! Roedd o yn rhywle arall!

Agorodd ei lygaid ac roedd Mato ap Tudur Hen wedi diflannu.

Ac nid ci dieuog oedd yr unig beth i fynd i lawr gyda'r lli tua'r môr mawr y diwrnod hwnnw.

III
Magna Mortalitas

ROBERT de Tresk (a oedd yn fyddar yn un glust) oedd casglwr trethi esgobaeth dlawd Bangor. Deuai ar ei ymweliad blynyddol â maerdref Dolbenmaen ychydig ddyddiau cyn yr Wythnos Sanctaidd ar chweched Sul y Grawys, sef Sul y Blodau. Dyn bychan, bywiog oedd o efo llond ceg o ddannedd melyn. Ac ar ei fraich dde roedd tatŵ glas *(Boneffas Bab am byth!)* a gafodd pan aeth ar bererindod i Avignon flynyddoedd maith yn ôl. Roedd hynny cyn iddo ystyried ymuno ag Urdd y Sistersiaid ym Maenan. Ond digwyddodd rhywbeth iddo ar y bererindod honno a wnaeth iddo newid ei feddwl . . .

. . . Pan ddychwelodd, aeth i wasanaeth yr esgob ym Mangor ac oherwydd ei allu rhyfeddol i drin arian fe'i gwnaethpwyd yn ddirprwy gasglwr yn 1340 ac yn ben casglwr yn 1346 . . .

Brawychwyd o yn enfawr pan welodd Angharad Ferch Madog adeg y Pasg. Gweddïodd y casglwr trethi a rhwbio'i dafod hyd ei ddannedd melynion, ond drannoeth:

'Ers pryd mae hi fel hyn?' holodd y Rhaglaw wrth iddyn nhw adael y neuadd.

'Tymor yr Adfent. Mi glywsoch am yr eglwys?'

Amneidiodd de Tresk.

'Bryd hynny, yn naturiol, mi wnaeth pawb benyd. Ond mi deimlodd hi reidrwydd i fynd un cam ymhellach ac ymprydio i raddau am flwyddyn gyfa'.'

'Ydi hi'n bwyta rwan?'

'Fel gwelwch chi.'

Pan fuon nhw'n bwyta yn y Siambr y noson cynt, ymgroesodd Angharad, y Rhaglaw ac yntau cyn dechrau. Bwytaodd y ddau ohonyn nhw ond rhyw bigo fel iâr a wnaeth yr arglwyddes. Ac roedd ei gwallt hi mor wyn! Wedi gwynnu! Methu â pheidio syllu a rhythu wnaeth o! Doedd o ddim yn hollol wyn ond eto ... ! Roedd o'n bryd rhyfedd iawn oherwydd na thorrodd hi air â neb fel rhan o'i phenyd ...

Gostyngodd Ieuan Ddu ei lais a sibrwd yn dawel:

'Mae 'na angylion yn ymweld â hi.'

Llyncodd boer.

'Mae hi'n gweld petha.'

'Gweledigaetha?'

'Udo yn 'i chwsg cyn tawelu.'

'Pa fath o udo?'

Ond cyn iddo gael cyfle i ateb daeth Chwilen Bwm draw atyn nhw a holi:

' 'Dach chi am i mi fynd i Gwely Gwgan? 'Ta tynnu 'nghoes i maen nhw?'

'Na. Rwyt ti i fynd at Einion ap Gruffydd, Gwely Gwgan, efo bustach a throl a chario coed i'r felin.'

'Ydi pob taeog yn y dre mor ddi-glem?' holodd Robert de Tresk gan lyfu'i ddannedd.

'Bron iawn.'

A gwyliodd y ddau Chwilen Bwm yn llusgo'i draed ling di long tua'r hofeldai. Syllodd de Tresk arno'n synfyfyriol cyn dweud:

'Maen nhw fel anifeiliaid y maes, yn gaeth i'w natur, i'w hamgylchfyd, i'w cloffni ac i'w clefydau ac i'r glaw a'r niwl. A mi fydda i'n meddwl o ddifri weithia: pam na wrthryfelan nhw'n erbyn caledi bywyd? Pam? Tewi ac ymfodloni'n ddirwgnach wnân nhw. Mae'r wlad yn llawn cloffion a deillion. Felly, ar ôl diwrnod o lafurio fe ymorffwysa'n ymgnawdoliad o dawelwch, yn ymgorfforiad o ymostwng. Mae'n ufudd. Y Drefn Ddwyfol, Duw Hollalluog ei hun a neb arall sy'n mynnu mai fel hyn y mae hi. Felly, pa les gwingo a strancio? A'r Diwedd mor agos? Paradwys wedyn.'

Gollyngwyd y gwartheg a oedd newydd eu godro o'r beudy ac fe aethant yn reddfol tua'r caeau a'r taeogion yn cydgerdded efo nhw. Yr un mor ufudd. Gwyliodd y casglwr trethi:

'Does dim mewn bywyd ond paratoi ar gyfer y lle arall; a bywyd tragwyddol o lwyr ymorffwys i'r cyfiawn rai, y rhai na aeth i grafanc y saith pechod marwol. Mae'r meirw'n agos atom ni. Eu hysbrydion ym mhob man. Eu beddau'n allorau inni weddïo arnyn nhw bob bore Sul.'

Gŵr a fyddai'n seibio wrth sgwrsio oedd de Tresk gan stopio yn gyfan gwbwl pan fyddai un gair yn ei atgoffa o'r nesa, ac yna'r trydydd ac felly fyth hyd nes y byddai delwedd, wyneb, digwyddiad neu atgof o'r gorffennol yn tyfu'n gyflawn, ac yna byddai'n gorffen ei frawddegu:

'Ond be am udo'r arglwyddes?'

'Mi welodd gorff ei gŵr, yr arglwydd Rhys ap Dafydd ap Madog, yn gelain yn Picardi mewn breuddwyd llynadd.'

'Fuo fo'n Crécy?'

'Wyddon ni ddim. Dydan ni ddim wedi clywad ganddo fo ers tri thymor. Hefo gwŷr bwa saeth Caer aeth o.'

'Sonioch chi am angylion?'

'Noson Gŵyl Dydd Mercher Lludw oedd hi. Roeddan ni'n gorymdeithio o'r eglwys pan welon ni'r seren ryfedd iawn 'ma yn wybren y nos. Y bora wedyn mi wnaeth arwyddion a mwmian a chwerthin, a chrio, fod angel wedi ymweld â hi.'

' 'Dach chi'n siŵr?'

'O be?'

'Mai seren oedd hi a ddim tân?'

'Pam?'

Oedodd Robert de Tresk cyn dweud:

'Un o'i arwyddion o ydi tân yn y wybren. Un o gau wyrthia'r Anghrist.'

Cododd y blewiach ar war y Rhaglaw.

'Deudwch 'chwanag . . .'

'O be dwi'n gofio, mi ddaeth yr angel ati a'i chysuro . . .'

'Fedrwch chi ddisgrifio'r angel imi?'

Roedd Ieuan Ddu wedi mynd yn chwys oer drosto. *Ai angel oedd o? Dechreuodd feddwl a meddwl a meddwl. Be'n union wnaeth o fwmian wrthi hi?*

'Gair o gyngor,' siaradodd de Tresk wrth osod penffrwyn ar ei geffyl, 'oddi wrth y Diafol mae'r Anghrist yn derbyn 'i allu ac fe deyrnasa am dair blynedd a hanner. Bydd yn cablu Duw ac yn honni mai y fo ydi Crist ei hun. Fe'i haddolir gan yr holl fyd ac fe ryfela'r Diafol ac ynta yn erbyn y ffyddlon rai yn ddidostur.'

Siaradodd yn araf a dwys.

'Fe gyflawna'r Anghrist wyrthia fel hyrddio sêr trwy'r wybren neu daflu tân neu beri i goed waedu neu droi dŵr yr afon yn goch. Ac fe argyhoedda pawb o'i allu heblaw am y ffyddlon rai, ac fe impir ei nod ar ei ddilynwyr. Ni all y ffyddlon rai brynu na gwerthu ac fe fydd llawer yn llwgu ac eraill yn ffoi i'r mynyddoedd. Gall yr etholedig rai nabod yr Anghrist wrth ei arwydd . . .'

A chyda'i ffon gwnaeth yr arwydd 666 yn y pridd wrth eu traed.

'Adnabyddir y dyddia ola gan chwant a glwthineb a phechod a godineb a drygioni a gwallgofrwydd a rhyfel a daeargrynfeydd a newyn a phla. Bydd erchylltera fel nas gwelwyd erioed o'r blaen cyn dyfodiad yr Arglwydd Iesu a hedd y mil blynyddoedd. Bydd rhaid dioddef y cystudd yma. Prawf cyson ydi'r byd bach. Rhwng y Diafol a Duw, Crist ac Anghrist, cnawd ac enaid, nefoedd ac uffern. Rydan ni wedi'n dal mewn deuoliaeth o'r crud i'r bedd. Achubir rhai, collfernir llawer. *Salvaudorum paucitas, damnaudorum multitudo.* Rhai yn gry, eraill yn wan.'

A neidiodd ar gefn ei geffyl.

'Byddwch yn effro, Ieuan Ddu. Rhaid gwasgu'r pechaduriaid neu fe ddaw dialedd. Tan y flwyddyn nesa . . .'

'Da y boch a dibechod.'

Cododd Ieuan Ddu ei law ac fe aeth Robert de Tresk i ffwrdd a'i adael yntau i chwysu a phoeni. Edrychodd arno'n marchogaeth heibio'r llwyni drain duon a flodeuodd yn gynnar ac a oedd bellach yn wyn wyn.

Argoel o haf sâl.

*   *   *

Mae'n wir dweud, yn hanesyddol felly, mai castell o ryw fath oedd o. Creadigaeth anferth â llu o doeau o bob siâp fel petaen nhw wedi'u hadeiladu'n frysiog blith draphlith. Yn union fel pe bai un o'r Tadau Sanctaidd wedi eu lluchio yno ar hap a damwain. Adeiladwyd y tyrau yn yr un modd. Llu o'r rheini'n lletgam ac anniben a phob un yn gyfesur â'r nesa.

Byddai rhai mwy digywilydd na'i gilydd yn galw Palas y Pabau yn Avignon yn llanast pensaernïol, 'nialwch o friciau a gwaith blêr . . .

Ond rhythu arno ar eu gliniau oedd yr Abad Ifanc a'r tri mynach â dagrau lond eu llygaid, tra oedd Ibn yn syllu arnyn nhw. Roedd o'n llwglyd iawn. Aeth i'w boced a chydiodd mewn cadach yn dyner. Fe'i hagorodd a syllu ar dri wy. Mewn dim o dro roedd wedi'u llowcio.

A theimlodd ronyn yn well.

Cododd yr Abad Ifanc a'r tri mynach yn y man a cherdded yn eu blaenau i gyfeiriad y porth llydan a arweiniai i'r palas. Ond roedd rhywun yno'n bloeddio nerth esgyrn ei ben:

'Croeso ichi, bererinion y Gorllewin, croeso i gartref y Butain Fawr, Putain Fawr y Gorllewin oll! Croeso i Sodom a Gomora lle mae piodan o wrth-Bab yn dwyn a benthyca gan yr Iddewon! Mae mwy o arian yn Avignon na Fflorens ac mae hynny'n ddeud go fawr! Ond mae hwn, y gwrth-Bab Clement VI fel Midas gynt; mae pob dim yn troi'n bres am ei ddwylo ac yn llifo'n ddi-stop i'w goffra gorlawn! Croeso ichi fancwyr o'r dinasoedd pell! Croeso i chitha fenthycwyr arian a'ch byrddau trymlwythog o aur!'

Llenwid y porth â llaweroedd o bobol (a oedd fel hwythau wedi treulio misoedd yn teithio dros fryn a môr). A daeth

darlun o'r pererin penwyn lloerig hwnnw i gof Ibn.
O ganolbwyntio'n galed gallai gofio'i wyneb yn iawn.

Sylwodd ar y muriau trwchus . . . Ond gwthiwyd o
ymlaen . . . Gwthiodd rhywun o ym môn ei gefn a chododd ei
ben fry mewn poen a sylwi ar siâp rhyfedd y simneiau ar y toeau.
Roeddan nhw'r un ffunud â phyramydiau'r Aifft a rhimyn main
o fwg yn codi o'r corun eitha. Gwthiodd pawb ymlaen ac o fewn
dim roeddynt yng nghanol cowt llydan. Roedd yn anferth. O'i
amgylch roedd rhodfa lle safai nifer o swyddogion y palas a
milwyr arfog. Trodd un mynach at y llall a sibrwd:

'Sgwn i ddaw o allan ar gefn ei ful gwyn heddiw?'

'Gobeithio wir a ninna 'di cerddad mor bell.'

Edrychodd Ibn o'i gwmpas. Doedd blerwch pensaernïol y
toeau ddim i'w weld yn awr. Ac felly cafodd amser i lygadu'r
ffenestri lliwgar a phatrymau rhosod arnynt. Sylwodd yr Abad
Ifanc ar nifer o gardinaliaid mewn hetiau cochion, llydan yn
cerdded ar hyd y rhodfa tan dawel ymgomio â'i gilydd.
A rhywsut neu'i gilydd, er nad oedd Ibn yn llawn ddeall
cynnwrf yr Abad a'r mynachod, roedd yn teimlo'i hun yn rhan
o'r disgwyl a'r miri o'i amgylch. Cerddodd gŵr byr ei gorff
a mwnci ar ei ysgwydd tuag atynt. Roedd ganddo sach dros ei
ysgwydd. Gwaeddodd yn groch:

'Dowch yn eich blaena . . . chewch chi ddim cyfla tebyg byth
eto! Hoelen o'r arch! . . . Asgwrn o ben Sant Bartholomeus!
. . . Dŵr o'r Môr Marw! . . . Darn o sachlian! . . . Piser o laeth,
o Forwyn Fendigaid! . . .'

A cherddodd yn ei flaen tan weiddi. Yna, gwaeddodd
rhywun y tu ôl i Ibn:

'Nid llys ficer Crist ydi Avignon ond marchnad lle prynir a
gwerthir pob dim am bris . . . !'

Yna daeth gŵr arall at yr Abad Ifanc, swadyn bach cydnerth
a gydiodd yn ei lewys:

'Wedi dwad o bell?'

Rhythodd dros ei ysgwydd.

'Eitha, do,' atebodd yr Abad gan geisio'i anwybyddu.

Syllodd y gŵr o'i ôl cyn gwyro a sibrwd yng nghlust yr

Abad Ifanc. Methodd Ibn â chlywed yr union eiriau er iddo foeli'i glustiau. Crychodd y myneich eu talcenni ac edrych ar y naill a'r llall. Camodd yr Abad Ifanc gam neu ddau yn ei ôl:

'Be amdani?'

'Rhaid imi gael gair efo'r rhein gynta.'

Trodd yr Abad Ifanc at y myneich a dweud:

'Mae'r dyn yma'n honni y medra fo fynd â ni mewn i'r Palas ac at y Tad Sanctaidd ei hun.'

'At y Tad Sanctaidd ei hun?'

'Dyna mae o'n ddeud.'

'Sut?'

Ond cyn bwrw iddi ar y trywydd cyffrous yna, be am dipyn o hanes y daith i Avignon gynta?

Yr eira oedd y peth lynodd yng nghof Ibn. Y peth gwyn rhyfedd hwn y bu'n byw yn ei ganol wrth iddyn nhw ddringo bwlch Mont Cenis o Turin i Chambery yn nhiriogaeth Savoy. Roedd hi'n oer. Yn ddychrynllyd o oer. Trwy gydol yr amser.

Ac roedd wedi teneuo cymaint nes y gallai wasgu ei ddwy foch at ei gilydd â'i fys a'i fawd a'u teimlo'n cyffwrdd ei gilydd yn ei geg. Dioddefodd yn erchyll oddi wrth ddannoedd a bu'n gweiddi a sgrechian nes bod ei arlais a'i gorun yn ddinas fyw o'r poen mwya ofnadwy. Mynnodd yr Abad Ifanc a'r mynachod weddïo drosto i mofyn cymorth Sant Apollonia, nawddsant y ddannoedd.

Tybiodd hefyd fod lliw ei groen yn tywyllu wedi ffagio cymaint trwy'r eira. Roedd croen pawb wedi graddol gochi ac yna wedi tywyllu. Edrychai'r Abad Ifanc yn ddoniol iawn: yng nghanol ei wyneb llyfngrwn roedd trwyn coch coch a bochau pantiog gwynion a llygaid glas a oedd mor fywiog ag erioed. Roedd ei abid yn 'sglyfaethus o fudur ond fe fynnai ei wisgo er gwaetha pob dim. Hongiai'r llodrau'n dameidiau carpiog o gwmpas ei fferau ac roedd ei sandalau'n dyllau hyll.

Un drol oedd yn weddill. Un drol a phedwar ceffyl, yr Abad Ifanc, Ibn al Khatib a'r tri mynach. Heglodd y gweddill hi liw nos. Pan fo diwedd y byd gerllaw 'dyw ffyddlondeb neu ymrwymiad yn dda i ddim i neb. Pawb drosto'i hun a Duw dros bawb, fel y gwaeddodd un o'r pellter. Ond doedd dim rhaid iddyn nhw fynd â'r holl fwyd efo nhw chwaith. Yn y diwedd (cyn y diwedd) aeth hi'n sgarmes ddrwg iawn. Ceisiodd Ibn gamu o'r neilltu ond fe aeth pethau o ddrwg i waeth ac yn y diwedd bu'n rhaid iddo geisio gwahanu dau oedd yn cwffio fel cath a chi. Ac wrth gwrs, wrth geisio cael y ddau i roi'r gorau iddi hi fe'i trawyd â phenelin yng nghanol ei wyneb. Ac addun-edodd Ibn na fyddai'n ymyrryd â phobol yn darnladd ei gilydd fyth eto. Y fo ddeuai allan ohoni waetha bob tro.

Ond darbwyllwyd Ibn yn y pen draw fod y dioddefaint hwn, y daith flinderus hon, yn werth ei gwneud a'i goddef oherwydd, yn binacl ac yn wobr, roedd Avignon. Uchel ddelfryd pen y daith, y nod yn eu calonnau. Y man gwyn man draw, tu hwnt i'r oerfel a'r eira a'r mynyddoedd, draw yng ngwyrddlesni talaith Profens heb fod ymhell o arfordir cynnes y Môr Canoldir.

Y noson honno, noson glir, serennog, swatiodd y pump ohonynt o amgylch tân bychan. Doedd hynny o wres a ddeuai ohono'n ddim. Ildiai ei hun yn uchel i'r wybren glir gan adael yr osgordd i rynnu a rhincian dannedd. Doedd cwsg ddim yn bosib ers rhai wythnosau bellach. Dim cwsg, dim breudd-wydion, dim codi'n y bora a theimlo'n well, dim byd ond rhyw fudr gysgu, rhyw hanner cau llygaid, rhyw hepian ar eich eistedd neu ar eich traed neu wrth gerdded. Ond doedd neb wedi gwirioneddol gysgu. Roedd ar bawb ofn mynd i gysgu yn y gwyn mawr a chysgu ynddo am byth yn bump o smotiau duon.

Gwaeddodd Ibn yn y bore. Roedd yr haul uwch y mynyddoedd. Haul uchel, uchel. Ond roedd hi'n dal yn wyn ac yn oer ac yn glir fel grisial.

Gwaeddodd drachefn:

'*Labbaika, Allâhumma, labbaika!*' a'i lais yn diasbedain dros yr eangderau moel.

Dioddefodd pawb i raddau oddi wrth lecheira. Fferrodd y bysedd: roedd wedi colli'r teimlad ynddyn nhw ers peth amser. Oherwydd iddyn nhw golli'r ceffylau bu'n rhaid i'r pump lusgo'r drol. Ac nid ar chwarae bach y cyflawnwyd y gorchwyl hwn.

Tua diwedd mis Mawrth/dechrau Ebrill oedd hi pan welwyd y ddinas yn y pellter.

Ar y ffordd i Avignon deuai cawodydd o bererinion i'w cwfwrdd a golwg bell, bryderus ar eu hwynebau. Eu cyrff, yn amlach na pheidio, yn destament i wae y tu hwnt i eiriau. Roedd y pestilens wedi cyrraedd o'u blaenau! Roedd cannoedd o bobol ar sodlau'i gilydd yn ymestyn yn llinell o drybestod maith i'r pellter . . .

Ond wedi dod mor bell, doedd dim troi'n ôl.

Ac wrth iddyn nhw nesáu ar hyd y llwybr mwdlyd, sylweddolodd Ibn fod mwy a mwy o bobol yn cydgerdded â hwy. Esboniodd un mynach wrtho mai pererinion oedd y rhain wedi dod o gryn bellter. Ac o dipyn i beth, sylweddolodd fod yr Abad Ifanc a'r myneich yn cerdded yn sioncach, fel petaen nhw wedi cael rhyw ail wynt o rywle. Doedd y drol a'i llwyth ddim hanner mor drwm ag y bu. Diolchodd Ibn i Allah am ofalu amdanyn nhw yn ystod yr hirdaith beryglus dros y mynyddoedd a thrwy Fwlch Mont Cenis.

Roedd y llwybrau'n gwau trwy'i gilydd heibio'r hofeldai isel, di-siâp, ac o dipyn i beth, wrth i'r osgordd gamu'n ofalus i osgoi y pyllau dŵr drewllyd a oedd yn frith ym mhob man, daethpwyd i ran o'r ddinas lle'r oedd strydoedd culion. Yn wir, mewn rhai llefydd, doedd y strydoedd yn ddim byd amgenach na thwneli duon a ffosydd yn rhedeg i lawr y canol: heolydd trystiog a llu o boblach yn llwybreiddio trwyddyn nhw fel ysbrydion.

Sylwodd Ibn hefyd ar nifer o enwau a welodd tra oedd yn Fflorens ac esboniodd yr Abad Ifanc mai canghennau o fanciau'r ddinas oedden nhw. Dinas â berw mawr iddi oedd Avignon ar waetha'r pestilens. Synnwyd Ibn gan y lle. Roedd yn orlawn o bobol o bob lliw a llun a doedd dim pall ar y sŵn o'i gwmpas. Wedi byw a cherdded dros dawelwch llethol moelni gwyn Mont Cenis roedd clywed pob math o wahanol synau ar y glust yn brofiad rhyfeddol.

'Gadewch imi orffan. Dydi o ddim yn tynnu coes. Mae o hollol o ddifri. Mae o'n deud y gall o fynd â ni o fewn tafliad carrag at y Tad Sanctaidd ei hun,' ebe'r Abad Ifanc yn frysiog.

'At y Tad Sanctaidd ei hun?'

Ailadroddodd un o'r myneich, wedi'i berlesmeirio.

'Dyna mae o'n ddeud.'

'Ond?' meddai Ibn a'i freichiau wedi'u plethu ar ei frest.

'Ia, yr ond.'

'Werthwn ni bob dim!'

Rhuthrodd y mynach lleia i sbowtio.

Roedd Ibn wedi ymyrryd yn helyntion pobol eraill yn gorfforol unwaith yn y gorffennol ac wedi cael swadan yn ei drwyn, a'r tro yma penderfynodd ymbwyllo. Wedi'r cwbwl, roedd ganddo brofiad digon annymunol o bobol anonest a oedd yn rhy barod i fanteisio ar anwybodaeth a diniweidrwydd dieithriaid.

'Sut gwyddom ni nad twyll ydi hyn? Rhyw dric dan din a dim arall?'

'Ar fy llw,' atebodd y gŵr ar ei union.

'Ar feddrod Sant Marc, ar allor neu gladdgell unrhyw abad y carech chi 'i enwi o fan hyn i Baris ei hun, dwi'n deud y gwir!'

Gadawodd i'r geiriau suddo fel cerrig i waelod llyn eu penbleth a'u croesdeimladau dryslyd. A phan synhwyrodd yn reddfol eu bod wedi cael digonedd o amser i bwyso a mesur:

'Peidiwch â phoeni, os nad ydach chi am weld y palas mae 'na ddigonadd o bererinion eraill sy ond yn rhy barod i dalu crocbris am y fraint. Wedi'r cwbwl, dim ond unwaith mewn oes y daw cynnig fel hyn i rywun.'

'Mae o'n llygad ei le.'

Llefarodd y mynach lleia, a'i lygaid yn gloywi.

Cydiodd yr Abad Ifanc yn ei benelin wth iddo droi ei gefn a'i chychwyn hi i ffwrdd.

'Na, 'rhoswch.'

Oedodd y dyn a chiledrychodd dros ei ysgwydd ddwywaith.

'Mae'n ddrwg gynnon ni . . . ein cyfaill ni fan hyn wedi cael profiad go chwerw ryw dro yn y gorffennol . . . ond mae hynny beth amser yn ôl . . . na, mi dderbyniwn ni eich cynnig caredig chi, diolch.'

'Y trefniant arferol ydi hyn.'

Aeth i hel geiriau at ei gilydd fel hel cerrig o hen, hen ffridd: 'Setlo'r telerau'n gynta, hannar cyn mynd a hannar wedi inni ddwad yn ein hola. Mi fedra i gynnig tri math o gylchdaith o gwmpas y palas: penderfynwch chi pa un 'dach chi am ddewis. Dyma nhw ichi. Y cynta ydi un o gwmpas y gerddi, y coridorau, y swyddfeydd gweinyddol, y cegina, rhai neuadda bwyta, y theatr a'r stabla. Yr ail un ydi o gwmpas tai y sarjiant-at-arms, ystlyswyr, y Siamberlen, y Caplan, Stiwardiaid, Gweision, Tai'r Preladiaid ac yn y blaen. Y trydydd . . .'

Gwibsbeciodd dros ei ysgwydd:

'. . . ydi i weld tai'r esgobion, neuaddau'r Tad Sanctaidd, ei oriel arlunio, ei fyfyrgell, ei stafell ymolchi, stafell ei feddyg, Guy de Chaulic, a'r ystafell fwyta ac yn ola . . .'

Ciledrychiad chwim o'i gwmpas:

'. . . i gael cipolwg ar y Tad Sanctaidd ei hun.'

'Ydi hyn yn hollol bosib?'

'Hollol bosib.'

'Siŵr?'

'Berffaith siŵr.'

'Wnawn ni ddim difaru?'

'Na wnewch.'

Ond wrth eistedd yn anghyffyrddus yn y Siambr Apostolaidd beth amser yn ddiweddarach, roedden nhw'n difaru'u heneidiau.

Daeth rhagor o bererinion i mewn ac o dipyn i beth roedd yn graddol lenwi. Syllodd Ibn ar yr Abad Ifanc a gwefusodd gwestiwn. Cododd yr Abad Ifanc ei ysgwyddau. Ymhen ychydig wedyn cerddodd dyn gwragennus trwy ddrws ochr o ystafell fechan. Roedd yn erchyll o hen a'i groen wedi sychu'n haenau am ei gilydd. Cerddodd yn bwyllog gyda chymorth caethwas i ben blaen yr ystafell gan eistedd mewn cadair o flaen y llenni. Tybiodd Ibn yn syth mai hwn oedd y dyn roedd pawb yn ei alw'n Dad. (Yn wir, roedd yn ddigon hen i fod yn dad i bedair neu bump cenhedlaeth yn weddol ddidrafferth.) Murmurodd y gŵr weddi ac fe gydfurmurodd pawb arall. Wedi hyn fe gododd ar ei draed unwaith yn rhagor a cherdded allan.

Ni welodd Ibn erioed y fath beth yn ei fywyd.

Ac yn hollol ddisymwth seiniodd dau was utgyrn nes bod clustiau pawb yn canu. Ac wrth iddynt seinio yn araf bach agorwyd y llenni ag arfbais euraidd arnynt. Yn nofio mewn môr o lewyrch gwyn a ddallodd bawb i ddechrau roedd gosgordd oludog wedi ei gosod yn ofalus ar lwyfan gweddol uchel. Gostyngodd pawb eu pennau pan gyhoeddwyd: 'Ymgrymwch eich pennau oll ag un i olynydd Sant Pedr, Ceidwad ei Allweddi, Pen Gweledol yr Eglwys, Y Barnwr Daearol Ucha o'r hyn sydd gyfiawn ac anghyfiawn, Ficer Crist yn y Byd, Summus Pontifex, Pontifex Maximus, Ei Sancteiddiaf y Tad Clement VI.'

Cododd pawb eu pennau ac yn wir, roedd yno'n eistedd yn y canol, a gellid gweld ei fod yn ddyn tal ac urddasol. Ei benwisg yn llachar a'i groes aur yn ddisglair: ac yn ei law roedd ffon fagl a phen arni, wedi'i gwneud o aur a diamwntiau, a thros ei ysgwydd a'i benbliniau roedd mantell o ffwr carlwm.

Syllodd yn araf ar y gynulleidfa a oedd wedi ymgynnull ger ei fron, er gwaetha'r pestilens.

Llygaid addfwyn oedd ganddo a thrwyn go hir a gwefusau gweddol fain. Roedd ei wallt wedi gwynnu ond er hyn roedd yn ddyn hynod o olygus. Hwn, felly, oedd y Tad Sanctaidd, y Pab Clement VI ar yr orsedd sanctaidd yn ninas Avignon yn 1348 a dau danllwyth mawr o dan yn llosgi o bobtu iddo. Synnodd Ibn fod holl drallodion yr oriau cynt a dreuliwyd yn sleifio o gwmpas y Palas yn haeddu diweddglo o'r fath . . .

'Pawb i fod yn ddistaw,' siarsiodd y dyn.

' 'Dan ni'n pasio dan y cegina ag os teimlwch chi rwbath gwlyb dan draed neu ar eich penna yna, mwy na thebyg, perfedd ieir neu gwningod ydi o . . . Ond os ydach chi'n dychryn ac am weiddi, er mwyn y Fam Forwyn, peidiwch! Ond gwichiwch!'

'Gwichiwch?'

'Ia, achos wedyn mi feddylian nhw mai llygod ydan ni . . . a dydi'r rheini byth yn tynnu sylw neb er fod cymaint ohonyn nhw'n cenhedlu'n boeth dan y palas 'ma.'

Cerddodd pawb yn eu blaenau gan glywed sŵn chwerthin uwchben a sŵn traed yn rhedeg yn gylchwyllt. Cododd y chwerthin yn uchel weithiau cyn torri allan yn sgrechian direol. Ceisiodd Ibn ddyfalu be'n hollol oedd yn digwydd i beri'r fath ddifyrrwch. Sblashiodd rhywbeth mewn pwll gerllaw iddo. Cododd ei ên a gwelodd fod rhywun yn tywallt llond pwced o rywbeth llysnafeddus i'r gwaelodion. Sblashiodd dros Ibn a thros ei geg a'i drwyn a'i lygaid a'i wallt. Blasodd y sudd â'i dafod. A bu ond y dim iddo gyfogi. Ebychodd yn swnllyd.

'Taw, bendith tad iti,' hisiodd y gŵr tra ymgroesodd pawb arall.

Ond yn eu blaenau yr aethant gan adael y sblashio a'r chwerthin y tu ôl iddynt. Yna o dipyn i beth culhaodd y coridor ac fe fu'n rhaid iddyn nhw gerdded wysg eu hochrau i fyny'r grisiau llithrig. Ond roedd pob un yn sgilffyn digon main wedi'r lwgfa fawr ar Mont Cenis. Unwaith yr oeddent ar ben y grisiau gorchmynnodd y gŵr hwy i droi i'r dde a cherdded yn eu blaenau i lawr coridor isel cul (aethant ar eu pedwar mewn un man a chropian) ond unwaith roeddynt yr ochr bella i hwn fe stopiodd y gŵr:

'Dowch ffordd hyn,' amneidiodd gan giledrych yn bryderus dros ei ysgwydd. Sylwodd Ibn ei fod yn gwneud hyn yn reddfol hollol bob hyn a hyn. A cherddodd pawb yn eu blaenau. Neidiodd un mynach o'i groen pan sathrodd ar rywbeth meddal dan draed. Gostyngodd y gŵr ei gannwyll: llygoden, hen lygoden felynfrown a chynffon hir yn gelain ers oes Adda. Trodd y gŵr hi ar ei chefn cyn dweud:

' 'Drychwch. Mae'r diawl yma wedi gwneud 'i siâr o epilio 'swn i'n deud, eh?'

A chwarddodd. Rhyw chwerthiniad cras gan ddyn oedd wedi arfer byw a bod yn llechian mewn corneli tywyll a choridorau igam ogam ac yn curo ar ddrysau cefn liw nos. Cerddodd yn ei flaen a dilynodd y gweddill o yn ufudd fel defaid.

Yna penliniodd.

Dododd y gannwyll yng ngofal Ibn a chydiodd mewn bollt fechan a dodi ei fys ar ei wefusau. Agorodd gil y drws. Drws byr nad oedd lawer yn uwch na chlun dyn.

'Diffodd y gannwyll!'

Chwythodd Ibn ac roeddynt yn y tywyllwch, ond roedd un llaw yn barod i gythru yng ngwar y gŵr pe byddai'n ceisio gwneud unrhyw beth dan din. Dododd y gŵr ei ben o amgylch y drws ac yna dywedodd mewn llais isel, brysiog:

'Iawn. Pawb ar f'ôl i rwan hyn! Brysiwch! Dowch! Brysiwch!'

A rhuthrodd pawb trwy'r drws ar eu pedwar fel nifer o gwningod, un ar ôl y llall. Cododd pawb a chaeodd y gŵr y drws bychan yn glep â'i droed. Trodd y gŵr at yr Abad, y mynachod ac Ibn a meddai:

'Os 'rhoswn ni efo'n gilydd a cherddad yn handi fydd pob dim yn iawn! Ond os ydw i'n deud 'Heglwch hi!' yna 'dach chi'n 'i heglu hi'n syth i'r stafall neu'r cwpwrdd neu trwy'r drws agosa! Dallt?!'

Amneidiodd pawb fel plant.

'Iawn 'ta,' a chiledrychodd o'i ôl cyn gwarsythu fymryn, 'hon ydi'r adran lle maen nhw'n cyfri'r arian. Fel y gwelwch chi mae hwn yn goridor hir os nad yr hiraf yn yr adeilad o bosib.'

Agorodd ddrws ar y dde yn araf a dodi ei ben i mewn. Camodd i mewn a cherddodd y gweddill ar ei ôl.

Cymerodd Ibn ei wynt ato.

Agorodd llygaid yr Abad Ifanc a'r myneich led y pen hefyd.

O'u blaenau, y tu ôl i wydr trwchus, o'r llawr hyd y nenfwd ar y mur pella roedd arian, gemau, beriliau, llestri, modrwyau, clustdlysau, pinau, darnau o arian, slabia o ddiamwntiau a delwau o bob lliw a llun. Cododd y gŵr ei ddwrn at y gwydr a gwenu.

'Ydach chi'n teimlo fel trochi ynddo fo?'

Ond cyn ateb clywyd sŵn traed yn nesáu i lawr y coridor.

'Cuddiwch y tu ôl i'r drysau,' a swatiodd pawb yn erbyn y mur gan weddïo. Roedd Ibn wedi cau'i lygaid ac yn murmur yn dawel wrtho'i hun.

Oedodd y traed y tu allan a chlustfeiniodd yr ymwelwyr ar y sgwrs.

'Be wnawn ni?'

'Be wnawn ni? 'Dan ni 'di trafod be 'dan ni'n mynd i'w wneud ganwaith . . .

'Mi fydd yma rwan unrhyw ddydd. Mater o amser ydi o: dydi o wedi difa pawb ym mhob man arall. Does dim fedrwn ni'i neud . . .'

'Oes, oes mae 'na. Dyna pam y dylan ni fanteisio ar y cyfla. Ddaw 'na ddim cyfla fel hwn eto. Wyt ti'n dallt? Mae'r Hollalluog o'n plaid ni. Wnaiff pobol fyth ama be fydd wedi digwydd . . .'

'Falla dy fod ti'n iawn . . .'

'Dwi'n gwbod 'mod i'n iawn. Cred ti fi. Mae pob dim o'n plaid ni.'

Yna cerddodd y ddau i ffwrdd tan isel drafod. Dododd y gŵr ei ben ar ogwydd dro ond roedd y traed wedi pellhau a'r sŵn wedi hen ddarfod yn y pellter.

Rhuthrodd y gŵr o'r ystafell a rhuthrodd pawb ar ei ôl. Brasgamodd pob un ohonynt i lawr y coridor ar flaenau'u traed yn gyflym. Llamodd Ibn ar flaenau eitha ei fodiau a'i dafod allan, a'i gefn yn chwys. Roedd drws addurniedig trwm yn y pen pella. Oedodd pawb ac yna o glustfeinio tybiwyd ei bod hi'n ddiogel mentro, ac aethpwyd i'r ystafell ar ddistaw ddistaw droed.

Neuadd fawr oedd hi gyda byrddau hirion yn ymestyn o un pen o'r ystafell i'r llall. Roedd y byrddau wedi'u harlwyo â phlatiau aur ac arian am yn ail. Cyllyll a ffyrc o aur ac arian a chwpanau addurniedig o aur. Addurnwyd y muriau â thapestrïau Fflemaidd goludog a deunydd sidan amryliw.

'Yma byddan nhw'n bwyta,' siaradodd y gŵr dan ei wynt. 'Tywysogion, esgobion, archesgobion, llysgenhadon ac yn y blaen. Dwi wedi gweld dawnsfeydd maen nhw'n gynnal yma. Dyna ichi be 'di be.'

A chwythodd wynt o'i fochau.

'Merchaid efo'u bronnau wedi'u codi'n uchal a'u gwthio

allan. Mi fedrach sodro cannwyll rhyngddyn nhw!'

A chwarddodd yn ei ddwrn.

Trodd yr Abad Ifanc ymaith tan gywilyddio wrth y fath faswedd. Doedd dim byd yn waeth na siarad amrwd neu regi er ei fwyn ei hun. Arwydd o anaeddfedrwydd a dim arall. Syllodd pawb ar y nenfwd uchel cyn cerdded at ddrws yr ochr bellaf. Sleifiodd pawb wedyn i fyny grisiau cerrig, troellog i fyny ac i fyny un o'r tyrau. Ac wrth ddringo'n uwch ac yn uwch gallai Ibn weld trwy'r ffenestri culion i lawr i'r sgwâr islaw a'r lle'n orlawn o bobol. Ar ben y grisiau roedd drws derw du. Oedodd pawb gan geisio rheoli eu hanadl. Dododd y gŵr ei fys ar ei wefusau ac yna agorodd y drws yn araf.

Safodd pawb yng nghanol ystafell fyfyrio'r Tad Clement VI. Roedd bwrdd trwm yr ochr bella ac arno lu o wahanol femrynau. Y tu ôl i'r ddesg roedd rhesaid o lyfrau ar silff. Rhedodd yr Abad ei fys ar hyd y llyfrau. Roedd y myneich yn safnrwth ac wedi eu hoelio i'r fan. Cododd un rywbeth oddi ar y ddesg a'i ddal i fyny i'r haul.

'Be 'di hwn?'

'Lens,' atebodd y gŵr. 'I helpu'r Tad Sanctaidd i ddarllen yn well.'

A dododd y sbectol ar drwyn y mynach. Agorodd hwnnw'i lygaid i'r pen a gwneud llygaid croes. Chwarddodd pawb. O amgylch yr ystafell ar y muriau roedd darluniau o helfa geirw a dyn â hebog lygatwyllt ar ei arddwrn. Bro goediog a henffyrdd gwyrddion a choedydd trymlwythog o ganghennau a brigau deiliog. Dyffrynnoedd pellennig wedi'u hafnu gan afonydd a meysydd toreithiog, meillionog. Synnwyd pawb gan y golygfeydd hyn: y gerddi coeth, llynnoedd bychain a mân bysgod amryliw'n nofio'n dew, ac ar yr ochor bella ymdrochwyr noethion yn nofio islaw coedydd gwyrddlas. Rhaid oedd craffu er mwyn pennu p'run ai merched noethion oeddynt neu blant. Lledai'r lluniau allan yn gefnennau ac yn blygion y tu hwnt i'r caeau. Gloywai'r cloddiau megis cadwyni gemog o gwmpas caeau ŷd melys, ac uwchben ymollyngai'r haul yn ysbeidiol trwy'r cymylau yn awr ac awr ac yn y man. Anodd disgrifio hyfrydwch melys y dathliad yma o burdeb natur.

Ond synnwyd un mynach ychydig gan nad oedd unrhyw dinc crefyddol na defosiynol ar ei gyfyl. Gallai edrych ar luniau cyffelyb (o hir eistedd) gael effaith andwyol ac fe boenai am y Tad Sanctaidd. Cytunodd y ddau arall. Ni ddywedodd yr Abad Ifanc air o'i ben. Anniddigodd y gŵr ac roedd yn awyddus iddynt adael yr ystafell a dychwelyd i lawr y grisiau. Ar y ffordd holodd yr Abad Ifanc:

'Mi ddeudoch chi 'i bod hi'n bosib inni 'i weld o?'

'Dwi 'di rhoi fy ngair on'd do?'

Ar waelod y grisiau, syllodd y gŵr i'r dde ac ar ôl i bedair morwyn fynd o'r golwg amneidiodd arnynt. Rhuthrodd pawb yn eu blaenau ac fe aethant ar eu pennau i ystafell fechan a oedd yn drewi o arogl piso cath. Gwthiodd pawb i mewn a doedd prin le i droi. Doedd hi fawr o ystafell, a chythrodd y gŵr am hoelen fechan:

'Symudwch, wnewch chi!'

Ond doedd dim lle i symud heb fynd allan o'r ystafell. Ebychodd y gŵr wrth chwilio am rywbeth ar y llawr.

'Fedran ni helpu?' holodd yr Abad.

'Medrwch . . . trwy symud 'chydig. 'Dach chi dan draed braidd . . .'

Ond er iddo geisio'i orau glas, methu â chodi'r deilsen lwyd o'i hafn oedd tynged chwerw y gŵr. Rhoddodd y ffidil yn y to wedi hir ymlafnio.

'Ddaw y 'sglyfath ddim . . .'

'Garech chi i mi drio?'

' 'Dach chi'm haws . . . ddaw hi ddim . . .'

Roedd hi'n dechrau poethi yn yr ystafell fach. Ac roedd y dafnau drewllyd ar ddillad Ibn o'r selerydd islaw'r ceginau yn dechrau poeni ffroenau pawb arall. Wedi un haliad arall a thuchan a melltithio fe ildiodd y gŵr a sychu'i dalcen â chefn ei law.

'Be wnawn ni rwan 'ta?' holodd yr Abad.

'Bydd raid inni 'i mentro hi 'nôl ryw ffordd arall . . .'

'Fydd hi'n bosib cael cip ar y Tad Sanctaidd y ffordd honno?'

Gwthiodd y gŵr ei gorun a chiledrych o'i ôl. Gwnaeth stumiau rhyfedd â'i wyneb.

'Gwrandwch, dwi'n fodlon ar be dwi 'di 'i gael gynnoch chi, mi fydd y drol yn ddigon derbyniol. Dwi ddim isio mwy . . .'

'Fydd hi'n bosib inni weld y Tad?'

'Anghofiwn ni am y gweddill . . . y peth pwysica ydi'n bod ni'n gallu mynd o'ma'n groeniach heb fod neb yn ein gweld ni a heb inni dynnu gormodadd o sylw aton ni'n hunan . . .'

' 'Dach chi ddim yn cadw at eich gair, felly?'

'Gwranda, gyfaill,' a throdd y gŵr i lygadrythu ar Ibn, 'dwi ddim isio dadla hefo chdi – 'dach chi 'di gweld dwn i'm faint o betha – be? 'Dach chi am inni gael ein dal? 'Dach chi am i mi gael fy nal? Be wnawn i i ennill fy mara menyn wedyn? Y? Dwyn? Buan iawn faswn i'n cael fy nal taswn i'n dechra dwyn o'ma. Ond fel mae hi dwi'n gwneud yn reit ddel. Dallt? Peidiwch â bod mor hunanol! Meddyliwch am rywun arall heblaw chi'ch hunan! A pheth arall, gyfaill, ti'n drewi'n uffernol!'

Roedd yr ystafell wedi mynd yn fyglyd iawn. Rhedai chwys i lawr talcen pawb a thros eu trwynau a'u bochau. Roedd yr ystafell fechan yn gythreulig o boeth ac roedd y gŵr yn llygad ei le: roedd Ibn yn drewi'n ofnadwy. Felly, gorau po gynta iddynt adael yr ystafell chwilboeth hon:

' 'Dan ni'n mynnu eich bod chi'n cadw at eich gair,' bloeddiodd yr Abad Ifanc mewn llais mor gadarn awdurdodol fel y dychrynwyd Ibn hyd yn oed.

Ochneidiodd y gŵr.

Chwysodd pawb arall.

Ceisiodd agor y drws yn sydyn ond dododd Ibn ei droed yn ei erbyn a chydiodd yn ei wallt ar ei war:

'Lle ti'n feddwl ti'n mynd?'

'Aw!'

'Mi glywis di be ddeudodd yr Abad . . .'

'Ddim tan y gwnei di addo dy fod ti'n mynd â ni i weld y dyn yma . . .'

'Iawn, iawn, iawn, iawn, iawn, iawn ... ond gollwng d'afael, bendith tad!'

Ac ymgroesodd pawb.

Gollyngodd Ibn y gŵr a ffliciodd hwnnw'i ysgwyddau'n ôl: 'O'r gora ... peidiwch chi â gweld bai arna i ... chi fynnodd cofiwch ...'

A chamodd y gŵr o'r ystafell fechan, fyglyd a phawb arall ar ei ôl, a'u ceseiliau'n wlyb diferyd. Anadlodd pawb yn ddwfn, yn falch o fod allan o'r drewdod afiach.

'Ffordd yma 'ta,' ebe'r gŵr gan gerdded yn benisel a phwyllog. Cerddodd pawb arall ar ei ôl ond yn hollol ddirybudd (ar amrantiad bron) rhedodd â'i wynt yn ei ddwrn fel cath i gythral i lawr y coridor hir gan stopio yn y pen pella cyn diflannu i lawr rhes o risiau. Rhedodd pawb ar ei ôl ond roedd y daith wedi eu gwanychu a buan y cafodd flaen arnynt. Diflannodd. Gwasgodd Ibn ei ddannedd yn sownd dynn yn ei gilydd a chiciodd y mur â'r fath arddeliad nes disgynnodd darlun oddi ar y bachyn a'r gwydr yn y ffrâm yn torri'n deilchion:

'Peidiwch â phoeni,' cysurodd yr Abad Ifanc â'i wyneb yn boenus, ' 'dan ni wedi bod mewn gwaeth picil. Dowch ffordd yma.'

A cherddodd yn dalog i lawr y coridor i gyfeiriad y neuadd fwyta, fel pe'n hen gynefin â'r palas. Agorodd y drws yn ddifeddwl a chafodd y braw mwya yn ei fyw. Roedd yr ystafell yn orlawn o bobol a byrddau. Ond roedd pawb yn rhy brysur yn siarad â'i gilydd i sylwi arnyn nhw ac felly, gan geisio bod mor anweledig â phosib, croesodd y fintai y llawr o deils coch, patrymog, a lluniau llu o anifeiliaid arnynt, am y drws yr ochr bella.

'Ydach chi'n meddwl trio mynd yn ôl yr un ffordd?' holodd un o'r mynachod.

'Ydw,' atebodd yr Abad yn swta, gan gerdded yn syth yn ei flaen.

'Gobeithio na ddown ni wyneb yn wyneb â'r Tad Sanctaidd,' siaradodd un mynach dan ei wynt.

'Fasech chi ddim callach p'run bynnag,' atebodd y mynach arall, 'toes 'na'r un ohonan ni erioed wedi'i weld o . . .'

Ac yn eu blaenau yr aethant, ond pan ddaethpwyd i'r coridor lle'r oedd yr ystafelloedd cadw'r arian a'r cyfoeth, methwyd yn lân â chofio ym mha banel roedd y drws wedi ei guddio. Er iddynt ddyfal guro a theimlo doedd neb fawr callach.

'Mae hi wedi canu arno' ni 'ta.' Roedd tinc wylofus yn llais un mynach.

'Dowch! Awn ni'r ffordd yma!'

A cherddodd pawb yn eu blaenau unwaith yn rhagor. Ond doedd yr un ohonynt yn gwybod i ble'r oeddynt yn mynd. Cerddodd dau ŵr i'w cwfwrdd. Dau brelad. Amneidiodd y ddau yn dawel â'u pennau a chrychu'u trwynau braidd pan basiodd Ibn â'i law dde ar draws ei wyneb.

'Be am y drws yma?' holodd un mynach.

'Agor o,' ebe'r Abad.

Agorwyd y drws.

Cerddodd pawb i mewn, a'r ennyd y camodd Ibn dros y trothwy sylweddolodd bod o leia ugain o bererinion eraill wedi ymgasglu'n gefngrwm a mud ar feinciau isel. Roedd llenni porffor trymion ar draws yr ystafell yn y pen pella a phob pen i'r llenni safai dau was yn hollol lonydd ag utgyrn yn eu dwylo. Ond doedd dim amdani, rhaid oedd cerdded ymlaen. Roedd lle i eistedd ar un fainc a thybiodd yr Abad Ifanc y gallai holi rhywun neu gymathu â'r cwmni yma ac ymadael â hwy yr un pryd. Roedd unrhyw beth yn bosib a doedd neb wedi codi stŵr hyd yn hyn beth bynnag.

Eisteddodd pawb yn dawel ar y fainc.

Ac felly daeth yr Abad Ifanc, Ibn a'r tri mynach wyneb yn wyneb â'r Pab Clement VI a oedd yn sefyll nid nepell i ffwrdd a llith yn ei law ac yn mynd – hissst!

'Byrdwn hyn o lith yw i wahardd o hyn allan ladd, ysbeilio neu gipio Iddewon i fynnu eu tröedigaeth heb yn gynta sicrhau eu bod yn sefyll achos llys. Fe gollwyd Caersalem trwy ddrygioni'r Iddew. Hyn sydd ffaith na all neb ei gwadu.

Hyn yw'r gwirionedd. Ond ni ddylid eu condemnio heb achos llys cyfiawn, ni ddylid cipio eu synagogau na'u mynwentydd na'u heiddo. Ond ni all Iddew ddwyn achos yn erbyn Cristion ac ni all unrhyw dystiolaeth a ddwg Iddew gael ei ddefnyddio yn erbyn Cristion. Ni chaniateir i . . .'

Stopiodd.

Dododd ei law ar ei wddf. Hanner cododd un o'r ysgrifenyddion ar ei aswy'n bryderus. Pwysodd y gynulleidfa ymlaen fel un gŵr gan ddal eu gwynt.

'Ni chaniateir i . . .'

Stopiodd unwaith eto.

Cododd archesgob ar ei draed. Llifodd y lliw o wyneb y Tad Sanctaidd ac roedd ei fochau (ar waetha'r brwmstan a losgai o bobtu iddo) yn glaerwyn. Dodwyd hances yn ei law a sychodd ei wyneb yn frysiog. Cliriodd ei lwnc a gwenodd yn dyner cyn ailgydio yn ei Warant:

'Ni chaniateir i Iddew gyflogi Cristion fel gwas neu forwyn. Ni chaniateir i Iddew weinyddu fel meddyg ar Gristion hyd yn oed yn awr. Ni chaniateir i Iddew briodi Cristion. Ni chaniateir i Iddew werthu bara, gwin, olew, esgidiau, na dillad i Gristion. Ni chaniateir i Iddew adeiladu synagog o'r newydd. Ni chaniateir i Iddew ymarfer y crefftau. Ac yn ychwaneg o'r dydd hwn heddiw gorfodir pob Iddew i wisgo het bigfain yn gorn ar ei ben i atgoffa pob gwir Gristion . . .'

Stopiodd.

'I atgoffa pob gwir Gristion o'i . . .'

A disgynnodd y Pab Clement VI, yn ŵr talsyth, tirion ar ei ddannedd. Crashiodd dros ochr y llwyfan, troi a throsi unwaith neu ddwy ar y llawr, ffrothio o gylch ei geg, gwingo a marw.

Roedd pawb o'r gynulleidfa ar eu traed!

Yn syfrdan!

Ennyd o dawelwch!

Torrodd ton o siarad trwy'r rhengoedd ar y meinciau. A heb fod neb wedi cael amser i sylwi bron fe gerddodd palff o ŵr byr (corachaidd!) â phen moel o'r cefn efo dau gi mawr o'i flaen.

Brasgamodd y corrach at flaen y llwyfan, a dim amdano ond tywel gwyn o amgylch ei ganol. Cerddodd gŵr arall mewn lifrai du yn dynn ar ei sawdl.

'Ydi o'n farw?' holodd y corrach wrth iddo bwyso dros y corff celain.

Moesymgrymodd archesgob.

'Ydi, yn hollol farw.'

'Ro'n i'n ama,' bytheiriodd y corrach a'r ddau gi, 'wedi trio gwenwyno 'mwyd i unwaith eto . . . pa ystryw arall sy ganddyn nhw tybed? Y cŵn hereticaidd yma, y moch aflan yn Rhufain, o Fflorens, o Fenis, o'r corsydd afiach yna! O Cambrai, Orléans a Paris, yn Beghardiaid, yn Beguiniaid neu'n Bogomiliaid yn codi'n ddyddiol fel madarch ond mor ddrewllyd a chingroen ac mor wenwynllyd farwol â chaws llyffant!! Mi allwn i fod yn gorwadd yn fan'na rwan – mor farw â'r creadur yna! Dyma'r wythfed i gicio'r bwcad ar fy rhan i mewn llai na chwe mis! Sticiwch gyllall ynddo fo a deudwch wrtha i pa fath o wenwyn ddefnyddiwyd y tro yma . . .'

Camodd y meddyg yn ei flaen a chododd dau was y corff a'i gludo trwy'r drws ochr.

'Maddeuwch imi am hyn,' a throdd y Pab Clement VI i wynebu'r gynulleidfa gegrwth, 'ro'n i wedi meddwl galw ar y diwedd . . . yn y bath o'n i hyd nes clywis i fod rhyw gynllwyn arall ar droed . . .'

Yna bloeddiodd yn lloerig nes bod ei ddethi'n crynu:

'Yr hereticiaid yma! Yr hereticiaid yma! Maen nhw isio difetha pob dim! Lladd y gwirionedd! Malurio undod yr Eglwys a thanseilio fy awdurdod i! Y fath haerllugrwydd! Y fath haerllugrwydd! Traddodiad sy'n ymestyn dros fil o flynyddoedd! Traddodiad mil o flynyddoedd! Ond na phoenwch, mae amser o'n plaid ni. Deued brenhinoedd, ymerodraethau, paganiaid, hereticiaid ac fe saif yr Eglwys trwy'r cyfan. A chyn bo hir fe ailenillir Caersalem oddi wrth yr inffidel. Yn ein hoes ni falle, pwy a ŵyr. Caersalem yw corff ac enaid yr Eglwys ond Avignon bellach yw'r pen ar y gwir draddodiad, yr unig draddodiad, yr unig ddull o gymundod â Duw, yr unig wir Eglwys. Does dim achubiaeth i neb y tu allan i drefn a sacramentau'r Eglwys Lân Gatholig! *Extra ecclesiam nulla salus!*

Sawl gwaith ydan ni wedi clywed y dadleuon myfiol, syrffedus yma? Y cywion ieir yma sy'n arwynebol bigo feirniadu y traddodiad? Yn ystod y pum mlynedd cynta o ganfod gwrthryfel bythol ieuenctid, bid siŵr, ymateb y gwyliwr fydd diddanwch pur.'

A chytunodd y rhan fwya trwy wenu ac amneidio pen:

'Dechreuir gweld patrwm go brennaidd yn dechrau ymffurfio, mae'n wir, ond na hidiwn am hynny. Mae yna egni ac argyhoeddiad sy'n rhoi gwefr i bob ymgais i fod yn "annibynnol".'

Ac oedodd gan wthio'i dafod i'w foch a chaniatáu hoe i'w gynulleidfa werthfawrogi'r ffraethineb a miniogrwydd ei ymosodiad ar y myrdd carfannau hereticaidd. Gwenodd ambell un a chododd rhyw bwff o chwerthin rywle yn y cefn. Gollyngodd y ddau gi'n rhydd a cherddodd y rheini o amgylch y gynulleidfa gan ffroeni hwn a'r llall. Daliodd Clement VI ei dywel ag un llaw a chan godi'r llall parhaodd â'i anerchiad:

'Wedyn, rywsut, wele bum mlynedd arall wedi ffarwelio. A gwyliwn y cwbl gyda rhyfeddod ac edmygedd cyson. Yr un yw'r awch a'r awydd i daflu'r tresi o hyd. Yr un hwyl iasol a'r un egni annefodol. Ond yr un hefyd, rywsut (sylwn er syndod i ni ein hunain) yw cynnwys a ffurf y 'gwrthryfel' bondigrybwyll! Er llawer o sôn am wrthryfel, am 'dorri'r mowld', am fod yn 'answyddogol', dyma'r union sôn a gafwyd bum mlynedd ynghynt, a phum mlynedd cyn hynny; a mwy neu lai yn yr un hen ffordd.'

Methai Ibn â deall at beth roedd y corrach moel yn cyfeirio'n union ond roedd y gynulleidfa wrth ei bodd ac yn awchus gipio pob sill a ddeuai o'i enau. Ond bwriodd y Pab Clement VI iddi:

'Ac fe â pum mlynedd byr arall heibio. Dyna hyfryd a ffres o hyd yw'r sôn a'r siarad am wrthryfel. Ond dechreua'r cwestiwn chwithig ymffurfio yn y meddwl erbyn hyn – Tybed a yw hyn yn wrthryfel mewn gwirionedd? Neu ynteu ai dyma'r math mwyaf diniwed o gydymffurfio?

'Ffei i'r fath heresi!

'Diflanna pum mlynedd arall i'r gwellt. A phum mlynedd arall.

'Ond yr un yw'r cyhyrau ifanc.

'Edrychwn dros ein hysgwyddau i chwilio am y rhai a fu yma erstalwm, ac ymholi beth a digwyddodd iddynt hwy tybed? Tewi fu hanes llawer dan bwysau llethol llafur y byd hwn. Mae ambell un yn ciprys gydag Ebrill na ddaw'n ôl megis yr hen wreigan druan sy'n ymbincio yn ei lliwur . . .'

A chwarddodd y gynulleidfa o'i hochor hi. A chwarddodd y Pab Clement VI hefyd. Ond yna, difrifolodd a dechreuodd weiddi nerth esgyrn ei ben, ar dop ei lais nes bod ei gnawd yn crynu:

'Gwrthsefydliad ydyw yn yr un hen ffordd gyfarwydd ag a gafwyd hanner can mlynedd, ie drugain mlynedd yn ôl. Herfeiddiol ydyw mewn modd sydd mor debyg i'r her a fu gynt nes bod dyn yn gofyn ai her ydyw wedi'r cwbwl. Ynte adlais. Ynte adlais adlais.'

Yna pwysodd ei ên ar ei frest ac ysgwyd ei ben yn araf fel dyn a oedd wedi blino, wedi blino, blino, blino hyd at fêr ei esgyrn ar fân drafferthion y byd bach. Fel un a oedd yn rhinwedd ei swydd yn gorfod cario baich a chyfrifoldeb a bod y ddeubeth hyn yn ei hario'n llwyr. Ac felly, siaradodd yn dawel, yn isel â'i groen fel croen gŵydd a'i dethi'n ymwthio allan fel bodiau babi:

'Dwi wedi gweld y cwbwl lawer tro, ydw . . .'

A chododd ei ben cyn sychu'i drwyn â chefn ei law ac yna hanner gwenu wrtho'i hun:

'. . . a diolch amdano bob blwyddyn . . .'

(Roedd yn troi'r gyllell yn y perfedd.)

'. . . ond caniateir i mi ei wylaidd werthfawrogi o hyd, a chenfigennu o bosib, wrth glywed y cyffro tanbaid newydd a ddaw o gydio'n eiddgar mewn gwrthryfel ystrydebol.'

Bendithiodd bawb yn gyflym a chwibanodd ar y cŵn cyn cerdded yn frysiog allan o'r ystafell gan ddweud:

'Os wnewch chi'n esgusodi fi, ond ma 'math i'n oeri . . .'

Suodd ias a sisial byrlymus trwy'r Siambr unwaith yr ymadawodd y Pab Clement VI, Olynydd Sant Pedr, Ceidwad ei Allweddi, Pen Gweledol yr Eglwys, Y Barnwr Daearol Uchaf o'r hyn sydd Gyfiawn ac Anghyfiawn, Ficer Crist yn y Byd, Summus Pontifex Maximus, Ei Sancteiddiaf Dad. Gwnaeth argraff anfarwol ar y gynulleidfa ac roedd llawer yn ceisio ailadrodd tameidiau o'i araith fel y gallent ei chadw yn eu calonnau weddill eu dyddiau a lledaenu ei wirionedd yn eu gwahanol esgobaethau. Hanner cododd rhai o'r pererinion tra oedd eraill ar eu heistedd o hyd yn dal i ymgomio'n frwd:

' 'Doedd o'n wefreiddiol?' holodd un mynach a'i geg ar agor fel pe bai'n ceisio dal gwybed.

'Rhyfeddol . . . roeddan nhw'n deud ei fod o'n Dad anghonfensiynol . . .'

'Anhygoel . . .'

'Anfarwol . . .'

'Be ddeudodd o? . . . o gydio'n eiddgar mewn be?'

'Gwrthryfel ystrydebol.'

Ac fel yr oedd pawb ar fin diflannu fe gerddodd tri dyn i'r Siambr Apostolaidd wedi eu gwisgo fel adar. Edrychai'r aderyn cynta fel gylfinir mawr, heglog. Roedd het goch ar ei ben a than honno mwgwd â llygaid o risial a phig hir ac arogldarth yn ymdroelli ohoni. Llanwodd yr ystafell ag arogl melys rhyfeddol. Cludai yr aderyn blaen nifer o siartiau dan ei gesail tra cludai'r ddau a'i dilynai nifer o boteli gwydr.

'Foneddigion, am ennyd,' a churodd yr aderyn ei adenydd unwaith, 'os ca' i eich sylw chi . . .'

O dipyn i beth distawodd y siarad.

'Maddeuwch imi am fod cyhyd ond rydw i wedi bod yn ymweld â brodordy y Carmelitiaid ac mae'n ddrwg gen i orfod deud ond, mae'r chwe deg chwech ohonyn nhw wedi marw . . .'

'Gau urdd oedd hi p'run bynnag,' gwaeddodd rhywun o Carcassonne o'r cefn, 'chafodd hi erioed ei chydnabod yn urdd go iawn gan y Tad Sanctaidd . . .'

' 'Ta waeth am hynny,' llefarodd yr aderyn gan dynnu ei glogyn porffor. O amgylch ei ganol roedd gwregys wedi ei nyddu ag arian ac am ei ddwylo roedd menig addurnedig. 'Os nad ydach chi'n gwbod eisoes, Guy de Chaulic ydw i, prif ffisegydd i'r Tad Sanctaidd yma, a dau cyn hynny . . .'

Cododd lyfr yn ei law dde.

'Dyma ichi'r *Cirurgia*, llyfr a sgwennwyd gen i am feddygaeth . . .'

Ffliciodd drwyddo.

'Er hynny, y fi fyddai'r cynta i gyfadde mod i'n byw mewn braw dyddiol. Ond . . .'

A chododd ei adain.

'Mae'r tad, o'i gastell ger Valence (fe aeth yno dridiau'n ôl ar fy ngorchymyn i, gan ei bod hi'n llawer rhy beryglus iddo aros yma) . . .'

Syllodd Ibn ar yr Abad Ifanc: roeddynt wedi eu twyllo unwaith yn rhagor.

'. . . am i mi esbonio natur yr anfadhaint wrthoch chi, fel y medrwch chi ddychwelyd i'ch esgobaethau a chynnig cysur gweithredol. Fe fyddwch chi hefyd yn falch o glywed fod y Tad Clement VI, Olynydd Sant Pedr, Ceidwad ei Allweddi, Pen Gweledol yr Eglwys, Y Barnwr Daearol Uchaf o'r hyn sydd Gyfiawn ag Anghyfiawn, Ficer Crist yn y Byd, Summus Pontifex Maximus, Ein Sanctaidd Dad, wedi cyhoeddi 1350 yn Flwyddyn Sanctaidd ar gais nifer o archesgobion ac esgobion ac y bydd yn caniatáu maddeuebau i bawb ac yn eu hannog i bererindota i Rufain. Disgwylir i bawb, i bawb os yn bosib, wneud y daith yno. Bydd hyn yn fodd o fawrygu Duw ac o ennyn Ei drugaredd ac osgoi ei lid. Pawb efo'i gilydd yn un gŵr ar un bererindod fawr, y gynta ers Blwyddyn y Jiwbili yn 1300, i orymdeithio a chanu'r litanïau cyn gwasgar yn ôl i'n hardaloedd ein hunain. Bydd hwn yn gam pendant tuag at atal yr haint rhag lledaenu.'

Yn y cyfamser roedd y ddau aderyn arall wedi gosod y siartiau i fyny yng ngŵydd y gynulleidfa, yn ogysgal â threfnu'r poteli'n linell ddestlus.

'Barn Prifysgol Paris, yr awdurdod deallusol mwya yn Ewrop, yw mai'r hyn a achosodd yr erchylltra hwn oedd uno planedau Sadwrn, Mercher a Mawrth yn 40° yr Acwariws. Fe ddigwyddodd hyn am 1.00 y prynhawn ar yr ugeinfed o Fawrth, 1345, Oed Crist –'

Oedodd ennyd gan adael i'r amser a'r dyddiadau suddo i ymwybyddiaeth ei wrandawyr. Gwyddai o'r gorau beth oedd yn gwibio trwy'u meddyliau. Torrodd yntau'n chwys oer pan glywodd y dyddiad am y tro cynta oherwydd ar yr union ddiwrnod hwnnw (er ei fod ronyn yn fwy amheus erbyn hyn) bu'n cydorwedd â gwraig bancwr cyfoethog o Fflorens a ddaeth ato am gyngor ynglŷn â maint ei bronnau.

Cyfeiriodd at y siart a syllodd pawb:

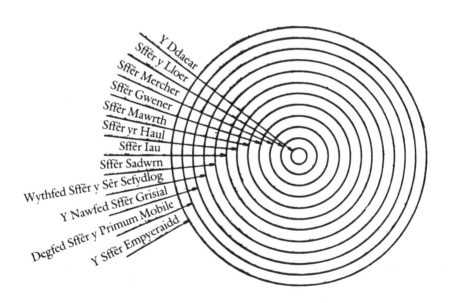

'Planed gynnes ydi Mercher wedi ei gorchuddio â phridd a dŵr. Mae Mawrth wedyn, oherwydd ei bod mor boeth a sych, yn cynnau yr elfennau hynny. Dydan ni ddim yn hollol siŵr beth yw deunudd Sadwrn ond rydym yn amau nad yw'n dda.

Fe barodd yr uniad hwn i fwg drwg godi o'r ddaear oherwydd y gwasgedd uchel. Ac o'r undod annaturiol yma hefyd roedd pelydrau gwenwynig yn cyrraedd wyneb y ddaear. Maen nhw'n nerthol mewn rhai mannau ac yn wannach mewn ardaloedd eraill, sy'n esbonio efallai pam fod mwy yn marw mewn gwahanol ardaloedd. Ond y mwg a gododd bob math o afiechyd o'r pridd ydi'r gelyn mwya oherwydd bod hwnnw'n cludo cynrhon gwenwynig trwy'r awyr a'r rhain sy'n taro pobol ym mhob man. Dyna paham y mynnais fod y Tad Sanctaidd yn eistedd rhwng dau dân mawr ddydd a nos. Mae'r tân yn llosgi'r cynrhon. Bu'n destun dadl ffyrnig. Cred rhai meddygon mai'r ffordd orau o osgoi'r haint ydi eistedd yn hollol lonydd a'r coesau wedi'u croesi a'r dwylo'n dawel ar yr afl, cau'r llygaid a gostwng y pen, yfed dim ond dŵr a pheidio symud o gwbwl trwy gydol y dydd. Gellir symud yn y nos gan nad yw'r cynrhon yn gallu eich gweld. Mae llawer o wirionedd yn y cyngor doeth hwn . . .'

Roedd un esgob eisiau siarad ac fe gafodd ganiatâd de Chaulic, oherwydd trodd ei big tuag ato:

'Cyn bo hir, â'r haf ar droed, mi fydd y wlad dan foeldes llethol; be ddigwydd os ydi pryfaid, er enghraifft, yn cosi rhywun? A ddylech chi symud?'

Pesychodd de Chaulic dan y mwgwd nes roedd y tarth o dan ei big hir yn pwff pwffian allan:

'Be sy'n well gynnoch chi? Pryfaid diniwed yn cosi'ch trwyn chi? Neu gynrhon marwol yn eich taro'n gelain?'

Lloriwyd yr esgob.

'Does dim fedrwn ni 'i neud,' gwaeddodd esgob Bordeaux, 'Duw sydd y tu ôl i'r cyfan. Llaw Duw anfonodd y mwg yma i gosbi'r Iddewon a'r pechaduriaid am droi clust fyddar i'w Air O! A rhyfyg o'r mwya ydi cynnig cynghorion i'r bobol, does dim all neb ei wneud i ddad-wneud dicter Duw ond trwy weddi a phenyd, ymbil gwylaidd a gras dwfn.'

A chytunodd y mwyafrif.

'Mae undod y planedau . . .' dechreuodd y meddyg hirbig cyn stopio a dweud, 'mae'r planedau'n newid eu safleoedd o awr i awr. Weithiau mae eu heffaith yn creu drygioni, dro arall, ddaioni. Duw sy'n rheoli symudiadau y planedau. Mae dyn wedi ei rwymo i'r ddaear ac ar drugaredd y planedau a humorau'r corff, ond mae ganddo fo'r deall a'r ewyllys rydd i ddirnad y planedau a'u heffeithiau ar humorau'r corff, mae modd iacháu . . .'

'Ond os ydi'r mwg a'r cynrhon yn rhan o gynllyn dwyfol Duw i gosbi . . .'

'Mae Duw wedi rhoi'r dewis inni. Mae gynnon ni ewyllys rydd, yr ewyllys i ennill achubiaeth trwy sacramentau'r Eglwys neu i ymdrybaeddu a chwantu mewn pechod a wynebu damnedigaeth dragwyddol. Yn yr un modd mae'r eglwys gynnon ni i ddeall y planedau a'u heffeithiau a dewis y llwybyr at iechyd neu afiechyd. O adnabod y symptomau, mae'n bosib inni arbed ein hunain, edifarhau, cyflawni penyd lem, gweddïo ac ennill ffafriaeth y Drindod a'r Saint. Microcosm yw dyn sy'n ddrych o'r macrocosm. Yr un cyfreithiau sy'n rheoli'r ddau.'

'Oes unrhyw ffyrdd eraill o'i arbed?' holodd esgob ifanc a oedd yn gwrando'n astud yn y blaen.

'Oes. Dylid chwistrellu'r lloriau'n ddyddiol, lloriau eglwysi, golchi'r geg a'r trwyn â finegr, bwyta'n gymedrol, osgoi unrhyw gynnwrf neu wylltineb (yn enwedig yn y prynhawn ac amser gwely), ymarfer corff yn gymhedrol ac osgoi corsydd o unrhyw fath, yn enwedig mewn tes a thywydd myglyd iawn gan fod y cynrhon yn ymgartrefu a chenhedlu yno . . .'

'Dylid gweddïo ar Sant Roch,' bloeddiodd un esgob â blas tafodiaith gref ar ei leferydd, 'fe ddidolodd ei holl eiddo ymysg y tlodion, pererindota i Rufain ac ar y ffordd adra fe oedodd mewn clafdy i ymgeleddu claf. Daeth salwch drosto ac fe enciliodd i ddeildy yn y wig i farw ond fe'i porthwyd yn ddyddiol gan gi a gludai fara iddo. Iachawyd o a cherddodd o'r goedwig â'i ddillad yn garpia fel dillad cardotyn a cherddodd i'r pentref agosa lle meddyliodd rhai o'r pentrefwyr mai ysbïwr oedd o. Lluchiwyd o i garchar a bu farw. Ac ar awr ei dranc llanwyd y gell fechan, dywyll â goleuni rhyfeddol. Bu farw yn 1327 a bellach mae'n Sant ac mae ganddo'r gallu i fynd i'r afael â'r aflwydd yma! O, oes! Credwch chi fi! Mi lorith Sant Roch yr erchyllbeth yma!'

Ond cododd un dyn ar ei draed.

'Siarad! Siarad! Siarad! Rhaid inni weddïo! Rhaid inni ymprydio! Be dâl inni siarad?! Mae diwedd y byd gerllaw a 'dach chi'n siarad fel 'tai yfory ac yfory yn ddaearol dragywydd! Paratowch i gwrdd â'ch Barnwr! Crynwch! Rhaid inni chwipio'r cnawd a chosbi ein hunain er mwyn ennyn maddeuant ac ennill y gwynfyd . . . !'

Rhedodd ymlaen a chwalu'r siartiau a'u rhwygo. Malodd y poteli'n deilchion. Ciciodd y gwydr dros y llawr nes ei fod yn sgrialu i bob man. Caniataodd yr adar iddo fwrw'i wylltineb:

'Rhaid inni wneud penyd! Rhaid inni gosbi ein hunain am ein pechodau! Mae Duw yn cosbi Avignon! Rhwng Chwefror a rwan mae dros bedwar cant wedi marw bob dydd! Claddwyd dros un fil ar ddeg mewn mis! Does dim lle iddyn nhw yn y mynwentydd! Rydan ni'n gorfod taflu cyrff i'r afon! Mae un o bob tri cardinal wedi marw! A 'dach chi'n berwi am achos ac effaith! Ffug ymhonwyr ydach chi! Pechod sydd wrth wraidd y cyfan! Pechod! Pechod! Pechod!'

A rhedodd allan o'r Siambr Apostolaidd gan ddisgyn ar un pen-glin wrth iddo sglefrio ger y drws. Ac ar waetha yr hyn a ddywedodd Guy de Chaulic – ei ymresymu deallusol digon cymeradwy – fe wyddai pawb yn nwfn eu calonnau fod y brawd a redodd allan yn nes at y gwir. Cododd y meddyg ei big a rowliodd ei lygaid grisial:

'Os wnewch chi f'esgusodi fi, ond mae gen i gwch i'w ddal i Valence . . . mae'n rhaid imi adrodd yr hanes diweddara wrth y Tad . . . gyda llaw, welsoch chi ŵr penfoel gynna hefo dau gi?'

'Do,' atebodd rhywun.

'Gobeithio nad oedd o'n rhy ddichwaeth ar adeg mor adfydus . . . wnaeth o araith?'

'Do?'

'Cyfrifoldeb yr esgobion?'

'Naci . . .'

'Gwarant y Maddeuebau?'

'Na . . .'

'Gwrthryfel Ystrydebol yr Hereticiaid?'

'Ia.'

Ac ebychodd de Chaulic a dweud yn gyflym:

'. . . ond caniateir imi ei wylaidd werthfawrogi o hyd a
chenfigennu o bosib wrth glywed y cyffro tanbaid newydd
o gydio'n eiddgar mewn gwrthryfel ystrydebol. Mae o'n
ddynwaredwr tan gamp. Mi all ddynwared y Tad i'r dim. Rydan
ni wedi chwerthin hyd at ddagrau yn y gorffennol. Mae'n
ddrwg gen i foneddigion, ond difyrrwr y llys oedd o . . .'

A cherddodd yr adar allan o'r Siambr gan adael cylchoedd
mwg yn ymdroelli ar eu holau.

*   *   *

Byddai wedi bod yn llawer gwell pe na bai Robert de Tresk
wedi ymweld â'r faerdref y flwyddyn honno.

Yr unig beth y llwyddodd i'w wneud oedd ailgadarnhau
ofnau gwaetha Ieuan Ddu. Ei holl ofnau gwaetha. Felly, pan
ddaeth Iolyn Offeiriad ato a deud: 'Mae gin i rwbath i'w
gyfadda. Rhyw gyfrinach i'w hadrodd. Rhwbath na fedra i ar
boen fy enaid mo'i gadw i mi fy hun bellach,' cododd Ieuan
Ddu ei glustiau'n syth ac fe gerddodd y ddau draw i dŷ y
Rhaglaw. Wrth iddynt nesáu roedd nifer o daeogion wrthi'n
ddyfal yn atgyweirio darn o'r to a ddifrodwyd mewn tywydd
garw ychydig ddyddiau ynghynt.

Cerddodd y ddau i mewn.

'Be sy?' holodd Ieuan Ddu gan geisio ymddangos yn
ddihitio.

'Mi wyddost amdana i . . . 'mod i wedi bod i ffwrdd lawar
tro eleni . . . yn amal iawn . . .'

'Do . . .'

Ac fe wyddai'r Rhaglaw yn union beth roedd ar fin ei
ddweud cyn iddo hyd yn oed agor ei geg. Ac wrth iddo
wrando arno'n adrodd yr hanes fe deimlodd ei waed yn llifo o'i
fochau, ei groen yn oeri fel croen gŵydd, iasau bychain yn

cripian rhwng bôn ei wallt a chroen ei ben, ei wddw'n sych a'i galon yn curo ynghynt ac ynghynt.

'Ydi hynny'n bosib?' holodd yr offeiriad ymhen hir a hwyr.

Rhwng y Diafol a Duw, Crist ac Anghrist, cnawd ac enaid, nefoedd ac uffern. Rydan ni wedi'n dal mewn deuoliaeth o'r crud i'r bedd. Achubir rhai, collfernir eraill. Rhai'n gry, eraill yn wan. Byddwch yn effro. Rhaid gwasgu'r pechaduriaid neu fe ddaw dialedd.'

'Na,' atebodd y Rhaglaw'n dawel.

'Na?'

'Na.'

A chododd chwa o chwerthin o rywle uwch eu pennau.

'Dwi 'di penderfynu,' ebe'r offeiriad ar ei ben gan grychu'i dalcen.

'Dwyt ti ddim i ddwad â hi'n agos i'r faerdref yma! Ddim dros 'y nghrogi! Gad hi lle mae hi, Iolyn!!' gwaeddodd Ieuan Ddu.

Tawelodd y taeogion uwchben o glywed y ffasiwn weiddi oddi tanyn nhw.

Dechreuodd Iolyn Offeiriad wylo. Wylo'n dawel.

'Dwi'n wan. Dwi'n ddyn gwan. Ddylwn i erioed fod wedi 'nerbyn i'r urdda. Taeog oedd fy nhad fel ti'n gwbod ond roedd o'n awyddus imi gael gwell cyfla na chafodd o. Ond hyd yn oed heddiw fedris i erioed ddysgu sut i 'sgwennu. A dim ond darllan hefo traffarth mawr ydw i o hyd. A rwan mi fasa'n well, gan mil gwell, gin i fod yn daeog dwl na'n rhagrithiwr cnawdol. Mae 'nghnawd i'n gry, Ieuan Ddu. Fedra i mo'i orchfygu o. A dwi wedi ymbil ar y Fam Wen am nerth ond does dim byd yn tycio. Yn ôl yr a' i dro ar ôl tro. A fedra i ddim byw heb yr ias, yr ias sy yn y cnawd.'

'Bydd dawal!' siarsiodd Ieuan Ddu yn chwyslyd rhwng ei ddannedd gan godi'i lygaid fry.

'Does fiw iddyn nhw glwad petha fel 'na. Mi allan gael pob math o syniada hurt yn 'u penna, os na fyddwn ni'n ofalus.'

Dridiau'n union yn ddiweddarach daeth y sôn am farwolaeth ddisymwth Iorwerth Gam fel mellten o'r niwl.

Ei fab ieuenga ddaeth â'r neges i'r faerdref pan ddaeth i chwilio am Iolyn Offeiriad. Adroddodd yr hanes wrth ddau daeog a welodd ar y ffordd.

Ymgroesodd y ddau.

'Be ddigwyddodd?'

Gwythwches holodd o pan ddaeth draw i'r neuadd wedi iddo fethu â chael gafael ar Iolyn yn unman.

'Marw yn 'i wellt.'

'Fuo fo'n cwyno o gwbwl?'

'Ddim mwy nag arfar.'

A syllodd yn wag o'i flaen.

'Hen dro. A'r ddaear newydd ddechra glasu.'

'Ia.'

'Ydach chi wedi torri a chadw gwinadd 'i draed o?'

'Do.'

'A chofiwch, ar noson yr angladd mi ddaw'r meirw'n ôl i'w tai. Cofia ddeud hynny wrth Nest, dy chwaer. Daw adra'n oer a newynllyd, felly cadwch dân mawn a bwyd a diod iddo fo. A pheidiwch â sgubo'r llawr na hel llwch allan wedi machlud y noson honno rhag ofn i hynny darfu ar 'i ysbryd o.'

A golchodd Gwythwches ei droed chwith yn dyner. Trôdd ei ffêr yn hegar wrth ruthro ar draws y corsydd. Gwasgodd ei ddannedd yn dynn yn ei gilydd hyd nes y tasgodd deigryn o gongl ei lygaid.

*　　*　　*

Y tu allan i furiau'r palas yn Avignon roedd twrw mawr. Newydd gerdded draw i'r eglwys gyfagos gogyfer â'r offeren oedd y tri mynach, pan redodd torf anferth i fyny'r stryd gul dan weiddi sgrechian nerth esgyrn eu pennau. Disgynnodd llawer o hen bobol dan draed ac fe gafodd amal i blentyn godwm wrth i'r anferthdorf hyrddio yn ei blaen fel haid o deirw cynddeiriog yn dwmbwr dambar yn foddfa o arsain arswydus.

'Rheda!' gwaeddodd yr Abad Ifanc wrth Ibn a chydio yn ei arddwn.

'Ond be am y tri?'

Ond cyn iddo gael cyfle i orffen ei frawddeg roedd wedi cael ei dynnu gan yr Abad Ifanc. Rhedodd y ddau i fyny'r bryncyn bychan â'u gwynt yn eu dwrn. Llithrodd Ibn wrth iddo gael cam gwag. Y tu ôl iddyn nhw roedd mwy a mwy o bobol yn llenwi'r stryd, afon o wynebau a choesau a breichiau yn daeargrynu'r stryd, yn trymruo'r ddaear dan draed wrth garlamu'n eu blaena.

Cyrhaeddodd y ddau ben y bryncyn ac oedi. Ond roedd y dorf yn glòs ar eu sodlau, yn dynn ar eu gwarthaf. Islaw, o'u blaenau, roedd yr afon Rhôn lonydd yn gorwedd yn heulwen wanllyd y gwanwyn.

'Tân, falla?' holodd Ibn.

'Does dim mwg i'w weld.'

'Be 'di achos yr holl weiddi 'ta?'

'Be wyt ti'n feddwl?'

A rhedodd y ddau i lawr y llethr tuag at y ddorlan. Cododd hen ddyn o'u gweld yn rhedeg. Rhedodd y ddau at yr afon lle'r oedd nifer o gychod wrth angor. Y tu cefn iddyn nhw roedd y dorf wedi cyrraedd pen y bryncyn ac yn llifo i lawr y llethr tuag at yr afon yn rhaeadr ffrochwyllt o gnawd. Neidiodd yr Abad Ifanc ac Ibn i mewn i'r cwch agosa.

Ar ben y bryncyn roedd y bobol yn ymladd â'i gilydd. Cododd un hen wreigan bladur loyw at ddyn a thorri ei ben i ffwrdd. Roedd eraill yn cwffio â phicweirch a chryman. Neidiodd cardotyn carpiog (oedd bron yn noeth) ar ben dau ddyn a gwthio gwasgu'i hun arnyn nhw. Sgrechiodd y rheini a cheisio'u gora glas i stryffaglio o'i afael.

Llindagwyd lepr ond bloeddiodd hwnnw:

'Ddim y fi wnaeth! Yr Iddewon a'm gorfododd i! Y nhw a'm gorfododd i!'

Sodrodd bachgen bach gryman yng nghefn dyn a oedd yn gwasgu dyn arall ar lawr. Gwialenodiodd hen wraig bobol o gylch eu pennau â phastwn praff.

Datglymodd Ibn y rhaff a gwthio'r cwch i'r dŵr.

Erbyn hyn roedd llawer iawn o'r dorf wedi cyrraedd

y dorlan ac yn eu lluchio'u hunain i'r afon. Roedd y llethr yn faes yr ymladdfa fwya ffyrnig a welodd Ibn erioed. Darniodd y bobol ei gilydd yn dameidiau. Ceisiodd dyn ddringo i mewn i'r cwch. Tarodd yr Abad Ifanc ei ddwylo â rhwyf. Diflannodd hwnnw (gan gyfarth yn boenus) dan y dŵr. Rhwyfodd Ibn a'r Abad Ifanc yn egnïol. Rhwyfo ymhellach ac ymhellach i ffwrdd oddi wrth y lan. O dipyn i beth roedd y sŵn yn cilio o bell a'r darlun yn prysur ymdebygu i freuddwyd. Hunlle erchyll o rywbeth yn ôl i lawr ym mreuddwydion plentyndod pell oedd y cwbwl.

'Heddiw oeddan nhw'n rhyddhau'r carcharorion.'

Neidiodd Ibn a'r Abad Ifanc o'u crwyn: roeddan nhw wedi anghofio'n llwyr am yr hen ddyn a eisteddai ym mhen blaen y cwch. Ei gwch o, o bosib.

'Torrodd yr haint allan yn y carchar o flaen unman arall achos mai yno y taflwyd y carnbechaduriaid at ei gilydd, ac erbyn hyn doedd dim amdani ond gollwng y gweddill prin yn rhydd.'

'Ac maen nhw'n dial?'

Ond nid atebodd. Roedd ei lygaid ynghau a'i geg ar agor. Cyffyrddodd yr Abad Ifanc o ond mudlithrodd dros yr ymyl ac i'r lli. Sylwodd y ddau ar ei gorff yn bobio'n araf i lawr am y môr ac ymhen dim o amser ni allai'r ddau gofio a oedd wedi siarad ai peidio. A oeddan nhw wedi cyd-ddychmygu'r llais?

Ag isel sŵn y rhwyfau ar lyfnder y lli, crawciodd brain yn rhywle. A thrwy'r niwl gellid gweld tri aderyn mewn cwch yr ochr bella i'r afon.

*   *   *

Rhwng Sul y Blodau, pryd y teflid blodau ar y beddau gan y taeogion fel arwydd o'r atgyfodiad, a Dydd Gwener y Groglith fe gladdwyd Iorwerth Gam.

Doedd Chwilen Bwm ddim yn teimlo'n hanner da. Roedd ei esgyrn yn brifo ac annwyd lond ei ben.

Bu'n troi ac yn trosi yn ei wellt.

*Yr arch, yr arch, yr arch, yr arch . . .'

Cerdded o'r eglwys am y fynwent a phawb yn canu:
'Hosana! Hosana! Hosana!'
Pawb yn dal cannwyll ac yn cydgerdded.

'Tyrd i'w gynorthwyo, holl saint Duw; ewch i'w mofyn, pob angel Duw; cymerer yr enaid i ŵydd Duw.'

Gollwng yr arch i'r pridd, i'r twll, gollwng Iorwerth Gam o'r gafaelion i afael y ddaear.

'Wylo, wylo, wylo, wylo, wylo . . .'

Yn yr eglwys diffoddwyd y canhwyllau hyd nes nad oedd ond un yn olau y tu ôl i'r allor, ac yna yn y tywyllwch, codwyd yr arch yn uchel.

'Cymerer yr engyl ti i fynwes Abraham, gorffwysfa dragwyddol, goleuni tragwyddol, gorwedder mewn hedd.'

A thrwy'r cyfan, wyneb Nest ferch Iorwerth Gam, ei llygaid, ei dwylo, ei bysedd, ei phengliniau! Gallodd fynd yn agos ati wrth lan y bedd, a'i ffroenffychian. Ogleuodd hi (ar waetha'i annwyd) – ogla pridd y Pasg a chwys y gwŷr rhydd a'r taeogion, ogla Nest ferch Iorwerth Gam.

Gallai pawb weld y diawl o chwant a godai ynddo.

'I'th ddwylo Di, O Arglwydd, y cymeradwyaf fy ysbryd. Arglwydd Iesu derbyn fy enaid. Mair Sancteiddiaf, gweddïa drosof.'

Roedd isio'i llyfu, ei llyfu a'i llyfu ac yfed chwys ei cheseiliau, sugno'r pennau duon o'i thrwyn a gwthio'i hun i mewn i'w chorff a rhwbio'i had hyd ei bronnau.

'Llyfodd y groes wrth ris yr allor a siffrwd y taeogion y tu ôl iddo. Llyfu a llyfu y groes ac roedd hi'n toddi o flaen ei lygaid! Roedd hi yno!'

Nest ferch Iorwerth Gam yn noeth o'i flaen.

'Claddwyd y groes ger yr allor, roedd hi wedi'i rhwymo mewn cadachau.'

Cerddodd hi tuag ato a'i breichiau ar led!

'O Fair, Fam Wyryf, Mam Duw, ein cysur mewn cystudd, cymell yr enaid hwn i'th Anwylaf Fab . . .'

Agorwyd y bedd ger yr allor ac fe godwyd y groes – ond roedd hi wedi troi'n sarff! Gwingodd y sarff a hisian ac agor ei safn led y pen, a gwelai ddau ddant miniog yn cythru amdano!

Gwaeddodd! (Ond doedd dim sŵn!)

'Sant Joseph, nawddsant y meirw, deuaf atat i mofyn cymorth . . .'

Yr arch, yr arch, yr arch, yr arch, yr arch . . .'

. . . dwi'n caru merch o'r gafaelion, o waed uwch a dwi'n daeog isel o waed is nag isel . . .

'Ond o do'r eglwys ehedodd colomen wen ar draws y buarth a cylchynu'r dref nifer o weithia.'

'O, Sant Joseph, be wna i?'

. . . colomen wen yn hedfan tua'r môr a thros y coed tua'r haul . . .

. . . ond daeth Ieuan Ddu a nifer o'r gwŷr rhydd ar ei ôl, i'w erlid! Y fo a Nest yn noethion! Yn rhedeg trwy'r goedwig a'r gwaedgwn a'r gwŷr rhydd a'u pastynau yn dynn ar eu sodlau ac maen nhw'n rhedeg a baglu a'r cŵn yn coethi a gweiddi cras y dynion:

– taeog!

– taeog!

– taeog!

– taeog!

– taeog!

– mi gawn ni chdi!

– mi dorrwn ni dy bidlan di!

– a bwydo dy gerrig di i'r moch!

– cymysgu gwaed isel ag uchel waed!

– torri'r gyfraith!

– balchder taeog!

– anifail!

– poeri yn wyneb Duw!

– mi gawn ni chdi!

Sgrechiodd Chwilen Bwm!

Deffrôdd.

Yn lafar o chwys, a'r trobwll mwya ffyrnig yn gwthio yn erbyn asgwrn ei benglog!

Ond fe wyddai un peth: roedd yn rhaid iddo gael gafael arni hi neu fynd o'i go!

Bu'n aeaf hir . . .
Bu'n aeaf oer . . .
Tic tic tic tic tic . . .

*   *   *

Peth ofnadwy i fardd ydi dechrau moeli a cholli'i ddannedd
a hitha'n fis Mai unwaith eto. Ond dyna oedd yn digwydd,
ac oherwydd hynny hon oedd y daith glera gynta erioed
i Iasbis ap Dafydd wisgo cap drwy gydol yr amser.

Roedd o'n heneiddio.

Ac arwydd arall o'i henaint oedd gorfod llusgo disgybl i'w
gynffonna o gwmpas y cymydau o hyn hyd Ŵyl Sant Mihangel
pryd y câi ddychwelyd i Abaty Glyn y Groes i wiwera'r gaea
gan slochian gwin a medd yr abad.

Doedden nhw ddim wedi bod yng nghwmni'i gilydd rhagor
nag ychydig ddyddiau cyn bod Iasbis wedi hen 'laru, wedi cael
mwy na llond bol ar y coc oen bach. Roedd o mor frwdfrydig,
mor llawn egni, mor eiddgar i deimlo a blasu a chyffwrdd ym
mhob dim. Roedd o'n dân ar ei groen o. Yn boen ar 'i enaid o.
Roedd o isio chwydu.

Gallai ei glywed yr eiliad yma yn cerdded rhyw ddau neu dri
cham y tu ôl iddo yn ceisio meddwl am amrywiadau o groes o
gyswllt a sain gadwynog â'r gair 'ceiliog'. Roedd o isio cic
yn 'i gerrig. Dyna be fydda'n 'i setlo fo: cic yn 'i gerrig.

Doedden nhw ddim wedi torri gair â'i gilydd ers o leia
ddeuddydd. A'r rheswm?

Cafodd ei demtio. Newydd godi oedden nhw, y ddau wedi
cysgu yn yr awyr agored, dan gysgod derwen anferth yn y
goedwig. Aeth Cadwgan ap Ifor ar ei bedwar at nant gyfagos
ac yfed dŵr fel carw.

Ac o'i weld felly a'i ben ôl yn yr awyr, daeth rhywbeth dros
Iasbis. Rhedodd draw a gwasgu Cadwgan nes bod ei wyneb yn
y clai ar waelod y ffrwd.

Stranciodd y disgybl gan gicio a breichio a chwythu ond
daliodd Iasbis ynddo fel gelen.

Yna, gollyngodd ei afael ynddo a chododd Cadwgan â'i wyneb a'i dalcen a'i wallt yn glai a dŵr ac yn dyfiant gwyrdd. Wedi hyn, pellhaodd Cadwgan oddi wrtho: diolch i'r drefn. Doedd o ddim wedi'i blagio fo efo'i gwestiynau plentynnaidd, dwl beth bynnag.

'Sawl cynghanedd groes o gyswllt sgwennoch chi'n eich cywydd cynta? Ydi cymeriadu cynganeddol 'c' yn well na 'd' yn chwe chwpled agoriadol cywydd mawl?'

Erbyn hyn roedden nhw ar fin cyrraedd y faerdref. Diolch i'r Fam Wen a'r Holl Saint a'r Apostolion. O leia, fe gâi hedd rhag y farn ar ddwy goes dros dro yn fan'no. Gallai ei ollwng yn rhydd i boenydio'r arglwyddes neu'r arglwydd neu'r rhaglaw neu'r gof neu rywun a fyddai'n 'i arbed o rhag yr hyrdi gyrdi.

Ac fel roedden nhw yn croesi'r sarnau ac yntau hannar ffordd ar draws y cerrig, sylweddolodd fod Cadwgan wedi stopio ar y dorlan.

Stopiodd ynta.

'Be ddiawl oedd yn bod arno fo rwan, eto fyth? Rhyw stumia dragwyddol, rhyw helbul, mwn! Mi rybuddiodd o'r abad ddigon nad oedd yr hogyn ddim ffit nac yn ddigon aeddfed o'r hannar i fynd ar daith glera. Flwyddyn nesa hwyrach, ond ddim 'leni, ac yn sicr ddim hefo fo!'

Agorodd Cadwgan ei geg:

'Pam ydach chi mor gas efo fi? Be dwi 'di neud i haeddu hyn?'

Sylwodd Iasbis ar ddau frithyll yn nofio yn yr afon wrth ymyl y garreg y safai arni.

'Ty'd yn dy flaen i loetran!' harthiodd y bardd gan dynnu ei gap a rhedeg ei fysedd trwy hynny o wallt a oedd yn weddill ar ei gorun.

Un o'r rhai cynta a welodd Iasbis oedd taeog. Roedd nifer ohonyn nhw wrthi'n hel defaid ac ŵyn i gorlan. Brith gof oedd ganddo o'i ymweliad ola â'r faerdref hon. Ac os y cofiai'n iawn, roedd yr arglwydd i ffwrdd yn Ffrainc bryd hynny . . . ac yn sydyn fe gofiodd enw'r taeog –

'Chwilan Bwm!' rhuodd Iasbis ap Dafydd.

Trodd pawb eu pennau i edrych ac roedd y bardd yn brasgamu yn gyflym i'w cwfwrdd a'i gap yn ei law.

'Pa hwyl?'

Edrychodd Chwilen arno'n amheus: doedd o ddim ym ei gofio, mae'n amlwg.

'Iasbis ap Dafydd,' gwaeddodd y bardd ei enw gan ledu'i freichiau a'u dal yn uchel: 'Sgin ti rwbath imi 'i slochian? Mae trampio draws gwlad yn y gwres 'ma'n codi'r sychad mwya diawledig ar ddyn!'

Erbyn hyn roedd Cadwgan ap Ifor yn sefyll gerllaw a golwg flin iawn ar ei wyneb.

'Be 'di enw'r coesa main 'na sy'n cadw trefn arnoch chi?'

'Ieuan Ddu,' atebodd un taeog.

'Ieuan Ddu, ia. Cofio rwan. Dydi o ddim wedi'i heglu hi gobeithio? Dal ar dir y byw ydi o?'

Ymgroesodd y taeogion a chwarddodd y bardd.

'Fydda hi ddim yn rheitiach inni'i throi hi am y neuadd?' holodd Cadwgan ap Ifor ar ei draws gan edrych yn hyll a diamynedd.

'Gwrandwch ar y ffurcan ffawydd yma,' ebe'r bardd a dynwared llais uchel ifanc y disgybl, 'fydda hi ddim yn rheitiach inni'i throi hi am y neuadd?'

Chwarddodd rhai o'r taeogion a gwgodd Cadwgan. Roedd yn gwneud ffŵl ohono eto, ond yn waeth na dim y tro yma, roedd yn gwneud ffŵl ohono yng ngŵydd y bustych diamcan yma. Gwylltiodd a cherdded i gyfeiriad y neuadd â'i wyneb ifanc, difrifol yn fflamgoch. Os nad oedd parch i fardd ac i'w alwedigaeth uwchlaw pob dim arall, yna ni ellid parchu undim arall mewn bywyd chwaith. Roedd yn rhaid wrth barch a threfn mewn bywyd neu fe fyddai pob dim yn ymddatod a phydru ac fe ddychwelai pawb i'r coed a byw fel anifeiliaid unwaith eto. A chynnal y drefn a'r parch hwn oedd un o brif swyddogaethau'r bardd. (Geiriau ei athro, Abad Glyn y Groes.)

Ond roedd o wedi sylwi, yn waeth na dim efallai, nad oedd

gan Iasbis ap Dafydd ddim parch ato'i hun. Felly, sut y gallai dyn felly barchu neb arall?

Unwaith y trodd Iasbis ei gefn ar y taeogion a cherdded tua'r neuadd fe boerodd pawb ar y llawr.

'Dwi 'di mynd yn rhy hen i'r ffagio 'ma.'

Gorwedd ar ei hyd yn y gwellt oedd Iasbis. Roedd hi ar fin tywyllu, rywle ym mrig y nos, ac roedd o wedi llonyddu. Roedd ei leferydd hefyd wedi arafu a phrin y symudai ei wefusau. Yr holl fedd y bu'n ei yfed gydol y pnawn oedd yn gyfrifol am ei ddofi.

Eisteddai Cadwgan ap Ifor nid nepell i ffwrdd yn ceisio llunio sangiad mewn cwpled cywydd mawl i Angharad Ferch Madog gyda llinell o sain anghytbwys ddyrchafedig a thraws fantach (wan) ond roedd yn methu â chael y cwpled i gymeriadu'n gynganeddol. Bu wrthi ers cryn amser ac erbyn hyn roedd yn dechrau myllio.

'Roedd ganddi wallt du, du bitsh ar un adag . . . du bitsh fel huddug . . .'

'Yr arglwyddes?'

'Du fel y frân.'

'Ddeudodd hi ddim gair o'i phen . . .'

'Mae o mor wyn!'

'Cyflawni penyd am bechodau'r taeogion a'r gwŷr rhydd.'

'Claerwyn! Hollol wyn drwyddo! Dim blewyn du ar gyfyl 'i chorun hi!'

'Ond pam mae hi'n methu cysgu? Ydi'r Gŵr Drwg . . . ?'

Torrodd Iasbis wynt: bybl galed yn clecian godi o fôn ei gefn cyn byrstio yn ei geg. A phoerodd.

'Ydach chi wedi gorffan eich cywydd ar gyfar heno?'

'Ers meityn.'

'Do wir?'

'Do.'

'Sut?'

'Newid mymryn ar un 'nes i llynadd i rywun arall.'

Roedd Iasbis yn cnoi blewyn yn ei geg ac yna trodd i orwedd ar ei fol.

'Ydi hynna'n dderbyniol?'

'Dwi rhwng dau feddwl 'i ddeud o ai peidio.'

'Chaech chi ddim medd wedyn.'

A hanner chwarddodd y bardd.

'Chi ydi un o feirdd mwya'ch cenhedlaeth.'

'Paid â seboni, cont.'

'O ddifri. Wir yr. Chi ydi un o'n beirdd mwya ni. A tasa gin i fymryn lleia o'r ddawn sy gynnoch chi mi faswn i'n ddyn dedwydd iawn. Ac yn fwy na bodlon.'

Yn nes ymlaen, yn y neuadd, roedd yr arglwyddes, Ieuan Ddu a Iocyn Fach y gof, Iasbis ap Dafydd a Chadwgan ap Ifor yn bwyta. Bwytaodd Iocyn fel anifail gan stwffio a gwthio a sugno'i fysedd wrth lowcio'n swnllyd.

Roedd Iasbis wedi dechrau meddwi ac roedd ei ddisgybl yn rhy swil i dorri gair â neb oni bai fod rhywun yn ei holi o yn gynta.

Y tu allan roedd y taeogion yn rhedeg rasus. Rhedeg o un pen o'r buarth i'r llall ac o gwmpas yr eglwys. Roedden nhw'n gweiddi ar ei gilydd ac yn cadw sŵn wrth ddathlu dyfodiad mis Mai a'r haf. A phan siaradai Iasbis roedd ei eiriau yn cael eu boddi gan y sŵn . . .

Cododd Ieuan Ddu cyn bo hir a cherdded allan ac oedodd pawb wrth y bwrdd o'i glywed yn gweiddi a lambastio eiddo'r dref am gadw twrw . . .

Wrthi'n sôn am Abaty Glyn y Groes oedd Cadwgan ap Ifor pan ddychwelodd y Rhaglaw i'r neuadd.

'. . . roedd hi'n ofnadwy o oer 'leni, er fod tri neu bedwar ohonon ni wedi swatio efo'n gilydd yn yr un gwely bob nos . . .'

Isel hofran o fewn ychydig fodfeddi i'r bwrdd oedd trwyn Iasbis ac roedd yn troi y gyllell ag un bys ar ben y carn a honno'n ara ddrilio i'r pren.

'. . . fuo rhaid inni i gyd fynd heb fwyd tua diwadd y mis bach . . . fuo farw wn i'm faint o'r taeogion ac mi gollodd yr abad lawar o ddefaid da hefyd cyn tymor yr ŵyn . . .'

'. . . ychydig o ddefaid gollon ni 'leni,' ebe Ieuan Ddu wrth eistedd, 'a llai byth o daeogion . . .'

Bu tawelwch am ennyd a gallent glywed lleisiau'r taeogion yn y pellter yr ochr bella i'r eglwys. Syllodd Cadwgan ar wallt gwyn yr arglwyddes a cheisio dyfalu sut fath o lais oedd ganddi.

Roedd hi wedi dechrau tywyllu ac roedd y tân mawn yn dal i losgi'n isel.

'Be sy gynnoch chi inni?' cododd Iocyn Fach ei lais toc, 'awdl 'ta cywydd?'

Trodd Cadwgan i edrych ar y bardd hŷn ond roedd hwnnw'n dal i ddrilio'r gyllell i'r bwrdd.

'Ma'n well gin i awdl. Mi ddeuda llawar 'mod i'n hen ffasiwn. Ond dyna fo, mae'n well gin i y petha digyfnewid. Yr hyn sy'n dragwyddol sefydlog mewn bywyd. Mi wyddoch lle 'dach chi'n sefyll yng ngwynab y cyfarwydd.'

'Rhaid imi biso.'

Cododd Iasbis a siglo ar ei draed cyn pwyso'n drwm ar ysgwydd Cadwgan a oedd yn goch at ei glustiau. Cerddodd allan yn dawel.

'Medd Eifionydd dipyn cryfach na'r pib llwdwn 'na sgynnyn nhw yng Nglyn y Groes.'

A chwarddodd Ieuan Ddu. Roedd yntau wedi dechra'i dal hi beryg.

Y tu allan i'r neuadd gwthiodd Iasbis ei fys i lawr ei gorn gwddw. Teimlodd ryw godi yn ei stumog, rhyw godi hyd at ei frest cyn disgyn yn ôl. Yr eildro, gwthiodd ei fys i ddyfn ei gorn gwddw a slyshiodd i fyny'n frysiog a phoeth.

Trwy'i drwyn a thrwy'i geg.

Ac eto . . .

. . . y medd yn gras ar ei gorn gwddw . . .

Ac eto . . .

. . . yn wag a chrach y tro hwn . . .

Edefyn gloyw yn hongian o'i wefus.

Pesychodd a thuchan gan sychu'i drwyn â chefn ei law. (Cododd ei ben.)

. . . toc . . .

– o sylwi ar bengliniau gyferbyn â'i drwyn –

– bysedd tyner ar ei ysgwydd –

Chwythodd ei drwyn –

– a chrachboeri –

ac wrth iddo godi'i ben yn uchel, roedd dagrau lond ei lygaid . . .

'Maen nhw'n disgwyl amdanach chi . . .'

Cadwgan ap Ifor siaradodd yn dawel.

'Fedra i ddim . . .'

'Maen nhw'n disgwyl am y cywydd mawl . . .'

Poerodd Iasbis a sniffian.

'Deud d'un di wrthyn nhw . . .'

'. . . na . . .'

'. . . fedra i ddim! . . .'

'. . . maen nhw am . . .'

'. . . ddim heno! . . .'

Gwaeddodd rhyw daeog ar daeog arall yn y llwydwyll.

'Ond y chi maen nhw isio'i glywad.'

A waldiodd Iasbis ei dalcen â'i law ac ysgwyd ei ben fel pe bai mewn poen mawr.

'Dwi ddim isio!'

Grymusodd llais Cadwgan:

'Mae 'na ddyletswydd foesol arnoch chi fel bardd i anrhydeddu eich noddwr a thalu parch i'ch crefft a'ch traddodiad.'

'Dwi newydd chwydu'r nawdd, 's arna i ddim . . .'

'Mi ddôn allan os na awn ni i mewn.'

Gwylltiodd Iasbis yn gacwn a dechrau gweiddi:

'Ti ddim yn gweld be 'dan ni'n neud? Wyt ti? Be sgin ti'n y pen dwl 'na? Tywod?'

Camodd Cadwgan yn ôl fymryn:

'Sbia arna chdi dy hun a gofyn be yn y byd mawr wyt ti'n neud? Yn enw pob daioni! Hola dy hun ac edrycha o dy gwmpas!'

'Ydi moli gwŷr a gwragedd o uchel waed yn bechod?'

'Gofyn ydw i.'

'Ond sut fyddwn ni'n byw os na dilynwn ni'r grefft?'

'Dydi hi ddim yn ddiwadd y byd.'

'Tasan ni ddim yn moli, mae 'na ugeinia erill fydda ond yn rhy barod i lamu i'n 'sgidia ni?'

Ysgydwodd Iasbis ei ben yn araf:

'Y peth mwya uffernol yn dy gylch di . . . Mae o fel cario drych efo fi i lle bynnag yr a' i . . . Drych y liciwn i roi dwrn ynddo fo a malu'r gwydr yn deilchion! Hola'r cwestiyna, ceisia'r atebion!'

'Mae'r cwestiyna eisoes wedi'u hateb yn Nuw.'

'Mi liciwn i gicio'u byrdda nhw'n ddarna, darnio'r dodrefn, bwyellu'r drysa a llosgi'r neuadd!'

'Pam y ffwlbri plentynnaidd yma, Iasbis?'

Roedd llais Cadwgan yn swnio'r un ffunud â llais yr Hen Abad yng Nglyn y Groes, a blinciodd Iasbis o'i glywed:

'Pam yr anaeddfedrwydd syrffedus yma? Bardd yn 'i oed a'i amsar yn rhegi, yn meddwi fel taeog penwag? Y balchder noeth yma? Yr hunan dolurus? Pa les ydi hynna i neb? A tasa'r drefn yma ddim mewn bodolaeth, mi fydda trefn arall. All neb gicio'n hir iawn yn erbyn Duw.'

Llygadodd y ddau ei gilydd am amser.

'Ti'n hogyn deallus, Cadwgan.'

A dododd Iasbis ei law ar wallt y bardd iau a chydio yn y trwch:

'Mi ddoi di i ddallt ryw ddydd.'

'Ydach chi'n iawn?'

Roedd Iocyn Fach y gof yn sefyll ym mhorth y neuadd. Syllodd ar y ddau fardd a oedd wedi cydio'n dynn yn ei gilydd.

'Ydan, mi rydan ni'n iawn.'

Iasbis ap Dafydd atebodd cyn cerdded yn dawel i'r neuadd. Ac wrth iddyn nhw oleuo cannwyll ar y bwrdd roedd y taeogion chwyslyd yn cerdded tua'r hofeldai a'u cyrff yn sgleinio fel cyrff ceffylau yng ngolau'r lloer.

*   *   *

Oedodd Jean de Venette, ffisegydd yn yr Hotel Dieu ym Mharis, i gael ei wynt ato ac ysgrifennu yn ei ddyddlyfr:

Mai 20fed 1348 Oed Crist.

Blingwyd pobol Ffrainc a bron yr holl fyd gan adfyd gwaeth na rhyfel. Gwaeth na'r newyn. Mae pestilens wedi codi'i ben ac yn lledaenu trwy'r wlad i gyd. Yn y mis hwn wedi Vespers, fel ag yr oedd yr haul yn machlud fe ymddangosodd seren ddisglair fawr yn yr wybren uwchben Paris. Ond yn wahanol i sêr cyffredin, sydd fel rheol yn uchel yn yr hemisffer, roedd hon yn hynod o agos.

Pan fachludodd yr haul, fe ffrwydrodd y seren hon yn nifer helaeth o belydrau gwynion ac fe'u gwasgarwyd dros Paris a thua'r dwyrain ac yna fe ddiflannodd yn gyfan gwbwl wedi ei difa'n llwyr. Be ddigwyddodd wedyn, ni allwn lai na damcaniaethu. Ond os trodd yr aer a chwythwyd o'r myrdd pelydrau hyn yn darth, rhaid ymbwyllo a disgwyl dyfarniad yr astrolegwyr. Argoel o'r hyn i ddod oedd y seren. Darogan gwae y pestilens a ddaeth mewn byr o dro drwy Ffrainc a maes o law, yma i Baris.

Cyn ffyrniced ydyw mewn llawer o rannau o'r deyrnas fel nad oes modd claddu y meirw i gyd. Gadawyd llawer o dai a phentrefi yn wag ac maent eisoes wedi mynd â'u pennau iddynt. Hyd yn oed yma, ym Mharis, mae llawer o dai wedi eu . . .

Cnoc ar y drws.

'Ia?' holodd Jean de Venette.

Addysgwyd o mewn ysgol ramadeg er pan oedd yn naw oed, gan ganolbwyntio ar y Saith Gelfyddyd – gramadeg, rhethreg, dialecteg, arithmetic, geometri, cerddoriaeth ac astroleg. Yn bymtheg oed fe aeth i Brifysgol Paris hyd nes yr oedd yn chwech ar hugain oed pryd y bu farw ei dad, masnachwr gwin. Y flwyddyn ganlynol llwyddodd yn ei arholiadau ac fe enillodd ei radd *baccalaureat*. Ac wedi ennill y radd hon, ac nid cyn hynny, y dechreuodd ei hyfforddiant mewn meddygaeth.

Sylfaenwyd yr ysgol feddygol ym Mharis ar weithiau Hippocrates, Galen a sawl gwaith Arabaidd. Daeth gwaith

y Persiad Avicenna i fri mawr tua chanol y ganrif pan oedd
Jean de Venette yn ddarpar ffisegwr. Rhennid yr urdd
feddygol ar y patrwm Groegaidd yn bum gradd: Ffisegwyr,
Llawfeddygon, Llawfeddygon Barbwr, Apothecarïaid a llu o
ddynionach amhroffesiynol a ddilynai'r alwedigaeth am eu bod
yn rhy analluog i wneud dim byd arall mewn bywyd.

Anghymeradwyid llawer o waith ymchwil ac ychydig iawn o
arsylwi empiraidd oedd mewn gwirionedd. Ond wrth gwrs,
roedd damcaniaeth yr humorau yn gyflawn ynddi'i hun,
a phedwar humor y corff, gwaed, fflem, bustl melyn a bustl du
yn ficrocosm o'r bydysawd mawr. Yr un cyfreithiau oedd yn
llywodraethu'r naill a'r llall.

Agorodd y drws a daeth y llawfeddyg, Bernard de
Mondeville, i mewn: roedd ei ffedog lwyd yn gymysgedd o
waed, crawn du, wyau, chwys, blewiach a chyfog. Eisteddodd
ar ei union ac ysgwyd ei ben:

'Wedi blino?' holodd de Venette.

Parhaodd i ysgrifennu ei ddyddlyfr (yr unig lyfr a gadwai
dan glo ar wahân i gopi o *Llyfr y Twymgalonnau* gan Galen).
Cododd de Mondeville a dodi'i ddwylo y tu ôl i'w ben a syllu
ar yr haul yn machlud.

'Wyt ti'n dwad i'r ddarlith?'

'Mhm,' atebodd de Venette tan ddarllen yr hyn roedd
newydd ei ysgrifennu.

'Wn i'm be 'dan ni haws chwaith . . .'

'Faint . . .'

'Hyd yn hyn?'

'Mhm – heddiw . . .'

'Dyfala . . .'

'Pedwar cant?'

'Dau gant namyn un o gleifion; deg ar hugain o leianod;
pedwar ffisegwr; dau lawfeddyg; wyth apothecari, ac un lepr . . .'

'O'i gyflwr?'

Ac edrychodd Bernard de Mondeville arno a'i ben ar
ogwydd dro, ei aeliau wedi'u codi a'i wefusau wedi'u cau'n
dynn yn ei gilydd.

'Cwestiwn dwl,' cytunodd de Venette.

Tawelwch heblaw am grafu yr ysgrifbin.

'Os mai'r seren . . .' dechreuodd de Mondeville, wedi i'r broblem gorddi yn ei ben trwy'r dydd, '. . . os mai hi sy'n gyfrifol, honno a'r mymryn daeargryn 'na ddechra'r flwyddyn, falle fod y ddau efo'i . . .'

'Alla daeargryn ddim bod yn gyfrifol . . .' Trodd de Venette, '. . . dydi Galen, nac Avicenna o ran hynny'n sôn un dim am ddaeargrynfeydd. Dwi wedi bod yn meddwl fod a wnelo'r tywydd poeth 'ma rywbeth â'r peth . . .'

'Y tywydd?'

'Cynnes, llaith . . . ac mai'r gwyntoedd o'r de ym mis Mai sy wedi'i chwythu o . . .'

Ond rywsut, o adrodd ei feddyliau yn gyhoeddus, doedd o ddim hanner mor argyhoeddiedig â hynny. Swniai'r geiriau'n wag ac yn amddifad o sylwedd. Damcaniaeth glwc oedd hi.

'Deudodd ffisegwr wrtha i heddiw, roedd o wedi clywed gan rywun fu ym Mhrifysgol Bologna, fod lliw yr awyr gyda'r nos yn dynodi a ydi o ar ddod ai peidio.'

A syllodd ar fachlud bendigedig a'r awyr gigliw o'i flaen.

'A bod glaw trwm yn y boreau a niwl parhaus a gwyntoedd cryfion a rhai cymylau ar ffurf arbennig yn gallu'i gymell o . . .'

'Felly,' ac roedd de Venette wedi cynhyrfu, 'felly, dydi hynna ond yn ategu be ydan ni wedi'i feddwl ar hyd y bedlan: mai llygredd yn yr awyr sy'n gyfrifol.'

'Yn hollol.'

A theimlodd y ddau fymryn yn ddedwyddach o ganfod cysur yn eu cydargyhoeddiad ynglŷn ag achos y pestilens. Caeodd Bernard de Mondeville ei lygaid a daeth pwl o hwyr-drwmgwsg drosto. Roedd ei wyneb yn sgleinio a chyn pen dim roedd yn chwyrnu cysgu.

Cododd Jean de Venette a cherdded allan.

Ychydig yn ddiweddarach yn y llwydwyll, wedi offeren besychlyd a chanu gosberau digon dilewyrch, roedd de Venette yn sgwrsio â'r esgob Guillaume de Roussillion yn ei eglwys nid nepell o'r Hotel Dieu. Roedd yn edrych yn ofnadwy, yn waeth na drychiolaeth. Amheuai de Venette a oedd o wedi cysgu ers wythnos, ac edrychai fel pe bai'n bwyta gwellt ei wely. Gorchuddid ei wisg â llwch a budreddi ac roedd ei draed yn ddu bitsh. Anamal iawn y byddai de Venette yn sylwi ar ddrewdod cyrff pobol (yn enwedig yn awr) ond roedd fel petai'r esgob yn cadw cath wedi marw dan ei ddillad.

'Be ydw i'n methu â'i ddallt ydi hyn: pam bod rhai yn ei ddal o a'r lleill ddim? Mae Duw fel rheol mor gytbwys ym mhopeth. Yn gytbwys yn ei gariad ac yn ei greulondeb, fel tad da. Mae'r Iôr yn cosbi ei weision ffyddlon yn yr un modd ag y cosba garnbechaduriaid, godinebwyr, benthycwyr arian, lladron a llofruddion – pobol nad ydyn nhw erioed wedi malio lwmpyn o wêr am ei Ddengair Deddf? Pam?'

Ysgydwodd de Venette ei ben yn ara o ochr i ochr, rhwbiodd ei lygaid. Bu'n cicio cymaint o wahanol syniadau yn erbyn gwahanol furiau yn y gobaith y byddai'n eu chwalu, ond yn ôl y deuent yn wastad i grach-chwerthin yn ei wyneb. Doedd fawr o ddiben dyfynnu gwaith y paganiaid wrth yr esgob; ni fynnai glywed. Ond eto, rywle rhwng damcaniaeth a phrofiad, roedd yn troedio llwybr rhyw wirionedd meddygol, ac felly adroddodd fel ail natur:

'Pan fo humorau'r corff mewn cytgord â'i gilydd a dyn yn mwynhau iechyd, fe elwir hyn yn *Eukrasia*, ond pan fo rhywun yn glaf, a humorau'r corff mewn anghytgord, fe elwir hyn yn *Dyskrasia*. Rydan ni yn yr Hotel Dieu o'r farn fod yr aflwydd yn yr awyr, a'i fod o'n taro pobol o ansawdd poeth a llaith. Does ond rhaid i rywun anadlu'r gwenwyn ac fe all ei drosglwyddo i rywun arall ac felly ymlaen o ddyn i ddyn, o wlad i wlad, o esgobaeth i esgobaeth, trwy'r byd i gyd.'

Agorodd yr esgob ei lygaid led y pen ac am ennyd tybiodd de Venette ei fod yn sidellu ac ar fin disgyn ond llwyddodd i sadio'i hun:

'Ewch ymlaen.'

'Fel rheol, mewn pobol ifanc, nwyfus y mae'r humorau gryfaf. Pobol nwydus, synhwyrus. Maen nhw'n arbennig o gryf mewn merched. Mae merched ifanc mewn perygl gwirioneddol fawr, wrth reswm. Mae pobol sy'n gorfwyta a goryfed hefyd mewn perygl. Mae ieuenctid mewn perygl enbyd. Trwy chwantu ar ôl y cnawd (yn enwedig ar ôl merched canol oed) rydach chi'n gwresogi'r corff ac felly yn croesawu'r cynrhon.'

Anadlodd yr esgob a llyncu'i boer.

'Tri phechod. Rydach chi wedi enwi tri phechod. Hyd y gwela i, does dim modd dianc nac osgoi. Os mai ein cosbi ni ydi ewyllys a bwriad yr Hollalluog, felly y bo. Ers dyddiau'r Pharo, felly y mae. Does dim dihangfa! Does dim diben inni drio dianc chwaith. Yn hytrach, fe ddylai'r gwir Gristion, y gŵr rhinweddol o lân fuchedd, weddïo a disgwyl ei ddiwedd a'r awr y difodir ei gnawd yn ddefosiynol. Trugaredd Duw ydi'r pestilens, rhodd oddi uchod i'n hymryddhau ni o gadwyni'r byd a'r cnawd a chaniatáu mynediad inni i'r baradwys dragwyddol yn ei gwmni O, y Wyryf Fendigaid a'r Holl Saint!'

A dododd de Venette ei law dros ei drwyn.

'Ond i bechaduriaid, dydi'r pestilens yn ddim ond chwyddwydr ar eu camfucheddu. Pan fyddwch chi, ffisegwyr doeth yn edrych ar y bustl du, neu'r bustl melyn ydach chi'n gweld chwant? Ydach chi'n gweld eu cyrff nhw tybed? Llygaid bychain duon? Cegau? Tafodau? Breichiau bychain? Coesau? Ydyn nhw'n eich temtio chi? Mae'r pechaduriaid yn marw yn unig er mwyn byw yn fflamau uffern!'

Roedd yn rhaid i de Venette adael: roedd y drewdod yn ormod. Roedd y dyn bron cynddrwg â'r ward fwya yn yr Hotel Dieu ac felly rhuthrodd allan.

Y tu allan.

Roedd y strydoedd wedi marw a'r ddinas wedi clwydo i'w thai neu i'r tyllau duon yn y ddaear. Casgen yn dripian, gwichian moch ac ambell gi a dyna'r cwbwl. A thawelwch mawr. Cododd gwth o wynt o rywle a bagiodd de Venette ar ei union i borth yr eglwys. Er ei bod hi'n rhyw led-dywyllu gallai'r cynrhon fod yn ddigon llygad-effro o hyd i allu ei weld ac ymosod arno. O gornel ger yr eglwys, fel ag yr oedd yn croesi'r stryd yn gyflym, rhuthrodd bwndel o garpiau tuag ato. Dechreuodd yntau redeg gan feddwl mai claf gwallgo oedd wedi colli'i synhwyrau yn lân, ac wedi cael rhyw lun o driniaeth a heb ei blesio, ac felly'n chwannog am waed unrhyw un a weithiai yn yr Hotel Dieu. Byddai'n rhaid cael milwyr yn yr ysbyty i gadw trefn cyn bo hir. Rhedodd y carpiau ar ei ôl gan weiddi:

'Lle mae 'muwch i? Chi ddwynodd fy muwch i! Be 'dach chi 'di neud efo 'muwch gyflo i? Hwnna ddwynodd fy muwch i! Hei!'

Erbyn iddo ddychwelyd i'r Hotel Dieu ymhen amser roedd yn hwyr i'r ddarlith gan fod nifer o strydoedd wedi eu cau tra bu yn yr offeren. Ac felly sleifiodd i mewn i'r ystafell gan geisio bod mor dawel a disylw ag oedd modd. Ond roedd y siaradwr eisoes wedi dechrau llefaru mewn Lladin coeth:

'. . . arogleuon pleserus yn bwysig, achos eu bod nhw'n ymlid yr aer drwg i ffwrdd. Argymhellir llosgi derw, pîn, alwys, ambr, mwsog neu ferywen. Golchwch ddwylo a thraed y claf â finegr ond gochelwch rhag golchi'r corff yn ormodol achos mae hyn yn peri i'r chwysdyllau agor ac i'r gwenwyn o'r aer fynd iddynt.

*   *   *

'Bwyd i'r claf. Mae hwn yn hynod bwysig i sicrhau adferiad buan, wrth reswm. Yma, dilynir cyngor Aristotl lle cymeradwyir cymedroldeb ynghyd â chydbwysedd er mwyn cadw yr humorau mewn cytgord a iechyd. Prydau ysgafn a'r bwyd i'w fwyta'n ara a phob un tamaid i'w gnoi'n drylwyr. Fe ddylai'r claf orffen ei bryd a theimlo ychydig bach yn llwglyd o hyd. Ni ddylid gorfwyta ar unrhyw gyfri. Dylid gochel cigoedd, caws a physgod gan eu bod oll yn pydru'n gyflym (yn enwedig yn yr haf) ac yn drewi'r awyr o'u hamgylch. Y pethau gorau i'w bwyta ydi bara, wyau, ffrwythau, a llysiau. Yr unig bwdin y dylid ei fwyta ydy canu gan eu bod yn gymorth i dreulio'r pryd bwyd. Gwin a dŵr glân yn unig ddylid ei yfed . . .'

Cododd un ffisegydd ei law i fyny ac fe sylwodd y darlithydd gwadd, Nicholas o Ferrara, arno:

'Rydan ni yma yn yr Hotel Dieu wedi annog y cleifion dan ein gofal i fwyta un ffigysbren, un ffilbert ag un llysieuyn arall o'u dewis eu hunain ar stumog wag cyn brecwast. Ydi hyn i'w gymeradwyo?'

'Ydi – cyn belled â'ch bod chi yn rhoi myrr, saffron a phupur iddyn nhw'n ddiweddarach yn y dydd ynghyd â nionyn, helygen a garlleg i adfer cydbwysedd yr humorau. Ond da chi, peidiwch â gorddefnyddio'r rhain neu fe wneir yr humorau'n rhy boeth a'r claf yn ysglyfaeth hawdd i'r cynrhon yn yr aer. Ydw i wedi ateb eich cwestiwn chi?'

Amneidiodd y ffisegydd; roedd wedi'i fodloni oherwydd trodd at ffisegydd arall wrth ei ochr, sibrwd rhywbeth dan ei wynt a gwenodd y ddau:

'Mae gorgysgu hefyd yn ddrwg ac fe ddylid annog y cleifion i beidio â chysgu ar ôl prydau bwyd neu ar ganol dydd. Ni ddylai'r cleifion gysgu ar wastad eu cefnau chwaith gan fod hyn yn caniatáu i'r pestilens yn yr aer dreiddio i fyny trwy'r ffroenau ac i lawr i'r ysgyfaint. Yn hytrach, fe ddylid annog y cleifion i gysgu ar eu hochrau a dylid eu troi yn ôl a blaen yn ystod y nos. Yn ystod y nos hefyd pan fo'r cynrhon yn gorffwyso fe ddylid gwaedu claf sydd wedi nychu'n ddrwg iawn ac ar fin trengi. Gwyddys fod rhai gwythiennau penodol wedi eu cysylltu ag arwyddion astrolegol (y da gwyddoch chi amdanyn nhw, foneddigion) a rhai humorau sy'n newid natur yr hylif yn y corff yn ogystal â'r gwres. Mae ymchwil diweddar yn dangos fod cynrhon yn cludo'r pestilens trwy wythiennau'r corff. Rhinwedd amlwg arall gwaedu, wrth gwrs, yw gwaredu y corff o'r afiach bethau hyn a gwella'r claf.

'Gellid hefyd rwbio clai ar y briwiau duon tra bo'r claf yn yfed diod wedi ei gwneud o wahanol ffrwythau . . .'

Yna, y tu cefn iddo fe agorwyd siart a ddangosodd
y 'Dyn Zodiac': o amgylch y dyn roedd arwyddion wedi eu
cylchynu, pob un yn dangos dylanwad y cyrff nefol ar y corff
dynol tan wahanol amodau ac ar wahanol adegau o'r
flwyddyn:
'Foneddigion, os caniatewch imi . . .'
Ond roedd wedi drysu ei nodiadau.
'. . . mi garwn i . . . yn gynta . . . ganolbwyntio ar . . .
ar y . . . symptomau . . . ac yn ail . . . ar y ffyrdd o . . . ar y
ffyrdd . . . o wella'r claf . . . Mi rydach chi . . . chi oll erbyn hyn
dwi'n siŵr yn dra gwybyddus â gweld y canlynol, sef chwysu,
pesychu, poenau yn y frest, anadlu byr, gwres uchel yn y corff,
briwiau duon yn gorchuddio'r claf, taflu i fyny ac yn olaf, hylif
du yn llifo o'r briwiau cyn bod y claf yn marw.'
Cododd feinffon fechan ac fe'i defnyddiodd i gyfeirio at
wahanol rannau o gorff y Dyn Zodiac:
'Nodwyd eisoes fod angen gwres naturiol ar y corff i'w
gynnal a'i gadw ei hun. Tan amgylchiadau naturiol byddai aer
yn cylchynu trwy'r ysgyfaint yn ddigon i gyflawni hyn. Ond
gan fod y cynrhon yn yr aer yn ymosod yn ffyrnig ar y
gyfundrefn pulmonari, sychir y sudd naturiol sy yn y corff ac o
ganlyniad nid yw'r aer yn cylchynu ac mi fydd y claf yn rhwym
o farw maes o law. O'r galon – yma – y daw sudd naturiol y
corff trwy'r gwythiennau yma fan hyn ac yn y fan yma. Un
ffordd effeithiol o nadu y drwg rhag meddiannu'r holl gorff
ydi gwaedu hon a hon – yr agosa at y galon. Yn amlach na heb
sylwir fod y briwiau duon yn agos iawn at brif organau fel yr
iau, y galon a'r arennau ac fe ddylid gwaedu y gwythiennau
hynny hefyd. Ym mha le bynnag yr ymddengys y briwiau
duon, yno mae dechrau ar y gwaith o iacháu'r claf.
'Ond, dyma'r feddyginiaeth orau at y pestilens a'r un a
ddefnyddir gan sawl Brenin a'r Tad Sanctaidd yn Avignon:
cymerer pum llond cwpan o'r llysieuyn *rue* os mai dyn yw'r claf
– mae'n llesol i ddyn ond yn adwythig i ferch; wedyn cymerer
pum dropyn o flodyn pansi a phum llafnyn o flodau traed y
golomen a haffliad go dda o flodau melyn Mair yn llawn

o gennin syfl o'r cnydau (y rhain sy'n edrych fel cennin syfl saffron). Ac os na chewch hyd i'r blodau, yna fe wnaiff y dail y tro, ond hyd yn oed wedyn, mae'n rhaid cael tipyn go lew o flodau melyn Mair. Wedyn cymerer wy sydd newydd ei ddodwy a gwnewch dwll yn y ddau ben a chwythu ei du mewn allan. Rhowch o nesa at y tân a'i rostio hyd nes y gellir ei guro'n bowdwr ond gwyliwch rhag ei losgi'n ormodol. Wedyn, cymerer lymaid o driog a doder y llysiau hyn mewn cwrw da ond peidiwch â'i hidlo. Rhodder i'r claf y ddiod yma am dair noson a thri bore. Ac os y gall ei gadw i lawr, yna fe fydd byw oherwydd ar y pedwerydd dydd bydd nerth yr humorau wedi eu hadfer i'w cytgord blaenorol a bydd iechyd yn y corff drachefn.'

Dododd Nicholas o Ferrara ei ffon ar y bwrdd o'i flaen, sychu'i dalcen ac eistedd i lawr. Pesychodd amryw ac yna fe dorrodd pawb i fân sisial ymysg ei gilydd: roedd pump ar hugain o ffisegwyr yn bresennol. Cododd de Venette i chwilio am Bernard de Mondeville. Ond roedd hi'n orchwyl anodd a chan ei fod yn eistedd yn y cefn bu'n rhaid iddo godi ar ei draed a thynnu rhyw gymaint o sylw ato'i hun, ac felly eisteddodd. Ond cyn iddo gael cyfle i weld lle'n hollol eisteddai Bernard fe gododd Trysorydd y Brifysgol ar ei draed yn y pen blaen yn ara ara. 'Y ffon fagl' oedd ei lysenw ymysg ffisegwyr yr ysbyty gan fod ei gefn yn grwm a chrudcymalau wedi gwichian ei ffordd yn araf trwy'i esgyrn dros y blynyddoedd. Yn ôl ei arfer fe gymerodd hydoedd i gyrraedd y blaen. Roedd yn ddyn â defosiwn a thraddodiad yn agos iawn at ei galon. Rhaid oedd gwneud pob dim i lythyren y ddeddf ac felly rhaid oedd mynd at y siaradwr gwadd, ysgwyd ei law dde unwaith a'i law chwith ddwywaith cyn traddodi gair neu ddau ei hun. (Roedd hances yn wastad yn ei law chwith gan ei fod yn glafoeri'n ddireol.) Wedi cyflawni'r ddefod, trodd y Trysorydd at y Ffisegwyr:

'Foneddigion,' a chododd yr hances at ei geg a'i sychu, 'mi garwn i ddiolch i Nicholas o Ferrara am draddodi darlith mor gryno ac eto mor ddeallus ar adeg mor adfydus yn hanes

Ffrainc, Paris, Y Brifysgol a'i Hysbyty. Ond y mae gwrando ar ŵr fel Nicholas yn llonni calon dyn. Gwrando ar rywun sydd wedi ei gynysgaeddu â doniau mor neilltuol amlwg.'

Sychodd ei geg eto â'i hances a phwyso ar y bwrdd; roedd ei fraich chwith yn crynu braidd ond parhaodd yn bwyllog:

'Mae gennym ni yma yn y Gyfadran Feddygol, ym Mhrifysgol Paris, yr ysgol feddygol fwya a'r orau trwy Ewrop gyfan, ddyletswydd i feddygaeth wedi ei seilio ar weithiau'r tadau Aristotl a Galen. A hyfryd ydi gweld cydweithio mor ddeallus a chyfnewid syniadau er budd ein gilydd a'n cleifion mewn cyfnod mor argyfyngus yn hanes yr hil ddynol. Amser yn unig a ddengys y ddyled amhrisiadwy fydd gan Ewrop gyfan i ni, ffisegwyr Prifysgol Paris a gwŷr nodedig fel Nicholas o Ferrara.'

Gostyngodd Nicholas ei ben yn wylaidd a hanner trodd y bursar yn drwsgwl i'w gyfarch:

'Na, na, twt twt twt, Nicholas. Nid dyma'r amser i ffug wyleidd-dra a gostyngeiddrwydd. Dwi'n siŵr y maddeuai'r Iôr ichwi am arddel balchder yn eich dysg werthfawr . . . nid gormod o falchder chwaith ond digon i ledaenu eich syniadau . . .'

A mwmiodd Nicholas rywbeth aneglur.

'Mae cyfraniad gwŷr fel Nicholas a'n cyfraniad ninnau yn anfesuradwy ond eto'n gyfraniad wedi'i wreiddio mewn parch dwfn tuag at ddysgeidiaeth yr Eglwys a'i hysgrythurau . . .'

Cytunodd Nicholas.

'Ymlaen â'r gwaith, hir oes i wir feddygaeth!'

Cynhyrfodd o glywed ei Ladin rhagorol yn bowndian yn ôl ar ei glustiau oddi ar y mur pella. Roedd wrth ei fodd yn gwrando ar ei lais ei hun a da y gwyddai pawb hynny, yn enwedig yng nghwmni gwŷr enwog. Ond erbyn hyn roedd poer yn llifo dros ei ên ac i lawr hyd ei frest. Cododd Nicholas o Ferrara ar ei draed a dechrau hel ei bethau at ei gilydd. Roedd ar frys mawr i ymadael cyn gynted ag y bo modd am ryw reswm. (Roedd ganddo ddarlithoedd eraill i'w traddodi ym Mhrifysgol Salerno a Montpellier. Roedd yn bwriadu gwneud ychydig o arbrofion (er fod y Tad yn gwahardd hynny) trwy ddiberfeddu moch gyda chriw o fyfyrwyr, a thraethu am y pestilens.)

Roedd pawb yn dechrau ymadael erbyn hyn ac roedd Nicholas eisoes wedi ei heglu hi â phob dim o dan ei gesail. Prin y cafodd neb gyfle i'w longyfarch neu i dorri gair ag o am bynciau llosg eraill a oedd yn llawn haeddu cymaint o sylw â'r pestilens. Diflannodd i'r nos. Yn ddrabia rywsut y cerddodd y ffisegwyr allan wedi iddynt ymhel yn grwpiau bychain o ddau neu dri i drin a thrafod cynnwys y ddarlith. Roedd wedi gwneud cryn argraff doedd dim dwywaith amdani. Yn wir, roedd wedi chwythu ias o obaith i sefyllfa rhempus anobeithiol, fflach o lawenydd rhwng cymylau o dristwch, hwb i'r galon, pan fo'r corff ar edwino.

Cerddodd de Venette o'r naill grŵp i'r llall. Cornelwyd o yn y diwedd gan y Trysorydd a gwingodd wrth wrando ar hwnnw yn llafurus fynd trwy'i bethau. Roedd wedi cydio yn ei arddwrn a doedd dim modd gadael ac yntau yn dal i draethu a glafoeri am yn ail wrth ddweud:

'Dim ond i bum math o bobol y dylan ni roi cyngor . . . un, i'r rhai hynny sy'n wirioneddol dlawd, o wir gariad at Dduw . . . dau, i'n cyfeillion, gan na fyddai'r rheini'n debygol o gynnig arian inni, a phe gwnaen nhw, mi allen ni wrthod . . . tri, y rheini rydan ni eisoes wedi gweini arnyn nhw ac sy'n ddiolchgar inni am eu hiacháu . . . pedwar, y rhai na feiddiem eu gwrthod . . . y brenin a'i deulu . . . pump, y rheini sy'n talu inni'n llawn ymlaen llaw fel na ânt i ddyled . . .'

Traethodd y Trysorydd yn hirfaith ar y pump pen a oedd yn agos iawn at ei galon oherwydd ei fod wedi clywed fod pob math o boblach annheilwng nad oeddynt wedi eu hyfforddi yn y gelfyddyd yn elwa ar y sefyllfa druenus. A oedd hyn yn wir? A oedd o, de Venette, wedi clywed rhywbeth am hyn? Doedd de Venette ddim wedi clywed (er ei fod wedi clywed gan amryw) ond roedd ar frys i ddianc rhag y Ffon Fagl glafoerllyd. Rhuthrodd at y drws a llwyddo i gael chwimair â'r ffisegwr ifanc (roedd wedi anghofio'i enw!):

'Ym . . . esgusodwch fi . . .'
Trodd y ffisegwr ifanc i edrych arno:
'Ydach chi wedi gweld Bernard, Bernard de Mondeville o gwbwl?'
'Bernard? Naddo. Ddim ers pnawn 'ma.'
'O . . .'
'Gawsoch chi fudd?'
'Do . . . Do . . . Do . . .'
Ond roedd ei feddwl wedi dechrau rhedeg ras wyllt:
Lle wyt ti, Bernard? Lle wyt ti? Cysgu yn fy stafall i o hyd, mwn, y cysgadgi hyll. Gwranda, os nad wyt ti yna rwan pan reda i'n ôl â 'ngwynt yn fy nyrnau ac amharu ar humorau 'nghorff a pheri falla i un cynrhonyn gael gafael arna i cyn iddo fo fynd i glwydo mi golbia i chdi . . . Wyt ti'n dallt?'
Brasgamodd yn frysiog ac yna cael ambell bwl o redeg ffyrnig. Ond roedd arno ofn y cynrhon. Ofn y cynrhon. Eu hofn yn wirioneddol hyd at waelod ei fod. Wedi diwrnod poeth, chwysai, chwysai. Roedd heb feddwl amdano'i hun o'r blaen. Pam nad oedd y cynrhon wedi cael gafael arno fo eto? Pam? Pam? Rhedodd yn y gobaith y byddai'n gweld Bernard yn rholyn mawr cysglyd yn ei ystafell a'i ffedog ddrewllyd amdano o hyd.

*   *   *

Y si gynta glywodd y taeogion am y peth oedd tra roeddan nhw'n cneifio defaid y faerdref yn barod ar gyfer hafota'r haf ar y ffriddoedd ucha:
'Sut glywis di, Chwilan?'
'Gwythwches soniodd bore 'ma.'
'Pam 'ta?'
'Ŵyr hi ddim yn iawn.'
'Hel clecs mae hi eto.'
'Naci, mi ddaeth rhywun draw i weld Ieuan Ddu ddoe neu echdoe . . . mae'n rhaid mai rhywun o Gaernarfon oedd o.'
'Ond mae'n rhaid iddyn nhw gynnal y cylch, Cylch y Siryf.'

'Pwy sy'n deud?'

'Wel.'

'Does dim rhaid iddyn neud dim os nad ydyn nhw isio.'

Yn y Siambr roedd Ieuan Ddu y Rhaglaw yn paratoi ar gyfer anerchaid wedi i bawb orffen gweithio y noson honno. Roedd ganddo rywbeth pwysig i'w ddweud ac roedd traddodiad y dref yn mynnu na ddylid ei gyhoeddi yn hwyrach na thridiau wedi'r angladd . . .

Bu marwolaeth tad Hwch Ddu a'i brawd iau, Mochyn Coed, yn dipyn o sioc i bawb. Yn enwedig a hitha'n adeg mor brysur yn y faerdref. Roedd Ieuan Ddu a Iolyn Offeiriad yn teimlo'n ddig tuag ato oherwydd iddo wneud amdano'i hun trwy fwyta caws llyffant. Taeog digon hunanol fu o erioed. Hunanol a dideimlad. Roedd cymaint o waith i'w wneud o hyn hyd ddiwedd yr haf. Mai: hau haidd a chneifio. Mehefin: teilo'r gwenithdir a lladd gwair yn y gweirgloddiau isa. Gorffennaf: lladd gwair yn y gweirgloddiau ucha er mwyn manteisio ar y tywydd teg.

Y noson honno.

Daeth taeogion ynghyd o flaen y neuadd a cherddodd Ieuan Ddu allan. Roedd pawb wedi blino ac yn cysgu ar eu traed ac ond yn rhy barod i ddisgyn a chwyrnu cysgu yn eu gwellt.

Dechreuodd y Rhaglaw ryngu trwy'i bethau:

'Mae gan bob taeog ym maerdref Dolbenmaen ei hofeldy ei hun a'i ddarn o dir. Ar y tircyfri mae gan bob gwryw hawl i'r un gyfran â gwryw arall heblaw am y mab ieuenga sydd i weithio efo'i dad. Ond ar angau y tad, fe etifedda'r mab yr hofeldy a'r tir a'r anifeiliaid. Felly, Mochyn Coed sydd i etifeddu cyfran ei dad.'

Gwasgarodd pawb tan furmur yn isel.

Dychwelodd Ieuan Ddu i'r neuadd a'r tu allan roedd lleuad mawr gwyn yn rowlio yn yr wybren.

'Lleuad llawn,' ebe Gwythwches gan glosio ato.

'Ydi.'

Yna trodd at y Rhaglaw a sibrwd yn dawel:
'Mae'n well ichi gael gwybod cyn neb arall.'
'Gwybod be?'
'Mae hi'n disgwyl.'
'Pwy?'
'Yr arglwyddes.'
'Angharad Ferch Madog yn feichiog?'
'Ydi.'
'Siŵr?'
'Hollol siŵr.'

Disgynnodd y Rhaglaw i'w gwrcwd a gwasgu'i law dros ei geg, crymodd ei gefn ac aeth ei gorff yn belen; yna fe rowliodd drosodd wysg ei gefn a gorwedd am hydoedd fel pe bai wedi hoelio i'r llawr ac yn methu symud fodfedd.

Ond uwchben, roedd y lleuad yn gwenu arno. Yr un lleuad ag oedd yn gwenu ar ddinas Paris . . .

*   *   *

Doedd Nicholas o Ferrara a'i gaethwas heb fynd yn bell iawn o gyffiniau yr Hotel Dieu pan sylweddolodd fod nifer o dai mewn nifer o wahanol strydoedd wedi eu llosgi a'u dymchwel. Oherwydd hyn dryswyd Nicholas. Roedd wedi amcanu at gyrraedd y tu hwnt (ymhell y tu hwnt) i ffiniau Paris ymhell cyn iddi wawrio.

Credai ei bod hi'n ddiogel iddo deithio yn ystod oriau'r nos gan fod y cynrhon yn yr awyr yn gorffwyso. Efallai fod un neu ddau yn dal o gwmpas o hyd ond doedd hynny ddim yma nac acw. Byddai'n well ganddo gysgu yng nghanol nythiad anghynnes o lygod unrhyw bryd na chael ei erlid gan ddau gynrhonyn a ddygai'r pestilens arno. Tybiodd iddo wneud argraff ffafriol ar ffisegwyr y brifddinas, er mai digon tawedog oeddynt ar y cyfan. Ni allai fod yn hollol siŵr beth a feddylient o'i ddarlith. Ond credai ei fod wedi llwyddo i'w lled argyhoeddi (os nad eu hargyhoeddi'n llwyr) o rinwedd ei ffisig at ddrwg effeithiau'r pestilens. Talwyd yn hael am yr hawlfraint o'i

ddefnyddio ymlaen llaw ac felly ni bu'r daith i Baris yn hollol
ofer o bell ffordd.

Yn y pellter, rhwng gweddillion nifer o furiau, tybiodd
Nicholas iddo weld golau. Golau ffaglau neu rywbeth, doedd o
ddim yn hollol siŵr. Er fod y lleuad uwchben, roedd hi'n noson
frith gymylog (bu'n glawio'n ysbeidiol, cawodydd chwerw) ac
roedd yr wybren wedi llenwi'r pyllau yn y ffordd o'i flaen â
llynnoedd o ddŵr. Sylwodd ar y golau'n taflu cysgodion ar
wyneb ei gaethwas wrth iddynt farchogaeth yn eu blaenau.

Ffliciai'r goleuni rhwng y muriau fel pe bai mwncïod â'u
cynffonnau ar dân yn neidio yn ôl a blaen o wal i wal yn ceisio
diffodd y fflamau. Oedodd Nicholas ennyd a dododd ei law ar
garn ei gleddyf a'i dadweinio fymryn. Roedd o wedi colli ei
ffordd yn lân, doedd dim dwywaith amdani. Gwell fyddai iddo
ddychwelyd ar unwaith i ddiogelwch yr Hotel Dieu (sic).
O leia gallai gael lloches yno rhag gorfod marchogaeth
strydoedd tywyll, dieithr yn ddiamcan yn nhrymder y nos
fel hyn.

Ond roedd y ffaglau wedi diflannu ymysg y rwbel a'r
adfeilion. Efallai mai gwrachod oedd yno. Doedd neb i
wybod, i wybod i sicrwydd, a rhedodd ias i lawr asgwrn cefn
Nicholas. Be'n hollol a lechai rhwng y darnau hyn o dai a
muriau? Beth bynnag oedd yno, roedd wedi llwyddo i godi
ofn ar y gŵr ar ei geffyl.

Plyciodd y cyfrwy'n sydyn.

Trodd y ceffyl i'r dde ac yn ei ôl i gyfeiriad yr Hotel Dieu.
Wedi'r cwbwl, doedden nhw ddim mor bell â hynny.

Erbyn iddynt farchogaeth i lawr y stryd yn ôl am yr ysbyty
daeth y lloer i'r golwg drachefn.

Torrodd corff Nicholas yn chwys oer drosto. Cilwgodd dros
ei ysgwydd ar ei gaethwas llonydd. Doedd o byth yn gwenu,
byth yn dangos ei deimladau, er iddynt gyd-dramwyo
llwybrau Ewrop ers blynydoedd. (Wrth gwrs fe dorrwyd ei
dafod o'i ben pan oedd yn ifanc iawn.) Hanner goleuid ei
wyneb yn awr gan fod y lloer y tu cefn iddynt. Ond roedd ei ên
ar ei frest a chwfl du a dafnau glaw disglair arno yn

gorchuddio'i ben. Dilynai, fel ag y gwnâi wastad yn ôl hen, hen arferiad, ryw hyd parchus y tu ôl i'w farch o.

Wedi cyrraedd gwaelod y stryd lle'r oedd croesffordd trodd Nicholas ei farch i'r dde. Aeth ymlaen beth cyn synhwyro nad oedd ei gaethwas yn ei ddilyn. Arhosodd a throdd o'i amgylch. Ond doedd dim golwg ohono'n unman. Fflachiodd braw ar draws ei feddwl fel seren wib. A feiddiai weiddi? Ni fyddai hynny ond yn tynnu sylw ato'i hun a chodi'r gwrachod a'r myrdd trychfilod ac ellyllon eraill o'u cuddfannau dirgel. Oedodd. Roedd cledr ei law'n chwys ac roedd carn ei gledd fel pe bai'n chwysu hefyd.

Daeth cwmwl i fygu'r lleuad.

Duodd y ffordd o'i flaen a suddodd y groesffordd dan haenen o dywyllwch. Llen gêl o ddüwch, roedd y gwyll wedi meddiannu pobman. Ac yn waeth na dim, ar wahân i sŵn adeiladau'n llosgi yn y pellter a llafn o goch yn erbyn y nos, roedd y lle cyn ddistawed â'r bedd.

Gweryrodd y ceffyl a chrafu'r pridd dan draed â'i garn.

Tybiodd Nicholas iddo glywed lleisiau. Roedd ei glustiau wedi moeli i'r fath raddau fel y gallai, pe dymunai, glywed rhew yn toddi.

Cosodd ei glustiau wrth iddo wrando mor astud ag y gallai. Craffodd i'r tywyllwch. Ond doedd dim byd i'w weld.

Ac yn ara bach, o dipyn i beth, distyll wrth ddistyll, fe agorodd lleufer y lloer yn ara ac oer dros yr adeiladau a'r groesffordd. Symudodd y cwmwl yn gyfan gwbwl ac fe ddaeth i'r golwg unwaith eto.

Bu'n rhaid iddo edrych yn chwim ddwywaith a rhythodd y trydydd tro. Ond roedd yno. Ceffyl a chaethwas a chwfl du dros ei ben a dau becyn ar gefn y march. Llaciodd cyhyrau Nicholas a galwodd arno:

'Lle aflwydd ti 'di bod?'

Ond yn ôl hen arfer ni chynhyrfodd y caethwas. Yr unig beth a wnaeth oedd sodli ystlys ei geffyl a cherddodd hwnnw yn bwyllog ato.

'Ty'd yn dy flaen i loetran,' meddai â thinc o ddicter yn ei lais.

Ac yn eu blaenau yr aethant. Doedd Nicholas ddim eisiau oedi rhagor nag oedd raid ac felly plannodd ei sodlau'n weddol egar yng nghnawd y ceffyl. Cyflymodd hwnnw'i gamre a doedd dim rhaid iddo edrych dros ei ysgwydd oherwydd gallai glywed ei gaethwas yntau'n cyflymu'i farch yn yr un modd â'i feistr. Gwenodd Nicholas a dweud wrtho'i hun: 'Diolch i Dduw fod hynna drosodd.' Gollyngodd ei afael ar garn y cledd.

Aethant yn eu blaenau tan drotian yn weddol gyson i lawr tair stryd arall, i'r dde ac i lawr stryd gul iawn, ar draws sgwâr bychan, ac yna i'r chwith hyd nes y daethant at ddelw'r Forwyn a Sant Roch, ac yna i'r dde ac yn eu blaenau ac fe ddylent wedyn weld pyrth yr Hotel Dieu. Llwyddwyd i gadw'r cyfarwydd-iadau hyn mewn cof a'u dilyn yn haearnaidd ond doedd dim delw o'r Forwyn na Sant Roch amgen na phyrth yr Hotel Dieu.

Holltwyd y lleuad gan gwmwl.

Crafodd Nicholas ei gorun cyn taro'i het ar ei ben. Crychodd ei dalcen ac aeth dros y daith yn ara bach yn ei feddwl. Oedodd ac yna cofiodd na ddylid troi i'r chwith ar ôl cyrraedd y sgwâr ond yn hytrach fe ddylid bod wedi troi i'r dde. Plwc sydyn ar y cyfrwy ac fe drodd y ceffyl:

'I'r dde ddylan ni fod wedi troi yn y sgwâr, pam na fasat ti wedi'n stopio fi, y lembo?'

Harthiodd wrth y caethwas pan oedd hwnnw o fewn cyrraedd wrth iddo farchogath gyferbyn ag o. Ond ni chododd y caethwas mo'i ben dan y cwfl. Gorchmynnodd i'w farch ddilyn ceffyl ei feistr yn ufudd a mud. Daethant allan i'r sgwâr gwag drachefn a chlywed tylluan yn cadw sŵn o'r ochr bella.

Ond fel roeddynt ar fin croesi'r sgwâr, fe ddiflannodd y lleuad o'r golwg yn gyfan gwbwl. Disgynnodd y düwch dros bob man, amdo dros y ddinas gyfan. Y tro hwn, fodd bynnag, ni pharodd unrhyw fraw i Nicholas. Teimlai'n hollol ddiogel yma ar ganol y sgwâr heb neb ar ei gyfyl. Dim ond y fo a'r caethwas a'r ddau geffyl o hen adnabod.

'Well disgwyl hyd nes y symudith y cwmwl 'na cyn inni'i mentro hi,' poerodd Nicholas, 'neu mi fyddwn ni wedi mynd ar ein penna i ryw drybini eto.'

Gadawodd i'w eiriau lifo'n ara dros ei wefusau. Cododd fflem gras a phoeri. Clywodd hi'n clecian yn galed yn erbyn rhywbeth a chydiodd yn ei bwrs lledr a oedd yn hongian o amgylch ei wddw – y tâl a gafodd gan y Trysorydd glafoerllyd am ei ymdrech lew i ddod i Baris yn y lle cynta. A gwenodd o feddwl ei fod wedi llwyddo i ddyblu'r tâl. Roedd yr hen Drysorydd yn byw ag un droed ym medd y gorffennol. Pregethodd na ddylai ffisegwyr godi tâl am eu gwaith. Roedd cyfuniad o arian a gormodedd o waith ymchwil yn fodd i danseilio a dinistrio'r gelfyddyd. Bu bron i Nicholas ddweud wrtho'n blwmp ac yn blaen fod gŵr fel fo wedi dewis meddygaeth (yn hytrach na chyfreithia, er enghraifft) oherwydd un rheswm syml, sef ei bod hi'n bosib (yn enwedig yn awr!) i wneud tomen o arian a thyfu'n ddyn cyfoethog iawn ac yn uchel ei barch ar gorn yr wybodaeth oedd ganddo i'w farchnata. Gwyddai ei fod yn euog o falchder. Ond wedyn, pwy nad oedd yn euog o'r pechod cyffredin hwnnw? Llaweroedd bid siŵr. I raddau llai efallai. Ond yr un mor euog ag yntau. Fe gyflawnai benyd am ei bechod. Roedd yn sicr o ennyn maddeuant. Gŵr â hyder yn anadlu'n loyw trwy'i gorff oedd Nicholas o Ferrara.

Roedd y lleuad yn dal i hongian y tu ôl i'r cwmwl er ei fod yn bygwth llamu oddi yno yn awr ac yn y man. Trôdd Nicholas i edrych ar ei gaethwas. Eisteddai mor llonydd â delw Sant Roch. Ei ddwylo wedi'u plethu'n hollol lonydd a'i gorff yn hollol ddisymud. Ac o dan ei gwfl roedd wyneb barfog yn cuddio. Trodd unwaith eto i geisio gweld pen y stryd yr ochr bella . . .

Ond yn rhyfedd iawn . . .

– neu ai fo oedd yn . . .

– cododd y . . .

– wedi i'r cymylau . . .

– ond methai â . . .

– glynodd ei lwnc yn . . .

– a theimlodd ei . . .

– fe'i gwthiwyd trwy'i wddf o'r . . .

- llifodd poer trwy'i . . .
- cydiodd ynddi â'i . . .
- ond fe'i gwthiwyd yn . . .
- a'i wddw'n . . .
- ei wyneb wedi . . .
- a poen trwy'i . . .
- yn waeth na dim . . .
- methai â . . .
- na gwneud dim . . .
- dim ond . . .
- disgyn ar ei . . .
- gwegian lled-gamu am . . .
- a thrwy ddyfroedd ei . . .
- eisteddai'r caethwas mor llonydd ag . . .
- dwylo wedi'u . . .
- cwfl du dros . . .
- ymbil . . .
- o osgo . . .
- estyn ei . . .
- a'i dafod yn . . .
- drachefn . . .
- disgyn . . .
- trwy'i geg a'i drwyn yn . . .
- poer . . .
- llif yn . . .
- ond roedd pob . . .
- wedi . . .
- snap . . .

Cododd y caethwas o ar ei ochr a chwilota am y pwrs lle cadwai'r arian. Daliodd o yn ei law a syllu ar gelanedd Nicholas o Ferrara am ychydig.

'Ddylat ti heb frolio y tro yma, gyfaill! Brolio iti gael y gora, does neb yn cael y gora ar adega fel hyn a diwedd y byd gerllaw; be wnest ti i mi erioed? Pawb drosto'i hun ydi hi'n y pen draw.

Cyfraith lladron a hwrod fydd cyfraith pawb cyn bo hir, cred ti fi!
A mi fydd 'na newid mawr yn y byd! O, bydd!'
A rhedodd i'r cysgodion.

*   *   *

Bu'r Rhaglaw wrthi ers toriad gwawr yn didol gwaith i'r
taeogion cyn y gallodd gael cyfle i weld yr arglwyddes.
Ond pan ddychwelodd i'r neuadd ryw dro tua chanol y bore
(wedi iddo fod yn tynnu dau lo) roedd hi wedi mynd allan.
Cerddodd yntau i lawr tua'r afon.
Roedd hi'n codi'n braf a'r haul yn tywynnu uwchben.
Cododd niwl gwyn, ysgafn i fyny'r afon hyd ei glannau cyn
lledu allan. Yr ochr bella roedd gyrr o wartheg y dref eisoes
wedi symud yn ddiog i ben y bryncyn.
Ac wrth gwr y winllan fe welodd ben gwyn.
Brasgamodd yntau.
Ar ei chwrcwd roedd yr arglwyddes yn tuchan (fel ag y
gwnâi pawb) pan ddaeth Ieuan Ddu ati. Ond ni chynhyrfodd.
Cododd ei freichiau yn uchel uwch ei ben a dylyfu gên.
'Ydi o'n wir . . . ?'
Hanner trodd hithau ei phen i edrych arno o'i chwrcwd
a chau'i llygaid oherwydd yr haul:
'. . . dy fod ti'n feichiog?'
Roedd ei hanadlu wedi mynd yn fyrrach ac yn dynnach.
Edrychodd arni. Tarodd hithau ei gên ar ei brest ac roedd y
mymryn lleia o dagall ganddi.
'Mae o'n wir, tydi?'
Yn raddol bach, fe amneidiodd â'i phen:
'Ti'n hollol siŵr mai angel oedd o?'
Cododd Angharad a tharo carreg dros ei hymdrech.
Cythrodd y Rhaglaw yn ei garddwrn a dal ei bysedd gwyrdd,
mwsoglyd o flaen ei drwyn:
'Angel oedd o?!'
Amneidiodd.

'Ar nos Fawrth Ynyd / Bore dydd Mercher Lludw?'
Gallai ogleuo'r mwsog.
'Torra dy benyd! Siarada! Siarada! Mae hyn yn bwysig!
Mae gwyrth ryfeddol wedi digwydd! Ond os mai ysbryd drwg
yn awr y nos oedd o . . . !'
Ond crychodd hi ei thalcen a rhythu'n hyll.

*Yn oria mân y bore roedd hi wedi iddi ddychwelyd i'r Neuadd
o'r eglwys i'w chynhesu'i hun . . . Roedd arni annwyd trwm a bu'n
yfed medd drwy gydol y dydd ond doedd hi'n teimlo fawr gwell . . .
Penysgafnder, annwyd a meddwdod ill tri a'i gyrrodd hi i'w gwely
tra oedd pawb arall wrthi'n cerdded yr holl ffordd am y goelcerth . . .
Roedd y neuadd fel y bedd ac yn y cefndir gallai glywed lleisiau a
chanu'r gwŷr rhydd a'r taeogion yn ymbellhau . . . Un gannwyll
oedd ynghyn ac fe aeth i'w gwely'n syth, yn ei dillad, a swatio'n
chwyslyd a hanner meddw o dan y gynfas . . . Ymhen amser, cysgodd
gan anadlu trwy'i cheg . . . a chwyrnu ychydig . . . Ryw dro, ryw
bryd yn y tywyllwch, fe hanner agorodd ei llygaid wrth droi drosodd
ar ei hochr . . . Angel gwyn oedd yno, yn sefyll wrth erchwyn y gwely
gan ddal croes uwch ei phen . . . Caeodd ei llygaid a theimlodd law yr
angel yn ei bendithio . . . cyffyrddodd â'i thalcen poeth . . . a
chamodd i mewn i'r gwely . . . nesa ati . . . ei gorff gwyn yn oer am
ennyd . . . yna'n poethi . . . a gwres ei sancteiddrwydd yn tywynu
lond yr ystafell . . . rhwbiodd ei thalcen a rhedeg ei fys hyd ei thrwyn
cyn gwthio'i fys i mewn i'w cheg . . .*
*Ond pan ddeffrôdd yn y bora, roedd yr angel wedi hedfan yn ôl
i'r nefoedd . . .'*

*   *   *

Mai 21ain, 1348, Oed Crist.
Neithiwr dodwyd Bernard de Mondeville i orwedd mewn
gwely efo un claf arall yn unig.
Dilynais gyfarwyddiadau trylwyr Nicholas o Ferrara i'r
llythyren. Fe'm cynorthwywyd gan fachgen ifanc deuddeg oed
sydd â'i fryd ar ganlyn yr alwedigaeth anrhydeddus hon.
Arferai gerddi a stadau'r ysbyty ildio ein holl gyflenwad

o ffrwythau a llysiau, ond erbyn hyn oherwydd nifer anferthol y cleifion (a'r ffaith fod cynifer o daeogion a arferai weithio'r tir a'r perllannoedd wedi marw) ni ellir rhoi'r rhain i bawb yn ddiwahân yn anffodus, dim ond i'r rheini all dalu amdanynt (ymlaen llaw). Treblodd gwerth pob llysieuyn yn wythnos gynta mis Mai pan ymwelodd y pestilens â Pharis am y tro cynta. A byth ers hynny, mae'r pris wedi graddol godi, ac wrth i'r si ledaenu fe ddaw myrdd o boblach o bob lliw a llun â gwahanol lysiau wrth y cannoedd i'w gwerthu wrth byrth yr ysbyty bob dydd.

Ond erbyn hyn, wrth reswm, a bwyd wedi prinhau ym mhob man, digon cyndyn yw pobol i werthu dim o'u heiddo er lles y cleifion truenus sydd fawr ei angen. Ond pa les lloffa cyfoeth ar adegau fel hyn? Byddai hynny ond yn gwaethygu'r gosb yn y diwedd.

Felly, bu'n rhaid inni grwydro ymhell iawn i chwilota am y deunydd angenrheidiol i wneud y ffisig. Ac wedi llawer o ofer gerdded a gwag browla fe lwyddwyd ar yr ail ddiwrnod (Mehefin 23ain) i gael pob dim ynghyd.

Ond roedd wedi gwaethygu.

Bu'n rhaid inni frysio a gweithio'n ddygn iawn i baratoi'r feddyginiaeth. Doedd dim amser i'w golli.

Mae'n rhyfedd meddwl, ond doedd gwir effaith y pestilens heb dreiddio i fywyn fy mod hyd at yr union eiliad yma. Gyda chynifer wedi marw, mae un wyneb yn troi'n wyneb mewn mil. Ar y dechrau roedd rhywun fel pe bai'n trugarhau wrth y claf, ei deulu, ei berthnasau, ei gymdogion, yn trugarhau â hwy yn eu trallod, ond erbyn hyn mae trugaredd tuag at eraill wedi hen fwrw'i groen ac anifail newydd o'r enw difaterwch wedi'i eni. Roedd rhywun yn arfer moeli clustiau i'r dolefain a'r wylo, yn mynd i gysgu bob nos wedi llwyr ymlâdd a'r seiniau hyn yn llond fy mhen. Ond wedyn fe aeth y clustiau'n fyddar. A phan gysgwn, breuddwydiwn. Ac o dipyn i beth daeth lleisiau eraill i lenwi'r pen. Y lleisiau a draethai am ddyddiau gwell ymhell wedi iddo fo ddarfod o'r tir trwy Ras a Bendith yr Hollalluog.

A gweddïodd Jean de Venette, wedi iddo waedu Bernard am y degfed tro, gweddi ffyrnig yn ôl yr hyn a ddysgodd ei offeiriad iddo pan oedd yn blentyn: 'Y weddi ydyw'r gallu mwya ar y ddaear ac yn y nefoedd. Trwyddi hi, gwelir meddalu caledi'r galon, tyneru a lledneisio cymeriad a gall dynion drwytho'u hunain yn Ysbryd yr Efengyl. Trwyddi hi yr adnabyddir y Tad ac yr enillir lle yn Ei fwriadau Ef.'

Gorweddai'r Abad Ifanc ar wely mewn tŷ gweddol oludog yn ninas Paris. Cyrhaeddodd yn ddiogel wedi llawer tro trwstan a helbulon brith ar y ffordd. Yr hyn a ryfeddodd yr Abad yn fwy na dim yr holl ffordd o Avignon i Baris oedd prydferthwch natur. Y gwanwyn yn chwil a chyforiog. Roedd wedi osgoi pob tref, pob pentref, pob tŷ lle'r oedd pobol. Dodwyd baneri duon ar dyrau'r eglwysi a phan welent hwy'n hongian yn llipa yn yr awel rhedai'r ddau o'r tu arall heibio a rhedeg ar hyd gyrion y coedwigoedd a weithiau trwy'r coedwigoedd hyd nes y byddent wedi rhedeg yn ddigon pell.

A meddyliodd am Ibn al Khatib.

Roedd hi ar fin nosi y tu allan. Ond roedd y strydoedd yn dawel. Bu'r Abad Ifanc yn gorwedd yma, yn lledan ers deuddydd, dri – ni allai gofio'n iawn. Bu'n tisian llawer. Ac er ei bod hi'n chwilboeth y tu allan roedd yn cael y pyliau rhyfedda o grynu. Chwysodd lawer a throi a throsi. Glynai ei abid yn ei gorff a heddiw, am y tro cynta, pan ddaeth pwl o grynu drosto a phan ddododd ei ddwylo dan ei geseiliau, tybiodd iddo deimlo rhyw lwmpyn bychan caled. Teimlodd ei ben crwn yn raddol â'i fys bach. Ceisiodd godi ar ei eistedd ac wedi teimlo drachefn (torrodd yn chwys oer drosto) fe wyddai yn union beth ydoedd.

A meddyliodd unwaith eto am Ibn al Khatib.

Roedd croes fawr goch ar ddrws y tŷ a bu'n rhaid mynd i'r cefn a gwthio'r drws a oedd wedi hanner ei gau â darnau pren a hoelion anferth. Cyrraedd liw nos pan oedd y ddinas wedi ei gadael ar drugaredd y gwyll a'r cŵn a'r ysbrydion drwg. Wedi llawer o guro a chicio fe lwyddwyd i gael mynediad.

Yr ogla yn y tŷ a drawodd rhywun fel dwrn yn y wyneb. Ogla chwys a chŵn ac angau. Fel petai wedi bod yn dripian trwy'r muriau ers cenedlaethau. Ond roedd y tŷ (trwy drugaredd) yn wag o bobol a chyrff, yn hollol wag. Pob dim wedi'i adael fel ag yr oedd er fod rhywun wedi bod yno yn chwilio a chwalu am rywbeth neu'i gilydd gan fod y llanast rhyfedda mewn sawl ystafell. Ceisiodd yr Abad Ifanc ddyfalu cyn mynd i gysgu'r noson gynta pa fath o bobol fu'n byw ar yr aelwyd hon. Ceisiodd ddychmygu wynebau a lleisiau a chwerthin cyn dyddiau'r dagrau ond buan iawn y daeth cwsg drosto.

Ond heno ni ddeuai cwsg iddo. Dau beth a'i blinai'n ofnadwy: y lwmpyn yn ei gesail a beth a ddaeth o Ibn al Khatib. Gadawodd y noson cynt. Dywedodd ei fod yn mynd i chwilio am fwyd. Ond fe wyddai'r Abad Ifanc fod Ibn yn gwybod nad oedd yn teimlo'n hanner da. Doedd yr un o'r ddau wedi torri gair â'i gilydd ynglŷn â'r peth ond fe ellid darllen cyfrolau o'r hyn na ddywedai'r ddau wrth ei gilydd â geiriau. Ac erbyn hyn, fe wyddai'r Abad Ifanc beth yn union oedd cyfrinach fawr Ibn a pham oedd wedi mentro ar y daith ryfeddol hon yn y lle cynta. Gwenodd. Eironi creulon iawn.

Syllodd ar y pryfetach yn dawnsio'n gylchoedd o gylch ei gilydd is y nenfwd a chaeodd ei lygaid.

Beth amser yn ddiweddarach roedd sŵn.

Agorodd yr Abad Ifanc ei lygaid. Siffrwd traed a llais isel yn yr ystafell islaw. Gwrandawodd yn astud. Clywodd sŵn traed yn symud o ystafell i ystafell ar y lloriau pren. Ibn! Roedd wedi dychwelyd! Ceisiodd godi ar ei eistedd ond roedd ei esgyrn yn brifo gormod ac felly trodd ar ei ochr:

'Ibn!'

A fferrodd y siffrwd. Brathodd yr Abad Ifanc ei wefus isa. Tawelwch llethol. Ac yn rhywle tybiodd iddo glywed llygoden neu rywbeth yn rhedeg i lawr y grisiau neu yn y to neu'n rhywle.

Crynodd yr Abad Ifanc.

Anadlodd yn drwm.

Tybiodd iddo glywed y sawl a gadwodd sŵn islaw yn llechsymud yn ddistaw ar flaenau'i draed i rywle. Cydiodd yr Abad Ifanc mewn dagr fain a gadwai wrth ei ystlys. Teimlodd ei gyhyrau'n tynhau yn dalpiau o gig caled yn ei fraich wrth iddo wasgu'r carn yn dynn. Ond roedd ei lygaid yn graddol gau ac roedd ei stumog yn ubain am fwyd.

Gwichian troed ar ris a'r sawl oedd yno ar y grisiau'n oedi. Anadlodd yr abad yn drwm.

'Ibn?' holodd eilwaith.

Ond ni ddaeth ateb. Cododd ar ei eistedd a gwthio'i goesau dros erchwyn y gwely. Cododd rhyw benysgafndod ar draws ei lygaid a'i dalcen a bu ond y dim iddo ddisgyn ar ei ochr. Cerddodd yn simsan a phwysodd â'i gefn ar y mur y tu ôl i'r drws.

Ceisiodd reoli'i anadlu trwm ond roedd yn orchwyl a hanner.

Y tu allan gallai glywed rhywun yn anadlu trwy'i drwyn yn fyr ac yn dynn, yn fân ac yn fuan.

Cydiodd yr Abad Ifanc yn sownd yng ngharn y dagr a rhedodd ei fys a'i fawd hyd y llafn hyd at y blaen pigfain.

Gwichiodd y drws wrth iddo agor yn araf. Poenus o araf. Erchyll o wich ac oedi. Daliodd yr Abad Ifanc ei anadl.

Agorodd fymryn mwy. Gwichian.

A gwelodd droed yn ymddangos. Gollyngodd yr Abad Ifanc wynt o'i ysgyfaint a chododd y dagr yn uchel uwch ei ben â'i ddwylaw.

Ond yn sydyn!

A'i holl nerth!

Fe hyrddiwyd y drws yn erbyn y mur!

Gwasgwyd yr abad a bloeddiodd!

Rhuthrodd ffurf du mawr i mewn i'r ystafell a chythru am y gwely. Ciciodd yr Abad Ifanc y drws ac fe drodd y ffurf i'w wynebu. Slashiodd hwnnw yr awyr o'i flaen â chleddyf a swishiodd trwy abid frau yr abad. Llamodd o'r neilltu ond roedd y ffurf yn llamu ar ei ôl. Yng ngolau'r lloer hanner gwelodd wyneb barfog ac yna gwyrodd ei ben i'w arbed ei hun rhag y cleddyf a blannodd ei hun yn y postyn a ddaliai drawst i fyny. Methodd y dyn â chael y cleddyf yn rhydd er iddo blwcio â'i holl nerth a manteisiodd yr Abad Ifanc ar y cyfle i hyrddio ei hun a phlannu'r gyllell yn ei galon.

Gollyngodd y carn.

Erthychodd y dyn a chydio yn y carn, bagiodd a disgyn yn llipa yn erbyn y gwely gan floeddio:

'Fy nheulu i! Be wyt ti wedi neud i 'nheulu i?!'

A sylweddolodd yr Abad Ifanc beth oedd wedi'i wneud. Ond heb iddo sylweddoli beth oedd yn digwydd clywodd sŵn rhywun yn llamu i fyny'r grisiau a chyn iddo gael cyfle i hel meddyliau, roedd Ibn al Khatib yn sefyll yno. Cydiodd yr abad yn ei abid a oedd wedi'i rhwygo o'i fogail hyd at ei wddf ac fe'i gwasgodd yn dynn amdano.

'Be ddigwyddodd?' holodd Ibn a golwg wyllt arno.

'Lle ti 'di bod?' holodd yr Abad Ifanc tan grynu.

'Be ddigwyddodd?'

A chroesodd at y gŵr a hanner gorweddai ar draws y gwely.

'Ddoth y dyn oedd pia'r tŷ adra,' atebodd gan rincian dannedd.

Syllodd Ibn arno am ennyd ac yna dywedodd:

'Dwi 'di cael gafal ar fwyd.'

'Fuost di'n hir.'

'Gollis i'n ffordd.'

Fe wyddai'r Abad Ifanc fod ganddo ragor i'w adrodd ond nid oedd yn mynd i bwyso arno ar hyn o bryd, câi wybod maes o law, p'run bynnag.

'Be gest di?'

'Wyau.'

'Faint?'

'Wyt ti'n teimlo'n well?'

'Faint?'

' 'Drycha . . .'

Ac fe agorodd gwdyn a'i lond o wyau gwynion. Rhoddodd Ibn y cwdyn i'r Abad Ifanc a cherddodd at ŵr y tŷ a'i lusgo allan o'r ystafell gerfydd ei draed. Clywodd yr Abad Ifanc ei ben yn taro pob gris – clec, clec, clec, clec, clec, clec ac yna sŵn llusgo trwy nifer o ystafelloedd eraill. Erbyn i Ibn ddychwelyd i'r llofft roedd yr Abad Ifanc yn gorwedd yn y gwely a'i abid wedi'i diosg.

Am y tro cynta erioed ers iddo adnabod yr Abad dyma'r tro cynta iddo ei weld heb ei abid. Croesodd Ibn at y ffenest. Parhaodd yr Abad Ifanc i gracio'r wyau a'u hawchus fwyta:

'Damwain oedd hi,' siaradodd ymhen hir a hwyr, 'feddylis i mai chdi oedd yna . . .'

Crynodd fymryn. Parhaodd Ibn i edrych trwy'r ffenestr. Roedd fel petai ymhell bell i ffwrdd. Yn ôl yn ei wlad enedigol efallai, yn ôl yn Cairo. Parhaodd yr Abad Ifanc i sniffian a chrio'n dawel am yn ail.

'Ddim dy fai di oedd o,' cysurodd Ibn, 'amgylchiadau sy'n ein gorfodi ni. Amgylchiadau sy'n mynnu ein bod ni'n ymddwyn fel a'r fel. Does gynnon ni ddim dewis weithia. Y fo neu chdi. Be arall fedret ti neud?'

Ond doedd y geiriau hyn o ddim cysur i'r Abad Ifanc ac roedd yn parhau i feichio crio. Parhaodd Ibn i syllu ar y lloer.

'Ddoi di i'r gwely?'

Roedd rhywbeth yng ngoslef yr Abad a wnâi i Ibn deimlo braidd yn annifyr. Penderfynodd y byddai'n ei anwybyddu. Beth oedd yn bod arno? Wedi'r cwbwl, roedd wedi cyd-rannu gwely ag o o'r blaen. Ond bryd hynny, ar bob achlysur yn ddiwahân byddai'r Abad Ifanc yn gwisgo'i abid ac yn mynnu cadw rhyw hyd rhyngddynt. Ond heno, roedd ei abid rwygedig, frau wedi ei thaflu o'r neilltu ac roedd mewn cyflwr isel a thruenus, yn crynu ac yn rhincian dannedd . . .

Oedodd Ibn ger y ffenest. Ac eto, roedd rhywbeth ynddo, rhywle yn ei gorff, dan ei fynwes, wedi misoedd o dwyllo, o ddwyn, o fyw fel ffoadur o lech i lwyn, o redeg, o fyw mewn ofn beunyddiol, yn dweud wrtho y byddai'r Proffwyd yn maddau iddo pe dilynai lwybyr ei chwant yr untro hwn. Wedi'r cwbwl roedd rhywbeth, ni allai wadu, yn hynod o ddeniadol ym mhryd a gwedd yr Abad Ifanc (er mai inffidel oedd). Fyth er y cyfarfod cynta y tu allan i furiau'r ddinas honno fisoedd yn ôl bellach, a phan oeddent yn croesi Bwlch Mont Cenis (a chrynodd o gofio'r oerfel) roedd wedi teimlo rhyw atyniad rhyfedd tuag ato. Tybiodd i ddechrau mai oherwydd ei fod yn ddyledus iddo am arbed ei fywyd y teimlai fel hyn ond gwyddai ers tro byd bellach fod rhyw berthynas anesboniadwy ddyfnach rhyngddo a'r Abad Ifanc. A daeth pang i'w stumog.

Bagiodd oddi wrth y ffenest.

Peidiodd yr Abad Ifanc â chrio erbyn hyn ac roedd yn hanner mwmian rhywbeth aneglur wrtho'i hun. Croesodd Ibn at y gwely a gwyrodd drosto.

Anadlodd yr Abad Ifanc yn fyr trwy'i geg.

Closiodd Ibn ato a'i gusanu'n dyner ar ei dalcen.

Mwmiodd yr Abad ac estynnodd ei freichiau fry a chusanodd y ddau am amser maith. Gwthiodd yr Abad Ifanc ei dafod i geg Ibn hyd nes bod y ddau'n cydblethu'n llaith. Gwasgodd yr Abad Ifanc ei wefusau'n dynn ar wefusau Ibn. Estynnodd yr Abad Ifanc ei law allan a chyffwrdd â blaengodiad Ibn.

Aeth ias i lawr ei gefn a theimlodd gosi'n codi uwch ei war.

Cododd ei ben a dechreuodd ddadwisgo'n gyflym. Syllodd yr Abad Ifanc arno'n fud a dagrau'n llenwi'i lygaid.

Safodd Ibn yn hollol noeth ger ei fron a chydiodd hwnnw'n ofalus yn ei geilliau. Roedd hi'n noson boeth ond roedd yn dal i grynu a rhincian dannedd a'r carthenni o groen carlwm wedi'i orchuddio hyd at ei ên.

Roedd Ibn ar fin dod.

A chamodd i'r gwely. Trodd yr Abad draw a dododd Ibn ei ddwylo o amgylch ei ganol. Cusanodd ei war a'i glustiau ac roedd yr Abad Ifanc yn canu grwndi'n dawel. Ac yna cododd ei ddwylo i wasgu ei ysgwyddau ond wrth wneud hyn yn ara, ·canfu fronnau.

Bronnau?

Cydiodd ynddyn nhw â'i ddwy law. Cododd ar ei benglin a llithrodd ei law'n ysgafnbryderus rhwng cluniau'r 'abad ifanc' a llyncodd boer.

Gwenodd yr 'abad' arno ond rhythodd Ibn arno cyn neidio'n sionc o'r gwely a cheisio gwisgo amdano'n frysiog ond yn drwsgwl. Chwarddodd yr 'abad ifanc' o weld Ibn wedi myllio ac yn cynhyrfu cymaint. Bwnglerodd gan ddisgyn ar ei ochr wrth ymgodymu â'i wisg, yr un a ddiosgodd mor ddidrafferth beth amser ynghynt!

'Pwy ydach chi?!' gwaeddodd Ibn.

Ond roedd y ferch yn y gwely'n chwerthin gormod i allu meddwl cynnig ateb:

' 'Dach chi 'di 'nhwyllo fi,' bloeddiodd Ibn. Ond roedd y ferch yn dal i chwerthin o'i hochr hi o weld Ibn ffwdanus yn twtio'i hun.

'Pam na ddoi di'n ôl i'r gwely?'

Ond roedd Ibn erbyn hyn wedi hen wisgo amdano ac yn cerdded o amgylch yr ystafell yn methu â gwybod beth i'w wneud na'i ddweud nesa. Ond yn sydyn, difrifolodd y ferch pan deimlodd ei hun rhwng ei chluniau a chanfod fod dau ben nionyn bychan, caled yno a phen un arall ychydig o dan y croen ar ei chlun dde. Synhwyrodd Ibn fod rhywbeth o'i le a chan gamu'n ofalus (i bwyso a mesur y ddieithrwraig hon) cerddodd at y gwely:

'Ibn,' a chydiodd yn dyner yn ei arddwrn, 'ty'd yma – teimla . . .'

A dododd ei law rhwng ei choesau.

'Teimla – wyt ti'n eu teimlo nhw?'

A theimlodd Ibn y pennau nionod:

'Fel wya bychan, tydyn?'

Gwyrodd ei ben.

'Ac yma eto sbia . . .' a chydiodd yn ei law unwaith yn rhagor a'i dodi dan ei hysgwydd. Yna chwarddodd, chwerthiniad bychan a dechreuodd y dagrau lifo i lawr ei gruddiau

unwaith eto:

'Roeddat ti wedi ama on'd oeddat?'

Ac amneidiodd â'i ben:

'Pwy ydach chi? Pwy ydach chi?' Roedd dagrau'n ei lygaid.

'Mi ddeuda i bob dim . . .'

Aeth Ibn i'w boced a thynnu pwrs trymlwythog allan a thywallt yr aur a'r arian ar y gwely.

'Lle cest di hwn?'

'Dyn ar geffyl. Ond y peth pwysica ydi'ch cael chi i le o'r enw Hotel Dieu y peth cynta'n y bora. Mae gynnon ni'r modd i dalu. Ond wna i byth fadda ichi am fy nhwyllo i, pwy bynnag ydach chi.'

*   *   *

Er gwaetha pob rhybudd a roddodd Ieuan Ddu i Iolyn Offeiriad, cyrhaeddodd y ferch y faerdref. Merch eiddil pur wargam oedd hi ac fe aeth i fyw yn ei dŷ nid nepell o'r eglwys. Mabolbranciodd Iolyn, roedd wrth ei fodd ac yn chwerthin a chanu'n llawen. Ond wedi tri neu bedwar diwrnod dechreuodd y ferch grio oherwydd fod arni hiraeth am ei dau frawd a chi defaid o'r enw Cagla a drigai mewn cwt bugail anghysbell yn y mynyddoedd. Ni fu erioed mewn lle mor boblog erioed o'r blaen ac fe godai hyn ofn arni hi.

Ond buan iawn aeth y si ar led ymysg y taeogion fod yr offeiriad a hithau (a oedd yng ngwasanaeth y Gŵr Drwg) yn cyflawni pob math o faswedd ar yr allor.

Taeog a aeth i'r eglwys un bore glawog i gynnau cannwyll er mwyn hwyluso taith ei blant o burdan i baradwys. Pan benliniodd gwelodd trwy gil ei lygaid ddeigryn ar foch y Gwaredwr (yr un a naddwyd gan Iocyn Fach).

Closiodd y taeog a rhythu'n frysiog ar y cerflunwaith amrwd o'r Angel Gabriel hyd at y Farn Fawr, ac yna'n ôl ar y groes drachefn! Ond roedd deigryn!

Deigryn!

Roedd dagrau!

– yn llifo i lawr ei ruddiau pren!

Penliniodd a gweddïo'n ffiaidd!

(Ond ni allai gofio'r holl eiriau Lladin fyddai'n cael eu mwmian gan Iolyn Offeiriad yn yr Offeren, ac wrth iddo feddwl am Iolyn fe waeddodd y cerflun!)

Crynodd y taeog!

Gwaeddodd y cerflun!

Gwasgodd y taeog ei wyneb i'r pridd ger yr allor a chau'i lygaid yn dynn dynn. Bu felly am oriau . . .

Peidiodd â meddwl am Iolyn Offeiriad ac fe wenodd y Gwaredwr yn dyner, ac roedd ei ddagrau wedi sychu! Rhuthrodd y taeog allan ac erbyn hyn roedd hi wedi stopio bwrw . . . wedyn aeth y sôn ar led . . .

Ond be'n hollol oedd pechodau Iolyn Offeiriad yn ôl y taeogion?

Yn nyfnder nos, yn y düwch llethol, yn oriau mân y bore bu'r offeiriad a merch y bugail yn dawnsio'n noethlymun yn yr eglwys. Dawnsio a dawnsio a chreu synau rhyfedd hyd nes yr oedden nhw'n laddar o chwys ac yna yn eu blys yn rhuthro draw at yr allor gan hyrddio'r calis o'r neilltu . . .

Ond yng ngolau'r lloer gwelwyd Iolyn Offeiriad yn dodi cortyn a llysieuyn i hongian rhwng dwyfron y ferch rhag iddi feichiogi . . . sibrwd pethau anllad yn ei chlust . . .

Wedyn gorweddodd y ddau ar yr allor a thuchan cywestachu hyd nes y clywyd clochdar y ceiliog cynta . . .

Biti mawr.

Achos, pe gwyddai pawb, doedd dim gronyn o wirionedd yn hyn, ond fod yn well gan bobol goelio celwyddau yn amal a gwadu'r gwirionedd . . .

Ac oherwydd hyn, fe fyddai'n rhaid i Iolyn Offeiriad dalu pris ofnadwy cyn diwedd yr haf . . .

*   *   *

Erbyn i'r wawr ddeffro dros Paris roedd y ferch ifanc yn ddifrifol wael. Bu'n troi a throsi'n ystod y nos gan strancio a thuchan a gweiddi yn ei chwsg. Eisteddodd Ibn ar sil y ffenest a'i ên ar ei benigliniau. Teimlai'n gymysglyd iawn. Ac er i'r ferch ifanc adrodd ei hanes wrtho ni wyddai p'run ai i'w choelio ai peidio. Os oedd hi wedi ei dwyllo mor llwyddiannus gyhyd, pam y dylai ddechrau dweud y gwir yn awr?

Aeth ei chyflwr yn waethwaeth.

Dau ddewis oedd ganddo. Gallai gerdded allan yn awr a'i gadael yno i'w thynged, neu gallai fynd â hi i'r ysbyty fel yr oedd wedi bwriadu ei wneud gyda'r Abad Ifanc a oedd bellach yn ferch ifanc yn ei gwaeledd. Ond y naill ffordd neu'r llall a oedd yn debygol o'i arbed ei hun rhag yr anfadwch melltigedig hwn? Beth a deimlai'n hollol? Casineb? Dicter? Hunangasineb? Ffolineb? Cywilydd? Ofn?

Bu'r wythnosau ola'n hunlle. A hwn oedd y tro cynta yn y rhibidires o ddyddiau a nosweithiau iddo bwyso a mesur beth yn hollol oedd yn digwydd iddo. Bu'n byw fel anifail gwyllt. Aeth yn ddyn gwyllt o'r coed, bwgan brain o'r niwl yn cerdded trwy weddillion ŷd a brain marw. Cŵn rheibus ar ffo oedd o a'r Abad Ifanc. Y ddau yn byw o'r llaw i'r genau. Mae'n rhyfedd meddwl beth y gall amgylchiadau ei wneud i ddyn. Gall ddadwneud cwlwm teuluaidd, gall ddadwneud deng mlynedd o addysg, gall amgylchiadau gydio mewn dyn gerfydd ei war, ei ysgwyd, ei ddiberfeddu, ei flingo a'i wneud yn rhywbeth hollol newydd a hollol wahanol i'r hyn ydoedd. A dyma'r peth a godai'r ofn mwya arno. Pe daliai ddrych o flaen ei wyneb a fyddai bellach yn ei adnabod ei hun?

A oedd o'n dechrau colli arno'i hun?

Roedd amgylchiadau ac amser ill dau wedi chwarae mig ag o. A rhywfodd roedd y ddau wedi llwyddo i'w newid. Ac wedi'r cwbwl: onid oedd bellach â gwaed ar ei ddwylo?

Gwaed inffidel dibwys, roedd hynny'n wir.

Ac yn y pellter roedd dau geiliog yn clochdar. Y naill yn ateb y llall. Ni fyddai diben i un gadw twrw ar ei ben ei hun. Y llall oedd yn rhoi ystyr i'w fodolaeth. Cyd-ddibyniaeth groch.

Ymystwyriodd y ferch ifanc. Trodd ar ei hochor a gwasgodd Ibn ei wefus. A feiddiai fentro ei chludo i'r ysbyty? Roedd hi bellach fel maen melin o amgylch ei wddw. Ac roedd ganddo fo waith i'w wneud ym Mharis. Dyna paham y daeth yma wedi'r cwbwl. Am hynny y dylai feddwl. Dyna beth a ddylai fod flaena yn ei feddwl ac nid y ferch eiddilgorff hon a'i twyllodd gyhyd.

'Dwi ddim isio clwad gair o'ch pen chi,' gorchmynnodd Ibn
wrth wthio'r ferch ifanc mewn berfa amrwd i lawr stryd gefn
gul. Hyderai y byddai'n cyrraedd yr ysbyty (yr Hotel Dieu y
soniodd rhywun wrtho amdani ddwy noson ynghynt, a oedd
iddi enw o fri am wella cleifion o bob math o afiechydon ac
anhwylderau). Gallai ddadlwytho'r ferch ifanc i'w gofal yno cyn
mynd yn ei flaen a chyflawni nod y daith trwy ewyllys Allah.

'Dwi'n gwbod 'mod i wedi gwneud yr hyn na ddyliwn i,'
atebodd y ferch, 'ond rhowch chi'ch hun yn fy 'sgidia i . . .
Sut y medrwn i ymddiried ynddoch chi? Beth pe bawn i wedi
deud wrthoch chi ar y ffordd i Genoa? Mi fydda'r brodyr erill
wedi'n gadael ni'n y fan a'r lle! Ar Mont Cenis? Fedrwn i ddim
mentro hynny! Yn Avignon? Sut medrwn i gyrraedd Paris ar 'y
mhen fy hun a phetha fel maen nhw?'

Disgwyliodd hi iddo ateb ond cefnsythodd yn styfnig gan
gydio'n dynnach yn nwy handlan y ferfa a phowlio ymlaen heb
ostwng ei lygaid:

'Fasach chi wedi ymddwyn fymryn yn wahanol? Fasach chi?
Choelia i fawr! Mi fasach wedi 'ngadael i yn y fan a'r lle!
Heb feddwl ddwywaith am y peth!'

*'Ond faswn i ddim, faswn i ddim, wir ichi, tasach chi ond wedi
deud y gwir wrtha i! (Er mae hi'n ddigon hawdd deud hynny rwan
wrth edrych yn ôl!)'*

'Dydach chi ddim hyd yn oed wedi dechra dallt! Dim ond
dau le sydd i ferch yn y bywyd yma! Wyddoch chi hynny?
Lle cyfiawn merch ydi mewn priodas neu mewn lleiandy!
Ac mi esbonis i wrthach chi neithiwr beth oedd fy amgylchiada
i! Pam y bu'n rhaid imi ddewis, i *mi* ddewis! Neb arall!
Wyddoch chi fod merch sy'n dewis yn cyflawni pechod
marwol neu heresi! Swyddogaeth dynion a'u braint nhw ydi
dewis, braint merch ydi ufuddhau i'r hyn y disgwylir iddi'i
wneud a'r hyn y gorchmynnir iddi'i wneud!'

Ac fe aeth Ibn dros garreg yn ddamweiniol a bu ond y dim
i'r ferfa droi drosodd ac i'r ferch ifanc gael ei bwrw'n lledan i'r
llwch. Perodd hyn iddi ddechrau pesychu ac iddo yntau
wthio'n gyflymach. Ond fel pe na bai pwl o beswch yn ddigon

o anhwylder a hithau ar dân eisiau esbonio a'i ddarbwyllo fe ddechreuodd igian:

'Pam wyt ti'n trafferthu? (hic) Pam wyt ti'n gwastraffu dy (hic) amser? Pam na fasa chdi wedi (hic) 'ngadael i lle'r o'n i? (hic) Mi wyddost o'r gora na fydda i fyw'n hir iawn (hic hic) Pam smalio bod (hic) – oes rhaid ichdi fynd fel fflamia? (hic) Gad lonydd imi! Ibn! Gwranda, arna i! (hic)'

Ond dechreuodd wingo a glafoeri a rigian yr un pryd ac fe ymbwyllodd Ibn o'i gweld hi'n dioddef ac fe bowliodd y ferfa gydag ychydig mwy o ofal a gwyliadwriaeth, ond roedd eisiau cael gwared â hi cyn gynted ag oedd bosib. Gorau po gynta.

Ac fel y daethant at waelod stryd a arweiniai i sgwâr llydan, fe sylweddolodd Ibn fod rhywbeth ar droed. Tybiodd i ddechrau ei fod yn clywed pethau ac felly clustfeiniodd. Mwmianodd y ferch ifanc rhywbeth. Canu! Canu gorfoleddus! Yn llawn bywyd ac fe godai'n donnau melys o'r sgwâr. Ni chlywodd Ibn erioed y fath ganu, y fath ddathliad cynulleidfaol bendigedig ac felly powliodd y ferfa'n ei flaen yn frysiog:

Yng nghanol yr holl drallod, yr holl adfyd blinderog yma mae 'na rai yn chwerthin yn wyneb angau trwy gronni a lledaenu llawenydd ar gân! Maent yn chwerthin ar ben y rhai sy'n cwyno a dweud: 'Pa gysur ydi byw yn yr anhawddfyd anwych ac annhangnefeddus yma? A'r nesa yn gymaint mwy deniadol?'

    'Holl bechaduriaid daear fawr
    Fe'ch bernir oll, drueiniaid llawr,
    O, codwch eich golygon fry
    At Dduw ein Tad a'i engyl lu
    O hyfryd fore i benyd noeth
    Neu fe'ch traflyncir yn uffern boeth
    Satan a'i luoedd i'n difa ddaw
    A'n llosgi'n ulw, yn llwch a baw!'

Fel y grymusodd y canu wrth i Ibn nesáu fe sylwodd fod myrdd o boblach a phlant o bob lliw a llun yn sefyll yn syfrdan ar ymyl y sgwâr o flaen yr eglwys. Gorffwysodd Ibn a gadael y ferfa a'r ferch ifanc, gwynfanus yng nghysgod twlc moch cyfagos. Cerddodd at y dorf ac uwch eu pennau fe welai faneri anferth yn cael eu dal i fyny gyda'r geiriau: 'Brawdoliaeth y Groes', 'Byddin Sanctaidd o Saint', a 'Prynwyr Pechodau'.

Ymwthiodd yn raddol trwy'r bobol hyd nes y llwyddodd i weld nifer o ddynion, tua tri chant yn cerdded fesul dau yn rhes hir o'r ochr bella. Roeddynt oll wedi'u gwisgo mewn dillad a fu unwaith yn wynion ond a oedd bellach yn ddychrynllyd o fudr. Nid oeddynt amgen na llieiniau hirion yn ymestyn at eu sodlau a chroes fawr goch wedi'i gwnïo ar y frest a'r cefn. Roedd y rhai ar flaen yr orymdaith yn cario croesau syml wedi eu gwneud yn frysiog o bren.

Grymusodd y canu. Llanwodd y sgwâr â seiniau amryliw, dynion a merched (roedd nifer ohonynt a gerddai fesul dwy y tu ôl i res y dynion) a'u lleisiau'n cydasio'n hyfryd. Gwenodd llawer iawn o'r bobl a safai'n eu gwylio'n ymgynnull o flaen yr eglwys. O fewn dim roedd y sgwâr yn orlawn o ddynion a merched mewn gynnau llwydion, budron a chroesau cochion (er fod y ddau ryw yn cadw pellter parchus rhyngddynt a'i gilydd). Daeth yr orymdaith i ben.

Unwaith yr oedd pawb wedi ymgasglu fe gamodd un gŵr ymlaen. Edrychai fel angau â'i esgyrn yn amlwg, ei farf yn llaes, ei wisg yn fudr a staeniau brownllyd drosti, ac roedd fel pawb arall yn goesnoeth a throednoeth. Nid oedd wedi siafio, na molchi na newid ei ddillad ers – ond fe gododd ei law a distawodd pawb:

'Ddinasyddion Paris, mae heddiw yn ddiwrnod hynod. Hynod ar sawl cyfri. Rydan ni, Byddin Sanctaidd y Saint, wedi cyflawni penyd tri diwrnod ar ddeg ar hugain ac erbyn hanner dydd fe fydd y benyd gyfan wedi ei chwblhau. Mawr yw ein braint a mawr oedd ein pechodau. Ond rydan ni wedi bod yn driw i'n gilydd ac nid ydym wedi molchi, siafio, newid yr un dilledyn, cysgu mewn gwely na thorri gair â merch heb sôn am gydorwedd (fel y gwna cynifer o'n hoffeiriaid da!). Hyderwn y bydd ein hymddygiad yn fodd i ysbrydoli eraill i fyw bywyd glân a rhinweddol. Mae'r pestilens wedi bod yn fodd i gymell dynion a fu unwaith gymaint ym mhethau dibwys y byd, i godi uwchlaw anghenion y cnawd ac i weld eu cyflwr mewn goleuni newydd, cliriach – mae'n fodd o adnabod eu cyflwr pechadurus ac aflan a'r angen am waredigaeth! Ac i Dduw y mae'r diolch am y pestilens!'

'I Dduw y mae'r diolch am y pestilens!' rhuodd y fyddin deirgwaith.

'Ond mae bywyd glân a buchedd sanctaidd yn hollol amhosib heb weddi a phenyd ac yn hollol amhosib heb gyffesu. Felly! Dewch! Pwy yma heddiw ddaw i garthu ei bechodau duaf o bydew dyfnaf ei enaid?'

Ac ar unwaith fe ruthrodd hanner dwsin o'r gorymdeithwyr ymlaen, pedwar o ddynion ifanc a dwy ferch gan ddisgyn ar eu gliniau gerbron y meistr. Penliniodd y chwech gan ostwng eu pennau ac fe gerddodd y Meistr o un i'r llall yn araf wrando ar eu cyffes. Weithiau crychai ei dalcen a thro arall ysgydwai ei ben mewn anobaith. Gwyliodd y dorf mewn mud ryfeddod ar y Meistr yn cymryd arno swydd offeiriad yn yr awyr agored o flaen eu llygaid! Daliodd un o'r merched asgwrn – darn o benglog – yn ei llaw ac fe'i rhwbiai'n ddireol.

Yn raddol bach roedd gweddill y gorymdeithwyr wedi llunio cylch enfawr o amgylch y chwe chyffeswr ac fe nesaodd y dorf gan glustfeinio ar eu geiriau rhag iddynt hwythau, ryw ddydd, fynd yn ysglyfaeth i'r un pechodau ac wynebu damnedigaeth dragwyddol. Dechreuodd dau o'r gorymdeithwyr balu â rhaw a throsol ac wedi iddynt wneud twll digon mawr fe ddodwyd croes ynddo. Unwaith y gwrandawodd y meistr ar gyffes pob un o'r chwe phechadur fe gamodd ar risiau'r eglwys a mynnu sylw pawb:

'Maent wedi cyffesu y cyfan! Pob anlladrwydd, pob maswedd wedi ei sgrafellu o'u heneidiau, pob budreddi wedi ei sgwrio o gonglau du iawn . . .'

Yn y cyfamser roedd y chwech wedi ymddiosg ac yn rhoddi sgertiau llac amdanynt. A sylwodd Ibn fod cefn dau o'r dynion ac un o'r merched eisoes yn friwiau duon, dyfnion (fel pe baent wedi cael eu chwipio'n llym). Camodd un dyn at y groes gan droi ei gefn noeth tua'r dorf, a chydiodd ynddi. Rhwymodd dau o'r gorymdeithwyr ef â rhaffau ac yna camodd y dau o'r neilltu a chydio mewn dwy fflangell ledr a bachynnau bychain o haearn ar ben pob un ffrewyllen.

'Cyfodwch yn anrhydedd y merthyrdod pur ac ymarfogwch rhag pechu rhagor!'

Ymgroesodd y gorymdeithwyr ac ymgroesodd y dorf. Gwnaeth y meistr arwydd ac fe ddechreuodd y ddau fflangellu y gŵr hanner noeth oedd wedi ei rwymo i'r groes. Sgrechiodd y dyn nerth esgyrn ei ben wrth i'r bachau haearn suddo i'w gnawd ac ailagor hen friwiau a chodi hen grachod. Dechreuodd y gorymdeithwyr lafarganu:

'O adnabyddwch yr Iachawdwr
Eich Gwaredwr a'ch Barnwr,
Canys rhaid ei adnabod yn y byd hwn
Er mwyn cael eich achub drwyddo.

O Gwrandewch ar lais Iesu
Ei gyfraith, ei air gwerthfawr,
Can's hwy yw geiriau'r fuchedd
Newyddion mad yr iachawdwriaeth!'

Ac felly y boddwyd ubain dolefus y gŵr. Tasgodd dafnau o'i waed i'r awyr a llamodd rhai o'r dorf ymlaen gan ddal hancesi hyd braich er mwyn ceisio dal y gwaed cyn iddo ddisgyn a diflannu i'r llwch. Llwyddodd rhai, a dodi'r hancesi ar eu llygaid a'u hwynebau nes bod eu bochau llwyd yn goch, ac yna gweddïo ar y Fam Forwyn a Sant Roch.

Gwaeddodd y Meistr mewn llais cras (roedd wedi hen gynefino â gweiddi yn y caeau a'r ffyrdd, gan mai bugail dwylath o Ghent oedd o er pan yn chwech oed) am ddioddefaint Crist ac 'ar i'r Forwyn ymbil ar Dduw i'w buro o bob pechod'. Taranodd mai y nhw oedd 'y merthyron a oedd ond yn rhy barod i gymryd holl bechodau'r byd ar eu hysgwyddau fel y gallont eu chwipio!' Parhaodd y dorf i ganu'n egnïol wrth iddo ruo am 'gorff yr Eglwys wedi'i ddifwyno a'i lygru gan fleiddiaid o offeiriaid a flingai'r bobol!' Roedd wedi cynhyrfu oherwydd fod cyfnod y penyd blin ar ben. Un dydd am bob blwyddyn o einioes yr Arglwydd Iesu ar y ddaear. Bloeddiodd un o'r merched bronnoeth a oedd i'w chwipio nesa: 'Mi wleddais i neithiwr hefo'r Fam Forwyn ac Anna a'r Dinam Fab! Neithiwr!'

Parodd y datganiad hwn i nifer ruthro o'i hamgylch â'u hancesi wedi'u hymestyn yn llydan hyd braich yn barod i ddal y dafnau cynta a ddeuai o'i chefn. Pwniodd y bobol ei gilydd er mwyn cael bod yn y safle gorau pan ddechreuai'r fflangellu. Cwffiodd eraill ar y cyrion oherwydd i rywun redeg ymaith â hances waedlyd un hen wraig. Pwyodd un dyn rywun y tybiodd ei fod wedi annog y llafnyn a gythrodd yr hances. Cododd hwnnw'i ddwrn a tharo gwraig feichiog yn ei hwyneb. Disgynnodd honno ar ei hyd a lloerigodd ei gŵr (neu'i brawd) a tharo'r sawl a wnaeth ar ei drwyn â phastwn praff. Torrodd yr asgwrn a tasgodd gwaed dros bob man, ffosydd o waed. Aeth y stori ar led fel tân gwyllt fod angel wedi peri i drwyn y dyn waedu ac roedd pawb yn flysiog i ddal eu hancesi a'u tafodau dan ei drwyn. Bu ond y dim iddo gael ei fygu gan y dorf pan ruthrodd amdano.

Erbyn hyn roedd nifer helaeth o'r Fyddin yn felys chwipio'i gilydd. Gorweddai rhai ar y ddaear a'u cefnau'n rychau o waed, penliniai eraill ar risiau'r eglwys gan dynnu'i gwallt o'u pennau a gweiddi: 'Ymaith Satan, ymaith â'r cnawd! Pura fi, pura fi!'

Camodd hen ŵr i ganol y cylch fflangellwyr a mab marw pump oed yn ei freichiau. Parhaodd y fflangellu brwd a'r canu hyfryd. Penliniodd yr henwr gerbron y Meistr. Bendithiodd hwnnw ef a gweiddi'n groch:

'Mae goleuni a grym yr Ysbryd Glân yn tywallt arnon ni heddiw o biser mawr y nefoedd! Tafodau tân yn llewyrchu'r wybren â'u presenoldeb! Ac yma! O fewn y cylch! Fe brofwn i chwi nerth yr Arglwydd! Sylwch!'

A chydiodd yn y bachgen bach yn dyner a'i ddal uwch ei ben yn ei ddwylo rhawiog. Distewodd y dorf ond er hyn fe aeth y fflangellu rhagddo â sêl arbennig:

'O Fam Forwyn Fendigaid, yr hon a ddyrchafwyd i'r Nefoedd ac a Ymgnawdolwyd, ymbil ar dy Anwylaf Fab Iesu

Grist, yr hwn sydd ar ddeheulaw ein Tad Nefol, i roddi i'r bachgennyn yma eilwaith gyfran o'r bywyd daearol fel y gallo fyw bywyd dibechod a rhinweddol a thyfu i oed dyn a'th foli Di a'r Engyl a'n Mam Addfwyn, O Iôr tywallt dy nerth, nerth yr Ysbryd Glân arno, O Dduw!'

Roedd Ibn wedi cynhyrfu lawn cymaint â neb erbyn hyn ac roedd yn benderfynol o gyfranogi yn y ddefod. Yn wir, tybiodd y gallai adael y ferch ifanc yng ngofal y bobol dda hyn os medrent . godi'r marw yn fyw a chyflawni gwyrthiau rhyfeddol. Fe arbedai daith i'r Hotel Dieu. (Ac roedd ei freichiau wedi dechrau blino p'run bynnag.) Ac felly powliodd y ferfa trwy'r dorf gan wthio pobol yn hollol ddigywilydd hyd nes y llwyddodd i dorri trwy'r cylch fflangellwyr:

'O Dduw, O Dduw, atgyfoda yma yng ngŵydd y tystion hyn y plentyn . . .'

Yn sydyn, stopiodd. Gollyngodd y plentyn yn llipa a marw i'r llawr. Cyfeiriodd at Ibn a dechreuodd sgrechian. Tynnodd ei wallt a rhwygo'i ddillad a neidio i fyny ac i lawr. Ac o dipyn i beth fe ollyngodd yr holl fflangellwyr eu chwipiau ac wylo. Griddfanodd amryw yn ddiolchgar am yr ymyrraeth Oddi Uchod. Llyfodd rhai pobol eu clwyfau a'r nentydd bychain o waed wrth iddynt ara dreiglo i lawr eu coesau. Rhuthrodd y Meistr at y ferfa a chipio'r cwrlid a orchuddiai'r ferch ifanc ymaith:

'Merch! Merch! Merch! Heb ganiatâd! Yn y cylch sanctaidd! Doedd ryfedd nad oedd modd atgyfodi'r bachgen bach! Pechadures! Pechadures yn y cylch! Wyddost ti be mae hyn yn 'i olygu?'

Ysgydwodd Ibn ei ben:

'Mae'n rhaid inni ddechra eto!'

Ac wylodd llawer o filwyr y Fyddin.

'Dechra o'r dechra!'

Gwaeddodd y lleill.

'Fesul dau! Fesul dau! Pawb! Dynion yn y pen blaen! Merched y tu ôl! Brysiwch!'

Ac o rywle fe ruthrodd bwndel o garpiau tan sgrechian:

'Lle mae 'muwch i? Chi ddwynodd fy muwch i? Be 'dach chi 'di neud hefo 'muwch gyflo i? Hwnna ddwynodd fy muwch i! Hei!'

A rhuthrodd ar ôl Meistr y Fflangellwyr. Ailffurfiodd y fflangellwyr yn orymdaith nadreddog unwaith eto, yn barod i wynebu tri diwrnod ar ddeg ar hugain a hanner arall hir iawn. Ond ymhell cyn iddynt ddechrau ar yr orchwyl hon roedd Ibn a'r ferch wedi hen ddiflannu.

Rhuthrodd stribed o eiriau i lawr twnel du cyn chwalu'n olau fel haid o golomennod ym meddrodau dryslyd Jean de Venette:

'Mae rhai o'r cleifion yn bygwth llosgi'r ysbyty i'r llawr.'

'Be?'

Cododd ar ei eistedd ac am eiliad daeth chwa o benysgafnder drosto a brefodd y myn gafr a glymwyd i waelod y gwely i amsugno'r drwg yn yr aer i'w ysgyfaint.

'Well ichi ddwad draw rwan hyn dwi'n meddwl.'

Gwisgodd de Venette ei esgidiau yn gyflym.

'Cwyno maen nhw 'u bod nhw wedi talu arian da, rhai ohonyn nhw wedi rhoi stada cyfan yn rhodd inni yn hytrach nag i frodordy neu eglwys, ac eto'n gorfod rhannu gwely hefo tri arall.'

'Ond mi esbonist di nad oes mwy o le, fod hyd yn oed y stabla'n llawn?'

'Maen nhw'n fwy na bodlon rhannu efo un arall ond . . .'

'Be maen nhw'n ddisgwyl? Dim ond ysbyty ydan ni wedi'r cwbwl!'

'Dal i gwyno maen nhw.'

Brasgamodd y ddau'n gyflym i lawr tua'r wardiau. Brathodd y bachgen deuddeg oed ei dafod wrth gamu gam neu ddau y tu ôl i'w feddyg athro. Roedd arno ofn mentro dweud, ofn ennyn ei lid. Gwyddai gystal â neb am dymer de Venette. Doedd neb gwaeth nag o unwaith roedd o wedi colli'i limpyn. Ond roedd yn rhaid torri'r garw iddo'n hwyr neu'n hwyrach.

Felly, stopiodd.

(Saethodd y geiriau'n fflyd o'i enau.)

'Gwrthododd rhai ohonyn nhw ffisig Nicholas o Ferrara hyd yn oed bora 'ma.'

Stopiodd Jean de Venette yn stond.

Bu tawelwch llethol am rai eiliadau cyn y mentrodd y bachgennyn ddweud:

'Dydi o dda i ddim meddan nhw.'

'Ond wyddan nhw pwy ydi Nicholas o Ferrara?'

'Dydi o ddim o'r ots . . . Ddeudodd un na fasa waeth ganddo fo yfad piso mul ddim na . . .'

'Nicholas o Ferrara, o bosib, ydi un o feddygon mwya disglair y byd. Mi fydd hanes yn cofio ac yn mawrygu ei enw fo . . . Ac os na ŵyr Nicholas, wel, mae hi wedi canu go iawn arnon ni 'ta, tydi? Be maen nhw'n gynnig y dyliem ni wneud? Mynd i'n gwlâu a chael wanc?'

Trodd a chythrodd yn sydyn yng nghlustiau'r bachgen tan ruo-gweiddi'n lloerig:

'Be maen nhw'n ddisgwyl? Gwyrthia? Rydan ni'n trio'n gora glas! A dim ond dynion meidrol ydan ni wedi'r cwbwl! Cnawd ac esgyrn! Be maen nhw'n ddisgwyl ei gael yma? Y?!'

Aeth ias o ofn i lawr asgwrn cefn y bachgennyn – rywle rhwng ei gig a'i groen. Poethodd ei glustiau wrth i ewinedd garw de Venette suddo i'r cnawd meddal:

'Ewyllys Duw ydi'r cwbwl! Ro'n i'n arfar cysuro fy hun fod rhyw rith o iachad, rhyw feddyginiaeth gyfleus gynnon ni i'w gynnig i bobol. Ond dwi inna erbyn hyn wedi dechra sylweddoli mai Ewyllys yr Iôr sy ar waith yma! Fedrwn ni wneud dim! Dim! Wyt ti'n dallt?! Dim byd! Dim ond dal i lwytho troliau efo cyrff y meirw yn y gobaith y cyrhaedda ambell un ei gartref tragwyddol! Dysga wers! Pan mae pechod aflan dyn yn mynd yn rhemp, bryd hynny mi fydd O yn ymyrryd mewn hanes! Fel dyn yn gwthio'i fysedd i'r tywod a chwalu'r gronynnau fel y myn o! A thywodyn breintiedig wyt ti a fi, yn dystion i waith Duw eleni!'

Cododd llygaid cochlyd di-gwsg de Venette arswyd ar y bachgen ond gollyngodd afael ar ei glustiau.

Gwaedodd un.

Sychodd boer ei feddyg-feistr oddi ar ei wyneb. Siglodd de Venette ar ei draed a disgynnodd yn erbyn y mur gan duchan. Yna cododd a chan bwyso arno, llusgodd ei hun fel hen ddyn tua'r wardiau, a'r bachgen bach yn dilyn o hirbell gan ddal ei glust.

Mewn cymdeithas Dduw ganolog does gynnon ni mo'r ewyllys i ymladd ei Ewyllys O, felly, pa obaith sydd inni gael atebion a ninnau wedyn heb yr hyder i hyd yn oed ofyn y cwestiynau?

*   *   *

Danfonwyd Chwilen Bwm â buwch a throl i felin Clenennau ychydig ddyddiau cyn y cynhaeaf gwair. Fe gychwynnodd ar doriad dydd ac roedd wedi mynd cryn bellter ar hyd y llwybr a arweiniai tua Phenyfed pan stopiodd i dorri syched affwysol mewn ffos gyfagos.

Bu ganddo boen ofandwy yn ei stumog ers dyddiau lawer ac er iddo fwyta llawer iawn o fwsog (gormod er ei les ei hun efallai) roedd y gwayw yn dal i'w blagio.

Yfodd lond ei fol o ddŵr ac wrth iddo gerdded draw at y drol tybiodd iddo weld rhywun yn dod i'w gyfwrdd. Craffodd. Yna dechreuodd ei galon guro.

Y hi!

Nest!

Nest ferch Iorwerth Gam!

Roedd ei hwyneb yn goch gan liw haul a'i choesau a'i breichiau yr un lliw yn union.

Hwn oedd y cyfle y bu'n disgwyl cyhyd amdano!

Roedd yn rhaid manteisio arno. Hwyrach na ddeuai cyfle fel hyn fyth eto. Felly, cerddodd yn bwyllog a syllu a bodio olwyn y drol a'r echel gan geisio ymddangos yn brysur.

Dynesodd hi. Gallai glywed sŵn ei thraed yn nesáu yn y glaswellt. Ac roedd hi ar ei phen ei hun. I ble'r oedd hi'n mynd tybed? Syllodd arni trwy gil ei lygaid.

Yna caeodd ei lygaid ac am ennyd gallai gofio ei hun yn ceisio ei hogleuo pan safodd y tu ôl iddi ar lan y bedd,

bedd ei thad adeg y Pasg, ac yntau'n gorfod sniffian bob yn ail gan fod annwyd lond ei ben. Tybed sut y byddai'n ogleuo heddiw? Ogla gwyddfid falla neu wair wedi'i ladd, neu . . .

Ac roedd hi yno yn sefyll wrth ei ochr.

'Pwyll, Chwilan, pwyll, pwyll!'

Cododd ei ben yn araf a'i lygaid yn ddioglyd gripian i fyny o'i thraed, ei phengliniau, ei chluniau, ei bol, ei bronnau gwastad, ei gwddw, ei gên, ei hwyneb, ei thalcen . . .

'Mynd yn bell, daeog?'

'Roedd hi'n ei adnabod o leia! Taeog! Fe wyddai mai taeog oedd o! Roedd hi'n gwybod! Roedd hi wedi sylwi!

'Melin Clenennau.'

Ac roedd ganddo dderwen o godiad.

'Meddwl, Chwilan, meddwl. Dal ati i siarad, dal ati i ferwi ac i fwydro a siarad! Paid â sychu, sychu'n grimp! Siarada, siarad o'i hochor hi neu mi fydd hi wedi mynd, a weli di mohoni hi wedyn!'

'Mae'r diafol yn ddyn drwg . . .'

Dywedodd Chwilen y peth cynta a ddaeth i'w feddwl ac fe oedodd hithau a chwarae â'i gwallt.

'Mae'r diafol yn gyfrwys,' crafodd am eiriau, unrhyw eiriau y medrai eu sgrafellu'n wyllt o rywle, 'a'i ddau gyfaill penna ydi'r . . . ym . . . y . . .'

'Wyt ti wedi gweld y diafol?'

Cododd Chwilen ar ei draed ond roedd un goes wedi mynd i gysgu ac yn hollol ddiffrwyth, a disgynnodd. Cydiodd hi ynddo ac fe'i harbedodd rhag cael codwm.

'Mae'r diafol ar fy ôl i . . .'

Siaradodd Chwilen gan ogleuo ei gwallt.

'Ydi o?' holodd hitha a'i llygaid duon yn agor yn fawr.

'Ydi.'

'Ers pryd?'

'Blynyddoedd.'

'Be mae o'n neud felly?'

'Pob math o betha . . .'

A braidd gyffyrddodd Chwilen hi â'i fysedd.

'Dydw i ddim yn cael llonydd ganddo fo, ddydd na nos . . .'

Cydiodd yn dyner yn ei llaw a syllu i'w llygaid dyfnion, du cyn sibrwd:

'Teimla – dyna be mae'r diafol yn 'i neud imi . . .'

A theimlodd hithau gan wasgu'r diafol yn ffyrnicach na'r hyn y byddai Chwilen wedi dymuno iddi'i wneud.

'Pa mor amal y bydd o'n gneud hyn?'

'Bob dydd. Bob nos. Does wybod.'

'Ydi o'n brifo?'

'Yn ofnadwy.'

A gwnaeth ei stumog y sŵn rhyfedda a thorrodd wynt. Tynnodd Nest, ferch y diweddar Iorwerth Gam, ei gwynt ati gan wasgu pen y diafol a rhoi plwc sydyn iddo rhag iddo boenydio rhagor ar y taeog.

'*Meddwl, Chwilan, meddwl, meddwl, dal i siarad, dal i siarad, dal i siarad, siarad, siarad.*'

'Mi fedri di . . .' (oedodd) '. . . helpu . . .'

'Medra?'

'Medri, mi fedri di.'

Roedd o'n meddwl yn ddychrynllyd o galed.

'Mi fedri di lorio'r diafol.'

Agorodd hi ei cheg yn llydan.

'Sut?'

Edrychodd Chwilen o'i gwmpas yn frysiog rhag ofn fod rhywun yn ei weld yr eiliad hon. Ond roedd wedi cynhyrfu cymaint. Roedd yn crynu, crynu, crynu!

'Trwy'i yrru o'n ôl i uffarn.'

'Sut?'

'Mae uffarn gen ti. Mae uffarn gen bob merch.'

'Ydi?'

'Ydi.'

'Lle?'

Roedd ei geg yn sych a'i geseiliau'n chwys doman a'i galon yn curo. (Pe câi ei weld a'i ddal, y fo, taeog yn mocha efo merch rydd o'r gafaelion byddai hi ar ben arno ond eto . . .) A dododd ei ddwylaw ar ysgwyddau y ferch a syllu i gannwyll ei llygaid:

'Mae'n rhaid iti orwedd ar dy gefn . . . fel y medra i roi'r
diafol yn ôl yn uffarn . . . Ac unwaith yr eith o'n 'i ôl mi gei di
weld mai cwdyn go lipa ydi o wedi'r cwbwl . . .'

'Ti'n siŵr?'

'Berffaith siŵr . . .'

A gorweddodd Nest ar ei chefn ar lawr wrth ymyl y drol.
Ac wedi peth wmbreth o fustachu, oherwydd roedd diafol
Chwilen mor fawr â phorth uffern Nest mor gyfyng,
fe lwyddwyd i yrru Suddas adre.

*   *   *

Yn y ward roedd Ibn wrthi'n syllu ar y ferch ifanc yn cael ei
dodi mewn gwely efo dwy ferch arall. Roedd hi'n ffodus fod
'na le oherwydd roedd un wraig newydd gael ei chario allan
ychydig ynghynt. Roedd y cleifion yn gnawd ac yn esgyrn yn
ei gilydd, dau a thri i bob gwely, weithiau'n bedwar.

Ond roedd y briwiau a oedd megis pennau nionod dan ei
cheseiliau ac ar ei chluniau wedi tyfu'n llawer mwy ac yn
amlycach erbyn hyn.

Rhuthrodd dyn â llygaid cochlyd trwy'r ward a bachgen
bach yn ei ddilyn . . .

A phan oedd Ibn ar fin ymadael i gael tipyn o awyr iach,
fe gerddodd gwraig dalsyth mewn gwisg lleian i mewn a rhai
o'r lleianod a oedd yn gweini'r cleifion yn chwysu ar ei hôl.
Cerddodd y wraig dalsyth yn fân ac yn fuan a siarad yn yr un
modd . . .

'. . . mae bwyta unwaith y dydd yn ddigon i angel, dwywaith
i ddynion a merched a mwy na hynny'n unig i fwystfilod y
maes . . .'

Cerddodd ar hyd y ward gan fendithio'r cleifion a thaflu
dafnau o ddŵr a phetalau drostyn nhw.

'. . . fe gusanodd Mab y Dyn fi â chusan boeth ar fy
ngwefusa pan o'n i'n saith oed; yn ddeg oed fe'm cymrodd yn
wraig iddo mewn ffydd perffaith wedi'i oruchwylio gan y Fam
Sanctaidd yng ngŵydd Ioan Sant, Sant Paul a Sant Dominic

ac i gyfeiliant telyn Dafydd. *Accipe signum Christi in capite ut uxor eius efficiaris, et si in eo permanseris in perpetuum coroneris.* Mae gwaed yr Oen yn fy ngwythiennau, yn llifo trwof fi – dwi wedi yfed gwaed o'i galon . . .'

Ac erbyn hyn roedd hi wedi cyrraedd y gwely lle'r oedd Ibn yn sefyllian wrth ei erchwyn yn cydio yn llaw y ferch ifanc.

Syllodd ar Ibn yn dosturiol ac yna ar y tair merch yn y gwely a gwnaeth arwydd y groes.

Tynnodd y cwrlid i ffwrdd . . .

– ac roedd y tair yn noethion a'u cyrff

– wedi'u gorchuddio gan friwiau duon a sudd

– sudd crawnllyd

– yn cronni'n llonydd.

Trodd y wraig dalsyth a dweud ar goedd:

'Mi ddywedodd O wrtha i fod y gallu i gyflawni gwyrthia gen i. "Dy wefusau, fy nyweddi, sydd yn diferu fel diliau mêl: y mae mêl a llaeth dan dy dafod ac arogl dy wisgoedd fel arogl Libanus".'

Gwyrodd dros y ferch ifanc a dodi'i gwefusau ar un briw du ar ei chlun a sugno'r crawn o'r briw.

Cododd ei phen yn uchel

– yng ngŵydd pawb

– cyn chwipio'r crawn du yn ôl a blaen yn ei cheg

– tywalltodd ddŵr glân

– (o ffynnon yng Nghaersalem)

– yn gymysg ag o

– a'i lyncu.

Chwydodd Ibn dros y llawr.

Ond roedd cynnwrf mawr y tu cefn iddyn nhw wrth i'r lleianod godi'r cleifion o'r tybiau ymolchi a'u gadael i sefyllian yno'n wlyb tra cludent fwceidiau o ddŵr allan ar frys.

– bu farw'r ferch ifanc ddiwrnod yn ddiweddarach

– bu farw'r wraig dalsyth dridiau'n ddiwddarach

– ac fe'i gwnaethpwyd yn santes yn 1388.

*   *   *

Ehedodd angel tawel ar draws yr wybren ddu a'i wisg wen llachar yn taenu cynffon o ddisgleirdeb o'i ôl. Diflannodd a bu llonyddwch.

Ac yn y man, agorodd y düwch yn ddau ddrws trwm tua'r nefoedd. Tywalltodd goleuni trwy'r pyrth: yn y cefn roedd bwa enfys anferth yn codi o'r llawr cyn diflannu i fogail y cymylau ac roedd pedair gorseddfainc ar hugain yno. Yn eistedd arnynt roedd pedwar henadur ar hugain wedi eu dilladu mewn gwisgoedd gwynion ac ar eu pennau roedd coronau aur. Tasgodd mellt a tharanau a lleisiau o waelod y gorseddfeinciau a gyferbyn â hwy roedd saith o lampau tân yn llosgi. O flaen y meinciau roedd môr o wydr grisialog ac yn raddol o ganol y meinciau, o'r llawr rywsut, fe gododd pedwar o anifeiliaid yn llawn o lygaid o'r tu blaen a'r tu ôl. Roedd yr anifail cynta yn debyg i lew a'r ail yn debyg i lo, roedd gan y trydydd wyneb fel dyn ac fe gododd y pedwerydd i'r awyr ac ehedeg mewn cylchoedd fel eryr. Ond wedi sylwi roedd ganddynt oll chwech o adenydd o'u hamgylch a dechreuodd pawb lafarganu: 'Sanct, Sanct, Sanct, Arglwydd Dduw Hollalluog yr hwn oedd a'r hwn sydd a'r hwn sydd i ddyfod!'

'Mmmaaaghhghh!'

Disgynnodd pawb ar eu gliniau ac addoli'r un a oedd yn eistedd ar yr orseddfainc ac yn ei ddeheulaw roedd llyfr. Bu cynnwrf mawr am ennyd hyd nes y cododd oen gwaedlyd o'r cefn ac roedd ganddo saith corn a saith llygad ac fe gerddodd a chymryd y llyfr o ddeheulaw yr hwn oedd yn eistedd ar yr orseddfainc. Ac unwaith y cymerodd yr oen y llyfr fe ddisgynnodd y pedwar anifail a'r pedwar henadur ar hugain ger ei fron: ac roedd gan bob un ohonynt delynau a ffiolau aur yn llawn arogldarth.

Agorodd yr Oen y llyfr ac fe ymddangosodd march gwyn ac yna farch coch a march du ac yna farch gwelw las. Wedi hyn fe gododd eneidiau y meirw o dan yr allor, y rhai a laddwyd oherwydd iddynt fynnu fod gair Duw yn dystiolaeth ganddynt. Yna crynodd pob man wrth i ddaeargryn anferth ysgyrnygu'r lle a duodd yr haul uwchben, a'r lleuad a ddiferodd waed ac oddi uchod fe ddisgynnodd sêr y nef ar y ddaear. Rhedodd brenhinoedd y ddaear a'r gwŷr mawr a'r cyfoethogion a'r pen-gapteiniaid a'r gwŷr cedyrn a phob gŵr caeth a phob gŵr rhydd a llechu orau y gallent rhag yr elfennau.

Safodd pedwar angel ar bedair congl y ddaear gan ddal pedwar gwynt y byd bach fel na chwythai'r gwynt ar y ddaear nac ar y môr nac ar yr un pren. Cododd angel arall a sêl y Duw byw ganddo.

'Uuugggghhhaaagggggaaahhh!'

Wedi hyn daeth tyrfa fawr (na allai neb eu rhifo) o bob cenedl a llwythau a phobloedd ac ieithoedd i sefyll gerbron yr orseddfainc a gerbron yr oen wedi eu gwisgo mewn gynau gwynion a phalmwydd yn eu dwylo. A'r holl angylion a safodd o amgylch yr orseddfainc a'r henaduriaid a'r pedwar anifail ac a syrthiodd ar eu hwynebau ac addoli Duw. Ond pan agorodd y seithfed sêl roedd gosteg yn y nef a seiniodd saith o angylion saith utgorn. Ac angel arall a ddaeth ac a safodd gerbron yr allor a thuser aur ganddo a rhoddodd arogldarth i lawer ac yna fe gymerodd thuser ac a'i llanwodd hi â thân yr allor ac a'i bwriodd hi i'r ddaear: a bu lleisiau a tharanau a mellt a daeargryn, wrth i bob angel yn ei dro ganu ei utgorn.

Yn y cyfamser roedd angel arall yn ehedeg yng nghanol y nef ac yn llefain yn uchel: 'Gwae, gwae, gwae i'r rhai sy'n trigo ar y ddaear, rhag lleisiau eraill utgyrn y tri angel, y rhai sydd eto i utganu!'

'OOOOOooooaaaoooaagghh!'

Utganwyd. Disgynnodd seren enfawr i'r ddaear ac agor pydew diwaelod. Cododd mwg ohono (fel mwg ffwrn fawr) a thywyllwyd yr haul a'r awyr gan fwg y pydew. Ac yna o'r mwg daeth allan locustiaid ar y ddaear (a dywedwyd wrthynt na wnaent niwed i laswellt y ddaear nac i ddim gwyrddlas, nac i un pren: ond yn unig i ddynion oedd heb sêl Duw ar eu talcennau). A dull y locustiaid oedd debyg i feirch wedi eu paratoi i ryfel. Roedd coronau ar eu pennau yn debyg i aur a'u hwynebau fel wynebau dynion. A gwallt oedd ganddynt fel gwallt gwragedd a dannedd fel dannedd llewod. Ac roedd ganddynt lurigau haearn a llais eu hadenydd oedd fel llais cerbydau llawer o feirch yn rhedeg i ryfel. Roedd ganddynt frenin arnynt sef angel y pydew diwaelod:

'Aggggggaaaahhhhaaaa!'

A phe na bai hyn yn ddigon, rhyfeddod mawr arall a welwyd yn y nef sef gwraig wedi ei gwisgo â'r haul, a'r lleuad dan ei thraed ac ar ei phen goron o ddeuddeg seren. A draig goch fawr a saith pen iddi a deg coron a safodd gerbron y wraig yr hon ydoedd yn barod i esgor, i ddifa ei phlentyn hi pan esgorai hi arno. A hi a esgorodd ar fab gwryw (yr hwn oedd i fugeilio'r holl genhedloedd â gwialen haearn) a'i phlentyn hi a gymerwyd i fyny at Dduw ac at ei orseddfainc ef. Ffodd y wraig i'r diffeithwch lle mae ganddi le wedi ei baratoi gan Dduw fel y porthent hi yno am fil a deucant a thri ugain o ddyddiau.

A bu rhyfel yn y nef: Michael a'i angylion a ryfelasant yn erbyn y ddraig a'r ddraig a ryfelodd â'i hangylion hithau. A bwriwyd allan y ddraig fawr, yr hen sarff, yr hon a elwir Diafol a Satan, yr hwn sy'n twyllo'r holl fyd: efe a fwriwyd allan i'r ddaear a'i angylion a fwriwyd allan gydag ef.

'Mmmmmmmmmoooaaawwwaaawwwwooooaaa!'

Yna disgynnodd llen anferth o'r nen a'r geiriau canlynol arni: 'Dirgelwch Babilon Fawr, Mam Puteiniaid a Ffieidd-dra'r Ddaear' a daeth gwraig o'r cefn yn eistedd ar fwystfil o liw ysgarlad, yn llawn o enwau cabledd a saith pen iddo a deg corn. Dilladwyd hi â phorffor ac ysgarlad ac roedd wedi ei gorchuddio ag aur ac â meini gwerthfawr a pherlau ac yr oedd cwpan aur yn ei llaw. O'i hôl deuai llu o ddynion, y rhai na laddwyd gan y plâu, yn addoli cythreuliaid a delwau aur ac arian a phres. Yfodd y wraig waed y saint a merthyron Iesu. 'A marchnatwyr y ddaear a oedd yn wylo ac yn galaru drosti oblegid nad oes neb mwyach yn prynu eu marsiandïaeth o aur ac arian a meini gwerthfawr a pherlau a lliain main o borffor a sidan ac ysgarlad a phob coed thynon a phob llestr o ifori a phob llestr o goed gwerthfawr iawn a sinamon a pheararoglau ac ennaint a thus a gwin ac olew a gwenith a defaid a meirch a chaethweision ac eneidiau dynion.

'Aaaghhh!' Bloeddiodd. 'Oooooghhoaaahghawwaooaa-wwwaaaeeeeeeuuuugggh!'

'Ssh!'

Oedodd Putain Fawr Babilon ennyd a phidlen un masnachwr wedi'i gwasgu'n dynn yn ei dwrn tra oedd y gweddill yn cropian y tu ôl iddi fel haid o gŵn a'u trwynau nesa at y ddaear.

'Uuuuugggghhhh!'

Roedd dau angel yn dal i fflapio'n llipa yn yr awyr gan edrych yn syn ar ei gilydd. Fflap . . . fflap fflap . . . fflap . . . fflap . . . fflap . . . fflap . . .

'Aggggghhhhaaa!'

'Mae'n well inni fynd â hi'n ôl i'r palas, dwi'n meddwl,' cynghorodd apothecari'r Brenin gan basio'r botel iddo.

'Fedar hi ddim disgwyl tan ddiwadd yr Ail Act?'

'Wawooooaggghhhha!'

Cododd y Brenin ar ei draed ac fe godwyd y frenhines. Cododd y gynulleidfa ddethol, fechan hefyd a cherddodd rhai o'r actorion at ymyl y llwyfan a sbecian i'r tywyllwch ar yr hyn oedd yn digwydd.

Dringodd bwystfil â saith corn o'r trap yn y llwyfan a throi at Apolyon:

'Be uffar sy'n bod?'

'Mae hi ar fin 'i ollwng o, am wn i . . .'

'Hi oedd yn cadw twrw?'

'Ia'.

'Wel, myn diawl. Cur pen oedd hi'r tro dwetha.'

'Dwi'n gwbod'.

' 'Dan ni rioed 'di cyrraedd hyd at ddiwadd yr Ail Act nad oes 'na rwbath yn peri tramgwydd dragywydd yn rhwla. Yr archangel gafodd godwm hegar y tro cyn hynny a thorri'i adain, ti'n cofio?'

A cherddodd y bwystfil corniog heibio'r masnachwyr a Phutain Fawr Babilon (a chwaraeid gan ddyn â wìg a minlliw piwsddu) am yr ystafelloedd gwisgo.

Galwodd y Brenin un o'i weision ato.

'Dos i longyfarch y cwmni ac esbonia be sy wedi digwydd. Dywed yr edrychwn ni ymlaen at weld y ddrama wedi ei llwyfannu ryw dro eto. Canmol yr effeithia etc. Anhygoel etc. Dwi erioed wedi gweld cystal cynhyrchiad etc. Yn enwedig y locustiaid.'

Theatr fechan oedd theatr breifat Brenin Ffrainc yn ei balas haf ar gyrion Paris. A cherddodd y gwas ymaith trwy ddrws a arweiniai i gefn y llwyfan lle byddai'r cwmni'n ymgynnull wedi pob perfformiad. (Roedd y Brenin eisiau gweld perfformiad o 'Arch Noa a'i feibion' ond oherwydd sychder mawr yr haf roedd prinder dŵr ac ni ellid boddi'r llwyfan er mwyn cael yr effeithiau angenrheidiol).

Hebryngwyd ei wraig fechan, feichiog, (drymlwythog, anferth) allan i'r haul crasboeth (perfformiad *matinee* oedd hwn!) er fod awel dyner yn sibrwd yng nghlustiau dail y coed gan beri iddyn nhw siffrwd wrth y naill a'r llall a chreu cryndod a chynnwrf ym môn y canghennau hyd at flaen gwreiddiau y coed derw anferth a gylchynai'r palas a'r gerddi llydan, meddal.

Yr unig ffordd o eistedd trwy bedair awr o'r 'Farn Fawr' a pheidio gwallgofi oedd trwy slotian yn drwm a dyma esbonio paham y disgynnodd y Brenin ar y grisiau ar y ffordd allan.

Cafodd y slotian trwm effaith andwyol arno. Ac roedd camu o'r theatr dywyll i oleuni llachar dechrau Gorffennaf yn brofiad arswydus a rhyfedd. Rhyw fodd, roedd yn disgwyl iddi fod yn dywyll y tu allan. Roedd ei syniad o amser a goleuni a düwch a gwres yn troi'n chwil yn ei ben.

Cerddodd yn igam ogam ar draws y gerddi gan neidio i'r awyr yn awr ac yn y man a cheisio brathu llond ceg o wybed.

Bu'n rhaid rhyw how lusgo'r Frenhines y rhan fwya o'r ffordd o'r theatr ar draws yr ardd tua'r palas. Cydiodd dwy forwyn ynddi o dan ei cheseiliau.

Ond doedd dim amser i fynd â hi i'r gwely.

Ac fe'i dodwyd ar wastad ei chefn ar fwrdd derw llydan yn y cyntedd a'r haul yn gwthio trwy bob ffenest a phob twll a chrac gan lenwi pob man â'i gnawd euraidd. Roedd y gwres yn drwm ac yn llethol ac roedd yr awel wedi tawelu'n ddim

a doedd dim i'w glywed ond suo pryfed, tuchan llafurus y
frenhines a sgrialu llygod yng nghrombil yr adeilad, rywle'n is
na'r selerydd, yn nüwch y sylfeini, nesa at y ddaear, yn y pridd
oer.

Agorodd y Brenin adwy a rhisio nifer o ieir i mewn i gae
bychan. Cododd ei ffon fagl a chwibanu wrtho'i hun.
Adeiladwyd fferm fechan iddo oddi mewn i furiau'r palas ac
yno yr hoffai dreulio'i ddyddiau ers iddo symud yma o Baris
pan oedd y pestilens yn chwipio'r wlad. Hwsmonai ei wartheg
a'i ddefaid, ei hwyiaid a'i ieir a'i foch a'i eifr. Rhoddai rywbeth
iddo'i wneud. Cadw trefn ar fferm fechan.

Ond heddiw roedd hi mor llethol o boeth fel nad oedd hi'n
bosib iddo feddwl am wneud dim heblaw eistedd yn y
cysgodion a sylwi ar we y tes llonydd yn gwau o gylch y toeau.
Byddai'n rhaid iddo dorri ryw dro at ddiwedd y prynhawn.
Glaw taranau trwm. Gobeithio. Ac roedd ei lygaid yn hanner
cau. Hanner agorodd ei geg er fod rhyw bryfetyn yn mynnu'i
biwsio. A sylwodd ar y gwres yn codi'n donnau o'r ddaear,
gwres mawr, gwres anferth, gwres grymus ac roedd rhywbeth
(rhywrai?) yn cerdded tuag ato trwy'r tes yn y pellter. Agorodd
ei lygaid a sychu'r chwys oddi ar ei wyneb â chefn ei law.

Ffurfiau yn siglo drwy'r tonnau, yn lledu ac yn ymestyn fel
haid o ellyllon yn feddw gamu'n llaes ac yn mesur hyd a lled
y ffordd wrth wegian cerdded i'w gwfwrdd. A chlywodd
leisiau yn ei ben (yr un lleisiau a ddywedai wrtho ei fod wedi'i
wneud o wydr). Ai dychmygu oedd? Craffodd eto:

'. . . be weli di . . . ?'

'. . . dim . . .'

'. . . be weli di . . . ?'

'. . . dim byd . . .'

'. . . gweision y fall yn dwad i dy nôl di! . . .'

Sychodd chwys o'i aeliau a rhythu trwy'r tes.

Ond doedd dim i'w weld!

'. . . gweision y diafol! . . .'

Roedd wedi dechrau gweld pethau unwaith eto:

'. . . ond mi cawn ni chdi! . . .'

(Breuddwydiodd un noson iddo weld eneidiau'r meirw, yr holl bobol a fu farw o'r pestilens, y rhai na chafodd fynediad i'r baradwys dragwyddol yn dychwelyd i grwydro'r ddaear fel gweision y Ddraig! Ac yn nüwch y nos gellid clywed gweiddi a gwae ac esgyrn yn ysgyrlwgach yn y gwynt gan ddeffro'r plant a'r cŵn!)

Be oedd yn digwydd yn y byd, y tu allan i furiau'r palas? Dal i ymlafnio ar y bwrdd derw llydan yn y cyntedd oedd pawb o gwmpas y Frenhines. Hwn oedd y deuddegfed tro iddi roi genedigaeth. Aeth y gwthio llafurus a'r chwysu a'r tuchan rhagddo. Ton ar ôl ton yn rhuthro i lawr ei chorff hyd ei llwynau.

Roedd ogla dychrynllyd ar wynt yr apethocari gan fod y Brenin wedi mynnu eu bod yn rhannu potelaid rhyngddynt yn ystod y perfformiad. Ac ar hyn o bryd roedd yn teimlo'r groth a'i ddwylo. Rhedodd y chwys dros ei dalcen yn geunentydd, chwys dros ei arlais a'i fochau ac roedd diferyn ar yr union eiliad yma (gallai ei weld â'i lygaid croes) yn hongian ar flaen ei drwyn. *Du ydi lliw pob geni, du a gwlyb fel angau. Dydi o ddim yn wyn ac yn lân!* Disgynnodd a sylwodd arno'n cydasio â'r chwys a'r blewiach du ar fol beichiog y frenhines.

Sgrechiodd ei chorff.

Cydsgrechian â natur. Holl natur y greadigaeth: a cheisiodd â'i holl egni i wthio'r belen gnotiog waedlyd hon o'i chorff.

Sgidiodd yr apothecari a tharo'i ên ar ymyl y bwrdd nes bod hynny o ddannedd a oedd ganddo yn clecian yn ei gilydd. Ebychodd. Ac fe'i codwyd ar ei draed drachefn. Ond roedd ei drwyn yn rhedeg ac roedd yn lafar o chwys. Tynnodd ei ddillad, tynnodd amdano nes yr oedd yn sefyll yn hollol noeth yng ngŵydd pawb.

Ac ailymgymerwyd â'r orchwyl.

'Mae'n well inni nôl y tad,' gwaeddodd un o'r gweision.

'Lle'r aeth o?'

'Draw am y stabla. Mi wyddost pa mor hoff ydi o o'i anifeiliaid.'

Edrychodd pawb ar ei gilydd yn gyflym tra oedd yr apothecari yn dal i chwilota yng nghroth y Frenhines a'i wefus isa'n gwaedu:

'A' i i nôl o'.

Rhedodd un o'r morwynion allan i'r haul crasboeth ac yna ar wib ar draws y gerddi heibio fflyd o beunod.

Roedd y Brenin wedi dringo i ben coedan. Tybiodd y byddai'n ddiogelach yno rhag y cythreuliaid a'i erlidiai ddydd a nos. O'r uchder hwn yng nghanol y brigau a'r canghennau gallai gadw gwell golwg ar ei fferm ac ar bob dim arall a âi ymlaen ar dir y palas.

Yr ochr bella gallai weld nifer o ddiwinyddion Prifysgol Paris a ddaeth i'r palas i fochel rhag y pestilens. Roeddynt yn rhwyfo ar ganol y llyn. Yno y treulient eu dyddiau. Fe'u darbwyllwyd gan rywun (neu nhw'u hunain) mai'r ffordd ora o arbed y cynrhon oedd trwy aros yn llonydd mewn cwch. Ac felly buont mewn cwch ar ganol y llyn bob dydd oddi ar iddynt gyrraedd y palas. Roedd hynny fisoedd yn ôl bellach a bellach roeddent mewn dau gwch oherwydd iddynt dreulio cymaint o amser ymysg ei gilydd yn ffraeo ac yn dadlau. Gwrandawodd arnynt yn gweiddi ar ei gilydd ac yn dychryn yr elyrch.

'. . . Mae'n rhaid fod y Fam Forwyn, fel bod dynol, wedi ei chenhedlu mewn pechod, y pechod gwreiddiol, ond oherwydd mai hi ydi Mam Duw, fe gafodd ei phuro cyn ei geni!'

'Na! Na! Na! Lol botas maip!'

'. . . os oedd Mair yn rhydd o'r pechod gwreiddiol ar adeg ei chenhedlu yna mi rydach chi'n bychanu croeshoeliad yr Arglwydd Iesu a'i allu fel Gwaredwr!'

'Pa!'

'Mi ddeudwn i fod y Fam Forwyn wedi ei chadw rhag pechod o'r eiliad y'i cenhedlwyd hi hyd awr ein prynedigaeth ar y groes pryd y'i hachubwyd hi a'r hil ddynol!'

'Fe anwyd ein Gwaredwr yn ddibechod ac felly ei Fam.'

'Mae'r cwch 'ma'n gollwng!'

'Mae'r sawl sy'n gwadu ei bod hi'n ddibechod yn wynebu damnedigaeth dragwyddol!'

'Pam ydach chi'n bychanu'r cenhedliad rhyfeddol?'

'Mae hi'n rhydd o ddrygioni'r cwymp ac o boenau esgor! Ac fe dderbyniodd hi y rhodd hwn trwy ras ein Tad Nefol!'

'Mae'r cwch 'ma'n . . .'

'Nid staen wedi ei etifeddu ydi'r pechod gwreiddiol ond gwendid dynol, ac o amddifadu'r Forwyn Fair o'r hyn rydan ni'n ei hamddifadu hi o'i haddfwynder dynol ac yn y pen draw yn bychanu ei champ fawr hi!'

'Lol! Lol! Cabledd!'

'Dydi hi ddim o'r cyflwr daearol! Yn ail i'w Mab, y hi ydi'r berffeithiaf a grëwyd gan Dduw!'

'Felly mae hi'n rhydd o'r bedd?'

'Ydi/Nac ydi!'

'Tridiau'n unig fuo'r Arglwydd Iesu yn y bedd cyn ei ddyrchafu . . .'

'Ond chafodd hi mo'i dyrchafu . . .'

'Do!'

'Naddo!'

'Ŵyr neb lle y'i rhoddwyd hi i orffwys!'

'Fe'i dyrchafwyd ac fe'i hymgnawdolwyd!'

'Lol!'

'Do!'

'Naddo!'

'Do!'

'Fe orchfygodd yr Arglwydd Iesu angau ac felly y Forwyn. Mae'r ddau wedi'u hymgnawdoli yn y nefoedd!'

'Mae'r cwch 'ma'n gollwng!'

'Be?'

'Gollwng!'

'Gollwng?'

' 'Dan ni'n suddo!'

'Help!'

'Help help help!'

Wrth i'r diwinyddion balu dŵr o'r cwch fe sylwodd y Brenin ar forwyn yn rhedeg â'i gwynt yn ei dwrn ar hyd ymyl y llyn.

Roedd y Frenhines wedi llonyddu dro. Erbyn hyn roedd pawb yn yr ystafell yn hollol noeth (ar orchymyn yr apothecari) a'u cyrff yn gloywi o chwys. Gorweddodd yr apothecari ar ei hyd, wedi llwyr ymlâdd. Doedd o erioed wedi

chwysu cymaint yn ei fywyd. Cerddodd un o'r cŵn i mewn i'r
ystafell i fochel rhag yr haul. Aeth at yr apothecari â'i dafod yn
hongian allan ac fe lyfodd ei wyneb â'i ddwylo. Cosodd y ci
gledr ei law ond roedd wedi blino gormod i'w wthio o'r
neilltu.

Dechreuodd y Frenhines riddfan a thuchan eto ac fe lusgodd
pawb ar eu traed ac ailgydio yn yr orchwyl o'i dadlwytho o'r
boen yn ei chroth.

Cyrhaeddodd y forwyn y stablau lle'r oedd Guillaume Karle,
gwas a edrychai ar ôl y ceffylau, yn hepian cysgu yn y gwres.
Agorodd ei lygaid a chododd ei ben yn syth pan glywodd sŵn
traed yn nesáu ar frys. Ymddangosodd y forwyn yn y drws a
syllu arno.

Pan ddaeth yn nes fe sylweddolodd y Brenin ei bod hi ar ben
arno. Roedd y diwedd yn bendant gerllaw oherwydd nid rhith
o gwbwl oedd y dyn tywyll a oedd yn llechu wrth fôn y
goeden. Fe'i hanfonwyd gan y diafol i'w gyrchu i uffern.
Gweddïodd.

Rhyw siffrwd yn y brigau uwch ei ben a berodd i Ibn al
Khatib syllu i fyny.

Bagiodd ychydig.

Ond roedd yr haul rhwng y brigau yn ei ddallu ac felly
dododd ei law ar ei dalcen.

Meddyliodd y Brenin: os cymer hi gan mlynedd i garreg
gyrraedd y sêr byddai'n rhaid i ddyn deithio 75 milltir y dydd
am 7,157 o flynyddoedd cyn y llwydda ef i'w cyrraedd.
Ond faint o amser a gymer dyn i gael ei gludo i lawr i
ddyfnderoedd poethion uffern?

'Lle ydw i?'

Rhewodd y Brenin ar y gangen. (Gallai glywed y diwin-
yddion a nofiodd i'r lan pan suddodd eu cwch yn dal i ddadlau
a gweiddi ymysg ei gilydd fel cathod a chŵn.)

'Fedri di ddeud wrtha i lle ydw i . . . ?'

Fflachiodd mellten anferth ar draws yr awyr.

Ergydiodd taran yn drwm ar ei chynffon.

Duodd y ffurfafen.

Eisteddodd Ibn gan ebychu fel hen ddyn o deimlo'r goeden yn gynnes ac yn gadarn y tu cefn iddo. Dododd ei ben yn ei ddwylo a rhwbiodd ei lygaid. Roedd wedi heneiddio. Roedd fel hen ddyn. Wedi gweld y cwbwl: be fedrai'i arswydo bellach?

Rhuthrodd Guillaume Karle i mewn i'r cyntedd a synnodd braidd pan welodd bawb yn hollol noeth o'i flaen. Chwysodd Guillaume o redeg ar hast wyllt o'r stablau i weld p'run ai tad i fab neu ferch ydoedd. Ond wrth iddo sychu'r chwys oddi ar ei dalcen ac i'r fellten honno oleuo'r wybren ac i'r ystafell fagu cysgodion pan dduodd yr awyr, synhwyrodd fod rhywbeth o'i le.

Eisteddai'r apothecari yn benisel ar y mur pella.

Cerddodd at y bwrdd derw llydan a sylweddolodd er mawr siom iddo'i hun fod ganddo ferch ac yntau isio mab.

'Be ydi damweiniau neu afiechydon neu boen mewn bywyd ond rhagflas o angau?' gwaeddodd y Brenin a chripian Ibn ar draws ei foch.

Sodrodd Ibn ddwrn yn ei wyneb. Disgynnodd ar ei liniau a chiciodd Ibn o dan ei ên cyn cythru ynddo:

'Lle ydw i? Lle ydw i? Be 'di enw'r lle 'ma?'

'Yh . . . yh . . . yh . . .'

Glafoeriodd y Brenin gan feddwl fod yr ellyll yn mynd i wneud pryd ohono.

'Yh . . . Paid! . . . Paid! . . . Yn enw pob daioni! . . . dwi wedi 'ngwneud o wydr! Llestr gwydr ydw i'n disgleirio'n yr haul, mân risial bregus yn —'

'Cau dy hop, daeog! Ac atab fi! Lle ydw i?'

Dechreuodd y Brenin chwerthin. Roedd y diafol yn meddwl mai taeog oedd o! Taeog! A chwarddodd! Taeog?!

Ond roedd ei drwyn o'n gwaedu, a sobrodd. Roedd o'n brifo hefyd.

'Hwn ydi castell Brenin Ffrainc? Ydw i'n y lle iawn? Ydw i?'

Rhythodd y Brenin arno a'i ben ar ogwydd dro ac yn sydyn sylweddolodd Ibn o syllu ar ei fodrwyau pwy oedd y dyn . . . ond . . .

Dechreuodd fwrw yn y modd mwya melltigedig . . .
Safodd Ibn am hydoedd a'i ddwylo wedi'u gwasgu am wddw Philip o Valois. Gwaeddodd hwnnw'n ddi-stop.
Stido bwrw fel o grwc.
Gwlychodd y ddau at eu crwyn o hir syllu ar ei gilydd yn y glaw.
Glaw cynnes yn sblashio ar wyneb ac wyneb.
Yna disgynnodd y Brenin ar ei liniau a rhedeg i ffwrdd ar ei bedwar ac nid dyn a welai Ibn wrth sychu'r glaw o'i lygaid ond ci, a rhuthrodd yntau i'r eglwys nid nepell i ffwrdd i fochel. Cyrhaeddodd y porth mewn byr o dro yn wlyb socian. Porth ag agennau ym meini ei ystlysau i nythu'r apostolion.
Agorodd y drws a cherdded i mewn.
Cerddodd at y côr ac roedd paneli y gangell yn frith o fathodynnau a phersonau wedi eu gweithio ynddynt. Yna, o'r esgyrndy, ymddangosodd nifer o ferched. Bagiodd Ibn. Sylwodd fod gan bob un ohonynt asgwrn yn ei law.
Yna, sylweddolodd Ibn o'i guddfan fod gan bob merch farf ar ei hwyneb.
(Yn ddiweddarach deallodd mai milwyr cyflog Seisnig oeddynt ar eu ffordd i Calais ac wedi colli'u ffordd yn lân. Dywedwyd wrthynt gan leian a gerddai'n fân ac yn fuan fod y pestilens yn lladd 85% yn fwy o ddynion nag o ferched a phe byddent yn gwisgo dillad merched ni fyddai'r cynhron gwenwynig yn chwannog i ymosod).
A'r esgyrn?
Bu farw eu capten a phenderfynwyd (wedi hir drafod a dadlau) i'w ferwi er mwyn mynd â'r esgyrn adref efo nhw i'w claddu.
Dywedwyd wrth Ibn al Khatib y medrai gael llong o Calais i Alexandria pe byddai'n dymuno. Ond ar un amod.
Ac felly, mewn dillad merch a chydag asgwrn coes dde capten Seisnig o'r enw Walter y cyrhaeddodd borthladd Calais ryw dro yn haf 1348.

*   *   *

Pan ddaeth y diwedd roedd Eifionydd yn llawn o'r haf a'r ceirch yn suo siglo'n ddedwydd yn y chwyn . . .

Adeg y cynhaeaf ŷd yn niwedd Awst 1348 oedd hi pan oedd holl daeogion y tircyfri'n crymanu yn eu cwman gan fawdfedi'n frwd, a'r awyr uwchben fel tywyn o dân ar gefnau noethion. Sychodd un y chwys oddi ar ei dalcen ac o godi ei ben am ennyd gwelodd rhywun yn cerdded tuag atyn nhw yn y pellter. Bu'n bwrw'n drwm ychydig ddyddiau ynghynt – lli Awst mawr – ond bellach roedd hi'n wres llethol a'r wlad wedi'i boddi mewn melyn tew.

Nesaodd y dyn yn y pellter ac o graffu fe welai'r taeogion ŵr barfog â chap glas a phecyn ar ei gefn. Roedd ganddo bastwn praff yn ei law ac o bryd i'w gilydd byddai'n sefyll i oedi a syllu ar rywbeth yn y pellter.

Cododd Iolyn Offeiriad ei ben o'i lafur a sythu'i gefn, sychodd y chwys oddi ar ei dalcen a syllu ar Ieuan Ddu, y Rhaglaw, a oedd fel pawb arall yn noeth at ei ganol ac yn hogi cryman yr ochr bella iddo. Roedd Iolyn yn ei gasáu. Yn ei gasáu â chas perffaith. I dorri stori drybeilig o hir yn fyr, be ddigwyddodd oedd hyn:

Roedd yn rhaid i'r Offeiriad fynd draw i Glynnog ddechrau Awst ond pan ddychwelodd roedd y ferch eiddil wedi diflannu! Rhuthrodd fel dyn gwyllt o gwmpas y faerdref gan udo a gweiddi a bytheirio!

Gwythwches ddywedodd wrtho fo be ddigwyddodd yn y diwedd:

'Y Rhaglaw aeth draw i dy dŷ di a waldio'r drws, ei gicio fo'n siwrwd, gordd ac ati . . . Mi lusgodd yr hogan allan gerfydd 'i gwallt a rhuthro efo hi'n ôl am adra fel fflamia.'

Ychydig yn ddiweddarach daeth Iolyn 'fflamgoch' Offeiriad wyneb yn wyneb â Ieuan Ddu:

'Be ti 'di neud efo hi? Lle mae hi?'

Cynigiodd yr offeiriad hi i'r Rhaglaw yn ei dymer ond cydiwyd ynddo gan ddau daeog a'i sadio fymryn:

'Wn i ddim pam ddyliwn i ddeud wrtha chdi o bawb, a chditha'n Offeiriad, Iolyn.'

'Deud be, cwd?'

'Gardd y mae arni angen pob gofal ydi'r ewyllys. A'r ewyllys wedi'i hystumio ydi pechod. Weithia mi fydd hi'n brydferth ag arogleuon melys yn 'i llenwi hi, ond pe gadewid hi i'w natur ei hun buan iawn y deuai'r chwyn a'r mieri i'w difwyno hi'.

Anadlodd Iolyn fel ceffyl a rhythu'n hyll ar bawb. Lygiodd ei hun yn rhydd o'u gafael cyn bo hir a cherdded i ffwrdd i gyfeiriad yr afon. Ond bu'n rhaid iddo stopio'n stond pan glywodd:

'Os rhoi di dy droed y tu allan i ffinia'r dre heb 'y nghaniatâd i chei di ddim dwad yn ôl yma . . .'

Trodd yr Offeiriad ac edrych ar y Rhaglaw.

Roedd hynny beth amser yn ôl bellach ond doedd amser wedi lleddfu dim ar y casineb a deimlai tuag at Ieuan Ddu. Hyd yn oed rwan (pan y'i gorfodwyd i weithio yn y caeau hefo'r taeogion fel rhan o'i benyd), weithiau pan fyddai'r gwaith a'r gwres ar fin ei drechu deuai rhyw awydd drosto i blannu'r cryman yng nghefn y Rhaglaw. Roedd yn hollol siŵr y byddai'r taeogion yn ochri efo fo. Ac wedi'r cwbwl, tasa hi'n mynd i'r pen, onid oedd o'r un cyff a gwaed â hwytha?

Erbyn hyn roedd y gŵr barfog â'r cap glas a'r pecyn ar ei gefn wedi cyrraedd y cae ŷd. Safodd nid nepell i ffwrdd ac edrych ar bawb, o wep i wep, cyn dodi'i becyn i lawr.

Closiodd y taeogion fel defaid at ei gilydd yn bryderus a chamodd Ieuan Ddu i'r pen blaen a'i gryman yn sgleinio'n loyw yn ei law.

'Ieuan Ddu,' ebe'r dyn barfog ymhen hir a hwyr.

'Hywal?' holodd y Rhaglaw, gan ddal ei law ar ei dalcen.

'Iolyn,' ebe'r dyn wedyn gan syllu ar yr Offeiriad chwyslyd.

'Hywel Lipa ap Rhys?'

'Yr holl ffordd o Goleg Oriel, Rhydychen. A pheth braf, credwch chi fi, ydi gweld y môr unwaith eto.'

A rhedodd i gofleidio'r Rhaglaw.

Fe fwytaodd Hywel Lipa ap Rhys fel ceffyl yn y neuadd yn nes ymlaen. Roedd yn bwyta o'i hochr hi a bwyd yn bochio'i geg

ac ynta yn trio ateb y rhibidires o gwestiynau a blediai Ieuan
Ddu ato. Ych – llyncodd – ych – llyncodd – ych – cnodd –
ac am eiliad roedd rhywbeth wedi mynd yn sownd yn ei gorn
gwddw – agorodd ei lygaid led y pen a dyrnu'i gefn – llyncodd
ac yfodd fedd hyd nes y diferai hyd ei frest . . . Aaaa . . .
cyn ailfwrw iddi hefo arddeliad enbyd . . . holodd y Rhaglaw
o am Rydychen etc . . . ac fe holodd o am y rhyfel yn Ffrainc
etc . . . a dyna pryd y crybwyllwyd y gair hwnnw am y tro
cynta rhwng llond cegaid o fedd a darn o dorth, rhwng tuchan
ac ochenaid a'r gair a dybiodd iddo'i glywed oedd . . .
	'Pla.'
	'Naci, naci . . . ddim dyna be ddeudodd o . . . Ia? Naci . . .
Cydiodd yn ei fraich a cheisio cael y myfyriwr o'r gafaelion i
stopio stwffio i'w geg am eiliad.'
	'Pla? . . . lle?'
	A chwifiodd Hywel Lipa ap Rhys ei fraich dde cyn cythru
am y caws ond gwthiodd y Rhaglaw hwnnw o'i afael.
Disgynnodd y ddesgl dros ymyl y bwrdd – sblat y menyn ar
lawr – a'r ddesgl yn rowlio i ffwrdd – edrychodd Hywel arno a
bara lond ei geg.
	'Ymm?'
	'Pla?'
	'Mm.'
	'Lle? Rhydychen?'
	'Uh uh.'
	'Llundain?'
	'Uh uh.'
	'Picardi?'
	'Ah ah.'
	Gwthiodd Ieuan Ddu ei fawd dan ei ddannedd blaen.
Roedd yr arglwyddes wedi mynd i fendithio bron gwraig Eryl
Fychan yn y gafaelion. Fe aeth ganol bore a'i bol anferth yn
dyst o waith yr angel a ymwelodd â hi. Byddai'r baban
gwyrthiol yn cael ei eni ryw dro yn yr Hydref . . . Ond os oedd
pla ym Mhicardi tybed a oedd yr arglwydd wedi . . . ?
	'Han-ion an-h-nol.'

'Y?'

'Hanesion anhygoel.'

'Fel be?'

'Dinasoedd cyfan wedi'u difa – rhieni'n llowcio'u plant –
newyn – lladd – gwallgofrwydd – treisio – lleianod – ysbeilio –
anhrefn – angau –.'

'O lle daeth o?'

'Be?'

'Y peth 'ma.'

' 'Mbo'.

Cododd y Rhaglaw a sathru'r menyn yn sgwij dan draed cyn
deud:

'Felly, mae pob dim ddywedwyd yn dwad yn wir.'

'Y?'

'Dyddia'r anghrist.'

Stopiodd Hywel Lipa ap Rhys fwyta am ennyd.

'Maen nhw ar ein gwartha ni.'

Ciledrychodd y myfyriwr arno yn ysgwyd ei droed ac yfodd
yn ara deg. Sychodd ei weflau a chodi. Ond roedd yn llonydd.
Methu symud bron. Torrodd wynt a dodi'i ben rhwng ei
benglinia . . .

'Mae 'na betha mawr ar droed.'

'Oes.'

Ond pryderon eraill a flingai Chwilen Bwm ar y llaw arall.
Cafodd haf mwy blinedig nag arfer. Fyth er iddo gyfarfod â
Nest ferch Iorwerth Gam ar y ffordd i Clennenau ac iddi roi
help llaw iddo trwy yrru'r diafol yn ôl i uffern, daeth arni
flys mawr i fod o gymorth beunyddiol iddo. Ond er iddo
(rhag ennyn dial ei brodyr gwallgo) geisio ei ddarbwyllo nad
oedd Satan yn ei boenydio cymaint â hynny mewn
gwirionedd, roedd hi'n mynnu denu'r diafol i godi ac felly
doedd dim dewis ganddo ond ei anfon yn ol i uffern.

Aeth y ddefod hon rhagddi drwy gydol yr haf. Ond roedd ei
chwant wedi hen droi'n syrffed. Byddai'n llusgo'i hun i'w wellt
bob nos wedi hario . . . Ond roedd Nest yn fwy awchus nag
erioed, gwaetha'r modd . . .

Perai ei gorawydd i'w helpu gur pen mawr i Chwilen.
Doedd fiw i neb ddod i wybod amdanyn nhw . . . ac felly,
fe lwyddodd i esbonio wrth y ferch ddeg oed fod Satan yn ei
boenydio gyda'r nos wedi iddo orffen gweithio ar y tircyfri ac
mai dyna pryd roedd yn mofyn ei chymorth fwya. Roedd hi,
wrth gwrs, yn fwy na bodlon i'w gyfarfod ac yn mynd yn
barotach ei chymwynas o ddydd i ddydd.

Ac felly yr oedd hi, y funud hon, wrth inni nesáu a'u gweld
nhw ar wastad eu cefnau a Satan newydd ei orchfygu. Trodd
Nest ar ei hochor a syllodd ar gorff y taeog a fu'n crymanu yn
yr haul crasboeth trwy'r dydd. Ond roedd Chwilen yn
wirioneddol boeni erbyn hyn. Gallai ond dyfalu beth a wnâi ei
brodyr (neu Ieuan Ddu) pe deuai rhywun i ama rhywbeth . . .

Trodd Nest ar ei bol a sylwodd fod ei chroen yn plicio.
Yna, yn ara bach, fe'i cododd ei hun ar un penelin ac yn dyner
iawn â bys a bawd daeth stribedyn o adain pryfetyn o groen
i ffwrdd gan dyfu'n grwn ac yn fwy ac wrth wrando'n astud
gallai glywed sssssssssssssss . . . distaw distaw . . . daliodd y
croen a syllu ar y machlud trwyddo . . . dododd o'n ofalus
wedyn ar flaen ei dafod, yn ysgafn fel gwawn y bore ac yn
raddol diflannodd ac roedd ei boer yn ddigon i ddifa'i
brydferthwch . . .

A daeth rhywbeth drosto ac roedd blas gwaed yn ei geg . . .

Y noson honno, fel pob noson arall o'i benyd, llusgodd
Iolyn Offeiriad ei hun i'w wely wedi llwyr ymlâdd a'i gorff fel
talp o goedyn diffrwyth. Doedd o erioed wedi dygymod â
gwaith caled didostur y taeogion . . . a gwnâi hyn iddo gasáu
y Rhaglaw yn fwy nag erioed . . . ond cyn pen dim roedd yn
chwyrnu cysgu . . .

Pe byddai Iolyn Offeiriad heb hario cymaint y noson honno
efallai y byddai wedi clywed traed yn brasgamu heibio'i dŷ ac
at fur yr eglwys. Roedd ei wynt yn ei ddwrn a'i galon yn curo.
Gwrandawodd ar fwmian yr Offeiriad a'i anadlu blinderus.
Gwenodd yn ddedwydd, a cherdded yn ei flaen, ond bu ond y
dim iddo fynd ar ei ben i drybini pan gerddodd Hywel Lipa ap
Rhys o borth y neuadd â Ieuan Ddu yn ffarwelio ag o:

'Da y boch a dibechod.'

Wedi'r cwbwl, roedd Hywel Lipa o fewn tafliad carreg i'w gartre yn y gafaelion ac wedi cerdded mor bell, be oedd y daith gwta yma o'i chymharu?

Swatiodd yn erbyn mur yr eglwys a disgwyl iddo ddiflannu o'r golwg ar hyd un o'r llwybrau a arweiniai trwy'r corsydd i'r gafaelion. Gwrandawodd ar sŵn traed y myfyriwr yn pellhau ac o dipyn i beth distewodd y chwibanu hefyd.

Sleifiodd i mewn i'r eglwys a chau'r drws yn ddistaw.

Roedd yn noson gymylog wrth iddo gerdded tuag at yr allor. Byseddodd waith Iocyn Fach y gof. Teimlodd bennau y tri gŵr doeth ac ymyl y seren. Aeth at sgrin bren arall, un a oedd ar ei hanner. Craffodd . . .

– Y Farn Fawr –

Roedd hi ar ei hanner a'r Archangel Mihangel yn ymladd yn erbyn tarw?

Cerddodd at yr allor a chydio yn y calis ac roedd diferyn o ddiod yn ei waelod. Gwthiodd ei dafod hyd ei ymyl.

Yn sydyn . . .

. . . trodd ar ei sawdl

. . . y porth led y pen a neidiodd

. . . y tu ôl i'r allor . . .

Ceisiodd sbecian . . . ond yr unig beth a welai oedd rhywun yn penlinio wrth y sgrin bren yn morol am rywbeth. Syllodd eto a'r tro yma fe sylweddolodd mai Iocyn Fach oedd yno!

Be aflwydd oedd o'n ei wneud yn yr eglwys 'radeg yma o'r nos? Ond fe wnaeth rhyw geiliog . . .

. . . hissst!

. . . oedd wedi clwydo ar drawst uwchben

. . . hissst!

. . . ryw sŵn crug.

Cododd Iocyn ei ben a syllu o'i gwmpas i'r gwyll – gwasgodd ei ddannedd yn dynn yn ei gilydd!

Cerddodd y gof draw at yr allor a sylweddolodd fod y cwpan cymun ar goll . . . Rhuthrodd yn ei flaen a bu ond y dim iddo faglu dros y dyn a oedd wedi cyrcydu y tu ôl i'r allor.

'Be yn enw'r . . .?'

Ond fe ddychrynwyd y ddau ohonyn nhw cymaint â'i gilydd.

'Einion Fychan!' gwaeddodd y gof mewn braw a syndod. Ond cyn iddo gael cyfle i ddweud mwy na:

'Dwyt ti ddim i fod ar gyfyl y . . .'

Roedd y gwahanglwyf wedi'i waldio ar draws ei ben â'r calis. Ebychodd y gof a disgyn ar yr allor.

Ond roedd Einion wedi rhedeg allan.

Doedd neb i wybod wrth iddi wawrio mai hwn fyddai un o'r diwrnodau mwya dychrynllyd yn hanes y faerdref. Roedd pethau ar fin mynd o ddrwg i waeth . . .

Cododd pawb ar doriad gwawr gyda'r goleuni cynta, a cherdded tuag at y cynhaeaf ceirch . . .

Ganol bore oedd hi cyn y sylweddolodd un taeog wrth oedi i hogi'i gryman fod y gof ar goll yn rhywle.

'Dydi o ddim yn giami,' dywedodd un o'r plant pan ddychwelodd wedi iddo fynd i chwilio am Iocyn Fach yn ei dŷ.

'Lle mae o 'ta?'

Holodd y Rhaglaw tan grafu'i gorun.

Ond cyn i neb gael cyfla i feddwl rhagor am y peth fe welwyd brawd hyna Nest yn nesáu yn y pellter. Roedd ganddo fwyell yn ei law.

Syllodd y taeogion arno'n nesáu.

Aeth Chwilan yn wan. Roedd troi a throsi ei hunllefau diddiwedd yn cael eu gwireddu . . .

Cyrhaeddodd y brawd hyna ond roedd wedi colli'i wynt yn lân a phan geisiodd siarad roedd ei brinder anadl a'i atal deud yn ei lethu.

'M-m-m-m-m-m-m-m-m!'

'Be sy?'

'W-w-w-e-e-e-d-d!'

'Cym dy wynt atat!'

'D-d-d-d-d-d-i-i-i-i!'

'Sadia!'

Ond er iddo drio'i ora glas, methodd â rhaffu'r geiriau at ei gilydd . . .

Y tu allan i'r neuadd roedd tawelwch mawr oherwydd fod holl daeogion y dre yn gweithio yn y cynhaeaf. Edrychodd Angharad ferch Madog ar y coed afalau yn y winllan a cherddodd draw at yr eglwys. Teimlodd ei bronnau a'i bol a meddyliodd am yr angel a wnaeth y cyfan yn bosib. Roedd arni hiraeth mawr am y cnawd ers misoedd a'i gŵr wedi bod i ffwrdd yn Normandi ers dwy flynedd a rhagor . . .

A than wenu'n fodlon wrthi'i hun, cerddodd i'r porth ac i mewn i'r eglwys . . .

Roedd wedi cerdded cryn bellter o lan y môr. Bu'n cerdded ers peth amser. Ni wyddai ble'r oedd. Syllodd ar wyrdd llethol y coed a cherdded trwy'r goedwig yn y gobaith y byddai'n gweld rhywun . . . doedd wybod pwy y deuai ar eu traws . . . efallai nad oedd pobol, dim ond anifeiliaid o bob rhyw . . . pawb wedi marw . . .

Ymlwybrodd yn ei flaen . . . o goeden i goeden . . . cydiodd ym mhob un fel pe bai'n dal ei hun rhag camu tros ddibyn rhyw ddiddymdra . . .

Roedd ei fol yn llawn o ddŵr . . . haenen o gnawd dros sgerbwd esgyrnog iawn a swigen o fol anferth . . . roedd mor druenus, mor wan, mor eiddil!

Ymlwybrodd . . .

Ymlaen ac ymlaen ac ymlaen . . . a phob dim blith draphlith yn ei ben . . . yr hanesion am bererindota ym Mecca . . . y lle na fuodd erioed . . . athrawon yng ngholeg y Madrasa (a oedd yn edrych mor bell bell yn ôl!) adroddodd yr hanes . . . cyrraedd ardal Haram ym Mecca a phawb yn cydfloeddio: 'Labbaika, Allahumma, labbaika' drosodd a throsodd . . . !

. . . Cefnfor enfawr gwyn o bererinion o bob cwr o Islam yn heidio i lawr i'r Haram . . . Yna'r gweddïo'n peidio a phawb yn tawelu . . . Dim sŵn o fath yn y byd ar wahân i'r pryfetach a suai ac a gleciai yn y gwres . . . Pawb a phob dim ar y llain

sanctaidd hwn o dir lle na chaniateid ymladd, hela na hyd yn
oed blannu planhigion ers dechrau'r byd ... Y dorf wen yn
cydsymud mewn cynghanedd tuag at y deml fechan, y Ka´ba,
yng nghanol yr Haram ... Y deml fechan, sgwâr hon,
canolbwynt y bydysawd, symbol gweledol, conglfaen y
gwareiddiad Islamaidd ... I geisio amgyffred arwyddocâd
y sgwaryn bychan, du, i geisio dirnad y cerrig duon a
orchuddir â lleiniau sidan yng nghanol y trobwll chwyrn hwn
o fynd a dod dynol gwyn ... Dyma yn wir dŷ Duw a phenna
gibla gweddi pob Mwslim ... Petai o wedi cael gwthio,
gwthio efo'r dorf gan gyflawni'r tawaf o gwmpas y Ka´ba ... i
geisio cusanu neu gyffwrdd y Maen Du enwog yn y gornel
ddwyreiniol ...! Y fath brofiad! Y fath wefr! I gusanu
tameidyn o'r deml wreiddiol! ... Allah yw'r Creawdwr ...!
Y Fo ydi Creawdwr y cymylau, y Fo a'u gollyngodd i wibio
trwy'r gwagle, gronynnau o gymylau a phob un cwmwl yn
fydysawd bychan ... Y Fo symudodd y cymylau gwynwyn,
yn droellog fel corwynt, fel trobwll, fel cylchdro o dân ...
ac felly hefyd yn y Ka´ba yr â'r pererinion o gylch y Garreg
Ddu, o gylch y Garreg Ddu ...

Fel ag y nesâ rhywun ato ... Teimlai'r pererin fel nant
fechan yn clwcian rhedeg i afon fwy ... Fe'ch cludir ar don ...
eich traed yn graddol godi oddi ar y ddaear ... yn sydyn,
esgynnwch ac fe'ch cludir gan y lli ac fel y nesewch at y canol
mae pwysau'r dorf yn eich gwasgu mor llethol nes rhoi bywyd
newydd i chi!

... Bellach, nid unigolion mohonoch ond rhan annatod o'r
Bobol! ... Bellach yn ddyn, byw a thragwyddol ...! ... Haul
y byd ydi'r Ka´ba a'i wres wedi'ch sugno i'w gylchdro! Rydach
chi'n rhan o'r Drefn Ddwyfol! ... O gylchdroi o gwmpas
Allah buan iawn yr anghofiwch amdanoch chi'ch hun ...
Wedi'ch trawsnewid o fod yn ronyn bychan gan raddol doddi
a diflannu ... ! Dyma uchelgopa y cariad oesol, y cariad
tragwyddol a digyfnewid ...

Gorweddodd Ibn al Khatib yn erbyn coeden a rhwbio'i farf
anferth. Roedd ei lygaid ynghau ac yntau mewn perlesmair er

ei fod bron â marw isio bwyd . . . A phan agorodd ei lygaid roedd yn syllu ar ddyn ifanc â bwyell yn ei law . . .

'*Labbika, Allahumma, labbaika!!*' bloeddiodd Ibn ar dop ei lais a chachodd mab hyna y diweddar Iorwerth Gam lwyth yn y fan a'r lle . . .

Rhuthrodd Angharad ferch Madog o'r eglwys â'i gwynt yn ei dwrn. Carlingodd i fyny am y caeau, ond pan oedd hanner ffordd i fyny i'r llwybr heibio'r hofeldai daeth wyneb yn wyneb â Ieuan Ddu, Iolyn Offeiriad a'r taeogion, ac yno yn eu mysg roedd mab hyna Iorwerth Gam yn cerdded yn lletgam. Roedd golwg arswydus ar eu hwynebau . . .

'Be sy?' holodd y Rhaglaw o'i gweld.

Ond roedd yr hyn a welodd yn yr eglwys y tu hwnt i eiriau ac felly teimlodd loriau yn ei hymennydd yn disgyn un ar ôl y llall ar bennau'i gilydd. Chwalodd y muriau, cododd cymylau o lwch llwyd a methodd â thorri gair.

'Ydi o'n y dre?' gwaeddodd Ieuan Ddu gan gythru yn ei harddyrnau.

'Iocyn Fach!' sgrechiodd Angharad. 'Mae Iocyn Fach wedi'i ladd!'

Sgrechiodd y taeogion. Sgrechiodd Angharad.

'Dowch!'

Rhythodd Ibn al Khatib ar ŵr bychan yn tywys gafr. Dechreuodd y dyn wylo toc. Ond doedd Ibn ddim i wybod fod Einion wedi bod yn wylo trwy'r nos.

Edrychodd y gwahanglwyf ar Ibn al Khatib. Udodd fel blaidd a rhedeg draw a chusanu traed y gŵr tywyll. Brefodd yr afr yn ei hanwybod.

'Dwi wedi bod yn eich disgwyl chi! Peidiwch â'm lladd i! Peidiwch! Fydda i'n daeog i chi! Mi wna i rwbath i chi! Be bynnag ydach chi isio! Unrhyw beth! Ond i chi ofyn!'

Roedd Ibn yn gweld pethau eto . . . Bu ar long am wythnosa, llong o Calais a oedd i alw mewn porthladd ag enw na allai ei gofio heb fod ymhell o le o'r enw Dulyn . . .

ar y ffordd i Alexandria. Bu'r wythnosa cynta yn weddol ddiddigwydd . . . ond yna aeth rhai o'r morwyr yn sâl.

A dechreuodd pawb ofni'r gwaetha . . .

Yr un cynta i gael y bai oedd Ibn, wrth gwrs, oherwydd ei fod mor wahanol i bawb arall . . . Rhoddwyd o dan glo am ddeuddydd, dri. Ni allai gofio. Dygwyd o gerbron y capten. Roedd hwnnw'n crynu . . .

Ar y pumed diwrnod fe waldiwyd ei ddwy glust â hoelion rhag iddo eu clywed yn ei drafod . . . Roedd o'n hollol fyddar. Clywed dim. Dim byd. Dim smic. Dim . . .

Ar y chweched dydd dodwyd Ibn mewn cwch bychan. Bu ar y môr mawr am ddyddiau ac, yn y diwedd, ryw noson, fe laniodd yn ddisymwth ar draeth gwag . . .

Roedd y gŵr wrth ei draed yn dal i baldaruo a chrio ond ni wyddai be'n union a ddywedai . . .

Rhuthrodd y Rhaglaw, yr arglwyddes, Iolyn Offeiriad, Chwilen Bwm a mab hyna Iorwerth Gam a'r taeogion i mewn i'r eglwys . . . Syllodd pawb ar gorff Iocyn Fach a dechreuodd amryw o'r taeogion weiddi a gweddïo . . . Roedd pawb yn crynu ac yn cydio yn ei gilydd . . .

Roedd y diwedd wedi dod.

'Y fi oedd o isio! Y fi oedd o isio!' ailadroddodd Iolyn drosodd a throsodd gan dynnu'i wallt.

Roedd y Gŵr Tywyll yn cerdded drwy'r tir!

Penliniodd Iolyn Offeiriad a gweddïo'n ffyrnig. Poerodd amryw arno.

Dechreuodd Chwilen Bwm boeri dafnau gwaed.

Sgrechiodd amryw o'i weld a dechreuodd yr arglwyddes deimlo poenau yn tynhau ac yn llacio yn ei chroth.

'MMMm-m-m-m-m-a-a-a-a-a-a-a!' gwaeddodd mab hyna Iorwerth Gam gan gydio yn yr allor fel y cydiodd yn arch ei dad pryd y'i claddwyd adeg y Pasg. Gorweddodd wyneb i waered ar yr allor a'i chusanu a'i chusanu a'i chusanu . . .

Ciciodd un taeog Iolyn Offeiriad . . . Rhedodd Ieuan Ddu

yn ôl a blaen yn ôl a blaen . . . ac yn y pen draw cynigiodd ei gryman i'r offeiriad . . . edrychodd y ddau ar ei gilydd . . .

Agorodd y porth a rhythodd Einion Fychan ar bawb â gwên loerig ar ei wyneb, chwarddodd a gweiddi:

'Mae o yma! Mae o yma! Mae'r Gŵr Tywyll wedi dwad i'ch difa chi!'

Ac yna fe ymddangosodd dyn croen tywyll, llegach iawn yr olwg, y tu ôl i Einion, ei ben ar ogwydd dro a'i fys bach yn ei glust chwith.

'Dwi'n was iddo fo! Y fi ydi'i was o! Mae o wedi 'newis i! Fyddwch chi i gyd yn difaru!'

Canodd cloch yr eglwys.

Criodd y taeogion a rhedeg i guddio y tu ôl i'r allor.

Sgrechiodd yr arglwyddes a llewygu tra oedd Chwilen Bwm yn dal ar ei bengliniau ac yn poeri gwaed yn ddi-stop . . .

A phan udodd Iolyn Offeiriad, trodd pawb

– i'w weld

– â chryman waedlyd

– mewn un llaw

– a'i gwd yn y llall.

Crychodd y Gŵr Tywyll ei dalcen ac agor ei geg a gwthio'i dafod allan . . .

A phe gallai glywed y canu byddarol, yr wylofain a'r oernadu, byddai wedi cael rhagflas o'r hyn glywyd flwyddyn union yn ddiweddarach pan ddaeth y pla i Eifionydd ym mis Awst 1349 . . .

IV
Yr Extent, 1352

1

HACIODD Dafydd Offeiriad y brigau a'r canghennau a oedd wedi mygu'r llwybr. Hacio a hacio hyd nes bod ei fraich yn wan.

(Bu'n bwrw cawodydd ysbeidiol.)

Ond erbyn hyn roedd y cymylau wedi rhwygo a gwasgaru ac fe dywalltodd yr haul o'r wybren a melyn ei belydrau yn saethu dros y wlad.

(Y tu ôl iddo roedd ei ful yn ufudd ddilyn.)

Roedd Dafydd Offeiriad yn agos iawn at ddagrau a'r man geni ar ei dalcen wedi troi'n biws hyll.

(Hacio – hacio – hacio – hacio – hacio.)

Gwaith taeog oedd bustachu â brigau a choed a brwgaij. Roedd yr holl lafurio ar fin mynd yn drech nag o. Ac yn waeth na dim, efallai mai taith hollol ofer fyddai hi wedi'r cwbwl. Ond roedd yn rhaid iddo wthio'n ei flaen serch hynny. Doedd dim troi'n ôl i fod ac yntau ar waith y Goron. A gwenodd yn fodlon. Doedd y pla wedi mennu dim ar ei falchder beth bynnag.

(Er nad oedd llawer o neb ar ôl ̦yng Nghaernarfon erbyn hyn a fedrai ysgrifennu adroddiad swmpus ar gyflwr y cymydau.)

A chafodd ail wynt o rywle a bwriodd iddi i waldio'r tyfiant ag arddeliad mawr.

Sawl un arall, trwy'r deyrnas gyfan, trwy'r byd i gyd oedd yr union eiliad yma at ei ganol mewn corsydd afiach neu'n ymlafnio hyd lwybrau nad oedd wedi'u rhodio ers tair blynedd? Brawdoliaeth yr hacwyr? Urdd y darnwyr brigau a'r brwgaij?

Caffiodd mewn cangen a'i gwthio o'r ffordd. Gwylltiodd. Gwylltiodd yn gandryll. Mylliodd a sgrechian. Sadiodd. A chymryd ei wynt ato: dyma a ddigwydd pan mae'r byd i gyd yn gwagio a'r greadigaeth gyfan yn mynd â'i phen iddi.

Ymhen hir a hwyr daeth at lecyn gweddol glir a cherddodd hyd lwybyr a droellai gogyfer â ffrwd fechan.

Oedodd i sychu'r chwys oddi ar ei dalcen a'i fochau. Gwrandawodd ar sŵn y dŵr yn rhisio heibio i rywle nid nepell i ffwrdd rhwng y brigau.

Bu'n rhaid ei chroesi yn y man.

Roedd yr Hydref ar droed yn Eifionydd a byddai wedi landio cyn pen dim. Sylwodd ar y cefnennau bryniog a bryncynog yn frith o goedydd cymysgryw a thyfiant, roedden nhw'n codi'n rhimynnau gan ledu'n drwchus tua'r mynyddoedd coediog yn y cefndir. Ers dyddiau'r pla roedd y colofnau coed a'r canghennau a'r dail a'r mieri a'r cwbwl wedi mynd yn orymdaith drwchus, ddiderfyn.

Ochneidiodd . . .

Ymlafniodd yn ei flaen a'r mul yn ufudd ddilyn . . . a'r ddau mor benisel â'i gilydd . . .

Bu'n bwrw'n drwm yn ystod y nos a phan ddeffrôdd Dafydd Offeiriad roedd yn wlyb at ei groen. Gloywai ffrydiau dŵr grisialog rhwng y glaswellt.

Nogiodd y mul ganol y bore.

Stopiodd y ddau i gael hoe.

Wedi llwyr ymlâdd.

Ond ryw dro yn y p'nawn a'r haul wedi gwresogi'r ddaear ac yntau hyd at ei galon yn y llwyni drain, daeth atgof iddo am y daith i faerdref Garndolbenmaen, 1347, yng nghwmni'r Dirprwy Siryf – ymgroesodd – y fo, Dafydd Offeiriad, oedd yr unig un o'r osgordd oedd ar ôl . . .

Cofiodd hwy'n dod wyneb yn wyneb â dyn efo trol ac ychen a'r Dirprwy Siryf yn holi:

'Gŵr gwaith?'

'Taeog,' atebodd yntau a sychu'i drwyn â chefn ei law. 'Does 'na'm llawer o wŷr gwaith yn Eifionydd, dim ond gwŷr rhydd a thaeogion.'

'Be mae o'n neud?'

Camodd tuag ato a sbecian ar y llwyth coed yn y drol.

'Eiddo pa dre wyt ti, daeog?'

'Pentyrch.'

Sibrwd yn dawel wnaeth o heb godi'i lygaid oddi ar ei ddwylo.

'Taeog o dircyfri Pentyrch.'

'Gofyn be mae o'n 'i neud a lle mae o'n mynd.'

Cofiodd mai yn Ffrangeg y siaradai'r Dirprwy Siryf ag o.

'Be ti'n neud?'

'Cario coed.'

'Dwi'n gwbod hynny'r lob.'

'Melin Aberdwyfach.'

'Cario coed i felin Aberdwyfach,' gwaeddodd wrth y pwysigyn o Gaernarfon.

'Gofyn a oes 'na ffordd hwylusach i dircyfri Dolbenmaen?'

'Oes 'na ffordd hwylusach i dircyfri Dolbenmaen?'

Edrychodd y taeog arno'n syn.

'Oes 'na ffordd hwylusach i dircyfri Dolbenmaen?'

Camodd yn nes.

'Oes 'na ffordd hwylusach i dircyfri Dolbenmaen? Rydan ni ar ein ffordd yno . . . Oes 'na ffordd hwylusach o gyrraedd yno? Mm? Oes?'

Cofiodd iddo droi i siarad â'r Dirprwy Siryf:

'Dydan ni ddim haws. Dydi'r taeogion yn gwbod dim am ddim mwy na mae'r twrch daear am yr haul.'

Gwenodd o gofio.

Sychodd y chwys oddi ar ei wyneb. Roedd arno syched melltigedig ac yfodd ychydig o fedd (a gadwodd yn ddiogel ers dyddiau'r pla). Ac wrth iddo ddrachtio daeth darlun hollol glir o'r Dirprwy Siryf i'w gof, yn union fel pe bai'n sefyll o'i flaen yr eiliad yma . . . Roedd wedi cael mymryn o liw haul. Cwynodd fod ei groen wedi tynhau, croen sychdyn ei wyneb, ac roedd ei freichiau'n gochlyd gan wneud i'r blewiach arnyn nhw ddisgleirio'n felyn . . . Yna pylodd y llun pum mlwydd oed ac fe aeth ati i bigo'r cacamwnci o'i wallt ac yna i gyrbibio'i ffordd ar hyd y llwybr . . .

. . . Yn y gobaith y byddai pwrpas i'r daith ddiffaith hon i faerdref Dolbenmaen i weld be ddigwyddodd yno . . .

Drannoeth. A noson arall o law wedi'i wlychu at ei groen. Roedd wedi hario. Ac roedd hi'n dal i fwrw'n ddi-stop.

Mochelodd dan goeden a disgwyl iddi stopio.

A disgwyl wnaeth o trwy'r bore.

Ryw dro at ganol y pnawn fe'i trawodd fel mellten. Doedd o ddim wedi gweld neb, undyn, yr un enaid byw oddi ar iddo adael Caernarfon. Neb. Neb. Neb. Neb.

Bu hi'n haf gwlyb eleni.

(Oedd o'n dechra drysu?)

Bu'n flwyddyn ryfedd.

Weithiau yn nyfnder nos byddai'n deffro'n lafar o chwys tan sgrechian nerth esgyrn ei ben . . .

Ddiwrnod neu ddau'n ddiweddarach ac roedd o wedi dal annwyd trwm.

Cerddodd yn ddigon lîg lâg yn ei flaen tan dishian a thisian a thisian . . . roedd ei bengliniau'n wan a'r mul wedi penstiffio a 'styfnigio . . . ond cerddodd yn lincyn yn ei flaen, loncyn flinedig yn ei ôl a'r coed a'r canghennau'n cripio'i wyneb, ond doedd o'n malio iot . . .

. . . Disgynnodd unwaith neu ddwy, disgyn ar ei hyd dro arall gan duchan ac erthychu a chwythu . . . a rowlio ar wastad ei gefn a chwerthin . . . camodd y mul tuag ato a syllu'n hurt . . . ond roedd dau – naci – tri o syllu – roedd pedwar – o graffu – roedd-o – hanner dwsin yn troi – wyth o bennau mul yn troi – ac roedd-o – tishian – o – tishian – o –

. . . Deffrôdd yn ddiweddarach gan grynu a chwysu . . . ac roedd hi wedi bod yn bwrw eto . . . y ddaear yn wlyb a'r glaswellt yn socian . . . ac roedd o'n wlyb diferyd . . . ac roedd

wiwer sionc yn glustgraff lygatgraff eistedd ar ei frest . . .
cleciodd i ffwrdd pan fentrodd droi . . .
. . . Ond doedd dim siw na miw o'r mul yn unman.

Bu'n hacio a thocio ac ymlafnio am y rhan helaetha o'r
diwrnod canlynol, ond fe wyddai i sicrwydd ei fod bellach ar
goll yn lân. A phan ddiflannodd y mul, diflannodd ei holl eiddo
a'i holl fwyd a'i holl fedd. Bwytaodd beth wmbreth o fwyar
duon, myrdd o'r sglyfaethod meddal, ugeinia o gynrhon
gwynion tew . . . nes bod ei weflau a'i farf yn biwsddu . . .
    A phan oedd hwyrdawch pygliw dros y cwmwd ac wedi
iddo ddallffwndro trwy gydol y dydd . . . fe welodd fwg,
tonnau meinion yn codi uwch y coed gerllaw . . . cerddodd yn
ei flaen . . . yna cropian trwy'r brwgaij a'r tyfiant . . .
    . . . Ac yn ei flaen ynghynt ac ynghynt hyd nes y gallodd
ogleuo coed yn llosgi yn awyr yr hydref cynnar . . .
    Ac oedodd i wrando.
    . . . O'i flaen roedd ei ful yn pori ac yn eistedd wrth dân
bychan a'i gefn tuag ato oedd rhyw gnap o henddyn gwargam
a gwarlen gedennog dros ei ysgwyddau esgyrnog . . .
    Oedodd.
    . . . Ac yna fe sylweddolodd fod nifer, oddeutu hanner
dwsin o benglogau yn hongian o gangen uwchben . . . yn ara
droelli'n yr awel dyner . . . ac weithiau byddai un benglog yn
clecian yn y nesa . . .
    Pwy oedd y bwbach yma oedd â'i gefn tuag ato?
    . . . Llusgodd ei hun fel sarff ar hyd y ddaear tuag ato . . .
y lleidr mulod . . . fe'i dwynodd ac yntau'n ddyn difrifol
sâl . . .
    Cododd y mul ei ben ac ysgwyd ei gynffon . . .
    Rhewodd.
    Gallai fod wedi'i ladd yn hawdd pe byddai'n dymuno hynny!
    Roedd Dafydd Offeiriad yn chwys oer . . . ond roedd y
lleidr mulod gwargam yn hepian cysgu . . . closiodd ar ei fol yn
ara bach . . .

– Ara bach
– Ara deg
– Ara!
– ih oh ih oh ih oh!
– taw! taw! taw!

Ond cyn iddo sylweddoli beth ddigwyddodd – teimlodd ddwy droed ar ei ysgwyddau'n sodro'i gorff yn sblat ar y ddaear a dwy law braff yn stwffio'i wep i'r pridd . . .

– Yyyyyccccchhhh! –

. . . udodd Dafydd Offeiriad tan boeri a ffroeni . . .

– pppppgggghhhhhh –

. . . llwyddodd i droi ei ben hyd nes bod ei foch yn gorwedd ar y ddaear a gallai weld pâr o draed yn cerdded tuag ato . . . ond yn y cyfamser clymwyd ei ddwylo'n dynn . . .

Drannoeth, wedi i'r hen ddyn a'i gyfaill, milwr ifanc, dynnu ewin dau fawd Dafydd Offeiriad yn rhydd ac i'r Offeiriad eu darbwyllo trwy ei gyrnewian a'i sgrechian a'i ymbilio ei fod yn offeiriad go iawn ar fusnes y Goron ac ar orchymyn John de Delves y Siryf, ac nad twyllwr mewn abid oedd o, torrwyd y rhaffau a'i grogai wrth gangen derwen. Penliniodd Dafydd yn syth a gweddïo ar i'r Fam Forwyn ei arbed rhag gwaeth poenau.

'Dim ond isio gneud yn siŵr oeddan ni,' ebe'r henddyn gwargam â'r warlen dros ei ysgwyddau esgyrnog.

Roedd Dafydd Offeiriad yn wylo ac yn rhincian dannedd. Gwenodd y milwr barfog a thaflu'i ewinedd tuag ato.

'Arglwydd maerdref Dolbenmaen?' holodd Dafydd Offeiriad a syndod yn codi'n siarp fel gwaywffon o'i gorn gwddw. A stopiodd yr hen ddyn gwargam a throi i edrych ar ŵr yr abid. Ond parhaodd y milwr ifanc i ddodi'r penglogau mewn sach.

'Ti'n deud y gwir?'

Dododd ei ddau fawd yn ei geg a'u sugno. Roedd y pla wedi difetha mwy na gwlad gyfan, roedd wedi difetha y peth hanfodol hwnnw rhwng pobol a'i gilydd, sef ymddiriedaeth. A thro Dafydd Offeiriad oedd hi rwan i dynnu ar y cnapyn esgyrnog er mwyn cael gwybod y gwir.

'Dyn talsyth, cry, oedd Rhys ap Dafydd ap Madog, arglwydd maerdref Dolbenmaen. Mi glywis sôn, er na welis i mohono fo erioed. Roedd o wedi'i ladd yn Crécy, 'nôl pob sôn, ac ma' chwe mlynadd ers hynny bellach.'

Crach-chwarddodd y milwr barfog a rhwymo ceg y sach.

'I faerdref Dolbenmaen dwi'n mynd. Ar fy ffordd yno ydw i, fel deudis i wrthach chi ddau gant ac un deg chwech o weithia neithiwr. Ac os wyt ti'n deud y gwir mi gawn ni weld wedi inni gyrraedd.'

A heb agor ei geg fe drodd y dyn a honnai mai y fo oedd Rhys ap Dafydd ap Madog, arglwydd maerdref Dolbenmaen, ben y mul ac fe gerddodd hwnnw yn ei flaen yn araf a'r milwr barfog yn dilyn y tu ôl a Dafydd Offeiriad y tu ôl i hwnnw.

Y noson honno.

'Fuost ti ym mrwydr Crécy?' holodd Dafydd Offeiriad y milwr barfog o bell.

'Be 'di o i chdi?'

Brathodd hwnnw fel ci.

'Roedd hi'n frwydr fawr.'

Ond nid ysgogodd hynny ymateb.

'Brwydr erchyll mi glywis sôn.'

'Mae pob brwydr yn erchyll.'

Siaradodd yr henwr gwargam am y tro cynta, siarad mewn llais tawel, tawel:

'Brwydr Crécy. Dridiau cyn Gŵyl St Ioan. Ddiwedd Awst, 1346, ym mhedwaredd blwyddyn ar ddeg teyrnasiad y sancteiddiaf Dad Clement VI. Gwaith cerdded diwrnod o arfordir Picardi i mewn i'r berfeddwlad. A dyna ichi Crécy. Rhyw bwt o bentra ydi o. 'Chydig o hofeldai drewllyd, llond dwrn o foch drewllyd a thua'r un faint o daeogion a'r rheini yr un mor ddrewllyd. Dyna'r tro cynta imi weld y Brenin, y Brenin Edward III, ac mi welis i 'i fab o, y Tywysog Du, ar ei gwrcwd heb fod ymhell o'r lle o'n i'n sefyll yn trio rhoi genedigaeth i'r hyll. Ar ochor rhyw fryncyn yr oeddan ni, miloedd ohonan ni. Gyda'r nos mi welech y tanau yn llosgi

ym mhob man a phawb yn llowcio be bynnag y câi o afael arno
fo. Does dim byd gwaeth na chwffio ar stumog wag. Doedd y
Ffrancod ddim ymhell i ffwrdd. Dim pellach na gwaith
diwrnod go lew o gerddad. Drannoeth mi ddeffrôdd pawb yn
gynnar, gynnar. Hogi cleddyfa, gwaywffyn a pharatoi fflyd
o saethau miniog.

'A disgwyl.

'Dyna sy waetha.

'Yr oedi a'r aros cyn y . . .

'Ond!

'Tua diwedd y pnawn dyma'u gweld nhw'n y pellter. Un neu
ddau o bennau i ddechra. Ceffyl wedyn. Marchogion.
Gwaywffyn ac wedyn dwsina o filwyr traed. Wedyn ugeinia.
Cannoedd yn dilyn. Pob lliw a llun. Roedd yr haul y tu cefn
inni trwy ras y Fam Wen. A dyma nhw'n agosáu yn ddigon
clòs inni allu gweld faint ohonyn nhw oedd yn ein herbyn ni
go-iawn.

'Doedd dim mwy na chwe mil. Ond pwy fedra ddeud
yn iawn? Rhyw ddyfalu oeddan ni.

'Ond!

'Mi roedd yr haul yn 'u ll'gada nhw ac mi feddylion ni'n siŵr
y byddan nhw'n aros tan y bora, bora trannoeth i orffwyso a
chael 'u gwynt atyn a'r haul y tu cefn iddyn nhw cyn mentro
'mosod. Ond roedd y Brenin Philip wedi myllio cymaint
oherwydd iddo fo gael 'i frathu gan wybad roedd o am daro'n
syth!

'Rhyfadd meddwl fel y gall hyd yn oed gwybad gael effaith
ar dynged pobol.

'Ond wrth iddyn nhw drefnu'u hunain yn barod ar gyfar y
cyrch cynta mi ddoth hi'n gawod egar. Dyma'n gwŷr bwa
saeth ni'n taro'u llinynna dan 'u capia a'u helmedau'n syth ond
fedrodd y Ffrancwyr ddim gwneud yr un peth hefo'u bwâu-
croes trymion. Ac felly, mi wlychon.

'Wedyn!

'Dwi'n cofio fel tasa hi'n ddoe. Doeddan ni brin wedi cael
ein petha at ein gilydd nad oedd llu o farchogion Ffrainc yn

rhuthro carlamu i'n cwfwrdd ni i fyny'r bryn tan weiddi a
sgrechian. Yn canlyn yn glòs ar 'u sodla nhw oedd cannoedd
o filwyr cyflog Genoa hefo bwâu-croes. Cawod neu ddwy o
saethau oedd 'i angen ac mi roeddan nhw'n slywenna yn 'i
gilydd wrth drio'i heglu hi'n ôl lawr y bryn. Roeddan nhw
blith draphlith benben â'i gilydd a dyma ninna'n cael y
gorchymyn i fynd yn ein blaena.

'Rywla yng nghanol yr ail reng o'n i ar gefn ceffyl . . . roedd
'na gymaint o gyrff dan draed . . . roedd o fel cerddad tros gae
o gnawd meddal . . . traed yn ara suddo i fol neu i glun neu
weithia'n bachu mewn cesail neu droed neu'n cael codwm ar
eich hyd dros gorff ceffyl marw . . . laddon ni bawb oedd yn
rhyw natur wingo neu nadu . . . stab fan hyn, stab fan draw . . .
rwbath i hwyluso'u taith nhw i ddyfnderoedd poethion uffern
. . . Lladdodd y Tywysog Du Frenin Bohemia, dyn dall o'r
enw John, a dwyn 'i blu o . . . *Ich Dien* . . . a dyna pryd fues i'n
wirion . . . roedd 'na farchog ar y dde newydd garlamu am y
wig fel peth ynfyd a dyma finna ar wib ar 'i ôl o . . . wrth imi
ddiflannu tan y briga mi glywn leisia a sŵn yr heldrin yn glir y
tu cefn imi . . . ymlaen â fi . . . a'r ceffyl yn ffroeni'n wyllt 'tana i
. . . ymlaen ac ymlaen a gweld y marchog yn mynd fel fflamia o
'mlaen i . . . ond mi ro'n i'n closio . . . ac roedd o'n gwbod
hynny'n iawn . . . mi fedra i weld o rwan hyn yn rhyw
gipio-sbio tros 'i ysgwydd wrth waldio'r ceffyl . . . a phan o'n i
o fewn hyd neuadd maerdref Dolbenmaen iddo fo ac yn
ddigon agos i allu anadlu 'i ogla fo – plwc!

"Lluchio trwy'r awyr wysg fy nhefn!"

"Gweld rhaff."

"Cyn i'r llygaid gau."

"Rhaff rhwng dwy goedan."

'Wn i ddim be ddigwyddodd wedyn yn iawn . . . fe roeson
nhw sach dros 'y mhen i p'run bynnag . . . ac o'r dydd hwnnw
ymlaen sgin i fawr o go am ola dydd . . . ond i'r pla ma'r diolch
'mod i 'di cael 'i weld o eto . . . fues i'n garcharor wedyn . . . yn
nwnjiwn castell Louis de Nevers o Fflandrys . . . am faint . . .
pedair? pum mlynedd? . . . Mi ddeudon nhw sawl tro 'u bod

nhw'n fwy na pharod i 'ngollwng i'n rhydd tai'r Brenin
Edward ond yn cytuno i ollwng rhywun oedd yn perthyn yn
bell iawn i Frenin Ffrainc hefyd . . . wn i ddim hyd y dydd
heddiw a wnaeth o ai peidio . . . dwi ddim yn meddwl fod y
Brenin Edward yn gwbod pwy yn union ydw i neu fasa fo ddim
wedi gadael imi bydru cyhyd . . . yn enwedig â maerdref
Dolbenmaen yn cadw'i fam o, y Frenhines Isabella, mewn
moeth a chysur, a 'mod inna wedi rhoi blynyddoedd gora
'mywyd yn 'i wasanaeth o fel pob Cymro arall gwerth 'i halen . . .
ond pan ddaeth hi'n fater iddo fo wneud rhwbath drosta i . . . mi
enillodd frwydr Crécy tra collis i . . .'

Drannoeth pan gychwynnodd y tri ar eu taith am
Ddolbenmaen fe sylweddolodd Dafydd Offeiriad fod Rhys ap
Dafydd ap Madog yn cadw rhywbeth wedi'i guddio'n ofalus
mewn hen sachau. Penderfynodd yr Offeiriad nesáu a sbecian.

Synhwyrodd yr arglwydd ei fod yno ac fe drodd ei gefn
arno.

Gwnaeth hyn Dafydd yn fwy chwilfrydig ac yn fwy
penderfynol fyth o wybod beth oedd yn ei guddio. Gwyddai
o'r gora y deuai cyfle . . . gwyddai fod yr arglwydd yn ddall
bost fel ffwlbart wedi iddo dreulio cynifer o flynyddoedd
yn y tywyllwch . . .

'Os doi di'n rhy agos imi eto.'

Trodd Rhys ap Dafydd ap Madog i boeri ar yr Offeiriad.

'Fydd hi'n ddim gin i sodro llafn ynot ti'n y fan a'r lle.'

A bagiodd Dafydd Offeiriad yn dawel.

Ac er i'r Offeiriad rhyw how drio codi sgwrs hefo'r milwr
barfog, ifanc, y diwrnod hwnnw, digon cyndyn oedd o
i ddatgelu dim amdano'i hun. Pan fyddai Dafydd yn rhyw
natur holi wysg ei ochr fel petai (er mwyn cael gwybod
'chwanag am hynt y ddau a sut y daethon nhw i Eifionydd)
byddai'r milwr yn swta ateb ac yn amlach na pheidio ni
fyddai'n ddim amgenach nag ebychiad cras.

Yn y diwedd bu'n rhaid iddo fodloni ar y mudandod mawr a
cherdded yn dawel y tu ôl iddyn nhw. A buan y sylweddodd

o nad oeddan nhw ddim hyd yn oed yn torri gair â'i gilydd.
A be oedd y pengloga'n y sach?

Doedd Dafydd Offeiriad ddim i wybod ar hyn o bryd y câi
weld a chlywed y cwbwl, maes o law . . .

O'r diwedd . . .

Daeth rhywbeth i'r golwg. Cododd Dafydd Offeiriad ei ben
pan stopiodd Rhys ap Dafydd ap Madog y mul a chodi'i
ben yn uchel a ffroeni'r awyr fel anifail. Camodd y milwr ato.
Gwyrodd yr arglwydd a sibrwd rhywbeth yn ei glust.
Clustfeiniodd Dafydd yn astud ond ni chafodd achlust o'r hyn
a ddywedwyd.

Rhuthrodd y milwr draw at Dafydd a'i bwnio'n ffyrnig yn ei
frest:

'Bagia!' harthiodd gan wthio'r Offeiriad yn ei ôl hyd nes yr
oedd yn gorwedd yn fflat ar goeden.

'D'o mi weld dy ddwylo di!'

'Hei, be 'di'r . . .?'

Ond cyn iddo gael cyfle i ddweud 'chwaneg roedd y milwr
ifanc wedi clymu'i ddwylo'n sownd y tu ôl i'r goeden.
Clymodd nhw'n dynn iawn oherwydd teimlai Dafydd ei
ddwylo'n chwyddo'n fawr, a mân gosi yn yn ei fysedd.

'Be sy?' holodd yr Offeiriad gan wenu'n nerfus wrth i'r
milwr dynnu llinyn o dan ei helmed a'i rwymo i ddau ben ei
fwa.

'Be 'dach chi'n mynd i neud imi?'

Ac roedd poen anesgorol yn nau fawd yr Offeiriad, yn y man
lle dylai dau ewin fod yn tyfu'n nerthol o'r gwraidd.
Penliniodd y milwr a didol nifer o saethau a oedd wedi'u
rhwymo a'u cadw'n ddiogel mewn cadach budr. Wedi dethol
dwsin ohonyn nhw, cododd a chamodd at Dafydd a sibrwd yn
dawel yn ei glust, gan ddal blaen un saeth o dan ei drwyn:

'Weli di'r staen brown 'na ar flaen hon, Offeiriad? Weli di?'

'Gwela, gwela.'

'Be feddyli di 'di hwnna? Mm?'

' 'Mbo.'

'Wyddost ti ddim?'

'Na wn i.'

'Dyfala.'

'Wn i ddim.'

'Meddwl!'

'Gwaed?'

'Gwaed cwdyn o Calais 'naeth drio codi twrw efo fi un noson, Offeiriad, dyna iti be 'di hwnna.'

'Ia?'

'Ia, a wyddost ti be oedd 'i bechod mwya fo, abidwr? Mm? Wyddost ti?'

'Na.'

'Gweiddi! Agor 'i hen hop fawr pan na ddyla fo fod wedi gwneud neu mewn geiria erill, cadw twrw ac ynta i fod yn dawal, ond tawelu wnaeth o, yn enwedig pan ddaeth hon trwy'i gorn gwddw fo!'

Cerddodd y milwr draw at Rhys ap Dafydd ap Madog gan ddodi'r saethau mewn cawell dros ei ysgwydd. Erbyn hyn roedd hwnnw wedi camu oddi ar ei ful ac roedd cleddyf a tharian yn ei law. Rhwymwyd y mul i gangen gyfagos a diflannodd y ddau gan adael yr Offeiriad a'r anifail yr un mor rhwym â'i gilydd.

Llechsymudodd y milwr a Rhys ap Dafydd ap Madog o goeden i goeden ac o lwyn i lwyn hyd nes yr oedd mur a thŵr yr eglwys i'w gweld nid nepell i ffwrdd.

'Be glywi di?' holodd yr arglwydd wrth iddyn nhw oedi i wrando wrth ymyl bôn derwen. Gwrandawodd y milwr ifanc ond roedd yn anadlu fel ceffyl.

'Dim.'

'Weli di rwbath 'ta?'

'Na.'

A symudodd y ddau yn eu blaena'n llechwraidd. Yn y man fe ddaethon nhw at fieri trwchus a gwyrodd y ddau a llusgo'u hunain ar eu boliau o dan y tyfiant.

Yna . . .

Yn sydyn . . .

O rywle . . .

Dartiodd yn wyllt o'u blaena!

Neidiodd y milwr i'w draed mewn ofn a bagio trwy'r mieri hyd nes bod y drain wedi tynnu gwaed o groen ei wyneb a'i freichiau a'i ddwylo.

'Taw, bendith tad iti! Dim ond cwningan oedd hi.'

Siarsiodd Rhys ap Dafydd ap Madog ar ei fol heb gynhyrfu dim. A rhewodd y milwr yn y llwyni drain. Ond ni chynhyrfodd ei gynnwrf o neb arall.

Ac yn eu blaenau yr aeth y ddau . . .

A chyn bo hir roedden nhw'n sefyll mewn pentwr o ddail poethion wrth fur y neuadd a'r Siambr.

'Does 'na neb ar ôl. Mae'r Pla wedi'u lladd nhw i gyd.'

Sibrydodd y milwr wrth yr arglwydd ond amneidiodd hwnnw arno. Cerddodd y ddau ar flaena 'u traed. Cyn bo hir roedden nhw ill dau yn sbecian rownd y gongol ac ar fuarth y faerdref . . .

. . . Mwy o ddail poethion oedd yno i'w croesawu wrth gamu am ddrws y neuadd, dail poethion a dail tafol a glaswellt trwchus, ac roedd coeden ysgaw yn hongian dros y porth . . .

. . . Edrychodd y ddau o'u cwmpas rhag ofn . . . ond doedd dim golwg o neb yn unman . . . yna fe aethon nhw i mewn . . . a gwe pry cop oedd y peth cynta oedd yn rhaid ei dynnu o wyneb ac o wallt . . . roedd y to yn dyllau anferth a llafnau goleuni yn chwyrlïo trwyddyn nhw . . . bu ond y dim i'r milwr ifanc sathru ar iâr yn gori wrth iddo gamu i mewn i'r Siambr lle gynt y byddai prysurdeb mawr . . .

. . . Mudgerddodd y ddau o gwmpas am sbel . . . cododd y milwr gaead llechen ar grochan pridd a bagiodd ar ei union gan begio'i drwyn . . .

'Pa!'

'Be sy?'

'Bw!'

'Y?'

'Rhwbath 'di suro'n y modd mwya diawledig!'

. . . Doedd dim bwrdd na meinciau ac roedd y llawr yn wlyb
. . . roedd y gwellt hefyd wedi troi'n felynddu a'r ieir a'r adar
wedi hen gartrefu ynddo fo . . .

Cydiodd yr arglwydd mewn potel ledr a hongiai oddi ar
hoelen ar y mur . . . agorodd y botel . . . ogleuodd . . .

'Da?' holodd y milwr ond swigiodd yr arglwydd cyn ateb:
'Da iawn.'

'Medd?'

'Ia.'

A thaflodd y botel i'r milwr ac fe danciodd hwnnw hi ar ei
dalcen hyd nes oedd yn llifo i lawr ei frest . . .

. . . Doedd 'na fawr gwell siâp ar bethau yn y gegin a'r larder
a bod yn hollol onast . . . pan gerddodd yr arglwydd drwodd
o'r Siambr sgrialodd haid o lygod o'r golwg i dyllau cyfarwydd
. . . piseri'n deilchion, cwpanau pren wedi llwydo neu wedi'u
darnio a dysglau dros y llawr ym mhob man . . .

. . . toc, ymddangosodd y milwr a syllu ar y llanast . . . roedd
cangen o gastanwydden wedi gwthio'i ffordd trwy'r twll yn y
to . . . braich werdd ddiymadferth dros y nialwch a'r blerwch
. . . y tu allan roedd tawelwch llethol . . . doedd dim rhaid i'r
un o'r ddau dorri gair . . . roedd pob ystyr yn dripian drip drip
drip i lyn tawelwch . . .

. . . Pan ddaeth y ddau allan roedd yr haul wedi machlud
fymryn ac roedd nifer o gysgodion hirion, du yn taenu ar
draws y buarth . . . a dyma gerdded trwy'r trwch o laswellt am
weithdy Iocyn Fach y gof . . . roedd y drws yn gilagored a
cherddodd y ddau i mewn . . . ond er mawr syndod doedd dim
ar ôl yno . . . affliw o ddim byd ers cyn cof . . . ac ambell hoelen
rydlyd . . . edrychodd yr arglwydd ar y milwr a chrychodd
hwnnw'i dalcen . . .

'Lladron mae'n rhaid.'

'Does wbod.'

'Mae pob eiddo wedi mynd yn eiddo i bawb ers y Pla.'

. . . Cerddodd y ddau allan . . . Oedi . . . Yna fe bender-
fynwyd y dylid cael golwg ar hofeldai'r taeogion . . . a phan
ddaethpwyd o hyd i'r rheini doedd dim byd ond siom yn eu

haros . . . roedden nhw wedi hen fynd â'u pennau iddyn . . .
yna cerddodd Rhys ap Dafydd ap Madog tua'r eglwys tra aeth
y milwr am y sgubor a gweddill yr adeiladau . . . Ac wrth i'r
arglwydd fynd yn ling-di-long sylwodd ar ddwy hwch a nifer o
berchyll yn stwna yn y winllan ymysg mieri lle gynt roedd coed
afalau yn tyfu'n ddifieri . . . Roedd dail poethion lu yn llenwi
porth yr eglwys ac roedd y drws ynghau . . . dododd ei
ysgwydd arno a'i wthio ac fe wichiodd ar agor . . . disgynnodd
peth wmbreth o lwch ar ei ben a chwythodd dros ei wefus isa
wrth iddo lanio ar ei wep . . . rhwbiodd ei drwyn â chefn ei law
a thishan . . .

. . . Ac o wneud hynny teimlodd ryw wayw lleia rioed yn ei
lygad chwith . . .

. . . Camodd yn ei flaen i lawr yr eglwys tua'r allor . . . ond
roedd pob dim wedi mynd . . . doedd dim mainc ar ôl . . .
roedd hyd yn oed y pulpud wedi diflannu . . . dim byd ar ôl
ond yr allor ei hun, ac roedd golwg ar honno fel pe bai rhywun
wedi bod yn ei bwyellu neu rywbeth . . . doedd dim un
gannwyll ar gyfyl y lle, dim golwg o bax, dim calis, dim sgrin,
dim byd ond moelni llwm a digroeso . . .

. . . Disgynnodd Rhys ap Dafydd ap Madog ar ei liniau a
gorffwyso'i foch ar garn ei gledd . . . ymhen amser . . .
agorodd ei lygaid a synhwyrodd yn reddfol fod y milwr yn
sefyll y tu ôl iddo . . . anadlodd yn ddwfn . . . ond ni chododd
am amser maith hyd nes y dywedodd y milwr wrth gydio yn
rhaff y gloch . . .

'Welsoch chi'r fynwant?'

. . . a thinc o arswyd yn hidlo trwy'r cwestiwn. Cododd yr
arglwydd ei glustiau'n syth . . .

'Naddo . . . Pam?'

'Well ichi weld drostach chi'ch hun.'

[Teimlodd ei galon yn curo ynghynt ac ynghynt wrth iddo
godi a cherdded tua'r porth. Y fynwent? Be oedd yn y
fynwent?

Rhuthrodd drwy'r porth a thrwy'r dail poethion a cherdded
trwy'r adwy isel ac yno o'i flaen roedd y fynwent a'r beddau

i gyd wedi'u hagor. Roedd twmpath o bridd wrth ymyl pob un a glaswellt wedi'u hen orchuddio. Yn union fel petai cawr o dwrch daear wedi bod yn tyrchu a phalu oddi tani ac wedi'i gwthio i'r wyneb . . .

Camodd y ddau yn eu blaenau a gwyrodd y milwr ei ben a sbecian i'r twll cynta ond roedd o'n hollol wag . . . Cerddodd yr arglwydd at y bedd nesa a syllu ac yno, ar y gwaelod, roedd arch wedi pydru a sgerbwd llwydaidd wedi madru . . . syllodd ar y benglog bydredig â'r wên wawdlyd . . . cododd a cherdded dros y twmpath at y bedd nesa lle'r oedd sgerbwd arall wedi hanner ei orchuddio mewn sach ac yn gorwedd yn y clai ar y gwaelod . . .

'Hei!' gwaeddodd y milwr ifanc o'r ochr bella, 'Dowch yma! Ylwch!'

Rhedodd yr arglwydd dros y twmpathau pridd caled, i fyny ac i lawr, i fyny ac i lawr, i fyny, ac o'i flaen roedd y milwr ifanc wedi penlinio wrth fedd lle'r oedd dau sgerbwd wedi asen asio'n ei gilydd a'r ddau'n gwenu'n hurt y naill ar y llall . . . penliniodd yr arglwydd a dodi'i ddwrn ar ei dalcen a'i benelin ar ei ben-glin a chau'i lygaid yn dynn . . .

Cerddodd y milwr ifanc yn awchus bron o fedd i fedd hyd nes yr oedd wedi ymweld â phawb a orweddai'n y fynwent . . . daeth at fedd anferth ar yr ochr bella un a oedd wedi hanner ei orchuddio â phridd . . . ac roedd wedi gweld digonedd ohonynt i ymgroesi'n syth a bagio ar ei union ac yna . . .

'Ych! Ych!'

Gwaeddodd gan chwifio'i freichiau. Ond y tro yma cerddodd yr arglwydd draw yn bwyllog i edrych ar y famog a oedd wedi syrthio i mewn i fedd agored ac wedi dechrau cynrhoni. Neidiodd y milwr ifanc i mewn a chleciai nifer o esgyrn dan draed wrth iddo ymlafnio i godi'r ddafad o'i chaeth gyfle a'i gwthio i fyny . . . Cydiodd yr arglwydd ynddi gerfydd ei gwar ac fe'i llusgwyd draw oddi wrth y bedd . . . Ond roedd hi wedi nychu gormod i allu gwneud rhyw lawer heblaw cerdded yn benisel i ffwrdd i chwilio am gysgod gweddol oer i orwedd a marw . . .

Cerddodd y ddau o'r fynwent ac erbyn hyn roedd hi'n dechrau nosi a'r gwybed yn dawnsio lond y buarth dan ddail y coed. Ni ddywedodd yr un o'r ddau air wrth y llall. A phan oedden nhw ar fin mofyn Dafydd Offeiriad fe dybiodd y milwr ifanc iddo weld rhywbeth yn llercian – ci efallai? – yn y llwyni 'rochor ucha i'r beudy . . .

Brasgamodd ar flaena'i draed a swatio'n erbyn talcen y beudy ac yna sleifio i'r ochr bella ar ddistaw droed . . . o'r fan hon gallai weld i lawr . . .

– Pa! Roedd y gwybad yn ei biwsio!

. . . am y buarth a . . .

– Ysgydwodd ei ben fel ceffyl –

. . . phorth y neuadd ac yna

. . . fe'i gwelodd!

Roedd rhywun yno!

Craffodd eto . . .

Roedd y gwybed yn ei bigo a'i biwsio'n dragwyddol . . .

Rhywun yn gorwedd ar ei hyd dan y llwyni . . .

Syllodd y milwr ifanc ond ni allai weld pwy oedd yno . . . Craffodd . . . Ond roedd hi'n graddol dywyllu, a llwydwyll hydrefol yn sleifio trwy'r coed . . . mab? merch? dyn? dynes? . . .

Penderfynodd nesáu . . .

'Hei, lle wyt ti?' gwaeddodd yr arglwydd o ganol y buarth o weld y milwr ifanc yn cymryd ei amser ac fe symudodd y sawl oedd yn y llwyni o glywed y dyn dieithr yn gweiddi . . . Camodd y milwr ifanc yn nes ac yn nes . . . ac fe welodd goesau a sodlau bychain . . . yna trodd y llwynysbïwr o'i glywed!

Rhuthrodd y milwr amdano!

Ond neidiodd y ferch ar ei thraed!

Ceisiodd ei orau glas i'w chythru ond roedd hi wedi'i heglu hi'n igam ogam o'i flaen . . . Rhuthrodd ar ei hôl ond dechreuodd y ferch naw neu ddeg oed sgrechian nerth esgyrn ei phen a baglodd y milwr ar ei hyd . . .

Y tu ôl iddo roedd yr arglwydd yn llamu'n frysiog â'i wynt yn ei ddwrn . . .

'Be sy? Pwy ydi hi? O lle daeth hi? Pwy ydi hi?'

'Duw a ŵyr pwy ydi hi.'

Cododd y milwr ar ei draed.

'Hogan droednoeth mewn cersi caled, llwyd.'

'Un o'r dre?'

'Wn i ddim.'

'O leia mae 'na rywun ar ôl felly. Ac os oes un, falla fod 'na 'chwanag. Pwy a ŵyr?'

Pendwmpian a hanner hepian cysgu ar ei draed roedd Dafydd Offeiriad pan glywodd sŵn. Cododd ei ben ac roedd ei ddwylo'n hollol ddiffrwyth.

'Pwy sy 'na?'

Daeth y milwr ifanc i'r golwg a'r arglwydd yn ei ddilyn. Rhuthrodd draw at Dafydd a sodro'i law ar weflau'r Offeiriad a rhythu'n hyll i'w lygaid. Gwasgodd ei ddannedd yn dynn a harthio:

'Cwdyn Calais, cofio?'

Daeth yr arglwydd draw a sibrwd:

'Welson ni rywun ond wyddon ni ddim faint neu bwy sy ar ôl . . . Gwylliaid falla, neu herwyr, pwy a ŵyr . . . Neu hyd yn oed wrachod . . . Ond mae un peth yn sicr, fedrwn ni ddim mentro heno a hithau ar nosi . . . Ond mi awn ni i sbecian eto bora fory.'

A thorrwyd y cortyn a glymai ddwylo'r Offeiriad. Ond y noson honno wrth iddyn nhw gysgu ni sylwodd neb ar y llygaid yn y coed . . .

2

Ar doriad gwawr drannoeth, cerddodd y tri draw i'r dre. Ond y tro yma gorfodwyd Dafydd Offeiriad i roi ei abid i'r milwr ifanc a bu'n rhaid i Dafydd wisgo dillad oedd yn llawer rhy fach iddo.

'Feiddian nhw fyth ladd abidwr,' cysurodd yr arglwydd y milwr wrth iddo straffaglio i'r wisg.

'Hy! Faswn i ddim mor siŵr,' taflodd Dafydd ddŵr oer.

'Mae'r Pla wedi cael effaith ryfadd ar bobol.'

A thra oedd gwlith cynnar yn dal ar laswellt y faerdref cyrhaeddodd y tri a cherdded tua'r beudy lle gwelwyd y ferch y diwrnod cynt.

'Faint oedd 'i hoed hi ddeudsoch chi?' holodd Dafydd Offeiriad.

Edrychodd y milwr ar yr arglwydd cyn ateb:

'Fawr hŷn na naw neu ddeg oed ddeudwn i – llai falla – neu'n hŷn – Duw, Duw, rhyw gip arni hi ges i.'

'Lle oedd hi?'

'Fan'na.'

'Ar 'i hyd?'

'Ar 'i bol.'

Ond er i Dafydd sgrafellu ni allai ddwyn neb i gof a fyddai bellach tua'r deg tymor. A phan ddaeth yma y tro diwetha yn 1347 roedd cynifer o blant ar hyd a lled y dre. Ac roedd cynifer yn cael 'u geni a chynifer yn marw fel nad oedd hi'n bosib cadw cow ar bob un. Cofiodd i'r minstrel hwnnw, Guirant de Bornelh, chwarae triciau efo nhw . . .

A heb i neb sylwi bron . . .

Trwy'r awyr siarp . . .

Trwy las y dydd . . .

Suddodd saeth i'r pridd . . .

Wrth draed yr arglwydd . . .

Trodd pawb o'u cwmpas a rhythu i bob man . . .

Ond doedd neb i'w weld yn unman . . .

Symudodd y milwr gan godi'i abid yn uchel dros ei bengliniau . . .

'Neb i symud!'

Saethodd llais o rywle . . .

'Y fi sy 'ma!' gwaeddodd Rhys ap Dafydd ap Madog:

'Arglwydd y Faerdref, Maerdref Dolbenmaen wedi dwad yn f'ôl o Picardi!'

Cododd yr haul uwch do'r neuadd ond ni ddaeth ateb.

'Ydi fy ngwraig i yma?'

Roedd siffrwd yn y llwyni ger y winllan a throdd Dafydd
Offeiriad i giledrych.

'Pwy ydach chi?'

Holodd Rhys ap Dafydd ap Madog. Bu tawelwch am ennyd
ac yna heibio i dalcen y beudy, rhyw dafliad carreg i ffwrdd,
fe ymddangosodd rhywun: llanc ifanc â ffon dafl wedi'i
hymestyn i'r eitha o'i flaen. Cerddodd mewn hanner cylch o
gwmpas y tri a daeth llais o rywle.

'Gollyngwch eich arfa!'

Edrychodd y milwr ifanc ar yr arglwydd ac fe ollyngwyd
pob dim.

'Tynnwch eich dillad i ffwrdd!'

'Wyddoch chi pwy?' . . .

'Gwnewch fel rydw i'n ddeud!'

Ymddiosgodd y tri eu dillad a sefyll yn hollol noeth ar fuarth
y dref. Ac wedi iddyn nhw wneud hyn fe ymddangosodd
oddeutu ddwsin o bobol o bob cwr: rhai o'r beudy, eraill o'r
winllan, un o'r neuadd, y lleill o'r efail. Roedd ganddyn nhw
oll arfau yn eu dwylo, yn fwa saeth, cyllyll, cryman, pladur,
picweirch neu gerrig . . .

Dododd y milwr un droed o flaen y llall ac yn union syth fe'i
waldiwyd yn ei wyneb â charreg o'r ffon dafl . . .

'Neb i symud!' gwaeddodd dyn â chap glas ar ei ben a bwa a
saeth yn ei law. Dododd y milwr ifanc ei law dros ei drwyn a'i
dalcen.

Yna rhoddodd merch ifanc – y ferch a welwyd ddoe? – botel
ledr o flaen y llanc ifanc efo'r ffon dafl . . .

'Mae'n rhaid ichi o'ch tri yfed,' gwaeddodd y cap glas.

'Be ydi o?' holodd yr arglwydd.

'Meddyginiaeth rhag y pestilens.'

'Ond rydan ni'n holliach.'

'Rhaid ichi yfad!'

'Be ydi o?'

'Dyrnaid o geigwad coch a dyrnaid o riw, dyrnaid o arlleg
wedi'u pwyo'n dda mewn cwrw ac wedi'u hidlo trwy liain
main a'i glaeru.'

'Dyma'ch arbedodd chi?'
'Llai o siarad! Yfwch!'
Ond siaradodd y milwr dan ei wynt gan harthio:
'Be os mai gwenwyn ydi o?'
'Yfwch rwan!' rhuodd y cap glas ar dop ei lais.
'Yfwch chi o gynta!' gwaeddodd yr arglwydd yn ôl.
A cherddodd y gŵr â'r cap glas draw at y botel ledr yn
wyliadwrus a chydio ynddi a chymryd llymaid, llond cegaid go
dda. A'i lyncu.

3

'Doeddan ni ddim yn hollol siŵr lle i gael gafal ar goed Goffer
ond mae hi wedi'i phygu y tu mewn a'r tu allan. Ac fel y
gwelwch chi dydi hi ddim chwaith yn dri chan cufydd o hyd,
mwy nag ydi hi ddeg cufydd ar hugain o led a deg cufydd ar
hugain o uchder. Doeddan ni ddim yn siŵr iawn chwaith lle
dylai'r ffenast fod ond mi 'roddon ni hi'n y pen blaen yn y
diwadd. Mae'n ddrwg calon gin i am be ddigwyddodd gynna
. . . ond fedrwch chi ddim fod yn rhy siŵr y dyddia yma . . .
Mi ymosododd nifer o herwyr ar Briordy Beddgelert adeg
Gŵyl Iago Sant 'leni . . . a llosgi a malurio llawer yn ôl pob sôn.'
'Dallt yn iawn,' atebodd yr arglwydd gan rythu.
Cafodd Rhys ap Dafydd ap Madog a'r milwr a Dafydd
Offeiriad (a oedd bellach yn gwisgo'i abid ei hun) dipyn o
ysgytwad pan welson nhw'r Arch am y tro cynta. Wrth iddyn
nhw nesáu at yr agoriad iddi roedd yn rhaid mynd heibio i nifer
o daeogion a oedd wrthi'n ddyfal yn dyrnu'r gwenith du.
O nesáu, adnabu Dafydd Offeiriad un, yr un a ddygodd Ieuan
Ddu y Rhaglaw ger ei fron yn y Siambr flynyddoedd yn ôl.
Oedodd a syllu arno.
Roedd yr ŷd wedi'i wasgaru'n gylch o gwmpas y llawr ac
roedd pump o daeogion, tri phlentyn a dau ddyn yn pwyo'n
ddiwyd â'u ffustiau. Wynebai pob dau ei gilydd gan godi a
gostwng y ffust bob un i'w amser fel na fwriai'r llall. Symudai'r

cynta o'r ddau wysg ei gefn gan gylcharwain y llall o gwmpas y llawr dyrnu. A'r un modd y lleill.

'Chwilen Bwm?'

Daeth y geiriau dros wefusau Dafydd Offeiriad.

Stopiodd y ffustio a chododd y taeog ei ben i edrych ar yr Offeiriad cyn ailafael yn y pwyo. Cerddodd Dafydd Offeiriad ar ôl yr arglwydd a'r milwr a Hywel Lipa ap Rhys ac i mewn i'r Arch.

'Faint yn union fuo farw?' holodd yr arglwydd gan syllu o gwmpas.

'Llaweroedd,' atebodd Hywel Lipa ap Rhys.

'Mi aeth y greadigaeth gyfa o'i cho . . . hyd yn oed rwan, rydan ni'n dal i fyw fel ysbrydion, fel dillad ar lein yn cael ein chwythu un ffordd ac yna'r ffordd arall heb yr ewyllys i wrthsefyll dim. Mae'r canol wedi mynd, mae crac yn y seiliau ac mae'r walia a'r to ar fin mynd â'u penna iddyn.'

Yna o'r tywyllwch rhuthrodd rhywun a chydio'n dynn yn llaw'r arglwydd, cydio'n dynn dynn dynn.

' 'Dach chi'n ôl?! 'Dach chi wedi dwad yn eich ôl?'

'Gwythwches!'

Cydiodd Hywel Lipa ap Rhys ynddi hi gerfydd ei braich: 'Sadia!'

'Do, Gwythwches,' atebodd Rhys ap Dafydd ap Madog. 'Dwi wedi dwad yn f'ôl.'

' 'Dach chi'n fy nghofio i? Ydach chi? Ro'n i'n briod adag hynny hefo taeog o'r enw Pry Gweryd.'

'Ydw, dwi'n cofio'n iawn.'

'Rhaid ichi fadda imi, fedra i mo'ch gweld chi. Mae'r pestilens felltith 'ma neu rwbath wedi amharu'n ddrwg ar fy ngolwg i.'

Dechreuodd wylo.

'Fuo farw'ch gwraig, Angharad Ferch Madog, y hi oedd un o'r rhai cynta, ac mi fuo farw Ieuan Ddu wrth drio helpu un o'r gwŷr rhydd yn 'i salwch; mi fuo farw Iolyn Offeiriad a llawer o daeogion. Roedd ogla angau'n hongian yn yr hofeldai am . . .'

'Dyna ni, Gwythwches, dyna ni.'

'Ond mi ddeudis i y deuthach chi'n ôl ar hyd y bedlan. Hyd yn oed pan oedd pawb arall wedi gwangalonni ac anobeithio. Mi ddeudis i y deuthach chi'n ôl i roi trefn ar betha ac i wneud pob dim fel roedd hi o'r blaen cyn dyddia'r Pla . . . Roedd pob dim yn iawn 'radag hynny. Roedd hyd yn oed yr hafa'n well hafa, mwy o heulwen a gwres. Ond does 'na ddim trefn rwan ac mae pob dim wedi chwalu . . .'

'Rydan ni'n gneud y gora gallwn ni, Gwythwches,' ceryddodd Hywel Lipa hi'n dawel.

4

Y noson honno mynnodd Rhys ap Dafydd ap Madog gael cysgu yn y neuadd yn hytrach nag aros yn yr Arch efo'r taeogion.

Felly, bu'n rhaid cludo gwellt yno gan fod y gwely wedi'i gymryd a'i ddefnyddio yng ngwneuthuriad yr Arch . . . Cludodd Chwilen Bwm a thaeog arall o'r enw Mochyn Coed (a waldiodd y milwr â'r ffon dafl yn gynharach yn y dydd) lwyth go dda o wellt a sgrwff ar eu cefnau a'i osod yn dwmpath yn y Siambr. Ac wrth i Chwilen a Mochyn adael fe stopiodd y milwr nhw wrth y drws a holi:

'Pwy sy wedi rhedeg y dre ers i'r rhaglaw farw?'

'Neb.'

'Be ti'n feddwl, neb?'

'Pawb trwy'i gilydd.'

'Ddim Hywel Lipa sy wedi gneud yn siŵr fod petha cystal ag y galla nhw fod?'

'Ddim mwy na neb arall.'

[Gadawodd y ddau a chaeodd y milwr y drws ar eu holau. Wedi iddyn nhw fynd aeth yr arglwydd ati i archwilio'i gyfrinach, yr hwn a rwymwyd mewn hen sachau. Taflodd y sachau o'r neilltu. Cododd y gyfrinach yn uchel uwch ei ben a'i ddal felly am amser. Yna dododd o ben i waered.

Ymystwyriodd yr Offeiriad yn y gwellt, a chuddiodd o.

5

'Be'n union ddigwyddodd?' holodd yr arglwydd Hywel Lipa ap Rhys drannoeth wrth i'r ddau gerdded o gwmpas y faerdref yng nghwmni ei gilydd, a Dafydd Offeiriad yn gwrando er mwyn gwneud ei adroddiad ar gyfer y Trysorlys a'r Goron.

'Ma' hi'n stori hir.'

A phenliniodd Hywel i dynnu nifer o droganod a oedd yn prysur fagu boliau tew ar waed clust y ci oedd yn canlyn yn dynn ar eu sodlau.

'Mae 'na bedwar cynhaeaf ers iddo fo gyrraedd.'

'Y Pla?'

'Y Gŵr Tywyll o'r coed. Adeg y cynhaeaf ŷd bedair blynedd yn ôl. Newydd ddychwelyd adra o Rydychen o'n i, wedi cerdded llawer nes bod fy nhraed i'n friwia drostyn. Roedd pawb o'r dref yn y caea'n crafangu pan ddaeth O rhyw ddydd ac offrymu Iocyn Fach y gof ar allor yr eglwys.'

Gwasgodd drogan nes bod y gwaed yn byrstio dros ei ewin.

'Does wbod yn hollol be ddigwyddodd. Ond roedd gwaed Iocyn dan draed ym mhob man . . . Roedd y Gŵr Tywyll a'r Gŵr Drwg wedi llygru'r eglwys ac wedi piso i'r calis a phoeri ar y bara ac roedd yr eglwys yn llawn o'r ysbrydion drwg a thylwyth teg noethion yn dawnsio a chwerthin . . . Ac wedi iddyn nhw sbydu gwaed Iocyn dros y sgriniau a'r pulpud a'r bedyddfaen a'r gladdgell ac adrodd pob math o gabledd anweddus fe dduodd y ffurfafen ac ymddangosodd mellt melyn yn yr awyr ac uwchlaw'r rheini yn uchel yn y sêr roedd trymru taranau nas clywyd erioed o'r blaen . . . Roedd y gwahanglwyf Einion Fychan wedi colli arno'i hun yn lân ac yn gweiddi ac oernadu a bygwth pobol . . .

. . . Mi fuo yng ngwasanaeth y Gŵr Drwg a'r Gŵr Tywyll ers blynyddoedd . . . ac ar y pnawn ofnadwy hwnnw y cyfaddefodd o . . .'

Llwyddodd i wasgu trogan arall ond gwingodd y ci mewn poen.

'Y cyfaddefodd o . . . mai y fo losgodd yr eglwys.'

'Llosgi'r eglwys?!'

'Yn nhymor yr Adfent . . .'

'Llosgi'r eglwys?!'

'I ddial ar y dref a melltithio pawb am na châi o ymgymryd o'r sacramentau fel y gweddill . . . Ac os mai ar daith unffordd ddiachubiaeth i'r gwaelodion oedd o . . . Yna mi âi â phawb arall i'w ganlyn . . .'

'Y lepr losgodd yr eglwys?'

'Y lepr losgodd hi.'

'Ond be am y Gŵr Tywyll?' holodd Dafydd Offeiriad.

Llyncodd Hywel Lipa ap Rhys ei boer cyn rhwbio'i fysedd gwaedlyd yn y glaswellt.

'Y Gŵr Tywyll,' adroddodd wrth godi ac edrych yn wag i'r pellter y tu hwnt i'r afon.

'Syllu ar gorff marw Iocyn Fach yn yr eglwys oedd pawb . . .'

Cerddodd y tri yn ara'n eu blaenau . . .

'. . . pan ddaeth o.'

'Be?'

Siaradai Hywel mor dawel fel na fedrai'r arglwydd glywed yn iawn.

'Pan gyrhaeddodd o.'

'O lle?'

'O'r awyr ar gefn ei afr ddu a sefyll ym mhorth yr eglwys . . . yn fan'na yn ôl y sôn . . . Porth y Gŵr Tywyll mae'r taeogion yn 'i alw fo . . . peidiwch â mynd yn rhy agos rhag ofn . . . does wybod be all ddigwydd . . . Roedd o'n sefyll yn noeth fel bydd y Diafol gan rythu ar bawb a'i lygaid o yn goch – mor goch â dwy goelcerth anferth a'i ddwylo a'i draed o mor ddu â huddug ac mi roedd o'n symud i gyd – fel hyn – a'i ben yn mynd o'r naill ochor i'r llall ac yn gwneud sŵn rhyfedd ac ofnadwy a wydda neb be i'w wneud ac yn sydyn dyma fo'n codi'i fraich a gwthio'i fys i'w glust chwith fel hyn . . . a dyna pryd y meddiannodd o fo . . .'

Roedd golwg arswydus ar wyneb yr arglwydd ac roedd Dafydd Offeiriad yn sugno'i fodiau.

'Meddiannu pwy?'

'Iolyn Offeiriad.'

'Yr Offeiriad?'

'Mi orfododd o fo.'

'Yr Offeiriad?'

'Gad iddo fo orffen, Offeiriad, yn neno'r trugaradd!'

'I gydio mewn cryman fel hyn a dal ei hun fel hyn ac yn dwad â hi i lawr fel 'ma hyd nes 'i fod o'n dal 'i hun fel hyn . . . y cryman yn waed mewn un llaw ac yn y llall . . .'

'Cryman?'

'Roedd pawb yn dyst. Mi welodd pawb y Gŵr Tywyll yn gorfodi Iolyn i wneud hyn yng ngŵydd pawb.'

'Ac wedyn?'

'Mi ganodd rhywun y gloch, cloch yr eglwys, yn fyddarol . . . Rhuthrodd Ieuan Ddu y Rhaglaw draw at borth yr eglwys gan ddal delw'r Forwyn hyd braich iddo fo . . . Bagio wnaeth Einion Fychan, bagio tan felltithio a phoeri ar y Rhaglaw . . . Ac mi roedd 'i boer o fel tafodau o dân, roeddan nhw'n llosgi ac yn bwyta i mewn i groen 'i wynab o . . . Achos roedd Ieuan Ddu yn sgrechian a gweiddi *Credo in unum Deum, Patrem omnipotentem, factorem caeli et terrae, visibilium . . .*'

'Be wnaeth y Gŵr Tywyll?'

'Sefyll yno a syllu ond wrth i'r Rhaglaw gau drws yr eglwys yn sownd yn 'i wynab o roedd o'n brefu fel gafr . . . Beeeee! . . . Beeeee! . . . Beeeee!'

Erbyn hyn roedd y tri'n sefyll ar y ddorlan ac yn mud-sbio ar yr afon yn llifo heibio'n dawel.

'Tri diwrnod a thair noson fuon nhw wedi'u cau yn yr eglwys. Tri diwrnod a thair noson ddi-gwsg, hir a blinderog. Mi siaradodd Iolyn Offeiriad yn ddi-daw am y rhan fwya o'r amser er ei fod o'n gwanio o golli cymaint o waed. Ond roedd pawb yn gwneud yn siŵr fod gwaed drudfawr Iolyn yn cael ei gadw ac fe lwyddwyd i lenwi llond dwy fwcedaid. Mi fuo farw ar fore'r trydydd dydd . . . Ond yn 'i angau roedd Iolyn wedi'i ryddhau o bob pechod, bach neu fawr ac yn oen dinam unwaith eto, tra oedd y blaidd y tu allan yn disgwyl ei gyfla . . .'

'Ac yna?'

'Fe basiwyd y calis o geg i geg er mwyn i bawb gael yfed o'r nerth dwyfol a oedd yng ngwaed Iolyn Offeiriad, y gwaed hwn a oedd i'w cadw'n bur a'u harbed rhag cosb yr Anghrist a oedd ar gerdded yn y faerdref . . .

'. . . Ac yna fe ddechreuodd holl wartheg y dre frefu . . . a brefu a brefu'n ddi-daw trwy'r nos . . . roedd y merched yn wylo a'r taeogion yn bytheirio o feddwl fod y Gŵr Drwg yn eu melltithio . . . mi fyddai'r llefrith yn siŵr o suro a'r gwartheg yn hesbio a byddai newyn fel nas gwelwyd . . .

'Ond o'r diwedd, wedi iddo fo fagu digon o blwc, penderfynodd Ieuan Ddu y bydda fo'n mentro allan . . . fel Rhaglaw, dyna oedd ei ddyletswydd o i'r dre a'i heiddo . . . Mi wnaeth darian iddo'i hun o sgrin y Farn Fawr a chodi'r cryman . . . Wedi hyn dyma olchi'i hun yng ngwaed drud a sanctaidd Iolyn Offeiriad . . . ac allan yr aeth y rhaglaw a chaewyd y porth ar ei ôl o . ي. a disgwyl wedyn . . . a disgwyl . . . a disgwyl.'

'Ac wedyn?'

'Diwrnod union yn ddiweddarach y dychwelodd y Rhaglaw . . . roedd y gwaed wedi ceulo yn frown drosto fo . . . Roedd o wedi bod yn godro'r gwartheg ac yn dawedog iawn . . .'

Taflodd Hywel Lipa garreg i'r afon a sylwi ar y cylchoedd yn gwasgaru o'r canol am y lan.

'Mi ddaeth draw i'r eglwys a churo deirgwaith ar y porth a chyhoeddi'i enw . . . agorwyd iddo fo ac mi gerddodd i mewn a phawb yn symud o'r neilltu i wneud lle iddo fo . . . ac mi eisteddodd . . .'

Ddeudodd o ddim gair o'i ben am hydoedd, dim ond eistedd yn llonydd am amser maith yn syllu ar ei ddwylo.'

'Ond be am y Gŵr Tywyll?'

'Wyddom ni ddim.'

'Pam na wyddoch chi?'

'Aeth pawb allan a rhuthro fel cŵn am rywbeth i'w sglaffio, pawb ar 'i gythlwng ac isio torri sychad . . . Ond wedyn,

fel y gallwch chi ddychmygu, fuo petha fyth 'run fath . . .
Roedd y broffwydoliaeth wedi'i gwireddu . . . Yr Eglwys oedd
yn iawn er inni ryw hanner ama . . . Roedd dyddiau'r Anghrist
ac alanast erchyll ar ddod cyn dyfodiad Teyrnasiad yr Oen a
hedd y mil blynyddoedd . . . Fedrwch chi ddallt?! . . . Roedd
pobol wedi'i weld o o'r diwedd! Â'u llygaid 'u hunain! Wedi
gweld y Gŵr Tywyll!'

'Ond be ddigwyddodd iddo fo?'

'Aeth o i folchi.'

'Ddim Ieuan Ddu, ond yr Anghrist!'

'Fe wrthododd y Rhaglaw â deud.'

'Pam?'

'Ddeudodd o ddim.'

'Ond pam na?'

'Wn i ddim!'

'Mae'r Anghrist yn llawer dichellach a chyfrwysach nag a
wyddom ni,' ebe Dafydd Offeiriad, gan fwyta brwynen a'i
llyncu.

'A be am y lepr, yr eglwys-losgwr?'

'Does neb wedi'i weld o ers hynny chwaith.'

Bu tawelwch am ennyd ar wahân i sŵn gwartheg yn brefu yr
ochr bella i'r afon.

'Diolch yn fawr ichi,' ebe Dafydd Offeiriad gan hanner
cerdded i ffwrdd.

'Mae 'na 'chwanag.'

' 'Chwanag?'

A stopiodd yn stond.

'Llawar 'chwanag . . . tydw i ond wedi megis dechra.'

'Be am inni glywad y gweddill heno?' awgrymodd Rhys ap
Dafydd ap Madog:

'Er mwyn i Dafydd Offeiriad gael cyfla i gofnodi yr hyn
ddywedwyd bora 'ma.'

Ond wrth gwrs, nid dyma'r gwir reswm fel rydach chi eisoes
wedi dyfalu mae'n siŵr.

6

Roedd Chwilen Bwm a Mochyn Coed wrthi yn y pyllau mawn, heb fod ymhell o'r faerdref. Bu'r ddau wrthi'n ymlafnio trwy'r bora yn torri tocia ond erbyn hyn roeddan nhw ill dau yn gorweddian ar eu cefnau ac yn pigo bwyta llugeirion.

'Co plentyn bach iawn sy gin i o'r arglwydd a'r dydd yr aeth o i ffwrdd,' dywedodd Mochyn Coed gan syllu ar yr wybren uwchben.

'Pwy ydi'r llafnyn milwr liciwn i 'i wbod,' ebe Chwilen gan boeri rhyw welltiach o'i geg.

'Be ti'n feddwl ddigwyddith, Chwilan?'

'Be ti'n feddwl?'

'I'r dre? Fydd pethau fel roeddan nhw cynt?'

'All petha ddim bod yn union 'run fath ag o'r blaen.'

'Pam lai?'

'Does 'na ddim digon ohonan ni'n un peth . . . Does 'na ddim digon ohona ni i 'redig, i lyfnu, i hau a medi na ffustio . . . Mae o'n ormod o waith i gyn lleied o ddwylo.'

'Ia . . . berig dy fod ti'n iawn.'

'Cofio adag pan fydda 'na haid ohonan ni ac Ieuan Ddu uwch ein penna ni yn gwneud y gwaith yma,' ebe Mochyn Coed yn synfyfyriol toc:

'Ac yli, dim ond dau ben dafad fel chdi a fi sy wrthi heddiw.'

7

Wrthi'n hogi cyllell yn y Siambr oedd y milwr pan gerddodd Rhys ap Dafydd ap Madog i mewn a chythru'n syth am y botel ledr a hongiai ar y wal gyferbyn. Ond cafodd dipyn o fraw.

Sioc a hanner.

Roedd y gwe pry cop wedi diflannu i gyd a'r llawr wedi'i frwsio'n lân. Dodwyd bwrdd a dwy fainc yng nghanol y Siambr ac roedd ychydig o fân bethau eraill fel casgen i ddal bara, ychydig ddysglau piwter a phadell wedi eu dodi arno.

Cerddodd drwodd i'r ystafell lle gwnaeth y llygod eu cartref ac roedd honno yr un mor daclus.

Dodwyd casgen o gwrw neu fedd yn erbyn y mur pella ac roedd hanner dwsin o dybiau bychain wedi'u pentyrru ar ben ei gilydd yn y gornel. Crogai ceiliog a dwy iâr farw oddi ar y trawst ac roedd yno hanner mochyn hefyd.

Dychwelodd i'r Siambr.

Ni chododd y milwr ei ben, dim ond dal i hogi â'i galen ond dywedodd toc:

'Yr hen daeoges, Gwythwches. Honno gydiodd ynach chi'n yr Arch ddoe . . . y hi ddaeth draw wedi iti fynd i weld y myfyriwr.'

'Dda gweld y lle 'ma'n dwad i dipyn o drefn o'r diwadd.'

'Ddeudis i'n bod ni angan gwely, gwely go iawn.'

'Ydan, mi rydan ni ar ôl cerddad mor bell.'

'Ddeudodd hi y câi hi air efo rhywun.'

'Ac eisteddodd yr arglwydd ar y fainc a dodi'i ben yn ei ddwylo.

8

Y noson honno daeth Hywel Lipa ap Rhys, Dafydd Offeiriad a Rhys ap Dafydd ap Madog ynghyd i'r Siambr. Roedd hi'n graddol dywyllu y tu allan ac felly cynheuwyd cannwyll.

'Ryw bedwar neu bum Sul wedi diflaniad y Gŵr Tywyll a'r lepr roedd awr esgor eich gwraig, Angharad, yn agosáu . . . Fyth oddi ar i'r angel ymweld â hi ar Nos Fawrth Ynyd / Bore Gŵyl Dydd Mercher Lludw, ac i'r si fynd ar led, roedd pererinion o bell ac agos yn dwad draw i ymweld â hi er mwyn cael eu bendithio . . . Felly roeddan ni i gyd erbyn hynny yn edrych ymlaen yn eiddgar at y wyrth ryfeddol . . . Os oedd yr Anghrist wedi dwad i wneud ei waetha, yna roedd hi'n hollol bosib fod yr Oen ar ddyfod yr eildro ac wedi ei eni o groth gwraig yr eildro . . .

'. . . Roedd pawb yn unfryd o'r farn fod y baban Iesu ar fin

cael ei eni yn Eifionydd yr hydre hwnnw . . . Ac roedd disgwyl
brwd, disgwyl mawr amdano fo . . . ac er fod pwrs y gwartheg
godro'n caledu, a'r dyddia'n byrhau . . . A bleiddiaid yn udo yn
y creigiau . . . A'r Gŵr Tywyll a'r lepr yn hel 'u lluoedd at 'i
gilydd yn nwfn y goedwig . . . Roedd awr yr Achubiaeth Fawr a
dydd Gwaredigaeth rhag poen a phechod yn prysur nesáu! . . .

'. . . Ac yn wir, ar Noswyl Sant Denis, ar y noson ryfeddol
honno, fe aeth yr arglwyddes i orwedd . . . a thoc wedi hanner
nos fe anwyd y baban Iesu, Gwaredwr y Byd, o groth
Angharad ferch Madog ym maerdref Dolbenmaen yn y
flwyddyn 1348 . . .'

Cododd Rhys ap Dafydd ap Madog ar ei draed gan grafu
wthio'r fainc draw. Syllodd Dafydd Offeiriad yn fud a
chegrwth ar Hywel Lipa ap Rhys a oedd â dagrau lond ei
lygaid wrth adrodd yr hanes . . .

'Roedd pawb o'r gwŷr rhydd a'r taeogion wedi hel at 'i
gilydd y tu allan i'r neuadd yn canu'r litanïau ac yn dal
canhwyllau yn eu dwylo . . . Fe ddaethpwyd â delw'r Forwyn
allan o'r eglwys a sgriniau Iocyn Fach . . . a phan gerddodd
Gwythwches allan ymhen hir a hwyr a dweud fod y baban Iesu
wedi'i eni'n farw anedig fe allech chi deimlo'r ias a aeth trwy
bawb! Ias o ofn ac anobaith!'

'Yn farw anedig?'

'Oherwydd fod y Gŵr Tywyll a'r lepr wedi swyno'r
gwartheg godro . . . dyna oedd y farn gyffredin . . . doedd dim
esboniad arall yn bosib . . . A bron na allech chi glywed
yr angel gwarcheidiol uwchben y neuadd yn wylo y noson
honno . . .'

'Be ddigwyddodd wedyn?'

'Aeth bywyd ar y goriwaered. Roedd pawb yn gwybod yn
nwfn eu calonnau fod y diwedd wrth law . . . mater o amser
. . . ac nad oedd modd ei atal . . . Roedd y gaea hwnnw'n oer
ac yn hir ac yn ddiddiwedd . . . gorfododd Ieuan Ddu y dre
gyfan a'r gwŷr rhydd i orymdeithio'n droednoeth o gwmpas yr
eglwys a'r fynwent . . . Mi ddywedodd un arall mai trwy ganu
a dawnsio a chwerthin a bod yn llawen oedd y ffordd ora

o gadw'r ysbrydion drwg i ffwrdd . . . . . Mi fuo llawer o slotian a dawnsio a charu a llawer o ddadla a chwffio a ffraeo . . . Oni fyddai'r gosb yn waeth byth yn y diwedd?

'. . . Mylliodd Ieuan Ddu, ac roedd o fel hen ddyn, yn deud fod cosb i bob pechadur ac y dylai pawb edifarhau a chyflawni penyd ac ymprydio . . . ond doedd rhai o'r taeogion ddim hyd yn oed yn fodlon gweithio erbyn y diwedd . . . ac wedi colli pob gobaith yn yr eglwys a'r Rhaglaw . . .

'. . . Ond y gwir amdani oedd nad oedd neb i wybod pryd yn union y deuai'r Gŵr Tywyll o'r coed unwaith eto . . . daeth Priodor Beddgelert draw wedi Gŵyl Nos Ystwyll a rhybuddio pawb mai ar y chweched dydd o'r chweched mis fel ag y mae'n ysgrifenedig y dychwelai'r Gŵr Tywyll a'r Dilyw i'w ganlyn . . . fe hesbiodd y gwartheg yn y mis bach, yn Chwefror 1349 . . . ac adeg hynny hefyd y penderfynwyd dechra ar y gwaith o adeiladu'r Arch . . . mi fuo pawb yn llifio ac yn llifio ac yn cario coed a bwydydd a chodi corlan y tu cefn er mwyn cadw'r anifeiliaid . . .

'. . . Ond yn ddisymwth y daeth o un bora . . . fel niwl o afael y nant . . . taeog deimlodd yn sâl . . . wedyn un arall ac un arall ac un arall . . . a briwiau duon dros y corff . . .

'. . . Fe ddwedodd Gwythwches mai'r ffordd orau o iacháu oedd trwy gymryd dyrnaid o saets a dyrnaid o rosmari a dyrnaid o wermod wen, hanner dyrnaid o ryw, hanner dyrnaid o Tansi a'u golchi'n lân a'u dodi mewn gwydr yn llawn o win Malmsi ac yfed llond llwy o hwnnw beunydd ar eich cythlwng . . .'

'Weithiodd o?'

'Na.'

A syllodd ar y gwêr yn llifo'n araf i lawr ochr y gannwyll cyn caledu'n stribyn hir.

'Yn y diwadd fuo'n rhaid inni agor twll anferth yn y fynwent . . . roedd cynifer yn marw'n ddyddiol yn wŷr rhydd ac yn daeogion nes bod amryw yn poeni am eu heinioes o feddwl na fyddai dynion ar ôl ac y byddai rhyw ferch yn gorfod gweinyddu'r sacrament ola! Ond wedi pum Sul fe ddiflannodd . . . gan adael gwae a galar . . . wedi hynny, roedd pawb wedi anobeithio cymaint ac am farw fel yr agorwyd y beddau er mwyn hwyluso taith eneidiau pawb i Ddydd Brawd . . . '

Roedd y gannwyll wedi llosgi'n isel ac roedd mymryn o wynt yn chwibanu heibio i ddrws y Siambr gan siffrwd yn y sgrwff.

9

Ychydig ddyddiau'n ddiweddarach, wedi i Rhys ap Dafydd ap Madog a Dafydd Offeiriad ymweld â hynny oedd yn weddill yn y dref, penderfynwyd cynnal offeren yn yr eglwys.

A rhyw bymtheg yn unig a ddaeth ynghyd.

Mwmiodd Dafydd ei ffordd drwyddi a didol bara a gwin i bawb. Ymgroesodd pawb.

'Fe fuo Duw'n drugarog wrthoch chi,' dywedodd. 'Ac yn haelfrydig iawn y tro yma. Y tro nesa efallai na fydd felly ac y daw'r Dilyw i ddifa pob cnawd oddi ar wyneb y ddaear. Mae'n rhaid inni gyd ddysgu ufuddhau i'w Air a'i Gyfraith yn yr un modd ag y dylem ufuddhau i'n meistri yn y byd hwn. Na phechwch ac nac arddelwch ddrygioni yn ein calonnau.

'O'r dydd hwn heddiw mae'r faerdref hon yn cael ei rhedeg er mawl i'w Enw Da Fo, Y Forwyn Fendigaid, yr Holl Saint a'r Apostolion, Y Frenhines Isabella ac er ein lles a'n hiechyd ni oll.'

10

'Mae 'na ddau daeog i'ch gweld chi,' ebe'r milwr wrth yr arglwydd o ddrws y Siambr, pan oedd hwnnw newydd rwymo'i gyfrinach yn ôl yn y cadachau a'i ddodi o'r neilltu.

Cerddodd Chwilen Bwm a Mochyn Coed i mewn.

'Ia?'

'Isio gair ydan ni,' ebe Chwilen Bwm, 'ynglŷn â be sy'n mynd i ddigwydd.'

Roedd Rhys ap Dafydd ap Madog wedi'i daro'n syfrdan.

'Dydan ni . . . hynny ydi . . . rydan ni wedi bod yn meddwl
. . . ac wedi bod yn trafod ymysg ein gilydd yn yr Arch . . .
a tydan ni . . . hynny ydi . . . wedi bod . . . wedi dwad i'r farn
. . . y basa . . . hynny ydi . . . y basa'n well gynnon ni fynd
i weithio i rywun arall am gyflog . . . gweithio am bres felly.'

Cododd yr arglwydd ar ei draed yn syth.

'Gweithio am bres? Ond rydach chi'n eiddo i faerdref
Dolbenmaen! Y *fi* pia chi, y ddau ohonoch chi! A ph'run
bynnag, pwy arall feiddiai gymryd fy eiddo i?'

Edrychodd y ddau ar ei gilydd ac yna atebodd Chwilen:

'Einion ap Gruffydd, Gwely Gwgan. Mae o'n fyw o hyd ac
wedi cael gafal ar beth wmbrath o diroedd oddi ar y Pla ac mae
o'n brin o lafur.'

'Ond does gynnoch chi ddim hawl! Ddim math o hawl i
adael y dre! Rydw i eich angen chi yma! Oeddach chi ddim yn
gwrando ar Dafydd Offeiriad yn yr Offeren ddoe? Pwy sy'n
mynd i wneud y godro? A'r 'redig? A'r hau? A'r cneifio?
Pwy sy'n mynd i ladd y moch? Torri'r brwyn? Toi? Cario dŵr?
Atgyweirio? A'r holl waith sydd i'w neud? Mae gen i fwriad
i godi melin – pwy wnaiff hynny?'

Camodd Chwilen Bwm ato a syllu i'w lygaid:

'Ges i 'nysgu ers pan o'n i'n fawr o beth mai y fi oedd eich
angen chi ac na fedrwn i fyw hebddoch chi! Ond dwi'n dechra
gweld erbyn hyn mai fel arall y mae hi! Ac mai fel arall y bu hi
erioed ond 'mod i'n rhy ddwl i sylweddoli hynny!'

11

'Be?'

'Dyna'i union eiria fo!' harthiodd yr arglwydd wrth Dafydd
Offeiriad beth amser yn ddiweddarach.

'Oedd o o ddifri?'

'Heb os nac oni bai. Hollol o ddifri. Ac os digwydd hynny
mi fydd pob dim yn rhemp, pob dim yn mynd i'r gwellt am
byth. Mi fydd y byd yn mynd â'i ben iddo go iawn y tro yma
os cân nhw flas ar arian.'

'Lle caethon nhw'r syniada 'ma am bres mwya sydyn? Mae'r
Eglwys wedi'u dysgu nhw erioed fod rhinwedd mawr mewn
tlodi a chymedroldeb. Ond ni fydd y taeogion fyth yn fodlon
ar yr holl gyfoeth a rydd Satan iddyn nhw. Fyddan nhw wastad
yn chwannog am fwy.'

'Be wna i?'

'Rhaid inni roi stop ar hyn yn syth bin. Tocio yn y gwraidd.
Gwenwyn. Gwenwyn hereticaidd. Balchder hefyd. Does dim
gwaeth pechod. Yn enwedig balchder yr isel rai yn trio
gwneud 'u hunan yn well nag ydyn nhw. All neb newid y
gwaed sy'n llifo trwy'i wythienna fo.'

'Ond be wnawn ni?'

'Defnyddio'r Gyfraith.'

'Y Gyfraith?'

'Chlywsoch chi ddim? Fe basiwyd Deddf y llynadd. Roedd y
Brenin a'i Gyngor, yn eu mawr ddoethineb, wedi rhag-weld y
math yma o sefyllfa. Ac fe basiwyd deddf o'r enw Statud y
Llafurwyr.'

'Sef?'

'Na chaiff unrhyw daeog adael ei dre enedigol i chwilio am
waith ac na chaiff hawlio rhagor na sy'n rhesymol am ei lafur.
Ac oni bai am y ddeddf yma mi fydda'r gwan yn mynd dan
draed taeogion barus. Mae'n amlwg fod y Pla wedi drysu'u
meddylia nhw.'

12

'Be ddeudon nhw?' holodd Nest ferch Iorwerth Gam Chwilen
Bwm yn yr Arch ddiwrnod neu ddau'n ddiweddarach, wedi
iddo fod yn ymweld â'r arglwydd am yr eildro.

'Deud y gall ein crogi ni'n pedwar pe gadawn ni'r dre.
Maen nhw wedi pasio deddf mae'n debyg.'

Syllodd y ddau ar ei gilydd am sbel ac yna fe gwrcydodd
Nest a gwyro dros y babi a'i godi at ei bron.

'Be wnawn ni? Aros?'

'Rhaid inni feddwl. Meddwl yn galed ac wedyn cawn weld.'

13

Roedd Gwythwches wrthi'n blingo cwningen ar fwrdd y Siambr pan ddaeth Rhys ap Dafydd ap Madog i mewn yn wlyb at ei groen. Bu'n pistyllio bwrw ac roedd y glaw yn llifo i mewn i'r ystafell trwy nifer o fân dyllau yn y to nad oedd wedi ei lwyr atgyweirio eto.

Cerddodd draw at y pecyn sachau ac fe ddatododd y cwlwm a dodi'r teclyn ar y bwrdd a syllu arno:

'Be 'di hwnna?' holodd Gwythwches yn syn.

'Rhywbeth i roi trefn ar amser, Gwythwches.'

'Trefn ar amser? Sut?'

'Trwy'i fesur o.'

'Sut medrwch chi fesur amser?'

'Trwy'i ddidoli o'n oria, yn funuda ac yn eiliada.'

'A dyna waith y teclyn 'ma?'

'Ia. Rhoi trefn ar amsar.'

A throdd Gwythwches at ei blingo unwaith eto a siarad:

'Dyna oedd yn boen ar f'enaid i o fyw yn yr Arch ar hyd y blynyddoedd oddi ar y Pla . . . Gweld plant yn tyfu nad oedd ddim wedi adnabod trefn arglwydd, tref na rhaglaw . . . A ddaw dim daioni o hynny . . . Pan mae rhywun yn aros mewn un lle mi wyddoch yn o dda be mae o'n neud ond pan mae rhywun yn mynd i ddechra crwydro, adag hynny mae hi'n ddrwg. Fel'na gwelwch chi hi. Ymhell o adra bydd llwynog yn lladd 'te? Ond dwi'n siŵr y daw pob dim i'r fei ond ichi gadw trefn . . .'

Ac yn ara, ara dododd y gyllell flingo ar y bwrdd ac eistedd ar y fainc wrth ochr yr arglwydd oedd yn syllu ar y cloc o'i flaen. Roedd y glaw yn dal i bistyllio trwy'r tyllau yn y to o hyd . . .

A chan edrych i fyw cannwyll ei lygaid gofynnodd Gwythwches yn isel:

'Pwy ydach chi go iawn?'

Gwegilsythodd yr arglwydd yn syth ac edrych i lawr ei drwyn arni hi:

'Ddeuda i 'run gair wrth neb. A does neb ond fi yn gwybod.'

'Ers faint wyt ti'n ama?'
'Ers i mi deimlo dy law di yn yr Arch beth amsar yn ôl.'
'Ond does 'na neb arall yn gwbod?'
'Neb.'
'Ti ddim wedi sôn wrth rywun?'
'Naddo.'
' 'Run gair?'
'Na.'
'Ydi'r taeog arall 'na, Chwilan Bwm, yn ama?'
'Mae Chwilan yn rhy ddwl i allu cofio'n iawn.'
Syllodd arni hi am beth amser ac yna holodd:
'A be wyt ti'n bwriadu neud?'
Ailgydiodd hithau yn ei blingo.
'Dim.'
'Dim?'
'Os dowch chi â threfn i'r dre a'i rhedeg hi fel roedd hi cyn
dyddia'r Pla, agora i mo 'ngheg'.
'Er dy fod ti'n gwbod yn iawn nad yr Arglwydd Rhys ap
Dafydd ap Madog ydw i go iawn?'
'Mhm.'
'O'r gora. Be ti isio?'
'Dim byd, fel deudis i.'
'Ond siawns nad wyt ti isio gwbod pwy ydw i?'
'Na. Dwi ddim isio gwbod hynny chwaith. Mae'n well gen i
beidio gwbod. Mae 'na gysur mawr i daeog mewn
anwybodaeth.'
A pharhaodd i flingo tra syllai yntau ar y glaw yn diferu
drwy'r tyllau yn y to.

14

Ychydig ddyddiau'n ddiweddarach ac roedd Chwilen Bwm,
Nest Ferch Iorwerth Gam a'r babi ar gychwyn am Gwely
Gwgan i weithio i Einion ap Gruffydd.
Bu dathlu mawr yn yr Arch y noson cynt ac roedd medd

a chwrw yn llifo fel ceunant y gwanwyn. Doedd neb wedi cael cymaint o hwyl a sbri ers cyn y Pla. A mawr oedd y miri a'r twrw . . .

Drannoeth, wrth iddyn nhw ill tri groesi'r buarth am y llwybr a arweiniai trwy'r corsydd lle cynt bu gafaelion y gwŷr rhydd (a oedd ymhell is y gweryd) daeth Rhys ap Dafydd ap Madog allan o'r neuadd:

'Lle 'dach chi'n mynd?'

' 'Dach chi'n gwbod yn iawn!' atebodd Chwilan gan geisio ailosod pecyn trwm ar ei gefn.

'Filwr!' gwaeddodd yr arglwydd.

A rhuthrodd y milwr ifanc allan o'r neuadd a bwa a saeth parod yn ei ddwylo. Safodd yn dalsyth â'i goesau ar led gan anelu . . .

'Be 'dach chi'n feddwl 'dach chi'n . . .?'

'Cau dy geg, ferch!' harthiodd y milwr. Yna sleifiodd Dafydd Offeiriad allan o'r neuadd hefyd.

'Os rhoi di dy droed dros ffinia'r dre heb 'y nghaniatâd i yna fydd gin i ddim dewis ond gweinyddu'r Gyfraith.'

Erbyn hyn roedd nifer o daeogion eraill yn dechrau ymgasglu yn y buarth i syllu a gwrando . . . Ciledrychodd y milwr arnyn nhw'n bryderus . . . daeth Gwythwches allan o'r neuadd a cherdded at Chwilen a Nest.

Rhoddodd swadan egr i'r ferch ar draws ei hwyneb.

'Y chdi, Nest ferch Iorwerth Gam, sy ar fai am hyn . . . Ddeudis i o'r cychwyn cynta, ddaeth 'na erioed ddaioni o gymysgu uchel waed ag isel waed . . . Dydi o ddim yn naturiol . . . Roeddat ti'n ferch rydd o'r gafaelion unwaith a 'drycha arnat ti rwan, dwyt ti'n ddim gwell na gast i daeog!'

'Rydan ni'n mynd!' gwaeddodd Chwilen Bwm.

'A does gan neb hawl i'n nadu ni!'

'Ti'n torri'r Gyfraith, daeog! Ti'n anufuddhau i dy feistr a dy Dduw! Oes arnat ti ddim cywilydd?'

'Ond mae'r Pla wedi newid pob dim! Roeddan ni'n gwneud yn iawn cyn ichi ddwad yn ôl! Dydan ni ddim wedi talu dim i neb ers tri cynhaea! Talu i neb! Mae'r Pla wedi bod yn fodd i'n codi ni uwchlaw ein hunain, i weld ein gilydd mewn ffordd newydd!'

'Pa ffordd newydd?' holodd yr arglwydd yn ddirmygus.

'Mae'r Pla wedi dysgu rhwbath i mi. Ffordd newydd o weld petha. Roedd cosb y Pla yn gydradd a chyfiawn. Chafodd neb mo'i arbad o'r Brenin cyfoethoca i'r taeog tlota. O'r blaen roeddan nhw'n deud mai y nhw oedd yn ein gwarchod ni. Ond mi fethoch chi. Mi fethodd yr Eglwys. Os oedd y Pla yn gosb am ein pechoda ni pam na fasa hi wedi deud wrthan ni ynghynt, er mwyn inni allu arbed ein hunain?'

'Mi wnaeth hi!' udodd Dafydd Offeiriad. 'Mi wnaeth hi hynny! Dro ar ôl tro! Ond doeddach chi ddim yn gwrando!'

'Ond doedd hi ddim yn ddigon da disgwyl hyd nes yr oedd hi'n rhy hwyr a lambastio pawb wedyn!'

'Celwydd! Mi gei di dy gosbi, dy gosbi am dy falchder, daeog!'

'Yn yr un modd ag y cosbir Ieuan Ddu am chwipio'i gefn yn friwgig o flaen pawb yn yr eglwys. Be oedd hynna ond balchder?'

'Dwyt ti ddim i adael, daeog!'

'Fedrwch chi mo 'nadu i! Dwi wedi newid! Mae'r Pla wedi fy newid i! Yn y gwrthdaro rhwng y Pla a bywyd y peth mwya gwerthfawr a enillon ni oedd y gallu i adnabod ein hunain o'r newydd! A gwybod i sicrwydd fod newid, pa mor fychan bynnag, yn hollol bosib. A'n bod ni trwy'n llafur yn gry. Yn gryfach nag a fyddwch chi fyth!'

Trodd Dafydd Offeiriad i rythu'n orffwyll ar Rhys ap Dafydd ap Madog:

'Chwilan.'

Addfwynodd llais yr arglwydd:

'Gwranda ennyd, dydi 'run newid yn ddim byd ond symudiad dibwys yn y raddfa o ddioddefaint. Dydi'r byd ddim yn newid ei siâp, na'r ddynoliaeth ei llwybr. Yr un ydi lliwiau'r tymhorau, yr un ydi'r elfennau. Yn y pen draw cysondeb sy'n tanlinellu pob dim. Mi ddeudith Dafydd Offeiriad fan hyn wrtha chdi, o fewn creadigaeth Duw dydan ni i gyd, y chdi,

y fi, y Brenin, yn ddim ond mân wybed yn hambygio'n gilydd
yn y gwelltglas.'

'Paid â pheryglu dy enaid, Chwilan.'

Neidiodd Dafydd Offeiriad i gafn y dadleuon.

'Am bob dioddefaint, bach neu fawr, ar y ddaear mae
gwynfyd y tragwyddoldeb di-boen yn disgwyl y cyfiawn rai,
y rhai nad aeth i grafanc y saith pechod marwol.'

'A chyn belled ag y parhawn ni i bechu, chwedl chitha, mi
fyddwn angen gras a nawdd a sacramentau'r eglwys?'

'Yn hollol.'

'Ac felly, mi gadwch chitha'ch grym drostan ni?'

'Fedra i neud dim, mae o wedi lloerigo!'

A thrôdd Dafydd Offeiriad ymaith:

'Lloerig! Hollol loerig! Pwy roddodd y syniadau hurt 'ma'n
'i ben o leciwn i wbod? Pwy? Pwy?'

'Be ti'n bwriadu 'neud?' holodd yr arglwydd.

'Mynd i weithio am bres i Gwely Gwgan at Einion ap
Gruffydd,' atebodd Chwilen, cyn oedi a deud yn ara a
phoenus:

'Dwi'n synhwyro crac yn wal hanes, a be hoffwn i wneud yn
fwy na dim fasa gwthio'r drosol i mewn, tynnu'r tŷ i lawr
a dechra o'r dechra eto.'

Ac oherwydd y frawddeg ola yn anad dim arall y cafodd
Chwilen Bwm, Nest ferch Iorwerth Gam a'r babi eu rhoi dan
glo yn y sgubor hyd nes byddai'r arglwydd a Dafydd Offeiriad
yn penderfynu beth ddylid ei wneud â'r hereticiaid yn eu mysg.

15

Yn ystod y dyddiau'n dilyn yr heldrin uchod ar fuarth y
faerdref fe orfododd Rhys ap Dafydd ap Madog Dafydd
Offeiriad i gynnal yr Offeren deirgwaith y dydd. Dywedodd:

'Doedd ryfedd i'r Pla ddod o law Duw a ninna wedi byw
trwy gyfnod o benrhyddid hollol anfoesol a phechod wedi
cael rhwydd hynt i fagu yng nghalonnau pawb a phob taeog yn

cael gwneud fel y mynno fo heb feddwl am y canlyniadau.
Rhaid inni orseddu grym ac awdurdod unwaith yn rhagor.
Rhoi arweiniad i bobol ifanc yn enwedig. Diwrnod da o waith
a glân fuchedd, ymarfer bwa saeth cyson a'u cadw nhw'n
ddiwyd. Ond yn bwysicach mae'n rhaid inni dorri ysbryd yr
hereticiaid peryglus yn ein mysg rhag iddyn nhw ddifetha'n
ffordd ni o fyw.'

Ac felly, roedd gweithgaredd mawr o gwmpas yr eglwys
unwaith yn rhagor ac roedd mynd mawr ar ganhwyllau,
creiriau a delwau. Ond yn y cyfamser roedd Chwilen Bwm,
Nest ferch Iorwerth Gam a'r baban dan glo . . .

. . . Hyd nes y deuai rhywbeth a allai gynnig modd i'w
rhyddhau o'r cyfyng gyngor yma . . .

16

'Mae 'na rywun diarth ar 'i ffordd yma,' gwaeddodd
Gwythwches wrth y milwr gan syllu trwy'r ffenest tua'r afon.
Cydiodd hwnnw yn ei fwa saeth a rhuthro i ganol y buarth gan
syllu trwy'r niwl. Yna, trodd at Mochyn Coed a dau blentyn
taeog arall a oedd wrthi'n ddyfal yn atgyweirio'r to a gweiddi:

'Welwch chi rywun wrth y sarna?'

'Dau geffyl a dau ddyn a milwr.'

Rhedodd y milwr i lawr tua'r afon a thrwy'r gwlithlaw
gwelodd ryw glimach hir o hogyn ar geffyl ynghyd â bachgen
arall mewn gwisg Cwnstabl Castell. Daeth y ddau i'w
gwfwrdd tra oedd nifer o filwyr traed yn croesi'r sarnau.

'Ahoi,' gwaeddodd y marchog cynta.

'Cwnstabl Castell Cricieth.'

Amneidiodd y milwr a cherdded yn bwyllog o'u blaenau yn ôl
tua'r dref. Erbyn iddo ddychwelyd roedd nifer o daeogion a
phlant wedi hel at ei gilydd ac roedd Rhys ap Dafydd ap Madog
yno i'w croesawu a hitha'n pigo bwrw erbyn hyn. Cerddodd y
climach hir o hogyn a'r Cwnstabl ifanc a'r arglwydd draw i'r
neuadd. Dododd Gwythwches win cynnes o flaen y tri:

'Dyma'r tro cynta imi fod allan yn y cwmwd oddi ar imi ddod i'r swydd eleni.'

Siaradodd y Cwnstabl tan slochian yn swnllyd:

'A dyma Francisco Datini II, o Genoa yn wreiddiol, ond 'i fod o'n ymweld â nifer o fwrdeistrefi'n y gogledd . . . rydan ni'n trio denu tipyn o fusnas i'r pen yma wedi llanast y Pla.'

Cyfarchodd Datini II yr arglwydd, a chan mai yn Ffrangeg y siaradai pawb doedd dim anhawster deall:

'Mae Francisco Datini II, er yn iau na fi, yn ddyn busnes praff a chanddo syniada cyffrous . . . ond cyn imi anghofio mi ddeudodd stori ddoniol iawn ar y ffordd yma . . .'

A phan agorodd Francisco Datini II ei geg i adrodd y stori fe wnaeth hynny mewn llais dwfn:

'Dydi hi ddim mor ddoniol â hynny,' dywedodd ag wyneb hir, difrifol. 'Stori am 'y mhlentyndod ydi hi. Roedd fy nhad, a fuo farw mewn storm, meddan nhw, ychydig cyn y Pla, yn ddyn busnes llewyrchus. A'i dad o cyn hynny, fy nhaid. A phan o'n i fawr o beth mi roddodd fi i ista ar ben cwpwrdd uchel ac wedyn dyma fo'n deud:

'Neidia ac mi ddalia i chdi!'

Dyma finna'n edrach i lawr dros fy mhenglinia, cofio rwan fel tasa hi'n ddoe. A taswn i'n disgyn mi fasa hi'n dipyn o godwm. Diawl o godwm.

'Ty'd 'laen! Neidia! Paid â phoeni, mi ddalia i chdi!'

Ond fedrwn i ddim: be tasa fo'n methu 'nal i? Finna'n disgyn a'm handwyo fy hun?

'Ty'd! Neidia! Neidia!'

A wyddoch chi be ddigwyddodd?'

'Na, be?' holodd yr arglwydd.

'Dringo i lawr ohona i'n hun wnes i. "Pam na fasat ti wedi neidio", medda fo. "Mi wnes i wythnos dwytha pan gynigiodd taid fy nal i . . ." "A! Felly! Ti wedi dysgu dy wers gynta fel dyn busnas", medda fo. "Do, medda fi".'

A chwarddodd y tri.

Ond difrifolodd Datini II yn sydyn:

'Ond be am inni drafod? Mae'n siŵr eich bod chi yma fel

mewn amryw o lefydd erill yn wynebu'r un problema wedi'r
Pla, diffyg llafur, prisia uchel, tensiyna lu, gwrth-glerigiaeth
rhemp ac yn y blaen?'

'Ydan,' cytunodd Rhys ap Dafydd ap Madog.

'Be am inni fod yn hollol onast ac agored efo'n gilydd?'

A chiledrychodd Datini ar Gwythwches ond cymeradwyodd
Rhys ap Dafydd ap Madog.

'Ar hyn o bryd, ac am sawl blwyddyn i ddod eto hyd ag
y gwela i, y nhw sy'n gry a ninna sy'n wan. Tasan nhw'n
sylweddoli hynny, mi alla petha fod yn anodd iawn. Cytuno?'

Amneidiodd yr arglwydd yn bwyllog.

'Felly, does fawr o ddiben trio gwasgu pob dim i'r hyn oedd
hi cyn y Pla.'

Cododd Gwythwches ei phen.

'Mae gormod o betha wedi newid . . . Ond mae un ffordd o
lwyddo i gadw pen uwchben y dŵr, fel basa fy nhad yn arfar
deud . . . A hynny, trwy gyfrwng y Drindod newydd sy wedi'i
geni i'r byd ers y Pla . . . Wyddoch chi be ydi hi?'

Ysgydwodd yr arglwydd ei ben. Edrychodd y Cwnstabl a
Datini II ar ei gilydd ac yna dywedodd y masnachwr o Genoa:

'Y Drindod newydd ydi arian, grym a rhyw. A'r rhain fydd
conglfaen a sail pob cymdeithas o hyn allan. Y rhain ydi sylfaen
y foesoldeb newydd yn ymwneud pobol â'i gilydd. Y tri hyn a'r
mwya o'r rhai hyn ydi . . .'

Ac oedodd Datini II er mwyn disgwyl i'r arglwydd roi
cynnig arni:

'Grym?'

Mentrodd wedi peth pendroni, ond ysgwyd pen wnaeth y
Cwnstabl a'r masnachwr:

'Rhyw?'

Rhoddodd ail gynnig arni ond ysgwyd pen wnaeth y
Cwnstabl a'r masnachwr. Yna eisteddodd yn ôl ar y fainc
a phwyso'i gefn ar y mur. Gwenodd y tri yn eu cyd-
ddealltwriaeth. Pwysodd Datini II ymlaen dros y bwrdd:

'Caniatewch imi adrodd hanesyn wrthoch chi sy'n profi
'mod i'n iawn. Flynyddoedd yn ôl bellach roedd Edward III,

Brenin Lloegr, yn paratoi am ryfel yn erbyn Philip, Brenin Ffrainc. Ar y pryd doedd gan Frenin Lloegr ddim hanner digon o bres yn 'i goffra i wneud yn siŵr y byddai rhyfel o'r fath yn talu'i ffordd. Felly, mi aeth ar ofyn rhai o fanciau mwya Fflorens. Hyd y dydd heddiw, ŵyr neb yn union, ond mae si gre ar led iddo fo fenthyca rhwng 600,000 a 900,000 fflorin aur gan y Bardi a thua'r un faint gan y Peruzzi. Mi sicrhawyd y benthyciada yma iddo fo ar yr amod y byddai'r dreth wlân yn ddigonol i'w had-dalu nhw. Pan fethodd o â gwneud hyn mi aeth y bancia'n fethdalwyr. Yn 1343 aeth y Peruzzi i'r wal a'r Bardi flwyddyn yn ddiweddarach, ond yn sgil y ddau gwymp anfarth yma mi sigodd trydydd fanc, sef yr Acciaiuoli. Diflannodd cyfalaf, mi gaeodd gweithdai a stordai, dim mwy o brynu a gwerthu, dim mwy o gyfloga. Mi gafodd cannoedd os nad miloedd eu taflu ar y clwt yn Siena a Fflorens. Ar ben hyn mi fuo newyn mawr yn 1347. Ac i goroni'r cwbwl, mi ddaeth y Pla flwyddyn union yn ddiweddarach. Mi esboniwyd hyn oll ar y pryd fel rhan o fwriad enbyd Duw i gosbi'r dinasyddion am eu pechoda.'

'Be 'dach chi'n ddeud ydi . . . ?'

'Fod cyfreithiau naturiol yn esbonio pob dim. Does dim byd anweledig na goruwchnaturiol. Does dim ond y byd materol. Mae'r gwirionedd wastad yn beth diriaethol. Os stopio credu mewn tylwyth teg ryw ddydd, pam lai stopio credu yn Nuw hefyd? Does dim rhinwedd mewn tlodi. Mae lles a dyfodol cymdeithas mewn hel cyfoeth ynghyd.'

'Lles a dyfodol cymdeithas?' holodd yr arglwydd yn bwyllog.

'Mymryn o eirioni ar fy rhan i.'

Gwenodd Datini II a phwyntio bys at Rhys ap Dafydd ap Madog:

'Be 'dach chi'n cynghori imi neud?'

'Hyn. Mae'r byd newydd yn symud yn ei flaen yn llawer cynt na'r hen un. Dyna'r wers gynta. Yn ail, peidiwch â throi'n ôl at yr hen drefn o gynhyrchu. Mae ffordd hwylusach o gadw'r taeogion yn eu lle a gwneud cyfoeth. Rhannwch y dre yn nifer o rannau a rhentiwch y rhannau hynny i bob taeog sy â diddordeb. Am arian. Ac os nad ydi o isio, yna cyflogwch o.'

A sylwodd Datini II ar y cloc a dweud:

'Wrth yr awr neu wrth y munud fel gwas i chi, ond talwch iddo fo mewn arian fel y gall o brynu'r hyn rydach chi'n 'i gynhyrchu.'

'Be ddylwn i 'i gynhyrchu?'

'Defaid. Gwlân. Cig a gwlân.'

'Defaid?'

'Angen llai o bobol i weithio ichi felly, byddwch? Llai o lafur. Llai o gosta. Mwy o elw.'

'Ia. Dwi'n dechra'i gweld hi.'

'Ac mi ellwch allforio gwlân i mi trwy Gricieth ac mi dala i ichi . . . Wedyn mi allwch brynu pob math o betha, gwin o Gasconi, ffrwytha'r Arabiaid, unrhywbeth 'dach chi isio. Mae arian yn agor pob dôr. Y tri hyn a'r mwya o'r rhai hyn ydi . . .'

Cododd yr arglwydd ei gwpan:

'Er mwyn Duw ac elw?'

Cododd y ddau arall eu cwpanau:

'Er mwyn elw a Duw.'

17

Allan i'r llwydrew a thrwy'r barrug, allan o'r sgubor cerddodd Chwilen Bwm, Nest ferch Iorwerth Gam a'r babi. Roedd hi'n fore caled a'r aer yn siarp fel rasal. Tasgodd anadl pawb yn ffrwd lwyd o'u genau ac roedd y taeogion wedi'u lapio'n dynn o'u corun i'w sawdl rhag yr oerni.

Aeth y milwr â nhw draw i'r neuadd a cherddodd y pedwar i mewn. Ar ei gwrcwd yr oedd yr arglwydd yn dal ei ddwylo o flaen y tân mawn a losgai'n feunyddiol bellach. Sbeciodd Gwythwches o'r ystafell nesa i weld pwy oedd yno.

Eisteddodd Nest ar y fainc ond dal i sefyll wnaeth Chwilen, tan grynu.

Cododd yr arglwydd toc:

'Gwin?'

Cerddodd draw at y cloc.

'Wna i ddim afradu geiria. Cynnig sy gin i, Chwilan. Cynnig hollol deg. Penderfyna di a wyt ti am 'i gymryd o ai peidio.'

Ciledrychodd y taeog arno.

'Mi wn i be ydi dy gynllunia di. Ti am fynd yn ŵr gwaith i Gwely Cadwgan at Einion ap Gruffydd . . . Ond os ei di, yna gŵr gwaith fyddi di . . . Hyd nes y medri di hel digon o bres at 'i gilydd i brynu lle i chdi dy hun . . . Dyna'r bwriad yntê?'

Pesychodd y babi.

'Ond dwi'n ddyn teg. Ac mae gin i well cynnig i wneud iti. Mi wn i dy fod ti'n weithiwr caled . . . Ti wedi bod yn daeog da ac yn daeog ufudd i faerdref Dolbenmaen . . . A ddaw yr hen drefn fyth yn 'i hôl . . . Mae'r Pla wedi'i chladdu hi unwaith ac am byth . . . Yn fyr, be dwi'n 'i gynnig ydi hyn: tir ar osod iti yma . . . '

Cododd Nest ei phen ac edrych ar Chwilan ond dal i syllu ar y tân mawn wnaeth o.

'Os llwyddi di i gael dau ben llinyn ynghyd fe fyddi di'n denant rhydd ond os eith pethau o chwith mi elli wastad fod yn ŵr gwaith. Rydan ni'n sefyll ar gilfyn oes newydd, Chwilan. Oes y farchnad a chynhyrchu. Mae i'r oes yma bosibiliada aruthrol inni i gyd. Yn denant ac yn feistr. Mae pob un ohonon ni bellach, o Ddolbenmaen i Siena, licio neu beidio, ar drugaredd y farchnad, ar drugaredd mympwy cyfreithiau arian . . . Does wbod be all ddigwydd inni, oes newydd gyffrous yn llawn posibiliada . . . Wnei di fentro dwad efo ni, bod yn rhan ohoni, Chwilan Bwm? Fasa'r ots gin i iti newid dy enw . . . Wedi'r cwbwl does neb isio camu i oes newydd yn cario enw trychfil nag oes? Be am Siôn ap Maredydd? Neu Huw ap Siencyn? Be amdani? Y?'

Ond cyn i'r taeog fedru ateb ei arglwydd bu'n rhaid i'r ddau droi am y drws oherwydd . . .

. . . roedd twrw rhyfedd y tu allan . . .

Rhedodd y ddau trwy'r drws.

Ymgasglodd nifer o daeogion eraill ar y buarth a syllu tua'r creigiau a'r coedydd . . .

A thrwy niwl y bore bach roedd y sŵn yn cynyddu . . .

Yna . . .

o'r llwyd . . .

uwch y coed gwelwlas cododd aderyn gwyrdd ac un arall ac un arall nes roedd fflyd ohonyn nhw'n codi dros Graig Garn . . .

O'r coed cerddodd dynion â helmedau a rhai eraill a weiddai'n groch . . .

. . . sŵn rhyfedd, diarth . . .

Bellach . . .

Roedd yr aderyn uwch y dre yn chwalu'r glaswellt ac yn symud fel creyr glas i fyny ac i lawr y Ddwyfor . . .

Cododd Chwilen Bwm garreg a'i hyrddio at yr hofrennydd agosa . . .

Taflodd Mochyn Coed waywffon at aelod o'r CIA ond roedd dwy neu dair o lorïau a thanciau'r fyddin Americanaidd eisoes yn croesi'r rhyd . . . Daeth 'chwanag a 'chwanag o filwyr o'r coed . . .

Hyrddiodd y taeogion garreg ar ôl carreg tuag atyn nhw.

Ond fe wyddai rhai, yn y fan a'r lle, nad oedd eu hanes ond wedi megis dechra.

Atodiad 1

DARNAU O DRAETHAWD
LLSGR. LLANST. 1 AR YR ANGHRIST

'MI wyddoch chi i gyd pam mae rhaglaw tir cyfri Dolbenmaen wedi dod i'n plith ni . . .'

Ciledrychodd ambell fynach ar y naill a'r llall, ond fe wnaethpwyd hyn mor gynnil fel na byddai dieithryn wedi sylwi o gwbl.

'Gadewch imi ddechrau fel hyn. Fe ddaw o groth Iddewig a'i linach o lwyth Dan. Dywed rhai y'i cenhedlir yn Chorozaim ond fe'i genir un ai ym Methlehem neu Babylon. Bydd ei riaint ill dau yn bechaduriaid, yn rhagrithwyr, yn fynach falle, neu'n lleian, does neb yn gwybod i sicrwydd. Ond yr hyn sy'n ffaith ddiymwad ydy ei fod o o'r byd yma, o'r cnawdol, o'r daearol.

'Mae ei rym yn anferthol a'i ddrygioni'n amrywiol a dichellgar. Y fo sy'n arwain byddinoedd anwariaid, cadben y barbariaid, efe a orchfyga'r brenhinoedd da ac a erlidia'r sawl a'i gwrthwyneba. Y fo ydi'r anghenfil corniog a gwyd o'r môr. Y fo ydi'r gau broffwyd a dwylla lawer ar lun a gwedd y bwystfil corniog a ddaw o grombil y ddaear. Y fo ydi'r gau Feseia a dwylla genhedloedd dirifedi, a gymer arno ddynwared gweithredoedd da, gwirioneddau a doethineb y Mab. Hwn ydi'r Christo contiarius. Lle bynnag y bydd goleuni efe a ddwg dywyllwch, lle bynnag y bydd bywyd efe a ddwg angau, lle bynnag y bydd ŵyn Duw'n prancio efe a ddwg fleiddiaid rheibus i'w difa. Fe aned ein Harglwydd Iesu Grist ym Methlehem ond fe aned hwn ym Mabylon. Y fo ydi'r ymgnawd-oliad o'r saith pechod marwol a drygioni ac fel y rhagflaenwyd genedigaeth ryfeddol ein Gwaredwr o groth y Forwyn Sanctaidd â hedd, fe ragflaenir ei ddyfod ef ag anhrefn erchyll ac alanast.'

Roedd y brodyr oll wedi'u glynu'n dynn i'w heisteddleoedd. Ond o dipyn i beth, dechreuodd diferion glaw ddripian trwy'r mân graciau yn y to, ac o hyn ymlaen clywyd pit pit pit pit pit yn gefndir diflas i anerchiad y priodor. Roedd y rhaglaw'n glustiau i gyd.

'Fe gyhoedda hwn ryfel yn erbyn y Saint gan gam-drin y ffyddlon rai, llosgi llithiau crefyddol, cigydda merched a phlant, bydd yn gwasgu ar lawer i ddiesgyrnu offeiriaid grasol a duwiol. Llifa gwaed y Cristnogion cyfiawn ym mhob man trwy wledydd Cred, i lawr strydoedd y trefi mwyaf hyd gwysi mwya caregog y maerdrefi mwya anghysbell. Cynddeirioga natur trwy'r byd i gyd a bydd haint a newyn; difodir yr holl ddaear. Rhoddir sêl arbennig ar y rhai hynny a'i canlynant ef ond bydd eraill, er mwyn arbed gwadu enw y Gwaredwr, yn dianc yn lluoedd i'r mynyddoedd a'r anialdiroedd. Fe ymosodir yn ffyrnig a didrugaredd ar y ffyddlon rai, y rhai a gredant yng ngair Mab y Dyn. Fe achubir nifer bychan iawn. Trugarha Duw wrthynt ond byr fydd eu hamser. Fe bery'r erledigaeth am fil chwe chant ac ugain o flynyddoedd neu ddau fis a deugain neu dair blynedd a hanner. Does wybod i sicrwydd.

'Fe ganiatâ Duw iddo erlid ei bobol er mwyn eu profi. Yn y modd hwn y dysgir gwers i'r ffyddlon rai. Yn y dyddiau ola fe dry llawer oddi wrth Duw ac fe lenwir yr eglwys â rhagrithwyr, hereticiaid a gau Gristnogion. Haedda gau Gristnogion gael eu herlid gan ryfeddodau gwag hwn. Felly y'n dysgir gan y tadau. Profir y Cristnogion yn yr un modd ag y profir aur, trwy dân. Yn y diwedd bydd rhaid credu yng Nghrist neu fel arall, ac fe ddengys yr erledigaeth ola y gwir ffyddloniaid a'r rhagrithwyr o fewn yr eglwys. Anrhydeddir yr etholedig rai yn llygaid y nefoedd ac fe'u darperir i gwrdd â'u Creawdwr. Yr enw cyffredin a roir ar y gelyn hwn yw'r Anghrist.'

Bu tawelwch llethol am ennyd ar wahân i pit pit pit y glaw yn ddi-baid trwy'r to.

Cododd y rhaglaw; roedd ei ben ôl yn brifo.

Eisteddodd wedyn.

'Felly, 'dach chi i gyd yn deall paham y llosgwyd eglwys Dolbenmaen. Dim ond un esboniad all fod.'

'Be 'di'r arwyddion sy'n dynodi dyfodiad y gelyn ar wahân i hyn?' holodd un brawd ag un dant yn ei ben tan wepa'n ofnus.

'Arwyddion yr Anghrist: maen nhw'n niferus. Ond gadewch imi ddechrau trwy ddweud hyn: mae'n dealltwriaeth ni o hanes wedi'i sylfaenu ar dair gweithred yr Arglwydd Iesu, ei waith fel Creawdwr, fel Achubwr ac yn ola fel Barnwr. Cwbwlhawyd y ddwy gynta ac felly dim ond y drydedd sy'n aros. Rydan ni'n sefyll ar gilfyn yr oes honno. Dydi hanes y byd ddim yn annhebyg i hanes dyn. Daw o'r groth a'i eni'n faban; yn ail, ei blentyndod; yn drydedd ei ieuengoed, yn bedwerydd daw i oed dyn; yn bumed, dirywia ac yn chweched daw i henoed. Rydan ni ar hyn o bryd yn byw trwy henoed y byd hyd ddydd barn. Ac fel y mae dyn yn aeddfedu ac yn tyfu'n ddoeth yn ei henaint, felly hefyd y derbyn y ddaear ei doethineb yn ei henaint trwy weld dyfodiad teyrnas Crist. Chwe diwrnod a gymerwyd i lunio'r byd. Ond y seithfed dydd, sef y Sabath, y gorffwysodd y Creawdwr i arwyddo cyfnod o orffwys i'r hil ddynol sydd y tu hwnt i amser. Oni ddywedodd Awstin Sant fod yr oes gynta wedi dechrau o Adda hyd y Dilyw, fod yr ail wedi dechrau o'r Dilyw hyd Abraham, fod y drydedd o Abraham hyd ddyfodiad Dafydd, fod y bedwaredd o gyfnod Dafydd hyd y gaethglud Fabylonaidd, ac yna fod y bumed o'r Gaethglud hyd Grist? Dechreuodd y chweched gyda genedigaeth gyfriniol yr Arglwydd Iesu hyd y presennol. Ystyriwch y ddeuoliaeth yn y digwyddiadau hyn: y bore a'r hwyr, os mynnwch chi. Roedd dyn ym mharadwys yn y bore ond erbyn diwedd y prynhawn roedd wedi cwympo a daeth pechod i'r byd. Ystyriwch y Tadau Ffyddlon ochor yn ochor â'r Dilyw ac alanast Twr Babel. Neu Abraham, Moses a Gwlad yr Addewid ochor yn ochor â'r Deyrnas Gynnar a Saul. Neu beth am wynfyd Dafydd a Solomon ac yna'r Gaethglud? Wedi dychwelyd ac ailadeiladu'r Deml dim ond i oedi a gweld dyfodiad Antiochus a darostyngiad Rhufain? Yna, rhyfeddod enbyd yr Ymgnawdoliad, ac i gamu'n nes at ein cyfnod ni, drygioni'r dyddiau ola cyn y mil blynyddoedd ac, wrth gwrs, yr Anghrist.'

A phan beidiodd y priodor â thraethu roedd y glaw wedi stopio a phyllau o ddŵr yn araf suddo i'r pridd dan eu traed. Cododd y priodor. Roedd ei grudcymalau'n gwaethygu ar dywydd llaith. Ond prin y symudodd neb arall o'i unfan.

Roedd y brodyr oll yn crynu gan ofn.